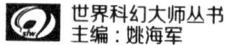

世界科幻大师丛书
主编：姚海军

菲利普·迪克中短篇小说全集 IV

少数派报告

〔美〕菲利普·迪克 著

郝秀玉 译

四川科学技术出版社

图书在版编目(CIP)数据

少数派报告 / 〔美〕菲利普·迪克 著；郝秀玉 译.
-成都：四川科学技术出版社，2018.11
（菲利普·迪克中短篇小说全集；4）

ISBN 978-7-5364-9259-2

Ⅰ.①少⋯ Ⅱ.①菲⋯②郝⋯ Ⅲ.①中篇小说 - 小说集 - 美国
- 现代 Ⅳ.I712.45

中国版本图书馆CIP数据核字（2018）第244620号

图进字21-2017-27号

世界科幻大师丛书

少 数 派 报 告

——菲利普·迪克中短篇小说全集Ⅳ

出 品 人	钱丹凝
丛书主编	姚海军
著 者	〔美〕菲利普·迪克
译 者	郝秀玉
责任编辑	宋 齐 姚海军
特邀编辑	邹景岚
封面绘画	李 凯
封面设计	李 鑫
版面设计	李 鑫
责任出版	欧晓春
出 版	四川科学技术出版社
	四川省成都市槐树街2号出版大厦　邮政编码：610031
开 本	140mm×203mm
印 张	18.5
字 数	407千
插 页	2
印 刷	四川省南方印务有限公司
版 次	2018年11月成都第一版
印 次	2018年11月成都第一次印刷
定 价	58.00元

ISBN 978-7-5364-9259-2

菲利普·迪克

Philip K. Dick

1928 – 1982

引　言

［美］小詹姆斯·提普垂

怎么判定你在读菲利普·迪克的作品？

我觉得，最初也是最普遍的感受，就是那种怪异感。无论过去还是现在，迪克都足够怪异。在我看来，这也是令我在科幻书目中不断搜寻他的作品，盼望他每一本新书的根源所在。人们经常用"某人的思维方式与众不同"这样的评价形容一个异类，对迪克而言，这句评价恰如其分。读他的小说，你完全无法预料下一页会发生什么。

但他笔下的人物看上去却是不折不扣的普通人——除了偶尔一闪而过的、尖叫的神经质女性。迪克特别擅长描写这类人物，写她们时总是带着温情与爱意。他小说中的主要人物多是普通人，却置身于极为怪异的处境之下：在几个嘟嘟囔囔的有预知能力的白痴的协助下管理警察系统；面对一座已经接管了整个地球并有自我复制能力的工厂。事实上，这些小说的怪异感来源之一，恰恰是迪克让他的人物活在真实世界中的努力，很多作者都会无视这一点。

你在其他作者的科幻作品里，是否能在男主角或女主角被卷入核心情节之前,了解到他们通过何种渠道谋生?哦,他或许是一名宇航员,或者笼统地说,是一位科学家,抑或是年轻的沃瑟人。而在迪克的作品里,你在第一页就会得知人物所从事的行业。在这部作品集里,虽然不是每一篇作品都符合我的这个概括(是的,我逐篇核对过),但"卑俗的"现实问题随处可见,尤其是那些较长篇幅的作品。比如说,某位主角可能经营杂货店,那么每当有新奇物品出现,他都会仔细考虑这东西是否可以出售;当死者开口说话,他们讲的也是生意经。迪克向来格外关注这些事,试图让我们这些读者知道他笔下的人物如何谋生。这也是迪克作品"真实质感"的一个组成部分。

这份"真实质感"特色的另一个表现,就是对话的灵动。我从来都搞不清楚,迪克笔下的人物对白到底该算是完全虚构,还是比大多数文学作品更加真实。他笔下的人物之间并没有太多的语言交流,大多时候用独白推进情节,或者就是不断加强读者对某种态势的感知。

而这些态势,也纯粹是迪克式的。他的"情节"在科幻领域内可谓独树一帜。比如说,假设迪克写了一部时间旅行小说,它也会带有一个特别的转折,让作品超越类型套路。典型的例子就是:作品的核心冲击力并不在情节之中,而在突然的转机里,比如在一次政治选举过程中。

而迪克跟那种专注技术细节的科幻作者之间的任何相似之处都可以说纯属偶然。我会开玩笑地说,他大概就知道台灯插电并打开时发生了什么,但抛开这类基本常识,他的确没有表现出对技术和科学知识的特别洞见。实际上,他了解的那些科学知识都跟灵魂有关,其中还掺杂了一些变态心理学内容。

写到这里,我好像一直都在强调他有多么怪异,而忽略了他的出类拔萃。你为什么愿意读迪克？好吧，我提到的怪异风格肯定是一个方面，但在这份怪异之外，也因为他的作品有一种抗争的氛围——人类在绝境中完成必须完成的工作，或者至少是试图解打击他们的那种力量。迪克作品中的相当一部分主角都是备受折磨的人。迪克是绝望机制方面的专家。

　　他作品中的另外一种魅力，就是寂寥。当迪克给你一个寂寥的世界，比如说核末日之后的景象，那份寂寥感是独一无二的。这本书里就有一个例子。但在这份寂寥中，还活跃着迪克笔下的另一个特有元素——天真的小生灵。

　　这些小生灵往往是变异生物，或者是小小的机器人，得到了一些生命特征。它们的来源往往不会被详述，只是被另外一个人物偶然发现。而它们在做什么呢？它们也在抗争。一只快要被冻死的麻雀用破布包裹身体，一只变异老鼠拟定修筑计划，"窥探着，谋划着"，你会感觉生命还在继续，不管前途险恶，不管多么徒劳。那份寂寥中的每一个组成部分都还有自己的生活，都在博取生机，这是特别典型的迪克风格。它带有一份同情和悲悯，在那些残酷的磨砺和挤压中存续。别人很难从迪克的外表中看出他所富含的那种同情心。正是这份爱，这份总会被重新掩盖起来的爱，会像一道光，扫过迪克笔下凄凉杂乱的荒原，让它们变得如此独特，令人难忘。

1986年12月

我曾以为整个宇宙充满恶意。而我就是一个误入其中的个体，跟它格格不入……就像我诞生于另外一个不同的宇宙中，被错放在了这里。所以它跟我之间总是圆凿方枘。它之所以特别跟我过不去，只因为我总是带着一份怪异。我跟这个宇宙从未真正合拍。

我曾经常害怕这宇宙总有一天会发现我有多么特别。我担心的只有一件事，就是它发现了我的本相，然后它就会做出完全正常的反应：把我消灭。我并不会因此觉得它邪恶，它只是有洞察力而已。如果你本身就怪异，那么有洞察力的宇宙就会是最可怕的东西。

但今年我终于认识到，原来的想法不真实。如今的宇宙是有洞察力的，但它继续保持了友好……我只是不再觉得自己跟这个宇宙有什么不同。

菲利普·迪克，1974年的一次采访
（选自《只有表面真实》）

目 录

自动工厂

一

三个人紧张地等待着。他们抽着烟,来回踱步,漫无目的地踢着路边的野草。炎热的正午阳光炙烤着棕色的田野,一排排整齐的塑料房西边是遥远的山脉侧影。

"时间快到了。"厄尔·费林将两只皮包骨的手扭结在一起,"到达时间会根据负载变化——重量每增加一磅,到达时间就延迟半秒。"

莫里森不满地回应他:"这你都知道? 你跟它是一路货色呀。省点儿心吧,就当它只是凑巧晚到了。"

第三个人什么都没说。奥尼尔是另一个居住区的访客,他跟费林和莫里森没熟到可以随意争辩的程度。他正蹲在地上整理铝质活页夹上的纸张。艳阳下,奥尼尔黝黑多毛的两臂上汗珠闪耀。他的身材瘦削结实,一头凌乱的灰发,戴一副角质框架眼镜,比两名同伴年长一些。他身着宽松长裤、运动衫、胶底鞋。指间的钢笔闪着金属光泽,简单、实用。

"你在写什么?"费林咕哝着问。

1

"只是在列出我们将要采取的步骤而已。"奥尼尔温和地说，"最好现在就理清头绪，省得到时胡乱尝试。我们应该知道自己试过哪些方法、哪些没有用，要不然就可能毫无进展地原地绕圈。在我看来，我们目前面临的应该是沟通问题。"

"沟通问题。"莫里森瓮声瓮气地表示同意，"可不，我们根本就没办法跟那个该死的东西交流。它每次来，卸完货就走——我们跟它之间根本就没有接触。"

"它是个机器，"费林激动地说，"它是死的——又聋又瞎。"

"但它跟外部世界还是有联系的。"奥尼尔指出，"一定有什么办法能联系到它。特定的语言信号对它有效，我们要做的就是找出这种信号——事实上，是找回。在十亿种可能性之中，或许有半打是有效的。"

一阵低沉的轰鸣声打断了三人间的谈话。他们既警觉又谨慎地抬头观望。终于到了。

"它来了。"费林说，"好了，聪明仔，让我们看看你的本事，哪怕能让它的日常程序改变一点点也好。"

卡车非常巨大，隆隆驶来，货物塞得满满当当。在很多方面，它都像传统样式的人工驾驶运输车，但有一个区别——没有驾驶室。车斗部分同样用于装卸货物，但平常安装车头灯和散热片的地方却是纤维质、海绵状的接收器，那是这种自动货运装置仅有的传感部分。

发现三名人类后，卡车减速、换挡、停车、拉起手刹。过了一会儿，控制装置开始运转，接着，载货面的一部分自动倾斜，一串沉重的纸箱滚落到马路上。跟货品一起掉落的，还有一张详尽的货物清单。

"你们知道该怎么做了。"奥尼尔语速很快地说，"快点，抢在它离开之前。"

三个人沉着脸,熟练地抬起地上的纸箱,扯掉上面的防护包装。崭新的货物:一台双筒显微镜,一台便携式收音机、成堆的塑料盘子、医疗设备、剃须刀片、服装、食品。跟往常一样,食物占大多数。三个人开始有条不紊地破坏东西。几分钟后,他们身边便一片狼藉。

"就是这样。"奥尼尔喘息着说,他抓过自己的活页夹,"现在我们看看它会怎么做。"

卡车已经启动离开,但却突然停住,又向他们倒车回来。它的感应器已经发觉有三个人类破坏了送达的货品。它叽嘎响着,绕了个半圆掉转方向,再次靠近人类旁边的卸货区域。卡车将天线竖起,开始跟工厂通信。指令已经发出了。

第二批完全相同的货品从卡车里倾泻出来。

"我们失败了。"费林眼看着一张同样的货品清单悠然飘落,呻吟道,"我们白白浪费了那批物资。"

"现在怎么办?"莫里森问奥尼尔,"我们下一步做什么?"

"帮把手。"奥尼尔抱起一只纸箱,吃力地把它搬回卡车旁边。他把纸箱装回车斗,马上转身搬下一个。另外两个人也笨拙地模仿他,把货品重新塞回卡车里。卡车再次启动,准备离开时,所有货品都已经被装回车上。

卡车犹豫了一下,它的感应器已经发觉了货品被退回的情况。它的内部传出持续的低沉嗡嗡声。

"这可能会让它疯掉。"奥尼尔一面冒汗,一面评论说,"它完成了既定操作,但什么目标都没有达成。"

卡车启动了一小会儿,打算离开,但随即放弃。然后它目标明确地再度掉头,迅速把同一批货品又倒在路面上。

"装回去!"奥尼尔大叫。三个人抓起纸箱,疯狂重装。但纸箱被放进水平的车斗后,马上就被卡车自动推上斜坡,从另一侧卸到地面上。

"这样没用的,"莫里森喘着粗气说,"竹篮打水。"

"我们输了。"费林喘息着,可怜兮兮地表示同意,"跟以前一样,我们人类每次都输。"

卡车冷静地看着他们,它的接收器一片空白,波澜不惊。它只是在做自己的工作。遍布整个行星的自动工厂始终顺畅地执行五年前下达给它们的任务。那时候,全球战争才刚刚开始。

"它要走了。"莫里森惨兮兮地说。卡车的天线已经收回;它切换到低速挡,收起了停车闸片。

"最后再试一次。"奥尼尔抓过一只纸箱,把它扯开,他从中拿出一个十加仑装的牛奶罐,把盖子拧开,"尽管这办法看起来很傻。"

"这太荒谬了。"费林不情愿地从废物堆里找来一只杯子,伸进去舀牛奶,"简直是小孩儿把戏!"

卡车停下来观察他们。

"开始做。"奥尼尔严厉地下令,"就像我们此前练习的那样做。"

三人迅速喝了一些罐子里的牛奶,特意让奶汁顺着他们的嘴角流下一点儿。必须让他们正在做的事情显而易见。

按照计划,奥尼尔第一个喝完。他的脸痛苦地扭曲着,他把杯子丢开,用力把牛奶吐在路面上。

"看在上帝的份上!"他哽咽道。

另外两个人也照做,一面跺脚,一面大声咒骂,他们踢翻了牛奶桶,并且怨愤地狠狠瞪那辆卡车。

"这牛奶是坏的!"莫里森大喊。

卡车好奇地缓缓退回。电子神经元咔咔嗒嗒地响着,对眼前的状况做出回应,它的天线像旗杆一样竖起。

"我觉得这招管用。"奥尼尔颤抖着说。在卡车的注视下,他又拖出第二罐牛奶,拧开盖子,尝了下里面的东西。"一样的!"他对卡车喊叫,"全是坏的!"

卡车里弹出一个金属圆筒。圆筒掉在莫里森的脚下,他迅速捡起,将其打开。

申明缺陷类型

这张指令表格上列出了各种可能的产品缺陷,每一种缺陷旁边都有精致的小框,同时提供的还有一根打孔棒,便于标出产品的缺陷信息。

"我应该选哪个?"莫里森问,"污染? 细菌问题? 酸腐? 变质? 标示错误? 包装损坏? 压碎? 破损? 混杂异物?"

奥尼尔反应很快,马上回答说:"哪一个都别选。工厂肯定有办法重新取样进行测试。它会自行得出检验结果,然后无视我们。"他的脸洋溢出突发奇想时的光彩,"填在页底的空格上,那是个开放区域,可填写其他信息。"

"写什么呢?"

奥尼尔说:"就这么写:这种产品完全屁轴了。"

"这是什么意思?"费林很困惑。

"先写上! 这是完全没有意义的胡扯——工厂也会无法理解它。或许我们可以这样子干扰它的工作。"

莫里森用奥尼尔的钢笔认真真写下"牛奶屁轴"了。他摇着头,把金属圆筒交还给卡车。卡车将牛奶罐清洗干净,将其整齐地回收归位,然后轮胎刺耳地响着,加速离去。车身插槽里弹出最后一个金属圆筒。卡车匆忙离去,只有金属圆筒躺在尘埃里。

奥尼尔打开圆筒,把里面的纸张展示给其他两人看。

我们将派出一名工厂代表
请准备好提供产品缺陷的完整数据

有一会儿,三人陷入沉默。然后费林开始咯咯笑,"我们做到了,我们联系到了它,我们成功传递了消息。"

"我们当然成功了。"奥尼尔同意说,"它从来没听说过有产品'屁轴'。"

群山深处是堪萨斯城工厂的巨大钢铁立方。它的表面已经开始生锈腐蚀,夹杂着辐射斑及五年战火留下的伤痕和裂缝。工厂的主体部分大都埋在地底,只有入口可见,卡车就像一个小点,轰鸣着高速驶向黑色金属王国。过了一会儿,单调的地表出现一个小小入口。卡车冲过入口,消失在工厂内部。入口随即迅速关闭。

"更重要的工作还在后面。"奥尼尔说,"现在我们必须说服它关闭——让它自行关闭。"

二

茱迪斯·奥尼尔给客厅里环坐的人们送上热腾腾的黑咖啡。她丈夫在讲话,其他人在听。在与自动工厂相关的问题上,奥尼尔已算是现有的顶级权威了。

在他原先的住区，芝加哥附近，他曾经令当地工厂的防护系统瘫痪了一段时间，得以取走了其辅助系统中的数据带。当然，那座工厂随即就重建了更好的防卫系统。但他还是证明了一点：工厂并非无懈可击。

"应用控制研究所，"奥尼尔解释说，"曾经掌握着工厂网络的全部控制权。都怪这场战争，都怪通信线路上的巨大噪音，抹掉了我们需要的知识。不管怎样，研究所没能把它们的信息传输给我们，所以我们就无法给工厂下达指令——眼下战争已经结束，我们想要恢复对工厂生产的控制。"

"而与此同时，"莫里森闷闷不乐地补充道，"该死的自动工厂网络不断扩张，不断消耗我们的自然资源。"

"我有种感觉，"茱迪斯说，"要是我使劲跺脚，就会掉进一条工厂隧道。现在，它们的采矿场一定已经遍布各地。"

"难道就没有什么限定机制吗？"费林紧张地问，"难道它们原本就被设定成无限扩张型？"

"每座工厂都只能在它的设定区域内运行。"奥尼尔说，"但工厂网络本身是不受限制的。它可以永不停息地攫取我们的资源。研究所决定给它们最高优先权，我们人类只能退居二线。"

"那还能给我们剩下什么？"莫里森想知道答案。

"除非我们能阻止工厂网络的运行，它已经耗尽了六种基本矿物。每一座工厂都有自己的搜索队，它们始终都在不懈搜寻最后残余的矿物，拖回其本部。"

"要是两座不同工厂的隧道交叉，会发生什么？"

奥尼尔耸耸肩，"正常情况下，那种事不会发生。每座工厂都分配到我们行星的某个特定区域，像是供它们独享的馅饼。"

"但毕竟理论上存在这种可能。"

"嗯,它们都极为看重原料。只要世上还有任何原料残余,它们就会不断搜寻、占有。"奥尼尔顺着这个思路,越想越兴奋,"这事儿值得考虑。我想随着物资越来越稀缺——"

他闭了嘴。有个人影走进了房间。它在门口默默站住,观察在场的所有人。

在阴影的笼罩下,那玩意儿的形体看上去很像人类。有一会儿,奥尼尔还以为它是迟到的当地居民。然后,当它走上前来,他才意识到这东西仅有人类的轮廓而已:它的体态是直立的两足动物,顶端有一个数据接收器,效应器和本体感受器装在下体的一写多读磁盘上,底部是抓地器。它的类人形态适可而止,仅满足实用需求,并没有刻意追求让人产生亲密感的外表。

工厂代表到了。

来者开门见山,"这是一台数据收集机器,可以进行口头交流。它载有广播和接收系统,并可以整合与其调查相关的事实。"

那声音动听、自信,显然是在播放战前由某位研究所技工录制的磁带。这个声音从这个近乎人形的躯体里发出,听起来有些怪异。奥尼尔能够想象出这位已不在人世的年轻人的样子,现在只剩他欢快的声音还在从这个直立的钢铁系统的机械嘴中传来。

"提醒一下哦。"那个讨人喜欢的声音继续说,"请不要把这台接收器当作人类,对它提出预设范围之外的问题,那样毫无意义。尽管它有专长,但却没有抽象思维的能力。它只能重组目前已经掌握的信息。"

那个乐观的声音戛然而止,另一个声音继续下去——它跟第一个声音有些相像,但没有任何语调,也不再有个性。系统开始用前者的语音模式进行沟通。

"对退回产品的分析表明,"它宣布,"其中并未包含任何异物,也没有检测出任何可察觉的变质现象。该产品符合整个工业生产网络目前通用的检验标准。退货理由不在当前检测范围之内。你们采用了一种工业网络未收录的鉴定标准。"

"没错。"奥尼尔同意道,他小心地权衡语句,"我们发现那些牛奶未达标,我们完全不想要那种东西。我们要求得到品质更好的产品。"

机器稍后做出回应,"'屁轴'这个概念让工业网络感到陌生,我们数据带中的辞典并未包含这个概念。你能否提供一份那些牛奶的实际参数分析,列出其中存在或者缺失的具体成分?"

"不能。"奥尼尔谨慎地说,他正在玩的把戏复杂又危险,"'屁轴'是个笼统的概念,它不能被归纳为具体的化学成分。"

"那么'屁轴'到底是什么意思呢?"那台机器问,"你能不能用其他语义符号来定义它?"

奥尼尔犹豫了。他必须引导这位机器代表,从它设定好的提问问题转到更有普遍性的讨论领域,然后引出关闭整个工业网络的问题。如果他能找到任何突破口,开启抽象讨论的话……

"'屁轴'这个词,"他宣称,"是描述产品状态的,它们已经不再被需要,却还在被生产。这个词表示:某种产品被拒绝的原因,是人们不再想要它。"

工厂代表说:"工业网络的分析表明,这个地区依然需要经过巴氏杀菌的高品质奶类营养品。但目前并没有替代来源。工业网络控制着世界上现存的所有奶制品合成设备。"它补充说,

"最初录入磁带的指令中写明:奶品是人类食谱的重要组成部分。"

奥尼尔发现自己没能骗过对方,机器又把讨论引回了具体细节上。"我们已经下定决心,"他气急败坏地说,"我们不再想要更多牛奶。在我们得到奶牛之前,我们宁愿不要牛奶。"

"你的言论并不符合网络磁带指令,"代表反对说,"世上已经没有奶牛。所有牛奶都是工业合成的。"

"那我们就要自己生产合成奶。"莫里森不耐烦地插嘴道,"为什么我们不能接管机器? 上帝啊,我们又不是小孩子! 我们可以照料自己的生活!"

工厂代表向门口移动,"在你们的社区找到其他奶源之前,工厂网络将继续为你们供奶。分析与评估机器将留在本地区,进行例行的随机取样工作。"

费林怒气冲冲地喊起来:"我们怎么可能找到其他奶源? 你们把所有设备全都占据了! 你们在主宰一切!"然后他又吼道,"你们说我们不能管理一切——声称我们没有这样的能力。你们又有什么资格断言? 你们完全没给过我们机会! 我们永远都不会有机会!"

奥尼尔在发呆。那台机器已经在离开的路上了,它一根筋的头脑大获全胜。

"听着,"他挡住机器的去路,"我们想要让你们关闭,懂吗? 我们想要接管你们的设备,自己操作它们。战争已经结束了。该死的,你们已经没有必要继续存在!"

工厂代表在门口稍微停顿了一下。"停止运行程序的触发条件,"它说,"是外界生产能取代工厂网络——仅在那时才能停运。根据我们的取样鉴定,目前仍不存在外界生产系统。所以工厂网络还要继续生产下去。"

莫里森突然猛挥手中的钢管,将它重击在人形机器的肩膀上,深深陷入其胸部复杂的感应器件中。接收器外壳碎裂,玻璃、导线和小零件雨点般纷纷掉落。

"这根本就是个悖论!"莫里森喊叫起来,"一个文字游戏,由它们强加在我们身上,控制论者是在成心耍我们。"他高举钢管,再次重击在毫不反抗的机器身上,"它们已经制住了我们的要害。我们完全没有反击之力。"

房间里吵成一团。"我们别无选择。"费林喘息着从奥尼尔身边挤过,"我们必须摧毁它们——我们跟工厂网络势不两立。"他扯下一盏灯,向工厂代表的"脸"上丢去。灯泡和那张复杂的塑料表面同时破裂。费林艰难地靠近,抽打那台机器。房间里所有人都在逼近这直立的圆柱体,他们暗藏的反感已经溢出。机器倒地,逐渐消失在愤怒的人群身下。

奥尼尔哆嗦着转开视线。他的妻子抓住他的胳膊,带他到房间的另一边。

"这帮白痴。"他郁郁不乐地说,"他们无法摧毁工厂,这样做只会让它加强防卫。他们只会让情况更糟。"

一支工厂网络维修队伍冲进客厅。那些微型机械从半履带式的虫状运载机上下来,逼近那帮忙着施暴的人。它们从人缝里钻过去,迅速在人群脚下掘出一条通往运载机的隧道。片刻之后,工厂代表呆滞的躯体就已经被拖回虫状运载机的货舱。零件被重新收集,扯坏的部件也被回收、带走。塑料残肢和散落的设备也被找到。然后小机械们重回虫状运载机,成队离去。

穿过大开的房门,第二名工厂代表登场了,它跟第一台一模一样。外面门厅里还站了另外两台直立型机器。整个居住区会被一系列工厂代表随机访问,它们就像一群蚂蚁,可动型数据收集机遍布整个城镇。现在,其中一台正驶近奥尼尔。

"毁坏自动数据收集机的做法有损人类自身利益。"工厂代表对房间里所有人说,"当前原料收入处于危险水平。我们现存的基础材料都应该用于生产消费品。"

奥尼尔和机器面面相觑。

"哦,"奥尼尔小声说,"这真有趣。我想你道你们缺少些什么——你们会为那些资源真正开始战斗。"

直升机螺旋桨的声音从奥尼尔头顶隐隐传来,他不予理睬,仍通过不远处机舱底部的视窗向外望去。

到处是熔渣和废墟。杂草丛生,羸弱的草茎间有昆虫跳来跳去。偶尔能看见鼠舍——黯淡的窝棚用白骨和垃圾搭就。辐射让鼠类发生了变异,跟其他很多昆虫和野兽一样。稍远处,奥尼尔看到一群鸟儿正在追赶一只平原松鼠,松鼠钻进熔渣地面上一条细心准备好的窄缝里,鸟儿们受挫而去。

"你觉得我们永远都无法重建文明?"莫里森问,"这情形我看看都觉得恶心。"

"需要时间。"奥尼尔回答,"当然,也要假设我们能夺回工业控制权,假设世上还有原料可以被加工。最乐观的情况下,也只能缓慢发展。我们必须从现有的居住地出发,步步为营。"

右边是一个人类拓荒区,居民像衣衫褴褛的稻草人,瘦弱又憔悴,住在曾经是城市的废墟里。几公顷贫瘠的土地被开垦出来,庄稼无精打采,被阳光晒得枯黄,几只鸡蔫蔫地来往徘徊,被苍蝇困扰的马儿在简陋的凉棚下喘息。

"废墟遗民,"奥尼尔脸色凝重地说,"他们离工业网络太远,不属于任何工厂的补给范围。"

"这都怪他们自己，"莫里森气哼哼地告诉他，"他们本可以加入其他居住区的。"

"但那是他们自己的城市。他们正在做我们想做的事——自己重建文明。但他们没有工具，也没有机器，仅靠空手拼凑垃圾碎片。这样行不通的。我们需要机器，我们不可能靠人力修复废墟，我们必须开启工业生产。"

前方是一条起伏不定的山梁，曾经的连绵山势如今却只剩些突兀的断脊。更远处是巨大而丑陋的地表伤痕——氢弹爆炸后的环形坑有一半被积聚其中的泥水占据，成了一片疾疫横行的内陆湖。

而在湖对岸，是一片繁忙景象，光芒频闪。

"在那边，"奥尼尔紧张地迅速降低直升机，"你能说出它们来自哪个工厂吗？"

"在我看来，它们都长得一个德行。"莫里森一面嘟囔着，一面欠身去看，"我们必须等一会儿，等它们装满之后，再尾随它们返回。"

"假如它们能装满的话。"奥尼尔纠正说。

自动工厂的探索队无视头顶轰鸣的直升机，只顾专心干活儿。核心卡车前面还有两辆牵引车，它们绕过成堆的垃圾，探针像触角一样伸向前方，从远方的山坡上飞驰而下，消失在熔渣表面飞扬的尘土中。两台侦察车向下挖掘，直到仅剩触角可见，然后又冲出地面，继续前行，履带飞转，铿锵作响。

"它们在找什么？"莫里森问。

"天知道。"奥尼尔专心翻看他的剪贴本，"我们必须好好分析收到的所有延期交货单据。"

在他们下方,自动工厂探索队已经被丢在后面。直升机掠过一片荒芜的沙地与矿渣,这里毫无生气。然后出现一片灌木丛,右边的远处是一串微小的、移动的小点。

一队自动工厂矿石车正在快速驶过荒凉的熔岩地,卡车首尾相接。奥尼尔将直升机转向它们,几分钟后,就已经悬停到矿场上方。

已经有大批巨大的采矿设备到达现场。钻杆深入地下,空的矿石车耐心地排队等待。满载的矿车源源不断地驶向地平线,沿途时有矿石掉落。现场一片忙碌,机械噪音回荡空中,荒凉的矿渣场中突然出现了繁忙的工业中心。

"那边的寻矿队也来了。"莫里森回头朝来路看,"你觉得它们或许能打起来?"他微笑,"不,我猜这是痴心妄想。"

"这的确是痴心妄想。"奥尼尔回答,"它们很可能在找不同的矿物。而且它们在通常情况下都会被设定成无视对方的存在。"

最前面的几辆虫式探矿车进入了矿车的运行线路,它们微微转向,继续搜寻。卡车也在沿原路没完没了地运输,就像什么都没有发生过一样。

莫里森很失望,从窗前转开视线,骂了几句:"没用,它们都当对方不存在。"

渐渐地,探矿队远离了卡车行列,经过矿场边缘,又翻过更远处的一座山。它们不紧不慢,离去时,对采矿区毫无反应。

"也许它们都属于同一座工厂。"莫里森抱着希望说。

奥尼尔指着主要采矿设备上的可见触角,"它们的视准器朝着不同方向,应该分属不同工厂。这事儿肯定很复杂,我们必须做到万无一失,否则就不会有任何效果。"他打开无线电,跟居住区的空管取得联系,"对延迟送货清单的分析有进展吗?"

接线员给他接通了居住区行政办公室。

"结果正在陆续送达。"费林告诉他,"我们一旦有了足够多的样本,就会尝试推算出工厂缺少何种原料。这样肯定有出错的风险,毕竟是从复杂的最终产品来倒推。这里可能有些基础原料,在很多系统会被用到。"

"我们确定了目前短缺的原料之后,又能干些什么呢?"莫里森问奥尼尔,"我们找到两座相邻工厂共同短缺的原料,又能怎么样呢?"

"到时候,"奥尼尔严峻地说,"我们就开始自行收集这种原料——就算为此把居住区所有物资重新回炉变成原料,也在所不惜。"

三

群蛾飞舞的深夜,吹起一阵微风,凄冷又轻柔。密集的灌木丛发出低沉的沙沙声。偶尔会有一只夜行鼠类出现,它的感官特别警觉,它窥探着、谋划着,以寻求一点儿食物。

这片地区很荒凉,几英里内都没有人烟。整个地区已经被荡平,被一遍又一遍的氢弹爆炸炙烤过。幽暗中的某处,一股缓慢的涓滴细流穿过自动工厂的废弃物和野草丛,滴入曾经复杂如迷宫的地下排水系统。远处有开裂、倒塌的烟囱,耸立在暗夜中,上面爬满藤蔓。风吹起云团一样的黑灰,在野草丛中旋卷。一只巨大的变异鹪鹩在睡梦中被惊醒,它把夜里御寒的破布片盖紧,再次睡去。

有一段时间,周围毫无动静。只有一带星痕闪耀在天空里,明亮、幽远。厄尔·费林打了个冷战，抬头看看，向三人中间搏动的加热器靠近一点儿。

"现在怎么办？"莫里森的牙齿在打战。

奥尼尔没回答。他抽完一根烟，把烟头捻灭在腐烂的垃圾上，取出打火机，另点一支。那堆钨——他们的诱饵——就放在三人前方一百码的地方。

过去几天来，底特律跟匹兹茅斯的工厂都缺钨。而且至少一个领域内两座工厂的机器设备有重叠。那一堆可怜兮兮的诱饵中有精密切割工具、电路开关里拆下的部件、高端医疗器械、永磁体碎块、测量仪器等人们能找到的各种含钨元素，它们被狂热地收集至此。

黑雾笼罩在钨冢上。偶尔会有一只夜蛾被上面反射的星光吸引，扑着翅膀落下。飞蛾在空中悬停片刻，有力地拍打它那对颀长的翅膀，停在纽结的金属堆上方，然后飘然远去，消失在缠绕着断裂污水管的藤蔓之间。

"这破地方的景致真是不咋地。"费林干巴巴地说。

"不要骗自己。"奥尼尔反对，"这是地球表面最美的地方了。这将是埋葬自动工厂网络的关键之地。将来总有一天，人们会寻访此地。这儿会竖起直冲天际的纪念碑。"

"你不过是在给自己鼓劲而已。"莫里森不屑地说，"其实你自己也不信它们会为了一堆外科器材和灯丝自相残杀。它们很可能有某种机器深入地底，从岩石中吸取钨。"

"也许吧。"奥尼尔边说边拍蚊子。那只昆虫狡猾地躲过了他，嗡嗡叫着跑去骚扰费林。费林没好气地转向蚊子叫的方向，气哼哼地蹲在洒满露水的草丛里。

然后，他们盼望已久的情景出现了。

奥尼尔意识到,自己已经看了它好几分钟,却没有认出它是什么。那只虫形探矿车趴在地上一动不动,停在一座小小垃圾堆的顶端,它的触角微微耸起,接收器完全展开,样子就像是被人丢弃的残骸。它纹丝不动,不像具备感知能力的样子,没有任何生命迹象。虫形探矿车跟烈火焚烧过的周边环境完全融为一体。在夜色下,它只是一个模糊的筒状暗影,由金属片、齿轮和履带轮组成。它等待着,同时监视一切。

它在检视那堆钨。诱饵引来了第一条"鱼"。

"有鱼上钩。"费林低声说,"鱼线在动。我感觉浮子沉下了水面。"

"你这家伙乱嘟囔些什么呢?"莫里森抱怨着,然后他也看到了那台探矿车,"上帝啊。"他轻声感叹,不由自主地站了起来,巨大的身躯探向前方,"好,有一边已经出动了。现在我们只需要另一座工厂也派来机器就好。你们猜,这一台是哪边的?"

奥尼尔找到了通信天线,看清了它的指向,"匹兹堡,所以——为底特律祈祷吧……疯狂地祈祷。"

那只探矿虫已经得到满意的结果,离开停驻地,继续向前,它小心翼翼接近那堆诱饵,随即开始了一系列复杂运作,一会儿这边,一会儿那边。三个旁观的人类一头雾水——直到他们瞥见更多探矿虫的探测触角。

"用运行线路召唤同伴。"奥尼尔轻声说,"就像蜜蜂一样。"

现在,五台匹兹堡探矿虫正在接近那堆含钨材料。接收器兴奋地挥舞着,它们加快速度,喜悦地从原料堆的一侧冲上顶端。一只探矿虫向下挖洞,很快消失在挖出的洞中。整个钨堆都在抖动,探矿虫已经深入其内部,确认发现的规模。

十分钟后,第一辆匹兹堡采矿车出现了,开始勤勤恳恳地运走它们发现的宝贝。

"真该死!"奥尼尔气急败坏地说,"底特律工厂赶到前,它们就能把诱饵全部运走了。"

"我们能不能做点儿什么来延缓它们的进度呢?"费林无助地问。他跳起来,抓起一块石头,丢向最近处的那辆卡车。石头弹开了,卡车继续工作,就像什么都没有发生一样。

奥尼尔站起来,来回踱步,他强忍愤恨,身体紧绷。它们在哪儿?每座自动工厂应该是一模一样的,而这个地方离两座工厂的距离相等,它们本应该同时到达现场。但底特律方面却没有动静——而最后一批钨材料正在他面前被装车。

但就在这时,有什么东西从他身边掠过。

他最初没有认出它,因为那东西的速度过快。它就像一颗子弹从纽结的藤条间飞过,快速掠上一道山坡,停了一瞬间确定方向,然后从另·侧飞驰而下。它直接命中领头的卡车。一声巨响,飞弹及其目标一起被炸成碎片。

莫里森跳起来,"靠!怎么啦?"

"棒极了!"费林尖叫起来,挥舞着两根瘦胳膊转着圈儿,"是底特律!"

底特律探矿虫出现了,它略微停顿了一下察看状况,然后径直冲向撤退中的匹兹堡厂卡车。含钨碎片飞得到处都是——同样漫天飞舞的还有来自两个阵营的零件、电线、碎裂的盘面、齿轮、弹簧和螺栓。剩余的卡车尖啸着掉头,其中一台卸掉所有货物,以最高速度落荒而逃,但还是有一台底特律探矿虫追上它,径直拦在它前面,差点儿让它翻车。探矿虫和卡车一起滚下一道浅壕,落入死水洼里。两者都滴着水、泛着微光,被水淹没了一半却还在搏斗。

"好啦!"奥尼尔的声音有些动摇,"我们的目标达成,现在可以回家了。"他觉得两腿发软,"我们的车子在哪儿?"

他发动卡车引擎时,远处有什么在闪光,某个巨大的金属物正在残骸与灰烬间移动——那是一大批卡车和重型矿石运输车正在赶来现场。它们来自哪座工厂呢?

这不重要了,因为在这垂落的黑色藤蔓间,一大批迎战队伍正在悄悄向来敌接近。两座工厂都在集中它们的机动力量。探矿虫从四面八方滑过或者爬来,向剩余的含钨材料逼近。两座工厂都不会放弃它们急需的原料,两者都不肯让出自己发现的资源。它们在指令的控制下盲目地、机械地动员起来。双方都在竭尽全力集中优势战斗力量。

"快呀。"莫里森焦急地催促,"我们赶紧离开这里。整个地狱的恶魔都在赶来呢。"

奥尼尔急忙让卡车掉头,驶向居住区方向。他们冲破夜色,上路回家。时不时还有金属外壳的机器从他们身边经过,驶向他们离开的地方。

"你们看到刚才那辆卡车上装载的东西了吗?"费林担心地问,"那不是空车。"

后面跟上的卡车全都不是空的,而是一整支由一个精致的高级评测系统指挥的物资运输车队。

"枪炮。"莫里森惊恐地瞪大了眼睛,"它们带了武器。但谁来使用武器呢?"

"它们。"奥尼尔回答,提示同伴注意右边的动静,"看那边。这可是我们没有料到的。"

他们看到第一位工厂代表投入了战斗。

卡车进入堪萨斯城居住区时，莱迪斯上气不接下气地跑到他们面前，手里挥舞着一张金属箔纸。

"这是什么?"奥尼尔一面问，一面把东西从她手里抓过来。

"刚到的。"他的妻子还在竭力平复呼吸，"一台自动车快速开来，丢下这东西，然后就开走了。出大事了。神啊，整个工厂灯火通明，你从几英里之外就能看到。"

奥尼尔扫视那张纸。这是工厂对居住区最后一份订单的正式确认函，包括居民主动要求以及工厂认为应该派发的所有货品表格。表格上方用粗大的黑体字印了十二个可怕的大字:

所有货品延期，日期另行通知

奥尼尔长出一口气，把那张纸递给费林。"日用消费品供给停止。"他讽刺地说，脸上带着紧张的微笑，"工业网络要进入战时模式了。"

"也就是说，我们成功了?"莫里森犹豫地问。

"正是。"奥尼尔说。现在冲突已被触发，他感觉到不断增长的、冰冷的恐惧。"匹兹堡和底特律将会死战到底。我们现在想后悔也不可能了——现在，双方都在拉拢盟友。"

四

清冷的晨光洒在遍布黑色金属残骸的破败荒原上。残骸闪着危险的暗红光芒，它还尚未冷却。

"小心脚下。"奥尼尔提醒说。他扶住妻子的胳膊，领她走下那辆锈迹斑斑、几乎要散架的卡车，两人踩在一堆混凝土碎块的顶上，这些碎块本来是一个规整的碉堡装置。厄尔·费林跟在后面，小心踌躇地寻找去路。

在他们身后延伸的，是大量减员的居住点，小屋、楼房和街道组成不规则的棋盘格。自从自动工厂不再提供补给品和维修服务以来，人类居住点就渐渐退化到了半野蛮状态。剩余的生活用品纷纷损坏，仅有极少数仍可使用。最后一次见到满载食品、工具、衣物和替换零部件的卡车，也已经是一年多以前的事儿了。如今的山脚下只有灰黑的水泥和金属残渣，那个方向再也没有驶来过任何东西。

他们得偿所愿——他们断网了，脱离了工业网络。

只能靠自己了。

居住区周围有几片零星的农田，种着些小麦，还有些枯干病弱的蔬菜，正被艳阳暴晒。简陋的手工工具被分发到居民手中，那是各个居住区费尽心机制造出来的。各居民点之间的联络渠道如今也只剩下马车跟笨拙的电报。

不过，他们还是成功地保留了原来的社会组织。商品和服务仍然可以缓慢、稳定地进行交换，生活必需品能够继续生产和消费。奥尼尔夫妇跟费林身上的衣服都很粗糙，而且没有染色，但还算结实。他们还设法改造了几辆卡车——不烧汽油，改烧木柴。

"我们到了，"奥尼尔说，"从这里就能看到。"

"这样做值得吗？"茉迪斯精疲力竭地问。她弯下腰，百无聊赖地抠着鞋底，想把一块卵石从皮跟上去掉，"来一趟那么远，看到的却是十三个月以来每天都能看到的情形。"

"的确。"奥尼尔承认，一只手在妻子瘦削的肩膀上略作停留，"但这或许是最后一次。这正是我们想要看到的。"

在他们头顶的灰暗天空中,有一颗灰黑的小点儿在持续盘旋。它又高又远,旋转、疾飞,遵循着复杂又谨慎的飞行线路。渐渐地,它的回旋路线靠近了群山,还有山底基地中的那片废墟。

"它来自旧金山,"奥尼尔解释道,"远程搜索用机械鹰,从西海岸长途跋涉而来。"

"你觉得它会是最后一只吗?"费林问。

"这是我们一个月以来看到的唯一一只。"奥尼尔坐下来,开始把散碎的干烟丝裹进一片棕色草纸中,"我们以前能看到上百只呢。"

"或许它们有了更好的侦察手法。"茱迪斯猜想。她找到一块平整的石头,疲惫地坐下,"有可能吗?"

她丈夫讽刺地笑笑,"不。它们并没有什么更先进的招数。"

三人陷入沉默。盘旋的黑点更加接近,那片被熔平的水泥和金属地面上却毫无动静。堪萨斯城的自动工厂依然呆滞,完全没有反应。几波热灰掠过地表,墙角堆满了瓦砾残垣。工厂已经被正面击中多次。平原上,其地下隧道也已经多处暴露,堆满了机械残骸,还有在任何有水的地方都会疯长的藤蔓。

"那些该死的藤蔓。"费林一面嘟囔着,一面摸索胡碴下面的旧伤疤,"它们简直在接管全世界。"

工厂周围时不时会有车辆和机械残骸,它们在晨露下已经生锈了。重卡、小卡、探矿虫、工厂代表、武器运输车、火炮、补给车、地下发射器,多到无法辨认的各种机械部件堆在一起,混成杂乱无章的一大堆。有些是在返回工厂的途中被摧毁;还有的是刚从厂里出来就被击中——后者满载物品,携带大量装备。工厂剩余的部分早已深陷地底,露在地表以上的部分几乎完全被浮尘覆盖。

四天来,没有任何明显的活动迹象,没有任何动静。

"它完蛋了。"费林说,"你们都看得出,它彻底完蛋了。"

奥尼尔没回答。他蹲下来,换了个舒服的姿势,继续等待。他依然确信,仍有部分机能还在遭到重创的自动工厂内残喘。时间会揭示真相。他看看手表,现在是八点三十分。在以前,这是工厂开始每天例行任务的时间。成群结队的卡车和其他机械设备会驶出地面,装载着各种补给,前往周边的人类居住区,开始它们的探险。

右手边,有什么东西在动,它很快吸引了奥尼尔的注意力。

一辆破旧的采矿车正在笨拙地爬向那座工厂。这是最后一个自动单位,虽遭重创,仍在试图完成它的任务。卡车几乎是空的,车厢里仅有几片寒碜的金属片。像个拾荒者……那些金属片应该是从路边被击毁的设备上扯下来的。那车子就像一只盲目的金属昆虫,孱弱,然而固执地向工厂方向靠近。它的行程艰难到超乎想象,时不时就会停下来,颤动、颠簸,有时会偏离路线。

"连控制中心都坏掉了,"茱迪斯的声音里透着恐惧,"工厂甚至很难引导卡车返回。"

是啊,奥尼尔也看出了这一点。纽约附近的那座工厂已经完全失去了高频信号传输能力。它控制的自动单位全都在疯狂打转,随机高速转圈,撞到岩石和树木上,滑进壕沟里,翻车,最终失去活力,不甘心地停转。

那辆矿石车已经到了废墟所在荒原的边缘,稍稍停留片刻。在它上方,那颗孤独的黑点仍在盘旋。有一会儿,卡车一动不动。

"工厂现在进退两难。"费林说,"它需要这点儿原料,但又害怕头顶那只鹰。"

工厂在犹豫,外面不再有动静。然后矿石车再度开始它摇摇摆摆的行程。它离开纽结的藤蔓,穿过战火焚烧过的荒原,痛苦地、小心地驶向山脚下那片混杂着混凝土和金属的黑暗土地。

机械鹰不再盘旋。

"快趴下!"奥尼尔大声喊道,"它们给那东西装备了最新型的炸弹。"

他的妻子跟费林都在他身边趴下,三人警觉地看着那片平原,还有地面上艰难爬行的"机械昆虫"。天空中,黑鹰直线逼近,悬停在卡车正上方。然后,它毫无先兆地径直向下俯冲。茱迪斯两手捂脸,尖叫起来:"我看不下去了!这太可怕了!简直就像禽兽一样!"

"它的目标不是卡车。"奥尼尔咬着牙说。

在空中捕猎者俯冲的同时,卡车在拼命加速。它轰鸣着冲向工厂,车身摇摆,部件铿然互撞,试图在最后一次徒劳尝试中安全抵达。焦急到忘乎所以的工厂也像是忽视了头顶的威胁,打开了入口,引导它的运输机械直接进入。而机械鹰等到了它想要的机会。

在大门重新关闭之前,飞鹰直扑而下,沿着与地面平行的轨迹疾行。就在卡车将要消失于工厂深处时,飞鹰开火了,一道模糊的金属残影追随轰响的卡车而去。工厂突然意识到了威胁,迅速关闭闸门。卡车怪异地挣扎着,它被卡在了关闭一半的闸门里。

但它能否脱身已不再重要。山下传来一波隐约的战栗。地面微微颤动,闷雷一样的声音传来,然后复归于宁静。三个旁观的人类都感到了脚下的那波冲击。工厂方向腾起一道黑烟。地表的水泥像熟透的果实一样开裂,它颤抖、裂开,把内部的碎片散入空中,雨点一样落下。黑烟在空中停留了片刻,然后随着晨风漫无目的地飘走。

工厂已经被烧作灰烬,从内部炸成了废墟。它已被突破,被完全摧毁。

奥尼尔僵硬地站起来,"结束了,一切都已终结。我们已经达成了最初的目的——摧毁整个自动工厂网络。"他扫了一眼费林,"但是,我们真的想要这样的结果吗?"

他们回望身后的居住区。曾维持数年的规整房舍和街道都已经所剩无几。没有工厂网络,居住点退化得很快。最初那繁荣富足的面貌早已消失,整个居民点显得破旧萎靡。

"当然。"费林有点儿迟疑地回答,"一旦我们进入工厂,开始运行我们自己的生产线……"

"那里还能有任何东西剩下吗?"茱迪斯问。

"总会剩下点儿什么的。上帝啊,那些工厂可是深入地下好几英里呢!"

"战争末期,它们开发出来的炸弹威力极为巨大。"茱迪斯指出,"比我们人类战争中使用过的任何武器都更强。"

"还记得我们看到过的野人营地吗?那些战场遗民?"

"那次我没去。"费林说。

"他们就像一群野兽一样,吃树根和块茎,打磨岩石,硝制皮革。野蛮又原始。"

"但那种人想要的不就是那种生活吗?"费林抗辩道。

"是吗?我们想要这个吗?"奥尼尔指了下萧索的居住区,"我们收集含钨物品时,想要的是不是眼下这种生活?更早时候,我们又是不是这样想的?那次我还对工厂送货卡车说,它的牛奶——"他想不起那个词来了。

"屁轴了。"茉迪斯提醒他。

"好了。"奥尼尔说,"我们动手吧,去看看工厂还剩下什么——还有什么剩给我们。"

那天下午晚些时候,他们来到了工厂废墟前。四辆卡车轰鸣着,摇摇摆摆停在了被炸毁的巨坑前。卡车的发动机冒着烟,尾气管滴着水,工人们小心翼翼爬下车,警觉地踏过依然烫热的灰烬。

"或许我们来早了。"一个人警惕地说。

奥尼尔早等不及了。"跟我来。"他下令道,抓起一支手电筒,下到弹坑深处。

堪萨斯城自动工厂的地下主体就在他们前方。它被炸坏的"嘴巴"仍然咬着那辆矿车,但它已不再挣扎。卡车身后是一片可怖的黑暗。奥尼尔用手电照向里面,那些犬牙交错的破损的支柱依然清晰可见。

"我们要深入下去。"他告诉莫里森,后者正伏在他身旁,"如果还有什么东西留下,那也一定在底部。"

莫里森咕哝道:"那些亚特兰大工厂发射的钻地弹摧毁了底部的大部分区域。"

"我们要抢在其他势力彻底摧毁矿场之前找到我们想要的东西。"奥尼尔小心地钻进摇摇欲坠的入口,爬过内部炸飞出来的大堆废墟,发现自己已经进入工厂——这里到处是奇形怪状的残骸。

"熵。"莫里森喘息着,很郁闷的样子,"混乱之熵,这曾是工厂一直痛恨的东西。人们建造工厂的目的就是对抗无序。随机粒子散乱分布,毫无目的。"

"在我们脚下。"奥尼尔固执地说,"我们可能会找到某些被封闭的储藏室。我知道它已经分成了多个独立运转的区域,其中有专门负责维护的部门,以便重建可能损毁的工厂组成部分。"

"应该也被钻地弹干掉了吧。"莫里森一面泼冷水,一面笨拙地跟在奥尼尔后面。

在他们身后,工人们缓缓跟随。部分残骸区域出现了可怕的塌方,烫热的碎片像雨点一样落下。

"你们先回卡车里去吧。"奥尼尔说,"我们没必要让更多人冒险。如果我和莫里森回不来,忘掉我们就好——不要冒险派人下去搜救。"其他人离开时,他指着一架下行升降机对莫里森说,"我们下去吧。"

两个男人默默无语,一层层深入地底。连绵几英里的黑暗废墟在他们面前延伸,毫无声响,死气沉沉。黑暗中,机器的模糊轮廓、静默的传送带和卷扬机侧影还隐约可见,部分完成任务的弹壳在最后的爆炸后扭曲、变形。

"那些设备我们还能回收一部分。"奥尼尔嘴上这样说,自己也不信。那些机械都已经严重变形。工厂里的一切都粘到一起,只是一堆熔化的无法利用的金属渣。"只要把它们运回地面就好……"

"我们做不到。"莫里森沉痛地反驳他,"我们既没有起重机,也没有绞盘。"他踢了一脚传送带上半熔的机器,曾被液化的金属流得到处都是。

"当时还感觉是个不错的主意。"两人继续穿过空荡陈列的机器,奥尼尔沉吟着说,"现在回想起来,已经没有那么确信了。"

他们已经深入工厂内部，最底层展现在他们面前。奥尼尔用手电到处照，想要找到完全没被破坏的区域，寻找依然完好的生产线。

是莫里森先感觉到的。他突然手脚着地伏倒，庞大的身躯紧贴地面，他贴耳静听，表情严峻，圆睁双眼，"我的上帝啊——"

"怎么了？"奥尼尔惊问。然后他也感觉到了。从他们下方隐约传来持续的震动声，像是持续忙碌的嗡嗡声。他们一直都搞错了，那只黑鹰并未完全成功。在更深处，工厂还活着。在封闭区域里，仍有部分职能部门在继续运行。

"它是完全孤立的。"奥尼尔一面嘟囔着说，一面寻找继续下行的升降机，"它被设定为在工厂其他部分被毁后启动。我们怎么下去呢？"

下行梯已经被切断，外面覆了一层熔化后又凝固的金属。他们脚下仍在运行的工厂分支被完全隔离。现在根本就没有入口。

他们快速沿原路返回。奥尼尔回到地面，向第一辆卡车招呼，"那该死的焊枪在哪儿？快拿给我！"

那支宝贵的焊枪被递给他，他喘息着快速返回，又到了工厂深处莫里森等待的地方。两人一起动手，拼命切割歪斜的金属地板，烧掉了上面覆盖的防护网。

"松动了。"莫里森喘息着说，在焊枪的强光下眯起眼睛。伴着一声巨响，地板消失在下面一层。一道白光在他们周围亮起，两人都吃惊地向后跳开。

那封闭的厂房里一派忙碌，轰鸣声接连不断，传送带周转不息，机械设备嗡嗡直响，机械监工往来巡视。在房间一端，原料持续不断地进入生产线。而在远端，最终产品被迅速推出，检验后装入传送筒。

短短一个瞬间,这一切都清晰可见,随即,他们就被发现了。自动控制被触发。强光闪烁几下,然后熄灭。整个装配生产线停滞下来,所有活动全部中止。

机器关闭,周遭再次变得无声无息。

房间一端,有一台设备自动脱离原位,快速爬上墙面,向着奥尼尔和莫里森开出的孔洞急驰,它把应急挡板覆在缺口上,然后熟练地将其重新密封。下面的景象又消失了。片刻之后,地板继续颤动,下面的生产活动恢复了。

莫里森脸色煞白,他转头看向奥尼尔,"它们……在做什么? 它们……在生产什么?"

"不是武器。"奥尼尔说。

"那东西正在被向上输送,"莫里森本能地向上指点,"送往地面。"

奥尼尔心乱如麻,站起身来,"我们能确定出口地点吗?"

"我……觉得可以。"

"最好可以。"奥尼尔抓起手电,向电梯走去,"我们必须去看看,确定一下他们丢上去的到底是什么鬼东西。"

传送管的出口位于一大片藤蔓和废墟之间,距离工厂区四分之一英里,它藏在山脚下一片乱石之中,看上去像个炮口,十码以内才可以看清它。两个人发现它的时候,已经快要站到上面去了。

每隔一会儿,就会有一颗弹丸式的东西从传送管里出来,喷射到天空里。出口会自动旋转,调整下一次的发射角度。每颗弹丸都以不同的角度喷出。

"它们能飞出多远?"莫里森问。

"很可能每颗弹丸飞出的距离都不同,它们是被随机抛撒的。"奥尼尔小心地靠近,但发射装置并不在意他。侧面竖立的岩石面上有一颗撞瘪了的弹丸,发射孔径直把它射到了近处的岩石上。奥尼尔爬上去,拿到它,然后跳下来。

那颗弹丸是个被撞坏的容器,里面藏着各种金属元件,小到要靠显微镜才能看清。

"不是武器。"奥尼尔说。

那层椭圆形外壳已经破裂,不知道是被撞破了,还是有什么内在机制在起作用。裂口处有金属微粒像黏液一样流出。奥尼尔蹲下来,细细观察它们。

那些小颗粒已经开始行动。这是些极小的微缩机器,比蚂蚁还小,比针尖还细,但却极有活力地运行着,目标明确,它们在建造某种东西,看上去像是小小的钢铁堡垒。

"它们在建造。"奥尼尔不无敬佩地说。他站起来,走向一旁。在这条洼地的另一端,他注意到一座早已存在的弹丸基地。显然,它已经被发射出来一段时间了。

这座基地已经运作到一定阶段了,可以看出一些端倪了。尽管很小,它看起来却很眼熟。这些机器正在建造一座微型自动工厂。

"好吧。"奥尼尔若有所思地说,"我们又重新回到了起点。这到底是凶是吉……我也说不清。"

"我猜它们现在已经遍布整个地球。"莫里森说,"到被弹射到各地后,它们就开始预定的工作。"

奥尼尔突发奇想,"也许它们中的有些个体能够超过逃逸速度。那就厉害了——全宇宙遍都布自动工厂。"

在他身后,喷射孔还在继续忙碌,持续播撒着钢铁的种子。

上门维修

门铃响之前考特兰在做什么，我还是说一下比较好。

他的豪宅位于利文沃斯街，俄罗斯山山脚下，跟北部海滩相接，靠近旧金山湾。大卫·考特兰俯身坐在一堆例行报告前，这是"毁灭之山"项目一周以来的实验结果技术数据。作为派斯科油漆公司的研发总监，考特兰近期的工作焦点是公司几种面漆产品的耐久性研究。作为实验对象的起泡油漆表面已经在炎热的加利福尼亚被暴晒五百六十四天之久，现在该考虑的问题，是什么样的添加剂可以提高产品的抗氧化能力，以便对生产工艺做出相应调整。

因为专注于复杂的分析数据，考特兰一开始没听到门铃响。在客厅一角，他的高保真博根牌扩音器、电唱机和音响正在播放舒曼的一部交响曲。他的妻子费伊在厨房刷洗晚餐餐具。两个孩子——博比和拉尔夫——已经躺在吊床上睡着了。考特兰拿起烟斗，伸了个懒腰，一手拂过自己稀疏的灰白头发……终于意识到门铃在响。

"真烦。"他说。恍惚间，不知道那轻柔的门铃已经响了多久。他隐约感觉到有人试图引起他的注意。报表视像摇摆着，渐渐淡出他的视线。这他妈到底是谁？手表上的时间是九点三十分——现在抱怨来人深夜搅扰的话，还是略早了一点儿。

"要我去开门吗？"费伊从厨房里欢快地问。

"我来吧。"考特兰疲惫地站起来，脚伸进鞋子里，缓步走过房间，经过沙发、落地灯、杂志架、相框、书架，来到门口。他是个矮胖的中年技术专家，不喜欢别人打扰自己的工作。

走廊里站着一个陌生人。"晚上好，先生。"来人认真核对文件夹，"很抱歉打扰您。"

考特兰暗含敌意地瞪着年轻人。大概又是推销员。消瘦，金发，白衬衫，打领结，蓝色单排扣西装。年轻人一手拿着文件夹，另一只手拎着鼓鼓的黑色手提箱，颧骨突出的脸上是一副严肃又专注的神情。来人貌似有些困惑：皱着眉头，嘴唇紧绷，两颊肌肉紧张地微微颤动。他抬头看了一眼，问："这里是利文沃斯街1846号3A吗？"

"完全正确。"考特兰回答，他摆出一副回应笨蛋时专用的耐心模样。

年轻人紧皱的眉头略微放松了一点点。"好的，先生。"他用迫切的男高音说，同时向考特兰身后的客厅张望，"很抱歉在您晚上工作时叨扰，但您或许也知道，过去几天里我们的工作日程一直很满，所以没能更早处理您的来电。"

"我的电话？"考特兰重复了一遍。他没有扣紧的衬衫下面的皮肤开始微微泛红。毫无疑问，这一定又是费伊给他惹来的麻烦，又是某件她想让他了解的新产品，优雅生活不可或缺的某种商品。"你到底想说什么？"他质问道，"别再绕圈子了。"

年轻人脸一红，大声吞咽口水，试图挤出微笑，然后声音清脆地急切说道："先生，我就是您要求派来的维修员，来修理你的斯威宝。"

考特兰本该滔滔不绝地雄辩一番,他事后也后悔没这样说:"或许我并不想修理我的斯威宝;或许我就喜欢斯威宝现在的样子。"可惜当时他只是眨眨眼,把门开得更大一点儿,问:"我的什么?!"

"是这样的,先生。"年轻人继续说,"你安装斯威宝后的记录当然会即时传送到我们公司。通常来说,我们都会进行自动参数调整,但你的电话在那之前就打了进来——所以我就带了全套服务设备上门了。现在,针对你本人反映的具体情况……"年轻人急匆匆地翻检他手里的文件夹,"好吧,现在查找通话记录意义不大。您可以口头告诉我。您很可能也知道,我们跟机器制造商并不是一家……我们提供的是保险式维修服务,在您购买商品的同时就自动生效。当然,您也可以取消对我们的维修服务的委托。"他试着开了一个无聊玩笑,"我听说在维修服务行业,还有几家竞争对手。"

但严谨的职业态度马上就取代了玩笑。他挺直瘦削的身躯,继续说:"但请允许我说,敝公司一直致力于斯威宝维修服务,早在老R.J.怀特推出A型实验机时代就已经开始。"

考特兰一时默然。脑子里像在播放幻灯片:相应的技术属于哪个领域,专业前景和市场反响如何。这么说,斯威宝刚刚安装就出了故障?一体式业务模式……刚刚确认成交,就派出了维修人员。垄断经营策略……在竞争对手有机会反击之前,就将他们挤出市场。给生产公司返还利润,很可能是的,两家共同结算。

但他所有的想法却都跟眼前的事务无关。他吃力地迫使自己收心,面对走廊里这个一脸严肃的年轻人及他手里的黑提包跟文件夹。"不对,"考特兰郑重地说,"不对,你一定是搞错了地址。"

"是吗,先生?"年轻人礼数周到地显出惶恐,脸上掠过一波尴尬表情,"地址错了?上帝啊,难道调度台又把路线搞混淆了吗——"

"你最好再看看自己的文件。"考特兰一边说,一边沉着脸关门,"我他妈才不管斯威宝是什么玩意儿,反正我没给你们打电话。"

他关门时,注意到年轻人脸上最后掠过的那波恐惧——他被震惊到不知所措。然后,鲜亮的门板截断了视线,考特兰疲惫地走回桌旁。

斯威宝。斯威宝又是什么鬼东西?他闷闷不乐地坐下,试图继续刚才的工作……但他的思路却已经被完全带偏。

世上根本就没有什么斯威宝。就产业知识来讲,他可是专业人士。他平常会读《美国新闻》,还有《华尔街日报》。如果世界上有斯威宝,他一定会听说过——除非斯威宝只是一种微不足道的家用小工具。也许就是这样。

"听我说,"他对妻子大喊,费伊刚好从厨房里出来,手拿桌布和柳树图案的蓝色盘子,"这是什么情况?你听说过斯威宝吗?"

费伊摇头,"我没有这种东西。"

"你没有从玛茜连锁店订购什么镀金塑料小东西,名叫斯威宝的?"

"肯定没有。"

也许是孩子们的玩意儿。或许是私立学校最新流行的东西,现代版的卡通玩具刀、卡牌或者猜字谜游戏?但九岁孩子能

买的东西,应该不需要专门维修人员拎着巨大皮包上门修理吧
——毕竟他们每周只有五十美分零花钱。

好奇心压倒了反感。他必须知道斯威宝是什么,哪怕单纯
是为了得到答案。考特兰跳起来,快步走到前屋,一把拉开屋
门。

走廊里当然空空如也,年轻人已经离开。除了男用古龙水
的味道和紧张的汗味,别无其他。

别无其他……只剩一团揉皱的纸团,应该是从来人的文件
夹里扯下来的。考特兰弯腰捡起,那是一份打印出来的路线说
明,上面有编号、有维修公司名称,还有打电话报修客户的地址。

利文沃斯街1846号,旧金山,视频电话由埃德·
福勒接听,时间是5月28日晚9点20分,斯威宝
30s15H(豪华版)。建议检查语言回应机制和神经元
替换库。AAw3-6。

纸上的编号和信息让考特兰一头雾水。他关上门,慢慢回
到桌前。抚平那张纸,重新读了一遍那几行乏味的文字,试图从
中挤出若干信息。纸张的打印落款是:

电子设备维修集团
始于1963年
旧金山市14区蒙哥马利大街455号
单号:Ri8-4456n

就是这个了。毫不显眼的落款:始于1963年。考特兰两手

发抖,条件反射地取过他的烟斗。当然,这就是他没有听说过斯威宝的原因,也是他没有斯威宝的原因……而且,当然,不管年轻修理工敲开多少户人家的门,他都不会遇见一个拥有斯威宝的人。

斯威宝还没有被发明出来呢。

一段思考之后,考特兰拿起电话,拨到他在派斯科公司一名下属的家里。

"我不管你今天晚上本打算做什么。"他认真地说,"我马上要向你下达一批指令,我要你马上去执行。"

电话那头的杰克·赫利显然是又急又气,"今晚?听着,大卫,公司可不是我妈——我还要过自己的生活呢。要是你想让我现在去做——"

"这件事跟派斯科公司无关。我想要一台磁带式录音机,加一台配有红外镜头的摄像机。我还想让你找到一位有官方认证的速记员。加上公司内部的一名电工专家——人选你来定,但一定要最好的。我还要工程部的安德森,如果你找不到他,其他设计师也可以。我还要一名流水线工人,必须是真正懂行的老手,精通机器设备的人。"

赫利迟疑着说:"好吧,你是头儿——至少是研发部门的头儿。但我觉着,你这些要求也需要得到公司高层的许可。要是我越级,向派斯布鲁克请示一下,你会介意吗?"

"可以。"考特兰当即做出决定,"稳妥一点儿,我亲自打电话给他。他有必要了解这里发生的事。"

"到底发生了什么事?"赫利好奇地问,"我以前从来没听过你用这种语气说话……有人生产出能够自动喷涂的油漆了吗?"

考特兰挂断了电话,心乱如麻地考虑了一会儿,然后拨通了他的上司——派斯科公司的老板——的电话。

"您现在有时间吗?"他紧张地问。派斯布鲁克的妻子把白发老头儿从晚餐后的小睡中叫醒,让他接了电话。"我在搞一个大运作,想跟您说说情况。"

"这事儿跟油漆有关吗?"派斯布鲁克嘟囔着问,半开玩笑半认真,"如果无关的话——"

考特兰打断了他。他放慢语速,完整地讲述了自己遇见斯威宝维修工的经过。

考特兰讲完之后,他的老板沉默了半晌。"好吧。"派斯布鲁克终于开口,"我本应该多做点儿验证,但你的确引起了我的兴趣。好吧,我支持你。但是,"他平静地补充说,"如果这只是你的突发奇想,我会让你承担此事耗费的人力、物力成本。"

"您的意思是这件事不能让大家获利吗?"

"不是。"派斯布鲁克说,"我的意思是:如果你明知这是假的,却还是偷笑着误导我们。我的周期性偏头痛正在发作,没心情跟你开玩笑。如果你是认真的,真心相信这件事值得深究,我就可以让公司承担相应的开支。"

"我是认真的。"考特兰说,"你我都一把年纪了,早过了恶作剧的岁数。"

"那就好。"派斯布鲁克考虑了一下,"人年纪越大,脑子就越容易跑偏。眼前这事儿听起来就偏得厉害。"听得出,老板渐渐下定了决心,"我会打电话给赫利,允许他按你说的做。你可以得到你想要的各种资源……我猜想,你是要拖住这名维修工,查出他的真实身份。"

"正是。"

"要是他说的一切属实……你打算怎么办?"

"这个嘛，"考特兰小心翼翼地说，"然后我就会想知道，斯威宝到底是什么。这是最基本的目标。也许在这之后——"

"你觉得那人还会回来？"

"很可能会。他找不到其他的正确地址，这个我能确定。我们现在的小区里，肯定没有人打电话叫过斯威宝维修工。"

"你为什么那么关心斯威宝是什么？而不是尝试了解他是怎样穿越，从那个时代回到我们的年代呢？"

"我觉得，他知道斯威宝是什么——但我不认为他知道自己怎么回溯了时间。他甚至不知道自己已经身在过去。"

派斯布鲁克赞同这个推断，"有道理。如果我也去你家，你不会不让我进门吧？我还挺喜欢看热闹的。"

"当然欢迎。"考特兰一边说，一边禁不住冒汗，眼睛盯着通往走廊的房门。

"但您必须从另外一个房间里窥视。我不想有其他因素把这件事搞砸……我们或许再也不会遇到这样的机会了。"

临时组建的公司职员团队闷闷不乐地赶到考特兰家，等他发号施令。杰克·赫利身穿夏威夷式运动衫、肥裤子、胶底鞋，拖拖拉拉、极不情愿地走到考特兰面前，在他面前挥动手里的雪茄。"我们来了。我不知道你跟派斯布鲁克说了些什么，但你显然是把他拖下了水。"他环顾公寓，然后问，"我是不是可以推测，你现在可以讲出真相了？我们要是连做事的目标都不清楚的话，也做不了太多事。"

卧室门口站着考特兰的两个儿子，睡眼惺忪。费伊紧张地带他们回到房间里睡觉。客厅里的男男女女心神不定，有的愤怒，有的好奇，有的不安，有的无所谓。产品设计师安德森淡然又疲惫。弯腰驼背、肚子浑圆的车工麦克多维尔则带着一脸怨气，怒视公寓里的奢华家具，继而又显出尴尬和自卑，觉得自己的工作靴和油腻的裤子很不协调。录音专家正在将麦克风接到厨房里的录音机上。执证速记员是位身材苗条的女士，正坐在房间一角的椅子里，尝试让自己舒适一点儿。工厂应急电工帕金森坐在沙发上，无聊地翻看一本《财富》杂志。

"摄像机在哪里？"考特兰问。

"马上就到。"赫利回答，"你是要留取证据，抓到某个尝试'西班牙财宝'骗局的家伙吗？"

"要是做那个，我就不用请设计师和电工在场了。"考特兰干巴巴地说。他紧张地在客厅里来回踱步，"有可能他不会再出现，他很可能已经回到了自己的时代，或者在天知道什么的鬼地方游荡。"

"你说谁啊？"赫利大声问，他越来越紧张，不停抽着雪茄，吐着灰烟，"到底发生了什么事？"

"之前有人敲我家的门。"考特兰简单对他讲了下，"他说到一种机器，一种我从来没听说过的设备，叫什么斯威宝的。"

房间里的人茫然对视。

"我们都来猜一猜，"考特兰严肃地继续说，"安德森，从你开始。这个'斯威宝'会是什么东西？"

安德森坏笑，"一只会追着鱼儿跑的鱼钩。"

帕金森主动猜了一个，"一种英国汽车，只有一个轮子。"

赫利很不情愿地接着猜，"某种很无趣的东西吧，防止宠物破坏家具的机器之类。"

"一种新型塑料胸罩。"执证速记员说。

"我猜不出。"麦克多维尔反感地嘟囔着，"从来没听说过这种东西。"

"很好。"考特兰对大家的猜想表示感谢，然后又看看手表。他已经紧张到近乎歇斯底里，一个小时过去了，那名修理工还是不见踪影。"我们不知道，我们甚至无从猜想。但在九年以后，某个名叫怀特的人将会发明斯威宝，而且把它做成了一笔大买卖。人们会制造它；很多人愿意为其买单，出钱购买它，维修工会上门为它提供售后服务。"

房门打开，派斯布鲁克走进公寓，胳膊上搭着大衣，头上扣着宽沿牛仔帽。"那家伙出现了吗？"他苍老而警觉的眼神扫过整个房间，"你们看上去全都严阵以待啊。"

"但他却踪迹全无。"考特兰疲惫地说，"该死的——我居然就那样把他打发走了。直到他离开，我才反应过来。"他把那张揉皱的纸团给派斯布鲁克看。

"我明白了。"派斯布鲁克把纸团还给他，"如果他再回来，你将录下他说过的话，并拍摄他展示的任何设备。"他指指安德森和麦克多维尔，"其他人为什么也要来？ 他们在场能干什么？"

"我想要有一些能提出适当问题的人。"考特兰解释说，"否则，我们就没办法得到答案。那个人，假如他再次出现，也只能停留有限的一段时间。在此期间，我们必须要找出——"他停住，因为妻子来到了身边，"什么事？"

"孩子们也想看。"费伊解释说，"可以吗？ 他们答应了不发出任何声音。"她憧憬地补充说，"其实我也想看热闹的。"

"想看就看吧。"考特兰郁闷地回答，"也许根本就不会有什么可看的。"

费伊给大家送上咖啡，考特兰继续解释他的计划："首先，我们要判定这个人说话是否可靠。我们的首要问题就是要搞清楚他的底细。我想请在场的专业人士向他发问。如果他是个骗子,大家就可以戳穿他。"

"如果他不是呢?"安德森一副很有兴趣的样子,"如果他不是骗子的话,你会……"

"如果他不是骗子,那么他就是真的来自下个十年,我想请各位尽可能榨取他的知识。但是——"考特兰停顿了一下,"我怀疑大家还是很难得到太多理论知识。我的感觉是,他应该处在未来社会相当底层的位置。我们的最佳策略可能就是全面了解他的本职工作,然后从这些知识出发,构建我们自己的设想,自行做出相关的推演。"

"你觉得他能给我们讲清楚自己的谋生技能?"派斯布鲁克狡猾地说,"但大概也仅此而已。"

"其实啊,只要他能来,就算我们的运气了。"考特兰坐在沙发上,有条不紊地开始在烟灰缸里磕空烟斗,"我们目前能做的只有等待。每个人想好自己要问的问题。想清楚,如果面对一个来自未来,却不知道自己来自未来的人,你想问些什么。这个人想要修理一种设备,而这种设备现在还没有被发明出来。"

"我害怕。"执证速记员说。她的脸色煞白,眼睛瞪大,咖啡杯在发抖。

"我差不多要受够了。"赫利嘟囔道,气呼呼地盯着地板,"这根本就是在痴人说梦嘛。"

就在这时,斯威宝修理工再次返回,又一次怯生生地敲门了。

年轻的修理工情绪低落,也有些烦躁。"我很抱歉,先生。"他开门见山地说,"我看到你家有客人,但我的确重新核对过工作调配单,地址绝对是没有错的。"他可怜巴巴地补充说,"我试了另外几家,根本没有人明白我在说什么。"

"请进。"考特兰站到一边,然后挡在修理工和房门之间,催他进入客厅。

"就是这个人吗?"派斯布鲁克质疑地咕哝道,灰眼睛眯成两道缝。

考特兰没理他。"请坐。"他招呼斯威宝修理工。眼角余光看到安德森、赫利和麦克多维尔都开始靠近;帕金森也丢下《财富》杂志,迅速起立。厨房里传来磁头转动的声音……整个房间都忙碌了起来。

"我也可以改天再来。"修理工有些惶恐地看着周围有那么多人围绕他,"我并不想打扰您,先生,在您有客人的时候。"

考特兰坐在沙发扶手上,语调严厉,"这个时间没什么不好。事实上,可以说是最好的时机了。"他心里有一波强烈的解脱感:现在大家终于有了机会。"我也不知道自己是中了什么邪。"他快速继续说,"之前我脑子有点儿混乱。我当然有一台斯威宝,它就安放在餐厅里。"

修理工的脸都笑抽了。"噢,真的吗?"他笑得喘不上气,"在餐厅里?这是几周以来我听过的最有趣的笑话了。"

考特兰看看派斯布鲁克。这他妈到底有什么好笑?然后他开始起鸡皮疙瘩,头顶和掌心冷汗直流。斯威宝到底是什么鬼东西?也许他们最好马上找出答案——否则就再也没有希望知道了。也许他们惹上的,是比之前预想的更大的麻烦。也许(他并不喜欢这种感觉)他们还是不惹这档子事儿为妙。

"我脑子有点儿乱。"他说,"按照你们的正式命名系统。我觉得它应该不叫斯威宝。"他小心翼翼地继续说道,"我知道啦,大家都喜欢用这个俗称,但这么贵的东西,应该会有个更大气的正式名称吧。"

斯威宝修理工看上去完全没听懂。考特兰意识到自己又犯了第二个错误。显然,斯威宝就是这种东西的正式名称。

派斯布鲁克开了口:"您修理斯威宝有多长时间了?这位……"他等着对方报上姓名,但那张空洞瘦削的脸上并没有任何反应。"你的名字叫什么啊,年轻人?"他只好问。

"我的什么?"斯威宝修理工条件反射式地后退,"我不懂您这话是什么意思,先生。"

上帝啊,考特兰心想。这事儿要比他预料的困难好多——比所有人预料的都困难。

派斯布鲁克生气地说:"你肯定有个名字的。每个人都有名字。"

年轻修理工咽了下口水,红着脸低头看地毯,"我才仅仅是第四级维修工,先生。所以,我现在还没有名字。"

"别在意。"考特兰说。什么样的社会能不让人起名字,还把这当成特权?"我想确认你是一名足以胜任的修理工。"他解释道,"你修理斯威宝有多长时间了?"

"六年零三个月。"修理工回答,骄傲取代了尴尬,"初中时期,我在斯威宝维护能力方面的评分始终是 A 级。"他的小胸脯膨胀了些许,"我有斯威宝天赋。"

"好的。"考特兰不安地表示认同。他无法相信这产业会这么大。初中就有相关的测试?斯威宝维护也被看作是基本能力,像符号处理和躯体协调性一样吗?与斯威宝相关的工作被看作极为重要,像音乐天赋一样,或者跟空间感知力一样吗?

"那么,"修理工轻快地拿起他鼓鼓囊囊的工具箱,"我已经准备好开工了。我必须尽快返回商店……还有很多其他来电需要处理。"

派斯布鲁克唐突地站起来,挡在年轻人面前。"到底什么是斯威宝?"他问,"我受够了这些该死的胡扯。你说你的工作就围绕着它——那么它到底是什么? 这个问题很简单。它一定是某种东西吧。"

"这个问题嘛,"年轻人期期艾艾地说,"我是说,其实也没那么好回答。假如——这么说吧,假如你问我猫或者狗是什么,我能怎么回答呢?"

"这么扯下去没用的。"安德森开了口,"斯威宝是被制造出来的,对吧? 所以你们一定有图纸。交出来。"

年轻修理工紧张地攥住他的工具箱,"这到底是怎么回事,先生? 你们是在开玩笑吗?"他回头看看考特兰,"我想要开始干活了。我真的没有太多时间。"

站在房间一角、两手插在衣袋里的麦克多维尔突然慢悠悠地说:"我一直在考虑买一台斯威宝。我太太觉得我家也应该有一台。"

"哦,当然。"修理工同意。他的脸颊开始泛红,急匆匆地说,"你家还没有斯威宝,这已经让我很吃惊。事实上,我无法想象你们这些人到底有什么问题。你们的行为都……有点儿古怪。要是我可以这么问的话,你们都是哪里来的? 你们怎么可能都……这么缺乏常识?"

"这些人,"考特兰解释说,"来自其他地区,那里还没有斯威宝。"

修理工的脸马上疑云密布。"哦?"他尖刻地说,"有趣。那是哪些地区呢?"

考特兰又说错了话,他自己也察觉了。就在他挣扎着试图应对时，麦克多维尔清了清嗓子，继续不屈不挠向下讲："不管怎样，"他说，"我们都想买一台。你有没有带宣传材料？有各种机型照片的那种东西？"

修理工回答说："恐怕没有，先生。要是你肯给我留下你的地址，我会让销售部门为你发送相关信息。如果你愿意，会有一名称职的公司代表在你方便的时间登门造访，解说拥有斯威宝的种种便利。"

"第一台斯威宝是1963年制造出来的吗？"赫利问。

"是的。"修理工的疑心暂时减少了一点儿，"而且正当其时。我这么说吧，如果怀特没能造出第一只原型机，整个人类就灭绝了。在座各位没有斯威宝的，你们可能不了解，这事看起来难以想象，但你们能活到现在，也是多亏了 R. J. 怀特。是斯威宝拯救了全世界。"

修理工打开黑提箱，灵巧地取出一台复杂的机器，管线结构蔚为壮观。他给一个泡囊中注入清澈的液体，将其密封，检查了一下活塞，然后站直身体，"我会先给它注射一剂 dx——通常情况下，就足以让它正常工作了。"

"dx 是什么？"安德森迅速问。

修理工没想到会有人这样问，"这是一种高蛋白食物浓缩液。我们发现大部分报修的原因，都是食谱预置不当。人们不知道该如何照顾他们新的斯威宝。"

"上帝啊，"安德森虚弱地说，"它还是活的。"

考特兰的情绪急转直下。他一直都搞错了。面前整理工具的这个人并不是什么修理工——他的确是来维修斯威宝的，但他的工作内容却跟自己的预测大不相同。他不是修理技工，而是兽医。

年轻人摆出一批仪器和仪表,解释说:"新型斯威宝比早期型号复杂得多。我开始工作之前,就会用到这么多东西。但是,这都是战争害的。"

"战争?"费伊·考特兰惊恐地重复道。

"不是早些时候的战争,而是大战,75年那场。61年的小规模战争不算什么。我想你们都知道,怀特本来是一名军方工程师,驻扎在——嗯,我猜是以前叫作欧洲的地方。我相信他最早的设计灵感,应该就来自那些涌过边境的难民。是的,我确信就是那个原因。在61年的小规模战争期间,越境难民有好几百万。双方都有人逃往另一边。我的神啊,那些人在双方阵营之间倒戈——真的很恶心。"

"我这个人不太懂历史。"考特兰沙哑地说,"上学的时候从来都不用功……61年的战争是美国跟苏联打仗吗?"

"噢,"修理工说,"其实全人类都卷入了。苏联引领其东欧盟友,这是自然。美国则是西方阵营的主导者。所有国家都曾参战,但那还是被称为小战争结局无关紧要。"

"这还小?"费伊惊恐地追问。

"这个嘛,"修理工承认说,"或许当时的人觉得那是一场大战。但我想说,战后还有建筑矗立。战争也只持续了几个月而已。"

"哪边赢了?"安德森哑着嗓子问。

修理工咂咂嘴,"赢?这还真是个怪问题。这么说吧,东方阵营战后幸存的人口更多。无论怎么说,61年战争最重要的结果,我确信你们的历史老师一定重点强调过,就是斯威宝的诞生。R.J.怀特从战争中的倒戈者那里得到灵感。于是到了75年,等真正的战争来临时,我们已经有了足够的斯威宝。"他若有所思地补充说,"事实上,我认为真正的大战便是围绕斯威宝展开的。我是说,这是最后一战。交战双方是想要斯威宝的人和拒绝它的人。"他最后得意地宣告,"结果不用说,我们赢了。"

过了一会儿,考特兰才艰难地问道:"其他人怎样了?那些——不想要斯威宝的人?"

"他们呀,"修理工温和地说,"被斯威宝干掉了呗。"

考特兰哆嗦着,重新点起烟斗,"我以前都不知道这些事。"

"你是什么意思?"派斯布鲁克刺耳地追问,"它们怎么就干掉了那些人?它们做了什么?"

修理工很震惊地摇摇头,"我以前都不知道,普通民众会无知到如此程度。"但博学者的感觉显然让他很满足。他挺起瘦骨伶仃的小胸脯,继续向周围这些急切的听众普及历史常识,"怀特最早制造的那批原子能驱动的斯威宝很粗糙,时代所迫嘛,但还是能达到目的。最初,它能把投诚者分为两类:那些真正想弃暗投明的人,以及那些心怀不轨的家伙。后者还会再倒向敌人一方……他们并不忠诚。官方想要搞清楚,有哪些投诚者是真心想要融入西方,哪些只是间谍和特工。这是斯威宝最初的功用。但跟现在的型号相比,自然是不值一提。"

"当然。"被惊呆的考特兰表示同意,"完全没法比。"

"现在,"修理工油腔滑调地说,"我们完全不管那些初级阶段的问题了。干等着个人接受敌对理念,然后再等他浪子回头,是非常荒谬的事儿。在一定程度上,这也很讽刺,不是吗?61年战争之后,世上只剩了一种敌对理念,那就是关于斯威宝的对抗。"

他开心地笑道:"所以,斯威宝鉴定出来的就是那些不想被斯威宝鉴定的人。我的天,这还真是一场恶战。因为这不是那种乱七八糟的战争,不是丢炸弹和凝固汽油弹的那种。这是一场科学之战——才不是随机的杀戮。只有斯威宝闯入地下室、废墟和其他藏身所,把那些异端分子一个个揪出来。直到我们抓住他们所有人。所以,现在,"他讲完了历史,拿起设备,"我们再也不必担心战争或者其他类似问题。世上再也没有冲突,因为我们不再有彼此对立的理念。就像怀特证明的那样,我们具体相信什么,这并不重要。重要的是要每个人同心同德,完全信赖它。我们每个人都必须绝对忠诚。只要我们有斯威宝——"他默契地向考特兰挤挤眼睛,"嗯,作为一台新型斯威宝的拥有者,你已经体会到了它的裨益。你了解了那份安全感和满足感,确信自己的理念跟全世界的其他人完全一致。你根本就不可能,也绝对不会有机会胡思乱想——也不会被过路的斯威宝吞食掉。"

这次是麦克多维尔第一个打起精神来。"是啊。"他讽刺地说,"这还真像是夫人和我本人想要的东西呢。"

"哦,你绝对应该有一台自己的斯威宝。"修理工劝告说,"想想吧——如果你有自己的斯威宝,它就会自动调整你的头脑,它会让你完全跟紧时代。你将永远都能察觉自己头脑跑偏的苗头——记得我们的广告语吗?'为什么满足于一半忠诚?'有了您自己的斯威宝,您的立场将可以得到纠正……但如果你等待、观望,仅仅指望自己能留在正确的道路上。那么,某天你步入友人家的客厅,他家的斯威宝就可能敲开你的脑壳,把你整个吸干。当然,"他补充说,"路过的斯威宝也可能会及时校正你的态度,但通常来说,那是来不及的。"他面露微笑,"人们在思想走上邪路时,通常都会在被校正之前发展到无可救药的程度。"

"而你的工作,"派斯布鲁克嘟囔说,"就是让斯威宝保持正常运作吗?"

"如果不管不问,它们的确也会失常的。"

"你不觉得这有些自相矛盾吗?"派斯布鲁克继续追问,"斯威宝让人类保持正常,人类又负责让斯威宝保持正常……这是个封闭的循环啊。"

修理工有些困惑,"是啊,这样说还真是有趣。但我们当然是要控制斯威宝的,这样它们才不会死。"他哆嗦了一下,"或者出现其他更可怕的状况。"

"死?"赫利还没完全搞懂,"但如果它们仅仅是人类制造的产品——"他拧紧了眉头,"它们或者是机器,或者是生物,到底是哪种呢?"

修理工耐心地给他讲解起基础物理学,"斯威宝培养基是一种有机菌落,在人为控制的条件下,在蛋白质养料中成长。作为斯威宝基础的指令神经元当然是活的,它可以生长、思考、进食、排泄。是的,它当然是有生命的。但斯威宝作为一种工具,却是工业生产出来的个体。有机组织被注入其主仓,然后密封。我当然不会修理有机体。我只是给它注入营养液,以恢复良性膳食平衡,并尝试净化渗入内部的寄生组织。我的职责是维持养分的平衡与健康。而这台机器的其他部分,当然,是由百分百的机械设备组成的。"

"斯威宝能直接读取人的思想吗?"安德森着迷地问。

"当然,它是一种人工培养的、具有共情能力的后生动物。有了它,怀特就解决了现时代最基本的社会问题:不同社会理念之间的共存与争斗,不忠者与异见分子的问题。引用一下斯泰纳将军的名言:'战争,就是投票亭分歧延伸到战场上的结果。'以及全球清脑服务公约的序言中所说的:'若要消除战争,就必须清除人脑中的分歧,因为头脑才是一切纷争的最初起源地。'直到1963年之前,我们始终没有办法深入人的思想,这个问题一直无法解决。"

"谢天谢地。"费伊响亮地说。

修理工没有听到她的话,他完全沉浸在自己的激情中,"如今有了斯威宝,我们终于能够把普遍的社会忠诚问题转化为纯技术性的常规检查——剩下的无非是维修和维护。我们要关注的杂务,就是让斯威宝正常运作。"

"换句话说,"考特兰虚弱地问,"你们这些修理工才是唯一能影响到斯威宝的人。你们是人类中唯一能控制那些机器的群体。"

修理工考虑了一下。"我感觉是的,"他谦虚地承认,"是的,正是如此。"

"除了你们之外,它们几乎主宰了全人类。"

那瘦骨伶仃的胸脯进一步膨胀,简直是自信又豪迈,"我觉得您可以这样说。"

"听着,"考特兰抓住那人的胳膊,沉重地说,"你他妈的怎么就那么确信? 你真有能力控制机器吗?"他心里升腾起一份疯狂的奢望:只要人类还能影响到斯威宝的权威,就还有扭转局面的希望。斯威宝可以被拆解、撕成碎片。只要斯威宝还需要人类来维护,就不能说未来毫无希望。

"什么意思,先生?"修理工问,"我们当然是有控制权的。您不用担心。"他果断地掰开考特兰的手指,"你家的斯威宝在哪里?"他环顾整个房间,"我要加快进度,时间不多了。"

"实际上我并没有斯威宝。"考特兰说。

对方迟疑了片刻,思考他的话是什么意思。然后,修理工的脸上掠过一波奇异又复杂的表情，"没有斯威宝？但你刚刚明明对我说过——"

"出了点儿意外，"考特兰哑着嗓子解释，"现在世界上还没有任何斯威宝。时间太早了——它们还没有被发明出来。懂了吗？你来得太早了!"

年轻人的眼睛瞪大，几乎要从眼眶里冒出来。他抓起自己的工具，向后退了两步，眨眨眼，张开嘴，试图说话。"太……早了吗?"他终于明白了过来。突然他显得格外苍老，比刚才苍老了很多。"我本来就觉得奇怪。这么多未被摧毁的建筑……还有古典式样的家具。一定是传输器出了故障!"他的脸上掠过怒火，"都怪瞬间传输部——我就知道维护部门应该保留原有设备的。我跟他们说过，新产品使用之前要经过彻底调试。上帝啊，我们要付出多么惨重的代价啊。我甚至怀疑我们能不能把这烂摊子收拾好。"

他怒冲冲地弯下腰，迅速把工具收回皮包，然后关上箱盖，锁牢，站起身，向考特兰猛地鞠了一躬。

"晚安。"他态度生硬地说完，马上就消失了。

周围一圈人再也没有热闹可看。斯威宝修理工已经回到了属于他的地方。

过了一会儿，派斯布鲁克转身向厨房里的人示意。"你们可以关闭录音机了。"他无精打采地嘟囔道，"已经没什么好录的了。"

"上帝开恩。"赫利心惊肉跳地说，"一个被机器主宰的世界。"

费伊打了个寒战，"我无法相信那小个子男人会掌握那么大的权力。我本以为他只是个底层的小文员。"

"结果他却是大权在握。"考特兰声音嘶哑地说。

一片沉默。

两个孩子中的一个因困倦打起了哈欠。费伊故作镇定地带他们返回卧室。"你们两个哦，可是真该睡觉了。"她强颜欢笑地说。

两个孩子没精打采地反对着，但还是离开了客厅。房门关闭。渐渐地，客厅又恢复了喧嚣。磁带录音员开始倒带。速记员哆哆嗦嗦地放下铅笔，开始整理她的记录。赫利点燃一支雪茄，站在那儿抽闷烟，脸色灰暗，情绪低迷。

"我觉得，"考特兰最后说，"我们大家都相信刚才所发生的不是幻象或闹剧。"

"这个嘛，"派斯布鲁克说，"他凭空消失了。这是个足够有说服力的证据。还有他从自己包里掏出来的那些东西——"

"才九年。"电工帕金森若有所思地说，"怀特肯定就活在当下。我们找到他，先把他捅死完事儿。"

"军方工程师。"麦克多维尔表示同意，"名字是 R. J. 怀特。应该不难找到他。也许我们还来得及阻止这一切。"

"你觉得像那家伙一样的人能控制斯威宝多久？"安德森问。

考特兰疲惫地耸耸肩，"说不好，或许几年……或许一个世纪。但或早或晚，肯定会发生各种意外，发生他们未曾料到的种种，然后我们人类就要被机械猎食者消灭了。"

费伊的身体在剧烈颤抖，"这听起来好可怕。好在这事儿还不会马上发生，这让我感觉到些许欣慰。"

"你呀，就跟那个修理工差不多。"考特兰愤愤地说，"只要还没有威胁到自身，就……"

费伊已经在巨大的冲击下濒临崩溃。"这事儿我们稍后再谈！"她尴尬地对派斯布鲁克笑笑，"还要咖啡吗？我给你加一些。"她转身离开客厅,快步走进厨房。

她给咖啡壶加水时,门铃轻轻响了起来。

整个房间的人全都呆住了。他们面面相觑、鸦雀无声,每个人都心惊肉跳。

"他回来了。"赫利粗声说。

"也许不是他。"安德森心虚地说,"也许是摄影师那帮人终于到了。"

但却没有人走向门口。过了一会儿,门铃又响了,时间更长,也更坚决了一些。

"我们必须有人应门。"派斯布鲁克木然地说。

"反正我不去。"速记员的声音发颤。

"这也不是我家。"麦克多维尔指出。

考特兰只好僵硬地向门口靠近。但是,在他把手伸向门把手之前,就已经知道外面是什么人了——送货的,使用了他们最新的瞬间传输技术。这技术能把安装人员或维修人员即刻传送到工作地点。这样才能维护斯威宝的绝对统治,将意外状况发生的概率降到最低。

但意外还是发生了,瞬间传输控制器本身出了问题。它把时序倒转了过来,让后来的事先发生。把设计好的计划颠倒了次序——那本该是一个完美无缺的计划! 他握住门把手,把门拉开。

走廊里站着四个人。他们身穿式样普通的灰色制服,戴着工作帽。带队的那人迅速摘下帽子,扫了一眼手上的字条,然后礼貌地向考特兰点头示意。

"晚上好,先生。"他语调欢快地说。他是个健壮的男子,宽肩膀,蓬乱的棕色头发披覆在汗湿的额头上,"呃,我们有点儿迷路了,大概耽搁了一点儿时间才找到您家。"

他朝房子里瞄了一眼,提了下宽皮带,把信息条放进衣兜里,搓了下大而有力的双手。

"东西就在楼下的木箱里。"他对考特兰和客厅里的所有其他人说,"请告诉我你们想把它装在什么地方,我们马上就把它搬上来。我们需要较为宽敞的安装空间——窗边那儿应该足够了。"他转身向回走,带着他的安装团队一起走向运货电梯,"这种新型斯威宝挺占地方的。"

囚徒专卖

周六上午,大约十一点钟,埃德娜·贝特尔森太太已经准备好了她的小旅行。尽管每周都去,每次要花掉长达四小时的宝贵营业时间,她还是坚持亲自完成这趟利润丰厚的行程,没有把这个秘密发现告诉任何人。

因为这个销售渠道真的非同寻常。这是个重大发现,来自难以置信的好运气。她做生意已经五十三年,从没见过这么好的机会。如果加上她在父亲小店帮忙的日子,年头可能更久——但那样算没有意义。那时的她只是在积累经验(她父亲强调这一点),得不到任何报酬,但的确让她学到了生意经,找到了经营乡间小店的方法,学会擦洗铅笔,拆开粘蝇纸,给顾客送上干豆子,把猫儿从它爱睡觉的饼干桶里赶走之类。

现在,商店成了老店,她也成了老太婆。体形硕大、肥胖,深棕色皮肤的老店主——她的父亲——早就已经去世;她自己儿孙成群,年轻人到处迁徙,住哪儿的都有,他们一个接一个出现,在核桃溪镇住上一段时间,在干燥的炎夏挥汗如雨,定居几年后继续迁徙,像他们来时一样,一个接一个离去。她和她的店每年都会更破败、更低矮——更脆弱一些、阴沉一些、坚忍一些,也更孤独一些。

那天上午早些时候,杰基问:"婆婆,你要去哪儿?"尽管他知道她要去什么地方。跟以往一样,她要驾驶卡车出门:这是每周六的惯例行程。但他喜欢问,他喜欢那一成不变的答复。他喜欢这份稳定感。

他还有一个每周必问的问题,但这个问题的答案他就不那么喜欢了。第二个问题是:"我能一起去吗?"

答案永远是"不行"。

埃德娜·贝特尔森吃力地把包裹和纸箱从商店后门搬运到锈迹斑斑的大皮卡车上。车体积满尘土,侧面的红色金属板凹凸不平、遍布铁锈。发动机已经启动,它在正午的阳光下喘息、升温。几只没精打采的鸡在车轮边的泥地里啄食。一只脏兮兮的肥山羊趴在店门前的走廊里,它的表情懒散麻木,淡然旁观周围的一切。几辆轿车和卡车沿着魔鬼山大道奔驰。几个购物的人在拉法耶特街上缓步慢行,有农夫和农妇、做小买卖的、农场短工,还有几个身着俗艳的裤子跟印花衬衣、脚跶凉鞋、头上裹着花布大头巾的城里来的妇女。商店门口的收音机正播放着刺耳的流行音乐。

"我问你件事儿,"杰基理直气壮地说,"我想知道你要去哪儿。"

贝特尔森太太僵硬地弯下腰,抱起最后一摞纸箱。装车的大部分活儿在昨儿晚上让瑞典佬阿尼做完了,就是那个壮实的白发短工,他承担了商店内外大部分重体力活儿。"什么嘛?"老太太含糊地嘟囔着,满是皱纹的灰色面孔因专注而扭曲,"我要去哪儿,你心里清楚。"

老太太回店里拿她的订货本,杰基没精打采地跟在她后面,

"我能跟去吗？求你了！我能跟着去吗？你以前从来都不让我去——也没让其他任何人去过。"

"当然不行。"贝特尔森太太严厉地说，"这事儿跟任何人都没关系。"

"但我想跟你一起去。"

瘦小的老妇人扭动她发色灰白的头，瞥了他一眼，样子就像一只疲惫的毛色灰暗的老鸟打量着自己完全洞察了的世界。"谁都想跟我去。"贝特尔森太太的嘴唇微动，露出一丝莫测高深的笑，"但没人能如愿。"

杰基不喜欢这个答案。他闷闷不乐地回去招呼一名顾客，两手深深地插在牛仔裤兜里，既不甘心自己想参与而被排除在外，也不喜欢这种被拒绝的感觉。贝特尔森太太不理他，她把破旧的蓝色汗衫套在瘦弱的身躯上，找到太阳镜，拉上纱窗门，大步走向卡车。

想让这辆老车开动并不是一件容易的事。她坐在那儿，摆弄了一会儿变速挡，上下踩了好几回离合器，然后耐心等着内部齿轮咬合。最终，卡车尖啸、战栗，终于成功启动。车身向前略微跳了一下，贝特尔森太太让发动机全速运转，放开了手刹。

汽车震颤着驶向车道，杰基从房屋的阴影中闪出，跟在车子后面。视线所及之处不见他的妈妈，只能看到睡觉的绵羊跟挠食的鸡。就连瑞典佬阿尼都不见了，他可能去喝冰镇可乐了。现在机会难得，可以算是前所未有的好时机。而这件事他早晚都要做，因为他已经下定决心，一定要跟去。

杰基抓住车尾挡板，攀爬上去，脸朝下栽进车厢中成堆的包裹和纸箱里。卡车在他身下颠簸。杰基把脚缩进包裹堆里，蹲下来，竭尽全力确保自己不会被甩出车外。渐渐地，卡车平稳下来,不再来回摇摆。他长出一口气,满心欢喜地坐了下来。

他上道了,终于能跟车前去。他可以跟随贝特尔森太太奔赴她每周的神秘之约,据说,这番怪异的神秘生意让她获利颇丰。没有人了解这趟生意的详情,而他内心深处知道,它一定神奇又美妙,是件值得费尽心机去了解的事。

他此时最强烈的愿望,就是她不要中途停车验货。

特尔曼无比小心,给自己煮了一杯"咖啡"。他带了一杯烤过的谷物来到营地里专用的搅拌器前——那是由汽油桶改造的。谷物倒入后,他又加入一小把菊苣,再加上几片干麸皮。他沾着尘土的两手哆嗦着,艰难地让金属格栅下的灰烬和木炭间再次腾起火。他用平底锅装了些温热的水置于格栅上,然后再去找勺子。

"你在搞什么?"他的妻子在背后问。

"呃。"特尔曼紧张地挡在格莱迪斯和火堆之间,"只是在瞎忙而已。"尽管极力克制,他的声音还是带了些哭腔出来,"我也有权为自己做点什么,不是吗? 跟其他人一样。"

"你本应该出去帮忙干活。"

"我去了,但是闪了腰。"干瘦的中年人在妻子前不安地低下头,拉扯他脏兮兮的白衬衣。他向棚屋门口退去,"你真烦,任何人都有需要休息的时候吧。"

"要休息也得等干完正事儿再说。"格莱迪斯疲惫地理了下浓密的暗金色头发,"要是每个人都像你一样就完了。"

特尔曼气得涨红了脸,"是谁给大家规划航线的? 是谁承担全部的导航工作的?"

妻子干裂的嘴唇上掠过一丝冷笑。"我倒要看看你的规划是否可靠。"她说,"然后我们再谈。"

特尔曼愤怒地冲出棚屋,站在刺眼的午后阳光里。

他痛恨这颗太阳,那恶毒的白色强光从早上五点出现,一直折磨大家到晚上九点。末日大爆炸早就蒸干了大气层中的水蒸气,现在的阳光极为炽烈,对任何人都毫不留情。但世上也已经没有多少人在乎了。

他的右手边是组成营地的那组棚屋—— 一片难以辨认的杂合体:木板、毯子、白铁片、绳索、油纸和竖立起来的水泥柱,以及向西四十英里外的旧金山废墟里能找来的一切东西。无精打采飘垂的布片用做门帘,以防备昆虫的侵袭,它们时不时就会经过营地。昆虫的天敌——鸟儿们——如今已经不见踪影。特尔曼已经两年没见过鸟类——他觉得以后应该也无法见到了。营地之外就是无尽的黑色死灰,这个星球焦枯的表面不再有地貌特征,不再有生命气息。

营地建于天然盆地中,躲在一道低矮山脉的遮蔽下。核爆冲击波震碎了高耸的山峰,岩石接连几天砸入山谷。旧金山被炸平后,幸存者曾在乱石之间寻找躲避阳光的角落。这是最严峻的考验——无法遮挡的太阳。不是昆虫,不是放射性灰烬,也不是核爆时的白色怒火,而是太阳。脱水而死的人数远远超过中毒死者的数量。

特尔曼从胸前的衣兜里取出一包宝贵的香烟,颤抖着点燃了一根。他瘦如鸟爪的手在哆嗦,一半是因为疲惫,一半来自怒火和紧张。他真心痛恨这座营地,他厌恶这里的每一个人,包括他的妻子。他们值得拯救吗? 他对此表示怀疑。他们大多数已经变成了野蛮人。现在能不能让飞船起飞,还重要吗? 他在挥洒着汗水,耗费心智和生命,试图拯救他们。但他们却更适合下地狱。

但话说回来,他本人的安危也跟这些人息息相关。

他迈着僵硬的两腿走到巴恩斯和马斯特森站着聊天的地方。"进展怎么样?"他没好气地问。

"不错。"巴恩斯回答,"现在看来,用不了多长时间了。"

"还需要一车货。"马斯特森凝重的面庞不安地抽动着,"我希望这次不会有什么意外。她应该随时会到。"

特尔曼讨厌胖子马斯特森身上的那股味儿,汗涔涔的,跟牲口似的。他们处境艰危,但是也不能搞得浑身跟猪一样脏啊……在金星,情况会大不一样。马斯特森现在还有用——他是一名有经验的机械师,在整修飞船涡轮和喷射发动机方面的价值毋庸置疑。但等到飞船降落,东西全部被拆解之后……

特尔曼想到这些就满意了,继续设想重建世界秩序后的情形。城市化为废墟以来,社会等级荡然无存,但将来完全可以恢复原样。比如弗兰纳里,他不过是个满嘴污言秽语、不体面的爱尔兰装卸工人而已……但现在却负责给飞船装载物资,承担着目前最重要的工作。弗兰纳里暂时春风得意……但这将被改变。

局面必将改变。特尔曼感到欣慰,大步离开巴恩斯和马斯特森,向飞船走去。

飞船很大。喷口周围还能看到漏印上的编号,字迹还没有被浮尘和艳阳抹掉。

美军装备火箭系列 A-3(B)型

最初,这是一种高速"报复性大规模杀伤武器",配有氢弹弹头,准备大规模杀伤敌人。这枚火箭并未来得及发射,苏联人的剧毒晶体便悄无声息地涌入了本地指挥所的门窗里。待到预定发射日期来临,军事基地里已经没人能执行命令。但这已经不重要了——那时也已经没有了敌人。火箭矗立了数月之久,直到最早一批难民偶然闯入群山中的指挥部废墟时,它仍在原地。

"它很漂亮,不是吗?"派特·谢尔比在忙碌中抬头看了一眼特尔曼,疲惫地对他笑了笑。她小巧迷人的面庞显得极度疲劳,眼圈发黑。"有点儿像纽约世博会的特瑞龙火箭。"

"我的天。"特尔曼说,"你居然还记得那个?"

"那年我才八岁。"派特说。在飞船的阴影里,她正在细心检查自动继电线路,这些设备将飞船内的空气、温度、湿度维持在适合的范围内。"但我永远都不会忘记那里的情形。也许我有预知能力——那时我看到火箭矗立在面前,就已经知道将来某天,它会对所有人至关重要。"

"只是对我们这二十个人很重要而已。"特尔曼把剩下半根的香烟递给她,"给你——看上去会对你有帮助。"

"谢谢。"派特将香烟叼在唇间,"我就快完成了。天哪,有些继电器真的好小。设想一下——"她举起一片又小又薄的透明塑料片,"等我们到了冰冷的太空中,这么个小东西就能决定大家的生死。"她深蓝色的眼眸中掠过一丝怪异的神采,"也是整个人类的存亡。"

特尔曼笑起来,"你跟弗兰纳里还挺像。他也总是突发奇想,然后就喋喋不休。"

约翰·克劳利教授——曾经的斯坦福大学历史系主任,现在营地里的名义首领——跟弗兰纳里和珍·多布斯一起,正在检查一名十岁男孩化脓的胳膊。"是辐射。"克劳利郑重地说," 辐射强度每天都在上升。这是放射性尘埃渐渐落地带来的结果。再不赶紧离开，我们就死定了。"

"这不怪辐射。"弗兰纳里用他极度自以为是的声调纠正说，"是中了剧毒晶体的毒。那种东西在山区的浓度极大，这孩子去那边玩过。"

"是这样吗？"珍·多布斯问。男孩点头，不敢抬眼看她。"你说得对。"她对弗兰纳里说。

"给创口涂些药膏，"弗兰纳里说，"然后祈祷他能活下去。除了磺胺噻唑之外，我们已经没有多少药物可用。"他看了一眼手表，突然紧张了起来，"除非她今天能送来盘尼西林。"

"要是她今天送不来，"克劳利说，"她将来也不会了。这是最后一批货。把它们装好之后，我们就要发射。"

弗兰纳里搓着两手，突然吼了起来："那还不把钱拿出来！"

克劳利微笑，"好啊。"他在一个钢质储藏柜里摸索了片刻，取出一叠纸币。他把一大沓钱递到特尔曼面前，捻开来，诱惑似的说："您随便选。全拿走都成。"

特尔曼紧张地说："省着点儿。老太婆可能又给所有东西涨价了。"

"我们有足够的钱。"弗兰纳里取了些钱，塞在半满的运货小推车里，小车正在前往飞船，"满世界都有钞票飘飞，跟灰烬和骨头渣一样普通。我们在金星可用不着这种东西——她就算全都拿走也行。"

在金星。特尔曼狂躁地想，世界要恢复其应有的秩序，弗兰纳里该回去挖排水沟，那才是他应得的位置。"她最近送来的都是些什么？"他问克劳利和珍·多布斯，不理会弗兰纳里，"她上次送来的货都是些什么？"

"漫画书。"弗兰纳里一边心不在焉地说,一边从他脱发的前额抹去汗珠;他是个黑发的瘦高个儿年轻人,"还有口琴。"

克劳利冲他挤挤眼睛,"挑得真好。这样我们就可以整日躺在吊床上吹奏《迪娜的情郎在厨房》。"

"还有鸡尾酒搅拌棒呢。"弗兰纳里提醒他,"以便我们能更好地调制38年产优质香槟。"

特尔曼火了,"你们这群败类!"

克劳利和弗兰纳里狂笑起来,特尔曼大步走开,为刚才这番羞辱生闷气。这都是些什么白痴、什么疯子啊?这时候还开玩笑……他郁闷地想,带着几分自责地望着飞船。他们远赴金星,将要建立的就是这样一个世界吗?

巨大的飞船在无情的炽热阳光下泛着光芒。一个直立的巨大合金管裹着保护性纤维壳,矗立在破旧的棚屋旁。再装一批货,他们就将升空。只差最后一车补给品了——这些像涓涓细流一般缓缓注入的物资来自他们唯一的供货渠道,给他们带来了一线生机。

特尔曼一边祈祷着不要发生意外,一边转身去等埃德娜·贝特尔森和她老旧的红色皮卡车出现。他们还有这样一根奇异的纽带,跟富庶的、未被伤害的过去时代相连。

公路两旁都是葱茏的杏树林。蜜蜂和蝴蝶在地上腐烂的果实间嗡嗡飞舞。时不时会有路边小摊闪过,看摊的都是些昏昏欲睡的孩子。车道上停着别克和奥兹莫比尔。土狗们四处逛巡。有个路口旁边开了一家装饰奢华的酒馆,霓虹标识闪烁着,在上午的阳光下苍白得鬼气森森。

埃德娜·贝特尔森太太凶巴巴地瞪着那家酒馆以及四周停

放的小汽车。城里人正在向山谷中迁徙,他们砍伐老橡树,铲平古老的果园,建起乡村别墅。他们会趁中午歇息,在此灌上几杯威士忌,然后继续吵吵闹闹地开车乱闯。他们驾驶那种流线型车尾的克莱斯勒车,时速能飙到六十五英里。之前被她堵在后面的一长列汽车突然加速,从她侧面疾驰而过。她任由这些人超车,脸像石头一样凝固,无动于衷。由他们赶去投胎吧。长久以来,如果她也这样着急忙慌,就不会在孤独、漫长的驾驶中发现自己独特的能力了——她有窥见"未来世界"的能力。基于此,她发现了时间线中的孔洞,得以轻易地高价售卖货品,赚取暴利。如果他们赶时间,尽管去赶。卡车后厢中的货物有节奏地摇晃着。发动机轰鸣。后车窗上,有只半死的苍蝇在嘤嘤嗡嗡。

杰基四仰八叉,倒在纸盒和纸箱之间,享受着这段行程,一路平静地观察杏树和来往的车辆。他对路边呆立着、等着过马路的一只狗儿做鬼脸;他对太平洋电话公司的维修工挥手,那人正从巨大的轮子上抽出电话线。炙热的天空下,魔鬼山的高峰直耸入云,冷硬的岩石镶入天空。雾气弥漫在山顶,让山显得愈发遥远。

突然间,卡车离开州际公路,进入一段沥青岔道。这里车辆较少。卡车开始上坡……果实累累的果园被抛在后面,周围都是平整的棕色农田。右边有一座破败的农舍。他很有兴趣地观察它,揣测它已经建成了多久。等它离开视线之后,就再也没有新的人工建筑出现了。田野也开始变得荒芜。偶尔能看见一段残破的摇摇欲坠的篱笆。还有些墓牌,上面刻的字已经模糊不清。卡车正在接近魔鬼山脚下……几乎没有人来这种地方。

男孩懒散地想着,不知贝特尔森太太为什么会前往此处。

这里根本就无人居住;突然之间,周围已经没有了农田,只剩荒草和灌木、旷野,加上乱石遍布的山坡。一只野兔灵巧地跃过老化的路面。连绵的山影,一大片树林,一处乱石坡……周围什么都没有,只能看见州立消防塔,有时能看见一片河滩和遭遗弃的野餐区,它们曾由州政府维护,现在已被遗忘。

男孩有一点儿害怕。这可不像会有顾客居住的地方……他以为这辆破旧的皮卡车一定会径直进城,带他和货物一起到旧金山、奥克兰或者伯克利,任何一座城市,他可以偷偷下车,四处逛逛,看看风景名胜。但这里什么都没有,只是一片了无人迹的荒山,寂静、可怕。在山峰的阴影下,连空气都阴冷异常。他打了个寒战,突然希望自己没有跟来。

贝特尔森太太减缓车速,卡车轰鸣着切换到低速挡。发动机在呻吟,黑烟狂喷,车子吃力地爬上一段陡坡,两边怪石嶙峋,边角尖利可怖。远方的某处有鸟儿尖啸,听着那声音在山间回响,杰基心惊肉跳,盘算着自己该怎样才能吸引到祖母的注意。要是能坐到前面的驾驶室里就好了。哪怕只是——

然后他就注意到了。一开始他还不肯相信……但又不得不信。

在他身下,卡车开始消失。

它是慢慢淡去的,慢到几乎难以察觉。卡车越来越黯淡,它锈迹斑斑的红色侧面先是变灰,然后变透明。脚下深黑色的道路还在。在极度慌乱中,男孩想要抓住那些纸箱。他的手却穿箱而过。现在的他,摇摇欲坠地坐在一片模糊的浪潮上面,周围的一切都像是鬼影一样浅淡。

他哆嗦了一下,开始下滑。现在——很瘆人——他悬吊在车身中间,就在尾气管上面。他绝望地乱抓,想要抓住头顶随便哪只箱子。"救命啊!"他大叫。他的声音在周围回荡,这是唯一的声响……卡车的轰鸣声正在淡去。有一会儿,他还想抓住卡车渐渐消散的轮廓。然后,轻轻地、慢慢地,卡车最后的残影也已经消失,伴着惨痛的跌落声,男孩摔在了路面上。

跌落的惯性让他滚过道旁排水沟,摔入干草丛中。他惊呆了,既觉得痛,又觉得难以置信,躺在那里喘息,一度试图撑起虚弱的自己。周围一片死寂。卡车和贝特尔森太太都已经消失不见。他孤身一人。他吓坏了,闭上眼睛,躺倒在地。

过了一会儿,也许不是很久,他被尖利的刹车声惊醒。一辆肮脏的橙色维修车急停下来,两个穿卡其布工作服的人跳下卡车,快步赶来。

"出了什么事?"其中一个人向他喊。他们抓住他,表情严肃,很是紧张,"你在这种地方干什么?"

"我掉下来了。"他咕哝说,"从卡车上。"

"什么卡车?"他们追问,"怎么掉下来的?"

他没办法告诉他们,他只知道贝特尔森太太不见了。他到底还是没能成功。她又一次独自踏上行程。他永远不可能知道老太太去了哪儿;永远无法得知她的顾客的真实身份。

握紧卡车方向盘,贝特尔森太太知道时空转换已经完成。隐隐约约中,两侧的棕黄色农田、岩石和绿色灌木丛渐渐消失。她第一次"向前穿越"时,把车开进了海洋一样的黑灰里。她当时过度兴奋,完全顾不上"扫描"时空隧道彼端的境况,她只注意到那边有顾客……然后就冲过时空之洞,想第一时间找到他们。她笑了笑……其实她根本不必着急,这里没有竞争者。事实上,那些顾客如此急于跟她交易,他们几乎是毫无保留地做出一切努力,尽可能让她更方便地往来。

那些人还修建了一条简单的公路,深入灰烬之中——其实就是一条木板通道,卡车目前正在沿着它行驶。她已经搞清楚了"向前穿越"的确切位置,就是在州立自然公园内四分之一英里、卡车经过排水暗渠的地方。这里,"在未来",那条暗渠同样存在,但已经所剩无几,只有一堆杂乱的碎石保持着大致轮廓。道路则被完全埋葬了。卡车轮下,那条简易道路吱嘎作响。如果爆了胎,肯定很糟糕……但他们中有人会修理。他们总是在忙着工作,多这么个小任务,算不了什么。她现在已经能看到那些人,他们站在木道末端,不耐烦地等着她。他们身后是那片粗陋的、臭烘烘的棚屋,更远处是他们的飞船。

她还挺喜欢他们的飞船。她知道那是什么——偷来的军方资产。她用瘦骨嶙峋的手紧握住变速杆,把卡车挂在空挡上,减速停车。那些人靠近时,她开始挂上手刹。

"下午好。"克劳利教授咕哝说。他的眼睛犀利又热切地打量着卡车载来的货物。

贝特尔森太太心不在焉地回应了一下。她不喜欢这拨人里的任何一个……他们全都脏兮兮,一身汗味,满心恐惧,身上的衣服油腻肮脏,周身弥漫着一层绝望。像一群惶恐的、可怜的小孩子,他们聚集在卡车周围,满怀希望地摸索那些包裹,准备把它们卸到黑黑的地面上。

"住手,"她严厉地说,"别动那些东西。"

他们的手像是被烧到一样缩回。贝特尔森太太黑着脸从车上下来,抓起她的送货单,慢腾腾地走到克劳利面前。

"你们都给我等着。"她对教授说,"那些东西都是要记账的。"

教授点点头,看看马斯特森——他正在舔干裂的嘴唇,乖乖地等着。他们都在等。一直都是这样。他们知道,她也知道,他们没有别的办法得到补给。而如果得不到这些补给,这些食物、药品、衣物、工具、仪器和原料,他们就无法乘坐飞船离开。

在这个世界,在这种"未来",这些货物都不存在。至少,不是所有人都能随便获得。她只粗略地观察一下便明白了,她能看出这里遭受的破坏。他们没有把自己的世界管好。他们毁灭了一切,把整个世界变成了灰烬和废墟。好吧,这是他们自己的事儿,跟她无关。

她向来对搞清这个世界跟自己世界的关系不感兴趣。她仅仅满足于知道两个世界同样存在,她可以往返于两个世界之间。而且她是唯一知道方法的人。有几次,这个世界的人,这伙人中的几个,曾经尝试跟随她"回到那边",但每次都会失败。她穿越时,那些人会被留在这里。这是她的天赋,她的超能力。无法跟任何人分享——她对此非常满意。对于一个生意人来说,这特长非常有用。

"好啦。"她干脆地说。站在能看到所有人的地方,开始统计每一个从车上搬走的箱子。她的例行记账过程精确无误,这是她生活的一部分。从记事时起,她就热衷于各种商业交易。她的父亲教她学会了如何在商业世界生存。她学会了他的核心准则和规矩,她现在就是在遵照执行。

弗兰纳里和派特·谢尔比一起站在旁边。弗兰纳里拿着钱——这批货物的应付款。"嗯,"他小声说,"我们这回终于可以让她见鬼去了。"

"你确定吗?"派特紧张地问。

"最后一车货物已经送达。"弗兰纳里干笑着,颤抖的手捋过渐渐稀疏的黑发,"现在我们终于可以上路。有了这批东西之后,飞船就会被塞得满满当当,我们甚至可能需要坐下来,现在就吃掉一些东西。"他指着一个鼓鼓的箱子,里面全是各种杂货,"火腿、鸡蛋、牛奶、真的咖啡,也许我们不用把它们全都急冻起来。也许,我们应该在起飞前来一场最后的狂欢。"

派特憧憬地说:"真能那样就好了。我们已经很久没吃过那些美味的食物了。"

马斯特森溜达了过来,"我们动手杀掉她,放大锅里煮掉算了。这个干瘦的老巫婆——用她炖汤或许很好喝。"

"还是用烤炉更妙。"弗兰纳里纠正道,"加点儿姜汁面包,吃不完带着路上吃。"

"我希望你们不要那样说话。"派特担心地说,"她那么的——好吧,也许她就是个老巫婆。我是说,也许巫婆就是……那种有着奇特能力的老女人吧。就像她,能够穿越时间。"

"遇上她,我们还真是走了狗屎运。"马斯特森坦率地说。

"但她自己却不懂。对吧?她知道自己在做什么吗?她知不知道,如果跟我们分享这种能力,就能救助我们所有人?她知不知道我们的世界发生了什么?"

弗兰纳里考虑了一下,"很可能她并不知道——也不在乎。她的脑子只能装下生意和利润,盘算如何在我们这里哄抬物价,把这些破烂卖给我们。最可笑的就是,其实钱对我们来说毫无价值。如果她稍作观察,就应该明白,在我们这个世界,钱只是废纸。但她却被困在自己的积习里,就知道生意、利润。"他摇摇头,"就那么一个头脑扭曲、可悲、像虱子一样渺小的人……偏偏是她,拥有那样稀有的天赋。"

"但她见识过啊。"派特坚持说,"她看见过那灰烬、那些废墟。她怎么可能不明白?"

弗兰纳里耸耸肩,"她很可能没有把这些跟她自己的生活联系起来。毕竟,她本人过不了几年就会死……她不会在自己的生命里亲历战争。她虽然能来到此处,但她并不会将此处与未来等同起来,这对于她仅是一种异乡历险。她可以进入,也能离开——但我们却被卡在这里。要是你能脱离一个世界,进入另一个,那还真他妈有安全感呢!上帝啊,要是我能跟她一起回去,真是甘心付出任何代价啊。"

"之前有人尝试过。"马斯特森指出,"那个蜥蜴脑袋的特尔曼就试过。但他是步行回来的,浑身是灰。他说那辆卡车是渐渐淡出,然后消失的。"

"它当然会淡出。"弗兰纳里幽幽地说,"她把车开回了核桃溪镇。回到了 1965 年。"

卸货已经完成。居住地的人们正在吃力地攀上斜坡,把纸箱搬到飞船下的装填区。贝特尔森太太大步来到弗兰纳里面前,克劳利教授在一旁陪同。

"这是发货清单,"她干脆地说,"有几件东西找不到。你知道,我不是所有商品都有存货。大部分东西都是我特地派人去采购的。"

"我们知道。"弗兰纳里感觉到一种含有恶意的快感。乡间小店的确不太可能存有双筒显微镜、六角机床、冷冻抗生素、高频无线电发报机,还有各个学科的高级教材。

"这就是我不得不加价的原因了。"老妇人继续说,这是每次敲诈必不可少的步骤,"针对我特别进货的物品——"她查看了一下送货清单,然后把上次来时克劳利给她的十页订货单返还,"也有一些买不到,我把它们标成了暂缓送货项目。还有些要从东海岸实验室订购的金属——他们说可能稍后有货。"那双苍老的灰眼睛掠过一丝狡诈的神采，"它们都会非常昂贵。"

"这没关系。"弗兰纳里把钱递给她，"你可以把所有暂缓送货项目全部取消。"

一开始，她的脸上没有显出任何表情，只是隐隐有些困惑不解。

"不用再来送货。"克劳利解释说。这些人像是放松了好多。有史以来第一次，他们不再惧怕她。原有的关系已经终结，他们不再依赖那辆老旧卡车。他们有了储备，他们已经准备好离开。

"我们要起飞了。"弗兰纳里得意地笑着说，"已经万事俱备。"

对方终于开始担心。"但是那些东西我已经下了订单。"她的声音纤细、苍凉，听上去毫无感情，"它们会被送到我这儿。我不得不花钱买下。"

"是哦。"弗兰纳里轻声说，"听起来真他妈惨。"

克劳利警告式地瞪了他一眼。"抱歉。"他对老妇人说，"我们不能久留。这个地方越来越热，我们必须及时发射。"

那张苍老的脸上的不快渐渐转变成了愤怒。"你们订购了那些东西！你们必须买下它们！"她尖厉的声音变成刺耳的号叫，"你让我怎么处理那些古怪玩意儿？"

就在弗兰纳里准备恶语相加的时候，派特·谢尔比插手了。"贝特尔森太太，"她轻柔地说，"您为我们做了很多，尽管您不肯帮我们穿过那个虫洞，进入你的时代，但我们还是很感激。要不是有你，我们根本不可能收集到足够的补给。但我们真的要走了。"她伸出一只手，想要抚摸对方瘦弱的肩膀，但老妇人愤怒地挣脱了。"我是说，"派特尴尬地说完，"我们不能再多逗留，不管我们自己愿意与否。您看到这些黑灰了吧？它们有放射性,而且在地面越积越多。危害程度正在上升——如果我们继续停留,就会被它们吞噬。"

埃德娜·贝特尔森太太站在原地,手里紧握她的送货清单。她脸上的表情是这帮人从来没有看到过的。那波狂怒已经过去,现在是一种冷冷的透着寒意的釉彩裹在她老迈的面容上。她的眼睛就像灰色岩石,完全没有任何情感。

弗兰纳里不为所动。"这就是你抢到的脏钱。"他生硬地把钞票塞过去,"这他妈算什么?"他对克劳利说,"我们把剩下的也丢给她,塞进她该死的嗓子眼里。"

"闭嘴。"克劳利训斥他。

弗兰纳里反感地回击:"喂,你跟谁这样说话呢?"

"不要太过分。"克劳利紧张、焦虑,试图安抚老妇人,"上帝啊,你不会以为我们会永远困在这里吧?"

没有回应。突然间,老妇人转身,默默地大步返回她的卡车。

马斯特森和克劳利不安地对视。"她肯定是疯了。"马斯特森担心地说。

特尔曼快步上前,看了一眼爬上卡车的老妇人,然后弯腰围着一箱杂货查看。孩子式的贪婪出现在他瘦削的面孔上。"看呀,"他赞叹着,"咖啡——足足十五磅。我们能打开一些吗?我们能不能只打开一听,庆祝一下?"

"当然可以。"克劳利干巴巴地说,他的两眼还盯着卡车。伴着一声沉闷的轰鸣,卡车绕了一个大圈,然后沿着粗糙的木板路,驶向铺满灰烬的荒原。它在灰烬间疾驰,滑行一段后,渐渐消失。只剩下阳光照耀下的一片灰黑。

"咖啡!"特尔曼快乐地叫嚷。他把亮闪闪的白铁罐抛入空中,又笨拙地接住,"庆祝吧!我们的最后一夜——在地球表面的最后一餐!"

这是真的。

红色皮卡车颠簸着沿途开走的路上,贝特尔森太太环顾整个"未来世界",发觉那些人说的是实话。她薄薄的嘴唇痛苦地抿紧,嘴里有一股苦涩的味道。她一直都在想当然,以为他们会一直买下去——这里没有竞争者,没有其他供货源。但他们却要走了。等他们离开,这里就不再有销售市场。

她永远也不可能找到如此令人满意的市场。这是个完美的倾销处,这群人堪称完美顾客。在店后锁着的箱子里,谷物袋的下面,藏有接近二十五万美元。一笔巨款,全是这几个月挣到的,从这群囚徒一样的旅居者手里挣来的,就在他们努力建造飞船期间。

而正是她自己让他们的目标得以实现。放走了这批人的责任都在她自身。因为她目光短浅,他们才得以逃脱。她没用脑子。

她在驾车返回小镇的路上认真思考、理性推断。这一切都怪她自己。她是唯一有能力给他们送去补给的人。如果没有她,这些人毫无生机。

她怀着希望,又开始东张西望,用她的深层感知力去寻找,深入不同的"未来"。当然有不止一种未来。"未来"就像一片由不同方块拼成的图案,一个由不同世界组成的网络。如果她愿意,就可以进入网中。但在所有网格里,都没有她想要的东西。

所有的未来都是一片布满黑色灰烬的焦土,没有人烟。没有她想要的东西:那里没有顾客。

"未来"的图景很复杂,事件序列像串珠一样彼此连接,有些未来组成链条。循序渐进……但并不与其他链条互通。

她小心地、细致地搜索每一个事件链条。有很多未来……几乎是无穷尽的可能。而她有选择的力量。她已经进入过那一条,在那条特别的事件链条中,有个破败的人类居住地在建造飞船。她进入之后,让它成功显现,凝固成了现实。令它从无尽的可能性中脱颖而出,不再是无数种可能中的一个。

现在,她需要做的就是拖出另外一条。事实证明,之前的"未来"不能令她满意。那个专卖市场消失了。

卡车正在进入美丽的核桃溪小镇,途经光鲜的商店、住宅和超市,然后她才找到目标。可能性太多了,而她的头脑已经衰老……但现在,她要把那种可能性挑出来。她一旦找到这个,就知道它是唯一理想的选择。她天生的商业本能佐证了这一点。这个特别的"未来"完全符合预期。

在所有可能性中,所选的这个独一无二。那艘飞船建造得很好,也经历了完善的测试。在绝大多数"未来"中,飞船都成功升空,在空气阻力下缓缓飞行了一阵,然后终于突破大气束缚,飞向启明星。而在少数几个"未来"中,在那些失败的序列里,飞船炸成了白热的碎片。全部这些,她都无视了,这些对她都没有好处。

在更少数一些"未来"里,飞船根本就没能起飞。涡轮疾转,废气喷涌而出……但飞船还在原地。然后这些人从中逃离,开始检查涡轮,寻找故障的部件,最终还是没什么收获。在这个事件链条的结尾,损毁部分被修复,起飞顺利完成。

但有一个链条是"正确的",每种元素、每个事件都发展到极端完美。密闭舱门关闭，飞船完全密封。涡轮机组启动，飞船战栗着从布满黑灰的土地上飞起。升空三英里后，末端推动器意外脱离。飞船翻转，尖啸着跌落，摔回了地球表面。本来要用于金星的紧急着陆系统被走投无路的乘员们启动。飞船减速，悬浮了令人心悸的一段时间，然后掉落在曾是魔鬼山的那堆乱石上。飞船残骸就留在那里，金属板扭曲，凄惨地静静冒着烟。

人们从飞船里出来，心惊肉跳，默默无言，检查损失。再次开始了可怜又徒劳的努力。收集物资，修补火箭……老妇人得意地笑了。

这正是她想要的，这个未来完美无缺。而她必须做的——那么微不足道一件小事——就是选定她下次旅程要去的未来时间线。等到下周，她要继续她的小小旅程。

克劳利半埋在黑灰里，虚弱地摸着脸上一道深深的伤痕。有颗牙齿断了，还在阵阵抽痛。黏稠的血从他嘴角滴落，热热的、咸咸的体液不断流失。他想要挪动一下腿，但却没有感觉——腿断了。他的头脑过于混乱、过于绝望，完全无法理解这一切。

在灰暗世界中的某处，弗兰纳里挣扎了一下。有个女人在呻吟。岩石和飞船残片之间躺着那些受伤和垂死的人。有个身影站起来，绊了一下，又摔倒。有人工照明工具闪亮，是特尔曼，他正在这个世界的残破废墟里艰难行动。他张大嘴巴，傻傻地看着克劳利，他的眼镜挂在一侧耳朵旁，下颌的一部分不见了。突然，他脸朝下倒在一堆冒着烟的补给品上面，瘦弱的身体抽搐着。

克劳利吃力地跪起来。马斯特森正在弯腰看他，一遍又一遍地说着些什么。

"我还好。"克劳利喘息着说。

"我们落地了。飞船坠毁。"

"我知道。"

马斯特森伤痕累累的脸上开始显出歇斯底里的迹象,"你觉得有没有可能——"

"不会,"克劳利咕哝道,"那不可能。"

马斯特森开始傻笑,泪水冲过他脸上的污迹,顺着脖子流下,滴在他烧黑的衣领上,"是她做的,她算计了我们。她想让我们继续困在这里。"

"不。"克劳利重复道。他强迫自己不往那里想。这不可能,这绝对不可能。"我们能逃离的。"他说,"我们将把残骸重组——从头再来。"

"她还会回来。"马斯特森颤抖着说,"她知道我们还得在这里等她,当她的顾客!"

"不。"克劳利说。他不信这个邪。他强迫自己不去相信这个,"我们会成功离开的。我们别无选择!"

塑造扬西

利昂·赛普林呻吟着把他的工作文件推开。在数千人的组织里,他是唯一没有进展的人,也许他是整个木卫四所有扬西员工里最不尽职的那一个。恐惧和迅速蔓延的绝望让他抬起手,打开拜布森的通话频道——后者是整个办公室的主管。

"那个,"赛普林哑着嗓子说,"拜布森,我觉得自己的思路卡住了。能不能再播放一遍影像,到我负责的段落为止?也许再看一遍,我就能找准写作节奏……"他心虚地笑笑,"从其他人的优秀创意里得到一些启发。"

拜布森考虑片刻,伸手打开了创意合成器,他那张大饼脸上没有一丝同情,"你在拖延进度吗,赛普林?这段必须加入今晚六点的节目。时间紧迫,我们必须在晚饭休息时段把它上传到视频专线中。"

节目信息开始显现在墙面的屏幕上,赛普林把注意力转向它,感谢这个能够避开拜布森冷眼的机会。

屏幕上映出扬西的3D影像,一如既往,是从腰部往上的半侧面像。约翰·爱德华·扬西身穿褪色的工装衬衫,衣袖卷起,晒黑的胳膊上汗毛密集。他是个年近六十的中年人,黝黑的脸,脖子微红,因为面朝太阳而眯起眼睛,露出和气的微笑。扬西身后是他静谧的菜园、车库、花圃、草地,还有他精致的塑料小房的背面。扬西正在朝赛普林微笑:像个夏日正午稍事休息的邻居,因为炎热和修剪草地而满头是汗,将要对天气发表一番无害的抱怨,聊聊整个行星的状况,还有邻居们的日常。

"跟你讲哦。"赛普林桌面上的扬声器里传来扬西的声音,声调低沉、真挚,"我孙子拉尔夫有天早上碰上一件特别逗的事儿。你知道拉尔夫这孩子啦,他总是要提前半小时到校……说他想要比所有人更早坐到座位上。"

"像只勤劳的小河狸。"邻桌的乔·佩恩斯起哄说。

屏幕上,扬西的声音还在继续讲述,他自信、亲和,完全不被外物打扰,"反正呢,拉尔夫看到只松鼠,它就站在马路沿儿上。那孩子停下来,站了一分钟看它。"扬西脸上的表情如此真实,赛普林险些就相信了他。他几乎能亲眼看到那只松鼠和探着头的扬西家的小孙子——他是全星球最知名的孙子,他父亲是最知名的儿子,祖父则是最知名也最受爱戴的人。

"那只松鼠呢,"扬西还是那副和蔼可亲的模样,"正在搜集坚果。上帝为证,这只是平平常常的一天,才刚刚六月中旬而已。而这只神奇的小松鼠,"他用两手比画它的个头,"就已经在忙着搜集坚果,把它们存起来过冬了。"

然后,那副兴高采烈地讲述轶闻趣事的表情从扬西脸上淡去,严肃的、深思的样子取代了它:这是思想家的表情。他的蓝眼睛深沉了起来(色彩部门做得好),他的下巴显得更加轮廓分明、更加威严(智能机器人部门的替身切换工作也不错)。扬西显得更郑重、更成熟,也更有说服力。在他身后,花园场景已经被替换,完全不同的背景淡入。扬西现在屹立在一片广阔的大地之上，周围是高山、烈风和古老怪异的森林。

"这引起了我的思考。"扬西的声音变得深沉、缓慢，"那只是一只小松鼠。它是怎么知道冬天即将来临呢？但它却在辛勤工作，为冬天做着准备。"扬西的声音高亢起来，"准备应对它从未经历过的严冬。"

赛普林挺直身体，内心做好了准备。那个瞬间要到了。桌旁的乔·佩恩斯咧嘴冷笑，尖声说："准备好喽!"

"那只松鼠，"扬西郑重地说，"也有信仰。不，它从未见过任何冬天的迹象，但它知道凛冬将至。"他扬起坚毅的下巴，一只手缓缓举高……

然后图像停止。它定住，一动不动，不再出声。它没再说一个字，那段说教戛然而止，在一段长篇大论的中途打住。

"就这些了。"拜布森一边轻快地说，一边替代扬西出现，"对你有帮助吗？"

赛普林慌乱地摆弄桌上的文稿。"没有。"他承认，"说实话，这次没什么帮助。不过——我会有办法的。"

"但愿如此。"拜布森的脸可怕地阴沉了下来，细小刻薄的眼睛眯得更小了，"你到底是怎么了？家里有事吗？"

"我会好起来的。"赛普林冒出了冷汗，"谢谢您。"

屏幕上还有浅淡的扬西残影，接下来的演讲似要脱口而出。刚才播放的影像信息已经保存在了赛普林的脑子里，后面一段辞令和身姿尚未输入合成装置。

赛普林的部分还没提交，所以整个影像只能半途停止。

"听我说，"乔·佩恩斯有些不安地说，"我很愿意接手今天的工作。你只要把自己的办公平台退出系统，我就可以登入继续。"

"谢谢，"赛普林咕哝道，"但我才是唯一有资格撰写这个部分的人。这可是画龙点睛之笔。"

"你应该休息一下了。你最近工作太拼命了。"

"的确。"赛普林同意说，他已经在歇斯底里的边缘，"我是有点儿不在状态。"

这是显而易见的——整个办公室的人都能看出这一点。但只有赛普林知道其原因。而他正在全力自制，以免放开嗓门喊叫着说出真相。

在华盛顿特区的行星事务计算中心，木卫四政治结构的基本分析结果已经给出，但最终评估却要由人类专家完成。政府的计算机可以确定：木卫四的政治体制正在滑向集权，但却无法断定这意味着什么。只有人类才有权把此类变化判定为有害。

"这不可能。"塔弗纳抗议道，"木卫四还有持续的工业产品进出，除了木卫三的辛迪加之外，它们几乎独占了整个外行星区的贸易。如果有任何不良迹象，我们应该能马上察觉。"

"我们怎么察觉呢？"凯尔曼警督问。

塔弗纳指着行星警察总部墙上的那些图表、数字和百分比表格，"会通过几百种不同的方式表现出来。恐怖袭击、政治犯监狱……我们会听说有人公开认罪，有人叛国，各种不忠行为……独裁政府的各种症状。"

"请不要把专制跟独裁混淆起来。"凯尔曼干巴巴地说，"专制政府会渗透到其公民生活的方方面面，左右他们在所有事务上的观点。专制政府可以是独裁体制，但也可以是议会制，甚至通过民选总统，或者干脆由一帮传教士执政。没任何区别。"

"好吧。"塔弗纳服了软，"我去。我带一个团队过去看看他们到底在搞些什么。"

"你们能假扮成木卫四星人吗?"

"他们什么样儿?"

"我也不清楚。"凯尔曼若有所思地承认。他看了一眼墙面上复杂的表格,"但不管他们什么样,他们正变得越来越一致。"

降落在木卫四表面的星际商业航班送来了塔弗纳、他的妻子和他们的两个孩子。塔弗纳皱紧眉头,打量着入关通道处当地官员的模样。舷梯一落地,那帮官员就围了上来,乘客都将被细细检查。

塔弗纳站起来,召集家人。"不要理他们。"他对妻子露斯说,"我们的文件能顺利通关。"

精心准备的文件表明,他是一名有色金属行业的投机商,来这里公干——寻找批销渠道。木卫四是地产和矿产行业的结算中心,总有一批贪婪的商人在这里往返来去,从落后卫星贩来矿产原料,从发达行星倒来采矿设备。

塔弗纳细心地把大衣搭在手臂上。他是个富态的中年人,三十五六岁年纪,外表的确像是个事业有成的商人。他的双排扣西装价值不菲,但式样古朴;他的大皮鞋擦得锃亮。整体来说,有很大希望能蒙混过关。他和家人一起走向离开飞船的舷梯时,看上去就是不折不扣的外星商人家庭。

"请说明来访事由。"一名绿制服的官员手握铅笔询问。他们的身份证明正在被检验、拍照、归档,脑波比对也在进行中——都是标准程序。

"我做有色金属生意——"塔弗纳说。但另一名当地官员毫不客气地打断了他。

"你是今天上午入关的第三名星际警察了。你们地球人在担心什么?"官员盯着塔弗纳问,"我们接待的警察比官员还要多。"

塔弗纳极力保持冷静,四平八稳地回答:"我是来度假的。治疗酒瘾——不是出公差。"

"你的同事也这么说。"那名官员幽默地讪笑,"好吧,地球警察,再多一个又如何?"他把挡板打开,招呼塔弗纳和他的家人入关,"欢迎来到木卫四。这里是太阳系发展最快的卫星,祝你们玩得开心。"

"都快升级成行星了。"塔弗纳略带嘲讽地说。

"随时能升。"官员看过些报告,"根据我们在你们的小组织内部的朋友报告,你们墙上还挂了有关我们的图表。我们有那么重要吗?"

"纯属学术上的兴趣。"塔弗纳说。如果对方已经发现了三名警察,也就是说整个团队全部暴露了。当地政府显然有极强的反渗透能力⋯⋯这让他心里发冷。

但这些人却还是要让他通关。他们有那么自信吗?

看来情况不妙。他一面四下张望,寻找出租车,一面认真盘算着要怎样把散落各处的警力组织起来共同行动。

当天晚上,在城里商业区主街上的永夜酒吧,塔弗纳跟他的两名组员碰了头。三人一边品尝酸涩的威士忌,一边交换各自的见闻。

"我已经在这里待了近两个小时。"埃克蒙德无精打采地看着吧台深处一排排的酒瓶。空气中弥漫着雪茄烟气,屋角的自动唱机播放着吵闹的重金属音乐。"之前我在城里逛了逛,四处观察,寻找线索。"

"我呢,"道瑟说,"去了磁带档案馆。收集官方宣传资料,对比木卫四的现实状况。然后跟那些学者谈话——扫描室里有好多知识分子。"

塔弗纳抿了一口酒,"有什么值得留意的线索吗?"

"你知道那个很原始但很管用的测试。"埃克蒙德面无表情地说,"我在贫民窟的一条街道上闲逛,直到跟一帮等公交车的人聊上。我开始攻击当地政府机构:埋怨公交系统、排水系统、税收。他们马上就开始回应。谈得很热烈。他们毫不犹豫,也不害怕。"

"官方、政府,"道瑟总结说,"也是用常见的古老方式组织起来的。两党制中的一党稍显保守一点儿——当然两党并没有什么本质性的不同。但两党从候选人初选就采取直接投票的方式,选票派发给所有注册选举人。"他突然觉得很有趣,"这儿简直是民主典范。我读了他们的教科书,全都是理想主义口号:言论、集会和宗教信仰自由——文明的精华啊。跟地球上的学校一个腔调。"

三人都沉默了一会儿。

"这儿也有监狱。"塔弗纳缓缓说道,"每个社会都有违法行为。"

"我参观了一所。"埃克蒙德打着酒嗝说,"小贼啦、杀人犯啦、骗子啦、身强力壮的暴徒啦,都是常见的那种类型。"

"没有政治犯?"

"没有。"埃克蒙德提高声调说,"我们就算扯着嗓门讨论这些话题都没事儿。没有人在意——官方不管这类事情。"

"或许等我们一走,他们就会把几千人投入监狱。"道瑟心事重重，喃喃地说。

"上帝啊，不可能。"埃克蒙德反驳道，"人们随时都可以自由地离开木卫四。如果这是一个封闭的极权国家，就必须关闭边境，而这里的边境门户洞开，大批人进进出出。"

"也许这里的人喝的水里有奇怪的化学成分。"道瑟猜想。

"他们都不搞恐怖统治，又怎么能算是专制政府？"埃克蒙德雄辩道，"我发誓，这里根本就没有管束人们思想的警察。这里完全没有政治恐吓。"

"但不管用了什么办法，官方还是在向人们施压。"塔弗纳坚持。

"没有使用警察，"道瑟强调说，"也没有借助武力或强制行为。没有采取非法抓捕、监禁、强迫劳动手段。"

"如果这里真是一个极权国家，"埃克蒙德思考着说，"那么就一定存在某种形式的反抗运动。某种'反抗'组织，致力于推翻现政府。但在这个社会，你可以随便抱怨。你可以买到电视台和广播电台的时段，你可以在报纸上买到版面——畅所欲言。"他耸耸肩，"所以这儿怎么可能有秘密反抗力量？傻子才会那样做。"

"尽管如此。"塔弗纳说，"这些人却生活在单一党派执政的社会体系下，有单一官方意志形态。这里显现出了一些严格管束下专制政府的特色。他们就是一群任人宰割的小白鼠。不管他们有没有意识到。"

"他们自己就不会察觉吗？"

塔弗纳也显得很困惑，摇摇头，"我本来也觉得这一点很奇怪。一定有某种运作机制是我们现在还没察觉的。"

"这里的档案完全公开，我们想查什么都可以。"

"那我们一定是找错了方向。"塔弗纳百无聊赖地看看吧台上方的电视屏幕。裸女歌舞节目已经结束。一个面相可亲、五十五六岁的圆脸男人出现在屏幕上,他有一双单纯的蓝眼睛,唇边带着近乎天真的笑意,招风耳旁飘着一头棕发。

"朋友们,"电视上的人嗓音洪亮地说,"很高兴今晚再次跟大家见面。我想我愿意跟大家聊几句。"

"是广告。"道瑟一边说,一边招呼侍应添酒。

"他是谁?"塔弗纳好奇地问。

"那个看起来很和气的老头儿?"埃克蒙德看了下他的笔记,"算是位当红的评论家,名字叫扬西。"

"他是政府雇员吗?"

"据我所知不是。算是个民间思想家吧。我顺手在一个杂志摊上买到一本他的传记。"埃克蒙德把一本装帧鲜艳的小册子递给上司,"在我看来,他就是一普通人。以前当过兵,在火星-木星战争期间表现突出,得过战场勋章,升到少校军衔。"他满不在乎地耸耸肩,"简直是个活字典,什么话题他都要谈一谈,全是些貌似明智的老生常谈:怎么治疗胸闷气短啦,地球上又有什么麻烦啦。"

塔弗纳翻看了下那本小册子,"是的,他的画像到处都有。"

"很有名的人物,普罗大众喜欢的那种,广受爱戴,百姓喉舌。我买烟的时候发现他代言了一种牌子的香烟——现在很流行,几乎把其他香烟品牌全都挤出了市场。啤酒也一样。这杯里的苏格兰威士忌很可能也是扬西代言的。网球方面也一样。只不过他自己不打网球——他打门球。常去,每周末都玩。"埃克蒙德接过他的下一杯酒,补充说,"所以,现在好多人也开始打门球。"

"门球怎么可能在整个行星流行?"塔弗纳问。

"这并不是一颗行星。"道瑟插嘴道,"这只是颗微不足道的小小卫星。"

"扬西可不这么认为。"埃克蒙德说,"他觉得我们应该把木卫四当成一颗行星。"

"怎么当?"塔弗纳问。

"精神层面上,它现在就是一颗行星。扬西喜欢让人从精神层面上对待事物。他笃信上帝,诚实面对政府,工作勤劳,行事正直,热心又务实。"

塔弗纳脸上的表情僵住了。"有趣。"他咕哝道,"我必须得登门拜访他一下。"

"为什么? 他大概是你能想象的最无趣、最平庸的人。"

"也许是的。"塔弗纳回答,"所以我才对他有兴趣。"

高大威严的拜布森在扬西大厦入口处迎接塔弗纳,"您当然可以跟扬西先生见面,但他是个大忙人——想要跟他面谈,就要等一段时间。所有人都想跟扬西先生见面。"

塔弗纳对这个答复并不满意,"那我要等多久?"

在他们穿过大堂、走向电梯的途中,拜布森盘算了一下,"这个……大约四个月吧。"

"四个月?"

"约翰·扬西大概是最受欢迎的活人了。"

"在你们这儿也许是吧。"塔弗纳气愤地说,他们进入拥挤的电梯,"我以前都没听说过他。如果他在你们的弹丸之地那么受重视,为什么不向整个星际推广他的形象呢?"

"事实上,"拜布森承认,他的声音低沉,像是怕被别人听见,

"我也想不明白人们为什么对扬西着迷。在我个人看来,他本人不过是一堆空话而已。但这儿的人喜欢他。毕竟,木卫四是个……小地方。扬西容易被某种乡村思维方式接受——容易给那些喜欢简单事物的人留下好印象。我担心地球的复杂环境并不适合扬西。"

"你试过吗?"

"目前还没有。"拜布森说。他考虑了一下,又补充说:"以后或许会的。"

塔弗纳琢磨着大块头说的这些话。电梯不再攀升,两人走出轿厢,进入一个辅有地毯、遍布嵌入式灯具的富丽大厅。拜布森推开一扇门,两人进入一间巨大、忙碌的办公室。

里面正在播放一段近期录制的扬西影片。一组扬西公司的工作人员正在静静地观看,脸上带着警觉、挑剔的表情。影片里,扬西坐在他的老式橡木办公桌前,显然,他在研究某个哲学问题——桌上摆满了书籍和论文。扬西脸上有一种深思的表情,他坐在那里,单手扶额,面色凝重,专注地沉思着。

"这是下周日上午要播的片子。"拜布森解释说。

扬西的嘴唇在动,"朋友们,"他用低沉、友善、可亲、平等的语调开场道,"我在书桌前坐了好久,像你们每个人坐在自家客厅一样。"摄影机的镜头切换了一下,画面转向了扬西敞开的书房门。客厅里,有扬西朴实可亲的中年妻子熟悉的身影,她坐在舒适的沙发上,专心做针线活儿。地板上,他的孙子拉尔夫正在玩抛石游戏。狗狗在角落里打盹。

一名正在观看的工作人员在本子上记录了些什么。塔弗纳好奇地看了他一眼,有些不解。

"当然,刚才我在客厅陪他们。"扬西微笑了一下,"我给拉尔夫念了些笑话,他坐在我膝上听。"背景淡去,半透明的影像切入,是扬西抱孙而坐的景象。然后他的书桌和书架淡回。"我对自己的家人心存感激。"扬西宣称,"在困难的日子里,我总是从家人那里汲取动力,他们是我生活的强大支柱。"看片的扬西工作人员不断做着记录。

"坐在这儿,在我的书房里,在这个美好的星期日上午。"扬西继续说,"我意识到活着的人是多么幸运,拥有这颗可爱的行星、美丽的城市和房舍,还有上帝赐予我们的其他所有。但我们也要时刻警惕,当心不要失去现有的一切。"

扬西的样子在变。在塔弗纳看来,图像变化的幅度非常大,根本不再是同一个人,扬西脸上原有的快乐幽默荡然无存。现在画面里是个更老迈的人,个头也更大,像一个眼神坚毅的父亲在跟他的儿女谈话。

"我的朋友们,"扬西吟咏道,"有些因素会削弱我们的行星。我们为爱人建造的一切,为孩子们积累的一切,都可能在一夜之间被剥夺。我们必须学会保持警惕。我们必须保护我们的自由、我们的财产、我们的生活方式。如果我们分崩离析,陷入内部斗争的泥潭,敌人就可能乘虚而入。我们必须团结一致啊,朋友们。

"这是我在这个周日早上想到的。合作、互助。我们必须保障自身安全,而要保障安全,就要举国上下团结一致。这是关键,我的朋友们,这是富足生活的关键。"他指着窗外的草地和花园,"你们知道,我曾……"

声音渐渐消失,图像静止。房间里的照明灯亮起来,看片的工作人员咕哝着重新忙碌起来。

"不错。"有人在说,"至少到现在为止还可以,但剩余的部分在哪里?"

"赛普林,又是他。"有人回答,"他负责的部分还没完成。那家伙到底是怎么了?"

拜布森皱起眉头,离开人群。"请原谅。"他对塔弗纳说,"我不得不失陪一下——技术问题。如果您愿意,尽可以随意参观。你可以任意查阅历史档案——想看什么都可以。"

"谢谢。"塔弗纳志忑地说。他有点儿茫然。这里的一切都貌似无害,甚至有些琐碎。但它的本质有问题。

于是他带着猜疑开始四处察看。

显然,约翰·扬西涉猎过所有的已知知识领域。每个能想到的主题,扬西都有自己的观点……现代艺术、烹饪中大蒜的作用、酒精类饮品的用途、肉食问题、社会主义、战争、教育、女式开襟上装、高税收、无神论、离婚、爱国主义——任何可能提出自己观点的边边角角,他都有涉及。

有没有什么主题是扬西没有发表过观点的呢?

塔弗纳察看办公室墙边架子上卷帙浩繁的录像带。扬西的言论录像长达数十亿英尺……一个人可能对全宇宙的任何事情都有自己的见解吗?

他随机选择了一盘磁带,发现对方讲述的是餐桌礼仪。

"话说,"小屏幕上的扬西开了腔,他的声音轻响在塔弗纳耳朵里,"有天晚饭的时候,我碰巧注意到小孙子拉尔夫切牛排的方式。"扬西面对观众微笑,六岁小男孩一脸痛苦怒切牛排的镜头在屏幕中闪过,"嗯,当时我就在想,看着拉尔夫切得那么艰难。在我看来——"

塔弗纳关闭了这盘录影带,把它放回原处。扬西在每件事情上都观点鲜明……但，真有那么鲜明吗？

一种奇怪的猜疑在他心中滋长。在某些课题上，是的。对一些小问题，扬西有明确的行事准则和意义明确的格言警句，这些都来自人类丰富的知识储备库。但在重大的哲学和政治课题方面，就完全是另外一回事了。

塔弗纳找到涉及战争问题的影带，随机挑了几盘来看。

"……我是反对战争的。"扬西怒冲冲地宣布，"而我应该有发言权；我这辈子打仗够多了。"

此后是一组战场镜头：木星-火星大战，扬西在此期间脱颖而出，因为他的勇气，对战友的关切，对敌人的痛恨，还有他在不同场合表现出的令人称许的情感反应。

"但是，"扬西坚定地继续道，"我觉得一颗行星必须强大。我们绝不能怯懦地牺牲自身利益……懦弱只会招引外敌，导致侵略发生。弱小就会挨打。我们必须严阵以待，勇于保护自己所爱的人。我全心全意反对无益的战争。但我再次强调，正如我多次重申过的那样，男子汉必须勇于献身，乐于投身正义之战，绝不能逃避责任。战争很可怕，但有时我们必须面对它——"

归还影带时，塔弗纳在思考：这个扬西说的到底是什么意思？他对战争究竟是什么态度？他们录了上百盘影带；扬西总是乐于对重大事务发表见解，尤其是那些关注度极高的话题，诸如战争、行星、上帝、税收。但他发表过切实的见解吗？

一股寒意爬上塔弗纳的脊柱。对特定的——也是无关紧张——的问题，他有绝对清晰的立场：喜欢狗胜过猫，葡萄酒如果加糖会太酸，早起是个好习惯，酗酒很不好。但在重大问题上……完全是一片真空，用响亮华丽的辞令讲长篇大论的废话。

民众如果在战争、税收、上帝、行星等问题上支持扬西,就等于完全没有立场,也就能支持任何结论。

在重大问题上,他们根本就没有立场。他们只是自以为有明确的观点。

塔弗纳快速查看了多个关于重大问题的影带,情况全都一样。扬西上一句话说东,下一句就会说西,整体效果就是完美抵消,技艺高超地讲废话。但观众却会自以为消费了一场思想盛宴。这很神奇,做得也很专业——最终结果的设定太巧妙,不可能纯属偶然。

没有人能像约翰·爱德华·扬西一样人畜无害、完全中立。他好到了完全不可能真实存在。

塔弗纳冒着冷汗,离开资料室,寻路返回后台大厅,扬西大厦的工作人员还在各自办公桌前忙碌。周围一派繁忙。他看到的面庞都友好、无害,近乎乏味,跟扬西本人友善平和的表情没有什么两样。

无害——在无害的表象后面却包藏祸心,而他却完全无计可施。如果人们喜欢听约翰·爱德华·扬西的劝诫,如果他们自愿学他的样子——行星警察又能做什么?

他们触犯过任何法律吗?

难怪拜布森根本就不怕警察到处察看,难怪当局任由他们轻易入关。这里完全没有政治犯监狱、劳改营或集中营……这些都没必要存在。

酷刑室和灭绝营只有在说服失败时才有必要设立,而这里的说服工作进展完美。只有当专制体系开始崩溃时,才会诞生极权国家,靠恐怖来勉强支撑。从前的专制社会不够全面,官方没能真正渗透进生活的方方面面。但是,人类的沟通技能在飞速进步。

史上第一个真正成功的专制国家正在他面前逐步实现：看似无害、平常，却蓬勃发展。而最后的阶段——噩梦般却又完全合乎逻辑的结果——就是所有新生的男孩都被父母高高兴兴地自愿取名为约翰·爱德华。

为什么不？他们的生活、行为和思想都已经和约翰·爱德华一样。节目里还有玛格丽特·伊伦·扬西给女性作典范，她也有各方面的立场和观点；她有自己的厨房，有自己的穿衣品位，有她的家常食谱和生活建议，供所有女性模仿。

还有扬西家的孩子们给全行星的年轻人学习。官方没有忽略任何细节。

拜布森踱步走近，一脸真诚。"怎么样了，警官？"他热情地笑着，一只手搭在塔弗纳的肩膀上。

"还好。"塔弗纳勉强回答，避开了对方的手。

"你喜欢我们的作品吗？"拜布森低沉的嗓音里带着真心的自豪，"我们的工作成果不错。这是一份艺术性的事业——我们真的在力争最佳品质。"

塔弗纳全身发颤、愤怒，却又无能为力，他闯出那间办公室，进入大厅。电梯要等太久，他怒冲冲走向楼梯。他必须离开扬西大厦，他必须马上远离这个鬼地方。

大厅暗处出现一个人，脸色苍白紧张，"请等一下。我可以跟您谈谈吗？"

塔弗纳从他身旁挤了过去，"你想干什么？"

"你是地球行星警察总部来的？我——"那人的喉结在滑动，"我在这里工作。我的名字叫赛普林，利昂·赛普林。我必须要做点儿什么——我再也忍不下去了。"

"根本没什么可做的。"塔弗纳对他说,"要是他们自己想要像扬西一样——"

"但世上根本就没有扬西这个人。"赛普林打断了他,瘦削的面庞抽搐着,"我们编造了他……我们捏造了这样一个人出来。"

塔弗纳停住脚步,"你们……什么?"

"我决定了。"赛普林的声音颤抖得厉害,他急匆匆地继续说,"我要做点儿什么——已经有了清晰的计划。"他抓住塔弗纳的衣袖,咬牙切齿地说,"你必须要帮我。我可以制止这一切,但我需要帮助。"

在利昂·赛普林秀雅宜人、家具精美的客厅里,两人坐下来喝着咖啡,看两家的孩子们一起在地板上玩游戏。赛普林的妻子和露斯·塔弗纳在厨房里刷洗碗筷。

"扬西是个合成体。"赛普林解释道,"某种合成人格。并不存在这样一个人。我们利用社会统计数据收集了一些人物原型,我们以不同的人物为基础,设定了最终人物形象。所以他看起来真实可信。但我们剥离了那些我们不需要的特点,强化了我们想要的那些。"

他沉思着,又补充说:"扬西这样的人是可以真实存在的。世上本来就有很多跟扬西类似的人。事实上,这才是问题所在。"

"你们从一开始就打算以扬西为模板来改造民众吗?"塔弗纳问。

"我也不清楚高层的设计理念。我本来只是一家漱口水公司的广告文案。木卫四官方雇用了我,列出了他们想要我做的。我不得不自己猜测整个项目的用意。"

"你说的'官方'是指执政委员会吗?"

赛普林尖刻地冷笑道:"我是指实际拥有这颗卫星的贸易集团——他们拥有一切。但他们不想让我们把这里看作一颗卫星。它是行星。"他的嘴唇苦涩地扭曲着,"显然,官方有个宏伟的计划正在酝酿中。它涉及吞并木卫三上的竞争对手——等到这步完成,他们就可以把全部的外围行星捏合在一起。"

"他们不可能轻易吞并木卫三,除非发动战争。"塔弗纳反驳道,"中部星区的那些公司也拥有所在星球民众的支持。"然后他才明白过来,"我懂了,"他轻声说,"他们会真的发动一场战争。对他们而言,这种目标值得用一场战争来达成。"

"你说得对极了,他们就是要战争。而要发动一场战争,他们就要团结民众。事实上,老百姓从战争中得不到任何好处。战争会让所有小企业破产——会让权力更加集中——现在有权的人已经很少。要让这里的八千万人民支持开战,他们就需要一个麻木、昏睡的民众基础。而目前就在实现这一目标的途中。等到这波扬西广告攻势结束,木卫四人民就会愿意接受一切观点。扬西会替他们思考,他会告诉这些人该留怎样的发型、玩什么游戏。他讲的笑话会被男人们私下传播,他妻子烹制的晚餐会被全星球模仿。在这个小小世界的各个角落,数以百万计的人都在模仿扬西的生活——不管他做什么,不管他信什么。我们已经持续引导民众十一年之久,重要的是保持一成不变的单调。整整一代人都在扬西的影响下长大,在他身上寻找一切的答案。"

"那么,这可是一项大工程了,"塔弗纳评价说,"我是说这个创造并维护扬西的项目。"

"仅仅在脚本创作阶段就涉及好几千人。你看到的只是第一阶段,最终产品会分销到每一座城市。影带、电影、书籍、杂志、海报、宣传册、戏剧化视听秀、报纸报道、音频产品、儿童漫画、口碑报告、细致的广告……全部作品,持续不断的扬西产品。"他从咖啡桌上拿起一本杂志,指着第一篇文章,"《约翰·扬西的心脏健康状况》。下一周,文章的主题将是扬西的胃。"赛普林辛酸地说,"我们知道上百万种方法。我们挖掘与扬西相关的话题,细致到他的每个毛孔。我们被称为扬西团队。这是一种新艺术形式。"

"那你们作为内部工作人员,是怎样看待扬西的呢?"

"他只是信口雌黄的产物。"

"你们没有人相信他吗?"

"就连拜布森都觉得这非常可笑。而拜布森已经位居高位,他的背后就是真正出钱的那帮人了。上帝,如果我们也开始相信扬西……如果连我们也开始认为那些垃圾真有任何意义——"极度痛苦的表情出现在赛普林脸上,"就是这样。这就是我无法继续忍受的原因。"

"为什么?"塔弗纳好奇地追问。他喉部暗藏的麦克正在录下全部对话,将其传回华盛顿总部,"我很想知道你跟自己组织决裂的原因。"

赛普林弯腰叫来儿子,"麦克,先别玩,到我这里来一下。"他对塔弗纳解释说,"麦克现在九岁。从他出生,扬西就一直存在。"

麦克闷闷地走过来,"什么事,爸爸?"

"你在学校的成绩怎么样啊?"他爸爸问。

男孩神气地挺起胸膛。他是个眼神清澈的孩子,跟爸爸很像,"除了 A 就是 B。"

"他是个聪明的孩子。"赛普林对塔弗纳说,"擅长数学、地理、历史等学科。"他转向孩子,"我要问你些问题,让这位先生听听你的答案。好吗?"

"好的,先生。"男孩顺从地说。

赛普林板起瘦脸,对儿子说:"我想知道你对战争的看法。你在学校里听人讲过战争。你知道历史上所有的著名战争,对吗?"

"是的,先生。我们学过美国独立战争,还有第一次世界大战,然后是第二次世界大战,然后是第一次氢核大战,以及火星和木星殖民者之间的战争。"

"我们面向中小学,"赛普林小声对塔弗纳说,"分发了扬西的学习资料,都是套装的学习辅导材料。扬西带孩子们学习历史,解释整个历史进程的意义。扬西还讲自然科学、心理学、天文学,以及全宇宙内的每一学科。但我从未料到,连我自己的儿子……"他的声音渐渐哽住,稍后才能继续,"那么,你对战争已经很了解。你如何看待战争?"

男孩马上回答:"战争不好。战争是世界上最可怕的事情,它几乎毁灭了全人类。"

赛普林紧盯着儿子,继续追问:"有没有人教你这样说?"

男孩不确定地停顿了片刻,"没有,先生。"

"你真的相信这些话?"

"是的,先生。这是真的,对吧?战争真的很糟糕吧?"

赛普林点头,"战争的确不好。那么正义之战呢?"

男孩毫不犹豫地回答:"当然,我们还是要打正义之战。"

"为什么?"

"因为我们必须捍卫自己的生活方式。"

"这又是为什么?"

男孩尖细的回答仍然是毫不犹豫,"我们不能任由敌人欺压,先生。这会招致侵略战争。我们不能允许这世界弱肉强食。我们必须创造一个——"他在寻找合适的词,"法律与秩序的世界。"

赛普林疲惫地、几乎是自言自语地评价说:"这些毫无意义又自相矛盾的说辞其实是我写的,那是八年前。"他吃力地强迫自己振作起来,"这么说,战争本身是坏的,但我们却必须去打正义之战。好的,也许这颗行星,木卫四,将来会跟……假如是跟木卫三开战,"他无法抑制自己语调中的讽刺色彩,"只是随机选了个对象。那么,我们跟木卫三开战了。这是正义之战吗? 还是仅仅是一场战争?"

这一次,男孩没有回答。他稚嫩的肌肤皱缩起来,很痛苦地在思考。

"没有答案吗?"赛普林冷冷追问。

"这个,嗯,"男孩吞吞吐吐地说,"我是说……"他怀着希望抬头看,"等到这种事发生,不是该有人解说对错吗?"

"当然。"赛普林哽住了,"会有人说。也许连扬西先生都会说。"

男孩脸上马上露出解脱的样子,"是的,先生,扬西先生会说。"他看了看其他孩子的方向,"我可以走了吗?"

男孩跑回去游戏的同时,赛普林可怜巴巴地看看塔弗纳,"知道他们在玩什么游戏吗? 它叫'奇宝躲猫猫'。猜猜谁家的小孙子碰巧爱玩这种游戏,猜猜是谁发明了这种游戏。"

没有回答。

"你的建议是什么?"塔弗纳问,"你说过,你觉得现在还有办法吗?"

赛普林脸上现出冷酷的表情,那是深藏于内心的狡狯,"我了解这个计划……我知道它的内部职能是如何拆分的。但必须有人用枪指住当权者的头。九年了,我已经理解了扬西个性结构的关键组成部分……这也是我们试图培养的新人类的关键特性。它很简单,就是一些性格元素,可以让人易于被控制,容易被牵着鼻子走。"

"愿闻其详。"塔弗纳耐心地说,同时暗暗祈祷华盛顿方面的信号稳定清晰。

"扬西的所有理念都是渐渐渗透给民众的,成功的关键就是稀释,他理念的每一个部分都被拆解开来:每个部分都恰到好处。我们已经无限接近于没有信仰……你也发觉这点了。只要有可能,我们会让观点互相抵消,让受众没有政治立场,没有自己的观点。"

"当然,"塔弗纳同意,"人们只是自以为还有立场。"

"个性的每个方面都要严加控制,我们想要这种整体形象。所以,对每个具体问题,我们都要有特定的立场。在所有方面,我们的原则是扬西相信最基本的那种观点。最浅薄、最简单、最不费脑筋的立场,他的立场不能太深刻,以免引发真正的思考。"

塔弗纳理解了他的要点,"貌似公允可靠的庸俗立场。"他兴奋地继续说,"但如果有一个极端的、原创性的理念渗透进去,如果出现了需要费力理解、难以亲身体会的东西……"

"扬西喜欢门球,所以每个人都手拿小槌装模作样。"赛普林两眼放光,"但如果扬西喜欢的是——普鲁士战棋呢?"

"你说什么?"

"一种用两张棋盘来下的国际象棋。每名玩家都有自己的棋盘,有完整的一套棋子。他始终都看不到对手的棋盘。只有裁判能看到两张棋盘,他告诉每名玩家何时吃子成功,何时损失子力,何时移动受阻或者无法那样走棋,何时将军或者被将军。"

"我明白了。"塔弗纳快速回应说,"每一名棋手都要试图推断对手在棋盘上的位置。他在下盲棋。神啊,这会让人竭尽脑力才能应付。"

"普鲁士人用这种方法教他们的军官学习战略。这不只是一种游戏,也是一种难度可观的智力竞技。如果扬西晚上跟妻子和孙子坐在一起,热火朝天连玩了六场普鲁士战棋,会怎样?如果他喜欢读的书不再是俗滥的西部决斗故事,而是古希腊悲剧? 假如他喜欢的音乐是巴赫的赋格曲①,而不是《我的肯塔基老家》②?"

"我开始明白你的用意了。"塔弗纳他尽可能保持平静,"我觉得,我们能帮你。"

拜布森尖叫了一声,"但这是违法的——"

"当然。"塔费纳肯定地说,"所以我们才来了这里。"他招呼那队星际秘密警察进入扬西大厦各间办公室,无视那些笔直坐在桌前的工作人员。他对喉咙里的麦克说:"抓捕大人物的结果怎么样了?"

"一般般。"凯尔曼的声音显然已被木卫四到地球之间的信号强化器强化过,"当然,还是有一些漏网之鱼。但大多数人都没想到我们会采取行动。"

"你们不能这样做!"拜布森在哀号,他的大饼脸一副丧气相,

---

①巴洛克时期盛行的复调音乐体裁。

②美国著名作曲家福斯特创作的经典民谣。

像是退化成了白面团,"我们做了什么？哪一条法律——"

"我觉得,"塔弗纳打断了他,"仅仅是从纯商业角度考虑,我们也可以抓你们了。你们用'扬西'这个名字代言了大批工业产品,但世上却没有这个人,这直接违犯了广告代言法。"

拜布森瞬间闭嘴,然后又无力地张开,"没有——这个——人？但所有人都认得约翰·扬西。他……他现在——"他结结巴巴,手舞足蹈,最后说,"他无处不在。"

突然之间,一把小手枪出现在他肥厚的手里。正在他疯狂挥舞枪支时,道瑟快步上前,一声不吭地把枪砸落在地。拜布森扑倒,疯狂去抓那把枪。

道瑟轻蔑地给他扣上手铐。"请自重。"他说道。没有反应,拜布森已经疯到神志不清了。

塔弗纳很满意,快步经过那帮目瞪口呆的管理者和工作人员,进入计划核心办公室。他客气地点头示意,来到利昂·赛普林伏案工作的位置,周围都是大批文稿。

最早一批修改过的影像已经开始闪现在扫描仪上。两人一同站在那里欣赏。

"那么,"塔弗纳看完影片说,"还是你更有资格评判。"

"我觉得这样可以。"赛普林紧张地说,"我希望我们不会引发太多……之前花费了十一年时间塑造这个形象。我们想要慢慢把他拆解掉。"

"一旦出现第一道裂痕,它应该就会开始瓦解了。"塔弗纳走向门口,"你自己能应付吗？"

赛普林看了一眼办公室另一头逡巡的埃克蒙德,他两眼紧盯着那些正在不安工作的扬西团队成员,"我觉得可以。你要去哪儿？"

"我想看看节目播出时的状况。我想在现场观察公众接触这批节目时的反响。"塔弗纳在门口停顿了一下，"你这段时间的工作负担会很重，要独自承担抹去这一形象的任务。甚至有一段时间，你可能得不到太多理解。"

赛普林向他的同事们示意。他们已经开始继续此前中断的工作。"他们还会继续完成自己的任务。"他表示不必担心，"只要还能领到报酬。"

塔弗纳心事重重，穿过大厅来到电梯前。片刻之后，他已经在楼下的一条路上。

在附近一个街角，有一群人集中在公共大屏幕前等着看傍晚档的约翰·爱德华·扬西节目。

影像刚开始那部分跟平时一样。毫无疑问——当赛普林想要做时，他有能力制作出优质的影像片断。而这次，他几乎是一个人做完了全片。

扬西的衬衫袖子高卷，长裤上沾着泥点，正弯腰在花园里劳作。他手里拿着泥铲，草帽压在眉头上，在炙热阳光下面露出微笑。画面如此真实，以至于塔弗纳很难相信世上并不存在这个人。但他亲眼看到过赛普林的手下辛勤工作，他们用专业手段从虚无中搭建起这个人物形象。

"下午好。"扬西真诚地问候。他从热乎乎的脸上抹去汗水，有些不灵便地站起身。"好家伙，"他承认，"今儿可真热。"他指着一片樱草花圃，"我在种它们。这活儿特别累人。"

截至目前都不错。人群平静地观赏，汲取他们日常的精神养料，没有显出特别的抵触。整个卫星，每座房子、教室、办公室，每个街角，都在播放同一段影像，而且还有重播。

"真的，"扬西重复说，"天是真热。热到不适合樱草花——

它们是喜阴的。"他小心地把樱草花种在了车库旁的阴影里,"但是反过来说,"扬西继续用他天性开朗、亲如好邻居的声调说,"我的大丽花就需要好多阳光。"

镜头展示大丽花,在骄阳下纷纷怒放。

扬西坐在花园里的板条长凳上,摘下草帽,用兜里的手绢擦拭额头的汗珠。"那么,"他继续真诚地说,"要是有人问我,到底哪个更好,阴凉还是阳光。我只能告诉他,这取决于你是什么,樱草花还是大丽花。"他对着镜头露出那著名的、孩子一样毫无心机的笑容,"我猜我自己是樱草花——我今天已经晒够了一天份的太阳。"

观众毫无怨言地接受了这一切。一个不起眼的开始,但将会带来重大的长远影响,而扬西已经开始乘胜追击。

他收起真诚的微笑。依然是熟悉的面容,但已换上人们期望中的凝重表情,这预示着他的哲思即将涌现。扬西即将分享他的智慧,格言就在嘴边。但这次,却将不同以往。

"你们知道,"扬西减慢语速,郑重地说,"这让人不禁思考。"他下意识地伸手,拿起那杯加了滋补剂的金酒——在此之前,杯子里装的一直都是啤酒。而且杯子旁边也不再是《狗狗每月趣闻》,而是《心理学研究季刊》。周边环境会有耳濡目染的作用;目前,所有人的注意力还都集中在扬西的语言上。

"我想起来,"扬西说,就像这些智慧的语言依然新鲜,闻所未闻,刚刚涌现出来,"会有一些人坚持认为,嗯,比如说阳光就是好的,而阴凉就不好。但这种言论特别傻。阳光对玫瑰和大丽花固然很好,却肯定能毁了我的金钟海棠。"镜头切换到他身边随处可见、引以为傲的金钟海棠。

"也许你们也认得这样的人。他们只是不懂——"扬西像他一直在做的那样,又开始引用民间俗语来讲道理,"甲之美味,乙之砒霜。举个类似的例子,我早餐爱吃煎蛋,单面煎的,也许加上几颗腌梅子、几片火腿。但玛格丽特更喜欢来一碗谷物片。拉尔夫呢,这两种他都不喜欢,他喜欢薄煎饼。我们街面上有位邻居,家里草坪特别大的那位,他喜欢腰子馅饼,加一瓶烈性啤酒。"

塔弗纳皱了下眉。好吧,他们只能摸索着推进。但观众还是安静地站着观看,逐字逐句倾听。这是激进观点的第一次悸动:每个人都有自己的价值观,有自己独特的生活方式。每个人都可以相信、享受、赞同不同的东西。

正如赛普林所说,这需要时间。那一大批档案影带都需要慢慢被替换,每个阶段灌输的价值观都要慢慢消除。一种新的思维方式正在被引入,从关于樱草花的闲聊开始,直到一名九岁男孩需要回答战争是好是坏这种问题时,他会求助于自己的心智。扬西不会给大家现成的答案。他们已经在准备这样一段影像来回答这个问题,说明历史上的每一场战争都曾被一批人称为正义之战,却被另外一些人指为邪恶行为。

有一段影片是塔弗纳个人特别想看到的,但还要很长时间才能制作出来,这种事不能操之过急。扬西将会改换他的艺术品位,缓慢但持续地转变。将来有一天,公众会知道扬西已经不再喜欢日历上的田园风景画。

那时候,他更喜欢的将是15世纪荷兰画派的大师希罗尼穆斯·博斯,他的作品以善于表现地狱和死亡等恐怖场景闻名于世。

少数派报告

一

安德顿见到那位年轻人的第一反应是：我的头发都快掉光了，又秃，又肥，又老。但他没把这些想法说出来。相反，他把椅子向后推开，站起来，绕过自己的办公桌，生硬地伸出右手。他带着勉强的友善笑容，跟年轻人握了握手。

"威特沃？"他问道，设法让这个询问显得谦和有礼。

"是的。"年轻人回答，"当然，你可以叫我埃德。我是说，假如你和我一样不喜欢那些繁文缛节。"他一头金发，脸上信心满满，一副"这事儿就这么定了"的神情。他们将用"埃德"和"约翰"互称——从一开始，就是一副亲密合作的样子。

"我们这地方好找吗？"安德顿拘谨地问，无视对方过分友好的开场白。上帝啊，他必须强作镇定。恐惧侵入，他开始冒汗。威特沃正在办公室里随处走动，如同他已经是这儿的主人，正在丈量尺寸。他就不能等上几天，给人一个体面的过渡期吗？

"很好找。"威特沃随口回答，两手插在裤兜里。他迫不及待地开始翻阅墙边摆放的厚厚文件夹，"知道吗？对于调入您的部门我是有备而来的。对犯罪预防部的运作,我有好多设想。"

安德顿心神不定地点燃烟斗,"我想知道,你对我们现在的运转做何评价。"

"还不错。"威特沃说,"事实上,很不错。"

安德顿盯着他,"这是你的真心话?还是在客套呢?"

威特沃一脸真诚地回应他的注视,"是真心话,也是公开立场。议会对你们的工作非常认可。事实上,他们表示热烈支持。"他补充说,"对于那帮上了年纪的老头子,可以说达到了最热烈的程度。"

安德顿心里一惊,但表面还装作满不在乎,这让他费了些气力。他猜不出威特沃真正的想法。那个短发的脑壳下面到底在盘算些什么?这年轻人有双清澈的蓝眼睛,样子聪明得让人不舒服。威特沃显然不是个好糊弄的主儿,而且野心勃勃。

"据我所知,"安德顿小心翼翼地说,"你将担任我的助理,直到我退休。"

"我想是这样的。"对方一刻也没有犹豫地回答。

"退休时间可能是今年、明年——也可能是十年以后。"安德顿手中的烟斗在颤抖,"我并不急着退休。作为犯罪预防部的创建者,我在这儿想待多久都可以。这事儿由我本人说了算。"

威特沃点头,他的样子还是很真诚,"当然。"

安德顿竭力冷静下来,"我只是先把丑话说在前边。"

"开门见山比较好。"威特沃表示同意,"你是老板,你说了算。"接着,他一脸真诚地问,"您能带我参观一下整个机构吗?我想尽快熟悉这里的日常运作。"

他们从黄灯照耀下的众多繁忙办公室前走过,安德顿说:"我想不用说,你一定已经熟知犯罪预防理论了。"

"我看过公开渠道的相关信息。"威特沃答道,"在有预知能力的变异人的帮助下,你们大胆地摒弃了犯罪后监禁罪犯的惩戒系统,并获得了成功。我们都认识到:事后惩罚从来都没有太大威慑力,对已死的受害者而言,更谈不上有什么安抚作用。"

他们来到电梯前。快速下行的途中,安德顿说:"你很可能已经意识到犯罪预防部门的法律漏洞了。我们抓捕的人,事实上还没有违犯任何法律。"

"但他们即将违法。"威特沃信心满满地强调。

"好在他们来不及犯罪——因为我们在事前抓住了他们,在他们尚未实施任何暴力行为之前。所以,犯罪行为本身成了一个纯粹形而上的概念。我们宣称他们有罪,而他们则相反,永远都声称自己无辜。而且,从某种意义上来说,他们的确是无辜的。"

他们从电梯出来,又穿过一段黄灯照明的走廊。"在我们的社会,已经不存在严重犯罪了。"安德顿继续说,"但我们的确有一座拘留营,里面关满了即将实施犯罪的人。"

一道道门打开又关闭,他们来到了分析区。面前矗立着几排壮观的设备——数据接收器,还有负责研究和重组输入进来的数据的计算设备。机械设备后面坐着三名预知者,他们几乎被迷宫一样的线路完全遮挡,看不清楚模样。

"就是他们几个。"安德顿干巴巴地说,"你觉得他们怎么样?"在阴沉的黑影中,三个白痴坐在那里嘟囔个不停。每句不连贯的话、每个随机章节都被分析、比较,以可视化符号的形式重新组合,转录到传统的打孔卡上,然后弹入带有不同编号的卡槽中。白痴们整日喋喋不休,他们被囚禁在特制的高背椅内,被金属箍固定在坚硬的座位上,周围布满电线和接线夹。他们的基本欲求能得到自动满足。他们没有精神需求,像植物一样,他们只知道嘟囔,醒了睡,睡了醒。他们的头脑迟钝、混乱,被困在迷雾里。

——但不是今时今日的迷雾里。这三个口齿不清、笨手笨脚的生灵脑壳巨大、形容枯槁。他们考察的是未来,分析设备录下的都是预言。设备时刻倾听着这三个有预知能力的白痴的呢喃。

威特沃的脸上第一次没有了那份轻松、自信的表情,眼睛里显出厌恶、不满,一面感到羞耻,一面承受着伦理方面的冲击。"这样子并不——令人舒服。"他喃喃地说,"我没料到他们如此——"他在脑子里搜寻合适的词汇,"这么……畸形。"

"畸形,而且弱智。"安德顿马上表示同意,"尤其是那个女孩,那边那个。多娜已经四十五岁了,但她的样子看上去只有十岁。这种天赋会吞噬一切,超能脑叶导致前额叶皱缩、脑内区域失衡。但我们管这些做什么?能得到他们的预言就够了。他们提供我们需要的信息,他们自己什么都不懂,但我们懂。"

威特沃闷闷不乐地穿过房间,来到机器设备前面。他从一个卡槽处取出一叠卡片,"这些就是计算得出的名字吗?"

"显而易见。"安德顿皱紧眉头,把那叠卡片从他手里取过来,"我还没看过这些呢。"他解释说,不耐烦地掩饰自己的不快。

威特沃着迷地看着机器又吐出一张新卡片,进入空卡槽,然后是第二张,接着是第三张。旋转的轮盘中不断飞出一张又一张卡片。"先知们一定能预见到很久以后吧?"威特沃惊叫道。

"他们能预见的未来很有限。"安德顿告诉他,"最多也就一两周。很多数据对我们没有用——根本就与我们的工作职责无关。我们会把这类信息转达给相关机构,而他们也为我们提供数据资料。每个重要部门都有密室,用来安置这些宝贵的'猴子'。"

"'猴子'?"威特沃不安地盯着他,"哦,对,我懂了。视而不见,充耳不闻,闭口不提。如是云云。很有趣。"

"很聪明嘛。"安德顿顺手把机器吐出的新卡片也收起来,"这里的有些名字完全没用,剩下的大部分也只是些微不足道的违法活动:偷窃、逃避所得税、斗殴、敲诈勒索。我相信你一定知道,犯罪预防部已经把犯罪率降低了百分之九十九点八。我们现在很难遇见凶杀、叛国之类的重罪。毕竟罪犯也知道,他们在实施犯罪行为的一周前就会被我们关进拘留营。"

"上一次真正发生凶杀案是什么时候?"威特沃问。

"五年前了。"安德顿骄傲地答道。

"那次是怎么发生的?"

"罪犯逃过了我们的抓捕。我们有他的名字——事实上,我们掌握了犯罪行为的全部细节,包括受害者姓名。我们知道确切的案发时间、凶手计划的行凶地点,但他还是实施了犯罪。"安德顿耸耸肩,"说到底,我们还是不可能抓到所有罪犯。"他翻弄着那些卡片,"但能抓到大多数。"

"五年只有一起凶杀案。"威特沃又重振信心,"很了不起的纪录啊……这是值得骄傲的事儿。"

安德顿若无其事地说:"我的确感到骄傲。三十年前,我设计出了这套理论——那年头,以自我为中心的人大多在考虑怎样到股市捞快钱。我洞察的却是未来的法务体系——有着巨大社会价值的那种。"

他把那叠卡片丢给威利·佩奇——他的助手,负责"猴子"区。

"看看哪些是我们需要的。"他对佩奇说,"发挥你的聪明才智。"

看着佩奇带着卡片离开,威特沃若有所思地说:"这真是责任重大。"

"是的。"安德顿同意,"如果我们放走一名罪犯——就像五年前那次一样——我们的良心就会背上一条人命债。完全是我们部门的责任。如果我们出错,就有人丧命。"他愤愤地从卡槽里又取出三张卡片,"这是社会公信问题。"

"你有没有被诱惑过——"威特沃犹豫了一下,"我是说,你去抓的人,可能愿意给你很多好处。"

"那样没用的。军方总部那里会弹出完全一样的卡片,两个部门之间存在互相制衡的关系。只要他们愿意,可以监视我们的一举一动。"安德顿扫了一眼最上面那张卡片,"所以,就算我们想要接受——"

他顿住了,嘴唇绷紧。

"怎么了?"威特沃好奇地问。

安德顿小心地把最上面的那张卡片折起,放进自己口袋里。"没事。"他咕哝道,"能出什么事儿?"

他的语调有些过于严厉,让威特沃有些脸红,"您还真是不喜欢我啊。"

"的确,"安德顿承认,"我不喜欢你。但是——"

他自己也觉得难以置信,他会如此讨厌这个年轻人。这看似不太可能:这本来就不可能。一定是有哪里不对。他有些茫然,竭力令自己混乱的头脑平静下来。

卡片上是他自己的名字。一号线路——他被控即将成为杀人犯!根据打孔代码显示,犯罪预防局局长约翰·安德顿将会杀死一人——时间就在一星期内。

他绝对不相信这种鬼话。

二

这时站在外间办公室跟佩奇谈话的,是安德顿纤细迷人的年轻妻子丽莎。她在跟佩奇唇枪舌剑,激烈争论政策问题,完全没有注意到威特沃跟她丈夫进来。

"嗨,亲爱的。"安德顿说。

威特沃没说话,但他眼神闪动,显然在打量这个警服合身的棕发美女。丽莎现在是犯罪预防局的执行官,但威特沃知道,她曾经是安德顿的秘书。

发觉威特沃异样的眼神之后,安德顿愣了一下。要想栽赃把那张卡片安放在机械设备中,就需要有个内应——一个对犯罪预防局非常了解,而且可以接触分析设备的人。丽莎不太可能这么做,但也不能完全排除这个可能。

当然,这可能是个涉及众多人员的大阴谋,绝不单纯是把一张"预定"的卡片塞进分析流程那么简单。初始数据本身也可能被篡改。事实上,现在完全无法判断究竟从哪里开始出了问题。他想到了种种可能,心中泛起一阵寒意。他最初的冲动——拆开机器,清空全部数据——天真到了可笑的地步。磁带很可能跟卡片一致:他只能徒增自己的嫌疑而已。

他还有大约二十四小时时间。然后,军方的人就会查看他们手中的卡片,继而发现丢失的这一张。他们会从自己的文件里找到他藏起的这张卡片副本。他只是拿到了两张一模一样的卡片中的一张,也就是说,另一张跟他藏入衣兜里的同样内容的卡片可能正摆在佩奇的桌子上,供人传阅。

大楼外面传来警车的轰鸣声,出去完成它们的例行追捕。还要多长时间,就会有这样一辆警车停在他家房前?

"你怎么了,亲爱的?"丽莎不安地问他,"你看起来像是见了鬼一样。你还好吗?"

"我很好。"他安抚妻子。

丽莎好像突然注意到了埃德·威特沃仰慕的眼神。"这位先生是你的新同事吗,亲爱的?"她问。

安德顿小心翼翼地介绍了自己的新搭档。丽莎友善地微笑,以示问候。两人是否传达了什么秘密讯号?安德顿无法判断。上帝啊,他已经开始怀疑所有人——不只是自己的妻子跟威特沃,还有一打自己的手下。

"您是纽约人吗?"丽莎问。

"不,"威特沃回答,"之前我大部分时间生活在芝加哥。目前住在酒店里,城区的某家大酒店。等等,我把名字写在哪张卡片上了?"

他焦急地在衣袋里翻找,丽莎提议:"也许你愿意跟我们共进晚餐。为了我们在工作上能更紧密地协作,我真心觉得大家应该加深了解。"

安德顿吓了一跳,向后退开。妻子的友善态度有多大可能出于偶然?如果答应,威特沃就会整晚跟随他,还有理由借机去窥探他的私人住所。他非常烦躁,本能地转身走向门口。

"你去哪儿啊?"丽莎吃惊地问。

"回'猴子'区。"他告诉妻子,"我想要检查某个令人非常困惑的数据带,要赶在军方调查前搞清楚。"没等妻子想出留住他的合适理由,他就已经回到了走廊里。

他快步走下斜坡。当他正在大步走下楼梯,前往公共区的通道时,丽莎气喘吁吁地赶了上来。

"你到底是怎么了?"她抓住丈夫的胳膊,转到他面前,"我就知道你会离开。"她挡住他的去路,"你到底怎么了?所有人都以为你是——"她控制住自己,"我是说,你的做法真的很容易被误解。"

好多人从他们身边经过——下午常见的那种人流。安德顿旁若无人地把妻子的手指从胳膊上掰开。"我要出去一趟,"他说,"趁现在还有时间。"

"但是——为什么?"

"有人要陷害我——蓄谋已久,居心险恶。这个坏东西是来抢我工作的。议会想通过他对我下手。"

丽莎抬头看他,一脸震惊,"但他看上去是个很善良的年轻人呢。"

"像蝮蛇一样善良吧。"

丽莎的惊诧变成了怀疑。"我不信。亲爱的,你最近压力那么大——"她怯怯地笑着,迟疑着说,"这听起来并不那么可信,埃德·威特沃不太可能陷害你。就算他有想法,又怎么可能做到?埃德肯定不会——"

"你叫他埃德?"

"这是他的名字,不对吗?"

她的棕色眼睛里现出怒火、震惊以及迷茫,"天哪,你已经在怀疑所有人。你甚至怀疑我也介入了这件事,对吗?"

他考虑了片刻,"我不确定。"

她逼近过来,眼睛里带着谴责,"你撒谎。你在怀疑我。也许你真的应该离开几周,你急需休息。所有这些压力和创伤,现在又有年轻人加入,把你变得像个受迫害妄想狂。你自己意识不到吗? 总以为别人在算计你。那你告诉我,你有没有实实在在的证据?"

安德顿从口袋中拿出那张折起来的卡片,"仔细看看这个。"他把卡片递给她。

她的脸变得煞白,尴尬地压低声音,倒抽一口冷气。

"非常明显的陷害行为。"安德顿告诉她,语调尽可能平淡,"这样,威特沃就有了法律上的托词,可以马上逼我离职。他就不用等到我自行辞职了。"他沉着脸补充说,"那帮人明知道我还可以再做几年。"

"但是——"

"这还会终止互相制衡的互查体系。犯罪预防局将不再是独立机构。议会将控制警察系统,在此之后——"他的嘴唇绷紧,"他们还将管控军队。好吧,表面看来,一切都符合逻辑。当然,我对威特沃是有敌意和反感——我有犯罪动机也是顺理成章。"

他继续说道:"没有人想要被年轻人取代,自己被迫归隐田园。这理由非常真实可信——只是我真的没想要谋杀威特沃。但我又不能证明这一点。所以,我能怎么办呢?"

丽莎默然,脸色苍白,她摇摇头,"我……我也不知道,亲爱的。要是——"

"目前而言,"安德顿打断了她,"我要回家收拾行装。我也只能计划到这么远了。"

"你真的想要躲起来吗?"

"我会的。如果必要,我甚至会逃到半人马座殖民地那样偏远的行星去。之前有人逃脱过,而且我还领先了二十四小时。"

他果断地转身，"回去吧。你没必要跟我一起逃走。"

"你觉得我愿意跟你一起逃?"丽莎苦涩地问。

安德顿愣了一下，怔怔看着她，"你不愿意吗?"然后他吃惊地喃喃说道，"哦，不。我看得出，你并不相信我。你还是觉得我自己想象出了这一切。"他疯狂地指着那张卡片，"即便有这样的铁证摆在面前，你还是不相信我。"

"是的。"丽莎当即承认，"我的确不信。你甚至没有认真看过这张卡片，亲爱的。埃德·威特沃的名字根本就不在上面。"

难以置信，安德顿从她手里拿回卡片。

"没有人说你要杀的是埃德·威特沃。"丽莎语速很快，声音又轻又脆，"这张卡片一定是真的，你懂吗? 而且它跟埃德没有关系。他并没有试图陷害你，其他人也没有。"

安德顿脑子一片混乱，无言以对，呆立在原处盯着那张卡片。她是对的。埃德·威特沃并不是他要杀害的对象。在第五行，机器工整地打下了另外一个名字:

利奥波德·卡普兰

他麻木地把卡片放回衣兜。他这辈子从没听说过这个名字。

三

无人的房间格外冷清，安德顿立马开始准备行程。收拾行装的过程中，他脑子里不断涌出各种疯狂念头。

他可能错怪了威特沃——但这事儿谁能说得清? 无论如

何,这场针对他的阴谋可能远比他所想的更为复杂。威特沃在这场博弈中也许只是个微不足道的小卒。幕后指使者可能是个身份成谜的人物。

把卡片给丽莎看绝对是个错误。毫无疑问,她会把情形详细报告给威特沃。他不会有机会离开地球,不可能逃到边疆行星重新开始生活。

他正在忙碌,身后的地板突然发出响声。他从床前回头,手里还拿着一件破旧的冬季运动外套。迎向他的是 A 型手枪的灰蓝色枪口。

"你动作还挺快。"他愤愤地看着这个嘴唇紧绷的魁梧男子,对方身穿棕色大衣,握枪的手上戴了手套,"她可真是当机立断啊!"

闯入者的脸上毫无反应。"我不懂你在说什么。"他说,"跟我走。"

安德顿愣住了,放下那件运动服,"你不是我们局的?你不是警察?"

他一面吃惊地抗议,一面被迫离开屋子,坐上停在外边的豪华轿车。三个全副武装的男人坐进后排。车门重重关闭,汽车沿着马路疾驰,远远地驶离城市。车里的人都沉着脸,全是拒人千里之外的样子,任凭身躯随着车行节奏微微晃动。昏暗阴郁的旷野在车外闪过。

安德顿还在徒劳地揣测眼前的变故意味着什么。车子驶上了一段坎坷的偏僻公路,然后再次转弯,钻入一片阴森的地下车库。有人大声发令,厚重的车库金属大门关闭,头顶的灯闪烁几下后点亮。司机关闭引擎。

"你们会后悔的。"那些人把他拖下汽车时,安德顿粗声警告,"你们知道我是谁吗?"

"我们知道。"棕色大衣的男子回答。

安德顿被枪逼着,离开阴暗寂静的车库,进入铺了厚地毯的二楼走廊。看起来,他是进入了一座豪华私人住宅,坐落在被战火摧残过的乡间。走廊尽头有个装修素雅的房间,里面摆满了书籍。有个男人坐在房间里等他,对方的脸在环伺的灯光下半隐半现。

安德顿走近那个男人时,他紧张地戴上一副无框眼镜,合上手中的眼镜盒,舔了下干燥的嘴唇。他年岁不小,看起来已经七十有余,拄着一根细细的银手杖。他的身体干瘦,青筋突起,举手投足流露出一种老年人特有的僵硬。稀疏的棕灰色头发覆在棱角分明的灰白色头骨上,仿佛涂了一层不起眼的过渡色。只有他的双眼仍透出与年龄不相符的警觉和光芒。

"这个人就是安德顿?"他不耐烦地问那个穿棕色大衣的人,"你们在哪里找到他的?"

"在他家。"对方回答,"他在收拾行李——跟我们预料的一样。"

桌前的老人明显哆嗦了一下。"收拾行李。"他摘下眼镜,颤巍巍地把它放回盒子里,"听着,"他突兀地对安德顿说,"你有什么毛病吗? 是彻底疯了吗? 你怎么可能杀死一个你从来没有见过的人?"

安德顿恍然大悟——眼前的这位老人,就是利奥波德·卡普兰。

"首先,我想问你一个问题。"安德顿迅速开始反击,"你知道自己做了什么吗? 我是犯罪预防局局长,我能让你坐几十年牢。"

他本来还想继续责问,但突然闪过一个更重要的问题。

"你怎么知道的?"他的一只手不由自主地移到藏着卡片的衣袋上,"应该还没到时候——"

"我不是通过你的机构得到的消息。"卡普兰不耐烦地打断了他,"你没听说过我,我并不为此感到惊讶。我是利奥波德·卡普兰,西方军事同盟军将军。"他不情愿地补充道,"现已退休,自从英-中战争结束,西方军事同盟解散之后。"

这个解释很合理。安德顿本就怀疑是军方为了自保而即刻检查了他们的那份卡片。现在他稍微放松了些,又问:"那么,你把我弄到这里。下一步打算怎么办呢?"

"显而易见,"卡普兰说,"我不会让人杀掉你,否则这件事就会预先显示在某张可恶的小卡片上。我对你感到好奇。我觉得难以置信,像你这样有身份、有地位的人,为什么要冷血地杀害一个素昧平生的人。这件事肯定另有隐情。实话实说,我对此十分困惑。如果这是某种警方战略的话——"他耸耸细瘦的肩膀,"你又不太可能让副本卡片落到我们手上。"

"除非,"他的一名手下建议,"这是一张被特意插入的卡片。"

卡普兰抬起他炯炯有神、鹰一样的眼睛,细细地打量安德顿,"你有什么想说的吗?"

"这卡片就是蓄意插入的。"安德顿说。他迅速断定,坦承自己一直以来的怀疑最为有利,"这条预言是警察队伍中的内奸蓄意编造的。他们事先准备好了卡片,用来陷害我。我会为此失去权力,我的助手将自然而然地取代我,还可以向世人宣称,犯罪预防局一如既往地制止了一起谋杀。但事实上,根本就不存在谋杀行为,也不存在杀人动机。"

"在没有谋杀行为这一点上，我同意你的观点。"卡普兰沉着脸说道，"我会确保你被警察严加看管。"

安德顿一惊，抗议道："你要把我送回警局吗？如果我被监禁，就永远都无法证明——"

"我才不关心你能不能证明什么。"卡普兰打断他，"我想要的，只是确保你不会威胁到我的安全。"他冷酷地加了一句，"出于自身考虑。"

"他当时已经准备逃走了。"卡普兰的一名手下作证说。

"没错。"安德顿一边冒汗一边说，"要是他们抓到了我，就会把我关进拘留营。威特沃将接管一切。"他的脸色阴沉了下来，"还有我老婆。他们显然是串通好了的。"

片刻之间，卡普兰显得有些动摇。"有这种可能。"他盯着安德顿，犹豫地说。最后，他摇摇头，"我不能冒这样的风险。如果你确是被人陷害，那么我很抱歉。但这真的与我无关。"他挤出一丝微笑，"不过，我还是祝你好运。"他对手下们下令，"带他去警部大楼，交给最高当局。"他提到了代理局长的名字，然后等着看安德顿的反应。

"威特沃！"安德顿惊讶地叫了出来，对此表示难以置信。

卡普兰的表情似笑非笑，他转身打开了书房里的台式收音机，"威特沃已经掌权。显然，他会对这件事大做文章。"

短暂的静电噪声后，收音机中突然响起一个专业的声音，向整个房间大声宣读一份事先拟定好的公告：

"……我们警告全体市民，不要为这名极端危险分子提供藏匿之所或其他任何协助。这种突发状况在近年来实属罕见——有一名逃犯正试图逃避追捕，而且此人试图犯下极端严重的罪行。我们谨此通告全体市民，在追捕约翰·艾利森·安德顿的过程中,任何阻挠执法或拒绝提供必要支持的行为,均可能受到法律制裁。再重复一次:西方联盟政府犯罪预防局正在寻找并抓捕前犯罪预防局局长约翰·艾利森·安德顿,他被犯罪预防局系统认定为潜在杀人犯,因此已被剥夺人身自由和其他所有权利。"

"他的动作好快。"安德顿咕哝着,深感震惊。卡普兰关闭收音机,那声音随即消失。

"丽莎一定是第一时间就去找他了。"安德顿痛心地猜想。

"他为什么要等?"卡普兰问,"你的意图已经显而易见。"

他向手下们点头,"把他带回到城里。他在这里会让我感到焦虑。在这一点上,我跟犯罪预防局代理局长威特沃先生的立场一致。我也希望能尽快消除他这个潜在威胁。"

四

凄冷的细雨打在柏油路上,车子驶过纽约城黢黑的街道,赶往警察总部大楼。

"你应该理解他的担心。"一名卡普兰的手下对安德顿说,"要是你处在他的位置,也会毫不犹豫地这样做的。"

安德顿目不斜视地瞪着前方,烦闷愤怒。

"话说回来,"那人喋喋不休,"也不是只有你一个人含冤入狱。成千上万人被关在那座拘留营里,进去后你不会孤单的。说不定到时你就不想离开了呢。"

安德顿无助地看着车窗外,行人们在雨中来去匆匆。他的内心渐渐平静了下来,只剩下一种极端疲惫的感觉。他失神地看了下街边的门牌,车子已经离警察总部大楼不远了。

"这个威特沃看来是个擅于把握机会的人。"一名手下没话找话地说,"你以前见过他吗?"

"一面之缘。"安德顿回答。

"他觊觎你的位置,继而陷害了你。你确定情况是这样的?"

安德顿冷笑,"信与不信又有什么区别?"

"我只是好奇。"那人没精打采看着他,"那么,身为前任犯罪预防局局长,拘留营里的人一定会很高兴见到你吧。他们可都记得你的丰功伟绩呢。"

"一定的。"安德顿赞同。

"威特沃真可谓雷厉风行。卡普兰运气不差——有这样一名官僚主事。"那人恳切地看着安德顿,"你的确觉得这是一场阴谋,对吗?"

"当然。"

"你不会动卡普兰一根汗毛? 有史以来第一次,犯罪预防局出现了误判? 一个无辜的人被那里的一张卡片陷害,也许从前也有过同样无辜的人。对吗?"

"很有可能。"安德顿浑身瘫软地承认。

"也许整个系统都会解体。当然,你会辩称自己并不会真正杀人——也许之前那些被捕的人也不会。这是你请老卡普兰放你走的原因吗? 你是不是想证明这个系统有问题了? 如果你想聊聊,那我洗耳恭听。"

另一个人也凑了过来,"咱们私下八卦,你所谓的这个阴谋论真的可靠吗? 你真的是被人陷害的吗?"

安德顿叹了口气。事到如今,连他自己都已经无法肯定。也许他被困在了一个闭合的无意义的时间循环里,没有动机,也没有起始。事实上,他几乎能意识到自己处在崩溃边缘,身体疲劳,过度敏感,缺乏安全感,心力交瘁。他已经完全丧失了斗志。沉重的疲惫感在压抑他的身心。他在跟不可能战胜的力量搏斗——所有的"卡片"都在与他为敌。

轮胎因急刹车鸣起的尖啸声惊醒了他。前方有一辆巨大的面包运输卡车突然从浓雾中出现,拦在了前方路口。司机踩紧刹车后,跟着猛打方向盘,试图避免碰撞。可如果刚才加速,或许还能逃过一劫。但等他意识到自己的错误时,却已经晚了。汽车摇摆着滑行向前,一瞬间时间好像停了下来,接着,车一头撞上了卡车侧面。

安德顿的座位弹了起来,他飞了出去,脸撞在了车门上。突如其来的痛楚令他的头仿佛炸开了一般。他躺在那里喘息,挣扎着试图跪起来。外边某处有火焰滋滋作响,一阵阵热浪正在涌入扭曲的车辆残骸里。

车外伸进的一双手拉住了他。安德顿意识到自己被拖出已经变形的车门。压在他身上的座位被猛地掀开。突然之间,他发觉自己双脚着地,靠在一个黑影身上,被搀扶着进入一条离车祸现场不远的阴暗小巷里。警笛声在远处响起。

"你要活下去。"有个低沉而焦急的声音在他耳边响起,是他从未听过的声音,像打在他脸上的雨丝一样陌生又冷酷,"你能听到我说的话吗?"

"能。"安德顿答应着。他徒劳地拉扯着破烂不堪的衬衣袖子。脸上有一道割伤,已经开始抽痛。他试图从昏迷中恢复清醒,"你不是——"

"闭嘴,听我说。"那人身材矮壮,近乎发福。现在,他的两只大手扶住安德顿,让他靠在道旁湿漉漉的砖墙上,避开雨水和车辆燃烧的火光。"我们不得已才这样做的。"他说,"时间太紧迫了，来不及仔细筹划，只能出此下策了。我们以为卡普兰会多留你一段时间的。"

"你们是什么人？"安德顿吃力地问。

那张被雨水打湿的脸扭曲着，苦笑了一下，"我叫弗莱明。我们还会再见面的。警察赶到之前，我们大约还有五秒钟，所以长话短说。"他将一个扁扁的包裹塞进安德顿手里，"这些东西足够帮你摆脱警察的追捕。里面有全套的身份证件。必要时，我们会联络你的。"他咧嘴一笑，发出咯咯的笑声，"直到你找出答案。"

安德顿眨眨眼，"这的确是一次陷害喽？"

"当然。"那人刺耳地责问道，"连你都开始怀疑自己的清白了吗？"

"我本来以为——"安德顿好像掉了一颗门牙，所以他说话有些吃力，"我对威特沃的敌意……被取代，我的妻子跟一个更轻的男人，自然会嫉妒……"

"不要自欺欺人了。"对方说，"你应该比谁都清楚。整个事件经过周密谋划，每一个步骤都在他们的掌控中。那张卡片是事先准备好的，就是在威特沃出现的当天弹出。他们的第一阶段目标已经实现。威特沃已经成了局长，而你现在是被通缉的逃犯。"

"谁是幕后主使？"

"你老婆。"

安德顿顿觉一阵天旋地转，"你确定？"

那人笑了起来，"敢赌命的。"他迅速环顾四周，"警察马上就到。你沿这条巷子继续走。找辆公交车去贫民窟，租间房子，买叠杂志消磨时间，再买些替换的衣服——你这么聪明，应该能照顾好自己。不要试图离开地球。他们已经封锁了全部行星间的交通渠道。如果你能躲过接下来的七天,你就成功了。"

"你到底是谁?"安德顿问。

弗莱明放开他,然后小心地走到巷口,向外张望。最先赶到的警车停在潮湿的马路旁。车子的引擎仍在轻响。警员们小心翼翼向车祸现场靠近。那辆曾属于卡普兰的小汽车的残骸里面有几个人正在挣扎着试图爬出来,匍匐穿过变形的钢铁和塑料,虚弱地倒在冷雨中。

"你就把我们当成一个维稳组织吧。"弗莱明轻声说,他肥胖的脸上没有任何表情,在雨中微微泛光,"是暗中监视警察的督查队伍。旨在确保,"他补充说,"一切停留在正常轨道中。"

弗莱明突然伸手,把安德顿推开。安德顿踉踉跄跄地撞入垃圾遍地的黑暗小巷中。

"快走。"弗莱明厉声说,"保管好包裹。"安德顿蹒跚着向小巷另一头走去的途中,听到那人的最后一句话从背后传来,"好好研究它,你还有可能活下去。"

五

身份证明显示,他叫欧内斯特·坦佩尔,一名失业电工,目前每周能从纽约州政府领到一笔救济金,有妻子和四个孩子,家人住在水牛城,全部资产不超过一百美元。他居无定所,凭借一张汗迹斑斑的绿卡正在四处旅行。找工作的人四处闯荡本就合情合理。他要走的路说不定还很长呢。

坐着几乎空无一人的巴士穿城而过,安德顿研究了欧内斯特·坦佩尔的资料。显然,这些证件是为他量身定做的,因为所有体形特征都符合。过了一会儿,他开始意识到还有指纹和脑波的数据,那些不可能蒙混过关。塞满钱包的这堆假证件充其量也只是让他应付最粗疏的检查而已。

但这也比什么都没有强。除了证件之外,包裹里还有一万美元的现金。他把钱和证件塞进衣兜,然后开始阅读包裹里那份打印出来的字迹清晰的字条。

一开始,他完全无法理解。他思考了许久,仍然困惑不解。

"多数的存在,逻辑上就意味着有一个少数派与之对应。"

公交车已经驶入巨大的贫民区。战后的废墟上,廉价宾馆、破旧的出租屋如雨后春笋般涌现出来,连绵数英里。车子慢慢停了下来,安德顿下了车。有几名无所事事的路人打量着他脸上的伤痕和被扯破的衣服。他视若无睹地踏上被雨水打湿的路牙石。

收下房费后,宾馆服务员便不再搭理他。安德顿顺着楼梯爬到二楼,进入狭小、潮湿的房间。现在这里属于他了。他满心喜悦地锁上房门,拉下窗帘。房间很小,但还算干净。有床、梳妆台、风景挂历、椅子、台灯、一台投币收音机——需要二毛五硬币的那种。

他投入一枚硬币,然后重重地倒在床上。所有重要电台都在播放警方公告。这对这个时代的人来说,是件新鲜刺激、闻所未闻的大事。一名逃犯! 公众对此热情高涨。

"……这个人利用职务之便,成功逃脱了第一次抓捕。"播音员正带着一种职业化的义愤填膺声讨着,"因为他身居高位,故而能看到尚未被审核的信息,公众对他的信任也帮助他避开了通常的抓捕和囚禁。在任职期间,他曾利用职权抓捕了无数潜在可能的罪犯,将他们送进劳改营,因而拯救了众多无辜的受害者。这个人,约翰·艾利森·安德顿,在犯罪预防系统的设立过程中发挥过非常重要的作用,他创新性地利用具备先知能力的变异人对犯罪行为进行预先干预。这个系统能够预见未来事态,并将口头数据传入分析设备。三名先知对此发挥着重要作用……"

他离开卧房,走进狭窄的浴室,收音机的声音渐渐模糊。他脱掉外套和衬衫,在洗手池里注满热水,开始清理脸颊上的伤口。他刚才从街角杂货店买了碘酒、创可贴、剃刀、梳子、牙刷和其他可能用到的物件。他打算明早去找一家二手服装店,买些更符合当前身份的衣服。毕竟,他现在是一名失业的电工,而不是遭遇车祸受伤的前任犯罪预防局局长。

隔壁房间里,收音机还在聒噪着。他站在裂开的镜子前,检查自己断掉的那颗门牙,捎带听着收音机里的信息。

"……三名先知所组成的系统最早起源于本世纪中期的计算机系统。怎样验证电子计算机分析得出的结果是否正确呢?是把数据输入第二台具有相同配置的计算机。但仅有两台计算机的系统仍不完善。如果两台计算机得出不一样的结果,那么就缺乏预定方案来判定何者正确。基于严密的统计数据的分析方法,就需要第三台计算机来检验前两台计算机的数据。这样一来,就可以得到一份所谓的多数派报告。如果三台计算机中的两台意见一致,那么在绝大多数情况下,多数意见就是准确的。两台计算机得出完全相同的错误结果——这种概率非常小……"

安德顿丢下手里的毛巾,快步冲进卧房。他颤抖着,弯腰仔细倾听收音机播报的内容。

"……代理局长威特沃先生表示:理想的状况,是三位先知的意见完全一致,但现实中极少实现。更为常见的情形,是得到一份有两位先知赞同的多数派报告,加上一份来自第三位先知、内容略有不同的少数派报告,区别通常在时间、地点等方面。这种现象可以用多重未来理论来阐释。如果只有一条时间线存在,先知给出的报告就无须保密,因为无论信息公开与否,未来都不可能改变。在犯罪预防局的工作中,我们首先必须假设……"

安德顿焦灼地在小房间里来回踱步。多数派报告——仅有两名先知就卡片上的内容达成了一致。这就是包裹里那张字条的含义。第三位先知的报告,那份少数派报告,是问题的核心所在。

为什么?

他看了下表,现在已过了午夜。佩奇应该已经下班了。他要到第二天下午才能重返"猴子"区。这是个渺茫的机会,但值得冒险。佩奇或许愿意帮他,或许不会。他必须冒这个险。

他必须看到少数派报告。

六

中午十二点到下午一点,肮脏的街道上人头攒动。他专门挑了这个一天中最繁忙的时间打电话。在一家人流密集的超级市场里的电话亭,他拨通了自己最为熟悉的警局号码。他站在那儿,让冰冷的听筒贴在耳边。他特意选择了语音通话,而不是视频通话。因为尽管穿上了二手旧衣,两腮也已经冒出胡碴,他还是有可能被认出来。

并不是他熟悉的接线员。他小心翼翼地给出了佩奇的分机号。如果威特沃已经清洗掉常任工作人员,安插了自己的亲信,那他可能会听到一个完全陌生的声音。

"你好。"佩奇闷闷不乐的声音传来。

安德顿松了一口气,环顾四周。没有人注意他。顾客们在货架之间来来往往,忙着各自的采购。"你方便说话吗?"他问,"有人监视你吗?"

一阵沉默。他能想象出佩奇纠结着该怎么办,温和的面孔露出矛盾、犹疑的样子。最终,对方迟疑着说:"你为什么要往这儿打电话?"

安德顿无视这个问题,继续说:"我没有听出接线员的声音。新人吗?"

"刚来的。"佩奇痛苦地压低了声音,"大清洗啊,这段日子。"

"听见了。"安德顿紧张地问,"你怎么样?还安全吗?"

"等一下。"安德顿听到对面的听筒被放下,然后响起隐约的脚步声,接着是门被关上的声响。佩奇返回,哑着嗓子说:"现在说话方便多了。"

"安全了?"

"不好说。你在哪儿?"

"在中央公园散步。"安德顿说,"享受阳光。"说不定佩奇刚才是在确认窃听器工作是否正常,现在就有一支空降警察部队已经升空,但他必须冒这个险。"我转行了。"他随口说道,"现在当上电工了。"

"哦?"佩奇有些困惑地说。

"我觉得,你或许能帮我找点活儿干。如果你能帮忙的话,我十分乐意效劳,上门帮你检查一下基础设备。比如说'猴子'区的数据采集和分析工作站。"

佩奇沉默了片刻，"这个……或许可以安排。如果非常重要的话。"

"非常重要。"安德顿向他保证，"你什么时候方便？"

"这个嘛，"佩奇显然还在犹豫，"我约了一支维修队上门，检查内部通话系统。代理局长想要给设备升级，以便提升工作效率。你可以跟这帮人一起。"

"我会去的。大约什么时间？"

"四点钟。B入口，六楼。我去接你。"

"好的。"安德顿在挂断电话前补充道，"希望等我到的时候，你还在负责。"

他挂断电话，迅速离开通话亭。片刻之后，他已经混入了拥挤的人流，又钻入附近一家咖啡馆里。在那里，没人能找到他。

他还要等三个半小时，这段时间很难熬。事实证明，他觉得这是自己一生中最漫长的等待。

见面之后，佩奇第一句话就是："你疯了吗？为什么要回到这里来？"

"我不会待太久的。"安德顿紧张地在"猴子"区巡视，关好每一扇门，"不要让任何人进来。我不能冒这个险。"

"你本应在占得先机时立刻远走高飞的。"佩奇焦急地跟在他身后，"威特沃正在大张旗鼓、不遗余力地抓捕你。他已经动员起整个国家来通缉你了。"

安德顿无视了他，果断地打开分析设备室的主控面板，"三只'猴子'中的哪只给出了少数派报告？"

"别问我——我马上就走。"但在走向门口的途中，佩奇略微停顿了一下，指了指中间那个身影，然后便离开了。门随即关闭。只剩安德顿一人。

中间那个。他很了解那个人。那个驼背的侏儒已经在电线和中继器之间坐了足足十五年。安德顿靠近时,他并没有抬头。他的两眼空洞无神,正在观察一个尚未存在的世界,对周围的现实却不闻不问。

"杰瑞"已经二十四岁了。当初,他被诊断为脑积水性痴呆,但在他六岁那年,心理测试员发现了他暗藏在多层脑组织损伤之下的预知能力。他被送进政府开办的特种学校,接受潜能培训。当他九岁时,他的超能力已经发展到可用等级。但"杰瑞"本人仍然是个白痴,沉沦在一片混沌之中。畸形发展的强大官能已经占据了他的全部感观和思想。

安德顿蹲下身来,拆除了分析机内磁带的包装壳。他借助图纸,从计算机的数据带末端开始,回溯到"杰瑞"的个人设备接入的位置。几分钟后,他已经哆哆嗦嗦拿出了两卷半小时时长的磁带。这是近期未被采纳、与多数派报告相悖的报告。他通过查询相应的编码表,找出了跟自己那张卡片对应的部分。

旁边就有一台磁带扫描机。他屏住呼吸,插入磁带,打开播放器,凝神倾听。就在一刹那间,报告中的第一句话就使他醍醐灌顶。他得到了自己想要的东西,可以不必再听下去了。

"杰瑞"的预见跟同伴的并非来自同一时空。因为预知未来固有的不确定性让他看到的,是与同伴们报告的未来有所不同的另一条时间线。对他来说,安德顿将会犯下谋杀罪行的多数派报告本身也是个需要跟其他因素一起考虑的事件。安德顿看到报告,以及对此做出的反应,是一项新增的参数。

显然,"杰瑞"的报告要比多数派报告更合理。得知自己即将犯下谋杀罪行之后,安德顿将会改变主意,犯罪行为将无法发生。对谋杀的预知抵消了谋杀发生的可能。一个新的时间线已经被创造出来。但"杰瑞"却是投票比对中的少数派。

安德顿颤抖着将磁带倒带,按下录制键,制作了一份报告副本。之后他将磁带放回原处,把副本从设备中取出。这就是证据,足以证明多数派报告无效——时间差。他现在只需要把它展示给威特沃……

他为自己的愚蠢感到可笑。毫无疑问,威特沃早就看过这份报告,尽管如此,他依然接任了局长之职,并让警察队伍继续追捕自己。威特沃根本就不想收手,他才不在乎安德顿是否无辜呢。

那么,他究竟该怎么做?还有谁会有兴趣帮他?

"你这可恶的白痴!"有个紧张焦虑、咬牙切齿的声音在他身后响起。

他刷地转过身去。他的妻子站在一扇门前,身着警服,两眼满是愤怒。"别担心。"他一边展示了手中的磁带,一边冷静地对妻子说,"我马上就走。"

丽莎面目狰狞、激动地冲到他面前,"佩奇说你在这里,我还不敢相信。他不应该放你进来的。他还不明白你到底是什么人。"

"你说我现在是什么人?"安德顿刻薄地反问,"在你回答之前,也许你该听听这盘磁带。"

"我不想听!我只想让你赶紧离开这里! 埃德·威特沃知道有人在这儿。佩奇正在试图拖住他,但是——"她突然打住,头侧向一边倾听,"他已经到了。他要闯进来了。"

"你对他就没有影响力吗?展现你优雅迷人的一面,他或许会忘了我的存在呢。"

丽莎幽怨地瞪着他。"楼顶有一艘飞艇。如果你想要脱身的话……"她的声音哽咽起来,平复了一会儿才继续说,"我准备马上起飞。要是你想一起走……"

"我跟你走。"安德顿说。他已经别无选择。他得到了可以作为证据的磁带,但还没有任何脱身之策。他激动地跟在妻子苗条的身躯后面,随她离开数据区,穿过侧门,经过一段补给走廊,她的高跟鞋声在无人的幽暗处回响。

"那是一艘性能卓越的快速飞艇。"她头也不回地对他说,"紧急填充过燃料——随时可以起飞。我本来要去监督几个追捕团队的。"

七

安德顿坐在警用高速巡弋飞艇的驾驶盘前,讲述了少数派报告中的内容。丽莎一言不发地听完,脸色憔悴紧张,两手紧握,放在膝上。飞船下方,饱经战火摧残的乡野像巨型浮雕一样延展,城市之间的空白处点缀着三三两两的弹坑和些许农场或小工厂的废墟。

"我在想,"等他讲完之后,她才开口,"这种情况以前发生过多少次?"

"出现少数派报告吗? 很多次。"

"我是说,一名先知选取的未来存在时间差,将其他人的报告当成分析数据,在另一个逻辑层面上做出判断。"她的双眼黯淡,语气严肃地补充道,"也许,拘留营里关了很多跟你一样的人。"

"不会的。"安德顿表面上还在坚持自己的意见,但内心深处已经开始感到不安,"我的职位让我有机会看到卡片,了解到报告的内容。这才是事情复杂化的关键。"

"但是——"丽莎激动地做着手势,"如果我们先把真相告诉他们,也许很多人也会跟你做出相同的反应。"

"但那样做的风险太大。"他固执地反驳。

丽莎嘲讽地笑了起来,"风险?概率?不确定性?在一个存在先知的世界里?"

安德顿集中精神驾驶小巧的高速飞艇。"我这是独一无二的案例。"他重复说,"我们可以等以后再来探讨理论问题。当务之急,是我必须把这卷磁带交给一个合适的人——在你聪明的年轻朋友毁掉它之前。"

"你要把它拿给卡普兰?"

"我当然要这么做。"他拍拍两人之间座位上的那盘磁带,"他会感兴趣的。对他来说,这能证明他没有生命危险。"

丽莎颤抖着从皮夹里取出一包烟,"你觉得他会帮你?"

"他或许会,或许不会。这个机会值得尝试。"

"之前你是怎么做到的?那么快就藏匿起来。"丽莎问,"能蒙混过关的假身份很难得到。"

"花钱就行了。"他闪烁其词地回答。

丽莎一面抽烟,一面思考。"卡普兰很可能愿意保护你。"她说,"他势力很大。"

"我还以为他只是一位退役将军。"

"名义上的确如此。但威特沃调取了他的档案。卡普兰是个特殊组织的首脑,其成员全部是退伍老兵。事实上,这更像是一个俱乐部,有一些身份特殊的成员,都是战时的高级军官,交战双方都有。他们在纽约拥有一座大型府邸和三种知名刊物,还会时不时斥巨资赞助并参加某个电视节目。"

"你到底什么意思?"

"没什么。你已经让我确信你是无辜的。我觉得,显然你不会成为一个杀人凶手。但你现在也必须承认,最初那份多数派报告并不是伪造的。这并不是一桩早有预谋的犯罪。埃德·威特沃没有人凭空捏造出这份报告。没有人冤枉你,也没有人试图诬陷你。如果你要强调这份少数派报告的真实性,那你也必须承认对应的多数派报告才行。"

他不情愿地表示同意,"我想是这样的。"

"埃德·威特沃,"丽莎继续说,"他的行为完全出自责任感。他真的相信你是个潜在的罪犯——为什么不信呢?那份多数派报告已经摆在了他的桌子上,但你却把那张卡片藏进了衣兜里。"

"我撕毁了它。"安德顿轻声说。

丽莎严肃地倾身面对他。"埃德·威特沃完全没有抢占你职位的想法。"她说,"他的出发点和你并无不同。他也相信犯罪预防机制,想要让这个系统继续运行。我跟他谈过,我相信他并没有说谎。"

安德顿问:"你是不是想让我把这盘磁带交给威特沃?如果我这样做,他一定会销毁它。"

"胡说,"丽莎反驳道,"原件从一开始就在他手里。要是他真想销毁,随时都可以。"

"倒也是。"安德顿承认,"但也可能是因为他并不了解详情。"

"他当然不了解。换个角度考虑,如果卡普兰得到那盘磁带,警方就会颜面扫地。你还不明白吗?这将证明多数派报告存在漏洞。埃德·威特沃的判断是对的。你必须被抓——这样才能维护犯罪预防局的权威。你现在考虑的全是个人安危,但请抽出一点儿时间想想这个系统。"她探身捻灭烟头,伸手到皮夹里,又掏出一支,"对你来说,哪个更重要——你个人的安全,还是犯罪预防体系的存续?"

"个人安全。"安德顿毫不犹豫地回答。

"你确定吗?"

"如果这个系统存续的前提,是要囚禁无辜者,那它就理应被铲除。我的个人安全很重要,因为我是一个人。而且……"

丽莎取出一支袖珍手枪。"我相信。"她苦涩地说,"我的手指已经按在了扳机上。我以前没用过这样的武器,但我愿意尝试。"

片刻沉默之后,安德顿问:"你想让飞艇掉头,对吗?"

"是的,回警察部大楼。如果你能把系统的存亡看得更重,超过你自私的——"

"少跟我说教。"安德顿打断她,"我可以让飞艇回去。但我不认可你那套荒谬的价值体系,任何有理智的人都不可能支持这样的做法。"

丽莎苍白的嘴唇抿成一线。她紧握那支手枪,面向他坐定,两眼死盯着他,看他驾驶飞艇绕了个大圈。船体倾斜,一侧翅膀越转越高,最终整个机舱横了过来。旋转过程中,杂物箱内的零碎杂物在哗哗作响。

安德顿和妻子都被金属护栏固定在座位上。但同行的第三人就没有这种待遇了。

安德顿从眼角的余光里瞥到了动静,身后传来一阵巨响——一个大块头男人突然失去平衡,跌落在飞艇的强化侧壁上。其后的事态发展极快。弗莱明马上站起身,脚步蹒跚,勉强保持着平衡,冲上前来,伸手抢夺女人手里的枪。安德顿吓得做声不得。丽莎转身，看见扑过来的人，随即发出尖叫。弗莱明把她手里的枪打落在地。

弗莱明哼了一声，把她推到一边，自己捡起了枪。"抱歉。"他喘息着，尽量站直身子，"我以为她会再多说一会儿，所以我一直没动手。"

"你早在这里了，自从——"安德顿想到了什么，闭了嘴。显而易见，弗莱明和他的同伙一直都在监视他。等他们意识到丽莎想要利用飞艇将自己带离警察总部大楼时，弗莱明就抢先爬进了飞艇储物区。

"也许，"弗莱明说，"你最好把那盘磁带交给我。"他伸出汗渍渍的肥硕手指抓向磁盘，"你猜得没错——威特沃肯定会把它融成渣的。"

"那卡普兰呢？"安德顿呆呆地问，他还没从这家伙突然出现的刺激中缓过来。

"卡普兰跟威特沃是同伙，所以他的名字才会出现在卡片的第五行。两人之间谁才是幕后主使，我们现在还没搞清。也有可能另有他人。"弗莱明把袖珍手枪丢到一旁，取出他自己的重型军用武器，"你跟这个女人一起升空，真是犯下了弥天大错。我早跟你说过，她也可能是这一切的真正黑手。"

"我无法相信。"安德顿抗议说，"如果她——"

"你真是完全不动脑子啊。这艘飞艇就是在威特沃的授意下才起飞的。他们是想要让你远离地面，这样我们就无法接近你。你被彻底孤立起来，没有我们保护，一线生机都不会有的。"

丽莎惊诧的脸上掠过一丝奇特的表情。"你说谎。"她轻声说，"威特沃根本不知道这艘飞艇。我本来准备监督——"

"你差点儿就得逞了。"弗莱明毫不客气地打断她，"十有八九有警用巡逻机正在跟踪。现在也顾不得那么多了。"他一面说，一面坐在丽莎身后的座位上，"当务之急，是摆脱这个女人。为此我们必须带你逃离这个区域。佩奇已经向威特沃泄露了你现在的伪装，毫无疑问，相关信息已经被送到每一个角落了。"

弗莱明还保持着蹲姿，一把抓住丽莎，然后把他的重型枪丢给安德顿。他熟练地勒住她的脖子，将她紧紧地锁在椅背上。丽莎疯狂抓挠反抗，喉咙深处发出惊恐而凄厉的哭号。弗莱明不为所动，两只大手卡住她的脖子，毫不留情收紧。

"这样没有枪伤。"他喘息着解释说，"她意外坠亡——稀松平常的事故。大家司空见惯。只是她的脖子会在坠机之前先折断。"

安德顿出人意料地等了许久，直到弗莱明粗大的手指深陷在女人苍白的肌肤里，他才举起重型枪的枪托，狠狠敲在弗莱明的后脑上。凶悍的大手松开了。弗莱明跟跄了一下，头向后仰，软瘫在飞艇舱壁上。他试图保持清醒，挣扎着想要再站起来。安德顿又在他的左眼上方狠砸了一下。他向后栽倒，不再动弹。

丽莎惊魂未定，不停喘息以缓解刚才的窒息。她的身体也在不由自主地颤抖着。好一会儿，她脸上才渐渐恢复血色。

"你能驾驶飞艇吗？"安德顿一边摇晃她的身体，一边焦急地问。

"应该还可以。"她条件反射似的伸手握住驾驶盘，"我没事，不用担心。"

"这把手枪，"安德顿说，"是军用型号。但不是战争期间的制式武器，是他们战后研发出的新型武器。我也没有用过，只能自己摸索下了。"

安德顿爬到后舱弗莱明四肢张开躺倒的地方，避开他的头，扯开他的衣服,在口袋里翻找。片刻之后,弗莱明汗渍渍的钱包已经到了他手里。

托德·弗莱明的证件显示,他是一名陆军少校,隶属于军方情报局国内情报部门。在他的各种证件中,有一份利奥波德·卡普兰将军签署的文件,声称弗莱明处于他的组织——国际老兵联盟——的特别保护之下。

弗莱明和他的同伙都在依照卡普兰的命令行事。面包运输车和车祸都是他们精心策划的。

这就意味着卡普兰蓄意让他逃离警察的追捕。从他在家收拾行李被绑架时开始,他就已经掉入了卡普兰的圈套中。尽管难以置信,但他已经渐渐明白事态的真相。自打一开始,他们一直在努力确保抢在警察之前抓到他。这一切都是为了让威特沃无法逮捕他。

"我相信你之前说的了。"安德顿一面对妻子说,一面爬回座位,"我们现在能联系上威特沃吗?"

她默默地点点头,指了下仪表盘上的通信模块,"你发现什么了?"

"快帮我接通威特沃。我必须尽快通知他,非常紧急。"

她急忙启动闭路通话设施,心神不宁地拨号,接通了纽约犯罪预防局总部。屏幕上闪过众多低级警员的面容,直到埃德·威特沃的脸孔出现在屏幕上。

"记得我吗?"安德顿问他。

威特沃面无血色,"上帝啊,发生了什么? 丽莎,你是在押他回来吗?"突然,他的视线集中在安德顿手中的枪上,"听着,"他狂躁地说,"千万不要伤害她。不管你怎么想,都不关她的事。"

"这件事我心里有数。"安德顿回答,"你能锁定我们现在的位置吗？我们返回的路上可能需要保护。"

"返回！"威特沃难以置信地看着他，"你打算回来？你要投案自首？"

"是的。"安德顿的语速很急、很快，"你也要马上采取行动——封闭'猴子'区。不准任何人进入——无论是佩奇，还是其他人。尤其是军队的人。"

"卡普兰。"威特沃的小头像说。

"他怎么了？"

"他来过。他刚刚离开。"

安德顿心头一紧，"他来干什么？"

"收集数据。他把关于你的所有先知报告都拷贝了一份。他坚持说，得到这些资料的目的仅仅是为了自保。"

"那么，他已经得到它了？"安德顿说，"大势已去。"

威特沃被他吓到了，几乎喊了起来："你到底是什么意思？发生了什么事？"

"我会告诉你的。"安德顿沉重地说，"等我回到自己的办公室之后。"

八

威特沃在警察总部大楼楼顶迎接他们。飞艇降落期间，周围云集的护航船纷纷摇动侧翼，快速散开。飞艇一落地，安德顿马上走向金发的年轻人。

"你已经得到了想要的结果。"安德顿告诉对方，"你可以立刻把我送进拘留营。但那样做并不能拯救局面。"

威特沃心神不安，蓝眼睛几乎变成了灰色，"恐怕我没有完全理解——"

"关键并不是抓捕我。我也本不该离开警部大楼。威利·佩奇在哪里?"

"我们已经把他关起来了。"威特沃回答,"他不会带来更多麻烦了。"

安德顿的脸色愈发凝重。

"你们抓他的罪名不对。"他说,"放我进入'猴子'区并不是犯罪行为,真正的罪行是给军方通风报信。你放纵了一名内奸在眼皮底下活动。"话音未落,他就有些狼狈地改口说,"我是说,是我的错。"

"我已经撤销了对你的追捕令。现在,警队正在追查卡普兰的下落。"

"有进展吗?"

"他乘坐一辆军用卡车离开后,我们一直在跟踪他,但卡车驶入了一个军方禁区。现在,有一辆战时型号 R-3 的坦克把守在入口。如果硬闯的话,势必会引发内战的。"

丽莎摇摇晃晃地从飞艇走了出来。她的脸色依然苍白,一副惊魂未定的样子,可怕的瘀伤痕迹在脖子上清晰可见。

"你怎么了?"威特沃问她。然后他看到躺倒在飞船里的弗莱明。他转向安德顿,直截了当地说:"这么说来,你终于相信这一切不是我的阴谋了?"

"是的。"

"你不会真的以为我——"他露出嫌恶的表情,"企图夺取你的职位吧。"

"你当然会有这种想法。这是人之常情,就好像我也在费尽心机保住自己的地位。但这次的事态非同寻常——而且不是你的责任。"

"之前你为什么说现在自首已经晚了？我的上帝，我们会把你关进拘留营，待预言提及的时间全部过去。确保卡普兰不会死。"

"他的确不会死，这没错。"安德顿承认，"但他可以证明，即使我没被抓起来，他也能安然无恙。他掌握的信息足以证明多数派报告无效。他可以借此摧毁整个犯罪预防系统。"他最后说，"无论怎样，结果都是他稳赢——我们稳输。军方的阴谋是使我们失去公信力，他们已经得逞了。"

"但他们冒这么大风险到底是为什么，他们到底想要什么？"

"英–中战争之后，军方彻底失势了。西方军事联盟的黄金时代一去不返。当年他们曾主宰一切，从军事到政治。而且，他们也曾有自己的警察系统。"

"像弗莱明这种人。"丽莎虚弱地说。

"战后，西方联盟进行了裁军。卡普兰这样的军官被迫退休，成了弃卒。没有人喜欢这样的待遇。"安德顿苦笑，"我能理解他的痛苦。和他情景相似的大有人在。但我们不能继续像战时那样管理一切，权利必须得到分配和制衡。"

"你说卡普兰已经得逞了。"威特沃问，"我们还能做什么吗？"

"我是不会杀他的。我们清楚，他也清楚。也许到时他会找上门，向我们提出某种交易。我们可以继续运行，但议会将剥夺我们的实权。你肯定不会喜欢这样的结局，对吗？"

"当然不喜欢。"威特沃郑重回答，"总有一天，我要掌管这个机构。"他红了脸，"当然不是马上。"

安德顿的表情有些惨淡，"你公布多数派报告的决定非常糟糕。如果没有昭告天下,现在或许我们还能封锁消息。但现在,所有人都已经听闻了此事。我们已经无法反悔了。"

"我想也是。"威特沃尴尬地承认,"也许我——这件事做得并不像自己想象的那么漂亮。"

"你以后会越干越好的,只是还需要时间。你是一名优秀的警官,你相信体制的意义,但也要学着淡然面对打击。"安德顿离开众人,"我要去好好研究下多数派报告的内容。我想要了解他们的预测细节,我到底将怎样杀死卡普兰。"他若有所思地补充说,"这或许会给我一些启发。"

先知"多娜"和"麦克"的数据磁带被分别存放。安德顿挑出了负责分析"多娜"的相关设备,他打开包装壳,找出数据带。跟以前一样,通过编码找出与此事相关的磁带。很快,磁带播放设备就已经开始运转。

预言跟他猜想的差不多。这是被"杰瑞"当作原材料使用的原始时间线。在这份预言里,卡普兰手下的军事情报部特工在安德顿驾车回家途中绑架了他。他被带到卡普兰的别墅,也就是国际老兵联盟的总部。对方给了安德顿一份最后通牒:要么自行解散犯罪预防部,要么与军方正面为敌。

在这个已经不可能存在的时间线里,仍是犯罪预防局局长的安德顿向议会寻求支持,但却没有成功。为了避免内战,议会批准了解散犯罪预防部的计划,并下令恢复军管体系——"以应对紧急状况"。安德顿率领一批忠诚的警察冲到了卡普兰家中,击毙了他,并枪击了大量老兵联盟的军官。但最后却只有卡普兰一人毙命,其他人都被高超的医学技术救活。一场政变尘埃落定。

听完"多娜"的预言,他把另一份磁带倒回,开始检查"麦克"

预见到的情形。理论上,两份预言的内容应该是基本一致的。"麦克"的开头跟"多娜"一样:都是安德顿开始发觉卡普兰对付警察的阴谋。但其中有些内容感觉不对劲。安德顿困惑地将磁带倒回重听。令人难以置信的是,两份预言内容并不相同。他重新播放磁带,用心倾听。

"麦克"预言的内容跟"多娜"的版本大相径庭。

一小时后,安德顿终于完成检验,他收起磁带,离开了"猴子"区。他一出现,威特沃就问:"出了什么事? 我感觉到好像有什么不对劲。"

"不。"安德顿缓缓地回答,仍沉浸在自己的思绪里,"也不完全是。"外边有什么声音传进他耳中。他心神不定地走到窗前,向外张望。

街上挤满了穿军装的人,排成四列,沿着中央车道列队行进。步枪、钢盔……身着制服行军的士兵。西方军事联盟尊贵的战旗在午后的冷风中招摇。

"军队在示威。"威特沃闷闷不乐地解释道,"我们太天真了。他们不会向我们提出什么交易。有什么必要呢? 卡普兰只需把这件事公布于众就够了。"

安德顿并不觉得意外,"你是说,他要公开宣读少数派报告?"

"显然是这样。他们会质疑我们的权威,然后要求议会解散我们。他们将公开声称,我们一直都在拘捕无辜者——说我们最爱在深夜抓人,维持恐怖统治,诸如此类。"

"你觉得议会会屈服?"

威特沃犹豫了一下,"我不愿妄加猜想。"

"那我来猜。"安德顿说,"他们会屈服的。外面的情形跟我在楼上了解到的情况基本一致。我们现在四面楚歌,只有一条路可走。不管我们愿不愿意,都别无选择。"他的眼睛里泛出坚毅的光芒。

威特沃担心地问:"什么样的出路?"

"等我说出来,你就会奇怪自己为什么没有想到。很明显,我将不得不按照已公开的多数派报告行事。我将亲手杀死卡普兰——只有这样,才能真正维护住我们的权威。"

"但是,"威特沃震惊地说,"多数派报告已经被证明存在纰漏啊。"

"我还是能执行它。"安德顿告诉他,"但也要付出代价。你清楚一级谋杀对应的刑罚吧?"

"终身监禁。"

"那是最轻的……或许到时你能帮我走走后门,把监禁改为流放。我可以被谴送到一颗殖民星球,那遥远的人类边疆。"

"你会……喜欢那样?"

"见鬼,当然不会喜欢。"安德顿开朗地说,"两害相权取其轻。而且我必须完成预言。"

"可你要怎么杀死卡普兰呢。"

安德顿取出那支弗莱明丢给他的军用重型武器,"我会用这个。"

"他们不会阻止你吗?"

"为什么要阻止我? 他们已经得到那份少数派报告,确定了我不会动手的。"

"但这样说来,少数派报告就是错的?"

"不,"安德顿说,"它绝对正确。但我还是要去杀卡普兰。"

九

他从未杀过人。他甚至没亲眼见过杀人,哪怕他已经当了三十年的犯罪预防局局长。对他们这代人来说,蓄意谋杀已经成为遥远的过去,已经彻底绝迹了。一辆警车把他送到军队集会地点附近,距离不超过一个街区。他在后排的阴影中仔细地拆开检查了那支弗莱明留下的手枪。它看似完好无损。实际上,也没什么可担心的。他确定未来半小时内会发生什么。他把枪重新装好,打开车门,警觉地下了车。

没有人注意到他。人潮急切地向前涌动,想要尽可能接近演讲台。集会场中的大多数人都穿着军装,一排坦克和其他重武器展示在近旁——这些威力巨大的武器装备目前仍在大量生产。

部队搭建了个金属演讲台,还配好了用于登台的阶梯。台后挂着西方联盟军的旗帜,象征着战争中战斗过的联合力量。时光改变了很多固有的立场,西方联盟军的成员中还有不少战时的敌军军官。但将军永远是将军。制服和阵营的细小差别,已经被岁月淹没。

坐在前边主席台上的是西方联盟军的高层,他们后面则是更低阶的军官。五颜六色、形制各异的军旗在风中舒展。事实上,这次集会已经有了几分节日庆典的味道。高台上坐着表情肃穆的老兵联盟骨干,所有人都在紧张地翘首以待。场外,隐约可见有几名警察在待命,表面上是维持秩序,实际上是观察现场情况的线人。只要他们不扰乱现场秩序,军方也不在乎他们在场。

傍晚的冷风带来密集人群的喧嚣声。安德顿挤过密密麻麻的集会人群。像是知道即将有大事发生,每个人都露出紧张与期待的表情。安德顿艰难地挤过一排排座位,来到高级军官区的外围。卡普兰就在这群人之间,但他现在已经是卡普兰将军了,马甲、纯金怀表、手仗、式样保守的西装——全都已经消失不见。为了这个特殊场合,卡普兰取出尘封已久的军服。他身板挺直,威仪煊赫,站在曾经的幕僚中间。他重新戴上肩章、领徽,佩上荣誉勋章,头戴军帽,脚穿长靴,腰别饰剑。原本那个干瘦的秃老头在换上这身制服后,像是变了个人似的,马上显得威风凛凛、气势凌人。

卡普兰将军发现了安德顿,他离开聚在他周围的战友,大步来到自己年轻的对手面前。他瘦削的脸上露出难以置信的表情,仿佛在说他看到警察局长之后不知有多么开心。

"这真是意外之喜。"他伸出戴着灰手套的手,"我还以为你已经被代理局长关起来了呢。"

"托你的福。"安德顿简短地回答,握了下对方的手,"毕竟,威特沃也有那卷磁带。"他指了下卡普兰紧紧攥在手中的包裹,信心满满地迎向他的目光。

尽管紧张,卡普兰的心情仍然十分不错。"今天可是军方的大日子。"他解释道,"你一定会喜欢我一会儿演讲的内容的,我将向公众详述你如何蒙冤、遭受莫须有的指控。"

"这样啊。"安德顿不置可否地回答。

"我将证明你是被系统冤枉的。弗莱明有没有跟你讲述清楚事情的来龙去脉呢?"卡普兰将军在试探安德顿了解多少内情。

"他讲了一些。"安德顿回答,"你打算只念少数派报告吗?还有别的吗?"

"我还要把它跟多数派报告进行比较。"卡普兰将军向一名助手示意,后者递上一个文件夹,"这里一应俱全,有我们需要的全部证据。你并不介意被当成案例,对吧? 你的案子代表了无数人的悲惨遭遇,他们都是被错误拘禁的。"卡普兰将军僵硬地看了下腕表,"我必须开始了。你要跟我一起上台吗?"

"为什么?"

卡普兰将军冷冰冰的外表已经难以掩盖其激动的情绪了,"让大家亲眼见证这鲜活的范例啊。你、我站在一起——杀人犯和受害者——肩并肩站在台上,一同揭露警方长久以来维持的可耻骗局。"

"荣幸之至。"安德顿说,"我们还等什么呢?"

卡普兰将军稍显不安地走向平台。他疑惑地打量着安德顿,像是仍在好奇他为什么出现,以及他到底知道多少。眼见安德顿毫不犹疑地登上台来,坦荡荡地坐在话筒一旁时,他愈发惊讶了。

"你完全理解我要讲的内容吧?"卡普兰将军问,"这次披露将会带来非常重大的影响。它可能导致议会重新考虑整个犯罪预防系统的可靠性。"

"我知道。"安德顿回答,将两臂抱在胸前,"我们开始吧。"

人群安静了下来。但当卡普兰将军打开文件夹,将材料摆在面前时,人群又响起一阵急切的躁动声。

"坐在我旁边的这个人。"卡普兰开口了,声音抑扬顿挫,"相信大家都很熟悉。看到他,你们或许很吃惊,因为直到最近,他还是被警方描述为危险的杀人犯,并遭到通缉。"

人群的视线集中在安德顿身上。他们热切地注视着这位能够近距离欣赏到的唯一潜在杀人犯。

"然而，就在几个小时以前，"卡普兰将军继续说，"警方却撤销了关于他的追缉令。是因为前犯罪预防局局长安德顿先生探案自首了吗？不，这样说并不准确。他能坐在这里，并不是因为他已经探案自首，而是因为警方已经判定他无罪了。约翰·艾利森·安德顿是完全无辜的，过去、现在、将来都没有任何罪行。对他的指控是货真价实的丑闻，是对事实的恶意歪曲，来自一个建立在错误理论前提下的腐化了的司法系统——那是一个规模庞大、冷酷无情的杀人机器，将无数人投入了苦难地狱。"

人群为之深深吸引，一会儿看卡普兰，一会儿看安德顿。毕竟每个人都对预防犯罪系统有或多或少的了解。

"在所谓的犯罪预防体系的管理下，曾有很多人被羁押。"卡普兰将军继续说，他的声音越来越有力，感情也越来越炽烈，"他们的罪名，并不是实际发生的犯罪行为，而是他们可能犯下的罪行。因为这个系统推断，如果这些人继续自由行动，他们必将触犯法律。

"但是，世上根本就不存在百分之百准确的预测未来。预见未来的信息被获取的一瞬间，必然性就将随之消失。断定一个人会在未来犯罪，再将其先关入监狱，这个行为本身就自相矛盾。处理此类数据的过程也证明了其理论的谬误。每一种情况，无一例外，警方的三位先知都在互相证伪。就算没有人被抓，还是不会发生他们预测的罪行。"

安德顿漫不经心地听着，只是偶尔留意一些细节，但人们却听得津津有味。卡普兰将军现在正在总结少数派报告的大致内容。他解释了这些资料的来源，以及它是怎样一步步变成现实的。

安德顿悄悄地从外衣口袋里取出手枪，把它放在大腿上。

卡普兰已经介绍完少数派报告的内容,也就是关于"杰瑞"提供的未来。他瘦骨嶙峋的手指正在摸索第一位先知的报告——先是"多娜"的,然后是"麦克"的。

"这是原始的多数派报告。"他解释说,"根据这两位先知的报告,安德顿将会犯下杀人罪,也就是已经被现实所否定掉的错误预言。我给各位念一下。"他麻利地抽出自己的无框眼镜,架在鼻梁上,开始慢慢诵读。

他脸上掠过一丝惊诧的表情,结结巴巴地说不清话,然后突然住了口。纸页从他手中飘落。他像只绝境中的野兽一样,转身弯腰,从演讲台冲了下去。

电光石火间,他扭曲的脸孔经过安德顿面前。安德顿现在已经站了起来,举起那支枪,快步上前,扣动了扳机。卡普兰被椅子下面伸出的众多腿脚绊住,又惊又惧地尖叫一声,像只重伤的鸟儿一样,身体倾斜,挥舞手臂,挣扎着从台上滚落地面。安德顿冲到台边,确认将军已经一命呜呼。

卡普兰就像多数派报告中断言的那样,真的死了。他瘦弱的胸腔炸开一个冒着烟的黑洞,身体抽搐的同时,洞里的灰烬散落了下来。安德顿感到一阵恶心,他转开视线,快步穿过目瞪口呆的军官们。他手里还握着枪,故而也没有人敢阻拦他。他跳下演讲台,挤入混乱的人群中。人们又惊又怕,拥挤向前,试图看清到底发生了什么。这件事就发生在众目睽睽之下,远超一般人的心理承受极限。人们需要一些时间才能摆脱恐惧,接受现实。

安德顿被等在外围的警察抓住。"您能离开现场,运气还真是不错。"汽车悄然离去的途中,一名警察小声对他说。

"我觉得也是。"安德顿心不在焉地答道。他靠在椅背上,试图平复情绪。他依然感到头晕目眩，身子在禁不住地颤抖。突然之间，他向前俯身，吐得一塌糊涂。

"可怜的家伙。"一名警察同情地嘟囔。

安德顿感到一阵阵痛苦和恶心，不知道警察指的是卡普兰，还是他自己。

十

四名健壮的警察帮丽莎和约翰·安德顿收拾好了行李，并且装上汽车。五十年的警察局长生涯，让安德顿积聚了大量个人物品。他忧郁地站在一旁，看箱子一个接一个被装入卡车。

卡车将把他们直接送到空港，然后从那里乘坐星际运输船前往半人马座 X 星。对一位老人来说，这是段漫长的航程。但对他而言，所幸这是一趟单程旅行。

"这是倒数第二只箱子。"丽莎朗声宣布。她专心忙于打包和整理行李，身着汗衫和宽松长裤的她在空荡荡的房间里来回巡视，确保最后不会遗落什么，"我估计，那些新能源厨具怕是用不上了。半人马座那边还在使用电能。"

"我希望你不会太介意这些。"安德顿说。

"我们会习惯的。"丽莎冲他轻轻一笑，"会吧？"

"但愿如此。你确定自己不后悔吗？如果，现在——"

"不后悔，"丽莎向他保证，"假如你帮我搬最后这只箱子的话。"

他们坐上领头的卡车，威特沃驾驶一辆巡逻车赶到了。他跳出车门，快步向他们走来，脸色异常憔悴。"在你们起飞之前，"他对安德顿说，"你还得跟我详细讲讲几位先知的情况。议会那边一直在质询我。他们想知道,事件期间那份报告,就是关于撤回对你的通缉的那份报告,是不是搞错了——还是另有隐情。"他一脸茫然,"我还是没能理解。少数派报告错了吗?"

"你指哪份少数派报告?"安德顿一脸戏谑地反问他。

威特沃眨眨眼,"原来如此。我早该想到的。"安德顿坐在卡车驾驶室,取出烟斗,装好烟丝。他用丽莎的打火机点燃烟斗,开始吞云吐雾。丽莎又回到房子里去了,再次确认没有落下什么重要的东西。

"其实,少数派报告总共有三份。"他对威特沃说。他很高兴临走前还能帮眼前这个年轻人指点迷津。将来某天,威特沃也将学会独立思考,涉足某个陌生领域。想到此处,安德顿感到些许满足。尽管老迈的他如今已疲惫不堪,但他依然是唯一能看透事态本质的人。

"三份报告其实是前后连续的。"他解释说,"第一份来自'多娜'。在那条时间线里,卡普兰向我口述了他们的阴谋,而我及时杀死了他。'杰瑞'产生预见的时间比'多娜'略晚,用前者的报告作为输入数据。他预见到了我会提前知晓报告内容。所以在他预见的未来里,也就是第二条时间线,我真正在乎的只有自己个人的安危。我并不想杀死卡普兰,而是只想保住自己的权位和生命。"

"而'麦克'那份,其实才是第三份报告吗?那份甚至比少数派报告更晚?"威特沃纠正了自己的说法,"我是说,它才是最后出现的?"

"的确,'麦克'的报告是三人中的最后一份。由于第一份报告的影响,我决定了不要杀死卡普兰。这就催生了第二份报告。但掌握了第二份报告之后,我又改变了主意。第二份报告以及它对应的未来,是卡普兰想要促成的。从警方立场看,第一种未来则更为理想。而时至当时,我已经开始为警方利益考虑。我已经洞悉了卡普兰的阴谋。第三份报告否认了第二份报告,正如第二份否定第一份。这让我们又回到了起点。"

丽莎气喘吁吁地走过来,"我们走吧。这里的一切都搞定了。"她灵巧地跳上卡车踏板,挤进驾驶室,坐到丈夫和司机中间。驾驶员顺从地开动卡车,其他车辆也紧随其后。

"每一份报告都不相同。"安德顿总结道,"每一份都是独一无二的。只不过其中两份在一个观点上达成了一致。如果没被剥夺自由,我会杀死卡普兰。这就造成了存在多数派报告的假象。实际上,所谓多数,无非是我们的错觉。'多娜'和'麦克'预见到了同样的结果——但却分别属于完全不同的时间线,在完全不同的背景下发生。'多娜'和'杰瑞'——也就是所谓的少数派报告——和多数派报告其实都不准确。三者之中,只有'麦克'是对的——因为之后没有诞生新的报告来推翻他的预测。情况就是这样。"

威特沃焦急地跟在卡车旁,他那金发飘飘、白皙英俊的外貌被忧虑扭曲,"这种事还会发生吗?我们要不要调整整个预防犯罪理论的相关设置?"

"这种情况只会在一种情况下发生。"安德顿答道,"我的案子之所以独一无二,是因为我能读到每一条报告。它的确可能再次发生——但也只可能发生在下一任犯罪预防局局长身上。所以你要多加小心。"他微微一笑,从威特沃纠结的表情里获得不少乐趣。在他身边,丽莎欲言又止,伸手过来握住他的手。

"你最好时刻提高警惕哦,"他告诉年轻的威特沃,"这件事随时可能发生在你的身上。"

回忆之灯

　　心理医生说："我是汉弗莱斯，就是你要找的人。"病人脸上显出恐惧和敌意，于是汉弗莱斯继续说，"我可以讲个关于心理医生的笑话。这会让你感觉好一些吗？或者我也可以提醒你，我的报酬由国家健康基金支付，不会花费你一分钱。又或者，我也可以讲讲心理医生 Y 先生的趣事，他去年因无法承受沉重的心理压力而自杀了，因为他在填报所得税表格时弄虚作假。"

　　病人勉强地笑笑，"这事我也听说了。这么说来，心理医生也有撑不住的时候。"他站起身，伸出手，"我名叫保罗·夏普。我的秘书跟你预约过。我有一点点小问题，无关紧要的那种，但我觉得还是解决了比较好。"

　　他脸上的表情却说明这问题绝对不小，如果无法妥善解决，很可能会毁掉他的一生。

　　"请进来吧。"汉弗莱斯打开了办公室的门，热情地说，"这边宽敞，我们坐下谈。"

　　夏普先生坐在一张软软的安乐椅上，把腿伸向前方。"你这儿没有长沙发哦。"他注意到了这一点。

　　"从 1980 年起，长沙发就被淘汰了。"汉弗莱斯说，"战后的心理医生有了足够的自信,至少敢把病人跟自己摆在同样的高度了。"他递给夏普一包香烟,自己也点燃了一根,"你的秘书并没有跟我讲过详细的情形,她只说你想跟我当面谈谈。"

夏普问:"我可以开诚布公地说吗?"

"我是有合同约束的。"汉弗莱斯骄傲地说,"如果你对我讲的任何内容落入安保机构手中,我就会被处以一万西盟银币的罚金,实打实的罚款,不是什么纸币之类的玩意儿。"

"这我就放心了。"夏普说,然后开始讲述他的困扰,"我是一名经济学家,为农业部工作——隶属于战后重建部门。我负责巡视氢弹环形坑周边的状况,决定哪些地方值得重建。"他随即修正道,"实际上,我只是分析关于氢弹环形坑周边情况的报告,然后提出建议。正是由于我的建议,萨克拉门托市郊的农场和洛杉矶这边的工业区才得以及时重建。"

汉弗莱斯不由自主地感到钦佩。这是政府决策层的一名高官。想到夏普这样的大人物也像其他患上焦虑症的普通市民一样来到心理救助处求医,让他有一种怪怪的感觉。

"萨克拉门托市重建那会儿,我的大姨子占到了很大便宜。"汉弗莱斯说,"她在那边有一座小型核桃园。政府清理了灰烬,重建了农舍和附属建筑,甚至还给她分了几十棵新的核桃树。除了腿伤之外,她的生活跟战前一样好。"

"我们自己也对萨克拉门托重建项目感到满意。"夏普已经开始冒汗,苍白的额头开始出现汗迹,捏着香烟的手也开始发抖,"当然,我个人对加州北部也很感兴趣。我自己就是在那里出生的,老家在佩特卢马附近,以前因鸡蛋产量而闻名……"他的声音变得嘶哑,渐渐沉默下去,"汉弗莱斯,"他喃喃地问,"我该怎么办呢?"

"首先,"汉弗莱斯说,"你得给我更多信息。"

"我——"夏普尴尬地苦笑着,"我总有某种幻觉,好多年前就开始了,但最近越来越严重。我曾经试着摆脱它,但是——"他做了个无奈的手势,"它却总是会出现,比以前更严重、更麻烦、更频繁。"

汉弗莱斯身边的桌子上,音频和影像记录仪都在秘密运转。"跟我讲讲那种幻觉是什么样的,"他建议,"然后,或许我就能告诉你,为什么会出现这类幻觉。"

他很累。在清静的自家客厅里,他独自闷坐,正在阅读一批关于胡萝卜发生变异的报道。有一个变种出现在俄勒冈州和密西西比州,外形跟普通胡萝卜没什么区别,却让那里很多人住了院,症状包括抽搐、发烧和弱视。为什么是俄勒冈州和密西西比州?报告中附有这可怕变种的照片。但单看外表,它们的确跟普通胡萝卜没有区别。报告包括对其所含毒素的透彻分析以及解毒用药物建议。

夏普疲惫地把那份报告丢到一边,拿起下一份。

根据第二份报告,臭名昭著的底特律巨鼠又出现在了圣路易斯和芝加哥,危害到在曾经的城市废墟上新建起的农业和工业居住区。底特律巨鼠——他曾经亲眼看见过。那是三年前,有天深夜回家,他打开门,突然意识到黑暗中有什么东西匆匆忙忙藏了起来。他拿了一把锤子作为武器,逐一搜索家具之后,终于发现了那玩意儿。那只老鼠体型巨大,一身灰毛,正在两面墙之间织网。在它跳起来逃窜时,夏普用锤子敲死了它。织网的老鼠……

他打电话给官方捕鼠员,报告了它的出现。

政府建立了特殊人才事务局,招揽来自各个辐射区的战时突变异能人士。但他觉得,这个事务局目前还忙于应对变异人类以及他们的心灵感应、预见未来、念力移物等能力。其实还应该有一个针对变异植物和变异鼠类的特殊事务局才好。

他的椅子后面传来鬼鬼祟祟的声响。夏普猛然回头,看到一个抽着雪茄的男人,又高又瘦,穿着一件旧雨衣。

"我吓到你了吗?"吉勒问,然后怪笑起来,"放松点儿,保罗。你看上去都快吓晕了。"

"我这儿工作呢。"夏普辩解说,脸色也恢复了平静。

"看得出。"吉勒说。

"刚才在回想怪鼠。"夏普把工作资料推到一旁,"你是怎么进来的?"

"你的房门没有锁。"吉勒脱下雨衣,把它丢在沙发上,"没错——你杀死过一只底特律巨鼠,就在这个房间里。"他环顾夏普精致又简洁的客厅,"那东西能致命吗?"

"这要看它咬在你的什么部位。"夏普走进厨房,在冰箱里找到两罐啤酒。他一面倒酒,一面说:"他们不应该浪费谷物,酿造这种东西……但既然已经酿了,不喝点儿也很可惜。"

吉勒贪婪地接过他那杯啤酒,"当个大人物就是爽,平常有这种好东西可以享用。"他的小黑眼珠若有所思地打量着厨房,"有你自己的炉灶、自己专用的冰箱。"他咂咂嘴,又说,"还有啤酒。我上次喝啤酒是去年八月。"

"不喝也死不了。"夏普毫不留情地说,"你是有事想谈吗?有的话,请尽快说。我还有好多工作要忙。"

吉勒说:"我只是想跟佩特卢马老乡打个招呼而已。"

夏普苦着脸回答:"你这问候跟那种合成燃料似的,味道怪怪的。"

吉勒觉得这话一点儿都不可笑,"你以家乡为耻吗?那里曾经也是——"

"我知道,全宇宙的鸡蛋之都。有时我在想——第一颗氢弹命中我们城镇的时候,天上到底有多少根鸡毛在飞?"

"数十亿根。"吉勒痛心地说,"而且其中也有我的——我的鸡,我是说。你的家人也曾拥有农场,不是吗?"

"没有。"夏普说,他可不想跟吉勒站在同一阵营,"我家开了个药品兼杂货店,就在101号公路旁边。离城市公园一个街区,靠近运动商城那里。"然后,他在心里暗暗补充一句:你见鬼去吧,我才不会改变主意呢,就算是你在我家门口扎营,堵到你断气的那天,也不会有任何结果。佩特卢马没有那么重要。说到底,那些鸡早就死光了。

"萨克拉门托重建得咋样了?"吉勒问。

"很好。"

"又盛产核桃了?"

"嗯,从人的耳朵眼儿里都能挖出核桃来。"

"壳堆里都有老鼠了吧?"

"成千上万啊。"夏普呷了一口啤酒。味道不错,很可能赶得上战前水平。他已经没法比较了,因为在大战爆发的1961年,他才只有六岁。但啤酒的味道就像他记忆中的过往时代:富足,无忧无虑,令人愉快。

"我们估计,"吉勒粗声大气地说,脸上露出贪婪的神情,"佩特卢马-索诺马地区的重建,只需要大约七十亿西盟币。跟你们现在投入的巨款相比,根本就不值一提。"

"跟我们一直在重建的地区相比,佩特卢马-索诺马地区的重要性也同样不值一提。"夏普说，"你觉得我们现在急需鸡蛋跟葡萄酒吗？我们需要的是机械设备。需要的是芝加哥、匹兹堡、洛杉矶、圣路易斯和——"

"你忘了，"吉勒继续纠缠，"你自己是个佩特卢马人。你在背叛自己的家乡——逃避你应尽的义务。"

"义务！你以为政府雇用我，就是为了给一个无关紧要的农业小城游说吗？"夏普气得满脸通红，"在我看来——"

"我们可是你的老乡。"吉勒固执地说，"家乡的利益总是第一位的。"

摆脱那人后，夏普在夜幕下呆立了片刻，目送吉勒的汽车消失在远方。好吧，他告诉自己，这世界本来就是这样——人人都只考虑自己，恨不得别人全都下地狱。

他叹了口气，转身，沿路走向自家门廊。窗口闪耀着友好的灯光。他微微哆嗦着，伸手去摸阶梯旁的扶手。

然后，当他笨拙地踏上台阶时，可怕的事情发生了。

突然之间，窗口的灯光一闪而灭。廊前的扶手也像是在他手指下融化掉了。耳中传来刺耳的尖啸声，他失去了力量。他在跌落。他拼命挣扎，试图抓住些什么，但周围却只有空虚和黑暗，没有实体，没有存在，只有身下无尽的虚空，还有他自己可怕的惨叫声。

"救命。"他大喊着，但声音只能徒劳地折磨他自己的耳鼓，"我掉下来了！"

然后，他喘息着发现自己躺在湿漉漉的草地上，手里抓着满把的草叶和泥土。离门廊仅有两英尺——他不过是在黑暗中踩空了一级台阶，滑倒在地而已。窗口灯光也不过是被水泥护栏挡住了，没什么可大惊小怪的。整件事发生在一瞬间，他只是跌在原地。额头有点儿血，是倒下时碰伤的。

很傻，特幼稚，是说来很让人抓狂的一件事。

他哆哆嗦嗦站起来，登上台阶。在房子里，他靠墙站立，一面发抖，一面喘息。渐渐地，恐惧消退，理性回归。

他为什么这样害怕跌倒？

必须要做点儿什么。情况比以往任何时候更糟，甚至比他摔出办公楼电梯那次还要严重——在满大堂的人面前，他曾被吓得尖声大叫。

要是他真有一天从高处跌落，会落到怎样的下场？比如说，要是他从洛杉矶办公楼之间的天桥上掉下来，会怎样呢？其实下面有防护网，会接住掉落的人。尽管一直都有人掉下来，却从来没有人真正受伤。但对他来说，心理冲击就可能致命。肯定会致命——至少足以让他丧失理智。

他在心里暗暗起誓：再也不走那几座天桥。绝对不走。这几年间，他都竭尽所能地避开天桥。但现在，回避天桥的事要上升到跟不乘飞机同样的等级。从1982年以来，他就再也没有离开过行星表面。而且在过去几年间，他连十层楼以上的办公室都很少去。

但如果他不走天桥的话，又怎么读到自己工作所需的研究文件呢？档案室只能通过天桥到达——就是那条狭窄的金属通道，从办公区出发，只有那一条路。

他浑身冒汗、满心恐慌，瘫倒在沙发上，蜷缩成一团，不知道该怎么保住自己的饭碗，干好现有的工作。

还有，他该怎样继续生活。

汉弗莱斯还在等待下文，但他的病人像是已经说完了。

"如果我说,恐惧跌倒是一种很常见的心理问题,"汉弗莱斯问,"你会不会感觉好一点儿?"

"不会。"夏普回答道。

"我觉得这没道理。你说过你以前就有这种症状。最早是什么时候?"

"是我八岁那年。战争已经进行了两年。当时我在地面上检查我的蔬菜园。"夏普怯生生地笑了一下,"我从小就喜欢种东西。突然间,旧金山的防空网络侦测到苏联导弹的尾迹,所有警示塔一起亮灯,跟点燃了的罗马蜡烛似的。我几乎就在地下掩体的正上方,于是我快步跑向入口,掀开上盖,开始沿着阶梯向下走。我妈妈和爸爸就在下端,他们大声喊着,让我跑快一点儿,于是我开始跑着下阶梯。"

"然后摔下去了?"汉弗莱斯期待地问。

"我没摔下去。我只是突然开始害怕,再也迈不开腿。我只是傻站在原地。他们在底下冲我喊,他们想快些关闭底端密封口。但我不下去的话,那口就不能关。"

汉弗莱斯带着一丝厌恶,表示了解他说的这种情况,"我也记得那种双重封闭的老式掩体。我不知道有多少人曾被关在两重密封门之间。"他看了一眼病人,"你小的时候,有没有听说过这种事呢?人被困在阶梯上,上不去,也下不来……"

"我当时怕的不是被困!而是害怕摔下去——害怕自己头朝下栽下阶梯。"夏普舔舔他干涩的嘴唇,"当时我就转过身——"他打了个寒噤,"我原路返回,又出去了。"

"在空袭期间?"

"他们击落了那颗飞弹。但整个警报期间,我都在侍弄我的蔬菜。后来,我家人揍得我几近昏厥。"

汉弗莱斯的脑子里形成了这样的概念:负疚感的起源。

"随后那一次,"夏普继续说,"发生在我十四岁那年。战争已经结束了几个月。我们开始返乡,看看我们的城镇还有多少残留。那儿一无所有,只剩一个环形坑,里面堆满了放射性废物,深达数百英尺。有个工作团队正在潜入那个爆炸坑。我站在坑边观察他们。恐惧感突然来临。"他掏出香烟,作势等待,直到心理医生帮他点起,才继续讲述,"在那之后,我就离开了那片区域。我搭上一辆军用卡车到了旧金山。每到深夜,我都会梦到那个环形坑,那张巨大的死亡之口。"

"下一次发生在什么时候?"

夏普不高兴地说:"然后那种事就会随时随地发生,每当我上到高处,每当我爬上或者走下阶梯——任何位置较高、可能跌落的场合。但要说连自家门口的几级台阶都不敢爬——"他停顿了一下,"我现在连区区三级台阶都不敢上。"他可怜巴巴地说,"只是三级水泥台阶。"

"除了你已经提到的,你还有过什么特别不好的经历吗?"

"我曾爱上一个美丽的棕发女孩,她住在埃切森大厦的顶层。现在可能还住在那儿,我也不知道。我曾经爬上过五六层楼,然后……就只是跟她说晚安,接着便下来。"他讽刺地说,"那女孩一定以为我疯了。"

"还有吗?"汉弗莱斯一面问,一面在脑子里记下性元素的出现。

"我曾不得不拒绝一个工作机会,因为它要求乘飞机出行,必须乘机去检验农业项目进展。"

汉弗莱斯说:"在以前,心理医生会寻找恐惧症的根源。现在我们要问的是:它有什么作用? 通常来讲,它都是在让患者避开自己潜意识里讨厌的情境。"

夏普脸上渐渐显出蔑视和愤怒,"你们就只有这么点儿能耐吗?"

汉弗莱斯不安地咕哝说:"我又没说自己赞同这种理论,也没说它一定适用于你。但我可以这样断言:你真正害怕的,并不是摔倒这件事本身,而是摔倒让你产生的某种联想。如果运气好,我们应该能挖掘出此类情绪的根源——以前的心理学家称之为'原初噩梦事件'。"他站起来,开始拉过一架挂满电子镜的塔形设备,"我的明灯。"他解释说,"它将融化记忆中的障碍。"

夏普戒备地看着那盏灯。"听着,"他紧张地咕哝着,"我并不想重塑自己的意识。我可能是有点儿毛病,但我为自己的个性感到骄傲。"

"这玩意儿并不会影响你的个性。"汉弗莱斯弯下腰,给灯接上电源,"它会探寻出你凭借理智无法读取的记忆。我将回顾你的生活——寻找给你本人带来严重伤害的事件,找到你真正害怕的东西。"

黑影浮现在他周围,夏普尖叫着极力挣扎,试图挣脱那些抓紧他手足的众多手指。什么东西打在他的脸上。他咳嗽着,向前瘫倒,血液、唾液和一截断掉的牙齿从口中掉落。有一会儿,眼前闪着炫目的强光。有人在拷问他。

"他死了没?"一个声音在问。

"还没有。"一只脚试探性地踢着夏普。隐隐约约,他听到自己的肋骨在断裂。"但也差不多了。"

"你能听到我说话吗,夏普?"一个声音在他耳边响起。

他没有反应,趴在地上,挣扎着试图求生,尽力避免把自己跟到处断折的残躯联系起来。

"你可能还以为，"那个声音响起，它很熟悉，甚至很亲密，"我还会给你最后一次选择的机会。但你已经没有机会了，夏普。你的路走到头了。我现在就可以告诉你，我们打算怎么对付你。"

他喘息着，极力不去听。同时，他徒劳地努力，想要无视他们对自己按部就班的折磨。

"好了。"折磨结束后，那个熟悉的声音最后一次出现，"现在，把他丢出去。"

保罗·夏普的残躯被抬到一扇圆形舱门前。他的眼前所见只有一片无边宇宙般的黑暗世界，然后，他被丢进了那片黑暗中。他向下跌落，但这次，他没有尖叫。

他已经失去了能够发出尖叫的身体器官。

关了灯，汉弗莱斯弯下腰，运作娴熟地唤醒沉睡中的人。

"夏普!"他威严地大声说，"醒醒! 快离开那种幻境!"

病人呻吟一声，眨眨眼睛，身体动弹了一下。他脸上带着一层纯粹的、赤裸裸的痛苦。

"我的上帝啊，"他轻声说，两眼空洞，身体痛苦到瘫软，"他们——"

"你已经回到了当下。"汉弗莱斯也被刚刚找到的情景震撼到了，"没有什么可担心的；你现在绝对安全。这件事已经过去了——它发生在多年以前。"

"过去了啊。"夏普可怜地喃喃自语。

"你已经回到了现在。明白了吗?"

"明白。"夏普咕哝道，"但刚才是怎么回事? 他们把我推了出去——穿过一道门，然后掉到什么里面。而且我一直在掉落。"他的身体剧烈颤抖，"我掉下去了。"

"你穿过一道舱门掉了出去。"汉弗莱斯平静地对他说，"你被痛打，伤得很重——他们以为你死定了。但你活了下来。你现在好好地活着，你已经撑过了那一切。"

"他们为什么要那样做？"夏普磕磕巴巴地问。他脸色灰白、肌肉软垂，绝望地哆嗦着，"帮帮我，汉弗莱斯……"

"清醒状态下，你不记得那些事曾发生过？"

"不记得。"

"那你还记得那是在什么地方吗？"

"也不记得。"夏普的脸疼挛性地抽搐着，"他们想要杀了我——他们真的杀死了我！"他挣扎着站起来，"我这辈子真的没有经历过这样的事。要是有，我一定会记得。这是一段虚假的记忆——有人篡改了我的脑子！"

"它只是被压抑住了。"汉弗莱斯坚定地说，"痛苦和冲击令你下意识地将其掩盖得极深。这是某种形式的自我麻醉——但它还是间接地影响了你，化成了你对特定事物的恐惧。但现在，你却有意识地回想起这件事——"

"我还用再回到那里吗？"夏普的声调歇斯底里地升高，"我还用再回到那盏该死的灯下面吗？"

"这件事必须回归到你的理性记忆中。"汉弗莱斯告诉他，"但不能一蹴而就。你今天已经到了承受的极限。"

夏普释然，放松着坐回到椅子里。"感谢！"他虚弱地说，摸摸自己的脸，然后是身体，"这么多年，我脑子里一直有这么可怕的负担，侵蚀我的心智，吞噬——"

"当你重新面对这件事，你的恐惧症将会有所缓解。"心理医生告诉他,"我们已经取得进展。我们现在对你真正的恐惧已经有了些概念。它涉及职业罪犯施与的身体伤害,可能是战后初期的退伍兵……或者黑帮暴徒,我记得那个年代。"

夏普的信心也恢复了些许,"这种情况下,也就不难理解我为什么害怕跌倒了。考虑到我曾经的可怕经历……"他哆嗦着想要站起来,却随即尖叫起来。

"你怎么了?"汉弗莱斯快速上前,扶住他的胳膊。夏普用力躲开,踉跄了一下,然后无力地倒回了椅子里。"出了什么事?"

夏普的脸色变了,他吃力地说:"我站不起来了。"

"什么?"

"我站不起来了。"他抬起视线,向心理医生哀告,显然已经完全吓傻了,"我——害怕跌倒啊,医生。我现在怕到根本不敢站起来。"

有一会儿,两人都没说话。终于,夏普两眼盯着地面,说:"我来找你的原因,汉弗莱斯,是因为你的办公室在一楼。很可笑,不是吗? 我根本不敢上楼。"

"我们将不得不用灯再照你一次。"汉弗莱斯说。

"我猜到了,但还是害怕。"他抓住椅子两侧的扶手,"那就照吧。我们还能怎么办? 我都走不成了。汉弗莱斯,这鬼东西会要我的命。"

"不,它不会。"汉弗莱斯把灯挪动到位,"我们会让你摆脱困境。试着放松,试着什么都不要想。"他打开设备,轻声说,"这一次,我不需要噩梦经历本身。我想要这件事前后的那些经历。我想要更为完整的事件过程,而不仅仅是那个片断。"

保罗·夏普静静地走在雪中。他呼出的气升腾成白云般闪亮的冰晶。在他左边是突兀的建筑废墟,残留的废墟被积雪所覆盖,甚至还有几分美丽。他被这怪异的景致吸引,停下了脚步。

"有趣。"研究团队中的一名成员跟上来说,"那下面可以是任何东西,绝对意义上的任何东西。"

"多美啊,从某种意义上来说。"夏普评论道。

"看到那座尖塔了没?"年轻人用戴着厚手套的手指点向一个方向。他还穿着注铅防护服。夏普和他的团队一直在考察这片仍存在污染的环形坑。他们的钻杆排成整齐的行列。"那儿原来是座教堂。"他告诉夏普,"貌似还是一座挺好的教堂。还有那边——"他指着另一片轮廓模糊的废墟,"那里曾是市中心。"

"城区并没有被直接命中,对吧?"夏普问。

"它只是被波及。请下来看看我们的发现吧,就是我们右边的环形坑——"

"不了,谢谢。"夏普带着强烈的反感退开,"上下攀爬的事儿还是留给你们吧。"

年轻的专家好奇地看了一眼夏普,然后就忘了这件事,"除非我们碰到意外,要不然,就可以在一周内开始重建。第一步,当然是清除废墟。它们大多已经风化破碎——好多植物在其间生长,自然腐蚀也将部分废墟转变成准有机态尘灰。"

"很好,"夏普满意地说,"这么多年了,我也很期待这里焕发新生。"

专家问:"战前,这里是什么样子? 我从来没见过。我出生时,破坏已经开始了。"

"嗯。"夏普环顾雪地,"这儿曾经是繁荣的农业中心。他们在这儿种植葡萄,亚利桑那葡萄。罗斯福水坝也在这边。"

"是啊，"专家点头说，"我们已经找到了它的遗址。"

"这儿还种过棉花。还有莴苣、紫花苜蓿、葡萄、橄榄、杏子。但我个人印象最深的，是跟家人穿过凤凰城时，亲眼所见的那些桉树。"

"可惜啊，不可能把这些全部恢复。"专家遗憾地说，"桉树是什么？我从来都没听说过。"

"整个美国都没有了。"夏普说，"现在要到澳大利亚，才能见到它们。"

汉弗莱斯一边倾听一边记笔记。"好了，"他大声说，然后关掉灯，"醒过来吧，夏普。"

保罗·夏普呻吟着眨眨眼皮，睁开眼睛。"怎么——"他挣扎着站起来，伸个懒腰，无神地环顾医生的办公室，"像是重建的事儿。我在监督一个考察团队。有个年轻人。"

"你们重建凤凰城是什么时候？"汉弗莱斯问，"刚才的片段像是发生在某个重要时间节点。"

夏普皱起眉头，"我们从未重建过凤凰城。现在仅有计划。我们打算明年适当的时候开始。"

"你确定？"

"当然了，这是我的工作。"

"我必须再把你送回去。"汉弗莱斯说，手已经伸向那盏灯。

"发生了什么事？"

灯已打开。"放松就好。"汉弗莱斯轻快地提醒他，对一个理应熟悉自己专业领域的大夫而言，他的语调有些过于欢快。他迫使自己降低语速，小心翼翼地说："我想要你把视野放得更为开阔。回想更早期的事件，凤凰城重建之前的某件事。"

在商业区一间消费不高的咖啡馆里，两人隔桌对坐。

"我很抱歉。"保罗·夏普不耐烦地说，"但我必须回去工作了。"他端起自己那杯人造咖啡，几口喝完。

对面那个高瘦的男子把空盘子推开，仰靠在椅背上，点燃一支雪茄。

"两年了，"吉勒愤愤地说，"你一直都在跟我们绕圈子。坦率讲，我也已经有些厌烦。"

"绕圈子?"夏普已经准备起身离开，"我不明白你的意思。"

"你即将重建一片农业区——你的下个目标是凤凰城。所以别再对我说工业区才是你的工作重点。你以为那些人还能支撑多久? 除非你能重建他们的养殖场和农田——"

"哪些人啊?"

吉勒粗暴地回答："目前住在佩特卢马的那些人，在环形坑周围扎营的那些。"

夏普微微有些不快地说："我都不知道还有人住在那种地方。我还以为你们都已经搬到了附近完成了重建的地区呢，比如旧金山或者萨克拉门托。"

"看来你从来没读过我们的请愿书啊。"吉勒幽幽地说。

夏普涨红了脸，"说实话，真没有读过。我为什么要读? 就算有人仍然在废墟周围扎营，还是改变不了基本情况。你们应该离开，撤离那个地方。那儿早就完了。"随后他又补充道，"我就已经离开了。"

吉勒很平静地说："要是你在那里经营过农场，也会留在那儿的。如果你的家人曾在那里耕作过一个世纪以上。这跟经营杂货店不一样。世界各地的杂货店，全都是一个样。"

"农场也是啊。"

"不，"吉勒心平气和地否认，"你自己的土地、你家人的土地会给你一种完全不同的感觉。我们会继续在故土扎营，直到我们死光，或者你们答应重建为止。"他机械地拿起账单，继续说完那番话，"我为你感到难过，保罗。你从来都不曾像我们一样有自己的根基。很遗憾，你无法理解我们的心意。"他伸手取钱包时又问，"你打算什么时候乘飞机去那里看看呢？"

"飞机！"夏普重复了一下，打了个寒噤，"我不会坐飞机去任何地方。"

"你必须再去看看那座城镇。在看到那里的人民、了解他们的生活之前，你都没有资格做出决定。"

"不行。"夏普郑重地说，"我不会飞去那里。我可以在报告的基础上得出结论。"

吉勒考虑了一下。"你必须来。"他宣布。

"死也不去！"

吉勒点头，"或许你会死，但还是必须来。你不能看都不看一眼，就让我们死在那里。你必须有勇气，亲眼见证自己行为的后果。"他取出一份便携日程表，在一个日期旁做上标记，然后把表格丢给夏普，"我们会到你办公室接你，会用我们来这里的飞机接你。它是我的。很棒的飞行器。"

夏普全身发抖，盯着那张日历。而在嗫嚅着的、仰卧着的病人旁边，汉弗莱斯也在凝视那张日历。

他猜对了。夏普噩梦式的经历、暗藏的心结并非发生在过去。

夏普的恐惧症，源自六个月后即将发生的事件。

"你能站起来吗?"汉弗莱斯问。

椅子里,保罗·夏普微微移动身体。"我——"他开口说,然后沉默下去。

"这段时间都不必再照。"汉弗莱斯安慰他说,"你做的已经很好了。但我还是想让你摆脱这段梦魇。"

"我现在已经感觉好些了。"

"试着站起来。"汉弗莱斯站在他旁边等着。病人艰难地站起身。

"是的,"夏普长出一口气,"我感觉好多了。上次回忆是什么? 我像是在一座咖啡馆之类的地方,跟吉勒在一起。"

汉弗莱斯从桌上取过一叠处方,"我要给你开些缓解症状的药。某种小白药丸,四小时吃一次。"他写下药名,把纸条递交给病人,"你还要多注意休息,这样可以缓解一些压力。"

"谢谢。"夏普声音虚弱,几不可闻。过了一会儿,他又问:"刚刚有很多发现,是吧?"

"那是当然。"汉弗莱斯紧张地承认。

他暂时做不了什么可以帮助保罗·夏普的事。此人已经临近死期——短短六个月之后,吉勒就会对他下手。这太糟糕了,因为夏普是个好人,是一个有原则、有良心、勤奋工作的官员。他一心想竭尽全力做好本职工作。

"您感觉情况怎样?"夏普可怜兮兮地问,"您能帮我吗?"

"我会尽力而为。"汉弗莱斯不敢正眼看他,"但你的病情况很复杂。"

"因为患病很长时间了嘛。"夏普谦卑地承认。他站在椅子旁,显得那样渺小无助。不像是位身居要职的官员,而是更像个孤独无依的普通人,"我当然很感谢您的帮助。如果这种恐惧症的情况一直加剧,说不定最后会恶化成什么样呢。"

汉弗莱斯突然问:"你有没有可能改变主意,同意吉勒的要求呢?"

"不可能。"夏普说,"这不是明智的政治决策。我反对出于私利的请托,这件事没商量。"

"即便是为了你的家乡? 即便是为了你的亲人、朋友和从前的邻居?"

"这是我的工作。"夏普说,"我必须如此,不能为自己或其他人而徇私舞弊。"

"你是个好人。"汉弗莱斯情不自禁地说,"我很抱歉——"他说不下去了。

"为什么要说抱歉呢?"夏普机械地走向出口,"我已经占用了你很多时间,我知道你们心理医生都很忙。我什么时候可以再来呢? 我还可以再来吗?"

"明天吧。"汉弗莱斯送他出门,进入走廊,"还是同样的时间,如果你方便的话。"

"非常感谢。"夏普如释重负地说,"我真心感谢您的安排。"

汉弗莱斯一回到办公室,马上就闭紧房门,大步回到桌旁。他伸手拎起话筒,颤抖着拨号。

"请帮我接通你们的医务部。"等到打通异能局的电话后,他客气地提出要求。

"我是科比。"过了一会儿,对面传来专业的问候声,"来自医学研究部。"

汉弗莱斯简短地介绍了一下自己。"我这儿有一名病人。"他说,"他看上去应该有些预知未来的能力。"

科比很感兴趣,"他来自哪个区域?"

"佩特卢马。萨诺马县,位于旧金山湾区的北边。它的西边是——"

"我们对那片区域很熟。已经有好几位预知者出现在同一地区。那儿对我们来说像一座金矿。"

"这么说,我应该猜对了。"汉弗莱斯说。

"病人的生日是哪天?"

"呃,战争开始那年,他六岁。"

"哦,"科比有些失望地说,"那他的超能力怕是不够充足。他永远也无法培养出完备的预知未来能力,像我们这边的备选人才一样。"

"也就是说,你们不能帮忙喽?"

"潜能者,就是有一点点超能力的人,要比真正的超能者多能多。我们没有时间可以浪费在他们身上。要是你到周围找找,可能会遇见数十位像你的病人一样程度的变异者。不完美的异能没有什么价值——可能会给他本人的生活带来种种不便,但也仅此而已。"

"是啊,是会带来不便。"汉弗莱斯随口表示赞同,"那个人还有几个月就将惨死。从他童年时代起,他就显示出恐惧症迹象。随着末日临近,反应就越来越剧烈。"

"他没有明确感觉到那场未来的不幸?"

"只在潜意识层面起着作用。"

"这样说来,"科比思忖着说,"他不知道也好。这些预感貌似都无法改变。就算他知道了,也还是无法避免不幸。"

查尔斯·班伯格大夫—— 一位心理咨询师——正准备离开

他的办公室时,发觉还有一个人坐在等待室。

奇怪,班伯格想,我今天明明已经没有其他病人了。

他打开门,走进等待室,"您是想要见我吗?"

坐在椅子上的那个人又高又瘦。他身穿一件皱巴巴的褐色雨衣,看到班伯格出现,他匆忙捻灭雪茄。

"是的。"他一面说,一面笨拙地站起来。

"您有预约吗?"

"没有预约。"那人请求似的看着他,"我选了您——"他有些慌乱地笑笑说,"那个,是因为您的诊所在顶层。"

"顶层?"班伯格有些茫然不解,"这跟楼层有什么关系?"

"我——那个,大夫,我在高处时,会觉得更舒服。"

"我明白了。"班伯格说。一种强迫症,他暗自想道。有意思。"那么,"他出声问道,"你在高处时,会有什么感觉呢?更开心?"

"也不是更开心。"那人回答,"我能进屋说吗?你能不能抽出点儿时间给我?"

班伯格看看手表。"好吧。"他表示同意,让那人进入房间,"请坐,跟我讲讲你的感觉。"

吉勒感激地坐下。"这种倾向给我的生活造成了不便。"他语速较快,但有时会间断,"第当我看到一段阶梯,我就有一种不可扼制的冲动,要登上最高一层。还有飞机——我总是飞来飞去。我还有自己的飞行器——我并没有那么多钱,但还是必须要拥有它。"

"我了解了。"班伯格真诚地继续说,"其实这个没有那么严重。毕竟,也不是什么致命的强迫症。"

吉勒无助地补充说:"但当我在高处时——"他可怜巴巴咽

了下口水,黑眼睛里放出光彩,"大夫,当我身在高处,在写字楼或者飞机上时——我就会产生一种新的冲动。"

"是什么?"

"我——"吉勒战栗了一下,"我总是情不自禁地想推人。"

"推人?"

"推向窗口,推出去。"吉勒做了个手势,"我该怎么办呢,医生? 我担心我将来会杀死什么人。我曾经推倒过一个像虾米一样瘦小的男人。还有一天在电梯里,有个女孩站在我前面——我也推了她。她受伤了。"

"这样啊。"班伯格点头说。他克制住内心的反感,暗想:这跟性欲有关,不稀奇。

他伸手去拿那盏高灯。

拟态杀机

一

那台机器一尺宽、两尺长,看起来像个大号的糖果盒。

它既安静又谨慎,悄悄爬上水泥建筑的侧墙。它已经放出两只橡胶滚轮,开始了其工作的第一阶段。

一只蓝色瓷质尾鳍从它后部伸了出来。机器用那支尾鳍撑在粗糙的水泥墙面上,然后继续向上攀爬。上行一段距离之后,轮下已经不再是竖直的水泥墙面,而变成了与其垂直的一道钢梁:它到达了一扇窗口。机器停下来,弹出极微小的一片布料。那片布料被小心翼翼镶进窗框的连接处。

黑暗的深夜里,机器很难被察觉。远处流动的车灯偶尔扫过它的表面,照亮它平滑的外壳;但光亮转瞬即逝。机器继续工作。

它射出一只塑料伪足,将窗格上的一块玻璃熔化。黑黢黢的公寓里没有任何反应:家中无人。这台机器现在沾满了液态玻璃。它爬进钢铁窗框,架起一部接收器,急切地开始搜寻。

接收信号期间,它对钢铁窗框精准地施加了二百磅压力,窗框顺势弯折变形。机器心满意足地沿着内墙爬下,到了稍显厚实的地毯上。在那里,它开始了第二阶段的工作。一根人类毛发(包括毛囊和一小片头屑)被放置在落地灯旁的硬木地板上。靠近钢琴的地方,两颗干燥的烟灰颗粒被郑重地摆好。机器又等了十秒钟,然后,随着内部磁带系统就位,它突然发声:"啊!该死……"

奇怪的是,它的声音低沉,像个男人。

机器来到衣橱门前,门是锁死的。它爬上木质表面,找到门锁系统,将其自带的细丝捅入,摸索着将锁芯解开。衣橱里悬挂的衣服后面有一组电池和电线:这是自带供电的视频监视器。机器将监视器里的录像带摧毁——这很重要。然后,在它离开衣橱之前,把一滴鲜血滴在被摧毁的设备——曾经的摄像头——上。这滴血非常重要。

机器又把一只鞋跟的轮廓印在衣橱底部脏兮兮的地膜上。这时,走廊里传来尖锐的声响。机器停下工作,静止不动。过了一会儿,一名小个子中年人走进公寓,一侧臂弯里搭着外衣,另一只手里拎着公文包。

"我的天!"他发现那台机器后马上立定,"你是什么鬼东西?"

机器抬起前管,将一颗爆裂弹射入那人半秃的头部。弹丸穿入头颅,引爆。那人手里仍拿着外套和公文包,脸上还留着惊异的表情,直挺挺倒在了地毯上。他的眼镜摔碎了,扭曲着落在耳后。他的身体微微抽搐了几下,便令人满意地安静了下来。

现在主要步骤已经完成,只剩两步,就能完成全部工作。机器在壁炉台上的空烟灰缸里丢了一根烧掉一半的火柴,然后进厨房去找水杯。它正沿着水池侧面向上爬,却被人声惊住了。

"就是这间公寓。"一个声音说。距离很近，清晰可闻。

"做好准备——凶手应该还在现场。"另一个声音和前边的很像，是个男人。客厅的门被推开，两个身穿厚重大衣的人健步闯入公寓。他们一靠近，机器就下到厨房地面上，取水杯的任务已被放弃。情况不对。它的方形轮廓起伏摇曳，先是变成了直立的方形，然后迅速演变成老式电视机的模样。

当其中一个高个子、红头发的男子匆匆望向厨房时，它仍保持着这种应急形态。

"这里没有人。"那人宣布，然后迅速去查看别处。

"看窗户！"他的同伴喘息着说。这时又有两人进入公寓，一整支警察小队。"玻璃没了。凶手是从那里进来的。"

"但凶手消失了。"红发男再次出现在厨房门口，他打开灯，进入厨房，手里握着一支枪，"奇怪……我们一收到信号就冲进来了。"他怀疑地看看手表，"罗森伯格才死了几秒钟……凶手怎么可能这么快就逃离现场？"

站在临街入口，爱德华·阿克斯倾听着那个声音。在过去的半小时里，那个声音越来越刻薄、啰唆；几乎让他无法入耳。但声音还在继续，机械地传播着那人的抱怨。

"你累了。"阿克斯说，"不如回家洗个热水澡。"

"不。"那声音回答，暂停了它的说教。声音来自街边一个亮闪闪的泡状物后面，就在阿克斯右边几码之外。旋转着的霓虹灯上写着：

废弃它！

三十遍了。他数过,过去几分钟里,每当彩灯吸引到路人的注意,泡状亭子中的人就不断重复他的说教。亭子的位置不错,后面有几家剧院和餐馆。

但亭子的目标却不是那些行人,而是阿克斯和他身后的办公室。演说直接针对内政部。这讨人厌的聒噪声已经持续了好几个月,阿克斯甚至已经习惯了它的存在。像雨点打在房顶,像交通噪声。他打个哈欠,两臂抱在胸前,等待着。

"废弃它。"那个声音继续倔强地抱怨,"来呀,阿克斯。说点儿什么,做点儿什么。"

"我在等。"阿克斯自鸣得意地说。

一群中产市民经过亭子,被派发了一些传单。他们转身就把传单丢在一旁,阿克斯见状大笑。

"别笑。"那声音嘟囔道,"这并不好笑。我们印传单也是要花钱的。"

"你自己的钱吗?"阿克斯问。

"部分是的。"今晚的加斯有点儿孤独,"你在等什么? 发生了什么? 几分钟前,我看见一支警队离开了你们楼顶……"

"我们可能要抓个人,"阿克斯说,"发生了一起命案。"

黑暗的马路旁,那个男人在无聊的宣传亭里动了一下,"哦?"哈维·加斯的声音传来。他向前探身,两人面面相觑:阿克斯注重仪表,容光焕发,衣冠楚楚;加斯是个瘦子,年轻很多,有一张透着饥饿的瘦长脸,鼻子和额头都很突出。

"你也看到了。"阿克斯告诉他,"我们真的需要司法体系。不要沉溺于乌托邦。"

"有人被谋杀。你们继而杀死谋杀者来纠正这出道德悲剧。"加斯面容惨淡、声音颤抖,他的抗议声越来越响亮,"废弃它!废除这种必将把全人类逼入绝境的荒谬体制!"

"你的传单我看过。"阿克斯面无表情地回应,"你的口号我也听过。千篇一律。你又有什么能取代现有体制的建议?"

加斯的声音自豪而满怀信心,"教化。"

阿克斯觉得滑稽,"就这些?你觉得仅靠什么'教化'就能制止反社会行为?罪犯们只是缺乏教养吗?"

"当然还有心理治疗。"他的瘦脸郑重地向前伸出,像只被惊动的乌龟探出头般,朝他的摊位处张望,"他们是病人,所以才会犯下罪行。心理健康的人不会犯罪。而你们是在抱薪救火,你们用残忍的刑罚造就了一个病态的社会。"他摆出一副控诉的样子,"你们才是真正的罪犯,你和整个内政部。你和整个星际流放体制。"

一遍又一遍,彩灯闪现着"废弃它!"的标语。它所指的,当然是对罪犯的强行放逐,那种机器会把死刑犯强行放逐到随机的落后星球上去,放逐到群星深处最偏僻的角落,遥远又荒僻的尽头,令他们无法继续为害。

"无论怎样,这对我们没有害处。"阿克斯自言自语地说。

加斯又在讲他的老一套,"的确。但当地居民怎么办?"

这对当地居民来说太糟了。但毕竟,被流放的家伙们往往会费尽心机设法重回太阳系。如果他们赶在老死之前回归,就能被社会接纳。但难度还是挺大的……特别是对某些连纽约市区都没出过的城里人而言。很可能,宇宙中有很多身不由己的被放逐者,正在用原始的镰刀在古怪的农田里收割谷物。宇宙的偏远地区,多还停留在湿地农耕社会,各自独立的农业社区,极小规模的物物交换,商品主要是水果、蔬菜和手工艺品。

"你知道吗?"阿克斯说,"在王权时代,小偷通常都会被吊死的。"

"废弃它!"加斯继续嘟囔,身体缩回他的亭子里。彩灯旋转,传单继续分发。阿克斯不耐烦地望着昏黑的街道,等待救护车出现的迹象。

他认得海米·罗森伯格。再没有比他更彬彬有礼的小伙子了——尽管海米参与了一家正在发展壮大的奴隶走私集团,他们非法运输拓荒者去系外的丰饶行星。通过他们,两大贩奴集团几乎瓜分了天狼星系。三分之二的星际移民都是被装进注册为"货船"的运输舰中离境的。很难想象,温柔有礼的小个子海米·罗森伯格会是蒂罗尔公司的代理人,但事实如此。

等待期间,阿克斯对海米的死因做了种种推断。很可能是黑帮地下争斗的恶果,斗争双方是保罗·蒂罗尔和他的主要竞争对手大卫·兰塔诺,后者是个富有激情和创意的新秀……但谋杀这种事,任何人都有可能。归根结底要看作案手法。可能是职业杀手,也可能是纯粹的"艺术"追求。

"那边来了个东西。"加斯的声音响起,由摊位中精细的外播系统直接输送到阿克斯的内耳,"看去像辆冷藏车。"

就是它,救护车到了。阿克斯走上前去。车停住,后门打开。

"你们用了多久赶到现场?"他问那名重重跳落在地的警察。

"马上就到了。"警察回答,"但杀手却不见踪影。我觉得海米应该救不活了……正中要害,子弹洞穿小脑。专业水准,绝不是业余做派。"

阿克斯感到失望,他爬上救护车,亲自察看。

海米·罗森伯格仰面躺着,瘦小、安静,胳膊放在两侧,无神的双眼看着车顶。他脸上还是那副震惊的表情。有人(一名警察)把他折坏的眼镜放在一只握起的手中。他倒地时被割伤了面颊。颅骨破碎的部分被人用一块湿润的塑料网布遮住。

"谁留在案发的公寓了?"过了一会儿,阿克斯问。

"我同队的其他人都在。"那名警察回答,"另外还有一名独立调查员,勒罗伊·毕姆。"

"他?"阿克斯厌烦地说,"这家伙怎么会出现?"

"他也是听到了警报声,正巧带着家伙路过附近。可怜的海米给那台警报机加了特大功率的信号增强器……总部这里没收到信号,我都觉得挺意外的。"

"他们说海米一直非常小心谨慎。"阿克斯说,"他公寓里到处是监控设备。你们开始收集证据了吗?"

"侦察队正在进入现场。"警察说,"我们应该能在半小时后发现线索。杀手破坏了藏在衣柜里的录像设备。但——"他冷笑,"他在截断线路时割伤了自己。现场有一滴血,就在那些线路上。看上去是一条线索。"

在那间公寓。勒罗伊·毕姆眼看着内政部警察开始勘查现场。他们工作熟练细致,但毕姆并不满意。

他的第一印象并未改变:此事有蹊跷。没人能在那么短时间内逃离。海米死了,而他的死——他的特色脑波消失——直接触发了自动警报机。这种警报机并不能起到保护主人的作用,但会(或者说通常会)确保杀人犯被发现。为什么到了海米这里,就不管用了呢?

勒罗伊·毕姆闷闷不乐地四处巡视,他第二次进入厨房。在这里,水池旁边的地上,有一台小小的便携式电视机,体育爱好者喜欢的那种机型,艳丽的彩壳,多旋钮,彩色显像管。

"这东西怎么在这儿?"毕姆问身旁经过的一名警察,"电视机放在厨房地上,这可不常见。"

警察没理他。客厅里,警方的精密设备正逐寸探查各种家具表面。在海米死后的半小时,已有几条嫌疑人特征被记录在案:首先是摄像机上的那滴血,然后是杀人犯留下的模糊脚印,接着是烟灰缸里烧掉一半的那根火柴。可以预料还会有更多发现,物证分析才刚刚开始。

要想锁定到个体,通常需要九条特征线索。勒罗伊·毕姆细心环顾四周,没有一名警察留意他。于是他弯腰捡起那台小电视,感觉没什么异常。他按下开机按钮,等了一下,没动静,没画面出现。奇怪。

他正想把电视倒过来,想通过底盘缝隙看看内部构造,却发现内政部的爱德华·阿克斯走进公寓。毕姆迅速把电视机塞入大衣口袋。

"你在这儿干什么?"阿克斯问。

"搜查。"毕姆回答,不知道阿克斯有没有注意到自己鼓囊囊的衣袋,"我也是吃这碗饭的。"

"你认得海米?"

"只闻其名。"毕姆含糊地回答,"我听说他跟蒂罗尔集团有关联,算是个有头有脸的人物,办公室在第五大道。"

"上流场合,跟第五大道的传统富商如出一辙。"阿克斯边说边走进客厅,察看探测器收集到的证据。

威风凛凛的楔形仪器端着巨大的近距离视镜检视着地毯表面。它的视距虽小,却能在显微层面勘查现场。只要发现证据,它就会把数据传回内政部,输入终端数据库中。在那里,所有居民的无数特征都被记载在一系列打孔卡上,随时可供索引、比对。

阿克斯拿起电话,拨通了妻子的号码。"我今晚不回家了。"他告诉对方,"加班。"

一阵缄默后,埃伦冷冷地回答道:"哦? 好吧,谢谢你告诉我。"

房间一角,两名警察正在兴奋地检查新的发现——足以成为一条筛选标准的新证据。"我回头再打给你。"他匆匆对埃伦说,"在我回家前。再见。"

"再见。"埃伦礼貌地回答,电话挂得居然比他还快。新发现是一台完好无损的监听录音机,被藏在落地灯的底座里。这台闪闪发光的机器一直在工作——被发现时仍在运转。杀人案的全过程都被录在了磁带上。

"全程都有。"一名警察开心地告诉阿克斯,"海米到家之前,它就已经开始记录了。"

"你们回放过了吗?"

"放了一部分。凶手说了几个词,应该足够了。"

阿克斯联络了内政部,"罗森伯格谋杀案的线索录入了吗?"

"刚输入了第一条。"那名值班员回答,"跟往常一样,档案中抽取到了大量符合条件的人——大约六十亿个名字。"

十分钟后,第二个特征被输入文档。O型血,穿十一号半鞋子——名单降到了十亿出头。第三个特征,抽烟——这让嫌疑人总量降到了十亿以下,可惜帮助不大。大多数成年人都抽烟。

"音频磁带会让人数大大减少的。"勒罗伊·毕姆猜想,他站在阿克斯身边,两臂交叉在胸前,以掩饰鼓起的外套,"至少能得到年龄信息吧。"

磁带里的音频经过分析后,推测嫌犯的年龄范围是三十至四十岁。而且,借助音质分析,判定他是体重二百磅左右的男子。没多久,踩变形的钢窗框被发现——跟音质推算出来的体重一致。现在,包括性别已经有了六个甄别特征。符合条件的人数正在迅速减少。

"用不了太长时间。"阿克斯快活地说,"要是他踩翻了建筑工地旁的油漆桶,我们说不定还能从溅落的漆点中找到线索。"

毕姆说:"我要走了。祝您好运。"

"再待一会儿嘛。"

"不了。"毕姆走向通往走廊的门,"这是你的案子,不是我的。我还有自己的事情要处理……我正在为一家知名的有色金属公司做调查。"

阿克斯注意到了他的外衣,"你怀孕了吗?"

"据我所知,没有。"毕姆涨红了脸,"我的生活一直正派检点。"他尴尬地拍拍外套,"你指这个吗?"

窗边,一名警察得意地叫嚷起来,又发现了两颗来自烟斗的烟灰渣:能大幅度缩小排查范围的第三条特征。"好极了。"阿克斯的视线从毕姆身上移开,暂时忘记了他的存在。

毕姆离开了。

很快,他已经驱车穿过小镇,赶往自己的私人实验室——他管理的小型独立调研机构没有任何政府资金支持。那台便携式电视机放在他身旁的座位上,依然无声无息。

"首先,"毕姆的手下——那位穿长袍的技术员——宣布,

"它的用电量大约是便携式电视机的七十倍。我们还检查到了伽马射线。"他展示了常规检查结果,"你猜对了,它不是什么电视机。"

毕姆小心翼翼地把这台装置从实验椅上举起来。五个小时过去了,他还是对这东西一无所知。他抓紧后盖,用尽全力拉扯,但后盖还是纹丝不动。它并不是卡住了:机身上根本就没有缝隙。背面并不是真正的后盖,仅仅是有后盖的造型而已。

"那它是什么?"毕姆问。

"有很多种可能。"技术员漫不经心地说。他是从家里被硬招来的,现在已经深夜两点半了。"可能是某种扫描设备;一颗炸弹;一种武器;任何一种小型设备。"毕姆细心地摸遍那东西全身,试图在表面寻找到罅隙。"它是一体成型的。"他喃喃说道,"表面完全密封。"

"没错。所有缝隙都是装饰。它应该是整体浇铸完成的。而且,"技术员补充说,"它硬度很大。我试过从表面切削一片样本,但是——"他做个手势,"没成功。"

"就算摔打也不会破碎。"毕姆若有所思地说,"新型超硬塑料。"他用力摇晃那东西,耳边传来金属部件的轻响,"内部结构复杂。"

"我们应该能打开它。"技术员承诺,"但今晚不行。"

毕姆又把它放回椅子上。要是运气不好,他或许在花费好几天时间对付这东西后,却发现它跟海米的死毫无关系。但反过来说……

"帮我在它上面钻个孔,"他下令,"这样我们就可以看到里面了。"

技术员反对道:"我钻过了,钻杆崩断了。我已经订了更尖端的设备。这种材料是外来的;是什么人从白矮星搞来的吧。它是在极大的压力下打造的。"

"夸大其词。"毕姆生气地说,"这是那些广告媒体才用的论断。"

技术员耸耸肩,"反正它的硬度惊人,或者是某种新发现的矿物质,或者是在实验室里开发出的新材料。谁那么有钱,能开发出这种神奇的金属?"

"贩奴巨头吧,"毕姆说,"他们富可敌国,还总在不同星系之间穿梭⋯⋯他们能搞到各种原材料——包括特殊的矿石。"

"我可以回家了吗?"技术员问,"这东西有什么重要的?"

"这玩意儿或者直接杀死了海米·罗森伯格,或者就是帮凶。你要留在这里,跟我一起,直到把它打开为止。"毕姆坐下来,开始检查那份清单,上面记录了他们已经使用过的检测方法,"早晚它会被打开,就像蚌壳被撬开一样——如果你还记得那场景。"

在他们身后,警示铃声响起。

"有人进入前厅。"毕姆意外又警觉,"深夜两点半上门?"他站起来,穿过黑沉沉的走廊,来到建筑入口。很可能是阿克斯。他多少有些负疚感:一定是有人留意到了现场消失的电视机。

但来人不是阿克斯。

在冰凉冷清的前厅里,客客气气等他的是保罗·蒂罗尔,与他同行的还有一位毕姆不认识的漂亮年轻女子。蒂罗尔满是褶子的老脸笑开了花,热情地向他伸出手。"毕姆,"他招呼着,两人握手,"你家门禁说你在这边。还在忙工作啊?"

毕姆小心戒备,不知道这女人是谁,也不知蒂罗尔想干什么。他说:"在收拾烂摊子呢,公司都快破产了。"

蒂罗尔心照不宣地笑了笑，"你说话总是那么有趣。"他深邃的眼神飞快地一瞥。蒂罗尔是个很强壮的人，比大多数人面相成熟，有一张警觉的、满是皱纹的脸。"还有闲暇接几份新合约吗？我早就想过应该把几件委托交给你来办……假如你愿意试试的话。"

"我向来来者不拒。"毕姆一边回应，一边挡住蒂罗尔的视线，让他看不到实验室里的情形。好了，现在门自动闭合了。蒂罗尔曾是海米的幕后老板……毫无疑问，他有权追查任何跟谋杀案有关的信息。谁做的？何时？如何做的？是何原因？但这并不能解释他怎么会跑到这儿来。

"可怕的事。"蒂罗尔含糊地说。他完全没有介绍那女人的意思。她已经坐到长沙发上，点燃一支烟。她身材苗条，火红头发，身着蓝色外衣，裹了一条印花头巾。

"是啊，"毕姆同意，"可怕。"

"我听说，你去过现场。"

要来的终归会来。"是啊，"毕姆承认，"我去过。"

"但你没有亲眼看到谋杀？"

"我没有。"毕姆回应，"没人看到案发过程。内政部正在收集嫌犯特征。他们应该能在明早之前把范围缩小到一张卡片大小。"

蒂罗尔显然松了一口气，"听到这些我很高兴。我绝不能让那可恶的罪犯逍遥法外。这种人流放都太便宜他了，应该用毒气处决。"

"太野蛮。"毕姆冷冷地低声说，"用毒气室处决犯人太过时了。"

蒂罗尔瞅他身后，"你们正在忙的是——"现在他已经是肆无忌惮地乱瞄，"好了，勒罗伊。海米·罗森伯格，上帝保佑他的灵魂，他今晚刚刚被杀，然后我就发现你彻夜加班。你可以跟我开诚布公地谈。你掌握了跟他的死有关的线索，对吗？"

"你该找的是阿克斯。"

蒂罗尔咯咯干笑，"我可以进去看看吗？"

"除非你给我开薪水。我可还没领你的报酬呢。"

蒂罗尔突然捏起了嗓子，很不自然地尖声叫道："我要它。"

毕姆很困惑，问道："你想要什么？"

蒂罗尔很怪异地颤抖了一下，接着他把毕姆推到一旁，向前猛闯，摸索着找门。门猛地打开，蒂罗尔吵嚷着冲进了黑暗的走廊，凭借直觉向研究室跑去。

"嘿！"毕姆喊叫着，火冒三丈。他快步追赶老家伙，也赶到了里屋门口，准备大打出手。他浑身发抖，又惊又气。"你他妈怎么回事？"他喘息着质问，"我可不是你的手下！"

毕姆身后的门神秘地打开了。他猝不及防地向后栽倒，差点儿摔到实验室地上。房间里，他的技术员被惊得目瞪口呆。有个小小的金属物正穿过地板跑来。它的模样像个大号糖果盒，正在义无反顾地冲向蒂罗尔。它的金属壳闪闪发亮，一下就跃上了蒂罗尔的胳膊。老人转身，大步返回前厅。

"那是……什么东西？"技术员这才回过神，吃惊地问。

毕姆没理他，而是快步追赶上蒂罗尔。"他把它带走了！"他气急败坏地叫嚷。

"它——"技术员喃喃地说，"它刚才还是台电视机，一眨眼就跑起来了。"

二

内政部数据终端仍在忙碌。一步步缩减嫌犯范围的过程单调乏味,耗时甚多。时间已经接近凌晨三点,内政部多数职员都已经回家睡觉,走廊和办公室里都少有人迹。少数几台自动清洁装置在黑暗中劳作。只有文件库的研究室里还有生命活动迹象。爱德华·阿克斯坐在那里耐心等待结果,等着新的嫌犯特征送达,等着系统对比筛选出更精确的结果。

在他右手边,有几位内务部警察也在坚忍地待命,他们玩着彩票游戏,等着被派出去抓人。通往海米·罗森伯格公寓的电话线路时不时响起。楼下的街边,寂寥的人行道上,哈维·加斯仍守在他的宣传亭里,还亮着"废弃它!"的灯牌,在别人耳边喋喋不休。现在几乎没有了行人,但加斯仍在继续宣讲。他不知疲倦,他永不放弃。

"疯子。"阿克斯反感地说。就算在六楼的办公室,那细微的、强词夺理的说辞也能灌到他耳朵里。

"把他抓起来吧。"一名正在玩游戏的警察建议。那游戏复杂多变,是半人马座三号恒星传来的玩法。"我们可以没收他的游商执照。"

阿克斯闲极无聊时,曾经编写过一份加斯的个性说明,并将其修改完善,接近于对个体精神疾病的简易分析。他喜欢玩这种心理分析游戏,这让他有一种大权在握的感觉。

哈维·加斯。

明显的强迫症表现。以理想主义者兼无政府主义者自居,反对现有司法系统和社会体制。没有理智的论证,仅会重复关键词和短语。执念是废弃流放系统。这桩"事业"左右他的全部生活。绝对的狂热分子,接近躁狂型,因为……

阿克斯没有写完那句,因为他也不知道怎样界定"躁狂"。无论如何,这份分析还是很不错的,将来某天会进入某一份官方报告,而不是仅仅停留在他脑子里,届时,那张恼人的嘴就可以闭上了。

"出大事儿了,"加斯又在胡扯,"流放系统遭遇重大危机……艰难时刻已经来临。"

"什么艰难时刻?"阿克斯出声质问。

楼下的加斯回答说:"你们所有的机器都在轰鸣。气氛愈发紧张。太阳升起之前,某人就将人头落地。"他的声音渐渐变弱,模糊不清,"阴谋和杀害。尸体……警察仓皇奔走,美女循迹于黑暗中。"阿克斯在分析报告中又添加了一笔:

……加斯的天赋被他强加于自己的"使命感"吞没。设计了富有原创性的沟通设备之后,他想到的却只有通过宣传实现某种可能。本来,加斯的直传型沟通设备足以造福全人类。

这段总结让他洋洋自得。阿克斯站起来,踱到处理文件的值班员身边。"进展怎么样?"他问。

"这是情况汇总。"值班员的脸颊上有一道墨迹,眼睛已经睁不开了,"我们正在将范围缩小。"

阿克斯落座时,很希望自己能回到指纹解决一切的年代。时至今日,已经好几个月没出现过可用的指纹了。现在有上千种技术可以用于消除或者伪造指纹,再也不存在单一的鉴定标准可以用来锁定个体。警方必须综合多方面特征,寻找整体符合条件的犯人。

1) 血型(O型)6,139,481,601

2) 鞋号(11 1/2)1,268,303,431

3）抽烟 791,992,386

3a）抽烟（使用烟斗）52,774,853

4）性别（男性）26,449,094

5）年龄（30-40岁）9,221,397

6）体重（200磅）488,290

7）衣物材质 17,459

8）毛发特征 866

9）拥有作案武器 40

这些数据正在勾勒出一个渐渐鲜明的完整形象。阿克斯几乎可以清晰地看到他，如同这人就站在他的面前，挨着他的办公桌。一个不再年轻的男人，略微发胖，用烟斗抽烟，身穿昂贵的花呢正装。这是依靠九条特征所描绘出来的人，因为没有发现更多符合要求的甄别线索，目前还没有第十个特征。

现在，根据报告，整个公寓都已经被彻底清查。侦察设备正在撤出现场。

"再有一条就够了。"阿克斯把报告还给值班员。他不知道这条线索还能不能被发现，或者说什么时候才能被发现。

为了消磨时间，他给妻子打了个电话，但埃伦没有接，通话被转进自动应答系统。"是的，先生。"机器告诉他，"阿克斯夫人已经睡下。您可以留言三十秒，明早她就能听到。谢谢您。"

阿克斯在挂机前对着留言系统抱怨了一番。他想知道埃伦是否真的已经上床睡觉。也许她跟往常一样，又偷偷溜了出去。但是，毕竟现在已经接近凌晨三点，任何正常人都应该已经睡下，只有他和加斯这样的家伙还在坚守岗位，尽职尽责。

加斯所说的"美女"会是什么意思？

"阿克斯先生，"值班员说，"线路上又传来了第十条线索。"

阿克斯满怀希冀，紧盯着文件终端机。他当然什么也看不见。设备都在楼底地下室，这里仅有输入终端和卡片输出槽而已。但看到设备这件事本身就能安抚他的情绪。现在，系统正在接收第十条线索。再过一会儿，他就能知道有几名公民符合全部十条甄别标准……他就将知道，嫌疑人数量有没有少到可以逐个盘问。

"结果来了。"值班员说，然后把报告递给他。

使用车辆型号（颜色）7

"老天，"阿克斯轻声说，"嫌疑人足够少了。七个人——我们可以开始行动了。"

"你想输出这七张卡片吗？"

"输出。"阿克斯说。

片刻之后，输出槽把七张精致的白色卡片吐在托盘里。值班员将卡片交给阿克斯，他迅速检阅了一遍。下一步是个人动机和可能性分析：这些信息必须从嫌犯本人那里了解。

七个名字中，六个都毫无印象。其中两个住在金星，一个在半人马座，一个在天狼星系的某地，一个目前住院，还有一个住在苏联。第七个，却就在几英里外的纽约郊区——

大卫·兰塔诺

这就对了。阿克斯心里的那个嫌犯形象跟这个人完全符合。想象变成了事实。这就是他刚刚满怀希冀,在心中默默祈祷出现的卡片。

"这个是你们要抓的人。"他声音颤抖着对还在玩游戏的警察们下令,"最好聚集尽可能多的警员,这个家伙不会轻易落网。"过了一会儿,他又补充道,"或许我最好跟你们一起去。"

毕姆赶到研究室的前厅,正好看到保罗·蒂罗尔那个老家伙冲出临街大门,到了昏暗的街边。那个年轻女人健步如飞,赶在蒂罗尔之前,早已发动了停着的一辆汽车。蒂罗尔出门后,她接他上车,然后马上加速离开。

毕姆喘息着站在无人的街道旁,徒劳地迫使自己冷静下来。那台冒牌电视机得而复失,现在自己两手空空。他漫无目的地沿街奔跑。脚步声回荡在冷冷的夜幕下。他们没留下线索,没留下任何线索。

"活见鬼了。"他说,带着一份近乎虔诚的敬畏。那东西——看来是非常复杂的机器人装置——显然属于保罗·蒂罗尔。它一旦确认了主人在场,就撒着欢儿跑到主人面前,寻求……保护?

它杀死了海米,而它属于蒂罗尔。那么,蒂罗尔就是用了一种新奇又间接的方式谋杀了自己的一名雇员——他在第五大道的傀儡。这么高端的机器人,粗略估计应该要花费几十万美元。

这么多钱! 考虑到谋杀本属于那种超低难度的犯罪,为什么不雇用一名流窜作案的暴徒,拿根钢筋解决问题呢?

毕姆缓步返回,向研究室走去。然后,他突然改变主意,转向商业区方向。当一台空载出租车经过时,他叫住了它,爬上了车。

"去哪儿呢,朋友?"出租车无线电里传来中控员的声音。城市出租车都是由一个指挥中心来遥控的。

他给出某家酒吧的名称,然后靠在座位上思考。随便找个人就可以杀人,却用一台昂贵又复杂的机器做这件事,完全没有必要。

那台机器肯定是用来做其他事的。海米·罗森伯格被杀,只是个意外。

午夜的天穹下,一座巨大的石材住宅矗立前方。阿克斯从远处观察它——里面没有灯光,门窗紧闭。房前有足足一英亩的草地。大卫·兰塔诺很可能是地球上最后一个拥有一英亩草地的人了。在其他有些星系,买下一整颗行星都花不了这么多钱。

"我们上。"阿克斯下令。他对如此炫富的行为极其反感。走向宽阔门廊的路上,他故意踩过一片玫瑰丛。一整队突击警察则紧随其后。

"天啊!"兰塔诺被从床上拎起来时叫嚷道。他是个慈眉善目、面相年轻的胖男人,穿着一件厚实的丝绸睡衣。他的外貌更像是男孩夏令营的指导员。那张肥嘟嘟、温和的脸上像是永远都浮着一层笑意,"怎么回事,警官?"

阿克斯讨厌被称作警官。"你被逮捕了。"他宣布。

"我?"兰塔诺轻声反问,"嘿,警官,我可是请了律师应付这种事儿的。"他打了个大大的哈欠,"想喝点儿咖啡吗?"他笨手笨脚地开始在他家前厅晃悠,准备咖啡壶。

阿克斯上次卖弄排场给自己买杯咖啡喝,已经是好几年前的事儿了。地球表面被密集的工业和住宅区覆盖之后,就再也没有种植农作物的空间。而咖啡又拒绝"适应"其他任何星球。兰塔诺的咖啡很可能来自南美的某个非法种植基地——那里摘咖啡豆的工人则往往以为自己被送到了哪个偏远的殖民星球去了呢。

"不了，谢谢。"阿克斯说，"我们该走了。"

兰塔诺还是一头雾水。他瘫坐在一张安乐椅上，警觉地看着阿克斯。"你是认真的?"他的表情慢慢迷茫起来，像是又快睡着了，"谁呀?"他心不在焉地嘟囔着问。

"海米·罗森伯格。"

"没搞错吧。"兰塔诺茫然地摇摇头，"我一直想把他挖到我公司来。海米真是很有魅力——生前，我是说。"

这间极尽奢华的府邸让阿克斯紧张。咖啡正在加热，香味刺激着他的嗅觉。而且，我的天——桌上居然还有一篮杏子。

"是桃子。"兰塔诺注意到他直勾勾的眼神，纠正了他的猜想，"请自便。"

"你——从哪里弄到的?"

兰塔诺耸耸肩，"合成工厂还是水培基地，我不记得了……我不是那种擅长技术细节的人。"

"你知道加工天然水果要罚多少钱吗?"

"听着，"兰塔诺认真地把他肥嘟嘟的双手握在一起，"您给我讲讲这件事的细节，我就可以向您证明它跟我完全无关。开始吧，警官。"

"阿克斯。"阿克斯提醒道。

"好吧，阿克斯。我刚刚好像认出了你，但没敢确定。错了就太尴尬了。海米是什么时候被杀的?"

阿克斯不情愿地向他讲述了相关情况。

　　兰塔诺沉默了一会儿，然后缓慢又郑重地说："你们最好再仔细看看那七张卡片。其中一个家伙没在天狼星系……他已经回到了这里。"

　　阿克斯在心里盘算了一下自己成功放逐大卫·兰塔诺这种级别人物的概率。兰塔诺的组织——行星际出口公司——势力遍及整个银河系。届时会有密如蜂群的搜索队伍尝试将他带回。但没人能搜遍所有的流放地。犯人将被暂时离子化，成为带电粒子流，以光速向外辐射出去。这是一种失败了的实验性技术，有去无回。

　　"您想想。"兰塔诺思忖着说，"即便我真想杀死海米——我又怎么可能自己动手？你的指控不符合逻辑啊，阿克斯。我会派别人去的。"他用一根粗壮的手指指着阿克斯，"你以为我会亲自以身犯险？我清楚没人能从你手中逃脱……你通常都能找到足够的甄别线索。"

　　"我们有十条线索指向你。"阿克斯朗声说。

　　"所以你就打算流放我？"

　　"如果你有罪，你就必须像其他人一样面对流放刑罚。你的特殊威望也无法影响判决。"他有些动摇，补充道，"显然，你仍有可能获释。你会有足够的机会证明自己无辜。你可以对十条甄别线索逐个提出质疑。"

　　他滔滔不绝详述了21世纪庭审采用的一般程序，但眼前的景象打断了他。大卫·兰塔诺和他的椅子像是在渐渐沉入地下。这是幻觉吗？阿克斯揉揉眼睛再看。与此同时，一名警察大声地示警，兰塔诺正在不动声色地试图逃离。

　　"回来！"阿克斯喝道。他跳向前，抓住那张椅子。慌乱中，他的一名手下切断了整座房子的电源。椅子不再下沉，呻吟着止住。兰塔诺的身躯都已沉入地板以下，他几乎已经完全进入暗藏的逃脱秘道。

"卑鄙啊，无用的——"阿克斯开口训斥。

"我知道。"兰塔诺承认，并没有尝试站起身。他看上去很放松，脑子里又不知在盘算些什么，"我希望能够澄清这一切。显然，有人在陷害我。蒂罗尔找了个外形跟我相似的人，令其潜入并谋杀了海米。"

阿克斯和警察们把他从陷入地底的椅子里拖出来时，他没有反抗，一直沉浸在思索中。

出租车把勒罗伊·毕姆放在酒吧门前。在他右手边，下一个街区，就是内政部大楼……而马路边那个半透明的圆球，就是哈维·加斯的宣传亭。

进入酒吧后，毕姆找了一张偏僻的桌子坐下。他已经能听到加斯微弱、扭曲的喃喃声。加斯在含糊不清地自言自语，还没有察觉他的出现。

"废弃它。废弃所有的一切。这群坏蛋和蟊贼。"加斯在他乌烟瘴气的亭子里尖酸地闲扯。

"进展如何？"毕姆问，"有什么最新动向吗？"

加斯的独白戛然而止，他把注意力集中在毕姆身上，"你在那里吗？那间酒吧里？"

"我想查出海米的死亡真相。"

"是啊，"加斯说，"他死了，文件正在移动，卡片被弹出。"

"我离开海米公寓时，"毕姆说，"他们已经找到了六条甄别线索。"他在饮品选择器上按下一个按钮，丢进一枚代币。

"那是早先时候了。"加斯说，"他们已经找到更多。"

"有多少了?"

"总共十条。"

十条。通常这就够了。而这十条都是由一台机器人投放的……一系列小线索撒在它途经之处:从水泥外墙直到海米·罗森伯格的尸体旁边。

"运气不差啊,他们。"他思忖着说,"这对阿克斯有帮助。"

"因为你肯付钱给我,"加斯说,"我会知无不言。他们已经去抓人了。阿克斯也一道前往。"

这么说,那台机器成功了,至少在一定程度上。他确信一件事:那台机器本来应该要逃离公寓的。海米足够精明,他私自安装了死亡警报器。蒂罗尔之前不知道海米设置了这件设备。

要不是警报器把人引来公寓,机器肯定就已经悄悄离开,自行返回蒂罗尔身边。然后,毫无疑问,蒂罗尔就将把它引爆掉。这样就不剩任何证据能证明一台机器布置了一系列伪造的线索:血型、衣料、烟斗灰、毛发……种种这些,全是假象。

"他们去抓谁了?"

"大卫·兰塔诺。"

毕姆苦笑,"这是自然,整件事的目的就在于此。他是冤枉的。"

加斯对此不置可否。他是一名雇员,受一帮独立侦探委托,待在那里从内政部窃取信息。他其实对政治没有任何兴趣。他的那些"废弃它!"口号只是纯粹的伪装。

"我知道这是栽赃陷害。"毕姆说,"兰塔诺本人也知道。但我俩都无法证明这件事……除非兰塔诺有绝对可靠的不在场证明。"

"废弃它。"加斯嘟囔着,恢复了常态。一小群晚归的市民正好经过他的亭子,而他在遮掩自己跟毕姆之间的对话。这段谈话只指向一名听众,其他人完全听不到。但还是不要冒险为好。有时候,在非常靠近亭子的地方,定向信号会有可以被察觉的回音。

俯身面对酒杯,勒罗伊·毕姆思考着他可以尝试的种种做法。他可以通知兰塔诺的组织,它还相对完好,但那将引发史诗性的内战。况且,兰塔诺是否遭人陷害,他其实并不在乎,对他来讲,这些都毫无区别。或早或晚,两大贩奴巨头总有一个会被对手吞并:独家垄断才是大生意优胜劣汰的必然结果。兰塔诺被除掉之后,蒂罗尔就可以轻易吞并他的组织,每个人还会像以前一样在原来的职位上工作。

从另一方面讲,将来可能会有那样一种机器——蒂罗尔的地下室里或许就有半成品——能够留下一串陷害勒罗伊·毕姆的线索。一旦这类阴谋得逞,就不会轻易结束。

"而且我还拿到过那该死的东西。"他徒劳地感慨道,"我敲打了它五个小时。它貌似一台电视机,但其实是杀死海米的机器。"

"你确定它已经不见了吗?"

"它不只是不见了——而且已经不复存在。除非她在驾车带蒂罗尔回家的路上出了车祸。"

"她?"加斯问。

"那个女人。"毕姆回忆着,"她看到了那东西,或者她了解它。她跟蒂罗尔在一起。"但不幸的是,他对那女人是谁毫无头绪。

"她长什么样子?"加斯问。

"高个儿,红头发。嘴型显得很紧张。"

"我没料到她会公开跟他一起出现。他们一定是急于得到那机器。"加斯补充道,"你没有认出她吗?我猜你的确没接触过她。她不常露面的。"

"她是谁?"

"埃伦·阿克斯。"

毕姆刺耳地笑起来,"她驾车带着保罗·蒂罗尔到处乱晃?"

"她在……好吧,她的确是驾车带着保罗·蒂罗尔到处乱晃。是的,你可以这样说。"

"多久了?"

"我还以为你知道这件事呢。她和阿克斯早就决裂了,去年的事儿。但男方不想分居,不肯离婚,害怕损害自己的公共形象。保持正面形象很重要……家丑不可外扬。"

"这位丈夫知道老婆跟保罗·蒂罗尔有一腿吗?"

"当然不知道。他只知道妻子在精神上已经出轨,但他不在乎……只要这事儿不宣扬出去。他关心的是自己的权位。"

"要是阿克斯发现这件事。"毕姆喃喃说道,"如果他知道老婆跟蒂罗尔搞在一起,他就会无视多部门协作得出的十条线索。他会去抓蒂罗尔。让证据见鬼去吧。他事后再搜集证据。"毕姆推开酒杯,反正杯子也已经空了,"阿克斯在哪儿?"

"我告诉过你了。他去抓兰塔诺了。"

"他会回这里?而不是回家?"

"他当然要回这里了。"加斯低头静默了一会儿,"我看见几辆内政部的厢车驶上通往车库的坡道,很可能是抓捕队伍返回了。"

毕姆紧张地等待着,"阿克斯在吗?"

"是的,他在场。废弃它!"加斯的声音变得极为洪亮、激昂,

"废弃那流放体系！把那群恶棍和强盗连根拔起！"

毕姆轻快地起身，离开了酒吧。

爱德华·阿克斯公寓的背面有一盏昏黄的灯亮着：很可能是厨房灯。前门上了锁。毕姆站在铺了地毯的前廊，熟练地试探门锁系统。它被设计成只对特定的脑波有反应：包括房屋主人和有限的朋友圈子。至于他，则毫无回应。

毕姆跪下来，打开一台便携式振荡器，开始发射正弦波。他逐渐提高频率，在大约每秒十五万次的频率下，门锁负疚地响起。这就足够了。关闭振荡器之后，他检查了一遍带来的万能钥匙，选了形态最接近的圆柱形。插入振荡器接口之后，圆柱体发出一种人工合成的脑波，与它模仿的真实对象极为相似，足以蒙骗门锁。

门开了，毕姆进入。

昏暗中，毕姆仍能看出客厅既简朴又雅致。埃伦·阿克斯显然善于持家。毕姆侧耳倾听。她到底在不在家？如果在，在哪里？醒着吗？还是睡着了？

他向卧室里窥探。里面有床，但床上无人。

如果她不在家，应该就在蒂罗尔那里。但他并不想跟踪这女人；现在所做的一切已经是他冒险的极限。

他看过餐厅，没人。厨房也没人。然后是一间陈设精美的娱乐室，房间一侧是精致的吧台，另一侧是贯穿整个房间的长沙发，沙发上有一件女式外套、钱包和手套。这些衣物看着眼熟：他见埃伦·阿克斯穿过它们。这么说，此人离开他的研究室之后，还回过这里。

目前仅剩浴室还没有检查。他试着拧动门把手。门是从里面锁上的。听不到声音，但另一侧肯定有人。他能感觉到那女人在里面。

"埃伦。"他贴在门板上说，"埃伦·阿克斯夫人。您在里面吗？"

没有回应。他能感觉到对方正在极力不发出任何声响——令人窒息、抓狂的沉默。

正当他单膝跪地，摆弄满衣兜的磁性开锁工具时，一颗高爆弹从头部高度的位置射穿门板，把对面的墙体崩得四处飞溅。

门被一把扯开。埃伦·阿克斯就站在门口，面容因恐惧而扭曲。她丈夫的一把公务手枪被握在她小小的、骨节突出的手里。她离毕姆只有不到一英尺距离。

毕姆没起身，直接就抓住她的手腕。她冲着他的头部举枪，然后两人就喘息着在地上扭成一团。

"住手。"毕姆终于吃力地说出这一句。枪口近在咫尺，但要杀死他，埃伦还必须确保枪口指向正确的方向，不会误伤自己。但毕姆没有给她机会。他紧握住埃伦的手腕，直到最后，她才不情愿地放开了枪。它掉落在地板上，毕姆僵硬地直起身。

"你刚才坐下了。"她低声说，听起来很崩溃，像在埋怨。

"单膝跪地，打算撬锁。你想打穿我的脑子。"他捡起那支枪，放入衣兜，两手也在发抖。

埃伦·阿克斯狠狠瞪着他，她的两眼又黑又亮，脸却苍白到可怕。她的皮肤完全没有血色，还沾了好多爽身粉，就像一个石膏像。她看上去处在歇斯底里的边缘。一阵被压抑但仍旧剧烈的抽搐在折磨着她，最终卡在她喉咙里。她想要开口说话，却只能发出无意义的声音。

"哦，女士。"毕姆有些尴尬地说，"进厨房来坐一下吧。"

她死盯着他，就像他说了不可置信、过于粗俗或者神奇美好的话；他不知道到底是哪一种。

"来吧。"他想要扶起她，但她激动地挣脱了。她只穿了一件式样简单的绿套装，却依然格外美丽。或许有点儿偏瘦，也太紧张，但还是富含魅力。她戴了一副昂贵的耳环，那种外星宝石似乎永远灵动闪耀……但除此以外，她的装扮很简朴。

"你——是那个研究室的人。"她艰难地说，声音脆弱，时而哽咽。

"我是勒罗伊·毕姆，独立私家侦探。"他尴尬地引着她进入厨房，帮她坐在餐桌旁。她把两臂交叉在身前，目不转睛地盯着它们。她那阴冷的脸色似乎愈加黯淡。毕姆觉得很不自在。

"你没事吧？"他问。

她点头。

"喝杯咖啡？"他开始在橱柜中寻找，或许这儿有金星产的咖啡替代品。他在翻找时，埃伦·阿克斯突然紧张地说："你最好进去看看。浴室里。我觉得他应该还没死，但不敢肯定。"

毕姆快步跑近浴室。塑料浴帘后面有个模糊的人形。是保罗·蒂罗尔，他躺着在浴缸里，衣冠整齐。他还没死，但左耳后部被人重击过，头皮正在缓缓流血。毕姆试了下他的脉搏，听了他的呼吸，然后站起身。

埃伦·阿克斯出现在门口，脸色苍白，"他死了吗？ 我是不是杀死了他？"

"他没事。"

埃伦显然松了一口气，"谢天谢地。一切都发生得太快——他在我前面走，要把M机搬回自己家，然后我就下手了。我打他时已经尽可能地留情了。他一门心思都在那东西上……忘了我就在身后。"她开始不住口地说，断断续续，两手时而剧烈颤抖，"我把他拖进车里，开回这里。我想不出别的主意了。"

"你为什么要掺和这种事？"

她的情绪更加激动，肌肉不由自主地抽搐着，"整件事早就计划好了——我早就已经想好了一切。我拿到它之后，本打算马上——"她说不下去了。

"敲诈蒂罗尔吗？"毕姆好奇地问。

她心虚地笑笑，"不，不是保罗。其实，这是保罗帮我出的主意……当他手下的研究者向他展示这东西的时候，他就有了初步构思。他称之为M。M代表'机器'。他的寓意是，这东西无法被教化，其道德境界无法提升。"

毕姆难以置信地问："你竟然打算敲诈自己的丈夫？"

埃伦·阿克斯点头，"为了让他还我自由。"

突然之间，毕姆开始真心尊重她，"我的天——那警报器不是海米安装的，是你装的。就是为了把那台机器堵在公寓里。"

"是的。"她承认，"我本想自己去把它取回来。但保罗有了其他打算，他也想要那台机器。"

"后来到底出了什么乱子？它在你这里，对吗？"

她默默指了下毛巾柜，"我听到你的声音之后，就把它藏了起来。"

毕姆打开柜门。压在折叠整齐的毛巾下面的，赫然就是那台小小的、式样熟悉的便携电视机。

"它又变形了。"埃伦在他身后说，声音单调、失落，"我一打中保罗，它就变了。我花了半小时试图让它变回去，但它不肯。它会永远保持这副样子。"

三

毕姆走到电话旁,给一位医生打了电话。蒂罗尔在浴室里呻吟,两手无力地拍打着。他开始恢复意识了。

"那样做有必要吗?"埃伦·阿克斯问,"医生——必须要叫医生吗?"

毕姆没理她,弯下腰,把那台便携电视机拿起来,两手举着。他能感觉到它的重量,沿着双臂向上传导,疲惫感在逐渐加剧。这是终极对手,他心想,它蠢到无法被战胜,它比野兽还可怕。它是一颗岩石,坚硬且顽固,但却没有任何品性。只有那份坚忍吧,他觉得。它绝对会坚持下去,生存下去,一颗有意志力的岩石。他感觉自己像是捧起了整个宇宙,接着,他把隐藏本相的 M 放下。

埃伦在他身后说:"它会逼疯你的。"她的音调已经恢复正常。她用银色打火机点燃一支烟,然后把两手都插进衣袋里。

"的确。"

"你也没有办法对付它,是吧? 之前你曾试过要把它打开。他们会治好保罗,他会回到自己的位子上,而兰塔诺将被放逐——"她长叹一声,打了个寒噤,"而内政部还会一如既往地维持原样。"

"是。"他跪在地上,继续研究 M。现在,有了那些背景知识,他不再浪费时间跟它角力。他只是不动声色打量它,甚至不需要触摸它。

保罗·蒂罗尔正在试图爬出浴缸。他滑倒了,一边诅咒,一边呻吟,然后又开始艰难地攀爬。

"埃伦?"他声音颤抖,模糊扭曲的话语声像干燥的电线互相摩擦。

"别在意。"她站在原地没动，只顾狠狠抽烟。

"帮帮我，埃伦。"蒂罗尔咕哝着，"发生什么事儿了……我不记得了，像是有什么东西打中了我。"

"他会想起来的。"埃伦说。

毕姆说："我可以把这个东西带给阿克斯，就算它保持现在的样子也好。你可以告诉他这是干什么用的——它做过什么。这样他就不会对兰塔诺赶尽杀绝。"

但这番话连他自己都不信。如果是这样，阿克斯就必须承认错误，一次重大失误，而如果他抓错了兰塔诺，他就完了。在一定意义上，整个嫌犯排查系统都将宣告失败：它可以被愚弄，它已经被愚弄。阿克斯是个狠角色，他会直接将错就错：让兰塔诺见鬼去吧。他才没空理会什么抽象意义上的公正。更好的做法是确保文明延续，社会继续平稳运行。

"蒂罗尔的设备。"毕姆问，"你知道它在哪里吗？"

她耸耸肩，茫然地问："什么设备？"

"这东西——"他指指M机，"总归要在某个地方制造出来。"

"不在这儿，也不是蒂罗尔制造了它。"

"好吧。"他平静地说。在医生带着急救团队出现在屋顶上之前，他们大约还有六分钟，"是谁发明了它呢？"

"这种合金是在参宿五开发出来的。"她有些魂不守舍，一字一句地说，"合金外壳……就像外层皮肤。它像一个泡泡，里面有气囊，可以充气放大，或者吸气收缩。皮囊充气时，就是电视机的形状。如果它吸气，收起这种伪装，现出M机本相——它就是准备行动了。"

"谁制造了它呢？"他继续问。

"参宿五的一家机械辛迪加……也是蒂罗尔集团的一家分支机构。制作它的最初目的是充当看家狗,供外围行星的大型种植园使用。它们可以巡逻,抓捕偷盗者。"

"这么说来,它们一开始并不针对特定的人。"

"对。"

"那么,是谁把这台机器设定成针对海米的呢? 不是那家机械辛迪加吧。"

"这个步骤是在附近完成的。"

他直起身,拿起便携电视机,"我们走吧。带我去那里,去蒂罗尔改变它设置的地方。"

有一会儿,那女人毫无反应。毕姆抓住她的胳膊,拖她走到门口。她没说话,气喘吁吁地盯着他。

"好啦。"他把她推到门廊下。当他关门时,便携电视机撞在了门上。他抓紧机器,跟在埃伦·阿克斯身后。

这座城镇凄凉破旧,有几间便利店、加油站、酒吧和舞厅。它距离纽约城区两小时航程,名字叫奥卢姆。

"右转。"埃伦没精打采地说。她凝视着外面的霓虹招牌,胳膊搭在飞船窗沿上。

他们在仓库和废弃的街道上空飞过。灯火稀疏。在一个十字路口,埃伦点点头,毕姆把飞船停在房顶上。

他们下方是一座破破烂烂、蛀痕斑斑的木制框架商店。窗口支着一面褪色的招牌:富尔顿兄弟锁匠店。招牌上画着门把手、锁头、钥匙、小钢锯,还有发条闹钟。店里亮着一盏昏黄惨淡的灯。

"这边走。"埃伦走下飞船,沿着一段东倒西歪的楼梯下到地面。毕姆把便携电视机放在飞船地板上，锁好门，然后跟在女人后面下楼。他握着扶手来到了商店后院，那里有好多废旧铁罐，还有一堆发霉的旧报纸，用绳子绑在一起。埃伦正在打开一扇门，然后摸索着进去。

一开始，他发现自己置身一间发霉、拥挤的储藏室。到处堆放着钢丝、成卷的电线和金属板材，简直乱得像垃圾场。接着是一段狭窄的走廊。然后，他来到一间作坊门口。埃伦把手伸到头顶，摸索悬吊在空中的灯绳。电灯"啪嗒"一声打开。右手边有一张长长的工作台，上面乱放了好多东西，有手摇式磨床，还有老虎钳和小钢锯；工作台对面有两张矮凳，地上杂乱无章地堆满了装配到一半的机械设备。整间工作室看上去一片混乱，积满尘土，陈旧不堪。墙上有根钉子，挂了件破破烂烂的蓝色外套——是一位机械师的工作服。

"就这儿。"埃伦愤愤地说，"这就是保罗处理机器的地方。这间店也归蒂罗尔组织所有。这一整片贫民区都是属于他们。"

毕姆走到工作台前。"要改变它的设置。"他说，"蒂罗尔就要有海米脑波的详细记录。"他碰翻了几个玻璃罐，一堆螺丝和垫圈撒在凹凸不平的台面上。

"他从海米的门上搞到了那个。"埃伦说，"他让人检查了海米的门锁，通过锁芯的设置反推出了海米的脑波特征。"

"然后他拆开了 M 机？"

"有个老技工。"埃伦说，"是个干瘪的老头。他经营这间店。帕特里克·富尔顿。他给 M 机添加了倾向设置。"

"倾向。"毕姆点头说。

"一种不允许杀人的倾向。海米是唯一一例外，面对其他任何人，它都会变成隐蔽自保形态。在原野中，他们会把自保形态设定成其他样子,而不是电视机。"她大笑,情绪突然有些失控,"是啊,那样会显得很突兀,某星球的原始森林里,突然冒出一台电视机。他们会设置它变成岩石或者树枝。"

"岩石啊。"毕姆能想象这情形。M机等待着,浑身爬满苔藓,等待几个月、几年,任由风化、腐蚀,终有一天控测到人迹。然后M机就不再是岩石,经过极迅速的变形,它又恢复成一英尺宽、两英尺长的样子,如同特大号的弹药盒,向前疾走——

但还有缺失的信息。"那些伪证。"他说,"布置出血迹、毛发、烟灰的功能。那是怎么来的?"

埃伦小声说:"如果被发现是地主谋杀了偷窃者,那地主就无法逃脱法律的制裁。于是M机就会在谋杀现场留下证据——爪印、动物血液、动物皮毛。"

"上帝啊,"他感到恶心,"被动物杀死的假象。"

"熊、野生猫科动物——随便一种本土生物。通常是当地的捕食者,自然死亡。"她用脚趾触碰工作台下的一个纸板箱,"它就在那里面。至少以前在。脑波电板、发射器、M机卸掉的部件,还有图纸。"

那纸箱曾经是电池组包装箱。现在电池组早已不在。里面是小心封存起来的盒子,密封得很仔细,防水防虫。毕姆撕开金属箔,发现了自己想找的东西。他小心翼翼把里面的东西拿出来,摆在工作台上,在烙铁和电钻之间。

"全部都在。"埃伦面无表情地说。

"也许。"他说,"我可以让你置身事外。我可以拿上这些,跟电视机一起交给阿克斯,在无须你证言的情况下赌一把。"

"当然可以。"她疲惫地说。

"你将来打算怎么办?"

"这个嘛,"她说,"我不能回到保罗身边了,我觉得自己对未来已经束手无策了。"

"敲诈勒索是个错误。"

她眼中有光芒闪动,"是啊。"

"如果他释放兰塔诺。"毕姆说,"他会被勒令辞职。然后他很可能让你如愿离婚。到那时候,离还是不离,对他就无关紧要了。"

"我——"她欲言又止,脸色愈发黯淡,就像肌肉的颜色和纹理都慢慢消失。她抬起一只手,半转身,嘴巴张开,那句话却还是没说出来。

毕姆抬手,迅速击碎了头顶的灯。作坊沉入黑暗。他也听到了声音,跟埃伦·阿克斯同时听到的。走廊外的垃圾处发出了响声,现在,那缓慢、沉重的声音已经穿过储藏室,正在进入走廊。

是个健壮的男人,毕姆心想。一个行动迟缓的人,睡眼惺忪,一步一顿,魁梧的身躯在西装下萎靡。他猜想,对方穿的应该是昂贵的花呢正装。黑暗中,那男人的身形隐约可见。毕姆看不清,但却能感觉到他的存在,身躯填满了整个门洞。地板在他体重的压迫下吱吱作响。混乱中,他不知道阿克斯是否已经获悉真相,他的逮捕令是否已经收回;或者来人是自行前来,为他自己的组织采取行动。

那人继续向前,用低沉、沙哑的语调说:"啊,真该死。"来人是兰塔诺。

埃伦开始尖叫。毕姆还没意识到发生了什么。他在摸索灯绳,奇怪灯为什么不亮。好一会儿他才想起,是自己把灯泡敲碎了。他点燃一根火柴,火柴熄灭前,他伸手去拿埃伦·阿克斯的打火机。它就在她的手包里，他只花了一秒钟就把它掏了出来——极其痛苦漫长的一秒。

那只M机正在缓缓向他们逼近，一根信号接收触角支起。它再次停顿，向左转向，直到面向工作台。它现在已经不是一台电视机的样子了，它已经成了糖果盒形状。

"那张电板。"埃伦·阿克斯低声说，"它对那张电板有反应。"

M机是被海米·罗森伯格的脑波信号唤醒的。但毕姆还是能感觉到大卫·兰塔诺的存在。那个大块头男人仍在房间里；那份压抑感，威严的气场，跟机器一起出现在房间里，它蔓延着，继续散播兰塔诺在场的信号。就在他旁观期间，机器取出一小片布料，把它挂在近处的金属网格上。其他证物，血液、烟灰和毛发，也都被取出，但太过细小，他看不清楚。机器在地板上的尘土里印出鞋印，然后从前侧伸展出一根枪管。

埃伦·阿克斯横胳膊遮住脸，快步跑开。但机器对她毫无兴趣，它向工作台方向旋转，然后举枪开火。一颗爆裂弹从枪口飞出，洞穿工作台，射入台面上的那堆杂物中。弹丸引爆。线圈和钉子像暴雨一样纷纷掉落。

海米死了。毕姆心想，然后继续旁观。机器正在寻找电板，试图找到并摧毁人工合成的脑波发射源。它转向，缓缓地调低枪口，然后再次开火。工作台后的墙面被轰成一片残渣。

毕姆手拿打火机，走向M机。一根接收器发现了他，机器后退。它的外壳在颤抖、波动，然后痛苦地恢复原形。有一会儿，设备在挣扎，之后，便携电视机再次不情愿地现形。机器内部传出尖厉的哀鸣，像是痛苦的嘶吼。现场有相互冲突的要素在影响它，让机器难以决断。

机器正在经历某种选择困难，其两难立场正在破坏它。从某种意义上来说，它的痛苦具有人类的特性，但毕姆却无法同情它。它是个机械怪物，一面想要伪装起来，一面想要继续杀戮，痛苦的成因来自电路和晶体管，而不是活生生的大脑。而它射出的子弹的本来目标，却是活人的头颅。海米·罗森伯格已经死了，世上再没有他那样一个人，也不可能再制造出完全相同的个体。他走到机器旁边，用脚把它踢翻。

那机器像蛇一样翻转避开。"啊，真该死！"它一面滚走，一面不忘在地上撒下烟灰、蓝色漆痕和喷洒血珠。痕迹和它一起消失在走廊里。毕姆能听到它在到处走动，如同脑子坏掉、眼睛失明的生命体，时不时撞到墙壁。过了一会儿，他寻了出去。

走廊里，机器正在缓缓绕圈。它用琐碎的痕迹砌出一道环形的墙，墙体包括布片、毛发、烧掉一半的火柴，还有烟灰。这些都被血滴黏合在一起。

"啊，真该死！"机器用低沉的男性嗓音说。它继续忙碌，而毕姆回到了房间。

"哪里有电话？"他问埃伦·阿克斯。

她眼神空洞地回望他。

"它不会伤害你。"毕姆感觉头晕脑涨、疲惫不堪，"它陷入了死循环，会一直像现在这样，直到崩溃。"

"它疯了。"埃伦打了个寒噤。

"不。"他说，"只是在退化。它在试图隐藏。"

走廊里，机器又说："啊，真该死。"毕姆找到了电话，拨通了爱德华·阿克斯的号码。

对保罗·蒂罗尔而言，流放首先是持续不断的长时间黑暗，然后是一段漫长到令人愤怒的等待。空洞的物质颗粒在他周围随意地游荡，将自己排列出一种又一种图案。

埃伦·阿克斯袭击他之后，到他被宣判流放之前的这段时间，他脑中的记忆浅淡模糊，就像眼前的阴影一样，难以捉摸。

他记得自己应该是在阿克斯家的公寓里醒来的。是的，就是这样。勒罗伊·毕姆也在那儿。印象中勒罗伊·毕姆好像无所不能，精力充沛地出现在每个现场，把所有人安排成他需要的样子。先是医生到场。最终，爱德华·阿克斯也赶到了，来面对妻子及其他的一切。

头缠绷带，进入内政部大楼的途中，他瞥见一个人正在离开。威严壮硕，是大卫·兰塔诺，他正在回家路上，回到他那豪华的石砌府邸和足足一公顷的草地那儿。

看到他，蒂罗尔感觉到一阵强烈的恐惧。兰塔诺甚至没有发觉自己。他陷入沉思，静静坐上等着他的汽车，悄然离开。

"你有一千美元。"到了宣判阶段，爱德华·阿克斯疲惫地说。在阿克斯最后一次露面的照片中，他的脸扭曲着，沉沦在围绕蒂罗尔的阴影中。阿克斯也被毁了，是以另一种方式。"法律规定你将得到一千美元，用来应急；另外，你还能得到一本便携式辞典，里面收录了有代表性的外星语言。"

离子化过程本身并不痛苦。他不记得那部分了。只记得一片空白，比两个世界的其他记忆更加黑暗一些。

"你恨我。"他带着责难的口气说道，这是他最后对阿克斯说的话，"我毁了你的生活。但……针对的不是你。"他渐渐词不达意，"兰塔诺。本该是他，但却没……怎么会？你的确……"

但兰塔诺其实跟这一切无关。兰塔诺已经回家了，他全程都只是个低调的看客。让兰塔诺见鬼去吧。阿克斯、勒罗伊也见鬼去吧,还有,稍许为难地,埃伦·阿克斯夫人,也请去见鬼吧。

"哇哦。"当蒂罗尔飘浮的身体再度成形时,他嘟囔道,"我们还真是共度了不少快乐时光……不是吗,埃伦?"

然后,一大波炽烈的阳光射在他身上。他愣住,坐倒,软瘫在地。灿烂,灼人的阳光……无处不在。除了一阵阵热浪,周围别无其他,只有烈日,模糊了他的视线,将他降伏。

他在黄土路中央跋涉。右手边是一片焦渴的玉米,在正午艳阳下愈发萎靡。两只巨大、凶悍的鸟儿在上空盘旋。远处有一线平缓的山影——山谷和山峰看上去都像是微不足道的尘埃聚成的。山脚下有一簇可怜兮兮的人工建筑。

至少,他希望那是人造的。

就在他虚弱地蹒跚时,一阵细小的声音传入他的耳中。这条发烫的肮脏土路上开来一辆类似汽车的东西。蒂罗尔怯生生地迎上去。

司机是人类,瘦,几乎是皮包骨,粗糙的黑皮肤,浓密的草色头发。他身着一件有泥点的帆布衬衫,披着长外套。嘴里叼了一根没有点着的弯折卷烟。汽车还是内燃机型的,看上去像是从20世纪穿越过来,车身破烂变形,它铿锵乱响着停住,司机挑剔地打量蒂罗尔。车载音响里播放着冗长的舞曲。

"你是税吏吗?"司机问。

"当然不是。"蒂罗尔说,他知道乡下人对税吏怀着历史悠久的敌意。但是——他有些为难。他不能承认自己是地球放逐来的罪犯:这样简直是自寻死路,通常会死得很难看。"我是一名巡检员。"他宣称,"隶属卫生部。"

司机对这个答案很满意,点点头,"最近有好多鬼鬼祟祟的卡彼德虫。你们准备喷药吗？庄稼被毁了一茬又一茬。"

蒂罗尔感激地爬上汽车。"我没料到阳光会这么热。"他嘟囔说。

"你说话的口音好怪。"年轻人发动车子，"老家是哪儿的？"

"语言功能障碍。"蒂罗尔怪声怪气地说，"我们要多久能进城？"

"哦，大概一个小时吧。"年轻人回答。汽车懒洋洋地开动了。

蒂罗尔不敢问这是什么星球，这会暴露他的身份。他可能跟太阳系隔着两个星系，也可能隔了两百万个。他或许只要一个月就能返回地球，也可能需要七十年的航程。自然，他必须回去。他完全不想留在某个落后的殖民星球，当个卑微的佃农了此一生。

"相当带劲儿。"年轻人指了下收音机，里面正在播放某种声嘶力竭的爵士乐，"是凯拉明·弗雷迪和他的毛毛熊原生音乐团。听过这首歌吗？"

"没有。"蒂罗尔咕哝着回答。太阳、干燥的空气，加上高温，令他头疼。他向天祈祷，只想知道自己身在何处。

镇子小到让他心碎。建筑破烂，街道肮脏。某种跟鸡相似的家禽到处乱跑，在垃圾堆里找食吃。有户人家的门廊下睡着一只毛色偏蓝、形状像狗的动物。保罗·蒂罗尔一身臭汗，闷闷不乐地走进公交车站，找到一张车次表，上面是一系列毫无意义的地名——全都是市镇名称。显而易见，这里没有星际航班。

"去最近星港的车票多少钱？"他问售票窗口里面懒洋洋的车站职员。

那人想了想，"这要看你要去什么类型的港口了。你想去哪里？"

"中心星区方向。"蒂罗尔说。"中心星区"是边缘地带的人们对太阳系的常用称谓。

那人平静地摇头，"这附近没有恒星星际港口。"

蒂罗尔很为难。显然，他所在的行星不是这个星系的交通枢纽。"好吧，"他说，"那我去最近的星系内空港。"

售票员查了下巨大的参考手册，"你想去系内的哪颗行星呢？"

"哪颗行星有恒星星际港口呢？"蒂罗尔激动地问。他可以从那儿离开。

"那就是金星了。"

蒂罗尔大吃一惊，"这么说，这个星系就是——"他幡然醒悟，苦笑着住了口。很多边远星系都有一种怪癖，尤其是特别偏远的那些，他们喜欢用太阳系九大行星的名称给自己周围的行星命名。这颗行星很可能就叫作"火星""木星"乃至"地球"，这取决于它在本星系的位置。"好吧，"蒂罗尔说，"一张单程票，前往——金星。"

金星，或者那个被称为金星的星球，是个荒芜的弹丸之地，比一颗小行星大不了多大点儿。一层黯淡的金属薄雾笼罩着整个星球，遮住了阳光。除了采矿和熔炼行业之外，这颗行星空空如也。乡间只有些破败的棚屋。地表永远都在刮风，废品和垃圾被吹得到处乱飞。但星际空港却在这里，星际飞船将其与最近的星系相连，经此，可以前往宇宙间的任何地方。这时候，正好有一艘巨型运输船在装载矿石。

蒂罗尔走进售票厅。他掏出自己剩余的钱，问："我想买一张单程票,去中央星区方向。越远越好。"

卖票的职员计算了一下,"你在乎坐几等舱吗?"

"不。"他抹了下额头上的汗珠。

"速度呢?"

"也不。"

职员说:"这样的话,最远可以把你送到参宿四。"

"很好。"蒂罗尔虽然不知道那边什么情况,但至少他可以从那里联系自己的组织。他将回到已知空间。尽管现在天气燥热,贫穷已经令他感到冰冷的恐惧。

参宿四的交通枢纽行星,名字叫作"金雀花三号"。它是个繁荣的交通中心,有很多客运飞船途经此处,将居民运往有待开发的殖民行星。蒂罗尔的飞船一落地,他就快步穿过降落场,到了出租车停靠站。

"带我去蒂罗尔集团。"他边说边祈祷这颗行星有集团的分支机构。一定有的,但可能用的是其他的公司名称。多年前,他就已经无法掌握自己快速发展的商业帝国的全部信息了。

"蒂罗尔集团?"出租车司机思忖着重复了一遍,"对不起,先生,我没听过这个名字。"

蒂罗尔惊诧地问:"谁经营这里的贩奴生意呢?"

司机瞄了他一眼。这是个干瘦、憔悴的小个子,戴眼镜。他的眼神像乌龟,毫无同情。"这个嘛,"他说,"我倒是听说过,你没有证件也能被送到其他星系。有一家星际船运公司,叫什么……"他思考着。蒂罗尔颤抖着把最后一张纸币递给他。

"万全进出口公司。"司机说。

这是兰塔诺的傀儡公司之一。蒂罗尔一脸惊恐地问:"就这一家吗?"

司机点头。

蒂罗尔茫然地下了出租车。他感到天旋地转,周围空港里的建筑好像跳起了舞。他坐在一条长凳上喘息,心脏在急促抽搐。他想要呼吸,但气息却哽在喉咙里。头上被埃伦·阿克斯重击过的位置开始疼痛。这是真的,他已经渐渐开始理解并接受眼前的局面。他将无法回到地球。他将在这个乡土味道浓重的穷乡僻壤了此一生,跟他的财团隔绝,失去这一生聚敛到的一切。

而且他还意识到,这副喘息不止的身躯告诉他,自己这一生已经没有多少时间了。

他想起了海米·罗森伯格。

"背叛啊。"他开始剧烈咳嗽,"你背叛了我。你听到没有?都是因为你,我才流落此地。这是你的错。我从来都不应该雇用你。"

他又一次想起埃伦·阿克斯。"还有你。"他喘息着坐在长椅上。他一会儿咳嗽,一会儿喘息,回想所有那些背叛过他的人。能想起好几百个呢。

大卫·兰塔诺的客厅装饰品位高雅。19世纪出产的价值连城的蓝柳图案青花瓷盘整齐陈列在墙边的铸铁支架上。古董级黄色塑料镀铬桌旁,大卫·兰塔诺正在吃晚餐,他眼前摆放的食物比周围的家具更令毕姆震惊。

兰塔诺心情大好,胃口相当不错。他把亚麻餐巾塞在下巴底下。在他喝咖啡时,他一边打嗝,一边流口水。他短暂的拘禁生涯已经结束。他要好好吃点儿东西犒劳自己。

他已经得到消息——最初是通过自己的组织，现在是通过毕姆。流放成功，蒂罗尔被送上了一去不返的遥远旅程。蒂罗尔再也无法返回，兰塔诺对此相当满意。他想要感谢毕姆，设下盛宴款待他。

毕姆闷闷不乐地说："你这儿真不错。"

"将来，你也可以得到这一切。"兰塔诺说。

墙面上挂着一副古旧的纸质对开本书页，用注氢玻璃罩保护了起来，那是奥格登·纳什一首诗歌的初版，如此宝贵的藏品，本应该出现在博物馆。这让毕姆觉得既向往又反感。

"是啊，"毕姆说，"我也可以过上这样的生活。"这个，他心想，或者埃伦·阿克斯，或者内政部的职位，或者三者兼得。爱德华·阿克斯已经被迫退休，而且也跟妻子离了婚。兰塔诺成功脱险。蒂罗尔被流放。他不知道自己现在还想要什么。

"你可是前程远大哦。"兰塔诺幽幽地说。

"远大到保罗·蒂罗尔那样吗？"

兰塔诺咯咯笑，伸了个懒腰。

"我不知道他有没有家人。"毕姆说，"有没有孩子。"他想到了海米。

兰塔诺的手伸过桌子，去拿盘子里的水果。他选了一颗桃子，小心翼翼用衣袖擦拭。"尝尝桃子吧。"他说。

"不了，谢谢。"毕姆不快地拒绝。

兰塔诺打量那颗桃子，但他自己也没有吃。这桃子是蜡做的。盘子里所有的水果全都是模型。他并不是真的如此富裕，像他装出来的那样。这屋里的大多数古董也全是假货。每次他请客人吃水果，都是在精心计算基础上的一次冒险。他把桃子放回果盘，靠在椅子里，继续喝咖啡。

　　与毕姆的无欲无求相反，他对未来充满期许，而且蒂罗尔消失以后，他成功实现自己梦想的概率大为增加。他为此心满意足。总有一天，他心想，在不久的将来，盘中的水果一定能换成真的。

我们这些探索者

"上帝!"帕克赫斯特在惊叹,他的红脸兴奋异常,"到这里来,伙计们,快看。"他们全都聚集到舷窗前。

"她就在眼前。"巴顿的心脏在奇怪地悸动,"她真的好美。"

"她当然美。"利昂同意,他也激动到发抖,"嗯——我能认出纽约城。"

"能认出才怪。"

"我能! 那团灰色,海边那个。"

"那儿甚至不是美国。我们看到的图像是反的。那是柬埔寨。"

飞船疾速越过天空,防护层像流星一样发出尖啸。飞船下方,蓝绿色的星球渐次变大。云朵在它表面飘浮,隐没了海洋和大陆。

"我从来没指望过能再次看到她。"麦瑞威瑟说,"我以为我们注定会被困在那儿了。"他的面容在扭曲,"火星。那片该死的红色沙漠。只有阳光、苍蝇和废墟。"

"巴顿会修理发射器。"斯通船长说,"你可以感谢他。"

"你们知不知道我第一件事要做什么,等我们落地之后?"帕克赫斯特大声问。

"做什么?"

"去科尼岛。"

"为什么?"

"因为人多。我想再次看到人群,越多越好。愚蠢、浑身汗臭、吵吵闹闹的人类。冰激凌,还有水。海洋。啤酒罐、牛奶盒、纸巾——"

"还有小美妞。"威奇两眼放光,"休个长假,六个月。我跟你一起去。我们坐在沙滩上,整天看美女。"

"我想知道她们现在穿什么式样的泳装。"巴顿说。

"也许现在她们都不穿衣服了呢!"帕克赫斯特叫道。

"嘿!"麦瑞威瑟喊道,"我要跟老婆重逢了哦。"他突然有些哽咽,声音降低成了耳语,"我的老婆。"

"老婆嘛,我也有的。"斯通微笑着说,"但我们结婚已经很多年了。"然后他想到了派特和珍,锥心的思念之痛让他喉头发紧,"我打赌,他们一定长大了。"

"长大?"

"我的孩子们。"斯通凄然回答。

他们面面相觑,六个男人,衣衫褴褛,胡子拉碴,眼睛明亮又激动。

"还要多久?"威奇轻声问。

"一小时。"斯通回答,"我们一小时后降落。"

飞船轰然落地,众人纷纷伏倒。伴随着减速喷射器的尖啸,船体跌跌撞撞地撕开岩石和土壤。它停了下来,前端扎进一座小丘的侧面。

寂静。

帕克赫斯特摇摇晃晃地站起来。他抓紧安全扶手,血从眼角上的划伤流出,正沿着脸颊滴下。

"我们着陆了。"他说。

巴顿呻吟着,挣扎着勉强跪起身体。帕克赫斯特搀住他。"谢谢。我们……"

"我们已经着陆,成功返航。"

喷射器关闭,呼啸声止息……只剩下某种液体自飞船表面滴落在地上的声音。

飞船的状况一团糟。船体有三处破裂,内部也大面积损毁,随处可见凹痕。纸张和损坏的仪器设备散落满地。

威奇和斯通缓缓站起。"大家都没事吧?"斯通一面咕哝着问,一面尝试恢复胳膊的知觉。

"帮我一把。"利昂说,"该死,我的脚踝好像扭伤了。"

他们帮他站起来,麦瑞威瑟已经昏迷。他们救醒了他,让他恢复行动。

"我们着陆了。"帕克赫斯特翻来覆去说个不停,就像他自己也无法相信一样,"这是地球,我们回来了——还活着!"

"希望那些标本也完好无损!"利昂说。

"让标本见鬼去吧!"威奇兴奋地大叫。他疯狂地拧左舷舱门的螺钉,试图打开厚重的舱门,"让我们先出去,溜达溜达。"

"我们在哪儿?"巴顿问斯通船长。

"旧金山南部,在半岛上。"

"旧金山!嘿——我们可以去坐缆车了!"帕克赫斯特帮威奇拧开舱门,"旧金山,我以前曾路过这里。这里有座好大的公园。金门公园。我们可以去那儿的游乐场。"

舱门开启,豁然开朗。谈话声戛然而止。众人向外窥探,在炽烈的阳光下眯起眼睛。

绿野在他们眼前延伸开去。远处有山岳耸立在清透的空气中,山峰的轮廓格外鲜明。山下有条公路,几辆汽车正在行驶,但只是细小的黑点。阳光照耀车身。还能看到电话线杆。

"那是什么声音?"斯通边问,边侧耳倾听。

"是火车。"

它沿着远处的铁路行驶,黑烟从烟囱里冒出来。微风掠过原野,拂动草地。右侧远方有一座城镇。房屋、树木、剧场的圆顶,还有标准公司加油站、路边摊、汽车旅馆。

"会有人看到我们降落吗?"利昂问,"肯定有人看到的。"

"至少能听到。"帕克赫斯特说,"我们落地时,那动静就像上帝得了消化不良。"

威奇踏出飞船,站到地面上。他张开双臂,试图平衡左右摇晃的身体,"我站不稳了!"

斯通大笑,"你会适应的。我们就是在太空待太久了,来吧。"他也跳下飞船,"我们去走走。"

"去镇上。"帕克赫斯特跟在他身旁,"也许他们会免费款待我们的……天啊——香槟!"他挺起了破旧制服下的胸膛,"光荣返航的英雄。迎进城镇。游行,军乐队,跟美女同乘游艇。"

"美女,"利昂抱怨道,"你的兴趣还真是单一啊。"

"那当然。"帕克赫斯特大步走过原野,其他人跟在他后面,"跟上!"

"看!"斯通对利昂说,"那边有人,在看我们。"

"小孩,"巴顿说,"是一群小朋友。"他兴奋地笑起来,"我们去跟他们打个招呼吧。"

他们朝孩子们走去,脚跨过丰饶的土地和轻柔的绿草。

"一定是春天。"利昂说,"空气里就有春天的气息。"他深呼吸,"啊,这青草香气。"

斯通计算了一下,"今天是4月9日。"

他们加快脚步。孩子们站在原地看他们,默然不动。

"嘿!"帕克赫斯特大声招呼,"我们回来了!"

"这个小镇叫什么名字?"巴顿问。

孩子们瞪大眼睛盯着他们。

"有什么问题吗?"利昂嘟囔道。

"我们的胡子。我们的仪表太糟了。"他两手圈成喇叭状,"别害怕! 我们是从火星回来的。火箭发射,两年前那次——记得吗? 前年10月份的事儿。"

孩子们脸色煞白地瞪着对方。然后他们突然转身逃走,疯狂地跑向城区。

六个男人目送他们离去。

"这他妈的,"帕克赫斯特很迷茫,"到底怎么回事?"

"我们的仪容。"斯通不安地回答。

"不对劲。"巴顿担心地说,他的身体已经开始发抖,"相当不对劲。"

"不至于吧!"利昂抢白说,"应该只是胡子的问题。"他用力撕掉破烂衬衣上的一块破布条,"我们都很脏,像一群臭烘烘的流浪汉。好吧。"他开始跟在那帮小孩后面,走向城镇,"我们走吧。他们可能已经派车来迎我们了,说不定半道就能遇上。"

斯通和巴顿交换了一下眼神。他们慢慢跟在利昂后面。其他人也紧随其后。

他们沉默着,惴惴不安。六个大胡子男人越过原野,走向城镇。

有个骑单车的少年见他们靠近,马上逃离。几名铁路工人正在维护道轨,也纷纷丢下镐头,尖叫着逃走了。

六个人麻木地看他们逃离。

"怎么回事?"帕克赫斯特嘟囔着。

他们穿过铁道。城镇就在对面。他们走进一片浓密的桉树林。

"伯林盖姆。"利昂读到路牌上的镇名。他们沿街望去,旅馆和咖啡馆、停下的汽车、加油站、平价商店,一座郊区小镇,马路边有不少购物的行人。汽车缓缓驶过。

他们走出树林。街对面,加油站有一名工作人员抬眼看到了他们。

他定住了。

过了一会儿,他丢掉手里的加油管,一面沿着大街逃走,一面尖声警告周围的人。

汽车纷纷停下,司机们弃车而逃。男男女女纷纷拥出商店,四散奔逃。人群如同战场上的逃兵,在疯狂地溃退。

转眼间,街道上已空无一人。

"我的天。"斯通不知所措,上前几步,"这——"他穿过街道,却没看到一个活人。

六个人沿着小镇主街行走,惊诧而沉默,如一潭死水。附近所有人都逃走了。远处有时高时低的警笛声在响。侧面一条小巷里,有辆车飞也似的倒车而逃。

透过楼上的一扇窗户,巴顿瞥见一张苍白、恐惧的脸。然后窗帘被一把扯下。

"我不明白。"威奇咕哝道。

"他们都疯了吗?"麦瑞威瑟问。

斯通什么都没说。他大脑里一片空白,无法运转。他觉得筋疲力尽,索性坐在路牙石上休息,试图平复呼吸。其他人围在他周围。

"我的脚踝。"利昂靠在一个停车标志牌上,痛得嘴唇扭曲,"疼死了。"

"船长。"巴顿问,"这些人都怎么了?"

"我不知道。"斯通边说边在破衣服的口袋里摸烟。街对面有间咖啡馆,里面的人早就逃光了。食物还摆在柜台上。有只汉堡还在平底锅上加热,炉子上放着玻璃咖啡壶,里面的咖啡已经沸腾。

街上散落着各式各样的杂货,都是被惊慌逃窜的顾客们抛下的。有些停在路边、被主人丢弃的汽车的发动机还在轻声空转。

"那个,"利昂问,"我们该怎么办?"

"我不知道。"

"我们不能就这么——"

"说过了,我不知道!"斯通站起来。他走进咖啡馆。同伴们看到他坐到了柜台前面。

"他在干什么?"威奇问。

"我不知道。"帕克赫斯特跟着斯通进入咖啡馆,"你在干什么?"

"我在等着点餐。"

帕克赫斯特尴尬地扳了扳斯通的肩膀,"好了,船长。这里已经没人了,他们全都跑了。"

斯通什么都不说,还是坐在柜台前,面无表情,如同在等待服务生上前招呼。

帕克赫斯特走到店外。"到底发生了什么事?"他问巴顿,"这儿的人都怎么了?"

一只斑点狗游荡而来。它警惕地嗅着味道,谨慎地从旁边穿过,接着钻进了一条巷子。

"有人。"巴顿说,"什么人?"

"他们在监视我们。在楼上。"巴顿指着一座楼,"躲藏着。为什么?为什么他们会躲着我们?"

麦瑞威瑟突然身体绷紧,"有人来了。"他们急切地转身面对。

有两辆黑色汽车转过街角,径直朝他们驶来。"感谢上帝。"利昂嘟囔着,他靠在一座建筑的墙上,"他们终于来了。"

两辆轿车在路边停下。车门打开,一帮人下了车,一言不发把他们包围起来。他们衣冠楚楚,系领带,戴帽子,穿灰色长大衣。

"我叫斯卡兰。"其中一个说,"联邦调查局。"他是个中年男子,铁灰色头发,声音冷淡而干脆。他细细打量面前的五个人,"还有一个人在哪儿?"

"斯通船长吗?在那里。"巴顿指指那家咖啡馆。

"把他带到这儿来。"

巴顿进入咖啡馆,"船长,他们到外面了。出来吧。"

斯通跟他一起出来,回到马路旁边。"他们是谁,巴顿?"他迟疑地问。

"六个。"斯卡兰点点头,他冲手下挥挥手,"好了,都到齐了。"联邦调查局的人逼近,将六人驱赶到咖啡馆正面的砖墙前。

"等等!"巴顿大声叫道,他觉得脑袋发晕,"怎么——你们要干什么?"

"到底怎么回事?"帕克赫斯特声泪俱下,眼泪在他脸颊上冲出一道痕迹,"看在上帝的分上,你们能不能告诉我们——"

联邦调查局的探员们都全副武装。他们现在亮出了家伙。威奇向后退,两手高举。"求你们!"他哭喊着,"我们做了什么?到底发生了什么?"

利昂胸中突然燃起了希望。"他们不清楚我们的身份,还以为我们是苏联人。"他对斯卡兰说,"我们是地球-火星探险队的成员。我的名字叫利昂。记得吗?前年10月份。我们现在回来了,我们从火星回来了。"他的声音渐弱。武器正在逼近——喷火器——还配有管道和油箱。

"我们回来了!"麦瑞威瑟哑着嗓子说,"我们是地球-火星探险队,刚刚返航的!"

斯卡兰脸上毫无表情。"听起来好像真的。"他冷冷地说,"只不过,那艘飞船刚到火星时便失事爆炸,所有船员无一幸存。我们清楚这些,因为我们派了一支机器人清理队伍把尸体带回了地球——全部六人。"

探员们开火了。燃烧弹飞向六个胡子拉碴的男人。他们试图逃跑,但还是被火焰撵上。联邦探员看着他们身上纷纷起火,然后都默默转过头去。他们也不忍看六个身形在火中挣扎,但哀号依然清晰可闻。这绝不是令人愉悦的视听感受,但探员们仍坚守岗位,等待、观望。

斯卡兰用脚拨弄了一下焦黑的残片。"结果并未确定。"他说,"这里可能只有五个……但我没看到任何人逃脱。他们并没有时间逃走。"在他踢踏之下,一片黑灰剥落,它变成碎片,却还在冒烟、起泡。

他的同事威尔克斯低头看地面。他是第一次经历这些，不太适应凝固汽油弹的效力。"我——"他说，"也许我该回车里待一会儿。"他喃喃说着，从斯卡兰身边退开。

"任务还没有确定完成。"斯卡兰说，然后他看到年轻同伴的表情。"好吧，"他说，"你可以回去坐一会儿。"

人们开始走出家门，围到人行道上。也有人从门口和窗口急切地张望。"他们干掉了那些家伙！"有个男孩兴奋地叫嚷，"他们解决了那帮太空间谍！"

摄影师在拍照。好奇的人们从四面八方出现，脸色苍白，睁大眼睛，目瞪口呆地看着那堆烧黑的残渣。

威尔克斯两手颤抖，爬回车里，关上车门。无线电还在咯咯作响。他把机器关闭，不想听也不想说。咖啡店门口，灰衣探员们还在，正在跟斯卡兰商讨。过了一会儿，其中几个人小跑着离开，绕到咖啡店周围的其他巷子里。威尔克斯目送他们跑远。真是一场噩梦，他想。

斯卡兰走过来，在车旁俯身，头伸到车里来，"感觉好点儿吗？"

"好一点儿了。"他略一停顿才问，"这是——第二十二次吗？"

斯卡兰说："第二十一次。每隔几个月……总是同样的姓名，同样几个人。我不敢保证你将来能适应这些，但至少你不会再觉得意外。"

"我看不出他们跟我们有任何区别。"威尔克斯逐字逐句地说道，"这感觉就像烧死了六个人类。"

"并不是。"斯卡兰答道。他打开车门，坐在威尔克斯后边的位置上，"他们只是外形跟人类一样。仅此而已。他们的目的就是要像人一样。你知道的，巴顿、斯通，还有利昂……"

"我知道。"他说，"某人或者某物，反正存在于未知区域的某种势力，目睹了他们的飞船失事，见证了他们的死亡，也调查过现场，还是在我们人类赶到之前。它们得到了足够的信息，足以实现它们的目的。但是——"他做了个手势，"我们就没有什么别的办法来应对他们吗？"

斯卡兰说："我们对它们缺乏了解。目前只知道一点：一遍又一遍地派伪装人造访地球。试图骗过我们，让他们潜入。"他的表情严肃起来，甚至有些绝望，"它们是不是疯了？也许是跟人类有本质区别，所以根本无法交流。它们是不是以为我们这儿所有人都叫利昂、麦瑞威瑟、帕克赫斯特和斯通？最让我难以承受的……或许也是人类唯一的生机所在，就是它们不知道我们每个人各具特色。想想吧，要是它们制造出一个……随便什么其他东西……一种孢子……一颗种子。只要不是火星遇难六人组中的任何一个。不是这种我们一看到就知道是冒牌货的存在……"

"它们必须要有原型。"威尔克斯说。

局里的一名同事在招手。斯卡兰下了车。过了一会儿，他又回来找威尔克斯。"他们确认只有五具尸体。"他说，"有一个跑掉了。他们似乎已经找到了。他腿上有伤，走不快。我们其他人要去追捕他——你留在这里，但要保持警惕。"他跟其他人一起沿着小巷追去。

威尔克斯点着一支烟，头枕在两臂上。仿制人……所有人都害怕他们，但……

有人真的尝试过跟他们接触吗？

231

两名警察出现,疏散围观的人群。第三辆黑色道奇车也满载局里的特工,沿着马路驶来。车停在路边,更多人下了车。

一名他不认识的特工来到汽车旁。

"你的无线电开着吗?"

"没有。"威尔克斯一面回答,一面打开对讲机。

"如果你看到那种东西,知道怎样杀死它吗?"

"知道。"他说。

那名特工去跟其他人会合了。

如果由我决定,威尔克斯扪心自问,我会怎么办?试图找出他们的目的?那玩意儿的外形跟人类一样,生活方式跟人类一样,一定也会有人的情感……而如果他们——且不管他们是什么——有人类的情感,假以时日,难道就不能变成人类吗?

人群边缘走出一个孤零零的身影,向他靠近。那人动作略显犹豫,摇着头,步履蹒跚跟跄,勉强保持站立。然后,他试图装模作样地混进围观人群。威尔克斯认出了它,因为他之前受过长达数月的专门训练。它已经换了衣服,一条家居裤、一件衬衫,但却扣错纽扣了,一只脚上还没有穿鞋。显然,它并不懂得鞋子的用途。或者,威尔克斯想,这玩意儿只是受了伤,被打蒙了。

它靠近时,威尔克斯举起手枪,瞄准了它的腹部。特工们专门受过这方面的训练。他曾在训练场打坏过很多标靶。瞄准腹部,将其腰斩,就像对付一只虫。

它脸上痛苦和惊骇的表情愈加浓重,就像知道对方马上就要开枪。它瞪着他,完全没有逃跑的意思。现在,威尔克斯意识到,它先前被严重烧伤,很可能已无抢救可能。

"我别无选择。"他说。

它凝视着他，然后张开嘴，想说什么。

他开枪了。

在它说出那句话之前，就已经死了。威尔克斯跳下车，它倒在车旁。

我做错了，他站在那里，看着它的尸体，心中暗想。我射杀它，只是因为自己害怕。但我必须这样做。即便这么做不对。它来地球，是为了模仿我们，渗透我们，让我们真假难辨。这是我们的结论——我们必须相信它们在阴谋针对我们，必须相信它们不是人类，永远也不会是人类。

感谢上帝，他心想，这一切终于结束了。

然后他才意识到，这并不是结束……

7月底，天气炎热。

飞船呼啸着降落，划过一片翻耕过的农田，撞毁了一道篱笆、一座棚屋，最终停在了一条水沟里。

寂静。

帕克赫斯特摇摇晃晃站起来，抓紧安全扶手。肩膀受伤了，他摇摇头，觉得有点儿晕。

"我们着陆了。"他的声音里既是敬畏，又是兴奋，"我们着陆了!"

"扶我起来。"斯通船长喘息着。巴顿帮了他一把。

利昂坐着，在擦拭脖子上的血。飞船内部一团糟，大部分仪器设备都已经损毁，碎片到处都是。

威奇摇摇晃晃到了舱门前。他手指颤抖，开始拧粗大的螺栓。

"好啊,"巴顿说,"我们回来了。"

"我几乎不敢相信。"麦瑞威瑟嘟囔着。舱门松动,他们迅速把门推开,"感觉和做梦一样——甜蜜的地球老家。"

"嘿,听着,"利昂喘息着跳到地上,"谁去把照相机拿来?"

"这太可笑了。"巴顿笑着说。

"去拿!"斯通大声下令。

"是啊,快去拿。"麦瑞威瑟说,"就像我们计划过的,要是回来就拍张合影。一份历史性文献,以便收入中小学课本。"

威奇在废物堆里翻找。"好像磕坏了。"他举起表面凹陷的照相机说道。

"也许还能用吧。"帕克赫斯特吃力地喘着气,跟在利昂后面爬下飞船,"但我们怎样才能拍到六人合影呢?总要有一个人按快门的。"

"我来给它定个时。"斯通拿起照相机,调整按钮设置,"所有人都站好队。"他按下按钮,然后跟其他人会合。

六个长胡子、衣衫褴褛的人站在被摔坏的飞船旁边,照相机咔嗒一响。他们凝望着绿意葱茏的原野,满心敬畏,一时无言。同伴们互相对视,每个人都眼眸明亮。

"我们回来了。"斯通喊道,"我们回来了!"

战争游戏

在地球进口商品标准局的办公室里，一个高个子男人从铁丝篮中把当天上午的备忘录收集起来。他坐到桌旁，整理好备忘录的顺序，戴上眼镜，点燃一支烟。

"早上好！"当怀斯曼用拇指划过备忘录上的磁条线时，第一份备忘录以一种细小啰唆的语调说道。他透过敞开的窗户凝望外面的停车场，心不在焉地听它讲述。"喂，听着，你们那边的人到底怎么回事？我们已经寄去了那么多——"说话的人是纽约一家连锁商场的销售经理，他停顿了一下，应该是在翻查自己的记录，"那些木卫三玩具。你们应该很清楚，我们必须让这些东西尽快拿到进口许可，以便列入秋季采购计划，这样才能确保圣诞节前有充足的库存。"最后，销售经理幽怨地总结道，"战争游戏又将成为今年的销售重点。我们想要大量进货。"

怀斯曼的拇指划过说话者的姓名和头衔。

"乔·浩克。"备忘录里的声音响起，"阿波利儿童商城。"

怀斯曼自言自语道："哦。"他放下备忘录，取出一盘空白磁带，准备重放一遍。然后他抬高声音，"是啊，那些木卫三玩具到底怎样了呢？"

测试实验室貌似已经花了非常多时间研究它们,至少已经两个星期了。

当然,任何木卫三的产品近期都要特别注意。过去一年间,据情报部门透露,这些卫星已经过了单纯追逐经济效益的阶段,升级到开始考虑采取军事行动保护自身权益。而三大内行星就是最重要的敌手。但迄今为止,还没有任何异常迹象。它们的出口产品质量依然可靠,没有发现异常,既没有含毒油漆,也没有细菌胶囊。

但毕竟——

像木卫三人那样富有创意的群体,进入任何领域之后,都会展现出非凡的创造力。他们如果想搞破坏,也势必像其他冒险一样——爆发出惊人的想象和机智。

怀斯曼站起身,离开办公室,前往实验检测部门所在的独立建筑。

皮纳里奥身处一堆半拆解的商品之间,抬头看见他的老板——利昂·怀斯曼——正在关闭实验室的最后一道门。

"我很高兴您能过来。"皮纳里奥说,尽管他的语气相当敷衍。他知道自己已经比原订计划至少晚了五天,这次谈话肯定没什么好事,"您最好穿上防护服——以防万一。"他笑容可掬,但怀斯曼的表情依然严厉。

"我这次来是想了解一下那批六美元一套的'内城攻防突击队'。"怀斯曼走过成堆的、大小各异、尚未开封的商品。这些都要通过测试,才能放行。

"哦,那套木卫三玩具兵。"皮纳里奥松了一口气。在那款产品上,他问心无愧。实验室里的每一位检测员都对晒延政府关于《无辜城市居民承受文化侵蚀风险》的特别训令烂熟于胸,官方总是爱发布这种内容含混不清的官僚主义条例。他总是合法地利用其偷懒,引用训令中的相关内容来减轻工作负担。"我已经把它们否决掉了。"他来到怀斯曼身边,"因为它有特别的风险。"

"我们来看看。"怀斯曼说,"你觉得我们真的有必要提高警惕吗?这不会是某种关于'外星恐惧'的偏见吧?"

皮纳里奥说:"担心是有道理的,尤其是在儿童用品方面。"

他做了几个手势,一堵墙滑开,现出一个小房间。

房间内的场景让怀斯曼停下了脚步。一个塑料娃娃穿着常见的服装坐在一堆玩具中间,看起来和五岁的儿童相仿。这时,那个娃娃开口说道:"我玩够那个了。做点儿别的吧。"它停顿了一小会儿,然后又重复道,"我玩够那个了。做点儿别的吧。"

地板上的玩具都安装了声控系统,一听到指令,立刻结束原本的行动,重新开始另一种行动。

"这样可以降低人力成本。"皮纳里奥解释说,"为了让消费者觉得物超所值,这堆破烂都内置了大量功能。如果我们派研究人员自己操作,就没时间做其他事情了。"

塑料假人面前就是那套木卫三玩具兵,还有它们准备攻击的城堡。它们此前正以一套复杂的阵形悄悄向城堡接近。但听到假人的声音之后就停了下来,现在,他们正在重新列队。

"全部都录下来了吗?"怀斯曼问。

"嗯,是的。"皮纳里奥说。

模型士兵高约六英寸,用木卫三工厂著名的几乎坚不可摧的热塑材料制成。他们的军装造型各异,参考了几大行星和附近卫星上的各种不同的军事势力。城堡造型也是仿照一座传说中的要塞,以一块黑铁制成。城堡上半部分布满了射击孔。目力所及,只见吊桥高悬,鲜艳的旗帜在城堡顶端的塔楼上飘扬。

一声呼啸,城堡向来犯者们射出一颗炮弹。炮弹在士兵密集处炸响,放出一阵无毒害的浓烟。

"它会反击。"怀斯曼说。

"但它最终还是会被攻陷。"皮纳里奥说,"它必须失败。从心理学的角度讲,它代表了外部现实世界。那一打士兵当然就代表了孩子们解决问题、克服困难的努力。通过参与这个攻城游戏,孩子们能体会到一种有能力应对残酷世界的满足感。最终他将获胜,但势必先耐心经历一段痛苦的努力过程。"他补充说,"反正说明书是这样说的。"他把配套的小册子递给怀斯曼。怀斯曼扫了一眼说明书,问道:"他们的攻击策略每一次都不一样吗?"

"我们已经让它连续运行了八天,还没有出现过同样的攻击策略。嗯,它的内部结构一定很复杂。"

士兵们正在悄悄包抄,渐渐接近那座城堡。城墙上突然出现几台监视设备,开始追踪士兵们。士兵们马上利用附近其他被测试的玩具极力隐藏行迹。

"它们可以随时察知地形的变化。"皮纳里奥解释说,"它们有环境适应的能力。比方说,如果他们在行进路线上发现一间娃娃屋,就会像老鼠一样钻进去,穿过屋子,从另一端钻出来。"为了证明这一点,他拿起一艘由天王星某家公司生产的大型玩具宇宙飞船。摇动飞船之后,里面掉出来两个玩具兵。

"他们尝试多少次后能占领城堡呢,"怀斯曼问,"按照百分比来说?"

"迄今为止,他们每尝试九次可以成功一次。城堡后面有个调节器,你可以调节进攻的成功率。"

他小心地绕过进军的士兵,怀斯曼跟着他,两人一起弯腰检查那座城堡。

"这个实际上也是士兵的动力来源。"皮纳里奥说,"狡猾的设计。此外,士兵的行动指令也是从这里发出的。高频信号,通过一个发射盒传输。"

打开城堡后盖,他向老板展示指令发射盒。

每一波信号包含一个简短的指令组。每一条攻击策略都是由指令组分解成单独的指令,随机调整之后变成新的行动序列,由此实现随机变化。但因为预设的指令组数量有限,攻击策略数量应该也是有限的。

"我们正在尝试每一种策略。"皮纳里奥说。

"就没有办法加快进度吗?"

"这种事只能慢慢来。它完全可能运行过一千种策略,都没有问题,但——"

"下一种,"怀斯曼接着说,"玩具兵就可能来个一百八十度大转弯,向周围的人类开枪。"

皮纳里奥担心地说:"或许比那还糟。那个电池组有大量尔格,够使用五年之久。但如果所有能量在同一瞬间释放——"

"继续测试。"怀斯曼说。

两人对视,然后又盯住城堡。士兵们现在已经来到城堡脚下。突然,城堡的一道外墙打开,一门大炮出现。士兵们被轰了个人仰马翻。

"之前我还从来没见过这招。"皮纳里奥嘟囔道。

片刻之间,周围没有任何声响。然后实验室里的那个坐在玩具中间的娃娃模型,再次开口叫道:"我玩够那个了。换点儿新花样吧。"

两个成人眼看那群玩具兵再次爬起来,重新整队。他们心中涌出一丝不安。

两天后,怀斯曼的上司,一个身材矮胖、脾气暴躁的金鱼眼男人,出现在他的办公室。"听着,"福勒说,"你赶紧把那些该死的玩具从测试组清出来。我限你明天之前完成。"他撂下话就要走,但怀斯曼拦住了他。

"这次的情况很严重。"他说,"您到实验室来,我让您亲眼看看。"

福勒跟他前往实验室,两人一路上都在争执。"你完全不了解,那些公司在这些东西上投了多少钱!"他们进门时,福勒还在埋怨,"你们这里只要有一个玩的样品,在月球那边就会有一整个仓库或者一整条飞船的货物都在等着你们放行才能入关!"

找不到皮纳里奥,于是怀斯曼无法通过手势动作自动开门,他只能掏出钥匙打开了测试屋的大门。

房间里,那个检测员制作的模型娃娃依旧坐在众多玩具之间,它周围的各种玩具都在各显神通。吵嚷声让福勒脸露痛苦之色。

"最麻烦的就是这东西。"怀斯曼在城堡旁边弯下腰。一名士兵正在向它匍匐前进。"如您所见,总共有十二个玩具兵。考虑到这么多的数量,每个还自带充足的能源,配合以复杂的指令系统——"

福勒打断了他,"我只看到十一个。"

"有一个很可能藏起来了。"怀斯曼说。

他们身后突然传来一个声音,"不,他是对的。"皮纳里奥一脸凝重地冒了出来,"我也一直在找,的确少了一名玩具兵。"

三个人都沉默了。

"也许是城堡消灭了它。"最终,怀斯曼先猜测道。

皮纳里奥说:"这就要扯到质量守恒定律上去了。要是士兵被'消灭'了,那么它的残骸在哪儿?"

"也许把它转化成能量了。"福勒一边说,一边打量城堡和剩余的玩具兵。

"我们也想到了这一点。"皮纳里奥说,"当我们意识到一名士兵消失之后。我们称量了一下城堡和十一名玩具兵的总质量。现存的质量跟原始质量相等——也就是等于最初的城堡加上十二名士兵的质量。所以,他应该在城堡里。"他指着城堡说。目前,城堡正在瞄准攻城的士兵。

怀斯曼打量着城堡,突然本能地生出一种强烈的直觉。它变了。在某些方面,它跟以往有所不同了。

"放一下你们的录像。"怀斯曼说。

"什么?"皮纳里奥问,然后涨红了脸,"对。"他走到模型娃娃那里,将其关闭,从中取出录像带。他拿着盒带,颤抖着走向播放机。

他们坐下来,打开了快进功能:一轮又一轮的攻击,直到三人全都两眼发花。士兵们前进,撤退,中弹倒地,重新站起,再次攻击……

"停一下。"怀斯曼突然说。

刚才的段落被重新播放。

一名士兵径直向城堡底部前进。有颗飞弹向他发射,爆炸,烟雾吞没了他。与此同时,另外十一名士兵正忙着登上城墙。那名落单的士兵从烟雾中出现,继续前进,来到了墙边。一段城墙开始滑动,打开一个开口。那名士兵一面将自己隐藏进城墙的阴影中,一面把步枪末端当作螺丝刀,将自己的头卸下来,然后是一只胳膊,然后是两条腿,卸下的部分被塞进城墙上的孔洞中。等到只剩下步枪和一只胳膊时,这个残躯也爬进城堡里,盲目地蠕动前进,直至消失。开口随之也关闭了。

过了好一会儿,福勒才哑着嗓子说:"家长们的第一反应,肯定是觉得孩子弄丢了或者弄坏了一名玩具兵。整套玩具不再齐全,家长每次都会怪罪到孩子身上。"

皮纳里奥说:"你们有什么建议?"

"让它继续运转。"福勒说。怀斯曼也点头同意,"让它完成所有的指令。但要始终有人值守。"

"从现在开始,我会安排人一直守在这里。"皮纳里奥说道。

"你最好亲自守在这儿。"福勒说。

怀斯曼心说:也许我们最好都在这里守着,至少皮纳里奥和我两个人一起。

真想知道它是怎样处理那些碎片的。他心说。

它是要干什么呢?

到周末的时候,城堡已经吞噬了四名玩具兵。

通过监视器,怀斯曼没有发现城堡有任何外观上的变化。当然,即便发生了变化,也是在看不到的内部悄悄进行的。

无休止的攻击仍在继续,士兵们一边寻求庇护,一边继续前进,城堡不停地开火防卫。与此同时,他们又收到了一批新的木卫三产品——更多的儿童玩具要求审查。

"现在怎么办?"他问自己。

第一种看起来很简单:一套牛仔服,还是古旧的美国西部式样。至少说明书上是这样写的。但他对宣传单的内容只是嗤之以鼻：木卫三人说的那一套，鬼才会相信。

他打开包装盒，把道具服取出。质量低劣的灰色布料。这活儿做得真糙，他心想。仅仅有一点儿牛仔服的样子而已。缝线歪七扭八，糊弄了事。他稍稍摆弄了几下，衣服就开始变形走样。他发觉自己已经把一整块布料拽松动，像个口袋一样垂下来。

"我不明白。"他对皮纳里奥说，"这东西不可能卖得掉。"

"穿上它，"皮纳里奥说，"然后你就明白了。"

怀斯曼吃力地给自己套上那件衣服。"安全吗？"他问。

"没问题。"皮纳里奥说，"之前我已经试过了。这款产品的创意更温和、亲民一些，效果不错。要让它启动，你需要自己先开始幻想。"

"哪种幻想？"

"随便。"

这件衣服让怀斯曼想到牛仔，于是他想象自己回到了西部牧场，沿着沙石路前进，旁边的草地上有黑脸绵羊在咀嚼干草，它们的下巴一上一下地动着。他停在篱笆前——一根根直立的木桩上拉起了打了刺节的铁丝——观察那些绵羊。然后，突然之间，绵羊们就排成队列，朝着他视野之外阴云下的小山跑去。

他看到高耸云天的柏树。一只雏鹰，呼扇着双翅翱翔天际……就好像，他心想，它要给自己的身体充气，以便飞得更高一样。雏鹰矫健地飞向远处，放平两翼，御风滑翔。怀斯曼环视周围寻找它猎物的踪迹，但视野中空无一物，只有被绵羊啃食干净的盛夏草地。偶尔有蝈蝈。路面上本有只蟾蜍，已经钻入了泥地上的一个洞穴，只有背部还露在外边。

正当他弯下腰,想鼓起勇气去碰蟾蜍黏糊糊的头部时,有个男人的声音在他身边响起:"你觉得它怎么样?"

"很好。"怀斯曼说。他深吸口气,享受着四周弥漫的干草香,"嘿,你怎么区分雌性和雄性蟾蜍呢?是斑点不同吗,还是怎样?"

"为什么问这个?"那人站在他身后视线扫不到的地方问道。

"我这里有只蟾蜍啊。"

"顺便问一句。"那人说,"我可不可以问你几个问题?"

"当然可以。"怀斯曼说。

"你多大了?"

这问题真简单。"十岁零四个月。"他骄傲地说。

"你现在在哪儿?"

"在郊外,吉洛特先生的牧场,有空的时候,爸爸每周都会带我和妈妈来这里玩。"

"你转过身看着我。"那人说,"看你是否认得我。"

他不情愿地回头,视线离开那只一半埋在泥里的蟾蜍。他看到一个成年人,瘦长脸,有点儿奇怪的长鼻子。"你是那个送丁烷气的人。"他说,"丁烷气公司的。"他环顾四周,果然,他们的卡车就在不远处,停在丁烷气闸那里,"我老爸说,丁烷气很贵,但却没有——"

那人打断了他,"恕我好奇,那家丁烷气公司叫什么名字?"

"卡车上写着呢,"怀斯曼念出漆在车身上的字母,"皮纳里奥丁烷气配送公司,加州佩特卢马镇。你是皮纳里奥先生。"

"你发誓,你现在是十岁大,站在加州佩特卢马镇郊外的原野里?"皮纳里奥先生问。

"当然。"他发现草地外端有一道树林繁茂的山坡。现在他已经对站在这里闲聊感到厌烦,想去那边一探究竟。"回头见。"说着,他向山坡走去,"我要去远足喽。"

他远离皮纳里奥,沿着砂石路奔跑起来。蝈蝈纷纷从他脚边跳走。他喘息着,越跑越快。

"利昂!"皮纳里奥先生在他身后叫道,"你还是放弃吧!别跑了!"

"我要去山那边看看。"怀斯曼喘息着,继续奔跑。突然之间,他狠狠撞翻在什么东西上。他用手撑地,想要爬起来。正午燥热的空气中,有什么东西在闪光,他感到一阵恐惧,向后退去。那东西的形状越来越清晰,是一堵平整的墙⋯⋯

"你到不了山那边的。"皮纳里奥先生在他身后说,"最好待在原地。否则你就会撞到东西。"

怀斯曼的两手湿漉漉的,沾满了血。他跌倒时受了伤。他惊慌失措地低下头,打量手中的血迹⋯⋯

皮纳里奥帮他脱掉牛仔服,"这玩具真是极度邪门。孩子们只要穿上一小会儿,就会无法区分现实和幻象。看看你自己。"

怀斯曼艰难地站起来,打量那套牛仔服。皮纳里奥已经强行帮他脱了下来。

"真不错,"他声音颤抖地说,"它显然会强化心底的遁世倾向。我知道自己一直为童年感到遗憾,心底里想要它更丰富多彩一点儿。尤其向往那段我们住在乡村里的年代。"

"你注意到了吗?你还把现实因素添加进了幻想。"皮纳里奥说,"为了让幻想延续尽可能长的时间。如果时间充裕,你能把整个实验室都置入幻想,也许把墙壁当成谷仓壁。"

怀斯曼承认:"我⋯⋯已经隐约开始看到老旧的牛奶市场,农夫们把牧场出产的牛奶带到这里出售。"

"过段时间，"皮纳里奥说，"可能就没法让你再脱离幻境了。"

怀斯曼心想，假如连成年人都会受到这么大的影响，想想孩子会变成什么样。

"收到的另一件产品，"皮纳里奥说，"那游戏更奇怪。你想现在就看看吗？过会儿再看也不迟。"

"我没事。"怀斯曼拿起第三件玩具，拆开包装。

"跟'大富翁'这种古老的游戏很像。"皮纳里奥说，"它被称作'大财团'。"

玩具包括一张棋盘，加上游戏用的钱币、骰子，还有用来代表游戏者的小人儿，以及一些股权证。

"显而易见，跟其他同类游戏一样，"皮纳里奥说，"你要获取股权。"他甚至懒得去看游戏说明，"我们把福勒叫来玩一把吧，这个游戏至少需要三个人。"

很快，他们就把部门主管拉来。三个男人围坐在桌旁，"大财团"游戏放在桌子中央。

"跟其他同类游戏一样，"皮纳里奥说，"每位游戏者有完全相同的初始资源。而在游戏过程中，游戏者的身份会发生变化，主要依据是他们在多家财团里的持股价值。"

财团们用色泽鲜亮的小塑料模型代替，很像"大富翁"游戏里的宾馆和小房子。

他们掷出骰子，在棋盘上挪动代表他们的小人，竞价购买资产，缴纳罚款，收取过路费，有时被关进"禁闭室"几个回合。与此同时，在他们身后，七个模型士兵正一遍遍向城堡攻去。

"我玩够那个了。"模型娃娃说，"做点儿别的吧。"

士兵们重新组队。他们再次出发，逼近城堡。

怀斯曼有些厌烦暴躁,"不知道那个该死的玩意儿还要运行多久,我们才能发现它的最终目的。"

"说不好。"皮纳里奥看到福勒买入一份式样华丽的股票,"我也想要那个。"他说,"那是冥王星的一座重铀矿场股。你要它干什么?"

"有价值的资产呗。"福勒一面咕哝,一面察看自己的其他股权,"不过,我可以考虑交换。"

我怎么可能集中精神玩这种游戏?怀斯曼自问,当那个怪东西越来越接近于——天知道什么结果?反正是它制造出来的初衷。它的终极目标吧。他猜。

"等一下。"他放下手中的股票,缓慢而谨慎地说道,"那座城堡有没有可能是一座反应堆?"

"什么堆?"福勒的全部心思还在手中的股票上。

怀斯曼大声说:"别光顾着打游戏了。"

"这想法有意思。"皮纳里奥也放下了自己手里的牌,"它在自动合成一座原子反应堆,一点点增加质量。直到——"他戛然而止,"不,我们考虑到这种可能了,里面没有任何重元素。只有一块使用期为五年的电池,加上一堆小零件,由电池发出的指令控制。你不可能用这些东西建出一座反应堆的。"

"在我看来,"怀斯曼说,"我们还是把它清理出去更为保险。"试穿牛仔道具的经历使他对这些木卫三的小玩意儿格外重视。如果牛仔服还算是比较温和的话……

福勒扭头看看,"现在只剩六名士兵了。"皮纳里奥和怀斯曼马上站了起来。福勒说得对,现在只剩了一半的士兵。又有一名士兵被城堡吸收了。

"我们从驻军请一名炸弹专家吧。"怀斯曼说,"让他来检查一下。这东西已经超出了我们部门的职责范围。"他转向自己的上司福勒,"您觉得呢?"

"我们还是先玩完手里这局游戏吧。"

"为什么?"

"因为我们还需要最终确定呗。"福勒说。从他对游戏的痴迷程度来看,他已经完全沉迷其中,想要玩出结果。"你想拿什么换冥王星铀矿?我愿意交换。"

他和皮纳里奥达成了交易。游戏又进行了一个小时。最终,三人决出了胜负,福勒掌握了越来越多的股权。他已经拥有五家矿业财团、两家塑料公司、一家原生质垄断企业,还有全部七家零售财团。由于他控制了大宗股权,自然趁势赚取了大笔金钱。

"我认输。"皮纳里奥说。他手中只剩下小份额股权,什么都控制不了。"有人要收购这些吗?"怀斯曼用他仅剩的现金资产买入了那些股权。他借此继续游戏,单枪匹马挑战福勒。

"显然,这个游戏就是在模拟典型的星际贸易活动。"怀斯曼说,"尤其是这些零售财团,就是现实中木卫三所掌握的资产。"

他心里燃起一线希望——他丢出了几个好点数,原本少得可怜的股权资产又有了些许起色。"孩子们玩这个,可以熟悉现实经济环境,增进对成人世界的理解。"

但几分钟后,他的小人就走到了一大片被福勒控制的地段,过路费耗尽了他的资产,他不得不放弃两笔股权。游戏结果已经显而易见。

皮纳里奥一边看士兵们攻击城堡,一边说:"跟你说,利昂,我越来越赞同你的看法。这东西真有可能是炸弹的一个组成部分,某种接收站之类的东西。等它完全组装好之后,就可能从木卫三接收到能量冲击波之类的冲击。"

"这种事可能吗?"福勒把他赢到的游戏币整理归置。

"谁知道他们能怎样?"皮纳里奥将两手插在大衣兜里来回踱步,"你们玩完了吗?"

"马上就完。"怀斯曼说。

"我说这个的原因,"皮纳里奥说,"是因为现在只剩五个玩具兵了。它在加速。第一个小兵过了一星期才消失,而第七个仅用了一小时。如果剩下的小兵在两小时内全部消失,我都不会感到奇怪——我是说五个都消失。"

"我们完了。"福勒说。他已经得到最后一笔股权,以及最后一张钞票。

怀斯曼从桌边站起来,"我去给驻军打电话,要求检查城堡。至于这个游戏,不过是窃取了我们地球经典游戏'大富翁'的创意而已。"

"也许他们不知道我们已经有了这种游戏。"福勒说,"毕竟两者名称不同。"

过检戳被盖在了"大财团"游戏上,进口商得到通知可以入关。怀斯曼在办公室给当地驻军打电话,告诉他们自己的要求。

"我们马上派一名炸弹专家过去。"电话那头不紧不慢地说,"在他到达之前,或许你们应该远离那个可疑物品。"

怀斯曼感觉到一种挫败,他感谢了那位军官,挂上电话。他们没能摸清那套士兵攻城的战争游戏。现在,这事儿不归他们管了。

炸弹专家是位留着短发的年轻人。他穿一件普通的军装,没有任何特别的保护设施,他微笑着放下自己的装备。

"我的第一条建议,"他检查过城堡后说,"是截断电池输出线。或者,如果你们愿意,我们也可以让这个游戏完成全部模式,然后在任何变故发生之前截断线路。换言之,允许所有的机动单位进入城堡。然后,当最后一个进入时,我们马上剪断电源,把它拆开,看看里面究竟发生了什么。"

"这样安全吗?"怀斯曼问。

"我觉得是安全的。"炸弹专家说,"我没有探测到它有任何放射性物质的迹象。"他坐在城堡一侧的地板上,手里握着一把钢丝钳。

现在,已经只剩三名士兵了。"应该用不了太久。"年轻人兴奋地说。十五分钟后,一名士兵爬到城堡底部,卸下自己的头、一只胳膊和两条腿,还有躯干,然后一块块消失在为他打开的孔洞中。"只剩两个了。"福勒说。

十分钟后,又一名士兵完成了同样的步骤。

四个人面面相觑。"马上就要结束了。"皮纳里奥嘶哑地说。

最后一名士兵迂回着向城堡靠近。城里的火炮向他射击,但他还是步步紧逼。

"从统计学角度讲,"怀斯曼大声向大家介绍,试图缓解现场的紧张气氛,"每个士兵消失应该花更长时间才对,因为城堡针对的攻击目标越来越少。吸收流程应该在开始阶段速度较快,而随着士兵数量减少而逐渐降低,最后这名士兵至少花费一个月,才能——"

"请保持安静。"年轻的炸弹专家平静地小声建议,"如果您不介意的话。"

十二名士兵中的最后一个也到达了城堡底部。跟此前的士兵一样,他也开始自我拆卸。

"准备好钳子。"皮纳里奥咬紧牙关挤出几个字。

士兵零件进入城堡。洞口开始关闭。城堡内部开始传来嗡嗡声,零件活动越来越繁忙。

"看在上帝的分上,快动手。"福勒叫道。

年轻的炸弹专家的钳子向下探,试图去剪电池正极的输出线。钳子口冒出火花,炸弹专家本能地跳了起来,钳子脱手飞出,沿着地板滑远。"上帝!"他叫道,"早知道我就接根地线了。"他摇摇晃晃地摸索着去找钳子。

"你碰到了那东西的外框。"皮纳里奥激动地说。他抓过钳子,蹲下身来,找线路准备下手。"或许我该用手帕裹住钳柄,"他嘟囔着缩回钳口,在兜里翻找手帕,"大家有没有能裹住它的东西?我可不想被电翻。谁知道这里面有多少——"

"给我!"怀斯曼命令道,一面把钳子抢过来。他把皮纳里奥推到一边,用钳口夹住电线。

福勒平静地说:"太晚了。"

怀斯曼根本没听到上司的话。他只听见自己脑子里一阵持续的轰鸣。他抬起双手捂住耳朵,徒劳地试图把那声音挡住。现在,声音像是直接从城堡射入他的颅骨,由骨骼传进了大脑。我们耽搁了太久,他心里想,现在它战胜了我们。它能赢,恰恰因为我们人太多,只顾着胡扯……

在他脑子里,有个声音清晰地说道:"祝贺你。凭借着坚忍不屈,你终于赢得了胜利。"

他感觉到一份巨大的成就感从他内心深处喷涌而出。

"你面对的考验无比艰巨。"他头脑里的声音继续,"换成其他任何人,都难免失败。"

他这时才意识到,一切正常。之前他们都搞错了。

"你所取得的成就,"那个声音宣布,"在今后的一生中都将得以延续。你永远都能战胜对手。靠着努力和坚持,你总能赢得胜利。说到底,这宇宙并没有那么强大……"

没有。他讽刺地认识到,的确没有那么强大。

"他们也只是普通人,"那声音抚慰地说,"所以,就算你孤身一人,独自面对众多对手,你也无须害怕。坚持不懈——不要瞻前顾后。"

"我不会的。"他大声说。

嗡嗡声停止。讲话声也消失了。

长长的静默之后,福勒说:"结束了。"

"我不明白。"皮纳里奥说。

"这玩具就是被设计成这样的。"怀斯曼说,"它是个治愈型玩具。帮助孩子建立自信。玩具士兵被拆解——"他微笑道,"其实是把自己和世界融合起来,成为世界的一部分。而且,在这个过程里,也得以征服了它。"

"这么说,它是无害的。"福勒说。

"费了那么多工夫,毫无意义。"皮纳里奥抱怨道。他对炸弹专家说:"我很抱歉,请您跑来,却是虚惊一场。"

城堡大门洞开。十二名士兵完好无损地从里面走出来。整个循环已经结束。攻击可以再次开始。

突然,怀斯曼说:"我不会给它放行。"

"什么?"皮纳里奥问,"为什么不能?"

"我不相信它。"怀斯曼说,"如果只为了达到这个效果,那它的设计也太复杂了。"

"解释一下。"福勒要求。

"没什么可解释的。"怀斯曼说,"这是个极度复杂的玩具,要做的却只是把自己拆掉,然后重新组合起来。它一定还有更多用意,就算我们不能——"

"但它有心理治愈效果啊。"皮纳里奥插嘴说。

福勒说:"我把这个问题交给你来决定,利昂。如果你还是有疑问,那就不要给它放行。我们还是慎重为上。"

"也许我多心了。"怀斯曼说,"但我总是在自问,他们设计这种东西,到底是想要做什么? 我感觉,我们还是没弄清楚他们的真实用意。"

"还有那套美国西部牛仔套装。"皮纳里奥补充道,"你也不该给它放行。"

"只有那一种游戏还可以。"怀斯曼说,"那个叫什么'大财团'的。"他弯下腰,看士兵们继续前仆后继地攻城,烽烟又起……进军、佯攻、撤退……

"你在想什么?"皮纳里奥打量着他问。

"这也许只是个障眼法。"怀斯曼说,"为了让我们无暇他顾,为了让我们忽视其他东西。"这是他的直觉,但他无法确定。"声东击西。"他说,"其实真正重要的是其他事,所以这件玩具才如此复杂。对方料到我们会怀疑它,所以才特意制造出它。"

他一头雾水,把一只脚放在一名士兵面前,士兵躲到他的鞋子后面,以免被城堡上的监视器发现。

"肯定有什么东西就在我们眼皮底下,"福勒说,"但我们却没有发现。"

"是啊。"怀斯曼不知道他们还能不能找到那东西,"无论如何,"他说,"我们还是要把它留在这里,继续观察。"

他坐在不远处,让自己保持一个舒服的姿势,准备长时间观察那些玩具兵。

当晚六点钟,阿波利儿童商城的销售经理乔·浩克把汽车停在自家房前,下了车,大步走上台阶。

他的腋下夹着一个大大的盒子——一件被他顺回家的"样品"。

"嘿!"他的两个孩子,鲍比和罗拉,看见他进门就欢快地叫起来,"你又给我们带好东西了,爸爸?"他们簇拥在他身边,挡住他的路。他的妻子从厨房的桌前抬起头,放下了手中的杂志。

"这是我特意带给你们的新玩具。"浩克说。他开心地拆开包装。他没理由不拿一件新玩具犒劳自己。为了它们,他已经打了好几个星期的电话,争取进口标准局的许可——费尽口舌、用尽心机,三件商品还是只通过了一个。

孩子们兴高采烈地拿着玩具离开之后,妻子低声说道:"企业高层又腐败了。"她一直都不赞成丈夫从商店库房拿玩具回家。

"我们那儿有好几千件呢。"浩克说,"满满一仓库。少一套没人会发现的。"

吃晚饭的时候,孩子们认真研读了玩具说明中的每一个字,对其他事情不闻不问。

"不要在餐桌上看书。"浩克夫人责备他们说。

乔·浩克靠在椅背上,继续讲他这一天的经历:"花了这么长的时间,他们放行了什么? 只有一件毫不起眼的产品。这破玩意儿,能回本儿就不错了。本来重中之重的,是那个士兵攻城的仿真玩具。而它却被无限期搁置。"

他点燃一支烟,放松身心,与妻子和孩子一起,感受着家庭的平静安宁。

他的女儿问道:"爸爸,你想跟我们一起玩吗? 这上面说,参与的人越多,游戏越好玩儿。"

"当然。"乔·浩克答应道。

妻子收拾餐桌时,他和孩子们摆开游戏地图、计分道具、骰子、纸币,还有股票道具。转眼间,他就沉溺在游戏中,完全被吸引住了。儿时玩类似游戏的记忆又浮现在他眼前,他狡猾且灵活地聚敛股票。到游戏后期,他已经控制了大多数财团。

他身体后仰,满意地叹了口气。"差不多了。"他向孩子们宣布,"恐怕这局是我赢了。毕竟,我可不是第一次玩这类游戏。"控制游戏中的巨额资产,也给了他强烈的满足感,"抱歉我不得不打败你们,孩子们。"

他的女儿说:"你没有赢。"

"你输了。"儿子也说。

"什么?"乔·浩克惊叫。

"谁得到最多股票,谁就输了。"罗拉说。

她给爸爸看游戏规则,"看到了吗? 游戏的目的是尽可能摆脱手中的股票。爸爸,你已经出局了。"

"这是怎么回事?"浩克失望地说,"怎么会有这种游戏?"他的满足感完全消失,"这样一点儿都不好玩。"

"现在就剩我们两个了。"鲍比说,"看谁才是最后的赢家。"

乔·浩克离开棋盘时抱怨说:"我不明白,输掉一切的人是最后的赢家,孩子们能学到什么?"

在他身后,两个孩子还在继续玩。股票和资金不断转手,孩子们越来越兴奋。等到游戏进入最后阶段,两人都特别激动和投入。

"他们不知道'大富翁'游戏。"浩克自言自语地说,"所以这个蹩脚货色在他们看来并不奇怪。"

无论怎样,最重要的是:孩子们喜欢"大财团"。显然它的销量值得期待,这才是最现实的。两个孩子已经学会了放弃自身利益的价值。他们急切地舍弃股票和资金,满足又兴奋。罗拉抬头看了一眼,兴奋得两眼放光,她叫道:"爸爸,这是你带回家的最棒的教育玩具了!"

假如没有本尼·赛莫利

　　三个孩子快步跑过未曾翻耕的田地,迎着飞船喊叫起来——它着陆了,真的,就在他们预期的地方,而他们将是第一批迎接飞船的人。

　　"嘿,这是我见过的最大的一艘。"第一个男孩喘息着止步,"它不是火星来的;一定来自更远的地方,特别特别远,错不了的。"这时他看清了飞船的体量,开始害怕,不再出声。当他抬头时,发觉有一整支舰队陆续到达,跟他们想象中的一样。"我们最好去报告。"他对同伴们说。

　　山脊上,约翰·勒康特站在他有专人驾驶的高级蒸汽轿车旁,不耐烦地等着锅炉预热。最早赶到现场的是一帮小屁孩。他生气地想,那本应该是我。而且这帮孩子还破衣烂衫,只是些农村娃而已。

　　"今天电话能用吗?"勒康特问他的秘书。

　　福尔先生扫了一眼活页夹,"是的,先生。我是否要通知俄克拉荷马城呢?"他是选派到勒康特办公室的职员中最瘦的。他对食物不感兴趣,显然没有私吞过粮食。而且他工作称职高效。

　　勒康特喃喃说道:"移民部的人应该了解这场暴行。"

他叹了口气。近期诸事不顺。半人马座比邻星舰队在十年后终于到达,但在它们着陆前,所有预警设备都没能提前发现。现在,俄克拉荷马城将不得不在自己的土地上跟外来势力交涉——勒康特已经痛切地感觉到了这局面带来的心理劣势。

看看他们拥有的装备,他一边观察商业舰队卸货,一边埋怨。唉,可恶,跟他们相比,我们就像一群乡巴佬。他希望自己的专车不需要二十分钟预热启动,他希望——

事实上,他希望"科伯"组织不存在。

"科伯"是个首字母缩写,CURB,半人马座城市复兴局。名义上是一个公益组织,但事实上,它只是借公益的名义在星际空间积攒声望。早在2170年,他们就已经得知地球发生的惨剧,然后如同驱光动物一样奔赴星际,像是被氢弹爆炸的强光招来似的。但勒康特清楚,事情并没有那么简单。事实上,半人马座统治集团了解地球悲剧的很多细节,他们一直跟太阳系的其他行星保持电波通信。灾难后,地球土著生物少有幸存。勒康特本人来自火星。七年前,他带了一支救灾团队赶到,随后决定留下,因为地球这边机会众多,在当时的局势下……

现在可就棘手了,他站着等汽车发动时想。我们的确先到达此地,但科伯又确实比我们级别更高;我们必须面对这个尴尬的事实。在我看来,我们的重建工作成果丰硕。当然,现在的地球还比不上从前……但十年时间并不长。再给我们二十年,我们就能让火车重新跑起来。而我们最近的公路建设债券发售取得了巨大成功,事实上认购已经超额了。

"您的电话,先生,俄克拉荷马城打来的。"福尔先生把野战用移动电话的听筒递过来。

"现场全权代表约翰·勒康特,是我。"勒康特对着话筒大声说,"继续说……我刚才说,你继续说。"

"我是党部,"电话那头干巴巴的官腔隐隐传来,夹着静电噪声传进他耳中,"我们收到来自俄克拉荷马州西部和得克萨斯的数十位受惊市民的报告,说看到一艘巨大的——"

"我在现场。"勒康特说,"我现在就能看到它。我正打算出发,去跟他们的高层会谈,此后,我将提交例行报告。所以,你们用不着中途跟我确认。"他有些不悦。

"那支舰队是否全副武装?"

"不是。"勒康特说,"看上去,它带来的主要是官僚、贸易官员和商业运输船。换言之,一群抢食的秃鹫。"

党部官僚说:"那好,去跟他们说清楚:他们在本地出现,令当地居民反感,也不受战区救助委员会政府欢迎。告诉他们,议会将提议通过一项法案,对星际组织干涉本地事务的侵略行为表示严重关切。"

"我知道,我懂。"勒康特说,"这些都是早就决定的。"

他的司机对他说:"先生,您的车现在已经准备好了。"

党部官僚最后补充道:"你一定要向对方说明,你无权与其进行谈判,也无权允许他们进入地球。只有委员会拥有这项权力。当然,委员会坚决反对入侵。"

勒康特挂断电话,快步走向汽车。

尽管遭到本地当权者的反对,科伯首领彼得·胡德还是决定把他的总部设在地球故都纽约城的废墟里。这将提升科伯组织的形象,有助于他们逐渐扩大影响。当然,他们的最终目标是控制整个地球,但这将花费数十年。

彼得·胡德走过一片遗迹,这里曾是一个重要火车站的广场。他心里盘算，等到目标实现时，他本人早该退休了。悲剧发生前的文化没有多少遗留下来。当地官僚——那帮从临近的火星和金星跑来的小人物——并没有做出太多成绩。但他还是钦佩这些人的努力。

他对紧随其后的幕僚们说："说起来，他们帮我们完成了最艰难的那部分工作。我们应该心存感激。像他们那样进入一片完全被摧毁的地区，绝非易事。"

他的手下弗莱彻表示："他们已经得到了丰厚的回报。"

胡德说："趋利是人之常情。重要的是，他们做出了成绩。"他在回想那名乘坐蒸汽车迎接他们的官员。现场倒是一派庄严肃穆，尽管双方都各怀鬼胎。但几年前，当这些定居者最早来到地球时，他们可没有受到任何接待，除非是……或许出现过幸存者，被辐射烧伤，皮肤黝黑，跌跌撞撞走出地下室，瞪着瞎掉的眼睛呆望。他不寒而栗。

一名低级别科伯成员向他走来，敬礼后报告说："我想，我们已经找到一座完整的地下建筑，可以让您的手下暂时安身。它在地下。"来人看似有点儿尴尬，"不是我们理想的地点。我们只有驱散当地原住民，才能得到理想的居所。"

"我不介意，"胡德说，"地下室也可以。"

"那座建筑，"低级别成员继续说，"以前属于一家大型的智能报业集团——《纽约时报》。以前，它就在我们正下方自动印刷。至少地图上这样显示。我们现在还没找到报社。这种自动编印的报纸通常都掩埋在地下一英里左右的深度。目前，我们还不知道这家报社还余存下什么。"

"但它会很有价值。"胡德说。

"是啊，"科伯成员说，"它的销售点遍布整个行星。它一定有上千种不同的版本，每天同步发行。至于说现在还有多少网点能用——"他顿住了，"难以置信，当地的政客居然没有花时间修复这十几家全球性全自动刊发型报纸中的任意一家。可实际情况确实如此。"

"奇怪。"胡德说。很明显，报纸会降低他们工作的难度。大灾之后，将人类团结在一种文明周围的事业需要仰赖报纸，因为大气被严重电离，导致广播和电视信号近乎无法传播。"这让我立刻产生某种疑虑。"他转向幕僚们说，"他们也许根本就不想重建地球？所谓的工作，难道都是在做样子？"

这时开口说话的，是他的妻子琼，"也许原因很简单，他们只是没有能力让全自动刊发型报纸重新运行。"

对敌人不要妄下断言，胡德想。你说得对。

"这么算来，《纽约时报》的最后一期，"弗莱彻说，"就是在灾难发生当天印行的，然后整个新闻通讯和编发系统就一直闲置了。我真是瞧不上这帮地球政客。这件事表明，他们对文明的基础一无所知。只要让全自动刊发型报纸重新运行进来，我们就能对人类文明的灾后重建做出重大贡献，胜过他们此前完成的上万件小工程。"他语调轻蔑。

胡德说："你可能误会了我的意思，但暂时到此为止。让我们祈望报社的端脑依然完好。我们目前不可能替换那个。"他面前是科伯工人打开的巨大入口。这将是他的第一步，在这颗被毁坏的星球上，让一家巨大的、自给自足的实体恢复旧日荣光。一旦它重新开始发行，就可以为他减轻大量负担，让他有时间处理其他事务。

一名仍在清理废墟的工人嘟囔道："老天，我从没见过这么多的垃圾。你会以为那些人是故意把报社埋死在地下的。"他手中操作的吸力炉闪耀着光芒，它把废物吸引起来，进行高压转化，汲取其中能量，也让通道不断扩大。

“我要一份报社情况报告，越快越好。”胡德对等待深入地底的工程团队说，“要花多长时间才行让它复刊，花多少钱——”他被打断了。

两个身着黑色制服的人到达现场。是警察，来自安保飞船。他认出其中一个是迪特里希，半人马舰队中职位最高的警官，这让他不由自主地紧张了起来。所有人都是一样的反应——他看见工程师和工人们瞬间都停下手中的工作，等到他们继续工作时，速度已明显放缓了许多。

“啊，”他对迪特里希说，“很高兴见到你。我们去旁边的房间谈吧。”他完全清楚警探的来意，早料到他会来。

迪特里希说：“我不会占用你太多时间，胡德。我知道你很忙。这里是什么地方？”他好奇地四下打量，胡子拉碴的圆脸写满警觉。

在一个临时改造出的小办公室里，胡德面对两名警察。“我反对起诉，”他平静地表态，“过去那么久了，放过他们吧。”

迪特里希若有所思地拽着耳垂，“但战争暴行就是犯罪，哪怕已过去四十年。无论如何，你又有什么反对起诉的理由呢？法律要求我们提起诉讼。有人发动了那场战争。他们或许现在已经失势，但这个与他们的犯罪事实无关。”

“你的警察部队有多少人登陆？”胡德问。

“两百人。”

“这么说，你已经准备动手了？”

“我们要收集证词，没收相关文件，以及在当地法庭提起诉讼。我们也准备好了必要时强制执行，如果你关心的是这个。大量经验老到的警官被委派到关键场合。"迪特里希看着他，"所有这些，都是必须的，我看不出有任何问题。你是不是想保护那些有罪的人——发挥他们所谓的才能，成为你的手下？"

"不。"胡德平静地回答。

迪特里希说："有八千万人死于那场不幸。你能原谅这种事吗？或者是因为他们是本地人，跟我们素昧平生，你就——"

"不是那样的。"胡德说。他知道已无转机，他改变不了警察的思维定式，"我已经申明了自己的反对立场。这么久之后举行审判，实施绞刑，已经没有任何意义。请不要在这件事上要求我的手下配合，我会拒绝，理由是我抽不出任何人手，甚至连一名狱卒都派不出。我说得够清楚了吗？"

"你们这些理想主义者。"迪特里希说，"摆在我们面前的，是个单纯又崇高的工作……重建，不是吗？你现在不懂，将来也不会明白的：如果我们现在不采取措施，这些人将来还会重蹈覆辙。我们要对未来的下一代负责。从长远来看，当下的严厉才是最人道的做法。告诉我，胡德。这是什么地方？你为什么如此急迫地让它恢复运行？"

"《纽约时报》。"胡德说。

"我猜，它应该有间资料室吧？我们可以到它的文档库里查阅资料吗？这将对我们的审理准备工作很有帮助。"

胡德说："我无法阻止你使用我们发现的文件资料。"

迪特里希微笑着说："日复一日地详述战前的政治动态，肯定会非常有趣。比如说，不幸发生时，是谁掌握着美国的最高权力？到目前为止，我们走访过的人似乎都不记得了。"他开心地笑了。

第二天一早,工程团队的报告就送进了胡德的临时办公室。报社的电力供应系统被完全毁坏。但那台端脑——指导和管理整个全自动刊发型系统的核心框架——貌似依然完好无损。如果一艘飞船可以调到附近,或许就可以用它的电力系统给报社的线路供电。然后就更容易判断具体状况如何了。

"换言之,"弗莱彻对胡德说,两人正跟琼一起坐在桌旁吃早餐,"并不确定它能否启动。很现实的问题是,你把线路接好,如果它启动了,那当然皆大欢喜。但要启动不了呢?工程师们是不是就此放弃了呢?"

胡德注视着自己的杯子说:"尝起来真像咖啡。"他考虑了一会儿,"告诉他们,调一艘飞船过来,启动全自动刊发型报纸。如果它开始印行的话,马上把新报纸送来给我。"他小口品着咖啡。

一小时后,一艘飞船从航线上降落在附近,它的电力线路被接入全自动刊发型报纸系统。线路接通,人们小心地合上电闸。

坐在自己的办公室里,彼得·胡德听到脚下深处传来低沉的轰鸣声,以及断断续续、模糊的悸动。他们成功了,全自动刊发型报纸系统正在恢复活力。

新报纸由一名忙乱的科伯员工送到,其精准程度令胡德惊诧。哪怕在休眠状态,报纸还是神奇地跟上了现实步伐。它的接收器一直在高效运转。

科伯十年航行今朝登陆
中央管理体系计划之中

不幸的核灭绝事件十年之后，星际文明重建组织——科伯，历史性地出现在了地球表面，登陆舰队规模极为浩大，现场目击人士称"其壮观程度和重要性都震撼人心"。科伯首领彼得·胡德已被半人马座官方任命为首席协调官，此人马上将总部设立在纽约城，并与其副手召开会议。他宣称，自己来到地球"并不是要惩罚罪人，而是要动用一切可用的资源，重建全球文明，以及恢复——"

这简直邪门，胡德读头条文章时就在想。全自动刊发型报纸的各种新闻采集渠道甚至已经探入了他本人的生活——成功获取了他跟奥托·迪特里希的谈话，并登进头条文章里。报纸现在（和以往一样）依然能胜任它的职能。任何有价值的新闻都逃不出它的罗网。即使是一场没有外人在场的私密谈话也不例外。他以后可要格外小心。

果然，另外一条格调阴沉的报道，就写到了黑衣人——警察的到来。

安全机构锁定"战犯"为抓捕目标

奥托·迪特里希警长——来自半人马座比邻星科伯舰队的警察最高长官——今天表示：那些造成十年前惨剧的人"将为他们的罪行付出代价"，并依照半人马座法律接受审判。本报获悉，截至目前已经有两百名黑衣警探投入这场大规模搜捕中，旨在——

报纸在警告地球人当心迪特里希，胡德不禁感到些许幸灾乐祸。时报设立的初衷，并不是服务于占领当局。它服从大众利益，包括那些迪特里希计划抓来受审的人。警察采取的每一项重大行动，毫无疑问都将被详细报道。迪特里希，这个喜欢暗中采取行动的人，对此肯定不会无动于衷。但保留报纸的决定权却属于胡德。

而他并不打算关闭它。

报纸第一版还有一篇报道吸引了他的注意。他读完这篇，皱起眉头，有些不安。

赛莫利支持者在纽约州北部暴动

聚集在帐篷城周围的本尼·赛莫利支持者与附近居民爆发武力冲突。帐篷城一直跟这位传奇政治人物联系在一起。此番冲突，双方动用了铁锤、镐头和木板等物，殴斗长达两小时之久，双方都宣称获胜，现场有二十人受伤，十二人被送入临时搭建的急救站。赛莫利身穿他标志性的古罗马式红色长袍，亲自探望了伤者。他谈笑风生，精神抖擞，许诺支持者"不用再等太久"，显然是指该组织一直宣扬的"向纽约进军"，并建立赛莫利所谓"人类历史上首次实现社会公正和真正平等的理想社会。"我们理应回想起，在他被监禁于圣昆廷之前——

胡德打开他的内部通话系统，"弗莱彻，查查这个州的北部局势，了解一下那边政治集会的详情。"

弗莱彻的声音传来："我手上也有一份时报，先生。我看到了关于赛莫利这个煽动家的报道。现在就有一艘飞船被派去了

解情况。应该在十分钟内就能发回报告。"弗莱彻停顿了一下，
"你觉得——有没有必要让迪特里希的手下参与进来？"

"希望不用。"胡德简短地回答。

半小时后，弗莱彻转达了科伯飞船的报告。

胡德迷惑不解，要求对方重复一遍。但他没听错。科伯派
出的现场勘察团队进行了彻底的搜寻。他们没有发现任何帐篷
城或者大规模集会的迹象。在他们质询过的区域，市民们从来
没有听说过"赛莫利"这个名字。没有任何发生过冲突的迹象，
没有急救站，也没有受伤的人。只有平静的、乡土气息浓重的村
庄。

胡德很困惑，又读了一遍《纽约时报》上的报道。它还在第
一版，白纸黑字写得清清楚楚，紧挨着科伯舰队登陆的报道。这
到底意味着什么？

他一点儿都不喜欢这局面。

复活这家古老、庞大、曾被破坏的全自动刊发型报纸，是一
个错误吗？

那天深夜，胡德被地底深处的铿锵声惊醒，他从床上坐起，
迷惑地眨眼时，却听那急促的击打声越来越响亮。机器在轰
鸣。他听到沉重的咔嗒声，是自动线路连接到位，回应着闭合系
统内部发出的指念。

"长官。"弗莱彻在黑暗中说。灯亮了，弗莱彻找到了头顶的
临时开关，"我觉得这件事必须来叫醒您。抱歉，胡德先生。"

"我已经醒了。"胡德咕哝道，他从床上站起来，穿上浴袍和
拖鞋，"它在干什么？"

弗莱彻说："它在印刷一份号外。"

琼坐起来,拨开她凌乱的金发,"上帝啊,号外讲什么?"她瞪大眼睛,一会儿看丈夫,一会儿看弗莱彻。

"我们必须把当地官方招来。"胡德说,"跟他们谈。"关于正在印刷的号外内容,他有某种预感,"把勒康特找来,就是我们抵达那天跟我们会面的政客。把他叫醒,让他马上飞到这儿来。我们需要他。"

花了大约一个小时,才把这位傲慢的、爱装腔作势的当地实权派和他的助手拖来。两人出现在胡德办公室时,都穿着精美的制服,表情愤怒。他们默默看着胡德,等他说明自己的意图。

胡德身穿浴袍和拖鞋,坐在桌旁,面前摆着一份时报号外。勒康特和助手进来时,他在一遍遍读它。

纽约警方报告:赛莫利军团向城市进发
警方设立路障,国民警备队收到警报

他竖起报纸,让两名地球人看到标题。"这家伙到底是谁?"他问。

过了一会儿,勒康特答道:"我……我不知道。"

胡德说:"得了吧,勒康特先生。"

"让我读一下那篇报道。"勒康特紧张地说。他迅速扫读一遍,拿报纸的两手在发抖。"有趣,"他好半天才说,"但我没什么能告诉您的。对我来说,这些也是新闻。您必须理解,我们这边长期通信能力不足,战后完全有可能兴起一支新的政治力量,而我们却——"

"拜托,"胡德说,"不要跟我装傻。"

勒康特涨红了脸,结结巴巴地说:"还要我怎样?! 这样深更半夜地被你们从床上叫起来。"

外面有动静,接着,一脸严肃的奥托·迪特里希迅捷地闪进房中。"胡德,"他开门见山地说,"我的总部外面就有一间时报售卖亭。它刚刚发布了这个。"他亮出一份号外,"这该死的玩意儿正在宣扬此事,向全世界发售,对吧? 然而,我们早在那个地区安排了搜捕队,他们报告说,当地什么都没有发生,没有路障,没有民兵武装在进军,什么异常都没有。"

"我知道。"胡德感到疲惫,但在他们脚下,低沉的隆隆声仍在继续。报纸还在印刷它的号外,通告全世界本尼·赛莫利的支持者正在向纽约进军——一场虚幻的进军,显然是完全从报社的端脑里编造出来的。

"关闭它。"迪特里希说。

胡德摇头,"不,我还想了解更多。"

"没理由保留它。"迪特里希说,"显然,它出了故障,无法正常工作。你必须到别处找你的全球性宣传机构了。"他把那份号外丢在胡德的办公桌上。

胡德对勒康特说:"战争之前,本尼·赛莫利活跃过吗?"沉默。勒康特和他的助手福尔先生都紧张到面色苍白。他们交换了一下眼神,闭紧嘴巴面对他。

"我不擅长处理警务。"胡德对迪特里希说,"但我觉得,你可以适当接管一下眼前事务。"

迪特里希会意,马上说:"我同意。你们两个被捕了。除非你们能更坦诚地谈谈这位红袍煽动家的情况。"他向自己手下的两名警察点头,他们站在办公室门口,此时顺从地走进来。

勒康特看到两名警察靠近,连忙说:"我想起来了,的确有这么一个人。但他只是个无名小卒啊。"

"战前吗?"胡德问。

"是的。"勒康特缓缓点头,"他只是个笑柄。我的记忆其实很模糊了……他是个肥胖又无知的小丑,来自某个边远地区。他有一个小广播电台或广播节目之类的东西,他在上面播音。他贩卖某种反辐射盒,自家房子里装上它,能让你免受核试验粉尘的影响。"

现在,他的助手福尔先生也开了口:"我也想起来了。他甚至还竞选过联合国议员,自然以失败告终。"

"那是他最后一次露面吗?"胡德问。

"哦,是的。"勒康特说,"之后不久他就得亚洲流感死了——那已经是十五年前的事了。"

胡德乘坐直升机,缓缓飞过时报文章里提到的地区,亲眼见证这里没有任何政治活动的迹象。自己目睹之前,他还是对报纸已经脱离现实的观点缺乏信心。现实中的状况,跟《纽约时报》的文章完全风马牛不相及。事实如此明显。但是——那份全自动刊发型报纸却继续我行我素。

坐在他身旁的琼说:"我这里有第三篇文章,如果你想要读的话。"她刚刚在看最新的报纸。

"不看。"胡德说。

"文章说,他们已经到了城郊。"她说,"他们闯过了警察的路障,政府已经向联合国请求支援。"

弗莱彻思忖着说:"我这儿有个主意。我们中的一个人,最好是你,胡德,应该给时报写封信。"胡德瞪着他。

"我觉得,我可以逐字告诉你这封信怎么写。"弗莱彻说,"把它写成一份简单的质询。说你一直在关注报纸上关于赛莫利政治运动的报道。告诉编辑——"弗莱彻停顿了一下，"说你受到了感召，你想要加入这场运动。问报纸怎么才能加入。"

胡德暗想：换句话说，我就是要报纸告诉我，怎样才能跟赛莫利接触。他不由得敬佩弗莱彻的计谋。这招很高明，尽管略显疯狂。感觉就像弗莱彻为了对付疯狂的报纸，特意让自己也变得疯狂了一些。他试着跟报纸一起相信幻象，假设真有一个赛莫利存在，也真有一次目标纽约的行军。他的问题合情合理。

琼说："虽然这个问题很蠢，但你怎么给一家全自动刊发型行的报纸写信呢？"

"我查过这个问题了。"弗莱彻说，"报纸设立的每一座售卖亭都有一个读者信箱，就在你买报纸的投币孔旁边。几十年前，全自动刊发型报纸设立的时候，这是法律要求。我们现在需要的，只是你丈夫的签名而已。"他伸手到自己的外衣里，取出一个信封，"信已经写好了。"

胡德接过信，细细看完。所以，我们现在也想加入这个神秘胖小丑的行列了，他对自己说。"会不会随后出现新闻报道，说：科伯统领加入向地球首都进军行列？"他问弗莱彻，感觉到一点儿恶作剧的快感，"一家敬业又精明的全自动刊发型报纸，应该不会放弃如此有趣的读者来信吧？"

弗莱彻显然没想到这一点，他看上去有点儿尴尬。"我觉得，我们最好是找别人签名比较好。"他承认，"组织里无关轻重的小人物。"他补充道，"其实我自己就愿意签。"

胡德把信还给他，"那就签吧。我还挺想看回复的，假如有的话。"给编者的信，他心想，给一个巨大、复杂的电子机械系统写信，这系统深埋地下，无须对任何人负责，仅由它自身的管治线路引导。外界认可了它虚构出来的事件，对此它将如何回应呢？报纸会不会就此醒悟,回归现实？

他想：这就像这份报纸,在它这么多年被迫沉默期间,一直都在做梦。现在,它却重新醒来,允许自己的一部分梦境出现在版面上,跟那些紧跟现实、精准又富有洞察力的报道并列。虚幻与真实报道并存。最终谁能获胜？显然,很快,本尼·赛莫利的故事里,红袍的精神领袖会以大获全胜的姿态出现在纽约。然后呢？这消息怎么跟科伯的到来并存？怎样解释科伯的星际权威与实力？毫无疑问,全自动刊发型报纸很快就将被迫面对这些矛盾。

两套说辞中,必有一套终结……但胡德有种不祥的预感：做了足足十年大梦的报纸,并不会轻易放弃它的幻想。也许,他想,反而是关于我们的新闻,关于科伯和它重建地球活动的消息,会渐渐从时报版面上消失,每天被更加冷落,内容越来越偏。直到最后,只剩下本尼·赛莫利的功业。

这不是个让人愉快的前景。这让他极为心烦。就好像,他想,我们只有在被时报报道时,才真实存在；就好像我们自身的真实性,反而仰赖于一份报纸。

二十四小时后,时报刊登了弗莱彻的来信。信的内容被印成铅字,让胡德感觉轻浮又刻意——报社显然不可能真的被它骗过,然而它还是出现了。它成功通过了报纸的重重审核。

亲爱的编者：

你们关于有志之士向纽约进军、努力推翻腐朽寡头统治的报道,让我热血沸腾。作为一名普通市民,该如何才能投身其中,成为历史的一分子呢？请马上通知我,因为我非常急切地想要加入赛莫利支持者行列，跟其他人一起分担斗争的责任，享受胜利的喜悦。

您真诚的读者

鲁道夫·弗莱彻

在这封信下方，报社给出了一份答复，胡德急切地读道：

赛莫利支持者在纽约市区保留了一个招募办公室。地址是：纽约城32区，布里克曼大街460号。你可以到那里申请加入，也许鉴于目前的危机，警方还没有取缔这种不尽合法的活动。

胡德按下桌面的一颗按钮，拨通了警察总部专线。他找到警长时说："迪特里希，我想请你派出一队手下给我；我们要出一趟任务，可能会碰到些困难。"

迪特里希停顿了一下，然后干巴巴地说："这么说来，你也不是只会讲道貌岸然的空话。好的，我们已经派出一名警察，监视布里克曼大街的那个地址。我欣赏你们写信这招儿。它可能已经成功了。"他咯咯笑起来。

很快，胡德跟四名黑制服的半人马座警察一起，乘直升机飞过纽约市区的废墟，搜寻布里克曼大街的残余部分。借助一份地图，他们在半小时后找到了目的地。

"那里，"带队的警官指着下面说，"应该没错了，那座建筑从前是一家杂货店。"直升机开始降落。这里的确是杂货店。胡德没看出任何政治活动迹象，没有可疑的人逡巡，没有大小旗帜。但是——在那些司空见惯的场景背后，似乎有暗流涌动。路边堆放的蔬菜箱,穿着旧大衣收获冬季土豆的妇女,系白围裙的老年店主手拿拖把打扫卫生。这些都显得过于自然、过于放松、过于平常。"我们要降落吗?"警官请示。

"好,"胡德说,"保持警惕。"

那位店主,看到直升机降落在他的杂货店前,小心地把拖把放在一边,向他们走来。胡德看出,他是个希腊人,留着浓密的胡须,灰色头发略微有些打卷儿,看警察的眼神带着根深蒂固的警觉,显然知道来者不善。但他还是决定礼貌地迎接他们;他并不惧怕。

"先生们,"杂货店的希腊老板微微躬身说,"我能为你们做些什么?"他的眼睛骨碌碌打量着黑衣的半人马座警察,但却没有任何特别的表情和反应。

胡德说:"我们来逮捕一名政治煽动家。你无须害怕。"他走向杂货店。那队警察手持武器,紧随其后。

"这里有政治煽动家?"希腊人说,"别闹了。这根本不可能。"

他现在惊慌起来了,气喘吁吁地跟在这群人身后。"我做了什么吗?根本没有。你们想查就查吧。随便查。"他拉开店门,放大家进去,"睁大你们的眼睛自己瞧瞧。"

"我们正有此意。"胡德快步进店,没有在店中显眼的地方浪费一点儿时间,径直迈开大步朝后面走去。

店的后院就在眼前,是个堆了好多纸箱的仓库,四周都是层层叠放的纸箱。一位少年正在忙着清点货物。警察进门时,他看了一眼,吃惊地抬起头。这里没什么,胡德想,店主的儿子在干活儿,仅此而已。胡德揭开一口箱子,向里面看——成罐的桃子。旁边还有一箱莴苣。他扯下一片绿叶,感觉很生气,也很……失望。

带队警官低声对他说:"什么都没有,长官。"

"我看出来了。"胡德没好气地回答。

右边有道小门,通向储藏室。打开后,他看到的是扫帚和拖把、一只铁皮桶、盒装清洁剂,以及——地上有几滴油漆。

这间储藏室最近刚刚被翻修过。他弯下腰,用指甲刮了几下之后,发现油漆还是黏的。"看看这个。"他挥手把警官叫来。希腊人紧张地说:"怎么了,先生们? 你们找到了脏东西,要向卫生局举报我,对吗? 之前也有顾客抱怨过——请跟我说实话。是的,这是新鲜的油漆点儿。我们力争一切干净整洁。这难道不符合公众利益吗?"

警官用手摸索储藏室的几面墙,然后小声说:"胡德先生,这儿曾有道门。现在被封起来了,刚封不久。"他期待地看着胡德,等待对方下令。胡德说:"我们进去。"

警官叫来手下,下达一系列命令。人们从飞船里取来装备,穿过商店,带到储藏室里来。有节制的轰鸣声响起,警察开始切割木料和石灰墙。

希腊人脸色苍白,"这太过分了,我要控告你们。"

"好啊,"胡德说,"送我们上法庭吧。"墙面已经塌掉了一块。随着一声巨响,它砸向外侧,残渣散落在地板上。白色尘灰涌起,然后渐渐平息。

对面暗藏的房间不大,胡德借助警察的手电筒就可以看清。里面尘土飞扬,没有窗户,闻起来通风不畅,死气沉沉……他小心地进入房间,然后意识到里面已经很久没有人待过了。它是空的,只是个被遗弃的杂物室之类的地方,木板墙面油漆剥落,破旧凄凉。也许在灾难之前,杂货店曾经有更多存货。那时需要更大的存储空间,现在却用不到这间小房了。胡德四下走动,用手电筒照亮房顶和地板。死苍蝇被掩埋于此……但他发现,这里还有些活的苍蝇正在尘土中迟钝地爬行。

"承认吧,"警官说,"它应该是最近才刚封起来的,最多三天。也可能是刚刷过油漆,就为了把它藏起来。"

"这些苍蝇,"胡德说,"它们甚至还是活的。"也就是说,房间封闭时间应该少于三天。也许是昨天才刚刚封上的。

这个房间以前是做什么用的?他回头看希腊人,后者已经跟他们进来,还是一副紧张又苍白的模样,黑眼睛焦虑地转动。这是个聪明人,胡德意识到,我们从他这里,得不到太多消息。

储藏室另一端,警察们的手电集中在一只柜子上,粗糙的木质搁板空空如也。胡德朝它走去。

"好吧。"希腊人咽下口水,沉痛地说,"我承认。我们一直在这里私藏禁酒。我们很害怕,你们半人马座人——"他惊恐地环顾周围,"你们跟我们本地的大人物不一样。我们认识他们,他们也理解我们的苦衷。而你们,你们高高在上。我们却还得谋生。"他摊开两手,向众人哀求。

柜子深处,有一道痕迹显露出来。它十分模糊,很容易被忽视。那是一张脱落的纸,完全贴平在地上,几乎无法分辨。现在,胡德抓住它,小心地把它举起来,放回原来的位置。

希腊人打了个寒战。

胡德看出,这是一张画像。一个肥胖的中年男子,松垮的下巴上点缀着黑色的胡碴,眉头微蹙,翘起的嘴角透着轻蔑。此人身材高大,穿了某种制服。以前,这幅画像是挂在墙上,供人们前来瞻仰、致敬的。他知道此人是谁。这就是本尼·赛莫利,这位领袖严厉地审视聚集在面前的追随者,他正处于自己政治生涯的巅峰时期。这就是那个人。

难怪时报那么关注他的活动。

胡德扬起画像,对希腊店主说:"告诉我,这副画像是否眼熟?"

"不,不,"希腊人用一块大红手绢抹掉脸上的汗珠,"当然不熟。"但显他显然在说谎。

胡德说:"你是赛莫利的追随者,对吧?"

沉默。

"带他走。"胡德对警官说,"我们也回去吧。"他带着那副画像,走出了房间。

把画像摊开在桌面上时,胡德心想:这并不只是时报的幻想。我们现在已经了解真相。这个人真实存在,二十四小时之前,他的画像还被习以为常地挂在墙上。如果科伯没有出现,它可能直到现在还挂在那儿。我们吓到了他们。地球人有很多不想让我们了解的秘密,他们自己也心中有数。他们已经开始应对,采取快速高效的措施,如果我们运气好,还能——

琼打断了他的思绪,说道:"这么说,布里克曼街的地址的确是他们的集会场所喽。报纸是对的。"

"是。"胡德说。

"他现在在哪儿?"

我也希望自己知道。胡德想。

"迪特里希看过这张画像了吗?"

"还没有。"胡德说。

琼说:"他对战争负有责任,迪特里希应该会追查这一点。"

"没有任何个人,"胡德说,"能够单独承担这份罪责。"

"但他曾是个大人物。"琼说,"所以他们才费尽心机,想要消除他曾经存在过的痕迹。"

胡德点点头。

"如果没有《纽约时报》,"她说,"我们有可能猜出本尼·赛莫利这样的政治人物存在过吗?这份报纸帮了我们的大忙。他们忽视了它,或者是没有能力得到它。很可能他们的工作过于仓促,想不到任何长远的东西,甚至无法顾及十年之后。要抹除波及全球的政治活动的每个幸存痕迹,实在太难了,尤其是当其领袖成功攫取最高权力的时候。"

"根本不可能做到。"胡德说。一家希腊杂货店储藏室的隔间……就足以告诉我们要知道的一切。现在,迪特里希的手下就能完成剩余工作。如果赛莫利还活着,他们迟早能找到他,如果他死了——以迪特里希的个性,他也很难相信。他们永远不会放弃搜捕。

"这件事的一大好处。"琼说,"是现在很多无辜的人可以脱离困境。迪特里希不会再到处起诉他们。他会忙于追查赛莫利。"

对。胡德心想。而且这很重要。半人马警察在未来一段时期内都将忙于此事,这正是所有人需要的,包括科伯,这样才能推进其野心勃勃的重建计划。

如果本尼·赛莫利从未存在过,他突然想到,我们几乎有必要编造出他这样一个人物。这想法很突兀……他都奇怪自己怎么会想到这个。他再次审视那幅画像,试图从这幅平面像中挖掘出更多关于此人的信息。赛莫利说话的声音怎样?他是和之前很多野心家一样,是靠着出众的口才成功的吗?还有他的文笔……也许他的有些文章能重见天日。抑或找出他现场演说的录像带，听听这个人真实的声音。最终，一切都将大白于天下，这只是时间问题。然后，我们就将有机会亲身体会到，活在这样一个人的阴影下，是怎样一种滋味。他意识到。

来自迪特里希办公室的专线电话响起。他拿起话筒。"希腊人在我们这边。"迪特里希说，"在药物引导下，他承认了一些事。你可能有兴趣了解。"

"当然。"胡德承认。

迪特里希说："他告诉我们，自己已经追随赛莫利十七年，是这项运动名副其实的元老。运动早期，组织还很孱弱时，他们每周两次在他的杂货店后面集会。你找到的那幅画像——当然，我还没有看到它，但斯塔夫罗斯，我们的希腊绅士，却跟我讲过它的情况了。那幅画像实际上已经过时，因为几种新版画像已经在追随者中流行。斯塔夫罗斯是因为念旧，才把这幅画像挂在家里。这会让他想起早年的经历。后来，当组织势力强大起来，赛莫利就不再来杂货店，希腊人也联系不到他本人。但店主先生还是忠实的追随者，按期缴纳会费，只是这场运动的中心离他本人越来越远。"

"关于战争方面呢？"胡德问。

"战争爆发之前，赛莫利通过一场政变攫取了北美地区统治权。他的手法，是在经济严重萧条时期，策动游行队伍向纽约进军。当时有数百万人失业，他从中争取到了大量支持者。他试图通过强硬的对外政策来解决国内经济问题——攻击一些由另一阵营领导的拉美民主国家。事实大概如此，但斯塔夫罗斯先生对世界大势似乎也有些迷糊……我们必须从其他狂热分子那里了解更多细节，这些留待以后努力。年轻人记性或许会好些。毕竟,这位已经七十多岁了。"

胡德说:"我希望,你们不会对他个人提起诉讼。"

"哦,当然不会。他只是一名证人而已。等他把知道的情况全部说出,我们就会放他回去,继续卖圆葱和苹果酱。他是无害的。"

"战争结束时,赛莫利还活着吗?"

"活着。"迪特里希说,"但那已经是十年前了。斯塔夫罗斯不知道这人现在是否还在世。我猜他还健在,我们会在这个假设的基础上继续行动,除非找到线索推翻这个假设。我们别无选择。"胡德道谢后,挂断电话。

他的视线从电话移开时,听到脚下再次响起沉闷的轰鸣。全自动刊发型报纸再一次自行启动。

"这不是日常印刷。"琼迅速看了下手表,接着说,"所以,一定是新的号外。真是激动人心,新变故层出不穷。我等不及要看下一期了。"

本尼·赛莫利这回又干了什么? 胡德心想。根据《纽约时报》关于这个大人物的相关报道,时间错乱的史诗性冒险进展到了……哪个阶段呢? 实际发生于数年之前的事件,现在还没有报道出来。肯定是某段高潮,值得刊发号外的大事儿。事态肯定很有趣,这毫无疑问。《纽约时报》知道它该刊登什么。他本人也已经迫不及待。

在俄克拉荷马城区,约翰·勒康特投了一枚硬币到《纽约时报》贩售亭中,那是很久之前设立的零售点。一份最新版号外弹出,他拿起报纸,迅速扫了一眼标题,只花了一点点时间了解大概情况,然后穿过街道,再次坐进他那由专职司机驾驶的高级蒸汽车后座上。

福尔先生委婉地说:"先生,我这里有原始版本,如果你想逐字核对的话。"秘书递上文件夹,勒康特接了过来。

汽车启动。司机不等别人下令,就径直驶向党部。勒康特怡然自得地靠在椅背上,点燃一支雪茄。

在他膝盖上,报纸的大标题极为醒目。

赛莫利与政府达成和解
暴力活动暂时平息

勒康特对他的秘书说:"我的电话,谢谢。"

"好的,先生。"福尔先生递上他的移动电话听筒,"但我们马上就到地方了。如果您不介意我啰唆的话,他们还是有可能窃听我们的通话的。"

"他们操心纽约。"勒康特说,"那片废墟。"在那片从我记事时起就无关紧要的破地方。他心里说。不过,福尔先生的建议还是很有道理。他决定不再打那通电话。"你觉得上篇文章怎样?"他举起报纸,问秘书。

"应该很成功。"福尔先生点头说。

勒康特打开公文包,取出一本破旧、没封皮的课本。它被造出的时间还不到一小时。它将是另一个人为的陷阱,供半人马座入侵者发掘。这次是他亲自提出的创意,他为此颇为自豪。这本书详细列举了赛莫利的社会改造计划,用小学生也能理解的语言,讲解了他的革命理念。

"我可否问一下,"福尔先生说,"党内高层是不是想让他们发现一具尸体?"

"最终会的,"勒康特说,"但将安排在几个月之后。"他从外衣口袋里取出一支铅笔,在那本旧课本上,像学生一样歪歪扭扭写了几个字:

打倒赛莫利

这样是不是有点儿过了? 不,他断定。应该存在反对者,尤其是爱冲动的男学生。他又加了一句:

橙子在哪里?

福尔先生回头看到,问:"这句什么意思?"

"赛莫利答应过孩子们,要让他们吃到橙子。"勒康特解释道,"这是革命者们从未兑现的承诺之一。是斯塔夫罗斯的主意……他毕竟只是个杂货店主。这招挺好。"他想:这能恰如其分地给证物添加一些真实可信的成分。成功总是取决于此类细节。

"昨天,"福尔先生说,"我在党部听到一盘录制好的磁带。赛莫利访问联合国。我的天,简直逼真到不可思议;要不是你早就知道——"

"他们找谁做的?"勒康特追问,奇怪自己怎么没想到这招。

"俄克拉荷马城里某家夜总会的演员。当然是不知名的那种。我相信他擅长模仿各种个性的人。那家伙在录音里显得特别有爆发力,很有压迫感……我必须承认,我喜欢他的表现。"

与此同时,勒康特想,世上将没有战犯受审。我们这些在战争期间当过首脑的人,不管是在地球还是火星上担负要职的人,至少在目前来说,都是安全的。也许直到永远。如果我们的战略继续奏效。如果我们那条花了五年时间才修建成功的、通往报社端脑的通道,不会被敌人发现,亦不会垮塌。

　　蒸汽车停在党部门前的专用车位上,司机绕过来打开车门,勒康特轻松地下了车,步入白昼里,心里没有一丝焦灼。他把烟蒂丢进下水道,然后轻快地穿过马路,进入那座熟悉的建筑。

新奇演艺

亚伯拉罕·林肯共管公寓大楼一片灯火通明,因为今天是全员联欢之夜:依照组织章程,在地下礼堂,楼里六百名住户都要参加。他们兴致勃勃进入会场,男人、女人,还有孩子们。布鲁斯·科里守在门口,操作新购置的高端身份识别机,逐一检查所有人,以便确认没有任何外人——来自其他共管公寓的人——进入会场。居民们和气地接受他的检查,一切进展顺利。

"嘿,布鲁斯,这东西花了我们多少钱?"乔·波德老人问。他是楼里最年长的居民,大楼建成当天——1980年5月——他就带着妻子和两个孩子住了进来。如今妻子已经过世,两个孩子也长大成人,结婚搬走,但乔还在。

"很多。"布鲁斯·科里说,"但它不会犯错。我是说,它不只依靠主观记忆。"在此之前,作为常任安保主管,他一直都靠认脸来放人进出。但那办法不行,他曾误放进过几个来自"红山罗宾庄园"的流氓进场,那几个家伙还破坏了整场集会的气氛,没完没了地提问题,乱发议论。这种事再也不会发生了。

威尔斯太太一面带着永恒不变的微笑,一面分发节目单。她拖着长腔说:"请注意,3A区,预留给屋顶修缮部门的位置已经移到4A。"居民们接过节目单,然后分成两股人流,分别去往会场两边。楼里的自由派坐在右边,而保守派坐在左边,双方都刻意无视对面阵营的存在。少数未加入阵营的人——新来的居民或者老年人——则坐到最后排。他们自觉地保持沉默,任由周围的人们交头接耳,吵吵嚷嚷开小会。会场氛围还算宽容,但居民们都清楚,今晚会有一场冲突。很可能,双方是在严阵以待。时不时有文件、请愿单、新闻剪报被来回传阅。

主席台上,跟公寓四位管理委员坐在一起的主席唐纳德·克鲁格曼觉得直反胃。他生性平和,本能地回避激烈的争吵。以前就算是坐在听众席上,他都会觉得难受;而此时此地,他却不得不参与争斗。时势把他推到了主席位置,因为这是全体居民轮换的职位。而今天,必然会是关于学校争端的高潮。

随着房间近乎坐满,帕特里克·多伊尔——现任的公寓牧师——举手示意大家安静。他身着白色长袍,一副蛮不情愿的表情。"开场祈祷。"他哑着嗓子叫道,干咳了两声,然后取出一张小卡片,"请全体闭眼,低头。"他扫了一眼克鲁格曼和委员会成员们,克鲁格曼点头示意他继续。"天父啊,"多伊尔说,"我们,亚伯拉罕·林肯共管公寓的全体居民,请求您保佑我们今天的集会顺利进行。唔,我们请求您大发慈悲,让我们能够顺利筹集足够资金修缮屋顶,这是当务之急。我们祈求病人都能尽快康复,失业者找到工作,祈望在处理入住申请过程中,我们能做出明智选择,选对入住者,拒绝不适者。我们还祈求您保佑,不让外来人闯入,扰乱我们本分、平静的生活。最后我们特别祈祷,如果您能开恩,请让尼科尔·蒂博多摆脱她的偏头痛,这种病症让她近期没能出现在我们面前的电视机上,我们祈望她的头痛跟两年前的意外无关。我们都记得,那是由于舞台人员疏忽,导致重物跌落,击中了她的头,令她住院治疗数日之久。无论如何,请您垂念下情。心愿如此。"

全体听众随声附和,"心愿如此。"

克鲁格曼从位子上站起来说:"现在,在正式议程开始之前,我们将抽出几分钟时间,让我们自己的表演人才为大家展示才艺。首先是来自205房间的费特斯莫勒三姐妹。她们的节目是软鞋舞,伴奏音乐是《我筑天梯上群星》。"他重新落座,三个金发小姑娘登上舞台。因为以往曾多次展示过才艺,观众对她们已经非常熟悉了。

就在费特斯莫勒三姐妹身着条纹裤和银光闪闪的上衣,笑容可掬跳舞的过程中,通向外侧走廊的大门开启,迟到的埃德加·斯通出现了。

他今晚迟到,是因为批改邻居伊恩·邓肯先生的考卷而耽误了。站在门口时,他脑子里还想着那张考卷,以及邓肯先生的糟糕表现——他几乎不认得这个人。在他看来,甚至在阅完考卷之前他就能断定,邓肯没及格。

费特斯莫勒姐妹还在用她们的小尖嗓唱歌,斯通不知道自己为什么要来。也许唯一的理由就是回避罚款。今晚,所有居民都必须到场。这些司空见惯的业余才艺秀对他而言毫无意义。他还记得从前电视机上放送的娱乐节目,那些专业演员的精彩表演。现在,好的专业演员全部都已经跟白宫签约,电视的职能从娱乐变成了教育。斯通先生回想起旧时代优秀的深夜电影,杰克·莱蒙和雪莉·麦克莱恩主演的喜剧,然后再瞅瞅费特斯莫勒姐妹,禁不住叫苦。

科里听到他的声音,严厉地瞪了他一眼。

至少他成功错过了祈祷。他把身份证出示给科里的新机器,被其允许进场。他沿着过道走向一个空座位。今晚,尼科尔也会看这些吗?观众里有没有白宫星探在场?他没看到任何陌生面孔。费特斯莫勒姐妹在浪费时间。他坐下来,闭眼聆听,因为不忍看那蹩脚的演出。她们这辈子都没戏,他心想。她们必须学会面对现实,那对野心勃勃的父母也一样,她们并没有任何才能,跟我们所有人一样……尽管有人志向远大,努力拼搏,但亚伯拉罕·林肯公寓对整个国家文化所做的贡献微乎其微,这是无法改变的事实。

费特斯莫勒姐妹的无望处境让他又一次想起那份考卷。当天上午,伊恩·邓肯脸色蜡黄,将考卷哆哆嗦嗦塞进了他手里。如果邓肯不及格,他的处境将比费特斯莫勒姐妹更悲惨,因为他将失去在亚伯拉罕·林肯公寓的居住资格。他将淡出人们的视野——起码是公寓住户的视野——恢复成受鄙视的贱民身份。他将再次住进收容所,做些手工零活,就像他们十几岁时全都经历过的一样。

当然,他也将得以收回加入公寓时缴付的款项,一笔巨款,可谓大多数人一生中最大的一笔投资。从某种意义,斯通嫉妒他。我会怎样做?他闭着眼睛暗暗问自己:如果我现在就能拿回自己的钱,一次付清?也许,他想,我会移民,买下一艘廉价的、非法的旧飞船,在那些边缘地区有的是货源……

掌声惊醒了他。女孩们的表演结束了,而他也加入鼓掌的行列。主席台上,克鲁格曼挥手示意大家安静,"好的,列位,我知道你们都喜欢刚才的节目,但今晚我们还有好多事情要做。现在到了开会谈正事儿的时间。我们绝不能忘了这个。"他向大家笑了笑。

是啊,斯通心想。正事儿。他感到紧张,因为他是亚伯拉罕·林肯公寓的激进人士之一，主张取消本公寓的中学，让孩子们去上公立学校，这样他们可以自由接触到其他公寓的孩子们。这种观念曾经是众矢之的。但是，在过去几周时间里，它开始得到一些人的支持。这将是开阔眼界的好机会，孩子们会发现，其他公寓的孩子跟自己并没有什么不同。各公寓人民之间的隔阂将不复存在，人们能达成若干新的共识。

至少斯通是这么认为的，但保守派却不这么想。太仓促了，他们说，此类交流的时机尚未成熟。孩子们会打架，争论到底哪座公寓最好。这件事理应从长计议……但目前，还应缓行。

冒着支付大额罚款的风险，伊恩·邓肯没有去参加大会，当晚还是留在自己的房间里，学习官方教科书里关于美国宗教–政治史的内容——俗称宗政。他心里清楚，自己不擅长这些。他甚至连经济因素都搞不懂，更不要说20世纪那些乱哄哄的你方唱罢我登场的宗教和政治流派了，尽管它们直接导致了目前的世界局势。比如，民主–共和党的崛起。以前美国曾经有两个党，持续进行无益的攻讦，争权夺利，就跟现在不同居民楼之间的争斗一样。1985年之后，两党合并。现在，美国只剩一党，统治着一个稳定、和平的社会，每个人都是党员。大家都缴党费，参加党内集会，并且投票。每隔四年，选出一名新总统——也就是群众觉得尼科尔最喜欢的男人。

群众喜欢这种感觉，亲自投票决定，由谁来做尼科尔的老公，任期四年。在一定意义上，这的确给了选民至高无上的权力，甚至高于尼科尔本人。

比如说，现任这位，陶菲克·内加尔。他和第一夫人之间的关系就非常冷淡，这表明她并不怎么喜欢这个投票结果。当然，身为一名名媛，她并不会表现出来。

宗政课本上的提问——第一夫人的职位从何时开始超越总统的？换言之，我们的社会是什么时候开始女权至上的——伊恩·邓肯对自己说。我知道正确答案——1990年前后吧。此前就有此类趋势，变化逐渐产生。每一年，总统都变得更加默默无闻，而第一夫人的知名度反而越来越高，也更受公众爱戴。是公众带来了这样的转变。是由于他们需要母亲、妻子、情人，还是三者都要？不管怎样，他们得到了想要的。他们得到了尼科尔，她不单能胜任这三种角色，还有很多其他的特长。

客厅一角，电视机"当当"作响，表明它即将开启。伊恩·邓肯叹了口气，合上美国政府官方教材，把注意力转向屏幕。他估计，这将是一档关于白宫动态的特别节目。也许又是一次公众参观，或者是关于尼科尔新爱好的透彻报道（通常极为深入）。她是不是开始收集骨瓷杯了呢？如果是，我们就势必要回顾每一件皇家阿尔伯特制造厂的青瓷作品。

果不其然，麦克斯维尔·杰米森——满身赘肉的白宫新闻秘书——已经出现在屏幕上。他举起一只手，做了一个他标志性的问候手势。"晚上好，全国同胞们。"他严肃地说，"你们有没有好奇过，潜入太平洋最深处会是怎样一种感觉？为了回答这个问题，尼科尔在白宫的郁金香办公室召集了当今世界顶尖的三名海洋学家。今晚，她将请他们讲述各自的故事，您也可以一起聆听。就在刚才，在三大电视联合网公共事务组配合下，我们做了全程录像。"

现在可以去白宫了，伊恩·邓肯告诉自己。至少可以有身临其境的幻觉。我们这些没有一点儿才艺的人，能引起第一夫人的兴趣，让她抽出一个晚上的时间，已经是非常幸运了。尽管是通过电视,我们还是能从某个精心选取的角度窥探白宫一隅。

今晚,他并不怎么想看电视,但看看未尝不是一种权宜之计。节目末尾可能有一次突击测试。如果能在这种突击测试中拿到高分,就足以冲抵他在近期的政治理论考试中的糟糕表现,那份试卷正在被他的邻居斯通先生批改。

屏幕上绽放出可爱又平静的容颜,苍白的肤色,睿智的深色眼睛,聪慧又俏皮的面容。她已经独占了全国人的目光,整个国家,甚至是整个地球,都迷恋着她。看到她,伊恩·邓肯马上就被恐惧攫住。他让她失望了——就像第一夫人已经知道了他差劲的测试成绩,尽管她什么都不会说,但那份失望依然存在。

"晚上好。"尼科尔用她温柔而略显嘶哑的声音说。

"是这么回事,"伊恩·邓肯意识到自己开始结巴,"我的脑子不擅长理解抽象的概念。我是说,所有那些宗教和政治哲学——对我来说全都无法理解。我就不能只专注于现实吗?我应该去烧砖或者制鞋。"我应该住在火星,他想,在人类的边疆。我在这里完全是个失败者。三十五岁就被时代淘汰,这些她都清楚。让我走,尼科尔,他在绝望中这样想。不要再让我参加考试,因为我绝对不可能通过测试。甚至连这档关于大海深处的节目,等到它播放结束,我就已经忘掉所有的数据。我对民主-共和党毫无用处。

接着,他想到了自己的哥哥——艾尔——能帮他。艾尔为疯子卢克工作,在一座"飞船丛林"里,兜售那些小型的锡混塑料飞船,就连穷人也能买得起。如果运气好,那些飞船能成功完成前往火星的单程飞行。艾尔,他自言自语道,求你帮我弄一艘简易飞船——给我特别优惠价。

电视屏幕上,尼科尔正在描述:"真的,那里是个极富魅力的世界,存在大量发光体,无论是种类上还是令人惊艳的绚烂外形上,都远远超过已知的任何行星。科学家们计算出海洋里的生物种类远远超过——"

她的面容淡去,一段影片随即开始播放,展示奇形怪状的各式鱼类。伊恩·邓肯意识到,这个宣传活动的目的,就是为了让我们打消去火星,离开党——离开她的念头。屏幕上,一只凸眼鱼儿目瞪口呆地盯着他,而他的注意力也不由自主被吸引。上帝啊,他想,海底世界真的好神奇。尼科尔,他想,你牢牢抓住了我。如果此前艾尔和我获得成功,或许我们现在就能开开心心地为你表演。当你在采访全球知名海洋学家时,我和艾尔会演奏背景音乐,也许是巴赫的一首《二声部创意曲》。

伊恩·邓肯走到房间壁柜前,弯下腰,小心地把一件裹着布的器物拿到光亮处。年轻时,我们曾经对它如此自信,他回想着,运作轻柔地取出那只吹罐。然后,深吸一口气,用它吹出几个空洞的音符。他和艾尔曾经自称为邓肯兄弟,有属于他们两人的吹罐乐队——用自己编排的方式吹奏巴赫、莫扎特和斯特拉文斯基的作品。但白宫星探,那个鼠辈,根本就没给他们公平试镜的机会。他对两兄弟说,之前有过类似的了。杰西·佩格,那位阿拉巴马来的吹罐艺术家,曾经抢先造访白宫,为蒂博多家庭成员及其中最重要的那位表演并深受好评,他改编的曲目是《德比羊》和《约翰·亨利》之类。

"但是,"伊恩·邓肯当时抗议道,"我们这是古典吹罐乐。我们可以演奏贝多芬晚期的奏鸣曲。"

"我回头联系你们。"星探轻快地答道,"将来,如果尼奇[1]显示出这方面兴趣的话。"

---

①"尼奇"是"尼科尔"的昵称。

尼奇！他当时面无血色。想象一下，还有人能跟第一家庭如此熟稔。他和艾尔只能毫无用处地咕哝着，带了吹罐退下舞台，让位给下一个节目，接着是一组小狗，穿着伊丽莎白时代的戏服，扮演《哈姆雷特》中的人物。小狗们也没能入选，但这对他们算不上什么安慰。

"我听说，"尼科尔在说，"海洋深处的光线实在太少，所以，请看这个怪家伙。"一条鱼在身前撑着一颗闪耀的灯笼，从屏幕上游过。

突然响起的敲门声把他吓了一跳。邓肯急忙前去应门，发现他的邻居斯通先生站在门口，看似非常紧张。

"你没有出席全体大会吗？"斯通先生问，"他们会不会查到你缺席啊？"他手里拿着改完的试卷。

邓肯说："先告诉我成绩吧。"他做好心理准备了。

斯通走进房间，反手把门关上。他瞥了眼电视，看到尼科尔跟海洋学家坐在一起。听她讲了一会儿后，斯通突然粗着嗓子说："你成绩不错。"他递过考卷。

邓肯问："我通过了？"他无法相信，满腹狐疑地接过试卷，检查一番。然后他明白了事情的真相。斯通是故意让他通过的。他伪造了邓肯的分数，也许是出于人道考虑。邓肯抬起头，两人对视，都没有说话。这太糟糕了，邓肯心想。我该怎么办？对方的反应让他感到意外，但事实却摆在眼前。

他意识到——我想要的其实考试失败。为什么？这样我就可以离开此地，这样我就有了借口，丢掉房子和工作，放弃这一切，离开！仅穿一身衣物，乘坐一艘降落后就无法再次起飞的破烂飞船，一无所有地奔赴火星。

"谢了。"他闷闷不乐地说。

斯通很快回应说:"以后你可以报答我。"

"哦,是啊,乐意效劳。"邓肯说。

斯通匆匆离开,又剩他独自一人,面对电视、吹罐、虚假评分的考卷,以及他的思绪。

艾尔,你要帮我。他自言自语道。你要帮我摆脱这一切,我自己一个人根本做不到。

在"飞船丛林"三号场后的小屋里,艾尔·邓肯把脚跷在桌子上,一面抽烟,一面打量过往行人——内华达州雷诺市区的人行道和商业区里人来人往。在悬挂着彩旗和随风飞舞的五彩纸带的简易飞船后面,他看到一个小小身形在等待,就躲在"疯子卢克"的标牌后面。

他并不是唯一注意到那东西的人,路边走来一男一女,前面跑着一个小男孩。男孩连蹦带跳,兴奋地指着前面喊:"嘿,爸爸快看! 你知道它是什么吗? 快看,是帕普拉! "

"我的天!"男人笑着说,"真的啊。看,玛利安,那里有只火星小怪,就藏在标牌后面。我们去跟它聊聊怎么样?"他已经带着男孩向那方向走去。那女人不为所动,还在沿路前行。

"快来呀,妈妈!"男孩叫她。

办公室里,艾尔轻轻触碰他衬衫里的控制设备。帕普拉离开"疯子卢克"的标牌。艾尔继续遥控,让它挪动六只小短腿走向人行道,它滑稽的圆形帽挂在一只触角上,两眼来回转动,仿佛认出了那女人。目标确定之后,帕普拉尾随在她后面,让男孩和他的爸爸都觉得有趣。

"看啊,爸爸,它在跟着妈妈走呢! 嘿,妈妈,回头看一下!"

女人回头瞥了一眼,瞧见那只体态浑圆的生物挪动着甲虫形的身体，禁不住笑起来。人人都爱帕普拉，艾尔心想。看这只搞笑的火星帕普拉。说话呀，帕普拉，跟这位正在对你微笑的漂亮女士打个招呼。

帕普拉的思维波射向女人，艾尔也收到了。它在问候她，说自己有多高兴见到她，抚慰她，诱哄她，直到她沿着人行道向回走，靠近帕普拉，跟丈夫和孩子站到一起。这样一来，三人都能接收到火星生物发散出的脑波，知道它毫无恶意地来到地球，也没有任何做坏事的能力。如同他们喜爱帕普拉一样，帕普拉也爱他们。它现在就在告诉这些人类——它向人类传达的温情及真诚友善的态度，在它自己的星球上随处可见。

那对男女肯定在想，火星是个多么美好的地方啊。而帕普拉已经在源源不断地传输自己的回忆、自己的生活态度。天啊，这个星球和地球可不一样，绝不冷漠，也没有那么多偏执狂。没有人监视他人生活，没有改不完的政治考卷，没有向城市建设委员会层出不穷地检举、揭发。想想吧，帕普拉在说服他们，几名人类已经定在人行道上，挪动不得。在那里，你可以主宰自己的生活，自由开垦自己的土地，相信自己的信仰，成为真正的自己。看看现在的你们，甚至不敢驻足聆听，甚至害怕——

那个男人紧张地对妻子说："我们赶紧走吧。"

"噢，不要。"男孩哀求说，"我是说，天啊，要等多久才能有一次跟帕普拉聊天的机会？它一定属于那片简装飞船丛林，就在那边。"男孩指向这边，艾尔发现自己已经被男人尖锐且富有洞察力的眼神盯住了。

男人说："当然，它们降落在这里，是为了兜售简装飞船。它正在向我们推销，软化我们的态度。"他脸上那种着迷的表情明显消退了，"那边坐着的，就是操纵它的人。"

但是,帕普拉的想法继续传达:我跟你说的话依然真实。即便这是销售策略的一部分。你也可以去那里,火星。你和你的家人将亲眼见证——如果你有勇气挣脱枷锁。你能做到吗?是不是真正的男子汉?买一台"疯子卢克"简装飞船……趁你现在还有机会,因为你知道,总有一天,或许就在不久以后,法律的重拳就将落下。那里将再也没有飞船丛林。专制社会的围墙上将再也没有裂缝,让少数——极少数幸运的人,由此逃脱。

艾尔摆弄着腰间的控制器,把输出功率调高。帕普拉的心灵感化能力增强,吸引着那名男子,渐渐控制他。你必须买一艘简装飞船,帕普拉催促说,轻松支付计划,保修承诺,众多机型可供选择。那人向销售区跨出一步。快点,帕普拉告诉他。官方随时都可能关闭这家卖场,到那时,你就永远失去机会了。

"他们就是这样骗人的。"男人艰难地说,"这只动物会用催眠术诱惑你。我们必须离开。"但他却没能离开。太晚了:他将买下一艘简装飞船。而艾尔,藏在他的办公室,手握操纵盒,正在收线,要把这人钓上来。

艾尔不紧不慢站起来。现在该出去了,去完成交易。他关闭帕普拉,打开办公室门,来到外面卖场——然后就看到一个曾经熟悉的身影绕过飞船向他走来。那是他弟弟伊恩,两人已经好几年没见面。我的天,艾尔心想。他来干什么?还偏偏在这种时候——

"艾尔,"他的弟弟在大声打招呼,"我能跟你谈点事儿吗?你现在也不太忙,对吧?"他脸色苍白,冒着虚汗,靠近过来,怯生生地四下张望。相比艾尔上次见到他,这会儿的他显然更落魄了。

"听着——"艾尔生气地说。但已经晚了——那对夫妻和他们的男孩已经脱身,正沿着人行道快步离去。

"我并不想来打扰你。"伊恩咕哝道。

"你并没有打扰到我。"艾尔郁闷地目送那三个人离开,"出什么事了,伊恩? 你看起来气色不太好。是病了吗? 到我办公室说吧。"他带着弟弟进屋,关闭房门。

伊恩说:"我偶然看到了自己的吹罐。还记得我们当年想要去白宫演出的事儿吗? 艾尔,我们必须再试一次。说老实话,我真不能再这样继续下去了。我受不了长年活在失败的阴影里,这毕竟曾是我们笃定的生命中最重要的事。"他喘息着,用手绢擦拭额头的汗,两手都在发抖。

"我的吹罐都没了。"艾尔迟疑了一下才说。

"你一定要帮我。嗯,我们可以用我的那一只吹罐,分别录下自己的声部,然后合成,制作磁带寄给白宫。这份压抑感太强烈,我都不知道自己能不能背负着它继续生活。我必须重新开始演奏,如果我们马上开始练习《古登堡变奏》的话,只要两个月之后,我们就——"

艾尔打断了他,"你还住在那儿吗? 那个亚伯拉罕·林肯公寓?"

伊恩点头。

"你还在帕罗奥图工作,现在还是设备维修工?"他无法理解弟弟为何这般躁动,"靠,最不济,你也是可以移民的。吹罐演奏这事儿就别提了,我已经好几年没练。事实上,从咱俩分开后就没练过。等一下。"他拨动帕普拉的控制钮,路边那只小怪兽做出反应,开始慢慢返回招牌下的位置。

伊恩看到它,说:"我还以为它们已经灭绝了。"

"是灭绝了。"

"但那边那只却在动,而且——"

"它是假的,"艾尔说,"只是个玩偶。我控制着它。"他向弟弟展示控制盒,"它帮我吸引到过路的行人。事实上,卢克或许有一只真的,当作范本来制造这些仿制品。没人说得清,法律对卢克也无可奈何,因为他相当于是火星公民。就算有,地球人也没办法迫使卢克交出真正的那只。"艾尔坐下来,点着一支烟,"来个宗政测试不及格,"他对伊恩说,"失去你的公寓,把早先存入的钱取回;把钱拿来给我;我保证给你弄一台最好的简装飞船,送你上火星。行了吧?"

"我试过让考试不及格。"伊恩说,"但他们却不让我如愿。他们篡改了我的考试结果。他们不想让我脱身。"

"'他们'是谁?"

"我隔壁住的那个人,名叫埃德·斯通。他故意的,我注意到他的表情了。也许他以为这样做是在帮我……搞不懂。"他环顾四周,"你这间小办公室挺不错的。你睡觉也在这儿,对吧?它搬迁时,你也跟它一起搬走?"

"是啊,"艾尔说,"我们总是居无定所。"警察已经抓到过它几次,尽管飞船可以在六分钟内达到轨道速度。帕普拉也能察觉警察接近,但提前预警的时间不够长,不足以轻松逃脱。逃跑时通常仓促混乱,部分飞船被迫遗弃。

"你总是活在风口浪尖上,"伊恩沉吟说,"但却不会因此焦虑。我觉得这得益于你的生活态度。"

"就算他们抓了我,"艾尔说,"卢克也会保释我出来。"他的那位神秘又强大的老板总在背后支持他,所以他有什么好担心的?那位飞船大亨总是机变百出。蒂博多家族对他的攻击,目前仅止于流行杂志上的反思文章和电视抨击,指责卢克品位低俗,他的飞行器质量低下。毫无疑问,他们有些怕他。

"我妒忌你,"伊恩说,"你的镇静,你的从容。"

"你的公寓也有公寓牧师吧? 去跟他谈谈喽。"

伊恩幽怨地说:"谈也没用。现在任职的是帕特里克·多伊尔,他的生活跟我一样糟糕。我们的公寓主席唐·克鲁格曼的境况甚至更糟,已是惊弓之鸟了。事实上,我们整个公寓的人都惶惶不可终日。也许这跟尼科尔的偏头痛有关。"

艾尔瞅了一眼弟弟,明白他没有开玩笑。白宫及其所代表的东西对他来讲至关重要。它还在主宰着他的生活,正如孩童时代一样。"看在你的分儿上,"艾尔平静地说,"我会把吹罐找出来开始练习。我们再试一次。"

伊恩激动得说不出话,只是目瞪口呆地看着他。

亚伯拉罕·林肯公寓的办公室里,唐·克鲁格曼和帕特里克·多伊尔坐在一起研究304号房的伊恩·邓肯提出的申请。伊恩想要在两周一次的才艺秀上登台,而且申请了白宫星探在场的时段。克鲁格曼觉得,这个申请大致合规,除了伊恩要求跟人合演,而那个人并不住在亚伯拉罕·林肯公寓。

多伊尔说:"那是他的哥哥。他跟我说过,两人从前曾一块儿演出,好几年前了。用两只吹罐演奏巴洛克音乐。很新鲜。"

"他哥哥住在哪座公寓呢?"克鲁格曼问。申请是否批准,取决于该公寓跟亚伯拉罕·林肯公寓之间的关系。

"他不住公寓。你知道的,他在替疯子卢克出售简装飞船。就是那种廉价小飞船,勉强能把你送到火星那种。我听说,他住在一片货场里。货场到处搬迁,居无定所。我相信你也听说过。"

"是啊,"克鲁格曼说,"那么这件事就不用考虑了。不能让我们的舞台上出现从事那种行业的人。我们没理由反对伊恩·邓肯表演吹罐,这是居民基本的政治权利,我也相信节目会很精彩。但让这样一个外人参加演出,却有违我们的传统。我们的舞台只属于公寓自己人,以往一贯如此,以后也将一样。所以,这个申请已经无须讨论。"他不客气地瞪着牧师。

"的确。"多伊尔说,"但这可是自己人的血亲,对不对?我们自己人可以合法邀请亲友观看才艺表演……那么为什么就不能允许亲友演出呢?这件事对伊恩非常重要——我觉得你也能看出来,他最近总是走霉运。他不是个特别聪明的人。事实上,在我看来,他本应该做些体力活儿。但假如他有点儿艺术天分,比如这个玩吹罐的念头——"

克鲁格曼查看手中的文档,发现白宫星探将会出席两周后亚伯拉罕·林肯公寓的才艺演出。那天晚上,当然要拿出全公寓最好的节目……邓肯兄弟的巴洛克吹罐组合必须在公平竞争中胜出,才有资格出现在当晚的节目上,而现在已经有几个节目——克鲁格曼认为——很可能比他们更精彩。说到底,吹罐而已……甚至还不是电音吹罐。

"好吧,"他对多伊尔说,"我同意。"

"你这么做非常有人情味。"牧师感动地微笑起来,让克鲁格曼很不自在,"我觉得,我们都会喜欢邓肯兄弟的表演,用无与伦比的吹罐技术展现维瓦尔第和巴赫。"

克鲁格曼苦笑,点头。

关键之夜,当他们进入亚伯拉罕·林肯公寓一楼礼堂时,伊恩·邓肯发现他哥哥的身后跟着那只形状扁平的火星生物帕普拉。他一下愣住了,"你要带上它?"

艾尔说:"你不明白。我们不是要赢吗?"

伊恩停顿了一下,说:"但不是那样赢。"他当然明白。帕普拉会影响现场观众,就像影响路边行人一样。它会使用超感说服力,哄骗出对他们有利的结果。伊恩意识到,简易飞船推销员的节操实在有限,对他哥哥而言,这种伎俩纯属平常。如果靠吹罐技巧赢不了观众,那就靠帕普拉来赢。

"喂,"艾尔比画着说,"不要跟自己过不去。我们在这里使用的无非是一点儿隐蔽的推销技巧而已,这类手法的使用历史已经超过一世纪——这是一种古老的、有信誉的改变公众立场的有效手段。我是说,我们应该面对现实——你我不以吹罐为业,已经好几年了。"他碰了下腰间的控制器,帕普拉加快脚步赶上他们。艾尔又碰了下控制器——伊恩脑子里涌出一个很有说服力的想法:为什么不呢? 其他人都在这样做。

他艰难地说:"让那家伙离我远点儿,艾尔。"

艾尔耸耸肩。侵入伊恩脑子里的外来想法随即渐渐消退。但还是留下了一丝残余。他已经不像刚才那样坚决了。

"跟尼科尔的宣传机器相比,这都不算什么。"艾尔察觉到了他脸上的表情,淡然指出,"随便选些地方布置帕普拉,再配合变成尼科尔全球宣传工具的电视机——那才是真正的威胁。帕普拉的手法很原始,你知道它在试图影响你。但你在听尼科尔讲话时却不会察觉。那份影响很隐蔽,却又如此彻底……"

"我不懂那些。"伊恩说,"我只知道,除非我们能赢,除非我们能到白宫演出,否则,我的生活就不值得继续。而这个想法肯定不是别人强加给我的。这是我内心的真实感触,这他妈是我自己的想法。"他打开门,艾尔进入会堂,手里握着他的吹罐。伊恩随后进来,片刻之后,两人已经站在舞台上,面对半空的大厅。

"你见过她吗?"艾尔问。

"我整天看她。"

"我是说现实中。她本人。就是,亲眼看到那种。"

"当然没有。"伊恩说。所以他们才必须获得成功,这样才能去白宫。他们将看到她本人,而不仅仅是电视画面。她将不再是幻想——而是现实。

"我见过她一次,"艾尔说,"我当时刚把货铺好,把飞船丛林布置在路易斯安那州的什里夫波特。当时天色还早,大约八点钟。我看到官方汽车驶来,自然以为是警察来了——我开始准备起飞逃走。但不是警察。是个护送车队,尼科尔就在车里,去给一座新公寓楼剪彩,据说是当时最大的。"

"是啊。"伊恩说。保罗·班扬公寓。亚伯拉罕·林肯公寓橄榄球队每年都要跟那座公寓的球队比赛,场场都输。保罗·班扬公寓有超过一万居民,所有人都属于官僚阶级,那是座党内积极分子专属的住宅楼,月租不菲。

"你真应该看看她本人。"艾尔思忖着说。他面向观众坐着候场,将吹罐放在大腿上。他用脚碰碰帕普拉。它藏在了艾尔的椅子下面,观众看不到的地方。"是的,"他嘟囔着,"你真该看看。那感觉跟电视上不一样。完全不同。"

伊恩点头。他已经开始紧张。再过几分钟,主持人就会介绍他俩。考验他们的时刻到了。

眼看伊恩握紧吹罐,艾尔说:"我到底用不用帕普拉由你来决定。"他询问式地扬起一侧眉毛。

伊恩说:"用它。"

"好。"艾尔回答,同时把手伸进衣服下面。他不紧不慢拨动控制钮。然后,帕普拉从他椅子下面翻滚向前,它的天线微微晃动,两颗眼睛来回旋转。

观众们马上警觉起来,人们探身向前来观察它,有人开心地笑起来。

"看哪!"有个男人叫起来,是乔·波特老人,他兴奋得像个孩子,"那有一只帕普拉!"

有个女人站起来,想看得更清楚些,伊恩心想,人人都爱帕普拉。我们肯定会赢,不管我们是否擅长用吹罐演出。然后呢?见到尼科尔,就能让我俩比以前更幸福吗?我们如此努力,为的就是这样的结果:绝望?强烈的不满?怀着一份伤痛,一种渴望,却永远无法被满足,煎熬在这荒谬的世界上?

现在想退出已经晚了。会堂大门已经关闭,唐·克鲁格曼正从椅子上站起来,大声喊叫让众人安静。"好了,朋友们。"他对着胸前的麦克风说,"我们现在要欣赏一组才艺展示,马上开始,希望大家都能喜欢。正如诸位在节目单上看到的,首先出场的是一对有趣的组合,邓肯兄弟古典式吹罐乐队,曲目包括巴赫和亨德尔的多部作品,应该会让你们情不自禁用脚打起拍子。"他骄傲地向伊恩和艾尔微笑,那表情就像在问:看,我给你们的出场介绍棒不棒?

艾尔没理他。他一面调节控制器,一面警惕地察看观众反应。最后才拿起吹罐,看看伊恩,然后开始用脚打拍子。《G小调小赋格曲》是他们的开场曲目。艾尔开始吹奏,送出欢快的音符。

邦,邦,邦。邦-邦、邦-邦、邦邦嘚邦。嘚邦,嘚邦,的-的-的邦……他两腮鼓起、涨红,卖力地吹奏。

帕普拉在舞台漫步,然后俯低身体,做了一系列笨拙又愚蠢的动作,滚到第一排观众中间。它已经开始工作。

亚伯拉罕·林肯公寓咖啡馆外的公告栏里贴出通知,宣布邓肯兄弟已经被星探选中,将前往白宫演出,这让埃德加·斯通大为震惊。他一遍又一遍阅读那份公告,奇怪那个紧张兮兮、唯唯诺诺的男人是怎么做到的。

他一定作了弊,斯通告诉自己。就像我放他通过宗政考试一样……他一定是找了别人帮忙,在才艺方面也造了假:他本人才听过吹罐表演;那天演出时他也在现场,邓肯兄弟的吹罐古典音乐真的没有那么精彩。他承认,两人表现尚可……但他本能地感到,入选肯定另有隐情。

内心深处,他感到愤怒,后悔自己伪造了邓肯的考试分数。是我把他推上了成功之路,斯通意识到。我救了他。现在,他已经在前往白宫的路上了。

难怪邓肯在政治考试中表现那么差,斯通告诉自己。他在忙着练习吹罐。他没时间应付琐碎的现实问题,像我们这些凡夫俗子一样。做个艺术家一定很爽,斯通极不平衡地想象着。你们为所欲为,无须在意所有规则。他显然是愚弄了我,斯通心想。

斯通大步走过二楼走廊,来到楼内的公寓牧师办公室。他按下门铃,房门打开,看见牧师正在桌边专心工作,疲惫的脸上现出密集的皱纹。"嗯,神父,"斯通说,"我想要忏悔。您能抽出几分钟时间吗?我觉得,它在我心里逼得紧,我是说我的罪孽。"

帕特里克·多伊尔揉揉前额,点点头。"我的天,"他嘟囔道,"平时都不来人,一来就来一群。我今天已经接待了十位居民,都来使用忏悔机。您也继续吧。"他指了指办公室侧面的凹室,

"坐下来,自行接入设备。我会一面听,一面给鲍里斯填写这份4-10表格。"

埃德加·斯通满腔愤怒,两手都在发抖,他把忏悔机的电子探头接在自己头皮的相应部位,然后拿起麦克风,开始忏悔。他讲述过程中,机器里的录音带一直在转动。"出于不适当的怜悯心,"他说,"我违反了公寓的一条管理规定。但我主要关心的不是行为本身,而是行为背后的动机。这行为,正是我对身边居民错误态度的产物。这个人,我的邻居邓肯先生,在他最近的宗政考试中表现奇差,我预计他会因此被赶出亚伯拉罕·林肯公寓。我同情他,因为内心深处,我也把自己等同为和他一样的失败者——无论是作为公寓居民,还是做人。所以我更改了他的分数,证明他通过了考试。显然,邓肯先生必须重新测试宗政常识,我给出的分数应该被判定无效。"他看看牧师,但对方没有反应。

这应该就能解决掉伊恩·邓肯和他的古典吹罐音乐了吧,斯通暗想。

但现在,忏悔机已经完成了对他忏悔内容的分析。它自动弹出一张卡片,多伊尔疲惫地站起来,取出卡片。仔细研读之后,他抬起头,说:"斯通先生,这张卡片显示:您的忏悔称不上是忏悔。您脑子里到底在想些什么?请回去重新开始吧。您对自己的反思不够深刻,没有挖掘出最真实的想法。我建议您在下个段落开头就承认您刚才是有意进行了一次没诚意的忏悔。"

"才没有这种事。"斯通说,但他的语调——即便在自己听来都显得那样虚弱,"也许我可以非正式地跟您谈谈。我的确伪造了伊恩·邓肯的考试分数。也许我做这件事的动机——"

多伊尔打断了他,"你现在妒忌邓肯吗?因为他吹罐乐的成功,因为他要去白宫?"

沉默。

"可能吧。"邓肯终于承认,"但这改变不了事实,邓肯根本就没资格继续住在这座公寓里。他理应被驱逐,不管我的动机如何。您可以去查共管公寓兴建法规。我知道法规里有针对这类情况的条目。"

"但你不能扭头就走。"牧师说,"除非完成忏悔。你必须做到让机器满意。你在试图迫使一名邻人遭受驱逐,只是为了满足自己的情感需求。承认这一点,接下来,或许我们可以讨论法规内容,以及邓肯应该承担的后果。"

斯通抱怨着,又一次把电子探头接到头皮上。"好吧。"他咬牙切齿地说,"我恨伊恩·邓肯,因为他有艺术天分,而我却没有。我愿意接受十二名邻居组成的陪审团的质询,来探讨我的罪行应得的惩罚——但我坚持让邓肯重新接受宗政测试!我不会放弃这个诉求,他无权留在我们中间。无论在道德上,还是在法律上,这都是错误的!"

"至少,你开始坦诚了。"多伊尔说。

"事实上,"斯通说,"我喜欢吹罐乐。我也喜欢他们那天晚上的演奏。但我必须这样做,因为我相信,这符合社区利益。"

忏悔机在弹出第二张卡片时,像是不屑地哼了一声——但这也许只是他的想象。

"你是越陷越深啊。"多伊尔看着卡片说,"看看这个。"他把卡片递给斯通,"你的脑子乱成一团,全是混乱的、模棱两可的各种动机。你上次忏悔是什么时候?"

斯通脸红了,喃喃地说:"我想,是去年8月吧。公寓牧师还是佩佩·琼斯的时候。"

"看来,我必须多花些时间在你身上。"多伊尔点燃一支香烟,靠在椅背上。

经过多次探讨和争论,他们决定把白宫演出的开场曲目定为巴赫的《D小调恰空舞曲》。艾尔一直喜欢这支曲子,尽管它演奏难度很大,有好多"双音"之类的难点。想到恰空舞曲,伊恩就觉得头大。现在已经选定了曲目,他反而开始后悔当初没有坚持用更简单的《无伴奏大提琴第五组曲》。可惜现在为时已晚,艾尔已经把节目单提交给了白宫AR(艺术与休闲)秘书哈罗德·斯莱扎克。

艾尔说:"别担心,你可以充当第二声部表演。你会介意为我伴奏吗?"

"不会。"伊恩说。实际上,他感到解脱。艾尔承担了其中高难度的部分。

帕普拉在"火箭丛林"三号场外逡巡,沿着人行道曲折来去,轻巧无声地搜索潜在顾客。现在刚刚早上十点钟,还没有任何值得纠缠的对象出现。今天,流动销售场安置在加州奥克兰城郊的多山地带,风景秀美的居住区林荫道旁。隔着火箭卖场,伊恩可以看到乔·路易斯公寓,一座形状怪异但非常壮观的建筑,里面有超过一千套住宅,多数是有钱的黑人。上午阳光下,那座建筑显得格外整洁和引人注目。一名佩戴肩章的持枪门卫在入口处巡逻,阻止任何外来人员进入。

"节目单还要等待斯莱扎克批准。"艾尔提醒他,"也许尼科尔不想听《恰空舞曲》呢,她的欣赏品位很特别,而且总是在变。"

伊恩在心里想象尼科尔,身穿粉红色的褶边长睡袍,斜靠在她的大床上,早餐摆在身边托盘里,扫视呈给她批阅的节目单。她已经听说过我们了,他想。她知道我们存在。这样一来,我们就真正存在了。就像孩子,做什么都想让妈妈看到。因为尼科尔的一瞥,我们被带入现实,因为被她认可而存在。

等她把视线移开,又会怎样呢?他心里想。事后我们将会怎样?我们会不会解散,从此湮灭无闻?

恢复本相,他想,恢复成随机的、无定型的原子状态。从哪儿来,回哪儿去……成为没有存在感的一员。回到我们一生所属的世界,直到刚才,我们才因她的垂青而得以升华。

"而且,"艾尔说,"她或许有可能要求我们加演。她甚至可能要求演奏自己特别喜欢的曲目。我研究过这个问题,看起来,她有时会要求演奏舒曼的《快乐的农夫》。记住没?我们最好演练一下《快乐的农夫》,以防万一。"他若有所思地用自己的小罐吹了几个音符。

"我做不到。"伊恩突然说,"我撑不下去了。这对我来说太重要了。一定会出错的。她不会喜欢我们的演出,我们会被轰下台。然后一辈子都忘不了这次失败。"

"听着,"艾尔说,"我们手上有帕普拉。这让我们——"他突然打住。一位身材高大、后背微驼的老者,身穿昂贵的天然纤维蓝条纹西装,正沿着人行道走来。"我的天,是卢克先生本人。"艾尔叫道,他看起来很害怕,"我这辈子总共才见过他两次。一定是出了什么乱子。"

"最好把帕普拉叫回来。"伊恩说。那只帕普拉已经开始走向疯子卢克。

艾尔一脸惊异,叫道:"我做不到。"他绝望地摆弄腰间的控制盘,"它没反应了。"

帕普拉到了卢克面前,卢克俯下身,把它拾起来,夹在腋下,继续向飞船销售场走来。

"他有优先控制权。"艾尔呆呆地看着自己的兄弟。

小屋门打开，疯子卢克走了进来。"我们收到一份举报，说你们在非工作时间私自使用它，来达到自己的目的。"他对艾尔说，声音低沉、沙哑，"你早被警告过，不能这样做。帕普拉属于卖场，不属于操作者。"

艾尔说："哦，好啦，卢克。"

"你本应该被开除。"卢克说，"但你是个优秀的推销员，所以我会暂时让你留下。与此同时，你必须在没有它帮助的情况下完成销售定额。"他夹紧帕普拉，转身要走，"我的时间很宝贵，我要走了。"他看到艾尔的罐子，"那才不是什么乐器，不过是装威士忌的瓶子而已。"

艾尔说："听着，卢克，这是一种宣传。为尼科尔表演能给简装飞船销售公司提高声望。您想到了吗？"

"我才不需要什么声望。"卢克在门口停顿了一下，"我不需要讨好尼科尔·蒂博多。她有自己的方式经营她的社会，我有自己的要求管理我的丛林。她和我井水不犯河水，我对此没意见。你别给我添乱。告诉斯莱扎克你们去不了，然后忘掉这件事。没有一个心智成熟的成年人会整天抱着个罐子吹吹吹。"

"你这么说就不对了。"艾尔说，"艺术可以存在于最平淡的日常生活中，比如这个罐子。"

卢克用一根银牙签剔着牙，"现在你已经没有帕普拉帮你软化第一家庭的态度。你最好意识到这一点……你们真以为离开帕普拉，还有底气自称艺术家吗？"

停顿片刻之后，艾尔对伊恩说："他是对的。是帕普拉帮我们入选。但——我靠，我们还是要去的。"

"两位倒是有种。"卢克说，"可惜没脑子。不过，我不得不佩服你们。我现在明白你是怎么成为公司里的顶级推销员了,你不会轻言放弃。你们可以在白宫演出的当晚带上这只帕普拉,第二天一早再还给我。"他把圆滚滚的甲虫形小怪物丢给艾尔。艾尔接住它,抱在胸前,像个软绵绵的大抱枕。"也许这事儿真能改善'火箭丛林'的形象。"卢克说,"但我能确定一点,尼科尔不喜欢我们。太多的人借助我们逃离了她的掌控。我们是圣母体制下的一个缺口,圣母本人也清楚。"他坏笑,露出满嘴金牙。

艾尔说:"谢谢你,卢克。"

"但当天我要操纵帕普拉。"卢克说,"远程遥控。我的技巧比你更纯熟。毕竟,是我制造了它们。"

"当然可以,"艾尔说,"反正我也要忙着用两只手吹奏。"

"是的,"卢克说,"你需要两只手握住那只罐子。"

卢克的语调中藏了什么,这让伊恩·邓肯感到不安。卢克想干什么? 他暗自思忖。但无论如何,他们兄弟也没有其他选择。他们需要帕普拉协助,而最好的操纵者无疑就是卢克。刚才,他已经显露出远超艾尔的实力。而且的确如卢克所说,艾尔将忙着吹奏乐曲。但还是——

"疯子卢克,"伊恩问,"你有没有见过尼科尔本人?"他是突然有了这个念头,出于一种突如其来的直觉。

"当然,"卢克平静地回答,"好多年前。那时,我有几个手偶,和老爹四处巡演手偶剧。我们最终登上了白宫的舞台。"

"在那里发生了什么?"伊恩问。

卢克沉默了一会儿,说:"她不喜欢我们的演出。发表了些有关我们的手偶形象不雅的观点。"

所以你恨她,伊恩意识到。你从来不曾原谅她。"她说的属实吗?"他问卢克。

"不。"卢克答道,"当然,有一幕戏是脱衣舞表演;我们也有些傻白甜女孩手偶。但之前都没有人介意过。我老爸挺受打击的,但我从未在意。"他一脸冷漠。

艾尔说:"那么久之前,尼科尔就已经是第一夫人了吗?"

"哦,是的,"卢克说,"她已经在职七十三年之久。你们都不知道吗?"

"这不可能。"艾尔和伊恩都在抗议,几乎异口同声。

"事实却是如此。"卢克说。"她真的很老了。祖母级别的。但我猜,她样子还是很好看吧。你们见到她本人就知道了。"

伊恩惊诧地说:"在电视上——"

"哦,的确。"卢克同意,"在电视上,她貌似二十岁上下,但你可以自己去查查历史书,算一算。事实摆在每个人面前。"

伊恩意识到,当你每天都能亲眼看见她还是一如既往地年轻貌美的时候,所谓的事实真相毫无意义。

卢克,你在撒谎,他心里嘀咕。我们知道,我们都知道。艾尔亲眼见过她。如果她真是那样,他早就告诉我了。你恨她,这是你的动机。他激动到发抖,转身背对卢克,不想再跟这人有任何瓜葛。在职七十三年,这样算来,尼科尔目前已经接近九十岁。他想到这个就不寒而栗。他不去想这种可能。或者说,尽可能不去想。

"祝你们好运,小伙子们。"卢克咬着牙签说。

伊恩睡着后,做了个可怕的梦。一个面目狰狞的老女人,用发绿的、皱巴巴的手抓住他,哭喊着让他去做某件事——他不知道到底是什么,因为她的声音难以辨别,被她牙齿稀疏的嘴巴搅得含糊不清,消失在她脸颊上杂乱的口水线里。他极力挣扎,想要摆脱……

"老天，"艾尔的声音传来，"醒醒，我们必须让货场上路了。三小时后，我们就得到达白宫。"

是尼科尔，伊恩昏沉沉坐起来的时候意识到。我梦到的是她——衰老、丑陋，但依然是她。"好吧。"他嘟囔着，摇摇晃晃从床上起来，"听着，艾尔，假如她真的已经那么老，像疯子卢克说的那样，那该怎么办？我们该怎么办？"

"我们照常表演。"艾尔说，"吹我们的小罐儿。"

"但我会撑不住的。"伊恩说，"我的适应能力太差了。这件事正在变成噩梦。卢克要控制帕普拉，尼科尔又成了老太婆——我们继续下去是图个什么？我们就不能退回到只能在电视上看见她的状态？要么远远地望到她，一生一次就够了，就像你在什里夫波特一样？对我来说，这就够了。我想要保留原来幻想中的形象，明白吗？"

"不，"艾尔固执地说，"我们必须坚持到底。记住，你永远都有机会移民去火星。"

货场已经升空，向东海岸，向华盛顿特区飞去。

他们着陆后，身材矮胖、和蔼可亲的男子斯莱扎克热情地迎接他们。大家一起走向白宫职员通道时，他跟两兄弟握了手。"你们的节目单很有野心啊，"他喋喋不休地说，"但只要你们能说到做到，我就没什么反对意见，大家也不反对，我是说第一家庭成员们，尤其是第一夫人，她其实特别支持各种新鲜的艺术表现形式。根据你们的简历，两位深入研究过20世纪的原始录音，从1920年开始，涉及美国内战以后的诸多吹罐演奏名家。所以，你们也是吹罐艺术方面的权威了，只不过专注于古典音乐，而不是民谣。"

"是的,先生。"艾尔回答。

"不过,两位能否添加一首民谣曲目呢?"斯莱扎克问。他们经过员工通道入口处的岗哨,进入白宫内部。面前是一条铺了地毯的长长走廊,两侧墙上,每隔一段,都设有烛色壁灯。"比如,我们建议演奏《再会,我的莎拉·简》。你们平常有练习过吗? 如果没有——"

"我们练过。"艾尔干脆地回答,"我们会在表演结尾加上这首歌。"

"太好了。"斯莱扎克友好地示意他们继续向前,"那么,我能否问一下,你带的这个小东西是什么?"他有点儿犹疑地看着那只帕普拉,"它是活的吗?"

"它是我们的吉祥物。"艾尔答道。

"你是说它有神秘的力量? 是你们的护身符?"

"正是。"艾尔说,"它帮我们缓解紧张情绪。"他拍拍帕普拉的脑袋,"而且是我们表演的组成部分。我们演奏的时候,它会跳舞。你知道的,就像只小猴儿。"

"啊,真是难以置信。"斯莱扎克的表情缓和了下来,"这下我就明白了。尼科尔会高兴的。她喜欢身体软软的,毛茸茸的东西。"他为两兄弟打开一扇门。

她就坐在那道门里面。

卢克怎么可能错得这么离谱? 伊恩心想。她甚至比电视上的样子更加可爱,而且更为清晰。最主要的区别在于,她真真切切的美丽容颜真实地迷醉你的每种感官。感观系统足以察觉其中的不同。她坐在那里,穿一条褪色的蓝色棉布裤,脚蹬软拖鞋,上身穿一件白衬衫,纽扣扣得一板一眼,但他还是能(或者自以为能够)透过衣服窥见她微黑的、滑腻的肌肤……她多么亲切啊,伊恩心想,一点儿也不装腔作势。她剪了短发,露出线条柔美的脖子和小巧的耳朵。此外,他想,如此年轻。她看上去应该不超过二十岁。啊,那份生命的活力。电视屏幕上可看不出这个,她全身上下的色泽和线条都洋溢出一种精致的光芒。

"尼奇,"斯莱扎克说,"古典吹罐艺术家们到了。"

她抬起头,侧目,她刚才在读报,现在她微笑了。"早上好。"她说,"你们吃过早饭了吗?如果需要,我们这里有加拿大火腿、牛角面包和咖啡。"怪异的是,她的声音不是从她的方向传来的,而是来自房间上部,几乎在天花板上。顺着声音方向,伊恩发现一整套扬声器系统,这才意识到面前有一道玻璃墙,把他们和尼科尔分隔开来,那是保护她的安全措施。他感到失望,但也理解这样做的必要。要是她有个三长两短——

"我们吃了,蒂博多夫人。"艾尔说,"谢谢你。"他也在观察房顶的扬声器。

我们吃了蒂博多夫人。伊恩激动地想。难道不应该反过来说吗?难道不是她,穿着蓝裤子、白衬衫往那儿一座,就已经用她的魅力吞噬掉了我们吗?

现在,陶菲克·内加尔总统,一位身材修长、衣冠楚楚、皮肤黝黑的男士,出现在尼科尔身后。她扬起脸来看着他说:"看啊,塔菲①,他们带了一只小帕普拉,是不是很好玩啊?"

"是啊。"总统笑着站到他妻子身旁。

"我可以看看它吗?"尼科尔问艾尔,"让它到这边来。"她做了个手势,玻璃罩开始上升。

艾尔把帕普拉放在地上,它向尼科尔跳去,从抬起的防护罩下钻入。它跳起来,尼科尔立刻用她有力的双手抓住了它,目不

———
①"塔菲"是"陶菲克"的昵称。

转睛地瞪着那小东西。

"哎呀,"她说,"它不是活的,只是个玩具。"

"现在已经没有活的了。"艾尔说,"据我们所知没有了。但这是个高仿真型号,以火星幸存的个体为范本制造。"他上前走了一步——

玻璃罩已经回归原位。艾尔和帕普拉被分隔开来,他只能傻站在那里,看起来不大高兴。然后,几乎是出于本能,他开始触碰腰间的控制器,一开始没有动静。终于,帕普拉动了起来。它从尼科尔手中滑落,跳到地板上。尼科尔吃惊地叫起来,两眼放光。

"你喜欢它吗,亲爱的?"她的丈夫问,"我们肯定能给你弄一只,甚至几只。"

"它会干什么?"尼科尔问艾尔。

斯莱扎克开始啰唆,"它会跳舞,夫人,在音乐家们演奏时。它骨子里自带韵律感——对吧,邓肯先生?也许你们现在可以演奏点儿什么了,找个短点儿的曲子,让蒂博多夫人瞧瞧。"他搓着两手。艾尔和伊恩面面相觑。

"可……可以,"艾尔说,"唔,我们会演奏一个舒伯特的小品,改编版的《鳟鱼》。好了,伊恩,做好准备。"他打开吹罐外面的包装,取出自己的小罐,僵硬地捏在手里。伊恩也照做。"我是艾尔·邓肯,第一声部。"艾尔说,"我身边是我弟弟伊恩,第二声部。这里,我们将给大家带来一组古典名曲,从舒伯特的小品开始。"然后,艾尔给出信号,两人一起开始吹奏。

邦、邦-邦、呼-呼、邦邦、邦、叭-邦-邦、不-不-不-不-噗。尼科尔咯咯笑起来。

我们失败了,伊恩想。上帝啊,果然是最糟糕的结果:我们被视作小丑了。他停止了演奏。艾尔仍在继续，他两颊鼓起，脸憋得通红。看上去完全没注意尼科尔的反应——她已经在用手遮挡笑声。这两个人和他们做的事在她眼里极其可笑。艾尔继续演奏，独自完成那支曲子，然后他也放下了吹罐。

"那只帕普拉。"尼科尔尽可能平静地说，"它没有跳舞哦。一小步都没跳——为什么？"然后她又开始大笑，完全控制不住自己。

艾尔木然地解释说："我——不能控制它。它现在是被远程遥控的。"他对帕普拉说，"你最好跳一段。"

"哦，真的，这太有趣了。"尼科尔说，"你看，"她告诉丈夫，"他在乞求它跳舞。跳舞吧，不管你叫什么，火星来的帕普拉小怪物啊，或者更恰当的称呼是，冒充火星帕普拉的小怪物。"她用拖鞋尖儿捅了下帕普拉，想让它动起来，"来呀，原始生物外形的人造小可爱，电线绕成的小东西，求你跳个舞好吗？"帕普拉向她扑去，它咬了她。

尼科尔尖叫。她身后传来清晰的啵声，帕普拉变成了一波旋涡状的微粒。一名白宫警卫闯到他们面前，手握步枪，紧盯着她和那团飞旋的碎片。警卫的表情如一潭死水，但两手和枪身都在轻轻颤抖。艾尔开始自顾自地叫骂，把那几句脏话翻来覆去地念了一遍又一遍，也不过是在重复三四个词儿。

"卢克，"艾尔对弟弟说，"是他干的，为了复仇。我们俩完蛋了。"他看去脸色灰白，极端疲惫。他本能地把吹罐重新包好，一步步完成必要的事务。

"你们被逮捕了。"第二名白宫警卫说。此人出现在两兄弟身后，枪口对着他们。

"当然。"艾尔无精打采地点点头，身体无意识地抽搐，"逮捕我们吧,虽然我们什么都没做。"

尼科尔在丈夫的帮助下站起来,走向艾尔和伊恩。"它咬我,是因为我嘲笑你们吗?"她平静地问。

斯莱扎克站在旁边抹汗。他这次没说话,只是失神地看着他们。

"我很抱歉。"尼科尔说,"是我激怒了它,对吧? 真可惜,我们本来会很喜欢你们的表演。"

"是卢克做的。"艾尔说。

"'卢克'?"尼科尔打量着他,"你是指疯子卢克吧。他拥有那些'火箭丛林',始终在法律边缘游走。是的,我懂你的意思,我记得这个人。"她对丈夫说,"我猜,我们最好把他也抓起来。"

"你来决定吧 。"她丈夫说着,在一叠纸上做了记录。

尼科尔说:"这次吹罐表演……都只是为了掩盖针对你我的一场阴谋,对吗? 一场与国家为敌的犯罪活动。我们必须重新考虑这套邀人表演的流程了……或许这事儿本身就是个错误。这给了那些怀有敌意的人太多机会。对不起。"她现在看上去脸色苍白,神情黯然。她双臂交叉在胸前,站立不稳,左右摇晃,出神地思考。

"请相信我,尼科尔。"艾尔开口说。

她自省似的说:"我不是尼科尔,不要这样称呼我。尼科尔·蒂博多多年前就去世了。我名叫凯特·鲁珀特,她的第四任接班人。我只是一名恰好长得与她相似的演员,故而被选上了这个角色。每当发生了眼下这种事,我都宁愿自己没做这个。我没有任何实权。有个委员会在暗中执掌一切……我甚至从来没见过他们。"她对自己的丈夫说,"他们知道这一切,对吧?"

"是的。"他说,"他们已经被告知。"

"你看,"她对艾尔说,"他,甚至连总统,也比我有权。"她尴尬地笑了笑。

艾尔问:"发生过多少次针对您的刺杀活动?"

"六七次吧,"她说,"都是源于心理问题。没能克服的俄底浦斯情结之类。我也不在乎。"这时她转向丈夫,"我真心觉得,这里的两个人——"她指指艾尔和伊恩,"他们看似并不知情。也许他们的确是无辜的。"她对丈夫、斯莱扎克和警卫们说,"他们必须死吗?如果只是抹除掉一些记忆细胞,然后放他们走,我觉得没什么不妥。为什么不能这样做呢?"

她的丈夫耸耸肩,"如果你想要那样的话。"

"是的。"她说,"我更想这样做。这会让我的工作轻松一点儿。带他们去贝塞斯达的医疗中心,然后我们继续——让我们继续接待下一组表演者。"

一名警卫用枪口捅了下伊恩的后背,"这边,沿着走廊向前走。"

"好的。"伊恩咕哝着,抓紧他的吹罐。但到底发生了什么?他不清楚。他有些迷糊。那女人不是尼科尔,更糟糕的是,尼科尔在现实中是不存在的。只是个电视上的形象,是个幻影,而在幻影后面,她的身后,完全由另一个团体操控。某种委员会。但他们是谁,如何掌握了权力?我们以后能知道吗?我们走了这么远,几乎接触到事态的真相,看到了幻象背后的现实……难道他们就不能把剩下的也说出来?说了又有什么区别?到底——

"再见。"艾尔在对他说。

"什么?"他惊问,"你为什么这样说?他们不是要放我们走吗?"

艾尔说:"我们不会再记得彼此。记住我说的这句话。他们不会容许我们维系目前的联系。所以——"他伸出一只手,"所以再见了,伊恩。我们到底还是成功踏上了白宫的舞台。我们也不会记得这个,但这是真的。我们真的做到过。"他古怪地笑了笑。

"走了。"警卫催促他们。

手里拿着吹罐,两人沿着走廊前行,走向门口,那里等候着一辆黑色救护车。

夜色浓重,伊恩·邓肯发现自己在一个荒僻的街角,冷得浑身哆嗦。他眯起眼睛,因为迎面有一座城市单轨货车装卸台,灯光极其刺眼。我在这里干什么?他惊异地自问。看看手表,已经八点钟了。我本应该去参加全员大会的,不是吗?他昏沉沉地想。

我不能再错过一次了,他意识到。连续两次缺席——会被罚好多钱,一场财经危机。他开始往家走。

熟悉的亚伯拉罕·林肯公寓大楼以及其网状交错的塔楼窗户出现在眼前。已经不远了,他加快脚步,深呼吸,努力保持平稳快速的步伐。会议一定是结束了,他想。地下中央礼堂的灯都没亮。该死的,他绝望地喘息着。

"全员大会结束了吗?"他进入大堂,举起身份证,问门卫。

"你有点儿搞不清状况啊,邓肯先生。"门卫把他的枪收起来,"全员大会是昨天开的,今天星期五。"

一定是出了什么状况,伊恩意识到。但他什么都没说,只是点点头,快步走向电梯。

到达自家的楼层,他刚从电梯出来,就有一扇门打开,有个模糊的身影向他招手,"嘿,邓肯。"

是科里。伊恩小心翼翼地向他靠近,因为这样的遭遇可能意味着大麻烦,"怎么了?"

"有个传言。"科里语速很快,像是很害怕的样子。"关于你上次的宗政考试——说是出了问题。他们明早五六点钟会突然叫醒你,进行一场突击测试。"他朝走廊两边看看,"重点看一下20世纪80年代末期,尤其是宗教集体主义者运动相关的情况。明白了吗?"

"没问题。"伊恩感激地说,"非常感谢。也许我有一天可以报答您——"他被打断了,因为科里已经匆匆关上门,躲回自己家里。只剩伊恩一人。

他这样做真是很好心,他一边想一边继续向前走。也许救了我一命呢,让我避免了被永久逐出此地的厄运。

他回到自己的房间,舒舒服服地坐下,把所有关于美国政治史的书籍摆到周围。我要通宵学习,他决定。因为我必须通过这次考试,再无退路。

为了不让自己睡着,他打开了电视。不一会儿,第一夫人那温暖又熟悉的形象就在屏幕上动起来,她的魅力填满整个房间。

"……在我们今晚的音乐时段,我们将欣赏一支萨克斯四重奏乐队的精彩演出,他们将演奏瓦格纳歌剧中的选段,尤其是我最喜欢的曲目,《歌唱大师》。我相信,我们可以一起享受这美妙动人的音乐,并且从中受益匪浅。在此之后,我的丈夫,总统先生和我本人,邀请诸位与一位老友重逢,他就是世界闻名的大提琴师亨利·勒克莱克,他将出现在杰洛米·科恩和科尔·波特主持的节目中。"她在屏幕上微笑,而伊恩·邓肯也在他成堆的参考书中微笑。

我想知道在白宫演奏会是怎样一种体验,他对自己说。有机会在第一夫人面前演出。我从未学过演奏任何乐器,这实在是太糟糕了。我不会演戏,也不会写诗、跳舞或者唱歌—— 一无所长。所以我还有什么希望呢? 唉,要是我生在音乐世家,如果我有个父亲或者哥哥,可以教我……

他闷闷不乐地在1975年法国基督教法西斯党崛起的部分写了几条笔记。然后,又像之前一样被电视吸引。他放下钢笔,脸朝向屏幕。尼科尔正在展示她偶然买到的一件代尔夫特瓦片。她解释说,这是从佛蒙特州的一家小店买到的。它的颜色是多么鲜艳可爱……他看着屏幕,完全迷醉其中,贪婪地看着她修长而有力的手指抚摸瓷片上的闪亮纹路。

"看这个小瓦片。"尼科尔正在用她微微嘶哑的声音说,"你们不想拥有这么可爱的东西吗? 它是不是很可爱?"

"是啊。"伊恩·邓肯说。

"你们中有多少人希望将来有一天能看到这样的瓦片呢?"尼科尔说,"举起手来。"

伊恩期待地举起手。

"哦,想看的还挺多。"尼科尔又露出她亲切可人、魅力无穷的微笑,"好吧,也许晚些时候,我们会再跟着镜头来一次白宫巡游。好不好呀?"

伊恩在椅子上跳上跳下,喊着:"好的,我愿意。"

在电视屏幕上,尼科尔看似在向他微笑。而他也以微笑回应。然后,恋恋不舍地感到一份重负压在他身上,他终于回过神来看自己的参考书。回到他严酷无趣的生活现实中去。

有什么东西敲响了他房间的窗户,然后有个声音小声叫他:"伊恩·邓肯,我没有太多时间等你哦。"

他转过身,发现外面的黑暗中浮着某种东西,一个鸡蛋形的玩意儿悬在半空。里面有个人向他用力挥手，一面继续叫嚷。那只巨蛋发出噗噗声，缓缓喷着气，里面的人把舱门打开，站了出来。

是他们已经来抓我突击考试了吗？伊恩·邓肯自问。他站起来，感觉很无助。这么快，我还没准备好呢。

飞行器里的男人生气地旋转喷射口方向，使其不断喷出废气直射建筑表面，吹落了墙面的一层泥灰。喷口扫过时，连窗户都融化掉了。透过新出现的开口，那人又叫了一次，试图吸引邓肯的注意力。

"嘿，邓肯！运作快一点儿！我已经接上了你哥哥。他在另一艘飞船上，已经上路了！"那人年纪不小，穿一件昂贵的天然纤维蓝条纹正装，灵巧地从悬空鸡蛋一样的飞行器上下来，伸脚跨进他的房间，"我们赶时间，马上就得出发。你不记得我了吗？艾尔也一样。好家伙，我还真佩服这帮人。"

伊恩·邓肯瞪着他，奇怪他是谁，艾尔又是谁，周围到底发生了什么。

"圣母手下的心理学家还真是工作得力，完美修改了你们的头脑。"老人喘息着说，"贝塞斯达医疗中心一定是个很神奇的地方。我希望他们永远不要把我送到那儿去。"他朝伊恩走来，两手按在他肩膀上，"警察正在查封我所有的'火箭丛林'。我必须逃回火星，我会带你们两兄弟一起。打起精神来。我是疯子卢克——你现在不记得我是谁，但等我们到达火星，见到你哥以后就会想起来了。走吧。"卢克拉着他走向墙面上的缺口，那里曾是窗户，两人靠近那艘飞行器——是一艘正浮在外面的简装飞船，伊恩意识到。

"好吧。"伊恩说，不知自己该带上些什么。到了火星还会需要什么呢？牙刷、睡衣，还是厚外套？他焦急地环顾整个房间，看了最后一眼。远处已经有警笛声传来。

卢克迅速钻进小飞船，伊恩紧随其后，拉住老人的手爬上来。小飞船的地板上，挤满了鲜橙色的甲虫模样的小动物。他们的触角都在朝他的方向挥舞。帕普拉，他记得这个名字，或者类似的叫法。

你现在安全了，帕普拉们在想，不要担心。疯子卢克会带你及时脱险，但时间紧迫。你只要放松就好。

"好啊。"伊恩说，他倚靠在简装飞船的侧面，放松。几年来第一次，他感到内心宁静平和。

飞船向夜空中疾驰，飞向遥远的全新的行星家园。

水蜘蛛

一

那天早上,阿伦·托佐一边思考着某个糟糕到令人难以忍受的景象,一边细心地把头刮得铮亮。在他脑海中的画面里,有十五名来自邻渣监狱①的囚犯,每人只有一英寸高,坐在玩具气球那么大的飞船上。那艘近乎光速的飞船,将永远行驶下去。乘客们既不清楚,也不关心自己将飞向何方。

这幻景最可怕的地方,就是它很可能是真的。

他擦干头皮,给皮肤涂了油,然后碰了下喉咙内的按钮。等到接通总局调度台之后,托佐说:"我承认,我们已经无法救回那十五个人,但至少我们可以拒绝继续派人。"

他的意见由调度台录音之后,随即发送给他的同事。大家都同意这点。他穿上罩衫、拖鞋,披上外衣时,听到他们的声音传来。显然,这次试航是个错误。现在就连平民百姓都知道

①"Nachbaren Slager"音译为"纳赫巴林·施莱哲",是个德、英混合的名称,大意为"隔壁的渣滓洞"。

了。但是——

"但我们还将继续。"托佐的上司埃德温·弗麦蒂的声音压倒了大家的议论,"我们连志愿者都有了。"

"也是邻渣监狱来的吗?"托佐问。那里的囚犯当然愿意报名,在那座集中营里他们活不过五六年。而如果前往比邻星的航程顺利,飞船上的人就将重获自由。他们将无须返回太阳系内有人居住的五颗行星。

"这些人来自哪里?又有什么关系?"弗麦蒂圆滑地说。

托佐回道:"或许我们的主要职能是改进美国刑罚体系,而不是到达其他恒星系。"他突然很想辞掉移民局的工作,以改革派候选人的身份进入政界。

后来,他坐在早餐桌旁时,妻子心疼地轻拍他的胳膊,"阿伦,你还是没能解决那个难题,是吗?"

"是的。"他坦率承认,"现在,我甚至都不在乎了。"他并没有告诉妻子,又有一整船罪犯被毫无意义地牺牲掉,说了也是徒劳无益。况且,政府严格禁止跟非公务人员谈论类似话题。

"他们能自己返航吗?"

"不能。因为他们从太阳系出发时放弃了一部分质量。要返回,他们就必须得到相等的质量来填补空白。关键就在这儿。"他感觉很无奈,呷了口茶,尽可能无视她。女人啊,他心里想,长得好看,脑子却不太灵光。"他们需要恢复质量,"他重复了一遍,"这要是往返航程,我估计就没有什么问题了。但这一次,尝试的是外星殖民,而不是原路返回的跟团旅行。"

"他们要多长时间才能到达比邻星呢?"莉奥诺拉问,"在所有人都被缩小,只有一英寸高的情况下。"

"大约四年。"

她瞪大眼睛，"太不可思议了。"

托佐一面嘟囔她大惊小怪，一面把椅子从桌旁向后推，站起来。他心里暗想：既然她觉得神奇，不如让那帮人把她带走好了。可惜莉奥诺拉不会真蠢到会去自愿报名。

莉奥诺拉轻声说："这么说我猜对了，总局确实派人试航了。你刚才的话等于已经承认了。"

托佐涨红了脸，"不要告诉任何人，尤其是你的那帮女性朋友。要不然，我肯定会被开除的。"他瞪着老婆说。

撂下这句狠话之后，他就去局里上班了。

托佐还在开办公室的门锁，埃德温·弗麦蒂就已经在招呼他了，"你觉得唐纳德·尼尔斯目前就在环绕比邻星的某颗行星上吗？"尼尔斯是一名臭名昭著的杀人犯，此前报名参加了移民局的某次航行。"我觉得——也许他正在搬运比自己身体大五倍的糖果呢。"

"这并不好笑。"托佐说。

弗麦蒂耸耸肩，"我只是想冲淡一下悲观气氛，感觉大家都有些泄气。"他跟着托佐进入办公室，"也许下次出航时，我们应该踊跃报名。"他说得跟真的一样，托佐迅速扫了他一眼。"开玩笑的。"弗麦蒂说。

"再试一次。"托佐说，"如果这次失败，我就辞职。"

"我要跟你说件事儿，"弗麦蒂说，"我们有个新招。"正说着，托佐的同事克雷格·吉利漫步进来。弗麦蒂对两人说："我们将尝试求助先知的办法来获取进入新星系的操作细节。"看到两位同事的反应后，他眼光闪烁。

吉利吃惊地说："但是所有先知都死了。二十年前，总统就已经下令把他们全部消灭了。"

托佐为此深受触动,"他是要回到过去,找来一名先知。我猜的对吗,弗麦蒂?"

"是的,我们就是这样打算的。"他的上司点头说,"回到属于先知的黄金时代,20世纪。"

托佐愣了一下,然后他记起来了,20世纪上半叶,曾经涌现过数量众多的先知——那些能够解读未来的人,他们甚至建立了一个行业组织,在洛杉矶、纽约、旧金山和宾夕法尼亚设立了分部。组织内的先知们彼此熟悉,开办了多种刊物,风行数十年之久。先知行会的人勇敢地公开刊载他们了解到的未来世界,但是——就整体而言,他们所属的社会并未给予他们太多关注。

托佐放慢语速,"请允许我确认一下啊。你的意思,是要使用考古部的时间旅行车,从过去绑架一位著名的先知?"

弗麦蒂点头说:"然后带他来这里帮我们。是的。"

"但他怎么可能帮得了我们? 他完全不了解我们的未来,只是知道他们世界的未来而已。"

弗麦蒂说:"国会图书馆已经允许我们查阅近乎齐全的20世纪先知杂志。"他坏坏地对托佐和吉利笑,显然乐在其中,"这是我的期望——希望不会落空——在这些伟大的著作中,我们应该能找到一篇详细论述重新进入星系问题的文章。这种概率,从统计学意义上讲,是非常大的……要知道,他们写过关于未来世界文明的方方面面。"

一阵沉默后,吉利说:"相当机智。我感觉这个主意能解决我们的问题,前往其他星系的光速旅行借此有可能成功实现。"

托佐闷闷不乐地说:"最好能在我们用光罪犯之前成功。"但他也喜欢上司的这个新点子。而且,他也期待能与20世纪的著名先知面对面交流。他们曾经创造了一个短暂的黄金时代——遗憾的是，这个时代已经结束很久了。

或许那时代也不短，如果你把起始时间定在乔纳森·斯威夫特——而不是 H. G. 威尔斯——那里。斯威夫特描写过火星的两颗卫星以及它们不同寻常的特色轨道，很久之后望远镜才证明了它们的存在。所以直到今天，教科书里还常常提到他。

二

国会图书馆的计算机仅花了一小会儿，就从那批变脆的焦黄杂志中筛选出唯一合适的那篇文章：它认为星际旅行必须经由消减及恢复质量来实现。爱因斯坦的学说过于盛行，人们普遍相信物体加速时质量也会增加，以至于20世纪的人都没有留意那篇不起眼的文章，它被登载在1955年8月出版、名为《如果》的杂志上。

在弗麦蒂的办公室，托佐坐在上司身边，两人一起研读那期杂志的复制版。那篇文章题为《夜航》，全文仅有几千个单词，但两人都读得很专心，且读完之前，两人都没说话。

"怎样？"读罢全文，弗麦蒂问。

托佐说："毫无疑问，这就是我们的计划，错不了。虽然有很多出入，比如它把美国系外移民局称为'星外探索有限公司'，移民局可不是一家私营企业。"他找到了文章对应的部分，"这里也很诡异。你显然就是这个人物——埃德蒙·弗莱彻——这个名字和你的名字很接近，虽然有差别。我就是这里面的艾利森·托雷利。"他满怀敬仰，摇头惊叹，"这些先知……他们脑子里真的有未来的轮廓，尽管有偏差，但整体而言——"

"大致准确。"弗麦蒂替他说完,"是的,我同意。这篇叫作《夜航》的文章写的就是我们,以及局里的项目……这里面把局里的项目叫作'水蜘蛛',因为飞船会像水蜘蛛一般跳跃式前进。天哪,这个名字相当完美,要是我们之前能想到的话。也许我们现在也可以改成这个名字。"

托佐慢悠悠地说:"但这位创作出《夜航》的先知在文章中任何地方都没有真正给出恢复质量的方法,甚至连去除方法都没有写。他只是简单地提到'我们明白了'。"他拿起杂志复印件,大声朗读其中的段落:

到达目的地之后,如何让飞船及其乘客恢复原有质量,曾经让托雷利和他的研究团队非常为难,但他们最终成功解决了问题。在最初那艘"海巡号"不幸爆聚之后——

"仅此而已。"托佐说,"这对我们有什么用呢?是的,这位先知早在一百年前就经历了我们现在的处境,但他的文章省略了关键性技术细节。"

两人都沉默了。

最终,弗麦蒂思忖着说:"这并不意味着他不知道技术数据。我们现在知道,他们行会的大多数成员通常都是受过严格培训的科学家。"他查阅了一下背景报告,"是的,在没有使用其先知能力时,他在加州大学担任鸡脂成分分析师。"

"你还是打算动用时间旅行车把他带到现代?"

弗麦蒂点点头,"我只希望时间旅行车能够双向使用,假如我们可以潜入未来,而不仅仅只能回到过去,我们就不必让这位先知犯险——"他看了一眼文章旁边的署名,"这位波尔·安德森先生。"

托佐心里一凛,"会有什么风险呢?"

"我们或许无法将其送回属于他的时代。或者——"弗麦蒂停顿了一下,"我们也许会在时间旅行途中丢失他的一部分身体,只送回他的残躯。要知道,时间旅行车曾经破坏过很多东西。"

"而且这个人并不是邻渣监狱里的罪犯。"托佐说,"所以你没理由为事故推托。"

弗麦蒂突然开口道:"我们要做到万无一失。为减少风险,我们派一组人跟车回到过去,回到1954年。他们可以控制住波尔·安德森,确保他的整个身体都进入时间旅行车,而不是只有上半身或者左半边在车里。"

事情就这样决定了。考古局的时间旅行车将回到1954年的世界,捕获先知波尔·安德森。没有商量的余地了。

美国政府考古部的研究显示:截至1954年9月,波尔·安德森一直住在加州伯克利城格罗夫街。当月,他曾前往旧金山的弗朗西斯·德雷克大酒店参加某个全美先知的顶级聚会。很可能就是在那次大会上,安德森和其他与会专家一起确定了先知们来年的基本政策立场。

"其实很简单。"弗麦蒂向托佐和吉利解释道,"我们派两个人回去,他们将携带假证件,表明自己也是全国先知组织的成员……证件就是一张塑封的方形纸片,别在衣襟上。当然,他们也要穿上20世纪的服装。他们将找到波尔·安德森,然后把他带到僻静处。"

"跟他说什么呢?"托佐怀疑地问。

"我们的人会说,他们属于一个没注册的先知爱好者组织,来自密歇根州的拜特里克小城,他们建造了一台有趣的机器,试图呈现未来时代的时间旅行者的风貌。他们将邀请安德森先生——这位享誉当代的名人——到他们创作的时间旅行车旁边摆拍照片,接着便会请求他坐进车里再拍一张。我们的研究表明,在同时代的人看来,安德森是个温和又亲切的人。而且,在这种年会上,他常常受到同行们乐观情绪的感染,玩起来特别放得开。"

托佐说:"你的意思是他吸食所谓的'升天药'? 他也是个'瘾君子'?"

弗麦蒂微微一笑,"并不是。你说的那种事曾经在一帮小毛孩中间流行,不过那是十年以后的事儿了。我说的是摄入酒精而已。"

"我知道了。"托佐点头说。

弗麦蒂继续讲:"至于说到困难,我们必须应对的挑战之一,是安德森带了他的妻子凯琳参加这次秘密大会,她穿着闪亮的胸罩、短裙和金属头盔,打扮成维纳斯的侍女;他甚至还带了刚出生的女儿阿斯特里德。安德森本人并没有穿戴任何掩饰身份的服装。和20世纪大多数先知一样,他没有焦虑症,是个精神非常稳定的人。

"然而,在正式会谈之间的自由讨论时段,先知们会离开他们的妻子,四处闲逛,打打扑克、聊聊天,据说有些人会把同行搞蒙——"

"'搞蒙'?"

"嗯,就是绕晕了。反正呢,他们会三五成堆地出现在酒店大堂,我们打算趁这个时段抓走他。在一片混乱中,他的消失不至于引起太多人注意。我们应该能把他送回到同一个时间，或者仅差几小时，或早，或晚……最好不要太早，那样的话，会场就会出现两个波尔·安德森，那就尴尬了。"

托佐很欣赏这个计划，"听起来很靠谱。"

"还好你喜欢这个计划。"弗麦蒂坏坏地说，"因为你将是被派去的团队成员之一。"

托佐高兴地说："那我最好马上着手学习20世纪中期的生活细节。"他拿了另外一期《如果》——1971年5月版，他从第一眼看到就被它吸引了。当然，1954年的人不可能知道这期杂志的内容……但他们早晚会读到的。等他们看到了，肯定会过目不忘……

这期将第一次刊载雷·布拉德伯里的名作，文章名字叫《传道者》，这位来自洛杉矶的先知，在这篇文章里预见了恐怖的加特曼主义者出现，他们发起的革命将席卷各大行星。现在，加特曼已死，他残留的狂热信徒也已经堕落成了滥杀无辜的恐怖主义者。但是，假如世人听从了布拉德伯里的警告——

"皱眉是什么意思?"弗麦蒂问他，"你不想去吗?"

"我想去。"托佐心事重重地说，"但此行责任重大。我们要面对的，可不是什么等闲之辈。"

"这是毫无疑问的。"弗麦蒂点头说。

三

二十四小时后，阿伦·托佐站在镜子前，审视自己的20世纪扮相，希望能成功骗过安德森，把他诳入时间旅行车。

这套装束已经极尽完美。托佐甚至还装了那时代常见的齐腰长髯和八字胡——据考证,这是20世纪50年代美国非常流行的样式。他还戴了假发。

正如大家所知道的那样,假发当时风靡整个美国。男男女女都以扑了粉的假发为荣,发色斑驳多彩,红、绿、蓝,当然还有贵族灰。这是20世纪最滑稽的现象之一。

托佐很喜欢自己戴的亮红色假发。这可是真品,来自洛杉矶文化史博物馆,馆长还特地向他保证,这顶是男款,绝非女式。所以,他们已经把被看穿的风险降到最低,他们不太可能被发现来自一个完全不同的未来社会。

但是,托佐还是很担心。

不过计划已定,现在已经到了出发的时间。托佐跟另外一位入选的同事吉利一起坐进时间旅行车,他占据了控制台前的位置。考古部提供了一份完整的操作说明,现在正放在他面前。吉利锁好舱门,托佐随即"勇执牛角"(这是20世纪的俗语),发动了时间旅行车。

刻度盘飞旋。他们正在回溯时间,回到1954年的旧金山先知大会。

吉利在他身边,仍在借助参考书演练20世纪习语。"齐定子挨点(一定就是这儿了)……"吉利清清嗓子,"考尔·罗伊来过。"他咕哝着念,"啥事? 别怂,像个男人! 这舞会厌毙了。"他摇摇头,"真搞不懂这些话在表达什么。"他内疚地对托佐说,"比如,'23'为什么会代表'快逃走'?"

红灯闪烁,时间旅行车即将抵达目的地。片刻之后,发动机关闭。

他们已经停在旧金山市德雷克大酒店门口的马路边。

四面八方都是穿着古老式样服装的行人。托佐马上发觉,这里没有单轨索道,视野里的交通工具全都在地面上。这得多堵啊,他想。眼见汽车和公交车一寸一寸在拥挤的马路上挪动。一位穿蓝衣的官员竭尽所能地挥手指挥交通。整个交通体系是一个巨大的失败。

"该进行第二步计划了。"吉利说,但他也瞪大眼睛盯着地面上行驶的车辆。"我的天,"他说,"你看那些女人,她们的裙子好短,哇,连膝盖都露出来了。这些女人为什么没有感染威斯克病毒死掉呢?"

"我不知道。"托佐说,"但我知道,我们必须进入德雷克大酒店。"

两人小心翼翼,打开时间旅行车门,跨到车外。托佐立刻意识一件事,已经有哪里出了问题。

这个时代的人都是不留胡子的。

"吉利,"他赶紧说,"我们必须摘掉络腮胡和八字须。"他迅速扯掉吉利的胡子。但至少假发是对的,所见的人都戴了某种形式的假发。托佐看到的秃头极少。女人们也都有浓密的假发……或者,这是假发吗?他们有没有可能真的留了天然的头发?

无论怎样,他和吉利现在应该合格了。进入德雷克大酒店,托佐一面安慰自己,一面带着吉利前进。

他们快步穿过人行道——这时代的人的步行速度慢得令人吃惊。两人进入古旧的酒店大堂。这里简直像一座博物馆,托佐环顾周围时心想,我真想在此逗留一会儿……但他们别无选择。

"我们的证件怎么样?"吉利紧张地说,"能混过检查吗?"脸部毛发的错误已经动摇了他的信心。

他俩的衣襟上都别了专家制作的假证。证件有效。他们很快就坐上一台浮升机,或者说老式电梯,前往正确的楼层。

电梯把他们送进一座拥挤的大厅。男人们的脸上都刮得干干净净,他们戴了假发,也可能是留了天然头发,三五成群,谈笑风生。其间还有几位美女,有的身穿所谓的紧身衣,贴肉的那种。女人们面带微笑,来往逡巡。尽管这时代的风俗没有让她们袒胸露乳,但还是很好看。

吉利低声说:"我好震惊啊,这房间里可有好多历史上最厉害的——"

"我知道。"托佐低声回答。计划可以暂缓,至少拖延一小会儿没有问题。这可是观察先知的难得机遇,甚至可以同他们交谈,聆听他们的讲话……

前方走来一位高挑、英俊的男士,身穿黑色正装,上面有些人造的闪闪发亮的小斑点,应该是某种合成物。他戴着眼镜,头发及身上的一切都是暗色的。托佐偷看了一眼他的名牌。

这个高大英俊的人,就是A. E. 范·沃格特。

"嗨!"另外一个人——也许是先知崇拜者吧——正拦住范·沃格特说话。"我读了你的作品《非A世界》的两种版本,还是没能搞清楚文章里的'他'怎么回事。您知道的,就是结尾部分。您能为我解读一下吗?还有,当他们开始爬树,然后就——"

范·沃格特停下来,脸上露出友善的微笑,"好吧,我告诉你一个秘密。我开始写的时候,想好了一个情节发展路线,但是写到半截写不下去了。所以我不得不另想了一段情节,嫁接到原来的情节上,以便完成整个故事。"

托佐凑上去听,感觉范·沃格特身上像是有一种磁力。他是那样高大、有魅力。是的,托佐对自己说,治愈型魅力,就是这个词儿。他不断散播出一种与生俱来的善良品质。

范·沃格特突然说："我有急事找那边那个人。"他没有再跟崇拜者说什么，大步离开，消失在人群里。

托佐兴奋得有些眩晕。他居然见到了 A. E. 范·沃格特本人，还听到他说话——

"看！"吉利扯着他的袖子说，"那边那个大块头，看起来很友好的人，他就是霍华德·布朗，这个时代的《惊奇》杂志的编辑。"

"我还得赶飞机。"霍华德·布朗正在对围在其身边聆听的人群解释。他焦急地四下张望，尽管他的样子仍然和蔼可亲。

"我想知道，"吉利说，"阿西莫夫博士是否在场。"

我们可以打听一下，托佐决定。他走到一位身穿绿色紧身衣、头戴金色假发的女士面前，"阿西莫夫博士在哪儿？"他用这个时代的句式清晰地问道。

"谁知道？"女孩答道。

"他在这儿吗，小姐？"

"哈。"女孩说。

吉利又一次拉扯托佐的袖子，"我们必须找到波尔·安德森。还记得吗？尽管跟这女孩搭讪也挺好——"

"嘿，我这儿打听阿西莫夫呢。"托佐凶巴巴地说。毕竟，阿西莫夫曾是整个21世纪正电子机器人产业的奠基人。他怎么可能不在这里？

一位健壮的型男走过他们身旁，托佐认出他是杰克·万斯。他确定，杰克比在场所有人更像一名勇敢的猛兽猎人……我们必须当心这个人，托佐心想，如果冲突起来，万斯一个人就能轻松解决我们两个。

吉利跟那个穿绿衣的金发女郎聊起来了。"默里·莱恩斯特呢?"吉利在问,"那人关于平行时间的论文,现在还处于理论研究的前沿呢,他是不是——"

"我可不知道。"女孩用一种厌烦的声调答道。

有群人围在他们对面的某人周围,大家都在听一位核心人物讲述,"……好吧,如果像霍华德·布朗一样,你们都更喜欢飞行的话,没问题。但我强调,这很危险。我从不乘飞机,事实上,连坐汽车都很危险。我通常都躺在后排座位上。"这人戴了极短的假发,系了蝴蝶结,他有一张讨人喜欢的圆脸,但眼神却很犀利。

这是雷·布拉德伯里,托佐马上朝他走去。

"站住!"吉利生气地低声制止他,"记住我们要找的是谁。"

在布拉德伯里后面,托佐看到一位沧桑老者,戴着小眼镜,身着棕色上衣,坐在吧台前,小口喝酒。他对雨果·根斯巴克早期出版物的插图还有印象,认此人来自新墨西哥州,是位特立独行的传奇先知,杰克·威廉森。

"我认为,《时间军团》是我读过的最精彩的长篇科幻小说。"另一个人——显然是先知崇拜者——正在激动地对杰克·威廉森说。威廉森满意地点点头。

"那个本来想写成短篇的,"威廉森说,"但故事不断成长。是的,我也喜欢那一部。"

与此同时,吉利一直在闲逛,他走进了相邻的一个房间。他在一张桌子旁发现一男两女在深谈。其中一位女士——深色头发,露着肩膀,很漂亮那位——看名牌是伊芙琳·佩姬。而较高那位女士,就是著名的玛格丽特·圣克莱尔,吉利马上说:

"圣克莱尔夫人,您在1959年9月号《如果》上发表的那篇

《猩红六足机》是最优秀的——"然后他顿住了。

因为圣克莱尔夫人还没写过那篇文章。事实上,她自己尚对那部作品一无所知。吉利紧张地涨红了脸,后退几步。

"抱歉,"他咕哝道,"请原谅,我有些昏头了。"

玛格丽特·圣克莱尔扬起一侧眉毛,"1959年9月发表?你是谁?未来访客?"

"搞笑。"伊芙琳·佩姬说,"我们继续吧。"她的黑眼睛不客气地刮了吉利一道,"那么,鲍勃,我理解呢,你刚才说的是这个意思——"她是向着对面的男子说的。吉利惊喜地发现,这个表情严肃、脸色灰白的人,居然是罗伯特·布洛赫本人。

吉利说:"布洛赫先生,你在作品集《银河:安息日》中的文章真是——"

"你恐怕认错了人,我的朋友。"罗伯特·布洛赫说,"我从未写过一篇这个名字的文章。"

我的天,吉利这才意识到,自己又犯了同样的错误,《银河:安息日》也是尚未写出的作品。我最好还是离开这里吧。他回到托佐身边,发现这位同伴身体僵直,呆立原地。

托佐说:"我已经找到安德森了。"

吉利马上转身去看,也紧张了起来。

两人都曾认真研究过国会图书馆提供的照片。前方站着的正是这位著名先知,高挑修长,身板挺拔,甚至有点儿瘦削,他有鬈曲的头发(或者假发),戴着眼镜,眼里泛着友善的光芒。他一手拿着威士忌酒杯,正在跟另外几位先知聊天。显然,他乐在其中。

"嗯,啊,我想想啊。"安德森说,托佐和吉利悄悄凑上来,加入这一群人。"什么?"安德森把手放在耳朵边,努力听清另一位先知正在说的话。"哦,嗯,可不,你说得对。"安德森点头,"是的,托尼,嗯,我完全同意你的意见。"

另一位先知,托佐这才发觉,就是了不起的托尼·鲍彻,他对下个世纪的宗教复兴的预测超乎想象,对机器人洞穴中神迹的详尽描述简直……托佐崇敬地紧盯着鲍彻,然后转身继续面对安德森。

"波尔,"又一位先知说,"让我告诉你,如果1943年英国人真的入侵意大利,意大利人会如何把他们赶走。英国人会住酒店,当然还要选最高档的,意大利人会借此痛宰他们。"

"哦,好主意。"安德森点头微笑,调皮地眨着眼睛,"然后这帮自诩绅士的英国人肯定不会讨价还价——"

"但会在第二天一早结账走人。"另一位先知替他说完,除了吉利和托佐,众人皆大笑起来。

"安德森先生,"托佐紧张地说,"我们是密歇根州拜特里克城一个业余先知爱好者团体的成员,想请您站在我们的时间旅行车旁边拍些照片。"

"您说什么?"安德森问。手又放到了耳朵边。

托佐重述了刚才的话,试图压过周围的吵闹声,让对方听清楚。至少,安德森像是明白了。

"噢,这个嘛。它在哪里?"安德森亲切地问。

"楼下马路边。"吉利说,"它太重,没法搬上来。"

"好的,假如不用花太多时间的话。"安德森说,"我觉得应该不用太久。"他向谈话的各位告辞,跟在两名陌生人身后走向电梯。

"是时候建造蒸汽发动机了。"有个矮胖的人看他们经过,就向他们喊道,"波尔,该建造蒸汽机喽。"

"我们下楼一趟。"托佐紧张地回应。

"既然下楼,何不倒立行走?"那位先知笑呵呵地挥手告别。电梯到达,三人进到里面。

"克里斯今天很兴奋。"安德森说。

"非常兴奋。"吉利说。这是他从短语手册里学到的用法。

"鲍勃·海因莱因在吗?"安德森问托佐,"我听说他跟米德莱德·克林格曼去了什么地方,聊有关猫的话题,然后就再也没人看到他们回来。"

"这就是生活。"吉利说,他又在演练20世纪短语。

安德森把手放在耳边,有点儿局促地笑笑,但没说什么。

他们到了室外,马路边。看到那辆时间旅行车,安德森吃惊地眨眨眼。

"真是难以置信。"他靠近车子,"相当惊艳啊。当然,呃,我很乐意在它旁边拍照。"他挺直了瘦削的身体,露出托佐已经见识过的亲切微笑,几乎像孩童那样纯真可爱。"啊,这样可以吗?"安德森有点儿不好意思地问。

吉利用国家博物馆找来的20世纪真品照相机拍了一张照片。"现在,请上车。"他要求道,同时看了一眼托佐。

"嗯,好的,当然。"波尔·安德森登上台阶,坐进车里,"天哪,凯琳一定会,呃,喜欢这个。我真希望刚才把她叫上。"

托佐迅速跟着上车。吉利也钻进来,关紧车门。托佐坐在控制台前,手执说明书,连续按键。

发动机开始轰鸣,但安德森就像没听见。他还在出神地盯着控制键看,两眼溜圆。

"我的天。"他说。

时间旅行车回到了当代,安德森还沉浸在对控制台的研究中。

四

弗麦蒂迎接了他们。"安德森先生。"他说,"见到您非常荣幸。"他伸出一只手,但安德森正忙于透过身旁敞开的舱口观察远处的城市,甚至没发觉那只伸过来的手。

"话说,"安德森的脸在抽搐,"唔,那个,是什么?"

他完全被单轨交通系统吸引住了,托佐猜想。这有点儿奇怪,因为在安德森的时代,西雅图应该已经有了单轨车系统……或者历史写错了?是更晚时候才出现?无论如何,安德森现在的表情相当困惑。

"单人轨道车。"托佐站到他身旁,"你们的单轨车只有多节车厢的列车。后来,您的时代之后,每位居民的房子都能连接上单轨出口,大家只需要把车开出车库,就能接入轨道终端,从那里驶入城市交通网。您明白了吗?"

但安德森依然很困惑。事实上,他的表情更加严峻了。

"唔,"他说,"你说'我的时代'是什么意思?我已经死了吗?"他看上去有点儿失落,"我还以为死后会有瓦尔哈拉神殿、维京人什么的。没想到阴间这么有未来感。"

"您没死,安德森先生。"弗麦蒂说,"您面对的,是21世纪中叶的人类文明。我必须提醒您,先生,您已经被绑架了。但您会被送回去的。我代表官方向你郑重承诺。"

安德森惊得张大嘴巴。但什么都没说。他目不转睛地盯着外边的世界。

　　唐纳德·尼尔斯——这个臭名昭著的杀人犯——正坐在会议室唯一的桌子旁边。他计算出当自己身处移民局的光速星际飞船时，自己的身高仅有地球上的一英寸。他满心怨恨地诅咒着："这刑罚真是残忍又变态。"他咬牙切齿地补充道，"这违宪了。"然后他才想起自己是自愿报名的，只为逃离邻渣监狱。那个该死的地方，他暗自想道，不管怎样，我总算离开了那里。

　　然后，他继续对自己说，哪怕我现在只有一英寸高，我也已经成了这艘破烂飞船的船长；而如果它能顺利抵达比邻星，我就将成为那个破烂星系的"系长"。我亲自追随加特曼学习过，可不是吃干饭的。如果这样的前景还比不上邻渣监狱，我就不知道还有什么更好的出路了……

　　他的大副，佩特·拜利，把脑袋伸进了会议室，"嘿，尼尔斯，我一直在遵循你的命令，检查这份古老又怪异的先知期刊《大吃一惊》。这个'金星轨道站'系列里有短篇写到了物质传输机。但我要说，尽管我曾是全纽约最擅长修电视机的人，可这不代表我们能造出那玩意儿。"他瞪了下尼尔斯，"你这要求相当过分。"

　　尼尔斯冷冷回答："我们一定要返回地球。"

　　"你的好运用完了。"拜利告诉他，"比邻星更实际一些。"

　　尼尔斯愤怒地用手一扒拉，众多微缩杂志掉落在飞船的地板上，"该死的移民局！他们耍了我们！"

　　拜利耸耸肩，"不管怎样，我们这儿有充足的食物、丰富的藏书，还能每晚看3D电影。"

　　"等我们到达比邻星，"尼尔斯吼道，"我们将已经看过所有电影——"他算了一下，"两千遍。"

"好吧。那不看就行了呗，或者我们可以把电影倒着放。你的研究成果怎样？"

"我发现一篇文章，登在《太空科幻》杂志上。"尼尔斯思忖着说，"标题叫《变量人》，是讲超光速传输的。你从一个地方消失，然后在另一个地方出现。索尼克公司有个叫科尔的小子，将来会完善这门技术，反正20世纪的先知是这样写的。"他沉思了片刻，"如果我们能建造一艘超光速飞船，我们就能返回地球了。我们还可以接管它。"

"你那是痴人说梦。"拜利说。

尼尔斯瞪着他，"我才是老大。"

"好吧，"拜利说，"无论怎么疯，你都是老大。回到地球是不可能的啦。我们最好永远忘掉故乡，重新在比邻星的行星上规划我们的新生活。感谢上帝，船上还有女人。我的神啊，就算我们真能回去……一英寸的矮人又能干什么？我们只能成为笑柄。"

"没人敢嘲笑我。"尼尔斯低声说。

但他知道拜利是对的。如果他们通过研读飞船上的微缩文件，能找到安全降落在比邻星行星表面的方法，就已经非常幸运了……即便是这个目标，也已经难比登天了。

我们会成功的，尼尔斯告诉自己，只要所有人都听我命令，完全按照我的意愿行动，不要问任何愚蠢的问题。

他弯下腰，激活了1962年12月的《如果》杂志。这一期里，有一篇他特别感兴趣的文章……而他还有四年时间可以阅读、消化，然后实现它。

弗麦蒂说："您的预知能力，想必已经让您对眼下的情况有所准备了,安德森先生。"尽管极力控制,他的声音还是显得紧张。

"不如现在就送我回去?"安德森问,他的声音听起来依然很冷静。

弗麦蒂迅速扫了托佐和吉利一眼,对安德森说:"您知道的,我们碰到了一个技术难题,所以才把您带到了我们的时间线。您知道——"

"我觉得,你们最好还是,呃,送我回去。"安德森打断了他,"凯琳会担心的。"他伸长脖子,四下张望,"我就知道未来会有这个。"他的脸抽搐着,"跟我预想的世界还真没有太大不同……那边高高的东西是什么?看上去很像从前保守派的格调。"

"那个,"托佐说,"是一座祈祷塔。"

"我们的问题,"弗麦蒂耐心地解释,"跟您在1955年8月发表于《如果》杂志的文章《夜航》有关。我们已经成功地消除了星际飞船的质量,但是在恢复其质量方面,却碰到了——"

"啊,哦,是啊,"安德森有些心不在焉地说,"我近期正在考虑这种设定。再过几周,就能发给斯科特了。"他解释道,"我的经纪人。"

弗麦蒂考虑了一会儿,然后说:"您能给我们讲讲质量重构的方法吗,安德森先生?"

"唔,"波尔·安德森慢悠悠地说,"是啊,我觉得这个术语不错,'质量重构'……我可以接受这个名词。"他点点头,"我其实还没有想出什么方法。我不想让小说设定掺杂过多的技术细节。但如果他们想要的话,我其实也能编一套出来。"随后他沉默不语,显然是在冥想他自己的未来世界。三个人静候一旁,但安德森并没有再说什么。

"作为先知,您预知未来的能力……"弗麦蒂开口了。

"你叫我什么?"安德森手又放到了耳边,"先知?"他羞涩地笑了,"哦,不,我可不至于这么高看自己。我知道约翰相信这一套,但我不会这样说,因为我拿杜克大学的一些实验当作参考依据。"

弗麦蒂长久地凝视安德森,"就以1953年1月《银河》杂志的第一篇文章为例,"他平静地说,"《守护者》……关于人们生活在地底,而机器人活在地上,假装在进行一场战争,但实际上并没有。它们只是把报告写得精彩纷呈,以至于人们——"

"我读过那篇,"波尔·安德森表示同意,"个人感觉那是很优秀的作品,只是结尾欠佳。我不太喜欢那篇的结局。"

弗麦蒂说:"文章里的情况在1996年——也就是第三次世界大战期间——真的发生了。您能猜到吗?正是受那篇文章的启示,我们才揭穿了地表机器人的伪装。那篇文章里的几乎每一个字都准确无误地预言了——"

"菲尔·迪克写的那篇吗?"安德森问,"《守护者》?"

"您认得他吗?"托佐问。

"昨天才在大会上见过他。"安德森回答,"初次见面。那哥们儿很紧张,几乎不敢进门。"

弗麦蒂问:"我是否能理解为:你们所有人都不知道自己拥有预见未来的能力?"他的声音在颤抖,已经完全失控了。

"这个嘛,"安德森一边对弗麦蒂微笑,一边缓缓说道,"还是有些科幻作者相信这个的。我感觉阿尔夫·范·沃格特就相信。"。

"但你本人不知道吗?"弗麦蒂追问,"你在一篇文章里描述过我们。你精确地描写了我们的办公室,还有星际航行计划!"

过了一会儿，安德森嘟囔着说道："我的天，难以置信。不，我真不知道这个。唔，谢谢你告诉我。"

弗麦蒂对托佐说："显然，我们不得不重新完善对20世纪的认知。"他看上去疲惫不堪。

托佐说："考虑到我们的目的，其实我们并不在乎他是否以先知自居。因为不管这些人有没有察觉，预知能力都客观存在。"在他看来，这一点显而易见。

与此同时，安德森已经走开了一段距离，站在一旁，观察附近一家礼品店的橱窗。"里面好像有很多有趣的东西，我应该买点儿什么带回去送给凯琳。我可不可以——"他疑惑地转向弗麦蒂，"我能不能进店里稍微逛逛？"

"好的，好的。"弗麦蒂不耐烦地答应了。

波尔·安德森消失在礼品店里，留下他们三人继续争论他们新发现的含义。

"我们现在应该做的，"弗麦蒂说，"是让他回到自己最熟悉的环境里：面对一台打字机。我们必须说服他写一篇文章，关于质量削减和恢复。他本人是否相信文章内容无关紧要，事实终归是事实。国家博物馆应该有20世纪的打字机以及8.5×11英寸的白纸。你们同意吗？"

托佐沉吟着说："我还是跟你说我的想法吧。你让他进礼品店，大错特错。"

"为什么？"弗麦蒂问。

"我明白他的意思了。"吉利得意地说，"我们再也见不到安德森了。这家伙拿老婆做幌子，说要去买礼物，实际上已经溜走了。"

弗麦蒂面如死灰，转身跑进礼品店。托佐和吉利随后跟上。

店里没有人。安德森果然已经甩掉他们，他逃走了。

波尔·安德森溜出礼品店后门，暗自盘算：我觉得他们抓不到我，至少不能马上抓到，我在这儿有太多事情要做。他意识到这是一个不可多得的机会。等我老了，可以给阿斯特里德的儿女讲这段冒险故事。

女儿阿斯特里德也让他想到另一个显而易见的事实：最终，他还是要回到 1954 年，为了凯琳和孩子。不管他在这里能找到什么，对他来说，都是过眼云烟。

但与此同时……首先我要去图书馆，随便一家图书馆。他决定了。到那儿之后，就要好好读下历史书，看看 1954 年到现在都发生了些什么。

我很想知道，他对自己说，冷战最终是何种结局，是美国还是苏联胜出。还有太空探索，我敢打赌，他们在 1975 年前肯定能把人类送上月球。当然，现在的人正在探索太空。见鬼，他们连时间旅行车都有了，所以征服太空肯定也是势在必得。

波尔·安德森看到前方出现一道门。门开着，他毫不犹豫走了进去。这次又是某种商店，不过要比刚刚的礼品店大一些。

"先生，您好。"有人说道，然后一个光头男人向他走来——看起来，这个时代的人全都是光头。那人瞥了一眼安德森的头发和他的衣服……不过店员很有礼貌，什么都没说。"您有什么需要吗？"他问。

"唔。"安德森一时不知所措。这地方是卖什么的？他环顾周围，某种闪亮的电器。但……它们是做什么用的？

店员问："你最近都没有纳抽吗？"

"那是啥？"安德森反问。纳……抽？

"你知道吗？春季新型纳抽机已经到货。"店员说着，朝最近那台闪闪发光的球型机器走去，"是的，"他对波尔说，"您身上的确有那么微不足道的一点点复古感——没有不敬的意思，先生。我是说，复古又不犯法。"店员干笑了一下，"比如说，您这套奇异的衣服……是自己做的吧？我必须承认，自己制作衣服是一种非常有内涵的行为。布料也是您自己织的？"店员做了个鬼脸，像是吃了什么苦涩的东西一样。

"不是。"波尔说，"实际上，这是我最好的一套衣服。"

"嘿嘿，"店员说，"先生您真会开玩笑，相当诙谐。但您的头皮怎么回事？您应该有几星期没有剃头了吧？"

"的确。"安德森承认，"好吧，也许我需要一台纳抽机。"显然，这个世纪的人都有纳抽机，就像他那个时代人人都看电视一样。这是生活必需品，有了它，才能算是文明体系的一部分。

"您家里有几口人？"店员一面问，一面拿出一根尺子，量了安德森的袖长。

"三口。"波尔有些懵懂地回答。

"最年轻的家人有多大？"

"刚出生。"波尔回答。

店员的脸瞬间就没了血色。"滚出去。"他恶狠狠地说，"要不我就报告波波警了。"

"那个，您刚才说什么？抱歉我没听清。"波尔又把手放在耳朵边，不确定自己有没有听错。

"你是个罪犯，"店员咕哝道，"应该被关进邻渣。"

"好吧，总之谢谢你。"波尔走出商店，回到人行道上。他向后瞥了一眼，看到店员还在狠狠地瞪着自己。

"你是外国人吗？"有人在问，是女人的声音。她在路边把车停了下来。波尔觉得，这车的样子就像一张床。事实上，他意识到，那应该就是一张床。女人以睿智冷静的眼神打量着他，黑眼睛炯炯有神。尽管她锃亮的光头让波尔有点儿紧张，但还是觉得她很有魅力。

"我来自另一种文明。"波尔说。他发觉自己无法把目光从她身体上移开。这个社会的女人穿衣服全都是这样吗？露出肩膀他还能理解，但是要露——

还有那张床。身体的裸露部位加上床，两者搭配的效果对他的刺激有点儿大。她是从事什么行业的？还在公开场合。这是什么社会啊……看来在他的时代之后，人类风俗变化蛮大的。

"我在找图书馆。"波尔说。他不敢过于靠近那辆车——那张有发动机和轮子以及方向盘的床。

女人说："图书馆离这儿还有一个拜特。"

"呃，"波尔问，"什么是'拜特'呢？"

"显然，你在耍我。"女人身体的所有可见部分都涨成了深红色，"这并不可笑，甚至比你毛茸茸的脑袋还要恶心。真的，你的玩笑和你的头都不好笑，至少我没觉得。"但她还是没有离开，她还在原来的地方，细细打量着他，"也许你需要帮助，"她下定了决心，"你当然知道，警察要是乐意，随时都可以把你抓起来。"

波尔问："那个，我们能不能找个地方，我请您喝杯咖啡，然后我们聊聊？我很想找到图书馆。"

"我可以跟你一起。"那女人表示同意，"尽管我完全不知道'咖啡'是什么鬼东西。如果你敢碰我，我马上报警哦。"

"不要那样做。"波尔说，"那样毫无必要。我只是想查阅一些历史资料。"然后他才想起，如果自己能接触到技术资料，才真的每件都是宝。

如果能偷偷带一本书回到1954年，什么书最有价值呢？他搜肠刮肚思索。历书、字典……一本科普类的教科书，给普通人讲解各个技术门类的基础；对，就是这个。七年级课本或者高中课本都行。他可以把封皮撕下来扔掉，把书藏在外套里面。

波尔问："学校在哪里？距离最近的学校。"他现在觉得这件事刻不容缓。他毫不怀疑那些人正在追捕他，也许他们很快就到。

"'学校'是什么？"那女人问。

"就是孩子们去上学的地方啊。"波尔说。

那女人平静地说："你这条可怜虫，还真是有病。"

五

有那么一会儿，托佐、弗麦蒂和吉利默然相对。然后托佐极力控制着腔调说："显然，你们都知道他会落到何种下场。波波警将会逮捕他，用单轨快车把他送进邻渣——因为他的外表。他甚至可能已经被关进去了。"

弗麦蒂立刻冲向最近的视频电话亭，"我要马上联系邻渣管理层。我要跟波特谈谈，我觉得他还可以信赖。"

过了一会儿，波特少校壮硕凶恶的面庞出现在屏幕上，"哦，你好啊，弗麦蒂。你们又想要更多罪犯吗？"他咯咯笑起来，"你们消耗的速度比我们还快啊。"

在波特身后，弗麦蒂瞥见巨型监禁营的露天活动区。罪犯们——不管是政治犯还是刑事犯——都在四处游荡，有人在伸腿儿，还有人在玩沉闷且无意义的游戏。这些人不工作时总爱玩这种游戏,有时一局甚至能持续好几个月。

"我们这次想要的,"弗麦蒂说,"就是防止一个人被交到你手上。"他描述了波尔·安德森的特征,"如果有单轨车把他送到,请马上通知我。而且不要伤害他。我们想要他安全返回。"

"当然可以。"波特和气地说,"等一下啊,我到新囚犯名单里搜一下。"他按下右手边的一个按钮,一台315-R型计算机发出启动时低沉的嗡嗡声。波特敲击了几个按键,"如果他被送来,这个程序会把他单独挑出来。我们的收监程序将拒绝接收他。"

"现在还没到吗?"弗麦蒂紧张地问。

"没有。"波特回答,然后故意打了个哈欠。

弗麦蒂切断了通话。

"现在怎么办?"托佐问,"如果动用木卫三嗅探海绵,我们倒可能发现他。"但那是一种很讨厌的生物,一旦发现目标,它们就会像水蛭一样叮在目标的血液系统上。"或者用机械探测方式,"他又说,"用侦知射线。我们已经有安德森的脑波特征文件了,对吧?但这样一来,警察肯定要介入了。"根据法律,侦知射线是警察专用的刑侦手段。毕竟就是依靠它,才得以抓获加特曼本人。

弗麦蒂斩钉截铁地说:"我的意见是面向全行星播出二类警示信息。这将激活全体公民,他们可都是优秀的告密者。他们知道,如果能发现二类警示对象,就能自动获得奖赏。"

"但是这样一来,安德森可能会受到虐待。"吉利指出,"这是发动群氓啊。我们还是再考虑一下吧。"

又过了一会儿,托佐说:"我们能不能从纯粹理性的角度出发推断一下?如果你是20世纪中期的人,被拐带到我们的时代,你会想做什么?如果是你们,会愿意去哪儿?"

弗麦蒂轻声说："当然是最近的航空港,买张去火星的船票,或者随便哪颗外行星都好——在我们的时代这很平常。但在20世纪中期,却完全不可能。"他们面面相觑。

"但是,安德森并不知道航空港在哪里。"吉利说,"他要花掉不少宝贵的时间适应当前的环境。而我们却可以乘坐地下单轨快车直接到达那里。"

片刻之后,移民局的三位官员就已经在路上了。"这情况还真有趣。"吉利说。他们正在路上颠簸,对坐在单轨车头等舱里。"我们完全错判了20世纪中期人的思维方式。我们应该吸取教训。一旦抓回安德森,我们应该更加深入地盘问他。比如摇罐小鬼的传说,看他们是如何解释的。还有敲床怪——他们有没有认清真相呢?还是仅仅把这些归为'谣传',然后置之不理?"

"安德森也许掌握了解决各种诸如此类的问题的关键。"弗麦蒂说,"但我们的核心任务依然没变。我们必须引导他写出那份质量恢复方案,用严谨的数学方法表述清楚——而不是用模糊的、诗意的语句来概括。"

托佐若有所思地说:"他是个才华横溢的人。看看吧,他那么轻易就摆脱了我们。"

"是啊,"弗麦蒂一脸沉重地说,"我们绝不能再低估他。我们犯了错,就会受到惩罚。"

沿着荒芜寂寥的街道,波尔·安德森快步疾行。他不知道那女人为什么觉得自己有病。还有那位店员,也是在他提到孩子的时候"爆发"的。现在生孩子犯法?还是跟以往时代对性事的态度一样,私密到不能在公开场合讨论?

无论如何,他意识到,要是我想继续留在这里,就必须要剃光头。还有,如果可能,要搞到另外一套衣服。

这里肯定有理发店。而且他猜想,自己兜里的硬币对收藏家而言应该很值钱。

他满怀希望地环顾四周。但眼中所见,都是高大且灯火通明的钢筋塑料楼房。无数楼宇构成这座城市,而其中到处上演着他无法理解的种种。对他而言,就像外星人一样陌生——

"外星人",想到这里,这个词儿在他的头脑中翻腾着。因为在他面前的门廊里,正渗出一摊黏稠的东西,他的路被挡住了——看似是故意的。挡路的是一团黏糊,深黄颜色,像人一样大,在路上蠕动着。过了一会儿,那团糊状物缓慢而有规律地向他涌动过来。这是人类变种吗? 波尔·安德森想知道答案,但也想扭头就逃。我的天……然后他突然意识到眼前的东西是什么。

这个时代有太空旅行。他看到的是来自另外一颗行星的生物。

"那个,"波尔对那一大团黏糊说,"我能否打扰下,问您一个问题?"

那团黏糊不再向前涌动。在波尔脑子里,有个不属于他的念头清晰了起来,"我收到了你的询问。答复是:我昨天刚从木卫四来到地球。但除此之外,我还接收到一些不同寻常且非常有趣的想法……你是一名来自过去的时间旅行者。"那只外星生物的语调既细心又礼貌,它对他有兴趣。

"是的,"波尔说,"我来自1954年。"

"而且你想找到一家理发店、一座图书馆和一所学校。所有这一切要在他们抓到你之前的有限时间里找到。"黏糊看上去还挺热心,"我该怎样帮助你呢?我可以吸收你,但这将构成永久性的共生关系。而你不会喜欢,你在思念自己的妻子跟孩子。请允许我提醒你,在这个时代提到孩子是个可悲的错误。这个时代的地球人,正经历强制性的全体绝育,起因是之前数十年充斥着各种运动和冲突,最后还演变成了战争。要知道,一方是加特曼的狂热追随者,另一方是麦肯锡将军领导下相对自由的势力。后者获胜。"

波尔问:"我该去哪里呢?我现在很困惑。"他脑袋昏沉、浑身乏力。发生太多的事了。不久之前,他还在托尼·鲍彻身边,身处德雷克大酒店里喝酒、聊天……现在却成了这样,面对着一大坨木卫四黏胶体。至少可以说,这种转变的适应难度相当大。

黏胶体正在向他传念:"我在这里可以被接受;而你,身为他们的祖先,却被看成怪物。好讽刺。在我看来,你跟他们差不多,只不过有些棕色卷毛,还有你傻气的服装。"木卫四来客沉思了片刻,"我的朋友,所谓波波警,实际上就是负责抓捕政治犯的警察,他们专门抓捕社会异见分子。比如已战败的加特曼的追随者,他们数量很多呢,全是自社会边缘群体里招募的。还有所谓的复古者,也就是指那些跟当代社会格格不入的人,他们有自己坚持的价值体系,而不是盲从主流价值。这对地球人来说,是生死攸关的问题,因为加特曼险些就赢了战争。"

"我还是躲起来吧。"波尔决定。

"但是躲在哪里呢?你无处可躲,除非潜入地下社会,变成加特曼的追随者,而你又不愿那样做。我们一起走吧。要是有人盘问你,我就说你是我的仆人。你有肢体,而我没有。并且我一时兴起,决定让你留起头发,身着奇装异服。这样一来,责任就由我承担。事实上,外星来的高级生物雇用人类帮手,已经不是什么稀罕事儿了。"

"感谢你。"波尔郑重地说,黏胶体继续沿着人行道向前慢慢挪。"但是,我还有好多事情想做——"

"我在前往动物园的路上。"黏胶体继续前行。波尔脑子里闪过一个玩笑。

"拜托,"黏胶体说,"我并不欣赏你那套20世纪趣味的蹩脚玩笑。我不是动物园居民,那里关的是低等智能生物,比如火星格雷伯虫和特朗兽之类的玩意儿。星际旅行肇始以来,动物园就成了——"

波尔问:"你能不能带我去航空港?"他努力轻描淡写。

"不管你去哪种公共场所,"黏胶体说,"其威胁都足以致命。波波警可是始终盯着呢。"

"我还是想去。"要是能坐上星际旅行飞船,离开地球,见识另一个世界——

但他们会清除他的记忆!在一阵恐惧中,他突然意识到这点。我必须做笔记,他告诉自己,马上就做!

他从外衣口袋里取出一张纸——这是大会分发的,然后他用简短的语句,快速概述了自己的经历,他在21世纪的世界看到了什么。最后迅速把纸片放回口袋里。

"明智之举。"黏胶体说,"现在去航空港吧,如果你肯陪我慢慢走的话。我可以给你讲讲你的时代以后的地球历史。"黏胶体继续沿路慢行,安德森焦急地跟随,话说回来,他又有什么其他选择呢?"苏联啊,悲剧了。1983年他们终于被卷入了战争,还把以色列跟法国拖下了水……很遗憾,但确实解决了法国这个棘手的问题盟国——20世纪后半叶,这个国家一直很难缠。"

安德森也把这些简单记在了他的那张纸片上。

"法国战败之后——"黏胶体继续讲,波尔拼命记录。

弗麦蒂说:"我们必须格搜,如果还想在他坐上飞船之前抓到他的话。"他说的"格搜"不是小打小闹,而是要让波波警参与进来,彻底搜寻。他才不愿让这帮人介入,但目前又无法不仰赖他们的协助。浪费太多时间了,他们还是没能找回安德森。

航空港就在前方。一座巨大的碟形建筑,直径足有数英里,上方毫无遮挡。航空港中央是焦土地带,被多年来飞船起降时的尾焰灼得黝黑。弗麦蒂喜欢航空港,因为城市中拥挤的高层建筑在这里戛然而止。这是真正意义上的开阔,像他记忆中的童年一样……要是还有人敢公开回忆童年的话。

航空港中的建筑都覆盖在数百英尺的弹性合金材料防护层之下,以保护等候的人群,避免发生事故。弗麦蒂到达航空港入口,然后不耐烦地停下来,等托佐和吉利跟上来。

"我来呼叫波波警。"托佐说,但是没精打采。然后,他果断地扯断了腕带。

波波警的飞艇马上来到了他们的头顶。

"我们是星际移民局的。"弗麦蒂对波波警说。他大致表述了计划要点,不情愿地说出了把波尔·安德森从过往时代绑票来到现代的事实。

"他有头发。"波波警点头说,"古怪的装扮。好的,弗麦蒂先生。我们马上启动格搜,直到发现他为止。"话毕,小飞艇快速离去。

"他们效率挺高。"托佐承认。

"但不讨人喜欢。"弗麦蒂说。这同样是托佐的看法。

"他们让我紧张。"托佐同意道,"但我觉得,这些人的存在就是为了让人感到紧张的。"

三人进入星际到达大厅——马上就以让人窒息的速度降到地下一层。弗麦蒂闭上眼睛,苦着脸忍受失重。这电梯简直就像飞船起飞一样令人痛苦。为什么这年头的一切都要搞成如此高速?前一个十年的生活节奏要舒缓得多。

他们打起精神,走下升降机。大楼内的波波警马上走过来。

"我们已经收到了一份关于你们要找的那个人的报告。"穿着灰制服的警官告诉他们。

"他还没起飞吗?"弗麦蒂问,"谢天谢地。"他朝周围张望。

"在那边。"警官为他指路。

在一个杂志架旁,波尔·安德森正在专心查阅。三名移民局官员毫不费力就成功把他围住。

"哦,嗨,你们好。"安德森说,"我在等飞船,顺便看看还有什么杂志仍在印行。"

弗麦蒂说:"安德森,我们需要你独有的能力。我很抱歉,但我们必须带你回局里。"

安德森突然拔腿就跑。他无声地避开了堵截,三人看见他瘦长的身体越来越小,他朝着起降场飞奔而去。

弗麦蒂不情愿地把手伸进外衣口袋,掏出一只昏睡枪。"这是他逼我的。"他嘟囔着扣下扳机。

正在飞奔的身体跌跌撞撞地栽倒在地。弗麦蒂把昏睡枪收起来,木然解释说:"他会恢复的,最多膝盖蹭破点儿皮。没什么大不了。"他看了一眼吉利和托佐,"抓到局里再让他恢复。"

三人一起向摔倒在航空港等待室地面上的那个人走去。

"你可以回到自己的时间线,"弗麦蒂温和地说,"但前提是给我们写出质量恢复的方法。"他点点头,一位移民局的工作人员走上前,搬出了一台老旧的罗亚尔牌打字机。

波尔·安德森坐在移民局内务部弗麦蒂对面的椅子上,开口说:"我不用便携式打字机。"

"你必须跟我们合作。"弗麦蒂开导他,"我们有先进的科学技术可以把你送回凯琳身旁。请想想凯琳,还有你们新出生的女儿,她们都在旧金山德雷克大酒店的先知大会现场。如果不跟我们合作,我们也会弃你于不顾。当然,像您这样的先知,一定早就清楚了一切后果。"

安德森停顿了一下,"呃,除非身边始终煮着一壶咖啡,否则我无法工作。"

弗麦蒂客气地做了个"没问题"的手势。"我们可以给您搞来咖啡豆。"他宣布,"但是您得自己动手煮咖啡。我们还能从国家博物馆给你弄来咖啡机。但恐怕只能做到这些了。"

安德森抓住打字机扶手,开始检查它。"墨带是红黑两色的,"他说,"我习惯黑色的。算了,估计也能将就。"他看去有点儿郁闷。放好一张纸,他开始着手打字。在这一页的顶部出现这样的文字:

夜航
——波尔·安德森

"你们说《如果》杂志刊登了它?"他问弗麦蒂。

"是。"弗麦蒂紧张地回答。

安德森继续打字。

星际探索有限公司遭遇到的困难，开始让埃德蒙·弗莱彻坐立不安。问题之一，是那艘失踪的飞船。尽管船上并没有他认识的人，但他还是感觉自己对此负有责任。现在，当他在身上涂抹着灌注荷尔蒙的肥皂——

"他是从头开始写的。"弗麦蒂咬着牙小声说，"要是没有别的办法，我们也只能跟着他受煎熬了。"他一面沉思，一面喃喃，"不知道要花多少时间……我不知道他能写多快。作为一名先知，他能知道将要发生的事。这应该能帮助他尽快完成吧。"或者这只是他的一厢情愿。

"咖啡豆来了没有？"安德森抬头看了一眼。

"随时会到。"弗麦蒂说。

"希望里边有哥伦比亚咖啡。"

咖啡豆送到之前很久，文章就已经写完。

波尔·安德森身体僵硬地站起来，舒展他顽长的四肢，"我感觉你们想要的东西已经有了。质量恢复方法，就在打字稿的第二十页。"

弗麦蒂急切地翻页。是的，就在那里。托佐在他肩膀后探出头，也看到了那段文字。

如果飞船继续航程，进入比邻星，它就将通过从恒星那里汲取能量的方式恢复其质量。他这才恍然大悟。是的，托雷利问题的答案其实就是比邻星本身。现在，历尽艰辛，他终于解决了这个疑难。简单直接的处理程序清晰地展现在他脑海里。

然后,托佐真的想起了对应的公式。正如文章所说,质量将来自恒星释放的能量,将其转化为质量即可。这是宇宙间最终极的能量来源。其实,答案一直都摆在他们面前。

施加在他们身上长久的折磨终于结束了。

"那么现在,"波尔·安德森问,"我可以回自己时代了吧?"

"当然。"弗麦蒂简短地回答。

"等等,"托佐对他的上司说,"显然您忽略了一件事。"那是他在时间旅行车使用说明中读到过一段话。他把弗麦蒂拉到安德森听不见的地方,"他不能带着从这里得到的知识回到自己的时代。"

"什么知识?"弗麦蒂问。

"那些——好吧,我也不确定。肯定跟我们这边的社会有关。我想告诉你的是,根据手册,时间旅行的第一准则,就是不要改变过去。在当前情况下,我们把安德森带来,让他接触到未来社会,就已经改变了过去。"

弗麦蒂考虑了一下,"或许你是对的。他去礼品店时,可能从那里随便拿到某件东西,如果带回他的时代,说不定就能带来革命性的技术进步。"

"或者航空港的杂志架,"托佐说,"或者他在两个地点赶路过程中拿到的东西。或者——甚至只是知道他本人和同行们能够预知未来这个事实。"

"有道理。"弗麦蒂说,"关于这次行程的记忆,必须从他脑子里抹掉。"他转过身,缓缓回到波尔·安德森面前,"这个嘛,"他对波尔说，"我很抱歉地告诉你，你在这边的所有经历，都必须要从你脑子里擦除。"

安德森愣了一下，"太遗憾了，很遗憾听到这个。"他看去有些消沉。"但我并不觉得意外。"他嘟囔道，似乎对整件事一直都保持乐观态度，"通常都会这么处理的。"

托佐问："哪里可以完成对他大脑里的记忆细胞的精准调整呢？"

"司法部。"弗麦蒂说，"确认罪行也是通过同样的操作。"他用昏睡枪指着波尔·安德森，"请再跟我走一趟。我也不想这样做……但别无选择。"

六

在司法部，无痛颤击法精准地去除了波尔·安德森存放近期记忆的脑细胞。然后，在半昏迷状态，他被送回时间旅行车。转眼就踏上了返回1954年的行程，回到属于他自己的时代和社会中去。回到加利福尼亚州旧金山市区的德雷克爵士大酒店，回到等待着他的妻子和孩子身边。

等到时间旅行车空载而归，托佐、吉利和弗麦蒂终于松了一口气，开了一瓶百年陈酿苏格兰威士忌，这是弗麦蒂一直珍藏的。任务成功完成，他们可以把注意力转回到项目上了。

"他写的手稿哪儿去了？"弗麦蒂问。他放下杯子，环顾办公室。

但手稿却无影无踪。而且托佐还发现，他们从国家博物馆借来的罗亚尔打字机也不见了。

他突然感到一阵恐惧。他明白了。"上帝开恩。"他叫道，放下手中的酒杯,"谁去拿一份刊载了这篇文章的杂志,马上!"

弗麦蒂说:"到底怎么了,阿伦? 解释一下啊。"

"当我们去除这段回忆时,他已经无法为杂志创作出这篇文章了。"托佐说,"他创作《夜航》,本就是以到我们这里参观的经历为基础的。"他抓起1955年8月的那期《如果》,翻到目录页。

里面没有一篇文章的作者是波尔·安德森。相反,在第七十八页,他看到菲利普·迪克的《塑造扬西》取代了原有的文章。

他们还是改变了过去。现在,他们失去了计划需要的公式——彻底失去了。

"我们本来就不应该对过去下手。"托佐嘶哑地说,"我们本来就不该把他从过去绑架到现在。"他又喝了一点儿陈酿威士忌,两手还在颤抖。

"带谁来呀?"吉利一脸疑惑的样子。

"你不记得了吗?"托佐难以置信地看他。

"你们两个在说什么?"弗麦蒂不耐烦地问,"还有,你们为什么在我办公室里? 你们都应该在好好工作的。"他看到那瓶苏格兰威士忌,"谁把它打开的?"

托佐两手发抖,一遍又一遍翻看工作进展记录。他脑子里的记忆也已经开始模糊,他徒劳地想要抓住些什么。他们从过去带来过某个人,一位先知,是这样吗? 但他是谁? 一个名字恍惚还在,但时间一秒一秒地流逝,记忆越来越模糊……安德森还是安德顿? 大概是这样一个名儿。这事儿跟局里的星际航行质量问题有关,或者无关?

托佐困惑地摇摇头,"我脑子里有个很怪的词组,'夜航'。你们谁知道它是什么意思?"

"'夜航'?"弗麦蒂重复了一遍,"不,我没有任何印象。但我觉得这个词儿用来当我们的计划代号挺好的。"

"是啊,"吉利说,"它当作计划代号恰如其分。"

"但我们的计划明明叫作'水蜘蛛',不是吗?"托佐说。至少他记得是这样。他眨眨眼,试图集中精神。

"事实上,"弗麦蒂说,"我们的计划还没有命名。"他突然补充道,"但我同意两位的意见,还是给它起个名儿更好。'水蜘蛛',不错,我喜欢这个名字。"

办公室的门被打开了,进来一位身穿制服的信使。"国家博物馆送来的。"他对在场的人说,"你们要求我们提供这个。"他取出一份包裹,放在弗麦蒂的桌上。

"我不记得曾向国家博物馆订购任何东西。"弗麦蒂小心地打开包裹,看到一罐烤过并且磨好的咖啡豆在真空包装里,已经有一个多世纪的历史了。

三人茫然对视。

"奇怪,"托雷利说,"一定是搞错了。"

"是啊,"弗莱彻说,"随他去吧,我们继续谈'水蜘蛛'。"托雷利和奥尔曼点头同意,转身返回他们自己的办公室,那个房间在一楼,属于星际探索有限公司,就是这家商业公司的星际航行项目让他们历尽艰辛、饱受煎熬,以及无数心碎和挫败。

在旧金山德雷克酒店,波尔·安德森愕然地环顾四周。他去了哪儿?为什么会离开大楼?而且已经过去一个小时之久。这会儿,托尼·鲍彻和吉姆·冈恩都已离场去吃晚饭,他也没看到妻子凯琳和女儿。

他最近的记忆是有两个拜特里克来的粉丝,想请他看路边的展示品。也许他去看过了。无论怎样,他都不记得之后发生了什么。

安德森在衣兜里找烟斗，想让自己异常紧张的神经平静下来，但他找到的却不是烟斗，而是一张折起来的纸。

"有什么能让我们拍卖的东西吗，波尔？"一名大会工作人员停下来问他，"拍卖马上就要开始，我们必须抓紧时间。"

波尔还在看兜里发现的那张纸，咕哝道："呃，你是说，我随身带着的东西吗？"

"像是已发表作品的原稿、早期作品手稿或者创作笔记之类。你知道的。"他停在一旁。

"我衣兜里像是有些笔记。"波尔一面说，一面还在看那些记录。这是他的笔迹，但他不记得自己写过它们。这看起来像是一篇时间旅行故事。一定是自己喝了兑水的波本酒之后写的，而且当时空腹。"这个吧，"他不太确定地说，"虽然不太起眼，但是或许你们可以把它卖掉。"他最后看了一眼那几页纸，"是为一个短篇所做的笔记。我看了下，里面有个政治人物叫加特曼，还有一次跨越时间的绑架和一种高智能的胶原体生物。"一时心血来潮，他把这东西交给了工作人员。

"谢谢。"那人快步去了另外一个房间，拍卖会正在进行。

"我出十美元。"霍华德·布朗开朗地笑着，"然后我就要坐大巴去机场喽。"门在他身后关闭。

凯琳带着阿斯特里德出现在波尔身边。"你想去拍卖会吗？"她问丈夫，"买台原装芬利回家。"

"哦，当然。"波尔·安德森说。他带着妻子和孩子，缓缓走在霍华德·布朗后面。

亡者之音

一

路易斯·萨拉皮斯的尸体装在坚固的透明塑料匣里,已经公开展示了一个星期,公众对此趋之若鹜。身着黑衣、满脸痛苦的妇女们一边抽泣,一边汇成一条长龙从旁穿过。

在安放灵枢的巨大灵堂的一角,约翰尼·贝尔富特不耐烦地等待着接近萨拉皮斯尸体的机会,但他不仅仅是为了瞻仰。萨拉皮斯在遗嘱中已经详细列述了他的职责,那绝对是个难以想象的工作。简而言之,他的职责就是让路易斯·萨拉皮斯起死回生。

"真烦。"贝尔富特嘟囔着看了一下腕表,发现还要再耗两小时才能关闭灵堂大门。他饿了,而且那股持续不断从包裹着棺匣的急冻密封囊中散出的寒气,也令他觉得越来越不舒服。

这时,他的妻子萨拉·贝尔向他走来,她用保温杯带来了醇香的热咖啡。"给你,约翰尼。"她抬起手,把丈夫额前的黑发撩开——有奇里卡华人①血统的他,头发总是乌黑油亮,"你看上去精

---

① 居住在美国亚利桑那州及新墨西哥州等地的阿帕切印第安人。

神不太好。"

"是啊,"他应道,"这事儿让我很难受。他活着的时候,我就不太喜欢这个人——即便现在他躺在那里,也不会改善我对他的印象。"他甩头示意那具棺材和两行悼念者。

萨拉·贝尔轻声说:"Nil nisi bonum。"

他瞥了妻子一眼,没明白她是什么意思。反正是某种外语,错不了的。萨拉·贝尔有大学文凭。

"引用小兔桑普的一句话,"萨拉·贝尔温柔地笑着说,"'如果你说不出什么好话,那就请闭嘴。'"她补充说,"选自经典老电影《小鹿斑比》。要是你每周一晚上都跟我去听现代艺术馆的讲座——"

"听着,萨拉·贝尔,"约翰尼·贝尔富特无奈地说,"我不想让那个老混蛋起死回生。我怎么会让自己落到这般田地?当栓塞症把他像个水泥桩子般放倒时,我还以为能就此跟这份工作说拜拜了呢。"但现实并不是他想要的那样。

"那就给他拔掉电源。"萨拉·贝尔说。

"什——什么?"

她笑起来,"你害怕了?只要把急冻囊的电源拔掉,他的尸体就会变热、腐烂,再也没有重生的可能。对吧?"她蓝灰色的眼睛里跃动着调皮的光芒,"我猜你害怕他,可怜的约翰尼。"她拍拍丈夫的胳膊,"我本应该踹了你的,但我不会那样做。你需要一个妈妈来照顾你。"

"那样做不对。"他说,"路易斯毫无还手之力,他只能一动不动躺在棺材里。拔掉电源的话——太不男人了。"

萨拉·贝尔平静地说:"但总有一天,或早或晚,你还是要面对他,约翰尼。当他处在活尸状态,你就会占据优势。所以,那将是个好机会;你甚有可能全身而退。"她转身快步离开,因为冷,她将两手深深插入衣兜。

约翰尼闷闷不乐,点着一支烟,靠在身后的墙面上。妻子说的当然对。活尸状态的个体跟活人直接对抗,通常都不占优势。但是——他还是感到胆怯,因为从童年时代开始,他便对路易斯满怀敬畏。路易斯主宰着太阳系三至四区之间的航运,控制地球与火星之间的多条商业航线,驾轻就熟得如同一个航模爱好者在自家地下室的纸板上玩微缩模型游戏。如今,当他年过七旬、寿终正寝之时,老头儿已经通过威尔海米纳证券公司控制了上百家相关联(也有无关联的)公司,遍布两大行星。他的净资产规模无法计算——哪怕是出于计税目的。事实上,就算是官方税务专家,计算他的税额也绝非明智之举。

都是为了孩子,约翰尼想道,我在为他们着想,孩子们毕竟还在俄克拉荷马读书。如果他不是拖家带口,或许还可以考虑跟路易斯斗一斗……对他来说,世上最重要的就是两个女儿,当然还有萨拉·贝尔。我必须多为她们着想,而不是只考虑自己一个人的感受。他这样告诫自己,继续等待时机,按照老头儿的详细指示把尸体移出棺材。根据他的理解,老头儿能维持活尸状态的时间总共是一年,但他不可能一口气全用完,肯定会有针对性地使用这些时间,就好像把收入拆分开来再报税一样,他很可能把统共一年的时间拆分成无数零散的时段分配到二十年间,时不时醒来一个月,等到时间紧张了,或许一次只苏醒一星期,然后……一次几天。

最终,老路易斯的活动时间会缩短到仅有几小时,信号将变得微弱,仅剩下黯淡的电波依然在冻结的脑细胞里活跃……它将时断时续,信号增益器传出的话语将变得模糊,难以分辨。然后——是寂静，最终进入坟墓，但这可能要拖到二十五年之后。老头的脑电波彻底沉寂，可能要等到2100年之后。

约翰尼·贝尔富特狠狠抽着烟，回想起多年前的那一天：他紧张且没精打采地走进阿基米德公司，结结巴巴地对前台的女孩说，他想找份工作。他说自己有个好点子待价而沽，说自己有办法解决罢工问题，足以平息不同工会势力在空港争抢地盘引发的暴力冲突——实质上，这些办法甚至能帮助萨拉皮斯摆脱对工会劳工的依赖。这是个肮脏的阴谋，他当时就知道。但这办法有用，而且值钱。那女孩让他去见了人事部的珀欣先生，后者又把他打发到了路易斯·萨拉皮斯面前。

"你是说，"萨拉皮斯问，"让我把空港建在大西洋里，在离海岸三公里以上的地方建设海上平台？"

"公会是隶属国家的组织。"约翰尼说，"任何一家公会在海上都没有管辖权。但商业机构却可以跨国经营。"

"但我还是要雇人在海上平台工作。那样我会需要更多的雇员，如果不通过工会，我到哪儿去找这批人呢？"

"去缅甸、印度或者马来半岛的国家。"约翰尼说，"招一些年轻的没有特长的劳工，带他们过来。签署长期用工协议之后，自己培训他们。换言之，降低他们未来的收入，让他们自己承担越境打工的成本。"这是一种奴役，他知道。而这正是路易斯·萨拉皮斯喜欢的方式。公海上的微型帝国由一群不受法律保护的劳工维护。无懈可击。

萨拉皮斯照做了，并把约翰尼招进公司，在公关部任职。这种职位最适合足智多谋却没有技术背景的人。换句话说，一个没受过高等教育的人。他们被现代社会排除在外，形单影孤，处处遭人白眼。

"嗨,约翰尼,"萨拉皮斯曾经问过他,"你这么聪明的人,当年为什么不去读书?人人都知道,在这年头,上大学可事至关重要。你有自毁倾向吗?"他坏笑着露出一嘴钢牙。

他那时没好气地回答:"你猜对了,路易斯。我曾经想死,我那时痛恨自己。"那时候,是自己提出奴工计划的那段时期吗?不,应该是他中学退学之后的那段日子。所以,当时痛恨自己的理由还不是这个。"也许我应该去看心理医生。"他说。

"一群骗子。"路易斯告诉他,"他们全都是——我知道,因为我自己就有六名心理医生,每个都为我做过专职医生。你的问题在于嫉妒心过重。如果你不能出人头地,你就不愿去做事。你不喜欢向上爬的过程,不愿意一直屈居人下。"

但我已经出人头地了。约翰尼意识到,当时就已经意识到了。为你工作,已经算是出人头地。所有人都想进路易斯·萨拉皮斯的公司,他给各种各样的人提供工作机会。

依次走过透明灵柩的那两队人……他不知道是否全部是萨拉皮斯的员工及其亲属。如果不是,应该就是在三年前的经济萧条期间,因为萨拉皮斯推动国会通过失业救济法案而受益的人们。年迈的萨拉皮斯常常被视作一位和善的老爹,关心穷人、饥民、失业者。他经营的施粥处也曾跟现在一样排着长队。

也许今天排队的,就是当时排队的那批人。

灵堂的一名警卫推了他一下,把约翰尼吓一跳,"那个,您是不是贝尔富特先生,老路易斯的公关代表?"

"是的。"约翰尼回答。他掐灭香烟,拧开萨拉·贝尔带给他的装咖啡的保温瓶盖。"喝点儿暖身吧。"他说,"还是说,你已经习惯了这些阴冷的大礼堂?"芝加哥市政府提供了这间礼堂,为了让人们瞻仰路易斯,算是感谢他为本地区做出的杰出贡献

——主要是因为他开设工厂，雇用大量劳工。

"我还真没习惯。"保安接过保温瓶，"知道吗，贝尔富特先生？我一直都很崇拜你，因为你也没上过大学，却能升至高位、领取高薪，更不用说还有无数出头露脸的机会。这对我们其他的非大学毕业生也是种鼓舞。"

约翰尼含糊地答应着，小口呷着自己的咖啡。

"当然，"保安说，"我觉得大家还是应该感谢萨拉皮斯，是他给了你这份工作。我的小舅子也曾为他工作，那可是五年前，除了萨拉皮斯，没有人愿意聘他。人们老说他贪得无厌——不允许公会进驻他的公司之类，但他承担了那么多老年人的退休金……我老爸一直到死都依靠萨拉皮斯的退休金生活。还有他在国会通过的那些法案，要不是萨拉皮斯施压，所有那些帮助穷人的福利法案都难以通过。"

约翰尼含糊地应和着。

"难怪今天会来这么多人。"保安说，"我知道为什么。现在他死了，还有谁愿意帮助小人物，愿意理会你、我这样没上过大学的人？"

约翰尼无法回答——不管是对保安的问题，还是自己心中的困惑。

作为"挚爱兄弟"往生堂的所有者，赫伯特·舍恩海特·冯弗格桑知道：按照法律要求，他要跟已故的萨拉皮斯先生的法律顾问——知名律师克劳德·圣西尔先生——进行商讨，以确定如何具体分配死者的有限复活时间。他的职责，是按客户要求处理技术事务。

本来只是简单的例行公事，但居然出现了意外状况——他无法与资产托管人圣西尔先生取得联系。见鬼,舍恩海特·冯弗格桑挂上电话时,心里直嘀咕。一定有什么地方不对劲。失联对于一个如此重要的人物来说简直是闻所未闻的。

他是在贮藏库打的电话——这里是存放活尸的永久冷冻箱。这时候,一名愁眉苦脸的顾客——看打扮是个文员——正拿着一份出仓单在办公桌前等待,他显然是来接亲属回家的。复活日(这个节日用来向活尸致敬)就快要到了,很快就将迎来业务高峰期。

"好的,先生。"赫伯特亲切地微笑着对他说,"我亲自来处理您这一单。"

"是一位上了年纪的女士。"顾客说,"大约八十岁,个头很小,干瘪。我不仅想跟她聊聊,还想把她带出去走走。"他解释说,"是我祖母。"

"马上就好。"赫伯特说,然后回到贮藏库,寻找3054039-B号棺。

找到正确的对象之后,他仔细检查了一下棺上的装箱单。此人仅剩十五天的活尸时间。他熟练地把一台便携式信号增益器按到玻璃棺表面,调整旋钮,在适当的频率收听脑部活动迹象。

喇叭里传出微弱的话语声:"……然后泰莉就扭伤了脚踝,我们当时还以为没有可能痊愈了。她可真是个傻孩子,那么急着学走路……"

他满意地取下增益器,找来一名搬运工人,让他把3054039-B号棺运送至装运平台,这样顾客就可以把她装入自己的直升机或者汽车上了。

"你检查过她了?"顾客交钱时问。

"亲自查过。"赫伯特回答,"一切完好。"他向顾客微笑,"复活日快乐,福特先生。"

"谢谢你。"顾客一面回答,一面走向装运平台。等我死了,赫伯特心中暗想,我希望能让后代每隔一世纪唤醒我一天,这样我就可以长期观察全人类的命运。但这也意味着后代们需要承担非常昂贵的维护费用。毫无疑问,他们总有一天会失去耐心,把尸体取出急冻箱,然后把我埋了(上帝保佑别这样)。

"埋葬太过野蛮。"赫伯特出声地嘟囔道,"是我们文明在原始时期遗留的恶习。"

"没错,先生。"他的秘书比斯曼小姐在打字机前表示同意。贮藏库里,几名顾客正在跟他们活尸状态的亲属交流,他们沉静又专注,分散坐在冷棺行列中的各处。这情形让人肃然起敬,这些忠实的伴侣如此频繁地来这里,跟逝去的亲人相聚。他们带来消息,那些外面世界的动向。他们让忧郁的活尸开心起来,充分享受脑力间歇式苏醒的时间。而且——他们会付钱给赫伯特·舍恩海特·冯弗格桑。经营往生堂是个获利颇丰的行当。

"我爸爸看似有些虚弱。"一位年轻人招呼赫伯特,"不知您能否花点儿时间来看看他。非常感激。"

"当然。"赫伯特说。他陪顾客沿着通道走到他过世的亲人身旁。装箱单显示,这人只剩几天可用时间,故而脑波才出现了混乱迹象。赫伯特心想,毕竟——他调高增益器,活尸的声音变得清晰了一点点——他已经接近油尽灯枯。显然,那位儿子并不想知道装箱单上的详情,也不想面对父亲终于要真正离去的事实。所心赫伯特什么都没说,他只是默默走开,让儿子继续跟父亲交流。为什么要告诉他?有什么必要传播坏消息?

一辆卡车出现在装运平台,两个人从车上跳下,浅灰色制服十分眼熟。是阿特拉斯星际储运公司,赫伯特想起来了。一具新的活尸被送来了,或者那两人是来接走已经过期的个体。他迎上前去,"什么事,先生们?"

卡车司机探身出来,"我们送来了路易斯·萨拉皮斯先生。您准备好接收了吗?"

"当然。"赫伯特马上说,"但我联系不到圣西尔先生,所以还没有安排好唤醒时间。什么时候要他恢复意识呢?"

另外一个人从车上下来,他有着黑头发和闪亮的黑眼珠,"我叫约翰尼·贝尔富特。根据遗嘱上的条文,我现在负责萨拉皮斯先生的事务。我收到的指令是这么说的:他要马上被复活。"

"我明白了,"赫伯特点头说,"嗯,没问题。请把他带进来。我马上连接相关设备。"

"这儿好冷,"贝尔富特说,"比灵堂还要冷。"

"那当然。"

卡车上的员工把棺材推出来。赫伯特瞥见死者,那张巨大的死灰色的脸就像是用一个古代铜模塑成的。这老贼好凶悍,他心想,他终于死了,这对大家都是好事,虽然他也做过些慈善活动。可谁又想成为被怜悯的对象呢?尤其是被他怜悯。当然赫伯特不会跟贝尔富特说这些。他满足于安静地引导亡魂抵达预定位置。

"十五分钟后,我就可以让他开口说话。"他向贝尔富特承诺,后者看起来很紧张,"别担心,我们这里几乎没有发生过意外,初期的残留电荷通常拥有很强的活力。"

"我更担心后期。"贝尔富特说,"当电荷衰减……你们就会遇到技术难题了。"

"他怎么那么着急被唤醒?"赫伯特问。

贝尔富特皱起眉头,没有回答。

"抱歉。"赫伯特继续接通电线,它们必须准确插入棺材外的接口。"在低温环境下,"他咕哝道,"电流的传导几乎是畅通无阻的。零下一百五十度时,就能接近超导状态,所以——"他又接通一根线,"信号应该能清晰又准确地传出。"最后,他把信号增益器打开。

嗡嗡声。别无其他。

"怎么了?"贝尔富特问。

"我再检查一下。"赫伯特不知道是哪里出了问题。

"听着,"贝尔富特冷冷地说,"要是你把这件事搞砸,让生命信号熄灭的话——"这句话不用说完,赫伯特清楚后果。

"他是要参加民主-共和党全国大会吗?"赫伯特问。大会将于本月底在克利夫兰举行。过去,萨拉皮斯热衷参加这种幕后活动,不管是民主-共和党提名大会,还是自由党提名大会,他都积极参与。事实上,坊间传说是他亲自选定了上届民主-共和党总统候选人阿方斯·盖姆。英俊、帅气的盖姆最终输掉了选举,但落后得并不多。

"还是收不到信号吗?"贝尔富特问。

"唔,看起来——"

"显而易见,毫无反应。"贝尔富特的脸色真的阴沉下来,"如果十分钟以后你还是没能唤醒他,我就会通知克劳德·圣西尔,我们会把路易斯从你的往生堂移走,并控告你玩忽职守。"

"我正在竭尽全力。"赫伯特满头大汗地摆弄着棺材连接线,"我们并没有负责急冻设备的安装,您还记得吗? 可能是那个环节出了问题。"

现在在持续的嗡嗡声背景上,又多了些静电噼啪声。

"是他要醒来了吗?"贝尔富特问。

"不是。"赫伯特现在已经彻底心烦意乱了。事实上,这种噪声的出现是个坏兆头。

"再试试!"贝尔富特说。但这件事不用他提醒赫伯特·舍恩海特·冯弗格桑;他在拼命努力,想尽一切办法,用上了从业多年来积累的丰富经验,但依然一无所获。

路易斯·萨拉皮斯还是静默无言。

这事儿搞砸了,赫伯特惊恐地意识到。我也不明白为什么。到底出了什么问题? 这么大的客户却给搞砸了。他继续忙碌,没有看贝尔富特——他不敢看。

通过射电望远镜,在月球背面的肯尼迪低地的首席技术官欧文·安格雷斯有了新发现:他收到了一个来自七光周以外区域的信号,信号源在太阳系之外,比邻星方向。通常而言,这样一个区域不会有什么值得联合国深空通讯委员留意的东西,但欧文·安格雷斯发现,这次的信号绝无仅有。

通过射电望远镜的巨大天线收到后放大的信号——虽然微弱,却很清晰——那居然是人类的说话声。

"……很可能会错失良机。"那个声音宣告,"如果我对他们的了解没有错——我相信自己是对的——那个约翰尼就算没有我亲眼盯着他,他也会有辞职的想法,但他至少不是坏人,像那个圣西尔一样。我开除圣西尔的决定没有错。假设这事儿能生效的话……"声音停顿了一会儿。

那是什么? 安格雷斯困惑地想。"精确距离是0.0015光年。"他在重新绘制的深空地图上做了个标记,"那儿除了星尘,空空如也。"他搞不懂这个信号意味着什么。这是附近某个发射器折射到月球的声音吗？换言之,这只是回声吗？

还是他的计算有误？

肯定是他搞错了,不可能有人在太阳系外摆弄信号发射器——还不紧不慢地在半昏睡状态下自言自语,像在闲聊——这一切都毫无道理。

我最好把这件事报告给苏联科学院的威科夫。威科夫是他的现任上司,下个月就将轮换成麻省理工的杰米森。也许那是一艘远程星际飞船——

那声音突然又清晰地传来:"……那个盖姆是个笨蛋,选他是个错误。现在醒悟为时已晚。嘿?"此人的思路开始变得清晰敏锐,吐字也更加清晰,"我是在复活吗？看在上帝的分上,也该到时候了。喂,约翰尼！是你在听吗？"

安格雷斯拿起电话,拨通了一个苏联号码。

"说话呀,约翰尼！"扬声器里传出的声音在恳求,"好了,孩子。我脑子里有太多想法,我们还有那么多事情要做。党内提名大会还没开始吧？我困在这里,一点儿时间观念都没有。看不见,也听不到。等你来了就知道……"那声音又一次淡去。

这正是威科夫会称为"灵异现象"的那种东西,安格雷斯想,我完全理解他这样说的原因了。

二

晚间电视新闻里,克劳德·圣西尔听到主持人正在长篇大论讲月球射电望远镜的新发现,但他并未留意。他正忙着给客人们调配马提尼。

"是啊,"他对格特鲁德·哈维说,"尽管说起来很讽刺,那份遗嘱还真是我自己起草的,包括那个自动解雇我的条款——在他死亡时,即刻解除我的职务。我可以告诉你们路易斯为什么会这样做。他对我一直怀有某种毫无根据的猜疑,所以他觉得,有了这样一个条款,就可以避免被我——"他停顿了一下,量出要混入金酒的干葡萄酒,"先下手为强。"他咧嘴一笑。花枝招展地靠着丈夫坐在沙发上的格特鲁德也报以微笑。

"这对他本人大有裨益。"菲尔·哈维说。

"才怪。"圣西尔反对道,"我跟他的死没有任何关系。他体内长了个巨大的栓塞瘤,就是好大一块脂肪,像是卡在瓶口的木塞。"他被自己的这个比喻逗笑了,"凡人皆有一死而已。"

格特鲁德说:"你们听,电视上正在说一件怪事。"她站起来,走到电视机前,弯下腰,将耳朵贴近喇叭。

"可能是肯特·玛格雷夫那个白痴,"圣西尔说,"又在发表政治演说。"玛格雷夫已经当了四年的总统。作为一名自由党人,他设计击败了阿方斯·盖姆,后者曾是路易斯·萨拉皮斯钦定的总统候选人。事实上,玛格雷夫尽管也有各种各样的毛病,但作为一名政客,他的能力还是很强的。他成功说服了大批选民,使他们相信:让萨拉皮斯的傀儡成为总统并不是什么好事儿。

"不是的。"格特鲁德小心地整理着膝盖以上的短裙,"这是——空间探索部门吧,我觉得。是科学。"

"科学!"圣西尔大笑,"行啊,那我们听听吧。我喜欢科学。音量开大点儿。"我猜,是他们又在猎户座发现了一颗行星,他自言自语,浩瀚的星空是我们共同的远大目标。

"一个声音,"电视主持人正在介绍,"来自外太空的神秘声音,今晚令美、苏两国科学家都百思不得其解。"

"哦,不。"圣西尔哽住了,"又是什么外太空声音——拜托,还来这套。"他笑得直不起腰,"那正是我们急需的。"他对菲尔说,"这个声音呢,到最后会是——你知道了,应该是那个人。"

"谁呀?"菲尔问。

"当然是上帝喽。肯尼迪低地的射电望远镜现在已经收听到了上帝的声音,而我们将会收到另一套神圣的戒律,或者至少是几张羊皮卷。"他摘掉眼镜,用爱尔兰亚麻布手绢擦眼泪。

菲尔·哈维严肃地说:"我个人还是更赞同我妻子的立场,觉得这个报道很有趣。"

"听着,我的朋友。"圣西尔说,"你们也知道,他们最终会发现,这不过是某个日本大学生在地球与木卫四之间旅行时丢掉的发报机,这台机器只是偶然飘出了太阳系,现在收到了它的信号,就成了科学家们的未解之谜。"他的脸色更严肃了一点儿,"关掉它吧,格特①,我们还有正事要考虑。"

她顺从地照做,但有些不情愿。"是真的吗,克劳德?"她站起身来问,"往生堂的人没能复活老路易斯? 他现在都没能按原计划成为活尸?"

"现在没有人从组织内部给我通风报信了。"圣西尔答道,"但我的确听到类似的传言。"事实上,他能确定此事属实。他在威尔海米纳仍有很多朋友,但并不想公开谈论残留的这些眼线,"是的,我猜是这样的。"

格特鲁德打了个寒噤,"想象一下,他死后居然无法复生。真可怕。"

"但这才是遵循古老的自然法则啊。"她的丈夫一面喝着马提尼,一面指出,"要知道,本世纪初之前,还没有人在活尸状态

---

① "格特"是"格特鲁德"的昵称。

下生活过。"

"但我们已经习惯了这样。"她固执地说。

圣西尔对菲尔·哈维说:"我们继续刚才的话题吧。"

哈维耸耸肩,"行啊,如果你真觉得这事儿还有得谈。"他审视着圣西尔,"我可以招你进入我的法务团队,没错,如果你真想来。但我不能像路易斯一样给你开那么高的工资,这对现有的律师不公平。"

"哦,这个我也想到了。"圣西尔说。毕竟哈维的运输公司跟萨拉皮斯的财团规模相去甚远。实际上,在三号至四号行星的运输行业里,哈维只是个小角色。

但这正是圣西尔此时想要的。因为他相信,以他在路易斯·萨拉皮斯手下积累的经验和人脉,一年内,就足以让他挤走哈维,接管伊莱特拉公司——哈维的第一任妻子名叫伊莱特拉,圣西尔早就认识她。在她跟哈维分手以后,圣西尔还在继续与她见面,两人的关系更加私密,也更富激情。在他看来,伊莱特拉·哈维在离婚时吃了大亏,哈维雇的精明强干的律师团队完胜了伊莱特拉的代理人……事实上,那人就是圣西尔的手下哈罗德·费恩。自她在法庭上败诉以来,圣西尔一直都在自责。为什么当时没能亲自接手这件案子?但他当时太忙,整天都是萨拉皮斯公司的事……根本就无暇分身。

现在,萨拉皮斯已死,他也不再为阿特拉斯、威尔海米纳和阿基米德财团工作,他终于能花点儿时间弥补遗憾。他可以去帮助那个他爱的女人了(他承认这份感情)。

但目前来看,现在距离目标还很遥远。首先,他要先打入哈维的律师团队——不惜一切代价。显然,他就要成功了。

"那我们握个手,表示一言为定?"他向哈维伸出一只手来。

"好的。"哈维并没将此视作什么大事儿,但他还是与他握了下手,"顺便说一句,"他随后说,"我也听过一些传言,尽管零碎,但看似准确——关于萨拉皮斯解雇你的原因。完全不是你说的那个样子。"

"哦?"圣西尔努力让自己显得无动于衷。

"我听说,他怀疑有人不想让他复活成活尸,很可能是你。传言说,你打算选一家熟人经营的往生堂……而他们会在尝试唤醒老头时失败。"他观察着圣西尔的反应,"古怪的是,实际结果仿佛就是这样。"

沉默。

最后,是格特鲁德打破了沉默,"克劳德为什么会不想让路易斯·萨拉皮斯复活呢?"

"我怎么会知道?"哈维若有所思地挠挠下巴,"我甚至连活尸技术的细节都不了解。有人说活尸会得到生前没有的能力,比如更加睿智,得到新的知识、新的视野。这是真的吗?"

"我听心理学家们讲过这个。"格特鲁德说,"就是以前的神学家说的'归真'吧。"

"也许克劳德是担心路易斯会获得什么全新能力呢。"哈维说,"但我只是在臆测。"

"臆测,"克劳德·圣西尔说,"完全是臆测,包括你所谓的我的种种计划。事实上,从事往生堂经营的人,我一个也不认得。"他的声音很平静,他知道怎样表现成这样。但这情形真的很难应对,他对自己说,这太尴尬了。

这时女佣出现,告诉大家晚餐备好了。菲尔和格特鲁德都站起来,克劳德随同他俩一起进入餐厅。

"请告诉我,"菲尔·哈维问克劳德,"谁是萨拉皮斯的继承者?"

圣西尔说："是他在木卫四的一个外孙女,名叫凯茜·埃格蒙特,是个很古怪的人……她大约二十岁,却已经入狱五次之多,主要是因为嗑药。最近我听说,她设法让自己戒除了嗑药的恶习,皈依了某种宗教。我从未见过她本人,但经手处理过老路易斯跟她之间的大量通信。"

"那么,等遗嘱检验完成之后,她将获得全部财产吗?连同一切相关的政治力量?"

"怎么可能?"圣西尔说,"政治力量可没有办法通过遗嘱传给后代。凯茜只能得到商业财团。如你们所知,整个体系的核心是控股母公司,是依照特拉华州¹法律组建的。母公司名叫威尔海米纳证券,如果她愿意,这公司将属于她——假如她真正理解自己继承到的代表什么。"

菲尔·哈维说:"听起来,你对她的前景不太乐观。"

"从她的信件可以看出,至少在我看来,她很病态,有罪犯人格,行事古怪,情绪也不稳定。正是我最不希望继承路易斯财产的类型。"

他们一边说着,一边坐到了餐桌旁。

当天深夜,约翰尼·贝尔富特听到电话响,他坐起来摸索,直到手碰到听筒。萨拉·贝尔也被吵醒了,约翰尼咬牙切齿地问:"喂,你他妈是哪个?"

一个虚弱的女声说:"对不起,贝尔富特先生……我并不是故意吵醒您。但我的律师叮嘱说,一到地球就得立刻给你打电话。"她补充道,"我是凯茜·埃格蒙特,尽管我的真名应该是凯茜·夏普太太。你知道我是谁吗?"

---

①美国东部州名。

"是的。"约翰尼揉着眼睛,打了个哈欠。屋里冷得让他直哆嗦。身边的萨拉·贝尔用被子蒙上头,转身背对他。"你是想让我去接你吗? 你有地方住吗?"

"我在地球这边没有朋友。"凯茜说,"但是航空港这里的人说,贝弗利酒店①挺不错的,所以我打算住在那儿。我听说外祖父去世,就从木卫四赶来了。"

"你动作还挺快。"他以为这人要二十四小时后才能到。

"有没有可能——"女孩听起来怯生生的,"我能不能跟你一起住,贝尔富特先生? 一个人住在大酒店里,谁都不认识,我想想就害怕。"

"抱歉,"他立即答道,"我是已婚的。"然后他才意识到,这样的答复既不合适,也隐含着一层指责。"我的意思是,"他解释说,"我家没有多余的房间。你今晚就暂时住在贝弗利酒店,明天我们再去找更合适的公寓。"

"好吧。"凯茜说。她听起来很顺从,但还是有些紧张,"请告诉我,贝尔富特先生,我外祖父复活的事情进展得怎么样了? 他现在已经是活尸了吗?"

"没有。"约翰尼回答,"到现在为止,一直在失败。他们正在努力解决。"

当他离开往生堂时,有五名技术专家在那里忙碌,尝试找出失败的原因。

凯茜说:"我就觉得有可能会那样。"

"为什么?"

"嗯,因为我外公这个人啊——他就是跟其他人不一样。我觉得你应该也能感觉到,甚至比我还要清楚,毕竟,你曾经跟他

①这里原文最早出现的是"Severely",后来变成了"Beverly"。

朝夕相处。但——我只是无法想象他躺在那里一动不动,你知道的,跟其他活尸一样,被动又无助。你能想象他那副样子吗?在经历了如此传奇的一生之后?"

约翰尼说:"我们还是明天再聊吧。我九点钟左右到酒店。可以吗?"

"好的,可以。很高兴你能来,贝尔富特先生。我希望你能继续留在阿基米德公司为我工作。再见。"电话咔嗒一响,她挂机了。

我的新老板,约翰尼对自己说,哇哦。

"谁呀?"萨拉·贝尔喃喃地问,"这个点儿打电话?"

"阿基米德公司的持有者,"约翰尼回答,"我的老板。"

"路易斯·萨拉皮斯?"他的妻子马上坐了起来,"哦……你是说他的外孙女。她已经来了呀?你觉得她听起来怎样?"

"不好说,"他思忖着说,"可能她很害怕吧。与地球相比,她的故乡是个微不足道的小星球。"他没有把凯茜的其他情况告诉妻子——她嗑药的恶习、她的入狱经历等。

"她现在能接手了吗?"萨拉·贝尔问,"还是要等到外祖父的活尸寿命结束?"

"法律意义上讲,老头已经死了。他的遗嘱已经开始生效。"而且,他尖刻地想,反正他也没有进入活尸状态。他现在躺在塑料棺材里,静默得像个真正的死人。睡在速冻层里,显然不能为此发表什么意见。

"你觉得你跟她能相处好吗?"

"不知道。"他坦率地说,"我甚至不确定自己是否想去尝试。"他不喜欢为女老板工作的感觉,尤其是比自己还年轻的女人。而且还是个——至少在传言中——神经兮兮的家伙。但在电话里,她听起来并不像神经病。他在脑子里反复思考着这个问题,全无睡意。

"她很可能是个大美女。"萨拉·贝尔说,"你很可能爱上她,然后踹了我。"

"哦,才不会。"他说,"不会有那么狗血的情节。我很可能会试着在她手下工作,惨兮兮地强忍几个月时间,然后辞职,到别处找工作。"与此同时,他心里想:路易斯怎么办?我们到底能不能让他复活?这才是重大的未知因素。

如果老头儿能够被唤醒,他就可以亲自指导外孙女,即便在法律和身体层面上已经死亡,他还是能够亲自经营他复杂的商业帝国和政治版图,至少在一定意义上吧。但现在,这个方案根本行不通。老头儿的本意是马上被唤醒,绝对不能错过民主-共和党大会。路易斯当然知道——可以说一直都知道——他把遗产交给了怎样的一个人。没有旁人协助,她肯定是做不好的。而且,约翰尼想到,其实我能为她做的很少。克劳德·圣西尔本来可以做很多,但是依照遗嘱内容,他已经被完全踢出局外。那么现在还剩下什么?我们必须努力复活老路易斯,即便是为此访问全美、全古巴的所有往生堂。

"你现在脑子特别乱。"萨拉·贝尔说,"我看你表情就知道。"她打开床头的小灯,"大半夜的,不要试图解决重大问题。"

活尸一定是这种感觉,他昏沉沉地想着,然后摇摇头,试图让头脑更清醒一些,想要完全醒来。

第二天一早,约翰尼把车停在贝弗利酒店的地下停车场,坐电梯去了大堂,前台的店员对他笑脸相迎。这酒店不怎么好,约翰尼心想。但还算干净,是家体面的旅馆,大多数房间都是月租的,主要租客是已经退休的老年人士。显然,凯茜习惯了节俭的生活。

询问后,店员指了下隔壁的咖啡厅,"你可以在那里找到她,她在用早餐。她交代过您可能来访,贝尔富特先生。"

在咖啡厅,他发现有好多正在吃早餐的人。他站住了,不知道哪个是凯茜。会不会是那个深色头发的女孩,表情呆板冷淡,坐在偏僻的角落里? 他走向她。她的头发,他心想,是染过的。没化妆的她显得特别苍白。她的模样透着一份强硬,像是受过很多的苦,但又不是那种让人能吸取教训,变得更加"优秀"的类型。那是纯粹的痛楚,却没有任何报偿。他一面观察,一面得出结论。

"凯茜吗?"他问。

女孩转头看他。她的眼睛很空洞,表情难以捉摸,她说话很小声。"是。你是约翰尼·贝尔富特?"当他走进隔断,坐在她对面时,女孩的表情相当恐怖,就像在想象他突然扑来,把她按倒,然后就会——罪过,罪过——强奸她一样。感觉她就像是一头孤独的小兽,被逼到无路可逃,必须独自面对整个残忍的世界。

这肤色,或者说面无人色的样子,应该是嗑药成瘾导致的,他心想。但这还解释不了她语调的过度平淡以及面部表情的缺失。尽管如此——她还是很美。她有一张精致又棱角分明的面庞……如果活泼起来,应该会很迷人。或许她也曾容光焕发过,在多年之前。

"我只剩五美元了。"凯茜说,"在我买了单程票、付了旅馆和早餐的钱之后。你能不能——"她犹豫了一下,"我并不知道现在该怎么办。你能教我吗……外祖父给我留下了什么? 我可以借它先做抵押吗?"

约翰尼说："我可以以个人名义给你开张一百元的支票，你以后还我就行了。"他取出支票簿。

"真的吗？"她看上去很震惊，"你怎么这么信任我？还是你想给我留下好印象？你是我外公的公关代表，对吧？他在遗嘱里是怎么安排你的？我不记得了。一切都发生得太快，我脑子里一片模糊。"

"这个嘛，"他说，"我倒是没有像克劳德·圣西尔那样被开除。"

"这么说，你将留在公司？"这像是让她松了一口气，"我不知道……现在可不可以说你是在为我工作？"

"你可以这样说，假如你觉得自己需要公关代表的话。也许你不需要。"

"告诉我，你们为他的复活做过哪些努力？"

他简单向她描述了自己已经做过的尝试。

"这些不是都向大众公开了吗？"她问。

"并没有。除了我知道，还有一家往生堂的所有者知道，他有个怪名字，叫赫伯特·舍恩海特·冯弗格桑。消息或许已经泄露到航运业内的少数高层人物那里，比如菲尔·哈维。可能克劳德·圣西尔也知道了。当然，随着时间一天天过去，路易斯又总是保持缄默，不向媒体发表任何政治声明的话——"

"我们必须编造出那些声明，"凯茜说，"装作来自他本人。这将是你的工作，贝尔富特先生。"她又笑了一下，"你要以我外祖父的名义向媒体发公告，直到他醒来或者我们放弃时为止。你觉得我们最终会放弃吗？"过了一会儿，她又轻柔地说，"要是有机会，我想见见他，假如你觉得可以的话。"

"我会带你去那儿，挚爱兄弟往生堂。反正我这会儿必须要赶过去。"

凯茜点点头,继续吃起了早餐。

约翰尼·贝尔富特站在女孩身旁,而她则紧盯着透明的灵柩。他心里突然有种古怪念头:也许她只要敲敲玻璃,说一句"外公,你醒醒"。然后,他想,也许他就真的醒了。反正我们也没有别的办法。

赫伯特·舍恩海特·冯弗格桑紧张地把手指扭在一起,可怜巴巴地说:"我真是搞不懂啊,贝尔富特先生。我们整晚都在工作,几班轮换,但还是得不到一丝信号。我们也测过脑电波,结果显示出微弱但明确无误的大脑活动迹象。所以说,残余的生命力肯定还在,但我们就是无法跟它建立联系。如您所见,我们已经在颅骨表面各处接满了探头。"他指着无数发丝一样的连接线,从死者头部接入棺材周围的信号增益设备,"我不知道我们还能做什么,先生。"

"能够探测到脑部新陈代谢吗?"约翰尼问。

"是的,先生。我们外聘了几位专家,他们测出了这个。而且频度也在正常范围内,就像普通死者刚去世时一样。"

凯茜平静地说:"我知道这事儿没指望。他太伟大,不可能适应这个。这种事只适合老朽的普通人,是给那些老奶奶的,能让她们每年在复活日被推出去闲逛。"她转身离开棺材,"我们走。"她对约翰尼说。

他和女孩都没说话,一起从往生堂走到人行道上。这是个晴朗的春日,路边的树木开着粉红色的小花。是樱花吧,约翰尼心想。

"死亡,"凯茜终于开口,喃喃地说,"和重生。技术上的奇迹,也许当路易斯看清彼岸世界的情形后,他就改变了主意,不愿回来了……也许就是他自己不想回来罢了。"

"嗯,"约翰尼说,"但脑电波信号依然存在,这说明他还在那具躯体里思考着某事。"过街时,他让凯茜挽住自己的臂膀,"有人跟我说过,"他平静地说,"你对宗教有兴趣。"

"是的。"凯茜淡然地回答,"当我是个瘾君子时,曾有一次服食过量——别问我吃了什么——结果心脏暂时停止了跳动。在医学意义上,我算是真的死去了几分钟。他们用开胸心脏按摩加上电击除颤的办法救活了我。但就在那时,我获得了某种体验,很可能类似那些活尸的感觉。"

"你是说死了比活着更好吗?"

"不。"她说,"但的确不同。我当时就像在做梦。我不是说感觉模糊、不真实的那种,而是那种内在逻辑、失重感。你看,这就是主要的区别。你不再受重力束缚,活人很难想象这个区别有多重要。但你肯定也在梦中体会过失重的感觉,那种脱离现实的不真实感。"

约翰尼说:"那次经历改变了你。"

"我设法克服了自己的毒瘾,如果你是指这个的话。我学会了控制食欲、控制贪欲。"在报摊前,凯茜停下来阅读头条标题。"你看。"她说。

来自外太空的声音让科学家困惑不解

"有趣。"约翰尼说。

凯茜拿起报纸,阅读标题下的文章。

"真奇怪,"她说,"他们侦测到了一个活生生的外星个体……你也应该读一遍。"她把报纸递给他,"我有过这种感觉,在我死时……我飘到外面,摆脱了太阳系,首先是行星引力,然后是太阳的。我想知道这次又是谁。"她拿回报纸,重读了一遍那篇报道。

"十美分。先生还是女士支付?"机器人报童问。

约翰尼丢了一枚十分币给它。

"你觉得这会是我外公吗?"

"恐怕不是。"

"我感觉就是。"凯茜凝视着他,陷入深思,"我知道这就是他。看,声音是在他死后一周开始出现的,而信号源也在一光周之外,时间完全符合。这里还有他谈及的内容。"她指着那部分,"都是跟你有关的,约翰尼;还谈到了我和圣西尔——他辞退掉的那名律师。还有大会,都在这里,只是掺杂到了一起。人死后,想法就是这样缺乏条理,一切都不再有明确的线性顺序。"她仰头对约翰尼笑笑,"所以我们有一个大麻烦了。我们能听到他说话,只要借助肯尼迪低地的射电望远镜就好,但他听不到我们的回答。"

"你不是真的——"

"哦,我是这样认为的。"她用陈述事实的语气说,"我早知道,他才不会安心当什么活尸。他现在过的才是完整且独立的生活,在外太空,比我们太阳系最远一颗行星更遥远的地方。而我们不可能干涉他,不管他在做什么——"她继续向前走,约翰尼跟在后面,"不管他变成什么,都跟他在地球生活时做的事一样离谱。你害怕吗?"

"什么嘛,"约翰尼抗议说,"这篇报道甚至还没被证明是真的,又怎么可能让我害怕?"但是——也许她是对的。她看上去很有把握。他不禁有点儿佩服，也开始有点儿相信了。

"你应该害怕的。"凯茜说，"他在外太空，可能很强大。他或许有能力做很多事、影响很多人。甚至不必依赖射电望远镜——他或许现在就在向我们下手，改变我们的潜意识。"

"我不信。"约翰尼说，但他已经不知不觉开始相信。她是对的，这的确很像路易斯·萨拉皮斯的风格。

凯茜说："等到党内提名大会召开，我们就能了解到更多相关的信息，因为那才是他在意的。上次他没能让盖姆当选，这是他一辈子为数不多的败绩之一。"

"盖姆！"约翰尼满怀诧异地重复了一遍，"那个过气政客？他还活着吗？四年前失败后，他完全销声匿迹了。"

"我外公才不会那么容易放过他。"凯茜思忖着说，"而且他的确还活着。他现在在木卫二当农场主，养火鸡，或许是养鸭子。反正他还在，待命。"

"待命？"

"等我外公再次联系他呗。就像他四年前所做的一样，在那年的大会上。"

"再不会有人给盖姆投票了！"他厌恶地看着她。

凯茜只是笑笑，没有说话。但她握紧了他的臂膀，抱了他一下。他觉得凯茜在害怕，就像那天深夜给他打电话时一样。也许现在比那时更害怕。

三

克劳德·圣西尔走进"圣西尔和费恩事务所"的办公室，准备前往法庭出庭时，一个英俊整洁、衣冠楚楚、穿着背心、打着复古型窄条领带的中年人马上就站了起来,"圣西尔先生——'"

圣西尔扫了他一眼,咕哝道:"我现在赶时间,您找我的话,需要先到秘书那里预约。"然后他认出了来人——他居然在跟阿方斯·盖姆说话。

"我收到一份电报,"盖姆说,"来自路易斯·萨拉皮斯。"他把手伸进上衣口袋。

"抱歉。"圣西尔生硬地说,"我现在改跟菲尔·哈维合作了。我跟萨拉皮斯先生的商务合作关系已经在几周前终止。"然后他停顿了一下,抑制不住好奇心。他以前见过盖姆,四年前的全国大选期间,他经常见到这个人——事实上,他还代理过好几件盖姆的案子,一次是原告,其他几次都是被告。他不喜欢这个人。

盖姆说:"电报是前天收到的。"

"但是萨拉皮斯已经——"克劳德·圣西尔打住了话头,"给我看看。"他伸出手,盖姆把电报递给他。

这是路易斯·萨拉皮斯给盖姆的一份声明,它向盖姆保证,路易斯将在即将举行的选举大会上全力支持他参选。盖姆没撒谎,电报的确是三天前发出的。但这毫无道理。

"我解释不了它,圣西尔先生。"盖姆干巴巴地说,"但这语调还真像路易斯。他想让我再次竞选。如您所知,我从来没考虑过这种可能。就我自己来说,我已经退出政界,开始饲养珍珠鸡了。我觉得您可能会知道些内幕。到底谁发出了这份电报?为什么?"他补充说,"假设不是老路易斯做的话。"

"死人怎么可能发电报?"

"我是说,也许他生前写完了电报内容,然后让人在某天发送。也许是您本人。"盖姆耸耸肩,"显然不是您了。那也许是贝尔富特先生。"他伸手取回那份电报。

"你真的要再次参选?"圣西尔问。

"要是路易斯让我参加,那就选吧。"

"然后再输一次?拖累整个党派再次失败,就是因为有个固执又专制的臭老头——"圣西尔哽住了,"回去养你的珍珠鸡,忘掉政治。你是个扶不起的阿斗啊,盖姆。党内所有人都知道,事实上,所有美国人都知道。"

"我怎么才能联系上贝尔富特先生呢?"

"我不知道。"圣西尔准备离开。

"我需要法律上的协助。"盖姆说。

"做什么?谁又起诉你了?盖姆先生,你不需要律师的帮助,你需要的是一名大夫,找个心理医生吧,诊治下你为什么还想参选。听着——"他的身体向盖姆倾斜,"要是路易斯活着的时候都没能让你当选,死掉的路易斯当然更加不可能。"他把盖姆晾在那里,继续向外走。

"等等!"盖姆叫道。

克劳德·圣西尔不情愿地转身回头。

"这次我会赢。"盖姆听起来是认真的,他的声音十分坚决,不像以前那样细微乏力。

圣西尔有些不安,"好吧,祝好运,不管是你还是路易斯。"

"那么,他还活着?"盖姆的眼光闪烁了一下。

"我可没那么说,我只是在讽刺你们。"

盖姆若有所思,"但他肯定还活着,我敢肯定。我想要找到他。我去过一些往生堂,但都没有存放他的尸体;或许他们有,只是没承认。我会继续找。我想要跟他谈谈。"他补充道,"所以我才从木卫二赶过来。"

这时候,圣西尔终于设法脱身,离开了公司。真是个蠢蛋,他对自己说,马屁精,路易斯的傀儡,一无是处。他打了个寒噤,上帝保佑我们不遭受那样的命运:千万不要让这家伙当总统。

想象一下,我们所有人都必须终日面对那个盖姆!

这不是什么令人开心的想法,也不能激励他投入一天的工作。而他还肩负着繁重的工作呢。

今天可是大日子,他作为菲尔·哈维的律师,要向凯茜·夏普夫人——曾经的凯茜·埃格蒙特——提出一份并购威尔海米纳证券公司的报价。其中将涉及换股交易,重新分配表决权股股票,让哈维获得威尔海米纳公司的控制权。公司价值几乎无法估算,哈维提供的交易筹码也不是现金,而是不动产。他在木卫三拥有大片土地,是苏联政府十年前授予他的,为感谢他为苏联及其星际殖民地提供的技术支持。

凯茜接受这种报价的可能性为零。

但是,合约却必须提出。下一步——他甚至不敢想象接下来要发生的——将涉及你死我活的商业竞争,斗争双方是分属哈维和凯茜的两大船运公司。而圣西尔知道:凯茜的公司正在走下坡路。老头子死后,工会就一直在制造麻烦。路易斯最为痛恨的局面出现了:工会正在进驻阿基米德公司。

他本人是看好工会的,他们也该登场了。从前是因为老头子的阴谋诡计和胆大妄为,加上无穷无尽的精力和天马行空的想象力,才让工会一直无从下手。以上特长,凯茜一样都没有。而约翰尼·贝尔富特——

你能对一个没上过大学的人抱多大希望? 圣西尔嘲讽地自问。才华、战略高度——从那个平庸之辈的猪耳朵里掏出来?

而且贝尔富特已经是焦头烂额,一心忙着为凯茜树立正面形象。工会开始找麻烦的时候,他的工作才刚刚有一点儿起色。一个曾经的瘾君子,当下的狂热宗教徒,还是个多次入狱的女人……约翰尼的工作可不好干。

他的工作成果主要仰赖凯茜的女性魅力。她的样子甜美可人,甚至温柔纯洁,几乎有点儿圣女范儿。约翰尼抓住了这一点。他不在报纸上登载她的言论,而是大量刊登她的照片,数以千计的摆拍:遛狗、逗小孩、参加乡村集会、造访医院、参与慈善——一应俱全。

但不幸的是,凯茜却在破坏他精心塑造的形象,还是以一种非同寻常的方式。

凯茜声称——还毫不掩饰地——她跟死去的外公还有联系,说一光周之外被肯尼迪低地的设备监听到的声音就是他本人。她能听到外公的话,和全世界其他人一起……而且借助某种神迹,外公也能听到她的声音。

圣西尔乘坐自动电梯去往楼顶的直升机场。她的宗教谬论不可能逃脱八卦专栏作者的关注……凯茜在公共场合说了太多不该说的话,无论是餐馆里,还是知名酒吧里,甚至当约翰尼在场时——他本人也无法让这女孩闭嘴。想到那画面,他就会笑出声。

此外,还有那次派对上的突发事件,她公然脱掉衣服,宣布净化时刻即将来临。她还在身体特定部位涂抹鲜红的指甲油,说是一种宗教仪式……当然,她那天喝多了。

就是这样一个女人,圣西尔心想,目前在经营阿基米德公司。我们必须驱逐她,既为了我们自己,也为了公众。在他看来,这件事必须以人民的名义下手。为民除害,势在必行。唯一不这么想的也只有约翰尼了。

圣西尔想道:约翰尼一定是喜欢她。这才是他的动机。

我想知道,萨拉·贝尔怎么看。

圣西尔开心地坐进直升机,关上舱门,把钥匙插进点火孔。然后他又一次想到了阿方斯·盖姆。他的好心情立刻无影无踪,他又开始感到郁闷。

现在有两个人,他意识到,仍在路易斯·萨拉皮斯还活着的假设下行动:凯茜·埃格蒙特·夏普和阿方斯·盖姆。

两个最令人讨厌的人。而且,尽管不情愿,他却被迫跟这两个人都产生了某种关联。这看似是他逃不掉的命运。

他想:我现在一点儿都不比跟着老路易斯干的时候轻松,在某些方面,我甚至比以前还惨。

直升机飞上天空,去往丹佛市区,菲尔·哈维的家。

因为迟到,他打开小型通信设备,拿起话筒,给哈维打了个电话。"菲尔,"他说,"你能听到吗? 我是圣西尔,我正在向西飞行的途中。"

一阵遥远又怪异的低语声传来,就像是很多语句被挤到一起,乱作一团。他认出了这种怪信号,迄今已经碰到过几次,都是在电视新闻节目中。

"……尽管遭受人身攻击。还是比钱伯斯好很多,那家伙甚至都无法在臭名昭著的监狱里赢得选举。你还是要继续保持自信,阿方斯,人们会了解一个人的优点,珍惜他。你等着,有志者事竟成。我应该有发言权,看看我这辈子成了多少事吧。"

圣西尔意识到,这就是一光周以外传来的那信号,现在信号更强了,像太阳黑子一样,它已经开始阻碍正常通信频道。他骂了一句,皱起眉头,关闭了接收器。

阻断通信,他自言自语道,这样做一定犯法。我应该向联邦通讯委员会举报的。

他颤抖着继续驾驶直升机飞越开阔的原野。我的上帝啊，他想，这声音听起来还真像是老路易斯！难道凯茜·埃格蒙特·夏普真的说对了？

在阿基米德公司的密歇根州分部，约翰尼·贝尔富特如约出现在凯茜面前，发现她情绪低落。

"你还没看清眼前的形势吗？"她从曾属于路易斯的办公室彼端注视着他，"我完全没有管好这些事，所有人都知道。难道你还看不出来？"她瞪大眼睛盯着他。

"我没觉得。"约翰尼说。但他内心深处很清楚，她是对的。

"放松点儿，坐下。"他说，"哈维和圣西尔随时会到，你跟他们面谈时，一定要控制好自己。"他曾试图避免这场会谈发生。但他也意识到，会谈不可避免，所以就让凯茜接受了。

"我有件可怕的事要告诉你。"

"是什么？你不要吓我。"他坐下来，担心地等着听。

"我又开始嗑药了，约翰尼。所有这些责任和压力让我无法承受。我很抱歉。"她难过地低头看地板。

"具体是什么药？"

"我不想说，反正是安非他命类的。我读过相关资料，知道我服用的剂量可能导致精神失常，但我不在乎。"她喘息着转开脸，背对他。她的脸庞憔悴，眼神空洞。他现在知道原因了，过量服食安非他命会导致身体消瘦。她的新陈代谢节奏被打乱，在上瘾期间，就像得了甲亢一样，身体里的细胞的代谢速度都被加快了。

约翰尼说："听到这个我很难过。"他一直担心的事还是发生了。但事到临头，还是无法相信，只能等她自己来解释。"我觉得,"他说,"你应该找医生看看。"他不知道凯茜从哪里搞到这些毒品的,但也许对她来说这事儿并不难。

"这会让人的情绪非常不稳定。"凯茜说,"容易突然发怒或者哭泣不止。我想让你知道这些,这样你就不会责怪我了。请你记住,这都是药品惹的祸。"她试图微笑,约翰尼能看出她在努力这样做。

他走到她面前,两手放在她肩上。"听着,"他说,"等哈维和圣西尔来了,我觉得你最好接受他们的报价。"

"哦,"她点头说,"这样啊。"

"然后,"约翰尼又说,"我希望你能主动去医院治疗。"

"说的就像去甜品工厂。"凯茜幽怨地说。

"但这样对你最好。"他说,"能让你摆脱在阿基米德公司肩负的责任。你需要彻底的休养。你的身心极度疲惫,但要是继续服食安非他命——"

"我知道你是想让我摆脱恶习,"凯茜说,"但是约翰尼,我不能把股份卖给哈维和圣西尔。"

"为什么不能?"

"路易斯不会允许我那样做,他——"她静默了一会儿,"他说过了,不行。"

"但这关系到你的健康,甚至生命——"

"你指的是我的理智,约翰尼。"

"对你个人来讲,这样做没多大损失。"他说,"去他的路易斯,去他的阿基米德公司。你也想进往生堂变成活尸吗?这不值得。人活着不能只考虑财富,你现在毕竟还是活生生的人。"

凯茜微笑不语。接着,桌子上的指示灯闪亮,蜂鸣声响起。前台说:"夏普夫人,哈维先生和圣西尔先生到了。我可以让他们进去吗?"

"可以。"

门开了,克劳德·圣西尔和菲尔·哈维快步走进房间。"嘿,约翰尼。"圣西尔招呼道,他看上去还挺有信心的。他身旁的哈维也是胸有成竹的样子。

凯茜说:"我会让约翰尼负责大部分会谈。"

约翰尼看了她一眼。她的意思是同意出售公司吗?他说:"你们想拿什么来交易? 开出怎样的价码来交换特拉华州威尔海米纳证券公司的控股权? 我想象不出有什么能值那么多钱。"

"木卫三,"圣西尔说,"一整颗卫星。"他补充说,"几乎一整颗。"

"哦,是啊。"约翰尼说,"苏联给的土地所有权。它经过国际法庭认证了吗?"

"是的,"圣西尔说,"而且得到了全部认可。其价值无法估量,因为每年都在增值,甚至翻倍。我的客户愿意拿这个作为交换。这出价很公道,约翰尼。你、我互相了解,你知道,当我这样断言时,肯定所言不虚。"

也许是吧,约翰尼心想,从很多方面来看,这个报价都很慷慨。哈维并没有打算诓骗凯茜。

"我代表夏普夫人——"约翰尼刚一开口,凯茜就打断了他。

"不,"她干脆地说,"我不能卖股票。他说了,不行。"

约翰尼说:"你刚刚已经授权让我来主持谈判,凯茜。"

"好吧,"她严厉地说,"那我现在收回授权。"

"如果你想让我留在这里为你工作。"约翰尼说,"这件事就必须听从我的劝告。我们已经谈过了,并且一致同意——"

办公室的电话响了。

"你自己去和他说吧。"凯茜拿起话筒，递给约翰尼，"他会告诉你的。"

约翰尼接过话筒，放到耳边。"你是谁?"他问。然后听到了对方的嘟囔声，那遥远又诡异的低沉话语声，就像有什么东西在刮长长的金属线一样。

"……必须保留控股权。你的建议很荒唐。她能自己振作起来，她有这种能力。你是关心则乱，因为她生病，你就吓坏了。只要找一位好大夫，就能把她治愈。给她找个好大夫，好好治疗。再找个律师，确保她不会被执法部门控制。切断她毒品的来源。坚持……"约翰尼把话筒从耳边拿开，拒绝再听下去。他哆嗦着把听筒放回原处。

"你听到了吧?"凯茜说，"是不是? 那就是路易斯。"

"是他。"约翰尼说。

"他在成长。"凯茜说，"现在我们能直接听到他说话，不必再依靠肯尼迪低地的射电望远镜。我昨晚第一次听到他的声音，很清晰，当时我正准备睡觉呢。"

约翰尼对圣西尔和哈维说:"显然，我们必须先好好考虑一下你们的提议。我们要评估一下你们提供的未开发地块的价值，而你们显然也想要审查一下威尔海米纳公司的财务状况。这些都要花时间。"他听到自己的声音在发抖，他还没能从拿起听筒就听到路易斯·萨拉皮斯的声音的冲击下恢复过来。

跟圣西尔和哈维约好当天晚些时候再见面后，约翰尼带凯茜去吃迟到的早餐。她不情愿地承认，自己从昨晚开始就没吃过东西。

"我就是不饿。"她没精打采地坐着，挑着盘子里的培根、煎蛋和果酱烤肠。

"即便那真是萨拉皮斯,"约翰尼说,"你也不能——"

"那就是。不要说什么'即便',你明知道那是他的声音。他一直都在变强,在外面某个地方。也许那声音来自太阳。"

"好吧,就算他是路易斯。"他固执地说,"不论怎样,你还是要维护自己的利益,而不是为了他。"

"他的利益跟我一致。"凯茜说,"现在的共同目标,就是保住阿基米德公司。"

"那他能为你提供必需的帮助吗?他能补全缺失的东西吗?对待你嗑药成瘾的问题,他毫不上心。显而易见,他在做的,只是发布命令而已。"他越说越生气,"在眼前这种情况下,这他妈毫无裨益,无论对你还是对我。"

"约翰尼,我始终都觉得他就在我身边。我都不需要电视或者电话——我能感觉到他。我想,这是因为我的神秘主义倾向吧。我的宗教直觉帮我跟他保持联系。"她喝了一小口橙汁。

约翰尼毫不客气地说:"你说的是滥用安非他命产生的幻觉而已。"

"我不会去医院的,约翰尼。我不会签字把自己关进去。我的确有病,但没有严重到那种程度。我可以解决这些麻烦,因为我不是孤身一人。我有外公帮我,还有——"她对笑着对约翰尼说,"我还有你,尽管你有萨拉·贝尔。"

"你不会得到我的支持,凯茜。"他冷冷地说,"除非你把公司卖给哈维,除非你接受木卫三的不动产。"

"你要辞职?"

"是。"

停顿了一会儿,凯茜说:"我外公说了,随便你,想走就走。"

她瞪大黑眼睛,神情冷漠。

"我不相信他会这样说。"

"那你自己跟他谈喽。"

"怎么谈?"

凯茜指了下饭馆角落里的电视机,"打开它,听着。"

约翰尼站起身,"我不必听。我已经给出了我的决定。我会待在酒店房间里,如果你改变主意的话。"他转身离开,留她一人坐在那里。她会叫住他吗?他一面走,一面听。她没有开口。

片刻之后,他已经站在了马路边。她识破了他的虚张声势,所以恐吓策略没能奏效,反而成了事实。他真的已经辞职了。

他懵了,漫无目的地向前走。但是——他又觉得自己没做错。他确信。只是——让她去死吧,他心想。她为什么就不能退让一下?因为路易斯,他自问自答。要不是那个臭老头,她早就听从劝告,做了该做的事,卖掉控股权,得到木卫三的地产。该诅咒的是路易斯·萨拉皮斯,而不是她。他愤怒地想着。

现在怎么办?回纽约?找一份新的工作?比如去找阿方斯·盖姆求职?要是能成,这差事能挣不少钱。或者他应该在密歇根州再等等,凯茜或许会改变主意?

她不能这样下去,不管萨拉皮斯对她说什么。或者,不管她自以为老头子对她说了什么。无论哪样。

他叫了一辆出租车,说出酒店地址。过了一会儿,他已经身处安特勒酒店的大堂,回到他一早离开的地方,回到那令人生畏的空房间。这次只能坐下来干等,祈望凯茜能改变主意,给他打电话。这一次,他不再需要赴任何约会,所有商业行程都已经取消。

当他回到房间时,电话响了起来。

约翰尼在房间门口站了一会儿,手拿钥匙,听着房门后面的电话铃声。他人还在走廊里,就能听到刺耳的铃声。是凯茜吗? 他想知道。或者是他?

他把钥匙插进锁孔,转动它,打开门,进入房间,一把拿下听筒,"喂。"

还是那声音,遥远的低语声,正在自言自语,像在不停嘟囔着:"……离开她,很不好,贝尔富特。我以为你明白自己的责任,就像她对我一样,你以前可从来不会乱发脾气离开我的。我故意把自己尸体的处置职责交给你来负责,就是为了让你留下。你不能……"约翰尼挂断了电话,觉得浑身发冷。

铃声马上又响起来了。

这次他没有拿起听筒。你去死吧,他暗自想道。他走到窗前,站在那里俯视楼下的街道,想起多年前跟老路易斯的一次谈话,那次谈话给他留下了深刻的印象。话题是谈及为何不上大学,他解释因为想要自杀,所以放弃了学业。注视着下方的街道,他想:也许我应该跳下去,至少这样就不会再有电话……再不会有。

最可怕的地方,他想,就是这声音的主人明显老态龙钟。他的想法既混乱又迷糊,如同痴人说梦般信口开河。老头儿并不是真正活着,他甚至不算是活尸。这是意识渐渐沉入梦幻的过程。而我们都被迫倾听它的声音,见证它逐步黯淡,直至最终彻底的死亡。

但即使在这种退化状态下,它还有欲望,而且欲念很强。它在命令他做事,在命令凯茜做事。路易斯·萨拉皮斯的残余生命还是那样活跃、精力旺盛,也足够聪明,有办法纠缠着他,达到它的目的。它是路易斯生前愿望的延续，让人无从回避。在它面前，简直无路可逃。

电话还在响。

也许这次不是路易斯，也许是凯茜。他走到电话机前，拿起听筒，然后马上又放回原处。还是那喋喋不休的声音，路易斯·萨拉皮斯的人格残片……他打了个寒噤。它只在我这里存在吗？它是有选择性的吗？

他有一种可怕的直觉，认为它没有在选择。

他走到电视机前，按下开关。屏幕上出现了画面，图像有一种奇怪的模糊感，而那层模糊的影像——看去就像一张脸。

他调到另外一个频道，还是有那张模糊的面孔，老头子的五官隐约覆盖在正常的电视画面上。电视机的喇叭中也传来那含糊的嘟囔声："……我跟你说过好多遍，首要的责任就是……"约翰尼关上电视，那失真的面庞和话语声一起消失了。现在剩下的，只有不停在响的电话铃。

他拿起话筒说，"路易斯，你能听到我说话吗？"

"……等到选举时，他们就会明白。这是个斗志满满、卷土重来的汉子，勇于承担这份财务负担，毕竟，选举是有钱人的游戏。现在，竞选所需资金……"声音还在继续。不，老头子听不到他说话。这不是双向的交谈，只是独白，并不是真正的交流。

但老头子却知道地球上发生的事。他看上去知道约翰尼辞职，也似乎明白真正的原因。

他挂断电话，坐下来，点着一支烟。

我不能回到凯茜那里。他心想，除非我愿意改变立场，劝她不出售股票。但那是不可能的，我无法做出那种事，所以一切到此为止。我已经无法回头了？

萨拉皮斯还要缠我多久？我还有地方可去吗？

他再次站到窗前，俯视楼下的街道。

在报摊前，克劳德·圣西尔丢下几枚硬币，拿起报纸。

"谢谢惠顾，先生或者女士。"机器人报童说。

头条这篇文章……圣西尔眨了眨眼睛，怀疑自己是不是疯了。他不敢相信自己读到的内容——或者说无法领会读到的内容。这完全没道理。这份自动编印的报纸——全自动且信号微缩传输的新闻媒体——显然是出了故障。他看到的只是一长串随机组合到一起的杂乱文字，甚至比《芬尼根的守灵夜》还要难读。

它到底是不是随机的？有一段话吸引了他的注意。

"他站在酒店窗前，已经准备跳楼自杀。如果你还想跟她做生意，最好赶到现场。她信赖他。她需要一个男人，因为她的丈夫，那个保罗·夏普，抛弃了她。安特勒酒店，604 房间。我觉得你们还有时间。约翰尼这个人太容易冲动。她可是我的后代，不会害怕被人威胁的。她体内流着我的血，我……"

圣西尔迅速告诉站在一旁的哈维，"约翰尼在安特勒酒店的一间客房里，准备跳楼了。这是老萨拉皮斯在通知我们。我们最好立刻赶过去。"

哈维扫了他一眼，"贝尔富特跟我们立场一致，我们的确不应该坐视他自杀。但为什么萨拉皮斯要——"

"我们还是先赶去现场吧。"圣西尔跑向停着的直升机。哈维快步跟随。

四

突然之间,电话铃声消失了。约翰尼从窗前回过头——看到凯茜·夏普站在电话旁,手拿听筒。"他给我打了电话,"凯茜说,"而且他跟我说了,约翰尼,他告诉你你正打算做什么。"

"是你们疯了。我没打算做任何事。"他从窗前走开。

"他觉得你会。"

"这证明他也会犯错。"香烟已经烧到了滤嘴,他把烟头捻进烟灰缸。

"我外公一直都很喜欢你。他不希望你遭遇任何不幸。"

约翰尼耸耸肩,"就我个人而言,已经不想跟路易斯·萨拉皮斯再有任何纠葛。"

凯茜没有听约翰尼在说什么,她把听筒放到耳边——她在听外公的训示。约翰尼住了口,知道说啥也没有用。

"他说,克劳德·圣西尔和菲尔·哈维也在赶来这里的路上。他把这两人也召来了。"

"他真好心。"约翰尼简短地说。

"我也喜欢你,约翰尼。我能看出外公为什么欣赏你。你是真的关心我的安危,对吧? 也许我可以主动就医,至少可以去医院小住一段时间。一周,或者几天。"

"这样够吗?"

"大概吧。"她把听筒伸向约翰尼,"他想跟你谈谈。我觉得你最好还是听听。无论怎样,他都能找出办法来逼你听的。你现在应该很清楚。"

约翰尼不情愿地接过听筒。

"……问题是你没了工作,马上就会抑郁。如果你不工作,就会觉得自己一无是处,你就是那种人。我欣赏你这一点,我自己也是这样。听着,我有份工作给你。在选举提名大会上搞好公关,确保阿方斯·盖姆获得提名。你做起来一定得心应手。给盖姆打个电话。给阿方斯·盖姆打电话,约翰尼,打电话给盖姆,打——"

约翰尼挂断了电话。

"我得到了一份工作。"他告诉凯茜,"代表盖姆做公关,路易斯是这样下令的。"

"你愿意那样做吗?"凯茜问,"在提名大会上,为他做公关?"

他耸耸肩。为什么不呢? 盖姆有钱,他愿意也有能力为自己支付高薪。他当然也不比现任总统肯特·玛格雷夫更差。而我的确必须得到一份工作。约翰尼意识到,我得养家糊口,我有妻子和两个孩子;生计问题可不能开玩笑。

"你觉得盖姆这次有胜算吗?"凯茜问。

"不,恐怕没有。但政界有时的确会发生奇迹,想想1968年尼克松的神奇逆袭。"

"最适合盖姆的竞选路线是什么?"

他扫了凯茜一眼,"这事儿我会跟他谈,而不是你。"

"你还在生我的气。"凯茜小声说,"因为我不愿出售公司。听着,约翰尼,假如我把阿基米德公司交给你呢?"

过了一会儿,他问:"路易斯怎么说?"

"我还没有问过他的意见。"

"你知道他会拒绝。我太缺乏经验。自然,我了解公司的运营状况,我从一开始就在这儿工作,但——"

"不要只看到自己的缺点。"凯茜轻声劝告。

"拜托,"约翰尼说,"别来向我说教。我们试着继续做朋友好了，冷淡、疏远的朋友。"而如果说世上还有什么是我不能忍的事，他心里暗想，就是被女人说教，尽管她是为了我好。

房门被撞开了，克劳德·圣西尔和菲尔·哈维跳进来。他们看到凯茜后马上泄了气。"这么说，他把你也叫来了。"圣西尔气喘吁吁地对凯茜说。

"是的，"她说，"他非常担心约翰尼。"她拍拍他的胳膊，"看看，你还有那么多朋友。热情的朋友、冷淡的朋友，你都要吗？"

"是的。"他回答，却打心底里感到特别难过。

那天下午，克劳德·圣西尔抽出时间，在伊莱特拉·哈维家稍作停留，这是他现任老板的前妻。

"听着，宝贝，"圣西尔说，"我正在眼下这宗交易里尽全力为你争取权益。如果我成功了——"他双臂拢住她，给了她一个亲密的拥抱，"你会拿回一些此前失去的东西。虽不是全部，但足以令你生活得更幸福一些。"他亲吻她，而她也一如既往地做出了回应。她深情地呻吟着，把他的身体拉低，贴在自己身上。和伊莱特拉的亲昵让他有一份强烈到难以置信的满足感，这十分令人愉悦。两人依偎了许久——这个倒不常见。

终于，伊莱特拉轻轻挣脱身体，"顺便问一下，你能告诉我电话跟电视都出了什么问题吗？我打不了电话，线路里好像总有杂音。电视屏幕上的图像也总是模糊、扭曲，总出现一张奇怪的脸。"

"别担心这个，"克劳德说，"我们目前就在着手解决这个问题。我们已经派人去寻找问题的根源了。"他的人正在搜查往生堂，早晚会发现路易斯的尸体，然后这些荒谬的状况就将被终结……让所有人都能落得清静。

伊莱特拉·哈维在酒柜旁一边调酒，一边问："菲尔知道咱俩的事吗?"她量出苦酒,加进威士忌酒杯里,每杯三滴。

"不知道,"圣西尔说,"这与他无关。"

"但菲尔对前妻有强烈的偏见的。他不会喜欢这件事的,他会觉得你对他不忠。因为他不喜欢我,就意味着你也同样不能喜欢我。这就是菲尔所谓的'正直'。"

"很高兴知道这一点。"圣西尔说,"但我对此真的无能为力。不管怎样,他反正不会知道的。"

"但我还是忍不住要担心。"伊莱特拉把他的酒端了出来,"跟你说啊,我之前在调电视,然后——我知道这听起来很疯狂,但在我看来——"她停顿了一下,"那个,我真的听到电视主持人提到我们。但当时的声音有点儿模糊不清,可能是信号不好。不管怎样吧,我的确听到了你的名字,还有我的。"她严肃地抬头看着他,魂不守舍地摆弄着裙带。

他觉得心里发凉,"亲爱的,这的确很荒唐。"他走过去打开电视机。我的上帝,他想,难道路易斯·萨拉皮斯已经无处不在了? 他在太空深处也能洞察我们的所作所为?

这可不是什么令人欣慰的念头,尤其是在他试图让老头子的外孙女卷入一桩他绝不会同意的交易时。

他在报复我。圣西尔用麻木的手指调节着电视频道时,突然意识到这一点。

阿方斯·盖姆说:"事实上,贝尔富特先生,我本想主动给你打电话来着。我收到萨拉皮斯先生的一份电报,建议我雇用你。不过,我由衷地认为,我们必须想一套全新的推广策略。目前而言,玛格雷夫还占据着巨大的优势。"

"的确,"约翰尼承认,"但我们也不用太过保守。我们这次有强援，来自路易斯·萨拉皮斯的帮助。"

"上一次路易斯也在帮我。"盖姆指出，"可还是没能获胜。"

"但他现在能提供的帮助已经上升到了全新的层面。"毕竟，约翰尼心想，老头子现在控制了所有的信息交流渠道，包括报纸、广播和电视，甚至还有电话，上帝开恩。有了这么强大的力量，路易斯几乎可以为所欲为。

他几乎不需要我，真讽刺，他想。但他没告诉阿方斯·盖姆这些。显然，盖姆并不完全了解路易斯的强大实力，他只要做好自己的本职工作就是了。

"你最近打开过电视吗？"盖姆问，"有没有尝试过使用电话或者买报纸？这些渠道传出的都是些混杂零乱的信息。如果那是路易斯，他真的很难以这样的状态在提名大会上提供太多帮助。他现在——语无伦次、胡言乱语。"

"我知道。"约翰尼小心翼翼地说。

"恐怕路易斯对他的活尸生涯的规划出了大问题。"盖姆看上去十分郁闷，不像是个志在必得、打算赢下选举的人。"现阶段，你对路易斯的崇拜远超对我本人的。"盖姆说，"坦白说，贝尔富特先生，我跟圣西尔先生有过一次长谈，他的想法相当令人沮丧。虽然我还是决心坚持到底，但说实话——"他做了个手势，"克劳德·圣西尔当面对我说，我是个扶不起的阿斗。"

"你相信圣西尔说的话？他是我们的敌人，跟菲尔·哈维一伙的。"约翰尼惊奇地发现此人居然如此天真、如此懦弱。

"我告诉他我能赢。"盖姆喃喃地说，"但说老实话，每天在电视和电话里面听到那些呓语——真的很糟糕。那让我情绪低落。我想要尽可能远离它们，越远越好。"

过了一会儿，约翰尼说："我能理解。"

"从前的路易斯不是这样的。"盖姆可怜兮兮地说,"他现在只顾没完没了地教训我。就算他有能力帮我得到提名……但我真的想要吗?我累了,贝尔富特先生,特别累。"说到这儿,他沉默了。

"如果你想从我这里寻求安慰,"约翰尼说,"那你就找错了人。"电话和电视里的杂音对他也造成了严重伤害,严重到让他无法鼓励盖姆。

"你是搞公关的。"盖姆说,"难道就不能在别人失去热情时想想办法?给我些信心,贝尔富特,然后我就能赢得全世界。"他从衣兜里掏出一张折叠起来的电报,"这是路易斯之前发来的。显然,他也能控制电报线路,跟影响其他通信渠道一样。"他把电报递过来。约翰尼读了一下。

"那时候的路易斯更有条理,"约翰尼说,"写这份电报的时候。"

"我就是这个意思!他恶化得太快。等到提名大会开始——只剩一天了——他得混乱成什么样儿?我觉得这事儿很可怕,我并不想卷入其中,但我又想参加竞选。所以,贝尔富特先生,你来替我应对路易斯,你可以当我们俩的中间人。"他补充道,"就像那些降灵祭祀。"

"这词儿是什么意思?"

"就是在死人与活人之间传信儿的人。"

"你要是总用这种词儿的话,绝不可能赢得提名。这一点我可以保证。"

盖姆尴尬地笑笑,"喝一杯怎么样?"他离开客厅,走向厨房,"威士忌还是波本?"

"波本。"

"你对那女孩印象如何？路易斯的外孙女。"

"我喜欢她。"他说。这是实话，他的确喜欢她。

"尽管她是个神经病、瘾君子，坐过牢，还宣扬奇怪的宗教？"

"是的。"约翰尼干脆地回答。

"我觉得你疯了。"盖姆拿了酒回来，"但我同意你的意见，她是个好人。事实上，我认识她已经有一段时间了。坦率说，我不太明白她的人生怎么会有那么多曲折。我不是什么心理学家……也许跟路易斯有关吧。她对他有一种特别的忠诚，既幼稚，又狂热。在我看来，也可谓温馨感人。"

约翰尼呷了一口酒，"这波本酒太糟了。"

"'马斯克拉特爵士'，老牌子，"盖姆苦着脸说，"的确难喝。"

"你最好能端出更好的酒来。"约翰尼说，"要不然你的政治生涯就真的完蛋了。"

"所以我才需要你来帮忙。"盖姆说，"明白了没？"

"我明白了。"约翰尼端着他那杯酒走进厨房，把它倒回了瓶子里——然后寻找替代的威士忌。

"你打算怎么帮我当选？"阿方斯·盖姆问。

"我觉得当下最好的办法——也是唯一的办法——就是利用人们对路易斯之死的情感共鸣。我看到了成群结队的哀悼者，那场面令人印象深刻，阿方斯。人们日复一日地赶来悼念。他活着的时候，很多人敬畏他、害怕他。但现在，大家都松了一口气。他死了，所以他可怕的一面也在——"

盖姆打断了他，"但是约翰尼，他没有死啊。这才是问题的关键。你知道的，电视上和电话里那个喋喋不休的声音就是他呀！"

"但普通人不知道。"约翰尼说,"公众现在很困惑——就像第一个收到信号的人当时也疑惑不解。那名肯尼迪低地的技术员——"他强调说,"他们有什么理由把来自距离地球一光周的声音跟路易斯·萨拉皮斯联系在一起呢?"

过了一会儿,盖姆说:"我觉得你在犯一个错误,约翰尼。但路易斯说了要雇你,所以我还是会照办,而且你可以自由发挥,我会仰赖你的专业见解。"

"谢谢,"约翰尼说,"我不会让你失望的。"但内心深处,他却没有那样的信心。也许公众要比我想象得更聪明,他担心。也许我真的在犯错。但还有什么别的办法呢?他再也想不出其他办法了。除非指明盖姆是洛易斯亲自选出的候选人,否则真的没有任何推荐他参加竞选的理由。

指望凭这个获得提名,基础还是过于薄弱——而且离大会召开仅剩一天时间。他并不喜欢这样的局面。

盖姆家客厅里的电话响了。

"很可能是他。"盖姆说,"你想跟他谈吗?说实话,我根本不敢拿起听筒。"

"让它响。"约翰尼的感受跟盖姆一样:太他妈烦人了。

"但我们还是无法回避他。"盖姆指出,"如果他想跟我们联系,就算不用电话,还可以借助报纸之类。昨天我想用一下电动打字机……但敲出来的却不是我想写的,而是各种闲言碎语——打出来的是他要说的内容。"

两人都没有动手拿起电话,他们任由铃声继续响。

"你想要预付工资吗?"盖姆问,"现金可以吗?"

"非常感谢。"约翰尼说,"我今天恰好辞掉了阿基米德公司的工作。"

盖姆一边伸手到衣兜里取钱包,一边说:"我给你开张支票。"他看着约翰尼,"你喜欢她,但无法跟她一起工作。是这样吗?"

"大概吧。"约翰尼没有细说,盖姆也没追问更多细节。就算没有别的优点,盖姆至少很有绅士风度。约翰尼欣赏他这一点。

支票易手的同时,电话铃声停息。

两者之间可有联系?约翰尼暗自盘算。或者只是巧合而已?答案根本无从知晓。路易斯似乎无所不知……不管怎样,眼下的局面正是路易斯想要的,他已经跟双方都明确谈过。

"我猜我们做对了。"盖姆酸溜溜地说,"听着,约翰尼。我希望你能跟凯茜·埃格蒙特·夏普搞好关系。她需要帮助,很多帮助。"

约翰尼咕哝着。

"现在你已经不再是她的员工了,再试一次吧。"盖姆说,"好吗?"

"我会考虑的。"

"她病得很重,况且现在又背负了那么多责任,你也知道。不管是什么导致了你们两人之间的裂痕——请试着去达成和解,不要等到追悔莫及。这才是唯一正确的做法。"

约翰尼没说什么。但他内心深处知道,盖姆说得没错。

但是——他又能做什么呢?他不知该怎样做。你怎样去跟一个心理病态的人讲道理?他想知道。怎样才能修复如此巨大的隔阂?通常情况下,这种事很难成功……而这件事,偏又牵扯到那么多纠葛。

就算没有别的,还有路易斯,以及凯茜对路易斯的感情。这些都必须改变。那种盲目的崇敬——必须要终止。

"你妻子对她是什么态度？"盖姆问。

他吃了一惊，"萨拉·贝尔？她从来没见过凯茜。"他补充道，"你问这个干什么？"

盖姆看看他，什么都没说。

"这问题真奇怪。"约翰尼说。

"因为那个凯茜就是个怪女孩。"盖姆说，"比你想象得更古怪，我的朋友。你还有好多事不知道呢。"但他也没有细说。

菲尔·哈维对克劳德·圣西尔说："有件事我想知道，这个问题我们必须找到答案，否则就永远无法得到威尔海米纳公司的控股权。尸体到底在哪儿？"

"我们正在找。"圣西尔耐心地说，"我们正在逐个访问往生堂。但这事牵扯到金钱利益，肯定有人出了封口费，让他们保持缄默，如果想让他们开口的话——"

"那个女孩，"哈维说，"在按照死者传达的指令行事。尽管路易斯的情况已经每况愈下……她还是对他言听计从。这太不正常了。"他摇摇头，貌似很反感。

"我同意。"圣西尔说，"事实上，你说得没错。今天早上我刮胡子的时候，还在电视上看到他。"他显然在颤抖，"我是说，他现在已经从四面八方侵入了我们的生活。"

"今天，"哈维说，"是提名大会的第一天。"他看着窗外的车水马龙，"路易斯的注意力将集中在那里，试图将投票引向阿方斯·盖姆——这本来就是他的主意。现在，我们可以谋求更多突破。你明白吗？也许他已经无暇顾及凯茜。上帝啊，他不能同时关注所有事情吧。"

圣西尔平静地说："但是现在凯茜已经不在阿基米德公司了。"

"那她在哪儿呢？特拉华州吗？在威尔海米纳证券公司？找到她应该很容易吧。"

"她病了。"圣西尔说，"住院了，菲尔。昨天深夜入院的。我猜是因为嗑药过量。"

沉默。

"你知道的还挺多。"哈维终于开口道，"那么，这些你是从哪里听来的呢？"

"电话和电视。但我不知道那家医院在哪儿，它甚至可能不在地球上，可以在月球或者火星，甚至在她的家乡。她病得很重。约翰尼离开她后，她的状况大幅度恶化。"他直盯着现任雇主，"我就了解这么多，菲尔。"

"你觉得约翰尼·贝尔富特会知道她在哪里吗？"

"我觉得不会。"

哈维想了想，说："我敢打赌她一定会给他打电话。我还确信他要么已经知道她入院的事，要么马上就会知道。如果我们能在他的电话里装个窃听器，监听他的通话内容的话。"

"但是所有电话，"圣西尔疲惫地说，"现在全都只剩下杂音，全是路易斯发出的干扰信号。"他想知道，如果凯茜已经无力处理个人事务，如果她被迫离职，阿基米德公司将会怎样。情况会很复杂，取决于能否执行地球法律，还是——

哈维说："我们找不到她，也找不到那具尸体。与此同时，提名大会已经开幕，而他们将提名那个可恶的盖姆——路易斯的走狗。转眼间，他就会当上总统。"他反感地看着圣西尔，"迄今为止，你还没给我带来任何好处，克劳德。"

"我们会找遍所有医院，哪怕地球上就有好几万家。如果不在地球，那我们就搜遍宇宙。"他感到无助。我们只是在原地兜圈子,他想,没有任何进展。

好吧,我们可以继续看电视。他决定了,这样还能有一点点帮助。

"我要去参加提名大会。"哈维宣布,"我回头再找你。如果你有任何发现——尽管对此我不抱希望——可以去那里找我。"他大步走向门口。

真烦,圣西尔心想。我现在该做什么? 也许我也该去提名大会。但他有一家往生堂要去探查下。他的手下去过那里,但他还想亲自去一趟。那里正是路易斯会喜欢的类型,老板是个油腔滑调、名字很拿腔拿调的家伙,叫什么赫伯特·舍恩海特·冯弗格桑,那个名字在德语里是"美妙的鸟鸣声"的意思。这个人在洛杉矶市区经营一家名为"挚爱兄弟"的往生堂,在芝加哥、纽约和克里夫兰都有分店。

赶到那家往生堂后,克劳德·圣西尔要求面见舍恩海特·冯弗格桑本人。这地方生意很好,复活日近在眼前,小市民每逢这种节日,都会成群结队大肆操办。眼下店里排起了长队,人们等着领走亲人的活尸。

"您好,先生。"舍恩海特·冯弗格桑终于来到往生堂接待处,"您是要找我吗?"

圣西尔把名片放到柜台上。名片上他的头衔还是阿基米德公司的法律顾问。"我是克劳德·圣西尔。"他说,"你可能听说过我。"

舍恩海特·冯弗格桑看了一眼名片,脸上立刻没了血色,支支吾吾地说:"我向您保证,圣西尔先生,我们在努力挽回,我们真的在努力。我们已经自费超过一千美元,尝试跟他建立联系。我们还从日本——从那些设备的原始厂商那里——订购了高功率的信号增益器空运过来。但目前还是没能成功。"他哆哆嗦嗦，退向柜台深处，"你可以自己来看。坦率讲，我感觉是有人故意作梗。这种事情不可能发生，如果您明白我意思的话。"

圣西尔说："让我去看看他。"

"当然可以。"往生堂老板的脸色煞白，手足无措，带着他穿过整栋建筑，进入贮藏室，直到圣西尔站在那口精心保管的棺材前——那副保管路易斯·萨拉皮斯尸体的透明灵柩。"您会起诉吗？"往生堂老板战战兢兢地问，"我向您保证，我们——"

"我这次来，"圣西尔表示，"只是要带走尸体。让你的人替我把它装上一辆卡车。"

"好的，圣西尔先生。"赫伯特·舍恩海特·冯弗格森殷勤地说。他挥手叫来两名员工，向他们发号施令。"您带卡车来了吗，圣西尔先生？"他问。

"你可以提供一辆。"圣西尔以不可抗拒的声调说道。

很快，棺材和尸体就已经装进了往生堂的一辆卡车里，司机扭头等着圣西尔的指令。

圣西尔给了他菲尔·哈维家的地址。

"还有诉讼的事，"赫伯特·舍恩海特·冯弗格森仍在嘟囔，即便圣西尔登上卡车、坐在司机身旁后，"您不会认为我们这边的做法有什么不妥吧，圣西尔先生？因为如果你这样认为——"

"就我方立场而言，这件事至此为止。"圣西尔威严地对他说，然后示意司机开车。

一离开往生堂，圣西尔就开始大笑。

"什么事儿让您觉得那么可笑？"灵车司机问。

"没什么。"圣西尔说，但还是忍不住轻声笑个不停。

棺中的那具尸体被卸在哈维家门口。司机离开之后,圣西尔拿起电话拨号,随即发现自己无法联系上在提名大会现场的哈维。他费了半天劲,能听到的却只有那没完没了的怪异嘟囔声,仍是路易斯·萨拉皮斯一成不变的说教。他厌恶地挂断电话,同时也下了狠心。

我已经受够了,圣西尔对自己说,我不会等着哈维批准,我不需要听命于他。

他在客厅里翻找,在一张桌子的抽屉里发现了一把热融枪。他瞄准路易斯·萨拉皮斯的棺材,扣下了扳机。

急冻层水汽蒸腾,随着塑料的融化,棺材也在嘶嘶作响。棺材里面,那具尸体变黑、皱缩,最终被烧成焦炭一样的残渣,细碎到无法辨认。

圣西尔满意地把枪放回抽屉。

他又一次拿起电话。

那个单调的声音依然在他耳边吟咏:"……只有盖姆才能做到。'盖姆,我心所属'——你的这个口号写得不错,约翰尼。'盖姆,我心所属'。记住这个。我来讲述,把话筒给我,我就可以告诉他们所有人。'盖姆,我心所属'。盖姆——"

克劳德·圣西尔砰的一声摔下电话,转向路易斯·萨拉皮斯那已经焦黑的尸体。他默默地审视着自己无法理解的这一切。那声音,当圣西尔打开电视时,仍在无休止地讲着,就像什么都没有发生过,什么都没有改变。

路易斯·萨拉皮斯的声音并非来自这具尸体,因为尸体已经被破坏掉了。尸体和声音之间并没有任何关联。

克劳德·圣西尔坐在椅子上,拿出一包烟,颤巍巍点着了一支,想要弄明白这到底意味着什么。他似乎已经有了答案,几乎可以解释一切。

但还是差那么一点点。

五

乘坐单轨车——他把直升机留在了"挚爱兄弟"往生堂——克劳德·圣西尔到了提名大会的会场。这个地方当然是人潮汹涌,噪声震耳欲聋。但他还是设法得到了机器人广播员的协助,得以使用公共广播系统,要求在一间包厢跟菲尔·哈维见面。那些房间通常是留给想要密谈的参会代表用的。

哈维从拥挤的代表和观众中挤过来,样子显得有些狼狈。"什么事,克劳德?"他问道。当他看清了自己律师的表情,他赶紧压低声音,"你最好马上告诉我。"

圣西尔急切地说:"我们听到的那个声音,它不是路易斯!是另外一个人在努力假扮成路易斯!"

"你怎么知道?"

圣西尔说了事情的经过。

哈维点点头,"你确定自己摧毁的是路易斯的尸体? 往生堂那边没有动什么手脚,这点你确定?"

"我不能完全确定。"圣西尔说,"但感觉上错不了。我现在这么认为,当时也是这种感觉。"反正现在已经没法再鉴定了,不管怎样,那具尸体的残余部分太少,已经很难再做身份识别。

"那么,那个声音又会是谁?"哈维问,"我的天,它从太阳系外传到我们这里——会不会是某种外星生物? 或者是回声、恶作剧、一种未知的灵异现象? 一种毫无意义的自然进程?"

圣西尔笑起来，"你已经在胡言乱语了，菲尔，省省吧。"

哈维不由点点头，"就听你的吧，克劳德。如果你觉得这里有人——"

"我说不好。"克劳德坦率承认，"但我猜，应该就是这个星球上的某个家伙；某个非常熟悉路易斯，对他的个性了如指掌，以至于能装得惟妙惟肖的家伙。"然后他沉默了一会儿。他只能推断出这么多，除此之外，就想不出什么了。前方一片空白，而且是很可怕的那种空白。

他觉得，整件事都流露出某种变态倾向。我们以为的邪恶行为——更像是一种疯狂，而不是堕落。或者，疯狂本身也是一种堕落？他不知道。除了法律相关的议题之外，他并没有受过太多心理学方面的训练，而目前的状况并不适用什么法务心理学。

"有没有人提名盖姆呢？"他问哈维。

"还没有。不过大家预计今天晚些时候会有人提名他的。传言说，有位来自蒙大拿州的议员已经准备好了。"

"约翰尼·贝尔富特在这儿？"

"是啊，"哈维点头，"他今天十分抢眼，忙得不可开交，出入不同的代表团，争取代表们的支持。盖姆当然不见踪影。他要到提名演说结束之后才会露面。然后就会进入群魔乱舞时段，欢呼啊，游行啊，挥舞旗帜啊……盖姆的支持者们早就准备好了。"

"有没有什么迹象——"圣西尔犹豫了一下，"那个被我们误认为是路易斯的人，他出现了吗？"或者是"它"，他想，也许是个什么怪物吧。

"目前还没有。"

"我觉得,我们还会听到它的消息。"圣西尔说,"在今天结束之前。"

哈维点头,他也有这种感觉。

"你害怕它吗?"圣西尔问。

"当然。"哈维说,"比以往任何时候要更害怕一千倍,现在我们甚至不知道它是不是人类。"

"感同身受。"圣西尔也有同感。

"也许我们应该告诉约翰尼。"

"还是让他自己发现答案吧。"

"好吧,克劳德,"哈维说,"你怎么说都行。毕竟,是你找到了路易斯的尸体。我百分之百信任你。"

在一定意义上,圣西尔心想,我宁愿自己没找到它,我宁愿自己不知道现在已知的秘密。如果我们相信那声音来自老路易斯,是他通过电视、电话和报纸在喋喋不休,感觉还能稍好一些。

当时就很糟糕,但目前的状况更可怕。尽管,他想,在我看来,答案就在那里,在某个地方,等着被发现。

我必须努力,他告诉自己,努力去找到它。努力。

约翰尼·贝尔富特独自待在一个僻静的房间里,紧张地通过闭路电视关注大会的所有动向。电视图像已经恢复正常好一阵子了,他可以收看到蒙大拿州代表团提名阿方斯·盖姆讲话的直播。

他感觉很累。提名大会的整个议程——各种讲话和游行、全程弥漫的紧张气氛——一直都在折磨着他的神经。太他妈慢了,他想。这么多虚张声势的运作都是为了什么? 如果盖姆想要得到提名,他就能得到,其他一切都毫无意义。他的全部心思都在凯茜·埃格蒙特·夏普身上。

自从她离开公司,去了旧金山的加州大学医院,他就再也没有见过她。他对凯茜的现状一无所知,也不知道她的治疗有没有起效。

他的内心深处有一个挥之不去的念头——治疗还没有起效。凯茜到底病得多重? 也许非常严重,哪怕她已经没再嗑药。他有一种强烈的预感,也许她永远都不应该再离开加州大学医院。这可能是最好的选择。

另一方面——或许她想要出院,约翰尼又觉得,她肯定能想到脱身之策。这也是他的直觉——这个想法更为强烈。

所以这一切都取决于她。她已经跨出了一步,自愿去了医院。而她也可以用同样的方式离开医院——假如她想这样做的话。没有人能强迫凯茜……她不是那种任人摆布的类型。而这在他看来,很可能也是一种病症的表现形式。

房门开了,他从电视前抬起头来,看见克劳德·圣西尔站在门口。圣西尔手里拿着一支热融枪,指着约翰尼,"凯茜在哪儿?"

"我不知道。"约翰尼警觉地站起来。

"你知道。要是你不肯说,我会杀了你。"

"为什么?"他奇怪圣西尔怎么突然会有如此极端的举动。

"她是在地球上吗?"圣西尔还是握着枪,步步逼近约翰尼。

"是的。"约翰尼不情愿地说。

"哪座城市? 告诉我。"

"你想做什么?"约翰尼问,"这可不像你的风格,克劳德,你通常只在法律允许的范围内行动。"

"我觉得,那个声音就是凯茜本人。现在有了这个大前提

——我已经知道它并非来自路易斯,但除此之外,一切都只是猜测。凯茜是我知道的唯一一个足够疯狂、足够变态的人。告诉我那家医院的名字。"

"你能确定它不是路易斯的唯一办法,"约翰尼说,"就是摧毁那具尸体。"

"说得没错。"圣西尔点头回答。

这么说你已经那样做了。约翰尼意识到。你找到了正确的往生堂,你找到了赫伯特·舍恩海特·冯弗格桑。原来如此。

房门再次突然被打开,一群代表欢呼着闯进来。是盖姆的支持者,他们雄赳赳地吹着喇叭,抛撒彩色纸带,举着手绘的巨大标语牌。圣西尔转身面对他们,向他们挥舞手中的枪——而约翰尼·贝尔富特抓住机会,从代表们身旁跑过,夺门而出,钻进走廊。

他沿着走廊逃走,随后钻进中央大厅,支持盖姆的游行正在如火如荼地进行着。一个声音从装在房顶的喇叭里一遍又一遍叫嚷着:

"选票给盖姆,我心所属。盖姆,盖姆,选票给盖姆,选票给盖姆,唯一的好人。选盖姆这个真英雄。盖姆,盖姆,盖姆,我心所属的盖姆——"

凯茜,他心想,这不可能是你,不可能的。他跑出大厅,挤过跳着舞、兴高采烈的代表们,挤过那些戴着可笑帽子、舞动各色旗帜、满眼迷茫的男女……他来到大街上,停靠在直升机和小汽车旁,无数人聚集在他周围,试图拥入会场。

如果都是你做的,他想,那你就已经病入膏肓、无可救药了。你是自己想做,还是病魔发作、身不由己?你一直都在等着路易斯死吗?事实真是这样?你是否痛恨我们?或者是惧怕我们？你做这一切到底是为了什么……背后有怎样的原因？

他拦下一架写着"出租"的直升机。"去旧金山。"他对飞行员说。

也许你并不知道自己做了这些，他想，也许，这是你的另一个人格所为，来自你的潜意识。你的头脑分裂成了两半，一半人人可见，另一半——

另一半，是我们听到的。

我们应该同情你吗？他不知道。或者我们理应痛恨你、惧怕你？你到底能带来多大伤害？我猜，这才是真正的问题。我爱你，他想，至少在某种程度上爱你。我关心你、在乎你，而这也是爱的一种形式，虽然不像我爱妻子和孩子那样多，但那份关怀同样真诚。可恶，他心想，这太可怕了。也许圣西尔错了，也许那不是你。

螺旋桨高速旋转，直升机冲向空中，绕过高楼，向西方飞行。

站在会堂前的广场上，圣西尔和菲尔·哈维目送直升机离开。

"计划成功。"圣西尔说，"我诱导他展开行动。我猜，他的目的地不是洛杉矶就是旧金山。"

另一架直升机滑翔到他们面前，是菲尔·哈维招呼来的。两人坐进去，哈维对飞行员说："看到刚才起飞的出租直升机了吗？跟在它后面，别让它逃出视野。如果能不让里面的人发现我们，就算帮大忙了。"

"靠，"飞行员说，"要是我能看见它，它当然也能看见我。"但他还是打开仪表，直升机攀升起飞。他暴躁地对哈维和圣西尔说："我不喜欢这类破事儿，可能会很危险。"

"打开收音机,"圣西尔对他说,"假如你想听真正危险的东西。"

"见鬼,"飞行员厌恶地说,"收音机坏掉了,是某种干扰信号闹的,可能是太阳黑子,或者某个业余发报员——因为调度员联系不到我,最近损失了不少租金。我觉着警察也该做点儿什么了。你们觉得呢?"

圣西尔什么都没说。他身边的哈维在遥望前方的直升机。

当他到达旧金山的加州大学医院,降落在主楼顶的停机坪之后,约翰尼注意到另一架直升机在头顶盘旋。他知道自己的怀疑没有错,他一路都在被尾随。但他并不在乎,这已经不重要了。

他沿楼梯进入三楼,来到一位护士面前。"夏普太太,"他问,"她在哪儿?"

"这事儿你得问前台,"护士回答,"而且探视时间是在——"

他快步离开,来到前台。

"夏普太太的房间号是309,"前台戴眼镜的老护士说,"但你要探视她,必须先获得格罗斯大夫的允许。我相信他应该在吃午饭,可能要到两点钟之后才能回来,如果您愿意等的话。"她指了下等待室。

"谢谢,"他说,"我会等的。"他穿过等待室,从另一端的门出去,沿着走廊查看房间号,直至找到309病房。进入房间后,他反手关上门后,环视了一番。

病床在那里,但床上没人。

"凯茜。"他叫道。

窗前,身着病号服的凯茜转过身来,神情透着狡诈,脸上写满仇恨。她双唇翕动，瞪着他，轻蔑地说："我想要盖姆，因为他是我心所属。"她口沫四溅，向他爬来，不时抬起两手，手指痛苦地扭曲着。"盖姆是个男子汉，真正的男子汉。"她低声说着。约翰尼从她的眼睛里看出，就在他呆立的间隙，她残余的人性正在一点点消失。"盖姆，盖姆，盖姆。"她一面嘟囔，一面拍打他的身体。

"果然是你。"他说，"克劳德·圣西尔是对的。好吧，我走。"他摸索着找门，突然，恐慌掠过他心头，像一阵冷风吹过。他别无所求，只想离开。"凯茜，"他说，"放手。"但她的指甲已经刺入他的肩膀，她斜睨他的脸，怪异地向他微笑。

"你死了。"她说，"走吧。我闻到了你身体内死亡的味道。"

"我会走的。"他找到了门把手。凯茜松开了手。他看见她的手向上猛插，指甲直戳向他的脸，也许是他的眼睛——他快速闪开，让她这一击落空。"我想要离开。"他用胳膊护住了脸。

凯茜喃喃地念叨："我就是盖姆，我是。我是唯一存在的人。活着。盖姆，活着。"她笑起来，"是的，我会。"她完美地模仿着约翰尼的声音，"圣西尔是对的；好的，我走，我走，我走。"现在她挡在了他和门之间，"那窗户，"她说，"现在就去做吧，上次我拦住你没完成的事。"她快步冲向他，约翰尼步步倒退，直到背靠墙壁。

"这些仇恨都是你脑子里的臆想。"他说，"每个人都喜欢你。我、盖姆、圣西尔还有哈维，都喜欢你。你做这些，又有什么意义？"

"这样做的意义，"凯茜说，"是我要让你们看清自己的本质。你还没醒悟吗？你们比我更糟糕，只是我比较坦诚而已。"

"你为什么要装作路易斯？"

"我就是路易斯。"凯茜说,"他死后没有变成活尸,是因为我吃掉了他,他成了我的一部分。我一直在等待那个时刻。阿方斯和我全都计划好了,外太空的信号传输器里有预先录制好的声音——我们吓坏了你们,不是吗?你们都怕了,怕到不敢反对他。他将得到提名。他已经得到了提名,我感觉得到,我就知道。"

"还没有呢。"

"用不了太久。"凯茜说,"而我将成为他的妻子。"她对他微笑,"而你将是个死人,你和其他人。"她一边念念有词,一边向约翰尼逼近,"我是盖姆,我是路易斯,等你死了,我还将变成你,约翰尼·贝尔富特,以及其他所有人。我会把你们全部吃掉。"她张大嘴巴,露出锋利的死白色牙齿。

"然后统治这个死者的世界。"约翰尼说完,用尽全力一拳打在她脸颊上靠近下巴的地方。她的身体向后跌倒,然后马上又跳起来扑向他。在被她抓住之前,约翰尼就已经大步逃开,避到了一边。他瞥见她的脸,刚刚那一记重拳打得她皮开肉绽。然后门开了,圣西尔、菲尔·哈维和两名护士站在门口。凯茜站住了,约翰尼也立住不动。"过来,贝尔富特。"圣西尔一边说,一边摆头向他示意。约翰尼穿过房间,站到他们身旁。

凯茜系好衣带,语气好像在陈述事实,"原来你们早有预谋:约翰尼是来下手的,他是来杀我的,然后你们其他人在一旁观望,乐享其成。"

"他们有台巨大的信号发射机在太空里。"约翰尼说,"他们已经策划了很久,也许好几年前就开始实施了。他们一直在等着路易斯去世,也许是他们亲手杀了他。为了让盖姆得到提名并最终当选,他们用外太空信号镇住了所有人。她的确有病,病的程度超过我们所有人的想象。最重要的是，这一切都被她成功掩饰了起来。"

圣西尔耸耸肩，"好吧，她还要先经过医学检查。"他依旧保持着冷静，语速异常缓慢，"遗嘱指定我为财产托管人，我可以代表委托人剥夺她的继承权。我会向相关委员会提交申请，然后等着她的精神状况检验报告。"

"我会要求陪审团审理。"凯茜说，"我有能力让陪审团相信我的神智完全清醒。这很容易，我已经成功过多次。"

"或许吧，"圣西尔说，"但无论如何，等到官方插手，你们的信号传输器必将被关闭。"

"你们至少要花几个月的时间才能找到它。"凯茜说，"哪怕动用速度最快的飞船。等到那时，选举都已经结束了。阿方斯将成为总统。"

圣西尔瞥了一眼约翰尼·贝尔富特。"真有可能。"他咕哝道。

"所以我们才把它安放在那么遥远的地方。"凯茜说，"我出主意，阿方斯出钱。看到没，我继承了路易斯的能力。我无所不能。我可以得到我想要的一切。我所要做的，无非是找到一个值得达成的目标。"

"你想让我跳楼自杀。"约翰尼说，"但我没有。"

"你本来就要跳了。"凯茜说，"再过一分钟就会跳，如果他们没有闯进来的话。"她看起来泰然自若，"最终，你还是会跳。我会缠着你的，你无处可躲。你知道我会追着你、找到你。你们三个都跑不了。"她的目光从一个人转向另一个，把三人全都盯了一遍。

哈维说："我也有那么一点儿权力和财富。我觉得，我们能打败盖姆，就算他能得到提名。"

"你的确有实力。"凯茜说,"但缺乏想象力。你那点儿实力还远远不够。跟我斗,没戏。"她气定神闲、信心满满。

"我们走吧。"约翰尼沿着走廊前行,试图远离309号病房,远离凯茜·埃格蒙特·夏普。

沿着旧金山起起伏伏的街道,约翰尼独自步行。他将两手深深插在衣兜里,无视周围的建筑和人,眼中一无所见,只是不断前行。时光流转,夜幕降临,城市的灯光亮起,也同样被他无视。他走过一个又一个街区,直到两腿火辣辣地疼痛,直到他发觉自己非常饥饿——那时已经是晚上十点。他从早晨开始就没吃过东西。他停下来,环顾周围。

克劳德·圣西尔和菲尔·哈维在哪儿?他已经想不起是什么时候跟他们分手的,他甚至不记得是什么时候离开的医院。但关于凯茜的一切,他还记得。就算他想忘记,也还是无法做到。况且他也不想遗忘。它太重要了,永远也无法遗忘。经历过、理解过的人,谁也无法遗忘它。

他在报摊前停下来,看到巨大的黑体字标题:

盖姆赢得提名,承诺为11月大选而战

所以她已得偿所愿,约翰尼想。他们成功了,这两个人,他们得到了自己想要的东西。现在他们要做的,只剩战胜肯特·玛格雷夫而已。而那个一光周之外的东西,还在喋喋不休,仍将持续几个月之久。

他们能赢,他意识到。

他找到一间电话亭,投进硬币,拨了自家的电话。

铃声在他耳边响了一声,然后又是那熟悉的单调长腔:"盖姆的11月,盖姆的11月;跟盖姆一直赢,阿方斯·盖姆总统,我们的英雄——我支持盖姆。我选择盖姆,为了盖姆!"他挂断电话,离开电话亭。这情形让人绝望。

在杂货店柜台上,他点了一份三明治和一杯咖啡。他坐下来,机械地吃着,只为满足身体需求,没有任何乐趣和食欲。机械地做着反复吞咽的动作,直到食物全部消失。我能做什么?他自问。任何人还能做什么?所有通信渠道全部沦陷,媒体已经被完全占领。他们拥有广播、电视、报纸、电话、电报……一切架构在无线传输或者开放电路上的通信方式。他们已经占领一切,没给我们这些反派留下任何可以用来反击的武器。

失败,他想,这是摆在我们面前的惨淡现实,等他们掌权后,我们就死定了。

"请付一元十分。"柜台的女孩说。

他付了饭钱,离开杂货店。

当一架标着"出租"字样的直升机盘旋飞过时,他叫住了它。

"请带我回家。"他说。

"好啊。"飞行员友好地问,"家住哪儿呢,伙计?"

他告诉对方芝加哥的地址,然后靠在椅子里,准备承受这段漫长旅程。他在放弃,他在退出,他要回到萨拉·贝尔身边,去陪伴妻儿。对他而言,这场战斗已经结束。

萨拉·贝尔看见他站在门口,惊叫起来:"上帝啊,约翰尼,你看起来气色好差。"她亲吻了他,领他进屋,回到熟悉又温暖的客厅,"我还以为你会出去庆祝呢。"

"庆祝什么?"他哑着嗓子问。

"你的人赢得了提名啊。"她去给他煮咖啡了。

"哦,那个。"他点头说,"没错。我曾是他的公关代表,我都忘记了。"

"你最好躺一会儿。"萨拉·贝尔说,"约翰尼,我从来没见你这么低迷过。无法想象你到底经历了什么。"

他坐在沙发上,点着一支烟。

"我能为你做点儿什么?"她急切地问。

"没什么可做的。"

"电视和电话里说个不停的是路易斯·萨拉皮斯吗?那声音听起来像他。我之前跟尼尔森一家聊天,他们也说那声音跟路易斯一模一样。"

"不,"他说,"那不是路易斯,路易斯已经死了。"

"但他还有活尸时间啊——"

"没了。"他说,"他已经死透了。别再说这个。"

"你知道尼尔森一家是谁吧?他们是新搬来的,就住在以前我们——"

"我现在不想说话,"他说,"也不想听你说。"

萨拉·贝尔沉默了大概一分钟,然后开口说:"他们说起一件事,我猜你可能不爱听。尼尔森一家很普通,就是那种平常人家……他们说,就算阿方斯·盖姆获得提名,他们也绝不会投票选他。他们就是不喜欢他。"

他嗯了一声。

"这让你感到难过吗?"萨拉·贝尔问,"我觉着,他们就是对这些宣传方式有了逆反心理。路易斯老占着电视和电话,他们不喜欢这种感觉。我觉得你们这次竞选有些用力过猛了,约翰尼。"她犹豫地瞥了他一眼,"这是实话,我不能不说。"

他站起来,"我去看看菲尔·哈维。晚些时候回来。"

她目送丈夫出门,眼神因担心而变得黯淡。

当他被请进菲尔·哈维家时,他发现菲尔、格特鲁德跟克劳德·圣西尔一起坐在客厅里,每人手里都拿着一个玻璃杯,但没人说话。哈维扫了他一眼,视线随即转向别处。

"我们这是要放弃吗?"他问哈维。

哈维说:"我已经联系了肯特·玛格雷夫。我们会试着搞掉那台信号传输器,但距离那么远,势必要耗费巨资。而且就算动用最快的飞弹,也要一个月。"

"但这至少是件好事。"约翰尼说。这样至少能赶在选举之前赢得几个月的竞选时间。"玛格雷夫了解当前的形势了吗?"

"是的,"克劳德·圣西尔说,"我们几乎全都告诉他了。"

"但这还不够。"菲尔·哈维说,"还有一件事我们必须要做。你想参加吗? 试试会不会抽到那根最短的火柴?"他指指咖啡桌,上面有三根火柴,其中一根被折断过,只剩一半。现在,菲尔又加了第四根火柴,一根完整的。

圣西尔说:"先解决她,马上解决她,越快越好。然后,如果有必要,也干掉阿方斯·盖姆。"

透骨的疲惫和冰冷的恐惧遍布约翰尼·贝尔富特全身。

"选一根吧。"哈维从桌上拿起火柴,重新排列,最后只露出平齐的火柴头,让众人来抽,"来吧,约翰尼,你最后一个来,所以我让你第一个抽。"

"我不抽。"他说。

"那别怪我们弃你不顾。"格特鲁德抽出一根火柴。菲尔把剩余的伸向圣西尔,圣西尔也抽了一根。菲尔·哈维手里只剩下两根。

"我曾经爱过她,"约翰尼说,"现在也爱。"

菲尔·哈维点点头,"是的,我知道。"

约翰尼的内心极其沉重,"好吧,我抽。"他伸出手,在两根火柴中选了一根。

恰好是那根折断的。

"我抽到了。"他说,"是我。"

"你能做到吗?"克劳德·圣西尔问他。

他沉默了一会儿,然后耸耸肩,"当然,我能做到。为什么不呢?"真的,为什么不呢? 他自问。一个我曾经爱过的女人,我当然可以杀死她,因为必须如此。对我们而言,别无生路。

"也许事情并不像我们想象的那么难。"圣西尔说,"我们已经跟菲尔手下的部分技术专家确认过,得到了一些有用的建议。凯茜他们的绝大部分广播放送其实来自地球,而不是一光周以外。我告诉你我们是怎么知道的。他们的广播总是紧跟最新动态,比如你在安特勒酒店的自杀企图,在这件事情上,根本就没有传输延迟,其他很多事情也是如此。"

"而且这也不是什么灵异现象,约翰尼。"格特鲁德·哈维说。

"所以我们要做的第一件事。"圣西尔继续说,"就是找到他们在地球上的基地,或者至少是太阳系内的基地,可能就在木卫二上盖姆的珍珠鸡养殖场。如果你发现她已经出院的话,就去那儿试试。"

"好。"约翰尼微微点头。

"喝一杯怎么样?"菲尔·哈维问他。

约翰尼再次点点头。

四个人围坐成一圈,默默地喝着酒。

"你有枪吗?"圣西尔问。

"有。"他站起身,放下酒杯。

"祝你好运。"格特鲁德在他身后说。

约翰尼打开前门,独自离开那座房子,步入凄冷的夜色中。

奥菲斯现形记

在协和兵役咨询公司的办公室里,杰西·斯莱德透过窗户俯瞰街道,一想到自己被工作剥夺的自由和乐趣——大自然的花花草草、浪迹远方的可能——他就禁不住长叹一声。

"抱歉,先生。"桌子对面的客户满怀歉意地咕哝道,"我猜,我让您觉得无聊了。"

"完全没有。"斯莱德将注意力重新转回繁重的工作中,"让我看看……"他翻看了一下这位名叫沃尔特·格罗斯藩的客户提供的文件,"那么,格罗斯藩先生,您觉得自己可以避免兵役的最合适理由,是您曾被一位社区医生诊断出患有名为急性迷路炎的慢性耳部疾病。嗯。"斯莱德研究了一下相关文件。

他的工作职责——他本人并不喜欢——是给公司客户寻找摆脱兵役的途径。人类与"怪怪族"之间的战争近来陷入胶着。报道称,比邻星方面军伤亡惨重——随着败报纷至沓来,协和兵役咨询公司的生意也越来越红火。

"格罗斯藩先生,"斯莱德思忖着说,"您刚才走进办公室时,我就发觉您的身体总在朝一侧歪斜。"

"有吗?"格罗斯藩惊讶地问。

"有。我当时就在想啊,这个人的平衡感一定很有问题。你知道的,格罗斯藩先生,平衡感跟耳朵有关。从生物进化角度来讲,听力实际上就是平衡感的延伸。有些低等水生动物会把一粒沙子裹在液态的身体里,用它当作浮标,以便判定自己是在上浮还是在下潜。"

格罗斯藩说:"我觉得我知道你的意思了。"

"那就说出来吧。"杰西·斯莱德说。

"我——走路时经常东倒西歪。"

"在夜间呢?"

格罗斯藩皱了下眉头,然后开心地说:"我,呃,感觉晚上总是无法辨清方向。周围天一黑,视野一变差,就会这样。"

"很好。"杰西·斯莱德开始在顾客的B-30兵役表格上写写画画,"我觉得,这足以让你免服兵役。"

顾客开心地说:"我真不知该怎样感谢您。"

哦,其实很简单,杰西·斯莱德心里说,给我塞五十美元就行了。毕竟,要是没有我们,要不了多久,你就可能沦落成某颗遥远行星阴沟里一块苍白的臭肉。

想到遥远的行星,杰西·斯莱德又一次感到那份渴望。他需要逃离这间小小的办公室,远离这些虚伪懦弱的客户,不再日复一日为他们当牛做马。

一定还有完全不同的生活,斯莱德告诉自己。难道活着就都这么无趣吗?

在他办公室窗外的那条街上,有块霓虹灯招牌整日整夜绽放光彩,上面的名字是"缪斯集团",而杰西·斯莱德知道他们是做什么的。我要去那里,他暗下决心,今天就去,十点半喝咖啡休息时就去——我甚至不会等到中午。

当他穿外套时,他的上司奈特先生走了进来,"嘿,斯莱德,你怎么了? 为什么一脸凶相呢?"

"唔,我要出去走走,奈特先生。"斯莱德告诉他,"一种逃离。我已经教过一万五千人如何逃避兵役;现在轮到我自己了。"

奈特拍拍他的背,"好主意,斯莱德。你是有点儿超负荷了。休个假,来一次时间旅行,去某个遥远的文明世界冒险——会对你有帮助的。"

"谢谢你,奈特先生。"斯莱德说,"我会去的。"说完他便离开办公室,健步如飞,逃离了办公楼,沿街跑向霓虹灯闪烁的地方,缪斯集团。

柜台后的那位女郎,金发碧眼,身材惹眼,仪态值得大书特书。女郎对他微笑着说:"我们的曼维尔先生稍后便会接待您,斯莱德先生。请坐。您可以在桌子上找到19世纪出版的《哈珀周刊》的真品。"她补充道,"还有些20世纪版的《疯狂漫画》,那些杰出的讽刺文学作品足以跟霍格斯大师的作品媲美。"

斯莱德紧张地坐下来,随手翻阅眼前的各种读物。他在《哈珀周刊》看到一篇文章,说巴拿马运河完全不可能建成,工程方案已经被法国设计师本人弃置。这篇文章吸引了他一会儿,因为其中的论证逻辑清晰,富含说服力。但过了一会儿,他固有的厌倦和躁动情绪又开始冒头,像一团挥之不去的迷雾将他包围。他站起身,又一次走向前台。

"曼维尔先生还没来吗?"他焦急地问。

一个男人的声音从他身后冒出:"你,柜台前头那个。"

斯莱德转过身,发现自己面对的是一个高大的黑发男子,表情严厉,眼神犀利。

"就说你呢,"那人说,"你不属于这个世纪。"

斯莱德尴尬地咽了下口水。

黑发男大步向他走来,"先生,我就是曼维尔。"他伸出手,两人握了下。"你必须离开。"曼维尔说,"你明白吗,先生?越快越好。"

"但我还想使用一下贵公司的服务呢。"斯莱德喃喃地说。

曼维尔眼光闪动,"我是说,你应该回到过去。你叫什么名字?"他突然又郑重地止住正想开口回答的斯莱德,"等下,我想起来了。杰西·斯莱德,协和公司的,就在这条街上班。"

"正是。"斯莱德很是震惊。

"好啦,我们来谈正事儿吧。"曼维尔说,"到我办公室来。"然后他对前台那位身材曼妙的女士说,"弗瑞比小姐,不要让任何人打扰我们。"

"好的,曼维尔先生。"弗瑞比小姐说,"我会留意的,您尽管放心,先生。"

"我知道你最可靠,弗瑞比小姐。"曼维尔把斯莱德领进一间家具精美的办公室。墙上挂着古老的地图和印刷品;家具是——斯莱德瞪大眼睛——早期美国式样,用榫卯而不是钉子的那种,新英格兰枫木打造,价值不菲。

"这些全都是……"

"是的,你可以坐在那张导演椅上。"曼维尔告诉他,"但请务必小心,要是你身体前倾,椅子可能会从你身下滑走。我们一直想给它加几个塑料滚轮或类似的东西来调整一下。"因为被迫讨论这些鸡毛蒜皮的琐事,他的脸色开始难看,"斯莱德先生,"他唐突地说道,"我就直说了。显然,您是高智商人士,所以就让我们开门见山吧。"

"好的，"斯莱德说，"请开始吧。"

"我们的时间旅行线路独具特色，所以公司才会叫作'缪斯'。你已经猜到这个名字的特殊含义了吧？"

"呃。"斯莱德对此完全不知所云，但他不想被识破，"让我想想，缪斯应该是某种器官吧，它的功能主要是——"

"给人以灵感。"曼维尔不耐烦地打断他，"斯莱德，我不妨坦诚一点儿，你不是什么富有创见的人，所以才总会感到无聊和不满足。你会画画吗？会作曲吗？会用飞船残骸和旧椅子制作雕塑吗？都不会吧。你什么都做不了，你没有任何特长。对吧？"

斯莱德点点头，"您打击到我了，曼维尔先生。"

"我没有打击任何人。"曼维尔暴躁地说，"是你没跟上我的思路，斯莱德。没有任何东西能让你变得富有创造力，因为你天生就不是那块料，你太普通了。我并不想让您现在开始学手指画或者编织小篮、小筐，我可不是什么荣格派心理学家，主张艺术能解决一切问题。"他身体后仰，手指着斯莱德说，"听着，斯莱德，我们可以帮助你，但首先，你要有自助的愿望。因为你生来就没有创造力，你能指望得到的最佳结果，也是我们能帮助你实现的目标，就是启迪其他富有创造力的人。你明白了吗？"

过了一小会儿，斯莱德说："我明白了，曼维尔先生。我真的明白了。"

"那就好。"曼维尔点头说，"你可以启发一位著名音乐家，像莫扎特或者贝多芬；或者爱因斯坦这样的科学家；或者雅各布·爱泼斯坦这样的雕刻家——特定人群中的任意一位，作家、音乐家、诗人。举个例子，你可以在爱德华·吉本爵士进行地中海之旅时与他偶遇，然后闲聊说些诸如此类的话：'嗯，看看周围这些古代文明的废墟啊。我想知道,像罗马这样一个强大的帝国,是怎样一步步走向衰亡的? 如何化为丘墟,如何解体……'"

"我的天!"斯莱德激动地叫起来,"我懂了,曼维尔。我明白了。我要对着吉本重复'衰亡'这个词。因为我,他才有了创作一部关于罗马历史作品的念头,并最终写出了《罗马帝国衰亡史》。而我——"他觉得自己在颤抖,"我帮了点儿忙。"

"'帮了点儿忙'?"曼维尔说,"斯莱德,这样说可不合适。要是没有你,世上根本就不可能有这部著作。你,斯莱德,可以成为吉本爵士的缪斯。"他向后靠在椅背上,取出一支1915年左右的厄普曼牌雪茄,点着了它。

"我觉得,"斯莱德说,"我必须得好好考虑一下这个问题。我想确保自己能启发合适的人。我是说,他们都该得到启示,但是——"

"但是你想找到最能让你心理满足的那个人。"曼维尔一面喷吐芬芳的蓝烟,一面对此表示赞同,"拿一份我们的广告册。"他把一本大大的闪亮的彩色3D效果的宣传册递给斯莱德,"把这个带回家,读一读,等你准备好了,再回来找我。"

斯莱德说:"上帝保佑您,曼维尔先生。"

"放轻松。"曼维尔说,"反正世界早晚会灭亡……我们缪斯公司的人知道这一点,因为我们都看过了。"他微笑着,斯莱德也只得勉强回以微笑。

两天后,杰西·斯莱德回到了缪斯公司。"曼维尔先生,"他说,"我知道我想启发谁了。"他深吸一口气,"经过深思熟虑,我觉得最能令我满足的,就是回到维也纳,启发路德维克·冯·贝多芬,让他获得到在交响乐中添加人声合唱的灵感。你知道的,就是在第四乐章男中音歌唱那部分,'嘣嘣的嗒''的嗒嘣嘣',就是《欢乐颂》。你知道的。"他脸红了,"我不是什么音乐家,但我这辈子超喜欢贝多芬的《第九交响曲》,尤其是——"

"有人做过了。"曼维尔说。

"啊?"他没听懂。

"这个机会被人占去了,斯莱德先生。"曼维尔坐在他巨大的橡木写字台前,桌子是1910年前后的式样,他看起来有些不耐烦,"两年前,有位来自爱达荷州蒙彼利埃的鲁比·威尔希夫人回到维也纳,启发贝多芬创作了他的《第九交响曲》的合唱部分。"曼维尔重重地合上文件夹,看着斯莱德,"好吧,说说你的第二选择?"

斯莱德结结巴巴地说:"我——还得再想想。请给我点儿时间。"

曼维尔看看表,干脆地说:"我可以给你两小时,下午三点前给我答复。再会,斯莱德先生。"他站起来,斯莱德本能地也站了起来。

一小时后,在协和兵役咨询公司狭小的办公室里,杰西·斯莱德突然灵光一闪,想到他愿意启发的人和事了。他立刻套上外衣,向好心的奈特先生告了假,快步走过大街,来到缪斯公司。

"啊,斯莱德先生。"曼维尔看到他进来,就招呼说,"这么快就回来了。到办公室里谈吧。"他在前边领路,"好了,让我听听你的选择。"两人进屋后,他随手关上了门。

杰西·斯莱德舔了舔干涩的嘴唇,然后干咳了一声,"曼维尔先生,我想回到过去,并且启发——这个,还请容许我先解释下。你知道黄金时代的科幻小说吗,20世纪30年代到70年代那会儿?"

"知道,知道。"曼维尔不耐烦地说,一面听一面皱眉。

"我上大学期间,"斯莱德说,"拿到英语文学硕士学位之前,阅读了大量20世纪的科幻作品。在那些优秀的科幻作家之中,有三位特别杰出。第一位是罗伯特·海因莱因,以'未来史'系列著称;第二位是艾萨克·阿西莫夫,以史诗大作'基地'系列获得声誉;还有一位——"他深吸一口气,激动到微微颤抖,"就是我毕业论文写的这位作家,杰克·道兰。三位大师之中,道兰被誉为是最伟大的。他的'全球未来史'系列于1957年问世,既有发表在杂志上的短篇,也有以书籍形式出版的长篇。到1963年,道兰已经被尊称为——"

曼维尔打断了他,"嗯,"他拿出黑色文件夹,开始查阅,"20世纪科幻小说……还真是个比较偏门的爱好呢——祝你好运。我们来看看啊。"

"我希望,"斯莱德平静地说,"它还没被抢走。"

"我们有过一位客户,"曼维尔说,"加州瓦卡维尔的利昂·帕克斯。他曾回到过去,启发 A. E. 范·沃格特放弃爱情小说和西部小说,转而尝试科幻。"他又翻了几页,补充道,"去年,缪斯公司的另外一位客户,堪萨斯州堪萨斯城的朱丽·奥森布伦特想启发海因莱因创作'未来史'系列……您刚才说的是海因莱因吗,斯莱德先生?"

"不是。"斯莱德说,"我说的是杰克·道兰,三位大师中最伟大的一位。海因莱因也不错,但我深入研究过这个领域,曼维尔先生,道兰比他更伟大。"

"嗯,这个还没有人做过。"曼维尔合上了黑色文件夹,从抽屉里抽出一份表格,"您填写一下这个,斯莱德先生。"他说,"然后我们就开始启动这个项目。你清楚道兰开始创作'全球未来史'系列的时间和地点吗？"

"我知道，"斯莱德说，"他住在内华达州四十号公路旁边的一个小镇里，那地儿叫紫花苑，全村只有三座加油站、一家咖啡馆、一家酒吧和一家杂货店。道兰搬到那里，是为了熟悉那种氛围。他当时想写以西部为背景的传奇故事，把它编成电视剧脚本。他当时一心想借此赚大钱。"

"我看得出，你很熟悉自己的目标和主题。"曼维尔很欣赏他的表现。

斯莱德继续说："住在紫花苑期间，他的确写了几集西部题材的电视剧脚本，但他对那些作品并不满意。于是他留在那里，尝试包括童书在内的其他领域，还给时尚杂志撰写关于青春期婚前性行为的文章……然后，就在1956年，他突然转向科幻小说，马上创作出这一领域迄今为止最为杰出的中篇作品。这可是当时人们的共识啊，曼维尔先生。我读过那篇作品，完全同意这个评价。文章标题是《父在高墙》。而《幻想与科幻杂志》也因为1957年8月刊载了道兰这篇划时代作品而得以名垂青史。"

曼维尔先生点点头，"那么，这就是你想要启发的大人物了——这篇作品以及之后的整个系列。"

"你说得对，先生。"

"填好你的表格。"曼维尔说，"剩下的都交给我们吧。"他对斯莱德微笑，而斯莱德也信心满满地回以微笑。

时间飞船驾驶员是个矮壮的、浓眉大眼的短发男子，他轻快地对斯莱德说："好了，伙计，你准备好没有啊？别瞻前顾后了。"

斯莱德最后一次检查了缪斯公司为他提供的20世纪服装

——这也是他支付昂贵费用后得到的服务之一。窄领带、背带裤,还有常春藤联盟的条纹衬衫……是的,斯莱德断定,根据他对这个时代的了解,从尖头意大利皮鞋到花哨的弹力袜,一切都很地道。他装扮成1956年的美国公民,模样地道到就算在内华达的紫花苑村,也不会被人看出破绽。

"现在听我说,"驾驶员一边系紧斯莱德腰间的安全带,一边说,"有几件事你必须牢记。首先,你能回到2040年的唯一途径就是我的飞船;靠走路是回不去的。第二,你必须小心避免改变历史——我是说,你的任务很简单,就是启发你的目标人物,那个杰克·道兰,其他什么都不要管。"

"当然。"斯莱德不知道驾驶员为什么还要强调这个。

"太多的客户,"飞船驾驶员说,"数量多得惊人,他们一回到过去,就会控制不住自己。他们自以为拥有强大的力量,想要实现各种变革——消除战争、饥荒、贫穷。总而言之,改变历史。"

"我不会做那种事。"斯莱德说,"我对那类抽象概念上意义重大的冒险没有兴趣。"在他看来,启发杰克·道兰这件事本身已经足够重要。但他还是能理解那些尝试改变历史的人。他在工作中已经见识过各色各样的人。

驾驶员关紧时间飞船的舱门,确认斯莱德系好了安全带,然后在控制台前坐好。他按下开关,片刻后,斯莱德开始了远离他极度无聊的办公室工作的休假之旅——返回1956年,完成他今生最富创造性的任务。

内华达州,正午阳光正烈,让他两眼发花。斯莱德眯起眼睛,紧张地四处张望,寻找紫花苑小镇。他一时只能看见灰扑扑的岩石和沙砾,开阔的沙漠和一条狭窄的公路在耐旱植物之间穿过。

"往右边走。"时间飞船驾驶员指给他正确方向,"只要十分钟就能走到。我希望你清楚自己签署的合同条款,最好现在拿出来再读一遍。"

从20世纪50年代款式的上衣兜里,斯莱德取出缪斯公司长长的黄色合同,"上面说,你会给我三十六小时时间,然后你会来这个地方接我。我的责任是按时返回这里。如果我没能按时返回,由此不能返回自己的时代,你们公司不承担任何责任。"

"正确。"驾驶员钻回时间飞船,"祝你好运,斯莱德先生。或许我应该称呼你'杰克·道兰的缪斯'。"他笑了笑,半是嘲讽半是善意的同情,然后关闭了舱门。

杰西·斯莱德被独自留在内华达州的沙漠里,距离小镇四分之一英里。

他开始步行,汗流浃背,以至于要用手绢不停地揩拭脖子。

找到杰克·道兰的家并不难,因为全镇只有七家住户。斯莱德踏上破旧的木质门廊,扫了一眼院子,里面堆满了垃圾箱、晾衣绳、废弃的管道……车道上停了一辆破旧的古董车,哪怕以1956年的标准看,也算得上古旧了。

他按响了门铃,紧张地调整了下领带,脑子里再次演练了一遍事先准备好的台词。这个时候的杰克·道兰还没有写过任何科幻作品。这一点必须记牢——事实上,这才是关键所在。这是他生命中的关键时期——他这次按响门铃,可能具有重大历史意义。当然,道兰并不清楚这件事。他在房子里做什么呢?写作,还是读一份新锐报纸的幽默专栏?睡觉?

脚步声传来,斯莱德屏息以待。

门开了。眼前是一位年轻女子,身穿轻薄棉布裤,头发用丝带扎在脑后,镇静地打量着他。她趿着拖鞋,皮肤平滑。斯莱德心想,她的脚可真是又小又好看。斯莱德突然意识到自己正直勾勾地盯着人家。他还不习惯见到女人的衣着如此暴露——两只脚踝都裸露在外。

"有事吗?"女人的态度友好可亲,只是有一点儿疲倦。他这时发现,之前她在吸尘。客厅里有台配备水箱的真空吸尘器,是通用电器公司的产品……这东西出现在这儿,表明历史学家犯了个错。事实跟他们想象的不一样:带水箱的吸尘器在1950年还没有绝迹。

斯莱德早有准备,流利地说:"道兰夫人吗?"女人点头。一个小孩躲在妈妈身后偷偷打量他。"我是您丈夫的粉丝,喜欢他划时代的——"哦,不对,这词儿不对。"嗯哪,"他说纠正之前的话,于是动用了小说里常见的20世纪口头语,"啧啧,"他说,"我本来是想这样说的,夫人。我非常了解您丈夫杰克的作品。我独自驾车穿越荒凉沙漠,不远万里赶到这里,就是为了能亲眼见到他以及他的日常生活。"他满怀希望地笑了笑。

"你了解杰克的作品?"她看上去有些吃惊,但又很开心。

"烂熟于心,"斯莱德说,"优秀的剧作。"

"您是英国人吗?"道兰夫人问,"那个,您想进来坐坐吗?"她把门打开,"杰克正在阁楼上工作……孩子们的吵闹声会惹他心烦。但我相信,他一定愿意休息下跟您聊聊天,尤其是您开了那么远的车。您怎么称呼?"

"斯莱德。你们的房子真不错。"

"谢谢。"她引领客人进了阴暗凉爽的厨房。斯莱德在厨房正中看到一张圆形塑料桌,上面有打蜡的牛奶盒、塑料盘、装糖的小碗、两只咖啡杯，还有其他有趣的东西。"杰克!"女人站在楼梯下方大喊，"家里来了一位你的书迷，他想见你!"

上面传来开门声，接着是一个人的脚步声。然后，在斯莱德的紧张等待中，杰克·道兰出现了。他年轻、英俊，一头稀疏的棕色头发，身穿汗衫和宽松长裤，瘦削而机智的脸庞上笼罩着一层阴云。"我在工作。"他气呼呼地说，"哪怕我宅在家做事，可它依然是一份工作，跟其他工作没有任何两样。"他瞅了一眼斯莱德，"你想干什么? 说什么你是我的'粉丝'? 哪部作品? 上帝，我都已经两个月没有卖出任何作品了。我都快急疯了。"

斯莱德说:"杰克·道兰，这是因为你还没有找到适合自己的作品类型。"他听出自己的声音在颤抖，关键时刻到了。

"你想喝杯啤酒吗，斯莱德先生?"道兰夫人问。

"谢谢，女士。"斯莱德说，"杰克·道兰，我这次来，就是为了鼓励你。"

"你哪儿冒出来的?"道兰怀疑地问，"为什么会把领带搞成那副滑稽相?"

"我的领带怎么滑稽了?"斯莱德紧张地问。

"因为你的领结打在胸前了，正常人会把领结打在喉结那儿。"道兰围着他转了一圈，仔细地打量他一番，"为什么要剃光头? 你这么年轻，应该还没谢顶。"

"我们那儿的风俗，"斯莱德心虚地说，"要求人们剃光头，至少在纽约周边是这样。"

"剃你个大头鬼啊!"道兰说，"说，你到底什么人? 脑子有病吧? 你来干吗?"

"我来赞扬你。"斯莱德现在也生气了;一种新的感情油然而生——义愤——他心里清楚，自己没得到应得的尊重。

449

"杰克·道兰,"他结结巴巴地说,"我甚至比你自己还熟悉你的作品;我知道最适合你的文体是科幻,而不是电视上的西部片。你最好听从我的建议,因为我就是你的缪斯。"他闭了嘴,只剩急促而吃力的喘息声。

道兰盯着他,然后仰面大笑起来。

道兰夫人也笑了,"我知道杰克有位缪斯,但我一直以为应该是位女士。缪斯不都是女神吗?"

"不对,"斯莱德生气地说,"加州维卡维尔的利昂·帕克斯就是男的,他给 A. E. 范·沃格特带去了灵感。"他坐在塑料桌旁,两腿发软,已经无法站起身,"听我说,杰克·道兰——"

"看在上帝的分上。"道兰说,"你或者叫我杰克,或者叫我道兰,但不要称呼全名;你这样说话很别扭。你是黄汤喝多了还是怎么了?"他用力吸气闻了闻。

"黄汤?"斯莱德重复了一下,没听懂,"不,只要一杯啤酒就好,谢谢。"

道兰说:"好吧,说重点。我还急着回去工作呢。即使是在家办公,这仍是一份工作。"

现在该斯莱德念诵他精心准备的赞美词了。他清了清嗓子,开了口:"杰克——如果我可以这样称呼你——我很纳闷,你为什么不尝试下创作科幻小说。我觉得 ——"

"我来告诉你为什么。"杰克·道兰打断了他。他两手插在裤兜里,来回踱步,"因为即将会有一场氢弹战争。未来的前景乌黑一片。谁想去写这种事?受虐狂吧。"他摇摇头,"而且,又有谁去读科幻呢?满脸粉刺的毛头小子?一事无成的社会渣滓?而且这文体本身就毫无价值。你给我举出一部优秀的科幻作品,一部就行。我在犹他州的时候,有一次坐公交车,捡到本科幻杂志。垃圾! 就算稿酬丰厚,我也不会写那种破烂。而且我还真了解过,科幻杂志给钱并不多——每字只给半美分。谁能靠这个养活自己?"他气哼哼地回身走向楼梯,"我要回去工作了。"

"等一下。"斯莱德感到绝望,一切全都乱了,"听我说完,杰克·道兰。"

"你又来了,又这么古怪地称呼我。"道兰说,但他还是停下脚步,"说吧!"他命令道。

"道兰先生,我来自未来。"斯莱德本不应该透露这些的——曼维尔曾严厉警告过他。但当时,他觉得这是唯一可行的办法,只有这样才能把杰克·道兰留下来。

"什么?"道兰大声质疑,"来自什么?"

"我是一名时间旅行者。"斯莱德心虚地说,然后就沉默了。

道兰回过头,向他走来。

当他到达时间飞船时,斯莱德发现小个子驾驶员在飞船前席地而坐,正在读一份报纸。驾驶员抬起头,微笑道:"安全返回,毫发无伤啊,斯莱德先生。来,咱们走吧。"他打开舱门,指引斯莱德进入飞船。

"带我回去。"斯莱德说,"赶紧带我回去。"

"怎么了? 你不喜欢这次充当缪斯的旅程吗?"

"我只想回到自己的时代去。"斯莱德说。

"好的。"驾驶员扬起一侧眉毛。他把斯莱德的安全带绑好,然后自己坐到他身旁。

他们到达缪斯公司时,曼维尔正等着他们呢。"斯莱德,"他说,"你进来。"他脸色很难看,"我要跟你谈几句。"

当他们单独在曼维尔的办公室时，斯莱德开口说："他情绪很不好，曼维尔先生。这不能怪我的。"他低下头，满心空虚和无奈。

"你——"曼维尔难以置信地瞪着他，"你失败了，没能激发他的创作热情！这种事以前从未发生过！"

"也许我可以再回去一趟。"

"我的天，"曼维尔说，"你不只是没能启发他，你还让他背离了科幻小说。"

"你怎么发现的?"斯莱德本想保守秘密，到死都不告诉任何人。

曼维尔沉痛地说："我所要做的，是盯着各种关于20世纪文学的参考书。你离开半小时之后，关于杰克·道兰的各种文本——包括《不列颠百科全书》里长达半页的作家传记——全部消失了。"

斯莱德无言以对，只能低头看地板。

"所以我调查了一下。"曼维尔说，"我让加州大学的电脑去查阅了所有涉及杰克·道兰的现存资料。"

"现在还有吗?"斯莱德嘟囔着问。

"是的，"曼维尔说，"还有那么几条。在那些全面详尽讲述那个时代的作品里，在那些稀有的专业巨著中，还有那么微不足道的几段。因为你，杰克·道兰现在完全没有被大众熟知——他生前也默默无闻。"他对着斯莱德挥舞手指，气得不停喘息，"就因为你，杰克·道兰从未写过他关于人类未来的煌煌巨著。因为你的所谓'激励'，他一辈子都在写西部题材的电视剧脚本。死时年仅四十六岁，最终也只是个无名小卒。"

"一本科幻都没写?"斯莱德不禁一脸错愕。他有那么差?斯莱德都不敢相信。道兰严词拒绝了斯莱德的所有建议，这没错。斯莱德说完自己的来意之后，他回阁楼时的表情的确有些怪异,但——

"好吧,"曼维尔说,"其实杰克·道兰写过一篇科幻作品,很短小,完全没有知名度的一篇作品。"他伸手到桌子抽屉里,拿出一本泛黄的旧杂志,丢给斯莱德,"只有一篇短篇小说,名字叫《奥菲斯①现形记》,用了'菲利普·K.迪克'这个笔名。当时就没人读,现在也没人看。文章讲述了某人造访道兰的过程——"他怒气冲冲地瞪着斯莱德,"讲一个来自未来的大白痴,出于善意,想要激发他的创作热情,鼓动他写一部关于未来世界的神秘历史。好了,斯莱德,你有什么话可说?"

斯莱德沉痛地说:"显然,他是把我的到访作为故事的素材了。"

"这篇文章使他挣到了作为科幻作者的唯一一笔稿费——少到让人寒心,几乎不够补偿他花费的时间和精力。你出现在了小说里,我也出现在了小说里——上帝啊,斯莱德,你一定是什么都跟他说了。"

"我的确都说了。"斯莱德说,"就是为了让他相信。"

"好吧,他还是不信,他觉得你脑子有毛病。他写这篇故事时仍旧余怒未息。我问你件事吧,你到他家时,他是不是在忙工作?"

"是的。"斯莱德说,"但是道兰夫人说——"

"那时根本就没有什么道兰夫人!道兰一辈子都没结婚!那人一定是哪位邻居的妻子,跟道兰有私情。难怪他当时那么生气。不管那女孩是谁,你都撞破了他们的秘密约会。她也在故事里。道兰把一切都写进了小说,然后放弃了内华达州紫花

---

① 奥菲斯是希腊神话中的太阳神之子,音乐天才,曾前往冥界,寻求复活亡妻的方法,但最终失败。

苑的房产,搬到了堪萨斯的道奇城。"

"唔。"斯莱德最后说,"那个,我能再试一次吗?换其他人当对象?我在回来的路上想起了保罗·埃尔里希和他的魔法子弹,他发现治愈——"

"听着,"曼维尔说,"我也在想,你还可以回到过去,但不是去启发埃尔里希医生,或贝多芬,或道兰,或随便一位这样的人才,不是去找任何一位对社会有杰出贡献的人。"

斯莱德惊恐地抬眼看他。

"你这次回去,"曼维尔咬牙切齿地说,"是专门给某些人泼冷水,像阿道夫·希特勒、塞儒姆·克林格——"

"你认为我那么没用吗……"斯莱德咕哝道。

"正是。我们会从希特勒开始,就选他第一次在巴伐利亚夺权失败后被监禁那段时间,即他对鲁道夫·黑斯口述《我的奋斗》那段时期。我跟我的上司讨论过,觉得这是个好主意。你将作为他的狱友出现,懂吗?然后你就像激励杰克·道兰一样去激励阿道夫·希特勒,鼓励他去写书,让他详细列出自己针对全世界的政治计划。如果一切顺利的话——"

"我懂了,"斯莱德低下头,喃喃地说,"这是——我想说,这是个很有创意的计划,但我已经想跟'创意'这个词彻底分手了。"

"别把这个主意归功于我。"曼维尔说,"我是从道兰的悲惨故事里学到的,就是《奥菲斯现形记》,他在故事结尾就是这样解决了矛盾。"他开始翻阅那本老旧杂志,直到发现要找的段落,"读读这个,斯莱德。你会发现,它一直写到你跟我的这次会面,然后你就去研究纳粹德国的资料,以便更好地让阿道夫·希特勒泄气,写不出《我的奋斗》,这样或许就能避免二战。如果你没能阻止希特勒的话,我们还会尝试让你对付——"

"好吧。"斯莱德小声说。"我懂了,你不用挨个儿念名单。"

"而你肯定会这样做,"曼维尔说,"因为在《奥菲斯现形记》里你就答应了。所以这一切其实早已注定。"

斯莱德点点头,"怎么都行,只要能弥补过错。"

曼维尔对他说:"你个白痴,究竟是怎么搞成这般地步的?"

"我只是去度个假而已。"斯莱德说,"我相信自己下次一定能做得更好。"也许和希特勒在一起,他心想,或许我能起到极好的泼冷水效果,比历史上任何人泼冷水的效果都好。

"我们会称你为'反缪斯'。"曼维尔说。

"相当机智。"

曼维尔疲惫地解释,"不用夸我,请夸杰克·道兰。这也是写在他故事里的,就在结尾部分。"

"那是故事的最终结局吗?"斯莱德问。

"不是,"曼维尔说,"结局是我开了一份账单给你——把你送回过去,给希特勒泼冷水的行动经费。请你先预付五百美元。"他伸出一只手,"以免你回不来了没人交钱。"

杰西·斯莱德痛苦而无奈地把手慢慢伸进20世纪的外套口袋,掏出钱包。

珀奇·派特时代

上午十点,吵闹又熟悉的号角声把山姆·里甘吵醒。他诅咒"上层"这群爱心哥,他知道这喧嚣是故意的——空中盘旋的爱心哥想让那些幸存者得到即将空投下来的补给品,而不是任其被野兽享用。

我们就来,就来!山姆·里甘一面自言自语地嘟囔着,一面穿好防尘外衣,两脚蹬进靴子,然后暴躁地以最慢的速度向坡上攀去。又有几名幸存者加入进来,大家的脸上都挂着同样的愤怒。

"他们今天来得太早了。"托德·莫里森抱怨道,"而且我打赌,丢下来的只有白糖、面粉和油脂之类——没有任何有趣的东西,比如糖果什么的。"

"我们应该心存感激。"诺曼·沙因说。

"感激!"托德停下来,瞪着他,"感激?"

"是啊。"沙因说,"要是没有他们,你觉得我们能吃什么? 要是十年前他们没有看到爆炸后的尘云。"

"好吧。"托德闷闷不乐地说,"我只是不喜欢他们来得这么早。事实上,我并不介意他们的援助。"

沙因用肩膀抵住斜坡顶端的密封盖,开玩笑说:"托德老伙计,你还真是宽容啊。我确信那帮爱心哥听到你的想法后一定特别开心。"

山姆·里甘是三人里最后一个到达地面的。他一点儿也不喜欢上层,也不在乎其他人发现这一点。说到底,没有人能强迫他离开皮诺尔幸存者地窟。这完全是他的自由,而且现在他也发觉,有不少幸存者都选择留在地下住所里,等着其他人回应号角的召唤后为他们带回一些什么。

"真亮啊。"托德在阳光下眯起眼。

补给飞船在头顶闪闪发光,映在灰黑的天幕中,就像悬在一根不牢靠的线上。这班飞行员不错,托德心想。他,或者它,操作起来从容不迫。托德向补给飞船挥手,巨大的号角再次发出轰鸣声,他不得不用双手捂住耳朵。嘿,不要开不起玩笑,他心想。号角声停止,爱心哥不再胡闹。

"让他们开始空投吧。"诺曼·沙因对托德说,"你来打旗语。"

"好的。"托德开始用力挥动红旗,这旗帜是火星生物在很久以前给他们的。来回挥舞,来回挥舞。

一枚包裹弹出稳定舱,从飞船底部滑落,旋转着落向地面。

"可恶。"山姆·里甘生气地说,"又是粮食。看它没有降落伞就知道了。"他兴趣寥寥地转过身。

今天的上层景象愈发悲惨,他环顾四周——右边是一片没能建成的房子。有人从北方十英里外的瓦列霍收集了木材,试图在离他们地窟不远的地方建房。如今野兽或辐射已经"解决"了建造者,所以建造工作也已半途而废,再无进展。那些木材永远不会投入使用了。而且山姆·里甘还发现新增的沉积物愈发厚重了。上次他爬上地表应该是星期四上午,或者是周五,他已经记不清了。这该死的尘埃，他想。到处都是岩石、废墟和尘埃。因为没有人擦洗、维护，整个世界会渐渐积满尘土。你们怎么想？他无声地询问头顶盘旋的火星爱心哥。听说你们的技术无所不能？你们就不能某天早上带一条上百万英里长的抹布，把我们的星球擦洗得光洁如新？

或者，他想，恢复旧日容颜，变回它"从前"的模样，就像孩子们常说的。我们希望，在你们考虑为我们提供更多援助时，也可以尝试下这样做。

爱心哥又盘旋了一周，寻找沙地上是否有文字迹象——幸存者可以用这样的方式提出要求。我以后会写的。带些抹布来，恢复我们的文明。好吗，爱心哥？

补给飞船突然加速飞走了，毫无疑问是折回它在月球的基地，或者直接返回火星。

幸存者地窟的洞口处，三人刚才钻出来的地方，又有一名女性探出头来，是山姆的妻子珍·里甘。她戴了一顶宽檐帽，试图抵挡炫目的灰色太阳。珍皱着眉说："有没有扔重要的东西下来？新鲜的？"

"恐怕没有。"山姆说。飞船弹出的补给箱已经落地。他走过去，靴子深陷尘土中。补给箱的外包装已经摔破，他能看到里面的罐头，看来都是那些难以下咽的食物——还不如把它留在这里，免得动物们饿死，他心想，感到十分沮丧。

爱心哥们真是爱操心，时刻惦记着要把重要生活用品从他们的行星运到地球上来。他们一定以为我们整天都在吃吃吃，山姆心想。我的天……地窟里储存的食物已经堆积如山。要知道，他们只是北加州规模最小的公共避难所之一。

"嘿。"沙因在补给箱旁弯下腰，透过侧面裂口往里看，"我觉得我发现了一件能用的东西。"他找到一根生锈的金属管,它曾被用来加固旧时代建筑的混凝土外墙。沙因用金属管捅开了补给箱的开关,箱体后部弹开,所有货物都展现出来。

"那个盒子看起来像是收音机。"托德说,"半导体收音机。"他若有所思地抚摸着自己的短黑胡子,"也许我们可以利用它,给我们的场景增加些新东西。"

"我的场景里已经有收音机了。"沙因指出。

"嗯,可以用这台收音机的零件制造一台能够自动调向的割草机。"托德说,"你没有这种东西吧?"他很了解沙因的珀奇·派特场景。这两对夫妻——他和妻子,以及沙因夫妇——常常在一起游戏,两家几乎势均力敌。

山姆·里甘说:"收音机留着,因为我可以利用它。"他的场景里缺少自动开关的车库门,而沙因和托德都有。他在这方面落后他们很多。

"我们开始干活吧。"沙因说,"我们把粮食全都留在这里,只把收音机运回去。如果有人想要粮食,就让他们自己来取。赶在犬猫清场之前就行。"

另外两名同伴点点头,他们开始把补给箱里有用的东西运回幸存者地窟——为了用在他们宝贵又复杂的珀奇·派特场景里。

十岁的蒂莫西·沙因盘腿而坐,牵挂着自己的诸般责任。他专心守着磨刀石,缓慢又熟练地磨着小刀。与此同时,他的父母却在跟莫里森夫妇大声争吵,干扰他的工作。这帮大人在住所的另一端,跟平时一样,他们又在玩珀奇·派特。

这种蠢游戏他们要玩多少次? 蒂莫西自问。直到永远,我猜。他完全看不出这有什么好玩,但他的父母却还是乐此不疲。不只他们,他从别的孩子——甚至包括其他幸存者地窟的孩子——那里听说,他们的父母也都沉迷于珀奇·派特,有时会一直玩到深夜。

他妈妈大声说道:"珀奇·派特要去杂货店了,店里装了电子眼,可以自动开门。看哦。"她停顿了一下,"看,门自动为她打开了,现在她已经进入商店了。"

"她推上了一辆购物车。"蒂莫西的爸爸帮忙补充说。

"不,她不用。"莫里森太太反对,"这是错的。她把购物单交给杂货店员工,那人会帮她备货。"

"你说的是那家街区杂货店。"他的妈妈解释说,"而这是家超级市场,你能看出区别,因为这里有电子眼自动门。"

"我确信从前所有杂货店都有电子眼自动门。"莫里森太太固执地说,她的丈夫也来帮腔表示同意。现在,所有人都生气地提高嗓门,又一波争吵开始了。

跟平时一样。

啊,去死吧,蒂莫西在心里默默骂道。这是他和同伴们知道的最脏的脏话。超级市场是什么鬼东西? 他试了下小刀的刃口——这把刀是他自己打磨制作的,原料是一个沉重的金属盘——然后跳了起来。不一会儿,他已经无声地沿着走廊跑远,用特有的方式敲响了张伯伦家的门。

同样十岁的弗雷德来应门,"嗨,准备好出发了吗? 我看到你在磨那把老刀了。你觉得我们能抓到什么?"

"不会是犬猫。"蒂莫西说,"要比那东西好得多。我已经吃够犬猫了,味儿太冲。"

"你父母又在玩珀奇·派特?"

"是啊。"

弗雷德说:"我爸妈也出去好久了,去跟本特利夫妇一起玩。"他瞥了蒂莫西一眼,两人在对父母的腹诽上瞬间达成一致。我的天,也许那该死的游戏现在已经火遍全世界。如果真这样,他俩也不会为此感到意外。

"你父母怎么老玩这个?"蒂莫西问。

"跟你父母的原因一样。"弗雷德回答。

蒂莫西犹豫着说:"那么,到底为什么? 我还是不懂他们为什么玩那个,所以我才问你。你能说说看吗?"

"这是因为——"弗雷德欲言又止,"问他们自己吧。来,我们到上层去,去狩猎。"他两眼兴奋得放光,"看看我们今天能猎杀到什么。"

很快,他们就爬上了斜坡,打开盖子,爬到外面的尘埃与岩石之间,沿着地平线开始搜寻。蒂莫西的心在狂跳,这样的时刻总使他不能自已。第一次爬到上层、展开搜寻时,第一眼看到这广阔的空间,他激动万分。今天的尘埃更厚,色调比以前更黑,看起来更为沉重、更加神秘。

厚重的尘埃之中,旷野里时不时会有从前的补给船丢下的包裹,空投之后,它们就被弃置在那里腐烂。蒂莫西发现,这会儿又增加了一份新包裹。

包裹里的大部分货物都纹丝未动。眼下,成年人觉得这些补给品毫无用处。

"看。"弗雷德小声说。

他们看到两只犬猫——变种的狗或者猫,没人能确定到底是哪种——正在轻嗅包裹。它们被人类遗弃的货物吸引了过来。

"我对它们没兴趣。"蒂莫西说。

"那边那只看上去还挺肥美的。"弗雷德向往地说。但刀是蒂莫西的。弗雷德自己只有一根拴了金属头的绳子,样子像牛吼器①的套索,能从远处杀死小鸟小兽,但对付不了犬猫——后者通常有十五到二十磅,有时甚至更重。

空中有个快速移动的黑点,蒂莫西知道那是另一艘补给飞船,前往别的幸存者地窟。还真忙啊,他心想。这些爱心哥总是来去匆匆,永不停息。因为如果停下来,那些地窟里的人就会饿死。那不是很糟吗?他讽刺地想。一定很惨。

弗雷德说:"向它挥挥手,也许它会丢些东西下来。"他向蒂莫西坏笑,然后两人一起大笑。

"是哦。"蒂莫西说,"让我想想,我需要什么呢?"两人又一起大笑,觉得自己怎么可能需要别人施舍的东西?此时两个男孩拥有整个上层世界,直到目力所及的尽头……他们甚至比爱心哥更富足,世上的事物应有尽有,远超他们所需。

"你觉得他们知道吗?"弗雷德问,"我们的父母用他们空投的东西玩珀奇·派特游戏?我打赌,他们一定不知道珀奇·派特,他们也一定没见过珀奇·派特玩偶,如果见到,他们会被气死的。"

"你说得对。"蒂莫西说,"他们会气得不再空投任何东西。"

"啊,算了,"弗雷德说,"我们不能告诉他们。如果你那样做,你老爸肯定又要打你,说不定连我一起打。"

即便如此,这依然是个有趣的想法。他能想象爱心哥的惊

---

① 一种构造简单的原始乐器。

讶和愤怒。那一定很好玩,看那些八足火星人的反应,看那些既像乌贼又像软体动物的外星人暴跳如雷。是他们自愿承担起救助残存人类的责任,但人类却用这样的方式回报他们的好心,用这种极端浪费、极度愚蠢的方式浪费他们提供的资源。所有成年人都在痴迷珀奇·派特游戏。

但说到底,想告诉他们也很难。人类与火星爱心哥之间几乎没有什么沟通渠道,两者之间的区别太大。仅靠语言和符号能传达的毕竟非常有限。而且——

右边出现一只棕色的大兔子,蹦跳着穿过那座未竣工的房屋。蒂莫西掣出小刀。"好家伙!"他兴奋地大叫,"我们上!"他跨过泥泞的路面,狂奔而去,弗雷德紧随其后。他们渐渐逼近野兔。两个男孩十分善于奔跑,他们平时做了大量练习。

"飞刀,丢它!"弗雷德喘息着说。蒂莫西滑步急停,抬起右臂,停在空中瞄准,然后丢出那把加了木柄、精心打磨的刀子——这是他亲手制作的最有价值的财产。

刀一下子刺穿了野兔。它滚倒在地,一团烟尘在它身边腾起。

"我打赌这东西能卖到一元钱!"弗雷德蹦跳着叫起来,"就那张皮——那张该死的兔皮,我能卖到五十美分!"

两人一起冲向死兔,想要在红尾雕或者猫头鹰扑下来之前赶到那里。

诺曼·沙因弯腰拿起他的珀奇·派特玩偶,不高兴地说:"我退出,我不想跟你们玩了。"

他的妻子很失望,抗议说:"但我们已经用福特牌硬顶敞篷车将珀奇·派特送到了镇上停车场,还给计时口投了十美分,她

已经买完东西,坐到了心理医生的办公室外,正在读《财富》杂志
——我们已经领先莫里森夫妇! 你为什么要退出呢,诺姆①?"

"我们没法达成共识啊。"诺曼抱怨道,"你说心理医生的咨
询费是一小时二十美元,我清清楚楚记得,他们一小时只收十
块,没有人收二十。所以你在破坏我方进度啊。这又有什么意
义? 莫里森家也同意十元的收费标准,对吧?"莫里森夫妇正盘
腿坐在游戏场的另一端,两家的珀奇·派特场景对接在一起。

海伦·莫里森问她的丈夫:"你看心理医生比我多。你确定
他们只收十元吗?"

"这个嘛,我去的通常都是小组治疗。"托德说,在伯克利的
州立精神病医院,他们按照你的支付能力制订收费标准。"而珀
奇·派特现在找的是一位私人心理医生。"

"看来我们必须咨询其他人。"海伦告诉诺曼·沙因,"我们现
在只能暂停游戏。"诺曼发觉海伦在凶巴巴地瞪着自己。就因为
诺曼坚持搞清楚这一点,导致持续了整个下午的游戏只能现在
中止。

"我们要保留目前的场景状况吗?"弗兰·沙因问,"我觉得保
留比较好,或许我们可以在晚饭后玩完这一局。"

诺曼·沙因低头凝视两家联合制成的游戏场景,那些时尚小
店、灯火通明的街道、街边停靠的新款汽车,一切都光鲜亮丽。
还有珀奇·派特居住的错层式房屋,那是她招待男朋友莱昂纳多
的地方,也是他本人长久以来向往的房子。这座房子才是各种
场景的真正核心——任何珀奇·派特场景都不例外,不管它们在
其他方面有多大不同。

以珀奇·派特的衣橱为例,它就在房子的隔间里,是跟卧室

---

① "诺姆"是"诺曼"的昵称人。

连通的宽敞隔间。里面有她的七分裤、她的白色棉布短裙、她的比基尼波点泳衣、她的毛衫……她的卧室里还有高保真音响和她收藏的密纹唱片……

世界曾是这个样子，从前的人们真有过这样的生活。诺曼·沙因还能记起他自己收集的密纹唱片，他也曾有过各种服装，和珀奇的男友莱昂纳多一样时尚，开司米外套、花呢正装、意式短衬衣，还有英国进口的鞋子。他没有和莱昂纳多一样的捷豹XKE型跑车，但他曾有过一辆1963年产的梅塞德斯-奔驰，他会开着它去上班。

那时候的生活才叫生活。诺曼·沙因对自己说，像现在的珀奇·派特和莱昂纳多一样。这曾是真实的人类世界。

他指着珀奇·派特床边带闹钟的收音机对妻子说："记得我们那台通用电器闹钟式收音机吗？它每天早上用古典音乐电台KSFR的广播叫醒我们。那档节目叫作'沃尔夫冈之友'，每天早上六点到九点播出。"

"是啊。"弗兰忧郁地点点头，"你那时总是比我起得早。我知道自己本应该早些起床，为你准备培根和热咖啡，但赖床的感觉真好，只要能无所事事地多躺半小时……直到孩子们醒来。"

"醒来？我的天，他们比我们醒得还要早。"诺曼说，"你不记得了吗？他们一大早就躲在房间里看《活宝二人组》，那节目要播到八点钟。然后我起来，用热水给他们冲麦片，接着我会去红森城的安培克森公司上班。"

"哦，是啊。"弗兰说，"电视机。"他们的珀奇·派特现在没有电视。在一周前的一场游戏里，他们把它输给了里甘夫妇，而诺曼还没能做出足以乱真的模型来代替。所以在游戏中，他们装作"电视被送去修理了"。珀奇·派特缺少任何必需品时，他们总会这样解释。

诺曼心想,玩这种游戏就像是真正回到了战争之前的世界,这就是我们玩它的原因。他有时感觉到羞耻,但转瞬即逝。那份羞耻感几乎马上就会被"再玩一会儿"的愿望取代。

"我们还是不要中止吧。"他突然说,"我同意心理医生每小时收珀奇·派特二十元。行吗?"

"好的。"莫里森夫妇一起回答,他们又一次坐下来继续游戏。

托德·莫里森拿起属于他们的珀奇·派特,抚摸她的金色头发——他们家的玩偶是金发,而沙因夫妇的是浅黑发色——然后又抚摸裙摆。

"你在干什么?"他的妻子质问。

"只是觉得她的裙子很漂亮。"托德说,"你缝得很好啊。"

诺曼问:"从前你有没有认识过像珀奇·派特这样的女孩?"

"没有。"托德·莫里森遗憾地回答,"真希望我能认识那样的女孩。我知道一些珀奇·派特这样的女孩,尤其是在朝鲜战争期间,我住在洛杉矶时。但我没有办法接近她们。当然,那时还有些特别棒的女歌唱家,像佩姬·李和朱丽·兰登,她们看起来都很像珀奇·派特。"

"开始玩吧。"弗兰兴致勃勃地说。这会儿轮到诺曼拿起转盘、转出数字了。

"十一。"他说,"这可以让我的莱昂纳多离开跑车修理厂,行驶在前往赛马场的路上。"他把莱昂纳多向前移动。

托德·莫里森若有所思地说:"跟你们说哦,有一天,我在上面往回拖爱心哥投下的补给品时,比尔·芬纳也在,他跟我说了一件有趣的事。他遇见过一位幸存者,来自奥克兰的幸存者地窟。你们知道那边地窟的人玩什么吗? 不是珀奇·派特,他们从来没听说过珀奇·派特。"

"那他们玩什么呀?"海伦问。

"他们有一种完全不同的玩偶。"托德皱着眉头继续讲道,"比尔说,奥克兰幸存者管她叫作康妮·康帕尼玩偶。听说过吗?"

"康妮·康帕尼玩偶,"弗兰若有所思,"真是奇怪啊。我真想知道她是什么样儿。她也有男朋友吗?"

"哦,当然。"托德说,"男友名叫保罗。康妮和保罗。我们将来真该远行一趟,去奥克兰的幸存者地窟一趟,看看康妮和保罗长什么样子、如何生活。也许我们可以学到点儿什么,然后加入我们的场景里。"

诺曼说:"也许我们也可以玩那种玩偶。"

弗兰有些困惑,"珀奇·派特能跟康妮·康帕尼做朋友吗? 有没有这种可能? 如果那样,我想知道会发生什么。"

其他人都没回答。因为谁都不知道答案。

给野兔剥皮时,弗雷德对蒂莫西说:"'幸存者'这个名字到底是怎么来的? 这词儿真是难听啊。他们为什么用这个?"

"幸存者是活着熬过上一场核战的人。"蒂莫西解释道,"你知道的,侥幸得存、幸运存活的人。明白了吗? 因为几乎所有人都死掉了。世上曾有过千千万万的人。"

"但当你说'幸运存活的人'时,'幸运'又意味着什么呢?"

"幸运就是命运决定留给你一条活路。"蒂莫西也只了解这些,于是他们决定就此打住这个话题。弗雷德思忖着说:"但你和我,我们不是什么幸存者,因为战争爆发时我们都还没有出生。我们是那之后才出生的。"

"的确。"蒂莫西说。

"所以,谁要敢说我是'幸存者',"弗雷德说,"我就用飞索砸烂他的狗眼。"

"还有'爱心哥',"蒂莫西说,"这也是个生造的词儿,是在飞船和喷气机开始向灾区空投物资时出现的。他们把那些物资称为爱心包裹,因为它们来自有爱心的人。"

"这些我都知道。"弗雷德说,"我没问这个。"

"好吧,反正我也跟你讲过了。"蒂莫西说。

两个男孩继续剥兔皮。

珍·里甘对他丈夫说:"你有没有听过康妮·康帕尼玩偶?"她看了一眼长桌旁边的其他人,确定他们没有偷听。"山姆,"她说,"我是听海伦·莫里森说的,她从托德那里听说,托德又听比尔·芬纳说的。我记得是这样。所以,这个传言应该属实。"

"什么属实?"山姆问。

"就是奥克兰幸存者地窟里的人不玩珀奇·派特。他们有康妮·康帕尼……所以我觉得现在有些烦扰——我是说,这种空虚感,这种时不时出现的无趣感觉——也许在我们看到康妮·康帕尼玩偶,了解了她的生活状况之后,能缓解一些。也许我们能借此为自己的场景添加更多的元素,来——"她停顿了一下,"让它更完备一些。"

"我不喜欢这个名字。"山姆·里甘说,"康妮·康帕尼,听起来就很廉价。"他用勺子挖起一坨食之无味的面糊,这是一直以来爱心哥给他们空投的食品。他一面吃,一面想,我打赌,康妮·康帕尼就不会吃这些东西,她能吃到高级快餐店里那种佐料齐全的奶酪汉堡。

"我们能远行一次,去那里看看吗?"珍问。

"去奥克兰幸存者地窟?"山姆瞪着她,"那儿有十五英里远,中间还隔着伯克利幸存者洞窟呢!"

"但这事儿很重要。"珍固执地说,"而且比尔说了,那个奥克兰幸存者大老远跑过来,就为了找某种电子元件。既然他能来,我们也能去。我们也有空投来的密闭防尘衣。我相信我们能做到。"

小蒂莫西·沙因恰巧听到了他们的对话,他接茬说道:"里甘夫人,我和弗雷德·张伯伦可以走那么远,如果您肯出钱的话。您看怎么样?"他捅捅身旁的弗雷德,"对吧?五美元就成。"

弗雷德一脸严肃,对里甘夫人说:"只要给我们俩每人五美元,我们一定能给你搞来个康妮·康帕尼玩偶。"

"我的天。"珍·里甘叹道。她非常生气,不愿再谈论这个话题。

但后来,当晚餐后她和山姆回到他们的住处时,她又提起这件事。"山姆,我必须看到她。"她脱口而出。山姆正在马口铁浴缸里进行一周一次的沐浴,因而他只能静坐聆听。"现在我们已经知道她的存在,我们就必须跟奥克兰幸存者地窟的人玩一局。拜托。"她在小房间里走来走去,两手紧张地攥起,"康妮·康帕尼也许有台彩电,有个标准公司加油站,有供飞行器起降的小型机场,有像我们新婚旅行时吃到的那种能提供蜗牛的法式餐厅……我必须看到她的场景。"

"我说不好。"山姆迟疑着说,"这个康妮·康帕尼有点儿不对劲,她让我心里发毛。"

"有什么不对呢?"

"我不知道。"

珍痛苦地说:"因为你心里清楚,她的游戏场景要比我们做的好很多,她也比珀奇·派特强很多。"

"也许是这样吧。"山姆喃喃地说。

"要是你不肯去,要是你不能赶紧跟奥克兰幸存者地窟的人取得联系,就会有其他人——那些更有野心的家伙——抢先一步,比如诺曼·沙因,他可不像你那样胆小。"

山姆什么都没说。他继续洗澡,但两手都在发抖。

爱心飞船近来投下过一些复杂的仪器,显然是某种型号的机械计算机。有几周时间,这些计算机——前提是它们确实是计算机——都待在纸箱里,堆放于地窟中,无人使用。但最近,诺曼·沙因开始物尽其用。这会儿,他正忙于把其中一台里最小的那些零件拼装成珀奇·派特厨房里的垃圾处理桶。

他手拿一种特制的微型工具——由地窟居民专门设计、打磨出,用于制造珀奇·派特生活环境的组成部件。他正坐在专用椅上为自己的业余爱好而忙碌。他聚精会神地关注着手里的工作,猛地发觉弗兰站在自己身后,死盯着他。

"你这样盯着我,我会紧张的。"诺曼说,手里的镊子还夹着一片小零件。

"听着,"弗兰说,"我想到一件事。你对这个还有印象吗?"她把之前空投的晶体管收报机的零件放在他面前。

"它让我想起了车库开关控制器,大家早就做出来了。"诺曼生气地说。他继续自己手中的工作,熟练地把小零件装入派特的下水道中。这种精细操作需要他全神贯注。

弗兰说："它还表明地球上某些地方一定有无线电发射器，要不然爱心哥也不会空投这个。"

"所以呢?"诺曼毫无兴趣地问道。

"也许我们的市长就有。"弗兰说，"也许在我们地窟里就能找到一台。我们可以用它来联络奥克兰幸存者地窟，约那里的代表在中途会面，比如伯克利幸存者地窟，我们可以在那里进行游戏，这样就不用长途跋涉十五英里了。"

诺曼犹豫了一会儿。他把镊子放下，缓缓地说："你可能是对的。但就算胡克·格莱布市长有无线电台，他会让我们使用吗? 要是他肯，也一定是——"

"我们可以试试。"弗兰催促道，"试一试总没有坏处。"

"好吧。"诺曼从他的专用椅上站了起来。

皮诺尔幸存者地窟的市长是个穿着军装、模样狡猾的小个子男人，他默默听完了诺姆·沙因的讲述，然后露出了狡黠的微笑，"当然，我有一台无线电发报机，一直都有，五十瓦输出功率呢。但你们为什么要跟奥克兰幸存者地窟联系呢?"

诺曼警觉地说："这不关你的事。"

胡克·格莱布考虑了一下说："交十五美元就让你用。"

诺曼大吃一惊，他有些退缩了。我的天，这可是他跟妻子仅有的钱——他们要用这些钱用来玩珀奇·派特游戏。钱是游戏中唯一的计分媒介，除此以外，没有其他判定胜负的标准。"这太贵了。"他大声说。

"好吧。十元怎么样?"市长耸耸肩说。

最终，他们讲定的价格是六元五十分。

"我会帮你们接通无线电通话。"胡克·格莱布说,"因为你们不会用。这要花点儿时间。"他开始摇动发报机一侧的手柄,"我跟他们联系上之后,会通知你们的。但钱要现在付清。"他伸出手,诺曼不情愿地付了钱。

直到当天夜里很晚,胡克才跟奥克兰方面取得了联系。他洋洋自得,红光满面地在晚饭时间出现在了沙因家。"万事俱备。"他宣称道,"话说,你们知道吗? 其实奥克兰那里有九个幸存者地窟呢。我以前都不知道。你们想找哪个? 我找到的那个的代号为'红色香草'。"他咯咯笑着说,"那帮人态度强硬、疑心重重,让他们回应可不是件容易事。"

诺曼放下晚饭,快步赶往市长的居所,胡克呼哧呼哧跟在他身后。

发报机果然在运转,静电噪音从喇叭里传出。诺曼笨拙地坐到麦克风前。"我直接说话就行吗?"他问胡克·格莱布。

"直接说这里是皮诺尔幸存者地窟。多重复几遍,然后等收到他们的确认后,你就说你想说的。"市长在一旁摆弄着发报机部件,一副煞有介事的样子。"这里是皮诺尔幸存者地窟。"诺曼对着麦克风大声说道。转瞬之间,喇叭里就传出了清晰的回应:"这里是'红色香草'三号。"对方的声音冷淡严厉,让他感觉非常陌生。胡克说得没错。

"你们那边有没有康妮·康帕尼?"

"是的,我们有。"奥克兰幸存者回答。

"我要向你们发起挑战。"诺曼一边说,一边感到咽喉处血脉贲张,"我们这里用的是珀奇·派特;我们要用珀奇·派特跟你们的康妮·康帕尼对战。我们在哪儿碰头?"

"珀奇·派特?"奥克兰幸存者重复了一遍,"是的,我听说过她。那赌注怎么说?"

"我们这儿的赌注是纸币。"诺曼立刻意识到这是个蹩脚的答案。

"我们这里有很多纸币,"奥克兰幸存者尖酸地讽刺道,"没人对那玩意儿感兴趣。还有什么可以赌的?"

"我不知道。"诺曼感觉很不自在,被迫跟一个看不到的人交谈,他不习惯这样。他觉得,人们应该面对面交流,这样才能看清对方的表情。现在这样对话很不自然。"我们约个地方面谈吧。"他说,"讨论下细节。也许我们可以在伯克利幸存者地窟碰头。你觉得怎样?"

奥克兰幸存者说:"那太远了。你是说,要把康妮·康帕尼道具全都搬到那儿去? 东西太重,保不齐会发生意外。"

"不,只是去讨论下规则和赌注。"

奥克兰幸存者迟疑了下,"这个嘛,我觉得这法子可行。但你最好搞清楚——我们把康妮·康帕尼玩偶看得非常重。你们最好拟定出详细的准则。"

"我们会的。"诺曼向他保证。

通话过程中,胡克·格莱布市长一直都在摇动发报机手柄,这时他已经满头大汗,脸上到处是闪亮的汗珠,他气愤地示意诺曼赶紧结束,别再啰唆。

"那就定在伯克利幸存者地窟,"诺曼最后说,"三天后。请派遣你们最棒的玩家,拥有最完整、最真实场景的人。要知道,我们的珀奇·派特的道具都是精致的艺术品。"

奥克兰幸存者说:"眼见为实。毕竟,建造我们游戏场景的是专业的木匠、电工和泥瓦匠。我敢打赌,你们无非是群业余爱好者。"

"说不定你们才是业余爱好者。"诺曼激动地回应，并放下了麦克风。胡克·格莱布立即停止了摇动发报机。"我们会战胜他们。等他们看到我为珀奇·派特制做的垃圾处理机就知道了。你记得旧时的日子吗？我是说战前人们的平常生活。哪有人家里没有垃圾处理机的?"

"我记得。"胡克气愤地说，"话说，你就花这么点儿钱，却让我摇了这么久的手柄。我觉得你占了我的便宜，谈话时间太长了。"他用充满敌意的目光盯紧诺曼，诺曼开始忐忑不安。毕竟，市长有权把任何自己不喜欢的幸存者驱逐出去。这是地窟的法律。

"我会送你一套火灾报警器作为补偿，是我前几天刚做好的。"诺曼说，"在我的游戏场景里，报警器安放在珀奇·派特的男朋友莱昂纳多住处附近的街角。"

"这还差不多。"胡克的敌意消散了，脸上洋溢出贪婪的神色，"它一定很适合我的游戏场景，我恰好需要一套火灾警报器，它可以安在我那条有邮筒的街道上。谢谢你。"

"不客气。"诺曼心情复杂地长出一口气。

当诺曼结束了为期两天的伯克利幸存者地窟的远行，回到自己的洞穴时，脸色极为难看。他的妻子马上知道，跟奥克兰幸存者的谈判进行得很不顺利。

当天上午，爱心哥空投了一些罐装合成饮料，喝起来像茶。她给诺曼泡了一杯，等着他讲述在八英里外的南方发生的事情。

"我们争执不休。"诺曼疲惫地坐在自己和妻儿共用的那张床的床沿上，"他们不想要钱，也不想要物资——当然不想要物资了，爱心哥乐此不疲地空投了同样的东西给他们。"

"那他们愿意接受怎样的赌注呢?"

"珀奇·派特本身。"诺曼说完就沉默了。

"哦,我的天。"她大吃一惊。

"但如果我们赢了,我们就能得到康妮·康帕尼。"

"场景道具呢? 它们怎么办?"

"我们可以保留。赌注只是珀奇·派特,不包括莱昂纳多,其他什么都不包括。"

"但是,"她抗议道,"要是我们输掉了珀奇·派特,那该怎么办?"

"我还可以再做一个,只要有时间。洞里还有充足的热熔塑料和人工毛发,我也有大量颜料。大约会花上一个星期,但我能做到。我承认,我绝不希望事情会走到那般地步。但——"他眼里精光闪烁,"也不要只看消极的一面,想象一下假如我们赢得了康妮·康帕尼玩偶。我觉得,我们更有机会胜出。他们的代表貌似很精明,而且就像胡克说的,十分强硬……但那个跟我谈话的家伙给我一种命途多舛的感觉,他看起来就像被衰神附体了。"

毕竟,运气或者其他偶然因素,会通过转盘影响到游戏中的每一步。

"拿珀奇·派特当赌注,"弗兰说,"听起来不是什么好主意。可既然你这样说——"她试图挤出一个微笑,"我愿意接受。如果你能赢得康妮·康帕尼——谁知道呢? 等胡克死后,你甚至可能被选为市长。想象一下,赢回别人的玩偶——不只是赌注,不只是钱,而是玩偶本身!"

"我能赢,"诺曼冷静地说,"因为我这人非常幸运。"他能感觉到好运就在自己体内,就是这份好运令他得以在核战中死里逃生,一直活到现在。他意识到,自己是属于幸运的那一种人。

"我们是否该请胡克召开一次全员大会,从所有人中选出最好的玩家?这样我们更有把握取胜。"

"听着,"诺曼·沙因郑重地说,"我就是最好的玩家。我要参加,你跟我一起。我们本就是一个非常好的团队,我们不该分开。无论如何,我们还需要至少两人才能带上珀奇·派特的全套道具。"他估计,道具总重有六十磅。

他对自己的计划很满意,但当他向皮诺尔幸存者地窟的其他人宣布后,却遭到了强烈的反对。第二天,争吵持续了一整天。

"你们没办法自己把道具搬运那么远。"山姆·里甘瞪着诺曼,"要么带更多人,要么用某种交通工具装运,比如马车之类。"

"我到哪儿去找马车呢?"诺曼问。

"也许可以改造点儿什么,"山姆说,"我会尽我所能地帮助你,我也愿意跟你们同去。但就像我跟我老婆说的,我对此行并不乐观。"他拍拍诺曼的后背,"我敬佩你的勇气。你和弗兰这样就敢出去迎战,我希望自己也能这般勇敢。"

最终,诺曼还是选用了手推车,他和弗兰轮流推车。这样一来,除了食物和饮水,两人不必再带太多行李。当然还要带刀防身,以免受到犬猫袭击。

就在他们细心装载所需物品时,蒂莫西来到他们面前。"带我一起吧,爸爸。"他请求说,"只要给我五毛钱,我就去当向导和侦察兵,我还可以帮你们沿途猎取食物。"

"我们自己会想办法的。"诺曼说,"你留在这里,这里更安全。"想到要带儿子加入如此重要的冒险,就让他觉得十分暴躁。这简直是……亵渎。

"跟我们亲一下说再见吧。"弗兰对蒂莫西微微一笑,然后就把注意力转回手推车,"我希望这车不会倒。"她担心地对诺曼说。

"不可能倒的。"诺曼说,"只要我们足够小心。"他信心满满。

片刻后,他们开始推车爬上斜坡,前往地窟顶盖。远征伯克利幸存者地窟的冒险开始了。

距离伯克利幸存者地窟还有一英里,诺曼和弗兰发现地上随处可见空罐和被取走几样物品后就被遗弃的补给品包裹,跟他们地窟附近如出一辙。诺曼·沙因松了口气,这段旅程并不像他们想象的那样艰难,尽管他两手磨出些水泡,弗兰扭了脚,推车行走有些磕磕绊绊,但行程所耗费的时间少于预期,他的情绪故而高涨起来。

前方有人影出现,是一个男孩,蹲在灰烬里。诺曼向他挥手,大声喊道:"嘿,孩子——我们是从皮诺尔地窟来的。我们约好了,要在这里跟奥克兰的人碰头……你还记得我吗?"

那男孩没回答,转身撒腿跑了。

"没什么可担心的,"诺曼对妻子说,"他是去报告当地的市长,他名叫本·芬尼摩,是个和气的老头儿。"

很快,几名成年人出现了,小心翼翼地围拢过来。

诺曼松了一口气,把手推车支架放在尘埃里,用手绢擦擦脸。"奥克兰人到了吗?"他大声问。

"还没有。"一位身材高大的老者回答,他缠了一条白色臂章,头戴装饰精美的帽子。"你是沙因,对吧?"他眯起眼睛打量着诺曼。他就是本·芬尼摩。"这么早就带着道具来了。"伯克利幸存者围在手推车旁,研究起沙因的道具,他们的脸上露出钦佩的表情。

"他们这边也有珀奇·派特,"诺曼向他的妻子解释,"但是——"他压低了声音,"他们的场景非常简陋。只有一座房子,配以衣橱和小汽车……他们几乎没什么道具,一点儿想象力都没有。"

一名女性伯克利幸存者困惑地问弗兰:"你们自己做了这么多家具吗?"她一脸惊奇地对身边的男人说,"埃德,你看看人家做的东西。"

"是啊。"那人点头回答。"那个,"他对弗兰和诺曼说,"我们能看到你们把一切摆好吗?你们会在我们的洞窟摆好全部场景吧?"

"肯定的。"诺曼说。

伯克利的幸存者协助他们推车走完了最后一英里。很快,他们就沿着斜坡进入了这座地下洞窟。

"这里规模很大。"诺曼一副博学的样子告诉弗兰,"有两千来人吧。这里曾是加州大学的所在地。"

"原来如此。"弗兰说。乍一进入这座奇特的洞窟,她还有一点惴惴不安。她已经很多年没有见过陌生人——实际上,战后就从未见过——乍一下见到这么多,甚至让她难以自制。诺曼感觉到她在畏缩,紧靠在自己身旁。

等他们到了地下一层,开始卸载推车上的东西时,本·芬尼摩来到他们身旁,轻声说:"奥克兰来的人已经到了。我们刚收到消息,上层又出现外来人的活动迹象。所以,请做好准备。"他又补充说,"我们当然支持你们,因为你们跟我们一样,代表了珀奇·派特。"

"您见过康妮·康帕尼玩偶吗?"弗兰问他。

"没有,女士。"芬尼摩有礼貌地回答,"但我们听说过它,毕竟离奥克兰这么近。我可以跟您透露一件事……我们听说,康妮·康帕尼要比珀奇·派特更年长一些,您知道的,也更加成熟。"他解释说,"我只是希望你们有个思想准备。"

诺曼和弗兰相互对视。"谢谢您。"诺曼缓缓说道,"是的,我们应该尽可能做好准备。保罗怎么样?"

"哦,他没什么了不起。"芬尼摩说,"康妮主宰一切。我甚至听说,保罗连自己的房子都没有。但你最好等奥克兰的对手来到之后再自行判断。我不想误导你们——我知道的也全都是道听途说而已。"

另一名站在附近的伯克利幸存者说:"我见过康妮一次,她看起来比珀奇·派特更像成熟女性。"

"你觉得珀奇·派特多大了?"诺曼问他。

"哦,我猜十七八岁吧。"

"康妮呢?"他紧张地等待答案。

"哦,她应该有二十五岁,甚至二十七岁了。"

他们身后的斜坡传来一阵喧闹声,更多伯克利幸存者冒了出来,他们身后有两个男人抬着一个平台,平台上是一大片壮观的游戏场景。

来人就是奥克兰的代表队,他们并不是一男一女组成的夫妻搭档。奥克兰队的两名成员都是面相威严,有着坚毅眼神的男人。他们向诺曼和弗兰微微颔首,算是打过招呼。然后,就小心翼翼地放下自己的游戏场景板。

他们身后还跟着一个奥克兰人,那人带了一口金属箱,看起来像是个午饭桶。诺曼本能地断定康妮·康帕尼玩偶就在那里面。奥克兰幸存者拿出钥匙，打开箱子。

"我们随时可以开始。"个头较高的奥克兰人说，"正如我们讨论时确定的，我们将使用数字转盘，而不是骰子，以防作弊。"

"同意。"诺曼迟疑地伸出一只手，"我叫诺曼·沙因，这位是我的妻子兼搭档弗兰。"

显然是队长的奥克兰人说："我是沃尔特·R.维恩。这位是我的搭档查理·多德，搬箱子的那个是彼得·福斯特——他不参加比赛，只是负责保卫道具的安全。"维恩环顾四周，看着伯克利幸存者，就像在说：我知道你们都偏向于珀奇·派特，但我们不在乎，也不怕。

弗兰说："我们也准备好开始比赛了，维恩先生。"她的声音低沉而冷静。

"钱呢？"芬尼摩问。

"我觉得两队应该都不缺钱。"维恩拿出一沓绿票子，有几千美元。诺曼也照做了。"钱当然不重要，只是个计分的手段。"

诺曼点头认可。他心知肚明，只有玩偶本身才是最重要的。而现在，他有生以来第一次看到了康妮·康帕尼玩偶。

她正在被福斯特放进卧室，那家伙显然是负责保管她的。看到她，诺曼顿时屏住了呼吸。她的确年龄更大一些，是个成熟女子，绝对不是小丫头……她和珀奇·派特之间的区别非常明显，天壤之别。很显然，她是雕刻出来的，是用木材削出来，然后刷漆上色——而不是浇铸的，不是以热塑材料制成的。她的头发看上去是真正的毛发。

他很欣赏这件作品。

"你觉得她怎么样？"沃尔特·维恩脸上带着一丝微笑。

"非常——了不起。"诺曼承认。

现在,奥克兰人也在研究珀奇·派特。"热塑材料浇铸,"其中一个人说,"人造假发。华丽的服饰全部由手工缝制,这相当令人印象深刻。有趣。传言属实,珀奇·派特并未成年,她只是个少女啊。"

康妮的男伴出现了,他也被放进卧室,康妮的身边。

"等一下,"诺曼说,"你们把保罗——是叫这个名字吧——跟她一起放在卧室里吗?他难道没有自己的房子?"

维恩说:"他们是夫妻。"

"夫妻!"诺曼和弗兰傻了。

"所以他们理所当然住在一起。你们的玩偶并没有结婚,是吗?"

"没……没有。"弗兰说,"莱昂纳多是珀奇·派特的男朋友……"她的声音越来越小,"诺曼,"她抓住丈夫的胳膊,"我不相信他,我觉得他说这两个玩偶已婚就是为了占据优势。因为如果他们从同一个房间出发的话——"

诺曼大声说:"诸位,听我说,这样不公平,硬说他俩是夫妻。"

维恩十分冷静地说:"我们不是'硬说'他俩是夫妻。他们已经结婚了。两人现在的名字是康妮和保罗·兰斯鲁普,住址是皮德蒙特地区阿登镇24号。他们已经结婚一年之久。大多数玩家都可以告诉你这件事。"也许这是真的,诺曼想。他被彻底动摇了。

"你看他们在一起的样子。"弗兰跪下来观察奥克兰人的布局,"在同一个房间、同一幢住宅里。看啊,诺曼,你还没明白吗？床都只有一张，大大的双人床。"她瞪大眼睛，"珀奇·派特和莱昂纳多怎么可能跟他们比赛呢?"她的声音在发颤，"这根本就不公平。"

"这个游戏场地的布局跟我们的完全不同。"诺曼对沃尔特·维恩说，"你们跟我们习惯的布局天差地别，你们自己也能看出来。"他指指自己的场景道具，"我坚持要求在这场比赛里，康妮和保罗不能住在一起，也不被视作夫妻。"

"但他们确实是夫妻。"福斯特开了腔，"这是事实。看——两人的衣服都放在同一个衣柜里。"他给对方展示屋内的衣柜，"内衣也在同一个抽屉里。你们还可以看洗手间，两把牙刷——他的和她的——都在同一个架子上。你们自己也能看出这不是我们瞎编的。"

静默。

弗兰哽咽着说："如果他们真的已婚——你的意思是，他们也有过——亲密接触?"

维恩扬起眉毛，然后点点头，"当然，因为他们已婚嘛。这有什么问题吗?"

"珀奇·派特和莱昂纳多从来没有过——"弗兰欲言又止。

"当然没有，"维恩表示赞同，"因为他们才刚刚在一起。我们能理解这一点。"

弗兰说："我们没法比赛，我们不能。"她抓住丈夫的胳膊，"我们回皮诺尔地窟吧——求你了，诺曼。"

"等等，"维恩马上说，"如果你们不比，就等于认输，就要交出珀奇·派特。"

三名奥克兰人一起点头。好多伯克利人也在点头，包括本·芬尼摩。

"他们说得没错。"诺曼沉痛地对妻子说,"如果我们认输,就要把她交出去。我们最好还是比赛吧,亲爱的。"

"是啊。"弗兰的声音单调、无神,"我们开始吧。"她弯下腰,无精打采地旋了一下转盘。指针停在"六"的位置。

沃尔特·维恩微笑着蹲了下来,也转了一下转盘,四点。

游戏开始了。

蒂莫西·沙因蜷缩在早已被弃置的补给品后面,透过地表尘埃,他看到了父母——他们推着小车,看上去筋疲力尽。

"嗨。"蒂莫西高兴地跳了出来。他很想念父母,再次见到他们很是兴奋。

"嘿,儿子。"他的父亲点点头,喃喃地说道。他放开小推车扶手,然后直起身,用手绢擦了把脸。

弗雷德·张伯伦气喘吁吁地跑了过来,"嗨,沙因先生;嗨,沙因太太。嘿,你们赢了吗? 有没有打败那些奥克兰幸存者? 我打赌你们一定赢了,对吧?"他轮流打量着两个人。

弗兰低声说:"是的,弗雷德。我们赢了。"

诺曼说:"看看推车里面。"

是的,就在珀奇·派特的家具中间,躺着另外一个玩偶。这个体形更大、更为丰满,也比派特年长很多……男孩们瞪着她,她抬眼望着头顶的灰色天空。那么,这就是康妮·康帕尼玩偶了,蒂莫西想。哇哦。

"我们运气很好。"诺曼说。现在已经有几个人从地窖里出来,聚集在他们周围倾听。珍和山姆·里廿、托德·莫里森和他的妻子海伦,现在又加上他们的市长,胡克·格莱布本人——他激动而紧张地攀爬到地表上来,累得满脸通红、呼吸急促,他很少这样运动。

弗兰说："就在我们山穷水尽的时候，我们得了一张免债卡。当时我们欠了足足五千块，而这张卡让我们回到了跟奥克兰幸存者同样的起点。接下来，我们又得了一张前近十格的机会卡，借此我们赢得了头号大奖，至少按我们的地图来看确实如此。双方争吵得非常凶，因为照他们的地图来看，那里是'缴付地产税'惩罚。后来我们旋出了偶数，以我们的地图为准。"她叹了口气，"能回来我真高兴。好难啊，胡克。这是一场无比艰难的比赛。"

胡克·格莱布喘吁吁地说："让我们看看康妮·康帕尼玩偶吧，两位。我能不能拿起她给所有人看看？"

"当然可以。"诺曼点头同意。

胡克拿起康妮·康帕尼玩偶。"她真是惟妙惟肖。"他打量着玩偶，"只是衣服没有我们的那样精致，看上去像是机器缝制的。"

"是的。"诺曼说，"但她是雕刻出来的，而不是浇铸。"

"是啊，我也看出来了。"胡克转动手中的玩偶，从各个角度仔细观察，"相当迷人。她——嗯，比珀奇·派特更丰满。她穿的这身衣服是什么？花呢西装吧。"

"是商务正装。"弗兰说，"我们把它一起赢来了——根据比赛前达成的共识。"

"要知道，她有份工作。"诺曼解释道，"她是一位心理咨询师，在一家做市场调查的公司上班。业务领域是消费者心理倾向研究。这个职务收入很高，她每年能挣到两万美元。我记得维恩是这样说的。"

"我的天。"胡克说，"而派特才刚准备上大学，她现在还是中学生呢。"他看上去有点儿困惑，"好吧，我猜，他们总会在某些方面领先于我们。但既然你们赢了,还有什么关系呢?"他又恢复了快乐的微笑,"珀奇·派特最终获胜。"他高举起康妮·康帕尼玩偶,让所有人都能看到她,"诸位,请看诺曼和弗兰为大家赢回了什么!"

"请小心对待她,胡克。"诺曼的声音十分严厉。

"呃?"胡克一愣,"怎么了,诺曼?"

"因为她快要生小孩了。"

突然之间,人群沉寂下来,只剩周围尘埃悸动的声音清晰可辨。

"你们怎么知道的?"胡克问。

"他们告诉我们的,奥克兰人说的。然后我们把他也赢来了——在一场激烈的争吵之后,不得不让芬尼摩充当裁判。"他伸手到小推车里,取出一个小皮袋,又从皮袋中小心翼翼拿出一个粉色初生婴儿的刻像,"我们赢回了这个,因为芬尼摩认为这个婴儿现在还是康妮·康帕尼身体的一部分。"

胡克呆望了很久很久。

"她已婚。"弗兰解释道,"嫁给了保罗。他们不只是男女朋友。她已经有了三个月的身孕——直到我们获胜,维恩才告诉我们的。他本不想说出来,但到了那时又不得不说。我想他们是对的,不可能不说的。"

诺曼说:"除此之外,他们还做了一个子宫套件——"

"是啊,"弗兰说,"当然,要看到它,必须打开康妮的身体才行——"

"不!"珍·里甘叫起来,"求你们,不要。"

胡克说:"不,沙因夫人。别打开。"他往后退开了。

弗兰说:"当然,一开始我们也是十分震惊的,但是——"

"诸位想想，"诺曼说，"这是合乎逻辑的结果。你们要遵循现实，不是吗？珀奇·派特最终也会——"

"不。"胡克凶狠地说。他弯下腰，从脚下的尘埃里找到一块石头举起，"不！"他喊叫着，手臂抬高，"闭嘴，你们两个。别再说了。"

里甘夫妇也举起了石头。没有人说话。良久，弗兰说："诺曼，我们必须离开这里。"

"你说得对。"托德·莫里森告诉他们。他的妻子点头赞同。

"你们两个回奥克兰去吧。"胡克告诉诺曼和弗兰·沙因，"你们不能住在这里了。你们不再是从前的样子，你们已经……变了。"

"是啊。"山姆·里甘缓缓地说，像是自言自语一般，"我的预感是对的，的确会发生可怕的事。"他对诺曼·沙因说，"去奥克兰的路有多难走？"

"我们可以先到伯克利。"诺曼似乎对正在发生的事情充满困惑和震惊，"我的天，我们不能就这样推车回伯克利——我们快累死了，我们需要休息！"

山姆·里甘说："要是有其他人帮忙推车呢？"他走到了沙因夫妇身旁，跟他们站在一起，"我来推那该死的破车。你只要带路就好，沙因。"他看看自己的妻子，但珍站在原地不动，她没有放下手中的石头。

蒂莫西·沙因扯了下父亲的衣袖，"这回我可以跟去了吗，爸爸？请带我一起走吧。"

"好的。"诺曼像是自言自语般答道，现在他打起了精神，"这么说，你们这里不想留我们。"他转向弗兰，"我们走，山姆可以推车。我觉得我们在夜幕降临前就能到达。如果不能，我们就露宿在外面。蒂莫西可以帮我们抵挡犬猫袭击。"

弗兰的脸色煞白,"我猜我们已经别无选择。"

"拿走这个。"胡克递过那个小小的婴儿刻像。弗兰·沙因接过了他,温柔地把他装回小皮袋里。诺曼把康妮·康帕尼放回手推车。他们已经准备好原路返回。

"这边早晚也会发生同样的变化。"诺曼面对着身边这群人,这群皮诺尔的幸存者,"奥克兰只是更先进一点儿罢了。仅此而已。"

"滚!"胡克·格莱布说,"现在就走。"

诺曼点点头,弯腰想要抬起手推车的把手,但山姆·里甘示意他让开,自己握住了把手。"我们走。"他说。

蒂莫西在前面开路,这个少年手执尖刀,以防犬猫袭击。大家一起出发,前往奥克兰方向,更远的南方。没人说话,也无话可说。

"真可耻,居然发生这种事。"诺曼终于开口说话。他们已经走出一英里,再没有皮诺尔幸存者尾随的迹象了。

"也许并不可耻,"山姆·里甘说,"这也许反倒是件好事。"他看上去并不失落。毕竟,他是刚刚失去妻子的人。他比其他任何人放弃得更多,但是——他还活着。

"很高兴你能这么想。"诺曼闷闷不乐地说。他们继续前进,每个人都在想自己的心事。

过了一会儿,蒂莫西对他的父亲说:"所以那些南方的幸存者地窟……他们都有更多事情可做,对吗? 我是说,你在那里并不会整天坐着玩游戏?"他当然希望不是那样。

他的父亲回答:"我想应该是吧。"

头顶,又一艘补给飞船高速呼啸而过,然后消失不见。蒂莫西看着它离去，但毫不在意，因为他的生活里还有那么多值得期待的存在，无论在地上还是在地下，就在他们面前的南方。

他的父亲咕哝道："那些奥克兰人的游戏和他们怪异的玩偶教会了他们一些东西。康妮必须成长，这也迫使人们同她一起成长。我们的幸存者从来没有学会这一点，没有从珀奇·派特身上学到。我不知道将来他们有没有改变的可能。她必须也像康妮一样长大。康妮一定也曾是珀奇·派特的样子。曾经，很久以前。"

蒂莫西对父亲的话没兴趣——有谁会真心在乎玩偶和玩偶游戏呢？——他只顾蹦跳着前行，遥望前方道路上的一切，所有机遇和可能，有什么在等待着他，他的妈妈、爸爸，还有里甘先生。

"我等不及了！"他回头向父亲呼喊。诺曼·沙因吃力地露出一丝微弱、疲乏的微笑。

备胎总统

距离第六频道早间节目开播还有一小时,首屈一指的时事谐星吉姆·布里斯金跟他的制作团队一起,在他的私人办公室里讨论关于不明身份的敌对舰队被发现的报道。它们目前距离太阳系八百天文单位。这当然是特大新闻,但该如何向三颗行星及七颗卫星上的数十亿观众播报呢?

他的秘书佩姬·琼斯点着一根烟,"不要危言耸听,吉姆。像报道未经证实的小道消息那样调侃一番。"她靠在椅背上,摩挲着手里的官方通告,这是由40-D型统脑的远程发报机提供给商业电视台的。

是华盛顿的40-D型统脑发现了外来舰队,它是一台自主运行的全能电脑,作为美利坚合众国总统,它马上派出作战飞船前往执行警戒任务。不明身份的舰队貌似来自其他恒星系统,但真实的情况显然还需由警戒飞船前往确认。

"报道流言一样。"吉姆·布里斯金闷闷不乐地说,"就是让我带着坏笑,调侃道:嘿,看哪,同志们——这件事终于发生了,我们一直都在担心的那件事哦,哇哈哈。"他看了秘书一眼,补充道,"我们肯定可以整篮整筐地收获来自地球和火星观众的笑声,但那些边远卫星上的居民恐怕不会这么想。"因为如果真是外星人入侵,他们势必成为首当其冲的打击目标。

"是的,边远卫星的居民们不会觉得有趣的。"他的节目剪辑顾问埃德·法恩伯格表示同意。他看上去忧心忡忡,他的家人住在木卫三。

"今天有没有轻松一点儿的新闻?"佩姬问,"你可以拿来引出这档节目?赞助商肯定会喜欢的那种。"她把一大堆新闻推给布里斯金,"看看你能做点儿什么。例如变种奶牛在阿拉巴马案件中获得投票权……你知道啦。"

"我明白。"布里斯金一边表示同意,一边开始浏览新闻报道。他需要找到一条符合他独特的演播方式并且足以吸引无数观众的新闻——例如变种蓝樫鸟克服各种困难,终于学会织网。一个四月的清晨,就在北达科他州的俾斯麦小城,它终于为自己和家人织出一个完整的巢。而这一切都被布里斯金电视频道的摄像机完完整整捕捉了下来。

有一条新闻脱颖而出。他一看到,就本能地意识到这条消息适合用来冲淡今天的可怕氛围。看到它,吉姆就觉得放松了,哪怕八百天文单位之外已经有突发事件敲响命运的丧钟,但平淡的生活却依然在人间继续。

"看这个,"他笑着说,"老爷子加斯·沙兹终于死了。"

"加斯·沙兹是谁?"佩姬疑惑地问,"这个名字听起来并不熟悉。"

"工会的人。"吉姆·布里斯金说,"你还记得吧?那位备胎总统,二十二年前被工会送到华盛顿。他现在死了,而工会——"他把这份简明扼要的新闻稿丢给佩姬,"现在正准备委派一位新的备胎总统去接替沙兹的位置。我觉得我应该去采访这个人,假如他能开口谈谈的话。"

"没错啊。"佩姬说,"我总是会忘事儿。为了防止统脑崩溃,现在还有一位常任的人类备胎总统。统脑崩溃过吗?"

"没有。"埃德·法恩伯格说,"以后也永远不会。这无非是我们纵容工会的又一苦果,工会已经算是我们社会的毒瘤了。"

"但毕竟,"吉姆·布里斯金说,"人们会觉得有趣。国家元首级别备胎的日常生活……为何工会选择了他,他有什么爱好。这个人,不管他是谁,打算如何在自己的任期内消磨时间,以防自己闲得发疯。老加斯学会了书籍装订——他收集老旧汽车杂志,加上烫金字的皮革封面,将其制成合订本。"

埃德和佩姬都点头称许。"就做这个,"佩姬催促他,"你能让这个报道妙趣横生,吉姆,你能让任何事情变得格外有趣。我会给白宫打个电话——或者,这位新人到那儿了吗?"

"也许还在工会的芝加哥总部。"埃德说,"试试联系那边,政府公务人员工会,东部分会。"

佩姬拿起电话,迅速拨了一个号码。

早上七点钟,马克西米利安·费希尔被一阵声响吵醒。他把脑袋从枕头上抬起,听到喧嚣声从厨房传出——有房东太太的尖嗓门,还有些陌生男人的声音。他昏沉沉地坐起来,小心移动肥硕的身体,因为医生告诫他不要过度劳累,要避免给他通过手术扩大过的心脏施加太多压力,所以他这会儿正慢吞吞地穿着衣服。

一定是某笔钱交晚了,麦克斯[1]心想。这声音听起来就像是那类家伙。尽管如此,也没必要这么早吧。他并不慌乱。我能

①"麦克斯"是"马克西米利安"的昵称。

绝处逢生,他坚定地想,没什么可怕的。

他仔细地扣好衬衣纽扣,这件粉绿条纹衬衫是他最喜欢的衣服之一。这衣服能让我像个大人物,他一边这样想着,一边吃力地弯腰,穿上他那双高仿鹿皮的轻便皮鞋。准备好面对他们了。他一面想,一面对镜梳理日渐稀疏的头发。如果他们逼得凶,我就直接去找诺约克就业局的派特·诺布尔投诉。我是说,我才不用跟小喽啰啰唆,我可是工会元老。

另一个房间里传来凶悍的喊叫声:"费希尔,穿好衣服,马上出来。我们有个差事给你,今天就要开始上班。"

一份工作!麦克斯的心情很复杂。他不知道自己此时该高兴还是该沮丧。他和大多数朋友一样,近年来都靠领取工会失业救济金过活。谁知道这样好不好。好烦,他想,假如这是一项艰巨的工作呢,比如迫使我整天弯腰劳作,或者不得不走来走去。他无名火起。这可真是没人性啊,我是说,他们以为自己是谁啊?他打开门,面对外面的人。"听着——"他刚开口,就被一名工会干部打断了。

"收拾一下行李,费希尔。加斯·沙兹翘了辫子,你要赶去华盛顿接替他的首席备胎职位。我们想让你马上接任,以免他们废除这个职位。那样的话,我们就又得接着罢工,或者闹上法庭。我们想有一个人干净利落地完成交接,别惹不必要的麻烦。你懂吗?要让交接程序顺利到几乎无人察觉。"

麦克斯马上问:"工资多少?"

工会干部极为严厉地说:"这由不得你来讨价还价,你是被选定的。你想丢掉自己的吃白食基金吗?你想在这个岁数再被逼上街头,重新找工作吗?"

"哦,得了吧,"麦克斯抗议道,"我可以马上拿起电话,只要跟派特·诺布尔打声招呼————"

工会干部们已经在他的房间里四下散开,开始收拾他的细软。"我们会帮你打包行李。派特要你今天早上十点之前到达白宫。"

"派特!"麦克斯重复了一遍。他已经被出卖了。

工会干部们一边相顾而笑,一边从衣柜里拖出手提箱。

不久后,他们就坐上了单轨车,跨越中西部的平原。马克西米利安·费希尔忧郁地望着乡间景物一闪而过。他并没有和坐在身边的工会干部交谈,而是一遍遍在脑子里回味刚刚发生的一切。关于天字第一号的备胎工作,他还记得些什么呢?工作是从早上八点钟开始——他记得曾经读过相关介绍。而且总是有络绎不绝的参观者涌入白宫,尤其是中小学生,排起长队去一睹40-D型统脑的风采……而他这辈子最讨厌小孩,因为他们总是对着他硕大的体型指指点点。好烦,现在他必须面对川流不息的上百万个小破孩。按照法律规定,他必须日夜随时待命在距离40-D型统脑的一百码之内。还是五十码以内?无论怎样,这工作还挺接近权力顶层的,所以,万一这台自我管理型问题处理机坏掉了——也许我也要有所准备,他心想。

以防万一,我得去参加一个关于政府管理的电教课程。

麦克斯问坐在右边的工会干部:"听着,我的好工友,在你们给我安排的这份工作里,我有什么权力吗?比如,我能否——"

"这份工作跟其他的工会工作没有什么两样。"干部懒洋洋地回答,"你呆坐,你干等。你是失业太久,已经连这些都不记得了吗?"他笑起来,捅捅自己的邻座,"听听啊,费希尔居然在问他的新职位有没有什么权力。"两人哈哈大笑起来。"我跟你说哦,费希尔，"那名干部拖着长腔说，"等你到了白宫，安顿停当，有了自己的椅子和床，了解了就餐、洗衣和看电视等日程后，接着你就可以溜达到40-D型统脑面前，在那里哼哼唧唧，你知道的，反正是各种挑事儿，直到它发现你。"

"你们真是够了。"麦克斯抱怨道。

"然后，"那干部继续说，"你就这样说：嗨，统脑先生，听着，我是你的好朋友，不如咱们来点儿互惠互利，你只要为我通过一项法令——"

"但他能提供什么回报呢?"另一位工会干部问。

"逗它开心喽。他可以讲讲自己一生的故事。他是如何在贫穷生活中崛起，从无名小辈中脱颖而出，通过一周七天看电视这种勤奋努力的做法，最终，你猜怎么着，他一下子平步青云，得到了——"工会干部一声冷笑，"备胎总统的工作。"

马克西米利安满脸通红，但他什么都没说，而是木然远望着单轨车的窗外。

抵达白宫后，马克西米利安·费希尔被领进了一个小房间——它曾经属于加斯，尽管那些褪色的老旧汽车杂志大多已经被清理干净，但仍有几张海报贴在墙上：1963年版的沃尔沃S-122、1957年的标致403，还有其他过往时代的经典车型。此外，在一个书架上，麦克斯还看到一个由硬塑料雕刻而成的1950年款斯蒂庞克星光双座跑车模型，所有细节都完美精确。

"他去世的时候还在制作这个。"一名工会干部一边放下麦克斯的行李箱，一边说道，"他能跟你大聊特聊前涡轮时代任何车型的细节——所有那些过时无用的汽车知识。"

麦克斯点点头。

"你想到自己要做什么了吗?"那名干部问他。

"啊,才怪。"麦克斯说,"我怎么可能那么快打定主意?给我点儿时间。"他郁闷地检查起了斯蒂庞克汽车模型的底盘,他突然涌出一股摔烂这辆车的冲动。他把模型放回原处,转开了视线。

"不如做个橡皮筋球吧。"工会干部说。

"什么?"

"加斯的前任,记不清叫什么了,大概是路易斯之类的……他收集橡皮筋,然后做成大球。等他死时,那球已经像房子一样大了。虽然我已经忘了他的名字,但橡皮筋球现在被收藏进了史密森尼博物院。"

走廊里传来一阵脚步声。一名白宫接待员——是位穿着朴素的中年妇女——探头进房间里,"总统先生,有位新闻谐星想要采访你。请尽快打发他,因为我们今天还要接待不少参观游客,其中一些或许也想见见您。"

"好吧。"麦克斯转过身来招呼电视谐星。来人是"果酱"吉姆·布里斯金,麦克斯认得这个人,他可是当前首屈一指的红人。"你想要见我?"他迟疑地问布里斯金,"我是说,你确信要采访的人是我?"他无法想象布里斯金能从他身上发掘出什么有趣的内容。但他还是伸出一只手,"这是我的房间,但这些汽车模型和海报并不属于我,它们是加斯的遗物,我对它们一无所知。"

布里斯金头戴那顶标志性的火红色小丑假发,他在现实生活中也和电视屏幕上的样子如出一辙,看起来乖张怪异。不过,现实中的他还是比电视上更显老一点儿,但依然带着那份友好、自然、人见人爱的笑容:这是他玩世不恭的标志。他是个真心不错的小伙子,内心温和,可在必要时,又会显出超乎常人的机智——布里斯金就是这样一种人……这么说吧,麦克斯想,他是你会想让自己的女儿嫁给他的那类人。

两人握手后,布里斯金说:"您已经上电视了,麦克斯·费希尔先生。或者,我应该说,总统先生。我是主持人'果酱'吉姆,谨此代表数十亿散布在太阳系各个角落的观众问您一个问题:现在您是怎样一种感觉呢? 我是说当您坐上这个位置时,先生? 要知道,如果40-D型统脑出现故障,哪怕仅仅是一瞬间,您就将被置于全人类责任最为重大的岗位上,成为真正的——而不是替补的——美利坚合众国总统。这感觉怎么样? 会不会让你晚上睡不着觉?"他面露微笑。在他身后,摄影师的镜头晃来晃去。强光灼烧着麦克斯的眼睛,他的腋下、脖子和上唇都汗如泉涌。"这一刻,怎样的情绪在你胸中翻滚?"布里斯金继续问,"当你站在人生的关键路口,或许要一辈子承担这份责任时? 现在你已经身处白宫,内心又有怎样的波澜呢?"

愣了一会儿,麦克斯说:"这个——责任重大。"然后他意识到布里斯金其实是在嘲笑他,这一切都只是他的恶作剧,他的观众也都心知肚明,他们懂得"果酱"吉姆的独特幽默。

"你是个大块头,费希尔先生。"布里斯金说,"如果要我说,你绝对算个壮汉。你经常锻炼吗? 我之所以这么问,是因为你的新工作会让你彻底被困在这个房间里,我想知道这会给你的生活带来哪些变化。"

"这个,"麦克斯说,"我当然清楚,政府雇员应该时刻坚守岗位。是的,你说得没错——我必须日日夜夜守在这里。但这并不会让我感到困扰,我早有准备。"

"告诉我,"吉姆·布里斯金说,"你会不会——"然后他停住了,回头看着身后的视频技术人员,用奇怪的语调说,"我们的直播中断了。"

一个戴耳机的人挤过来。"调度台的信息,请听。"他迅速把耳机交给布里斯金,"我们的节目被统脑强行中断。它正在播送新闻通告。"

布里斯金把耳机放在耳边,他的脸愈拉愈长,"那些八百天文单位之外的飞船怀有敌意。新闻里在说。"他抬起头,眼睛紧盯自己的技术支持团队,红色小丑假发歪到了一边,"他们已经开始进攻了。"

在接下来的二十四小时里,外星人不仅闯入了太阳系,还摧毁了40-D型统脑。

马克西米利安·费希尔坐在白宫的咖啡厅里吃晚饭时,间接地听到了这些消息。

"是马克西米利安·费希尔先生吗?"

"是啊。"麦克斯抬头打量正包围他餐桌的一群特勤人员。

"您现在是美利坚合众国的总统。"

"搞错啦,"麦克斯说,"我是备胎总统。这区别很大的。"

那位特勤人员说:"40-D型统脑目前无法运转,时间可能会长达一个月。所以,根据宪法修正案,您现在已经是美国总统,也是武装部队总指挥官。我们是来保护您的。"说完,特勤人员露出夸张的笑容。麦克斯也报以微笑。"您明白了吗?"特勤人员问,"我的意思是,您真的明白了吗?"

"当然。"麦克斯答道。现在他终于明白刚刚端着盘子排队时,周围人都在悄声议论什么了。这也解释了为什么整个白宫的人看他的眼神都那么奇怪。他放下咖啡杯,用餐巾擦擦嘴,运作慢条斯理,装出一副郑重且深思熟虑的模样。但实际上,他的脑子里一片空白。

"我们收到通知,"那位特勤人员说,"要求您马上前往国家安全委员会的地下堡垒。他们正在等待您出席战略决策大会。"

接着他们离开咖啡厅,走向电梯。

"战略决策,"麦克斯下楼时说,"对此,我有些想法。我觉得是时候好好教训一下这帮外星人飞船了。你们同意吗?"

特勤人员纷纷点头。

"是的,我们要让他们知道,我们无所畏惧。"麦克斯说,"我们要果断地轰死那群坏蛋。"

特勤人员善意地笑了起来。

麦克斯洋洋得意,用胳膊肘捅捅领头的特工,"我觉得咱们其实挺强的。我是说,美国人也有尖牙利齿。"

"你去让他们见识见识,麦克斯。"一位特勤人员说道。然后所有人都笑了起来,包括麦克斯。

当他们走出电梯时,一位身材高大、衣冠楚楚的男人拦住了他们的去路。那人急切地说:"总统先生,我是乔纳森·科克,白宫新闻官。在您进入会议室跟国家安全委员会协商之前,您应该在这个艰难时刻向全国民众发表讲话。公众想要了解他们的新领袖是一个怎样的人。"他递过一张纸,"这是一份由政策咨询委员会起草的演讲稿。它将您的——"

"一群白痴。"麦克斯看也没看就把讲稿退了回去,"我才是总统,不是你。科克?伯克?还是舍克?无名小卒。带我到麦克风那里,我要自己发表讲话。或者给我把派特·诺布尔找来,也许他能出些主意。"然后他想起派特已经出卖过他一次,就是他令自己卷入其中。"算了,甭找他。"麦克斯说,"把话筒给我就行了。”

“这可是危急时刻。”科克咬牙切齿地说。

“当然。”麦克斯说，“所以别来烦我。你不招惹我，我就不会扁你。这样可以吧？”他和气地拍拍科克的后背，“这样对我俩都好。”

一大群扛着摄像机和举着照明灯的人拥了过来。麦克斯在人群里发现了“果酱”吉姆·布里斯金，他也带着自己的工作人员挤在人群中。

“嘿，‘果酱’吉姆。”他叫道，“看，我真当上总统了！”

吉姆·布里斯金不动声色地向他走来。

“我不用再绕什么橡皮筋球，”麦克斯说，“也不用做船模，诸如此类的破事都跟我无关了。”他热情地跟布里斯金握手，“十分感谢。”麦克斯说，“谢谢你的祝贺。”

“祝贺您。”布里斯金这才小声说。

“谢谢。”麦克斯用力握紧他的手，直到骨节咯咯作响，“当然，他们早晚还是会修好那个话匣子，届时我又会成为备胎。但是——”他高兴地咧嘴一笑。走廊里现在挤满了人，有电视台的，有白宫职员，也有军官和特勤人员。

布里斯金说：“费希尔先生，您现在责任重大啊。”

“是啊。”麦克斯表示同意。

布里斯金的眼神像是在说：我真不知道你能不能应付得来，我不确定你是掌握如此大权的适当人选。

“我当然能胜任。”麦克斯对着布里斯金的话筒大声宣布，让所有听众都能听见。

“也许你能。”吉姆·布里斯金还是一脸怀疑。

“嘿，你已经不喜欢我了吗？”麦克斯问，“为什么？”

布里斯金什么都没说,眼神飘忽不定。

"听着,"麦克斯说,"我现在可是总统了。只要我乐意,随时可以派联邦调查局出动,关闭你那傻呵呵的电视网。通知一下各位,我现在就要解雇司法部长,管他叫什么名儿呢,然后我会任命一个熟人,一个我可以信任的人。"

布里斯金说:"我明白了。"现在他看上去不再那样犹疑不定。信念—— 一种麦克斯无法理解的信念——开始显现出来。"是的,"吉姆·布里斯金说,"你有权下令做那些事,不是吗?你现在是真正的总统——"

"你要小心,"麦克斯说,"布里斯金,你在我面前一钱不值,哪怕你有那么多观众。"然后他转身背对摄像机,雄赳赳地大步穿过敞开的大门,进入国家安全委员会的地堡。

几个小时后的清晨,在国家安全委员会的地下堡垒中,马克西米利安·费希尔睡眼惺忪地听着电视里喋喋不休地播报最近的新闻。到目前为止,情报部门已经发现三十多艘进入太阳系的外星飞船。据悉,实际共有七十艘飞船抵达。情报部门正在追踪每一艘飞船。

但麦克斯心里清楚,这还远远不够。早晚他都要下令攻击那些外星飞船。他心存犹疑。它们是谁?中央情报局也没有人说得清。它们有多强大,同样无人知晓。还有——进攻一定能奏效吗?

然后就是国内问题。统脑一直在对经济进行各种微调,必要时会采取各种干预手段,减税、降息……但因为统脑已被敌方破坏,这些措施都已经停止。我的天,麦克斯郁闷地想,我对失业一无所知!我是说,我怎么知道哪些工厂要重新开工,以及要在哪里开工呢?

他转向汤普金斯将军——参谋长联席会议主席。此人正坐在他身旁翻阅一份关于如何动员战术防御飞船保卫地球的报告。"你们已经把所有飞船都布置到位了吗?"他问汤普金斯。

"是的,总统先生。"

麦克斯皱起了眉头。将军听起来并不是在嘲讽他,他的语调还蛮恭敬的。"好吧,"麦克斯喃喃地说,"我很高兴听到这个。而且你们也已经启动了所有反导弹云防御系统,防卫应该固若金汤,不会像上次那样放外星飞船冲进来炸伤统脑。我不希望再发生那种事。"

"我们已经启动一级防御,"汤普金斯将军说,"完全是战争状态。从当地时间六点钟开始的。"

"那些战略飞船呢?"他不久前才学会这个词,知道这是指己方的攻击力量。

"我们随时可以发动进攻。"汤普金斯将军一面说,一面沿着长桌扫视他的同事,众人纷纷点头认可。"我们可以解决所有进入我们星系的七十艘入侵飞船。"

麦克斯呻吟了一声,"谁带了苏打水?"这整件事都让他无比烦闷。真是没完没了的工作和汗水,他心想,所有这些该死的麻烦事儿——这些坏蛋为什么不能滚出我们的星系呢? 我是说,我们一定要开战吗? 完全不知道它们的大本营会如何反击。你永远都无法预料这些非人生命的行动……它们天生就难以捉摸。

"我担心一件事。"他大声说,"那就是敌人的反扑。"

汤普金斯将军立刻回道:"但是,目前显然没有跟它们谈判的可能。"

"那就动手吧，去干掉他们。"麦克斯环顾周围，寻找他想要的苏打水。

"我觉得您做出了明智的选择。"汤普金斯将军说。满桌的平民顾问也纷纷点头赞同。

"这里有个奇怪的消息。"一位顾问拿出一份电传新闻，"吉姆·布里斯金刚刚向加州的联邦法院递交了一份禁止令申请文书，他说你不是合法总统，因为你不是通过竞选上任的。"

"你是说，因为我不是投票选出来的总统?"麦克斯问，"就因为这个?"

"是的，先生。布里斯金要求联邦法院就此做出判决，与此同时，他宣布参加总统竞选。"

"什么?"

"布里斯金宣称，您必须在总统竞选中得到足够选票才能入职。而且你将面对他的挑战。凭借目前的知名度，他显然自以为——"

"哦，这混蛋。"麦克斯绝望地说，"诸位怎么看?"

鸦雀无声。

"好吧，不管怎样，"麦克斯说，"一切都决定了。军界的诸位尽管动手，干掉那帮外星人。与此同时——"他当场做出了决定，"我们要向'果酱'吉姆的赞助商施压，包括莱茵兰啤酒公司和伽伯士电器，迫使他退出竞选。"

长桌两旁的人纷纷点头。纸片窸窸作响，人们收好公文包，会议暂告一段落。

他有优势，这不公平。麦克斯对自己说。两人起点不同，我怎么跟他竞选? 他是著名的电视明星，我却什么也不是。这样不对，我不能允许这种事发生。

"果酱"吉姆可以竞选,但这事儿对他本人毫无益处。他不可能战胜我,因为我能让他在获胜之前便死于非命。

选举前一周,星际民意调查公司泰斯坎公布了最新民调结果。读完后,马克西米利安·费希尔感到前所未有的沮丧。

"看看这个,"他对自己的表弟利昂·莱特说,这位前律师最近被任命成为司法部长。麦克斯把报告丢给他。

民意调查数据显示,他的前景不容乐观。布里斯金势必轻易且毫无悬念地胜出。

"为什么会这样?"莱特问。跟麦克斯一样,他也是个壮硕、臃肿的男人,多年来一直在从事备胎类型的工作。他并不习惯任何体力活动,新职位对他来说也是一份苦差。但是,出于对麦克斯这血亲的忠诚,他还是留任了。"是因为他控制了所有电视台吗?"他一面呷着罐装啤酒,一面问。

麦克斯讽刺地说:"不是,是因为他的肚脐眼能在黑暗中发光。当然是因为电视台啦,你这蠢货——他让电视节目没日没夜地为自己宣传,塑造形象。"他生气地停下来,"他只是个小丑,看他那顶红红色假发就知道了。当个新闻主持人没啥,但他不适合做总统。"他郁郁寡欢,一句话也说不出来了。

糟糕的事情接踵而至。

当晚九点,"果酱"吉姆在他所有的电视台开始了一轮长达七十二小时的马拉松式直播。这是最后冲刺,目的是进一步提高他的人气,确保选战必胜。

在白宫的卧室里,麦克斯·费希尔端了一大盘食物坐在床上,闷闷不乐地对着电视。

那个该死的布里斯金!麦克斯第一百万次愤怒地念叨。

"看，"他对表弟说，司法部长正坐在他对面的椅子上，"又是那个混蛋。"他指着电视屏幕。

利昂·莱特嚼着芝士汉堡，"确实挺恶心的。"

"你知道他在哪儿播出节目吗？遥远的太空深处！都跑冥王星外围了！在他们最偏远的信号发射站！你们联邦调查局的人一百万年都到不了那地儿。"

"他们会到的。"利昂向他保证，"我跟他们说了，必须抓到这家伙——总统先生已经亲自下令。"

"但他们还是没法立刻逮捕他。"麦克斯说，"利昂，你们就是他妈的太慢了。我告诉你件事，我派了一艘作战飞船去那边，'德怀特·D.艾森豪威尔号'。它已经准备就绪，随时可以下个弹送给他们。你懂的，一场大爆炸。我只要一声令下就可以。"

"好吧，麦克斯。"

"但我还不想那样做。"麦克斯说。

电视直播的气氛逐渐高涨热烈。聚光灯下，佩姬·琼斯漫步登上舞台，她穿着一件闪亮的露肩礼服，连头发都光彩照人。现在我们又有了一场脱衣舞助兴，麦克斯意识到，来自一个魅力四射的女孩。他全神贯注地坐直了身体。布里斯金和他的手下有这种性感尤物为他们作势。房间对面，他的表弟司法部长先生也已经不再吃他的芝士汉堡。吞咽声暂时停止，然后又缓缓响起。

屏幕上，佩姬开始唱歌。

"是'果酱'吉姆，我为他倾诉；全美最受爱戴的小伙儿，就是'果酱'吉姆，这最优秀的男人啊，你是我支持的候选人。"

"哦，上帝啊。"麦克斯不禁叫苦。不过，她传递这条信息的方式——她苗条、修长的身材——效果显著。"我猜,我应该通知'德怀特·D.艾森豪威尔号'动手了。"

"你说怎样就怎样,麦克斯。"利昂说,"我向你保证,将来我会宣称你的行为合法。这一点完全不必担心。"

"给我红色的那部电话。"麦克斯说,"这可是只有最高司令官下达绝密命令时才能使用的,特级保险线路。怎么样,不错吧?"他从司法部长手里接过电话,"我要给汤普金斯将军打电话,他会把命令转达给飞船。大事不妙哦,布里斯金。"他最后看了一眼屏幕,补充道,"但这都是你自找的。没人逼你做现在这些事儿,非要跟我作对。"

身穿银白色盛装的女孩已经退场,"果酱"吉姆·布里斯金取代了她的位置。麦克斯顿了一下,想听他要说什么。

"大家好,我亲爱的同志们。"布里斯金举起双手要求安静。事先录好的掌声——麦克斯知道那些偏僻的角落不会有观众——低落下去,然后再度响起。布里斯金亲切地笑着,静待掌声平息。

"这全是假的。"麦克斯咕哝道,"假的观众。他们很精明,他和他的手下。他的支持率已经很高了。"

"是啊,麦克斯。"司法部长表示同意,"我也注意到了。"

"同志们,"吉姆·布里斯金在电视屏幕上冷静地说道,"你们可能知道,马克西米利安·费希尔总统和我起初相处得不错。"麦克斯手按红色电话,心想"果酱"吉姆这句说的倒是实话。

"我们的分歧,"布里斯金继续说,"就在于权力的使用方式——对待赤裸裸暴力手段的态度。对麦克斯·费希尔来说,总统职位就是一台机器、一件工具,是他可以拿来借此满足自己欲望的延伸,实现自己的各种欲求。我真心相信,在很多方面,他的心眼儿并不坏。他正在努力延续统脑的优秀政策。但至于说他达到目的的方式，那就是另一回事了。"

麦克斯说："你听听他说的，利昂。"然后他想，不管他说什么，我还是会继续，谁都不能阻挡我，因为这是我的使命。这是职务要求，如果你像我一样身为总统，你也会这样做的。

"即便是总统本人，"布里斯金继续演说，"也要遵从法律。他并非法外之人，不管他的权力多大。"他静默了一会儿，然后一字一句地说道，"我知道，此时此刻，麦克斯·费希尔特别任命的利昂·莱特已经严令联邦调查局关闭这些电视台，就为了压制我的声音。这一次，麦克斯·费希尔又在滥用权力、滥用警察力量，以达到个人目的，把权力机关变成个人———"

麦克斯拿起红色电话，一个声音从里面传来："您好，总统先生。我是汤普金斯将军的CC官。"

"那是啥？"麦克斯问。

"就是通信主管，陆军服役号600-1000，长官。我在'德怀特·D.艾森豪威尔号'飞船上，通过冥王星中转站接收信息。"

"哦，是啊。"麦克斯点点头，"听着，你们做好准备，明白吗？等着接收我的指令。"他用手捂住话筒，"利昂，"他对表弟说，这位已经吃完了芝士汉堡，开始解决草莓奶昔，"我怎么能这样做呢？我是说，布里斯金其实在说实话。"

利昂："只要给汤普金斯下令就好。"他打了个饱嗝，然后抡起拳头捶捶胸口，"失礼了。"

屏幕上的吉姆·布里斯金说道："我想，我很有可能是冒着生命危险在跟你们讲话。因为我们必须面对一个这样的现实：我们的总统，他不会介意使用谋杀手段来达成个人目的。这是暴君统治的固有特征，也是我们正在见证的东西，我们的社会一步步滑向暴政,替代了原本合理的、公正的机器统治,取代了40-D型统脑,它的设计、建造和运行本来就由我们人类最优秀的头脑负责,这些人致力于保存我们文明中所有有价值的部分。这样的体制被个人独裁取代,本来就是件可悲的事,至少可以这样说吧。”

麦克斯小声说:“现在我已经无法动手了。”

“为什么?”利昂问。

“你没听到他说的话? 他刚才一直在说我,我就是他所指的暴君。”麦克斯挂断了电话,“我刚刚等得太久,错过时机了。”

“我不想承认,”麦克斯说,“但是——好吧,管他呢,如果动手,只会证明他是对的。”我知道,他本来就是对的。麦克斯心想。但他们知道吗? 公众知道吗? 我不能让民众了解关于自己的真相,他心说,民众只能仰视总统、尊重总统、赞美总统。难怪我在泰斯坎公司的民意调查中表现那么差。难怪吉姆·布里斯金一听说我入职,就宣布要跟我竞选。事实上他们并不了解我。他们只是出于直觉,直觉上认定“果酱”吉姆说的都是真的。我就不是当总统的料。

我不适合,他心想,不适合担任这个职务。

“听着,利昂。”他说,“我还是会把那个布里斯金干掉,然后自己下台。这将是我最后一次履职。”他再次拿起红色电话,“我要命令他们消灭布里斯金,然后其他人就可以来当总统。人们愿意选谁都行。就算是派特·诺布尔,或者你,我都不在乎。”他摇摇电话,“嘿,CC官,”他大声说,“来呀,快回答。”他对表弟说,“奶昔给我留点儿,本来就有我一半的。”

“好的,麦克斯。”利昂忠诚地回答。

“有人吗?”麦克斯对着话筒喊。他等了一会儿,电话还是毫无回应。"出事儿了。"他告诉利昂,"通信都中断了。一定又是那些外星人。"

然后他发现电视屏幕上也已经一片空白。

"出了什么事?"麦克斯问,"他们想对我干什么? 谁干的?"他环顾四周,感到害怕,"我不明白。"

利昂坚忍地继续喝着奶昔,耸耸肩表示他也没有答案,但他肥嘟嘟的脸上也没了血色。

"太迟了,"麦克斯说,"出于某种原因,一切都太迟了。"他缓缓挂断电话,"我有好多敌人,利昂,他们比你、我更强大。而我甚至不知道他们是什么人。"他默然地坐在黑暗无声的电视机屏幕前,等待着。

电视机的喇叭突然发声:"半自动新闻公告板,待命中,请发布。"然后又重归沉默。

吉姆·布里斯金看看埃德·法恩伯格和佩姬,他也在等待。

"美利坚合众国的公民们,"一个平淡而毫无感情的声音突然透过电视扬声器宣布,"过渡期现在结束,情况已经恢复正常。"屏幕上开始出现文字,彩条缓缓掠过荧屏,然后是40-D型统脑的图像,它坐在华盛顿特区的摄像机前,又像平常一样将自己置于那个支架上。是它打断了正在播出的节目:这是它的特权之一。

那声音是自动计算系统自带的合成振动系统发出的。

"竞选活动即刻取消。"40-D型统脑说,"这是事项一;替补总统马克西米利安·费希尔被即刻解职,这是事项二;事项三:我们目前正与入侵太阳系的外星人作战;事项四:吉姆·布里斯金,刚刚在向各位发言的人——"

结束了,吉姆·布里斯金心想。

在他的耳机里,那个没有人情味、深邃空洞的声音继续说道:"事项四:吉姆·布里斯金,刚刚一直在借助这些设备向你们讲话的人,在此被命令中断并停止当前的活动;法院在此发表即时生效的禁令,此人日后若要参与任何政治活动,均需证明其合法性。出于公众利益,我们要求他在政治问题上从此保持沉默。"

布里斯金向着佩姬和埃德·法恩伯格苦笑,"就这样了,到此为止。我从此要闭嘴不谈政治了。"

"你可以通过法庭提出抗议,"佩姬马上说,"你可以一路上诉到最高法院。他们从前也推翻过统脑的决策呢。"她伸手试图拥抱他,但他避开了,"或者,你不想斗了吗?"

"至少我还没被即刻开除。"布里斯金心力交瘁,"我很高兴看到机器重新开始运转,这意味着时局重新稳定下来。我们可以利用这个。"

"你要怎样做,'果酱'吉姆?"埃德问,"回去找莱茵兰啤酒公司和伽伯士电器?试着做回以前的工作?"

"不。"布里斯金喃喃地说。当然不能那样,但是——他又不能真的在政治上保持沉默。他无法遵从统脑的要求生活。对他来讲,这有违本性。他早晚还会发声,不管是福是祸。还有,他觉得,我打赌,麦克斯也无法听从它的安排……我们两个都不能从命。

也许,他想,我可以对禁令提出抗辩,也许我能质疑它。法庭审判……我可以在法院起诉40-D型统脑。"果酱"吉姆是原告,统脑是被告。他笑了。我需要一个好律师来打理这件事。找个比麦克斯·费希尔的顶级律师利昂·莱特好一点儿的家伙。

他走向正在播音的小录音室的壁橱，拿出外套穿在身上。从这么偏远的地方返回地球，将是一段漫长的旅程，而他已经准备上路。

佩姬跟在他身后，"你彻底放弃播出节目了吗？连完成这一档直播都不肯？"

"是的。"

"但统脑的信息一会儿就播完了。那时候电视台怎么办？没有任何信号。这样不对，是吧，吉姆？你就这样离开……我不信你会这样做，这不是你的风格。"

他在演播厅门口停住了，"你听到它说的话了，它已经给了我明确的指示。"

"没有人会丢下一个空空如也的屏幕。"佩姬说，"那将留下一片空白，吉姆，没人喜欢空白。你如果不肯填补这个空白，别人就会。听着，统脑马上就要结束发布了。"她指着电视屏幕——字幕已经不再滚动，屏幕又一次暗下来，没有图像和光线。"这是你的责任，"佩姬说，"你心里清楚。"

"我们又开始直播了吗？"他问埃德。

"是的。统脑已经退出了直播网络，至少暂时如此吧。"埃德指了下空空的舞台——电视摄像机和灯光都集中对准的地方。他没有再说什么，也不需要多说。

吉姆·布里斯金向那个方向走去。他两手插在衣兜里，回到摄像机的镜头范围内，笑了笑说："我觉得，亲爱的同志们，中断已经结束，至少是暂时结束。所以……我们继续。"

鼓掌录音——由埃德·法恩伯格所操控——再次响起。吉姆·布里斯金举起双手，示意并不存在的观众安静下来。

"你们有谁认识好律师？""果酱"吉姆讥讽地问道，"如果认得,请给我们打电话,马上告诉我们——赶在联邦调查局找到我们之前。"

在白宫的卧室里,当统脑的信息发布结束,马克西米利安·费希尔转向他的表弟利昂,"好吧,我又离职了。"

"是啊,麦克斯。"利昂沉痛地说,"确实如此。"

"你也一样。这次肯定是全锅端。错不了的。"麦克斯咬牙切齿,"这是一种侮辱。它本应该说'退休'的。"

"我觉着,那是它惯常的表达方式吧。"利昂说,"别在意,麦克斯,想想你的心脏问题。我想提醒你:你还有一份备胎工作,而且是最重要的备胎——美利坚合众国的备胎总统。而现在,你已经无须承担任何压力和烦恼,你很幸运啊。"

"我不知道自己还能不能在这儿吃完这顿饭。"麦克斯在餐盘中挑拣。离职之后,他马上感觉胃口大开,他选了一块鸡肉沙拉三明治,大咬了一口。"饭还是我的。"他满嘴都是食物,"我还可以住在这儿,正常吃饭——是吧?"

"是啊。"利昂同意,他的法律意识相当强烈,"这是工会跟国会签署的合约里规定的。这个你记得吧?我们的罢工可不是白罢的。"

"那才是好日子。"麦克斯吃完了鸡肉沙拉三明治,又开始解决蛋酒。不用做重大决定的感觉挺好,他真心地长出一口气,倚靠在大堆的靠垫上放松身体。

然后他想,在某些方面,我还挺喜欢做决定的。我是说,那种感觉——他搜肠刮肚去想。那跟当备胎和失业的感觉都不一样。它有一种——

满足感。他想到。这就是它给我的,就像我在做成什么事情。他已经在怀念那种感觉了。他突然觉得心里空落落，一切都变得毫无意义。

"利昂，"他说，"我还想再当一个月的总统，我享受这份工作。你懂我的意思吗？"

"我大概知道你在想什么。"利昂口齿不清地说。

"不，你不懂。"

"我在努力哦，麦克斯。"他的表弟说，"真的。"

麦克斯幽怨地说："我本不应该批准工程部门的那帮人继续修理统脑。我本该搁置那个项目，至少拖上六个月。"

"现在想那些也已经晚了。"

真的晚了吗？麦克斯自问。你知道的，40-D型统脑完全可能出事的，比如一场意外。

他一面考虑这个问题，一面又吃下一份青苹果派，加上一大块乳酪牛角包。他认识的许多人都可以完成这样的"委托"——他们也在时不时地这样做。

一次重大的、近乎致命的事故，他想。某天深夜，等所有人都睡着了，白宫里只有我和它还醒着。我是说，面对现实吧，外星人已经给我们演示过具体做法。

"看啊，'果酱'吉姆·布里斯金又上电视了。"利昂指着电视屏幕叫道。真的，屏幕上又是那顶著名的红色假发，布里斯金正在说些听来滑稽但事关重大的话，让人会停下来思考的那种。"嘿，听着。"利昂说，"他在取笑联邦调查局。你能想象他在这时候做这种事吗？他还有什么不敢做的。"

"别打扰我。"麦克斯说，"我在想事儿呢。"他伸出手，郑重地把电视调成静音。

在他想这件事的时候，他一点儿都不想分神。

拉格兰·帕克怎么办？

俄勒冈州林区，约翰迪镇的庄园里，塞巴斯蒂安·哈达一边看电视，一边吃着葡萄想心事。那些葡萄来自他在加州索诺玛山谷的私人农场，是用专机非法运到俄勒冈的。他把籽吐到对面的壁炉里，心不在焉地听着文明电视台的主讲人介绍20世纪雕刻家的半身像作品。

要是我能把吉姆·布里斯金挖到我的电视网就好了，哈达郁闷地想。那位家喻户晓、首屈一指的电视谐星，有着标志性的火红色假发和迷倒观众的风趣语言……哈达深知，文明电视网需要这种人。但是——

但是此时此刻，他们的社会正被一个知识贫乏但手腕强硬的总统控制——马克西米利安·费希尔，他跟"果酱"吉姆·布里斯金势如水火。实际上，总统已经把这个著名谐星关进了监狱。所以，"果酱"吉姆当前无法为任何人效力，不管是网络遍及三大行星的商业电视网，还是文明电视网。

要是我能将"果酱"吉姆从牢狱中救出，哈达想，也许他会出于感激，离开原本的赞助商莱茵兰啤酒公司和伽伯士电器，而转投我的电视网。毕竟，尽管这两家公司在法庭上用尽机谋，却还是没能让吉姆重获自由。他们既没有权势,也没有门路……我有。

塞尔玛——哈达的妻子之一——这时走进客厅,站在他身后看电视。"拜托,请不要站在那种位置,"哈达说,"这会令我感到恐慌。我喜欢正视别人的脸。"他从软椅上扭过头。

"那只狐狸回来了。"塞尔玛说,"我看到了它;它瞪了我一眼。"她开心地笑着,"它看起来既野性又独立——有点儿像你,塞布①。我希望能拍一部关于它的短片。"

"我必须救出'果酱'吉姆·布里斯金。"哈达大声宣布,他已经打定主意。

他拿起电话,拨通了文明电视网制作总监纳特·卡明斯基的号码,他正在环绕地球运行的库伦通信卫星上。

"一小时之后,"哈达对他的下属说,"我要我们所有的渠道同时开始呼吁释放'果酱'吉姆·布里斯金。不同于费希尔总统所说,他不是叛国者。事实上,他的政治权利、他的言论自由都已被非法剥夺。明白了吗?播放布里斯金的相关短片,塑造他的良好形象……明白了吗?"哈达挂断了电话,然后又拨通了他的律师阿特·希维赛德的号码。

塞尔玛说:"我要到外面喂小动物们去喽。"

"去吧。"哈达点燃一支最爱的阿卜杜拉牌香烟,这是英国产的土耳其式香烟,"阿特吗?"他对着电话说,"开始着手'果酱'吉姆·布里斯金的案子,设法把他保释出来。"

他的律师在电话中抗议道:"但是,塞布,如果卷入这个案子了,我们就会被费希尔总统和联邦调查局咬上,风险太大了。"

哈达说:"我需要布里斯金,文明电视网已经变得空洞而浮

---

① "塞布"是"塞巴斯蒂安"的昵称。

夸——你看看现在的节目,张口闭口教育、艺术——我们需要一个话题人物,一位优秀的笑星。我们需要'果酱'吉姆。"泰斯坎公司的最新调查结果显示,他们的收视率降幅堪称灾难,但他并未向阿特·希维赛德透露这点。这是绝密信息。律师叹口气,说:"遵命,塞布。但布里斯金现在受到的指控可是战时煽动罪。"

"战时?跟谁?"

"那些外星飞船——你应该知道的。二月的时候它们就已经入侵太阳系。该死的,塞布。你明知我们还在战争中——你不至于超然到忽视这些客观事实吧?"

"在我看来,"哈达说,"那些外星人并无敌意。"他挂断电话,感到气愤难平。这只是麦克斯·费希尔摄取权力的借口而已,他自言自语道,不断营造战争威胁及恐慌。我来问你,这些外星人造了哪些实际损害?毕竟太阳系并不是我们的私产。

无论怎样,文明电视网——甚至整个电视教育产业——都在逐渐萎缩。而作为电视网络的所有者,塞巴斯蒂安·哈达必须采取行动。我感到力不从心了吗?他扪心自问。

他又一次拿起电话,拨通自己的心理医生伊藤泰已位于东京郊外别墅的电话号码。我需要帮助,他告诉自己,文明电视网的创始人和出资人需要帮助,而泰已大夫可以做到。

坐在桌对面的泰已大夫微笑着问道:"哈达,也许问题出在你有八位妻子。这实在太多了。"他挥手示意哈达躺回沙发里,"冷静,哈达。像哈达先生这样的英雄人物也会在压力下崩溃,真是令人难过。你是怕像吉姆·布里斯金一样,也被费希尔总统的联邦调查局抓进监狱吗?"

"不，"哈达说，"我无所畏惧。"他半仰在沙发上，胳膊枕在脑后，凝视着墙上保罗·克利的版画作品……这大概是真迹吧。好的心理医生确实能日进斗金：泰己医生给他的收费标准是半小时一千美元。

泰己思忖着说："也许你应该考虑掌权，哈达，大胆发动一场针对麦克斯·费希尔的政变。凭借自己的实力赢得权力游戏，成为总统，然后释放'果酱'吉姆——那就毫无问题喽。"

"费希尔有武装力量在背后撑腰。"哈达郁闷地说，"他是武装部队的总司令，而那位汤普金斯将军又喜欢费希尔，军队对他绝对忠诚。"他已经考虑过这种可能，"也许我应该逃到我在木卫四的庄园里去。"他嘟囔说。那庄园很棒，并且费希尔在那儿不能为所欲为，因为那里不属于美国，而是荷兰的领土。"无论怎样，我并不喜欢战斗，我不是个战士，我是个文明人。"

"你是个具备内在反应机制的有机生物体。你还活着，一切活物都会博取生机。必要时，你也会战斗的，哈达。"

哈达看看表，"我必须走了，伊藤。三点钟我在哈瓦那有一个面试。是一位自弹自唱的民谣歌手，他叫拉格兰·帕克，已经风靡整个拉丁地区了。他或许能让文明电视网恢复生机。"

"我知道他。"伊藤泰己说，"我在商业电视台看过他的表演，相当精彩。他是美国南方人和丹麦人的混血，很年轻，一双蓝眼睛，留着黑色络腮胡。这位拉格兰先生很有魅力。有人取谐音，称他破烂先生。"

"但民谣也算文化吗？"哈达嘟囔道。

"我告诉你，"泰己大夫说，"拉格兰·帕克这人有点古怪，我从电视屏幕上都能看出来，他跟其他人不一样。"

"所以他才能走红嘛。"

"我的诊断不只如此啦。"泰己回想着说,"你要知道,精神疾病跟超感能力及骚灵现象的联系非常紧密。很多精神分裂症和恐惧症患者都有心灵感应能力,他们能从周围人的潜意识中感知到仇恨。"

"我知道。"哈达叹了口气,心想他还要为这些心理学通识的老生常谈付好几百美元。

"请小心应对拉格兰·帕克。"泰己大夫警告道,"你经常反应过激,哈达,你特别容易躁动。先是冒着与联邦调查局做对的风险也要营救'果酱'吉姆·布里斯金;现在又盯上了拉格兰·帕克。你喜欢拐弯抹角和暗中经营。但正如我说的,最好的办法是直面费希尔总统,而不是采取阴谋诡计。"

"阴谋?"哈达喃喃地说,"我才不搞阴谋。"

"你是我见过城府最深的病人。"泰己坦率地对他说,"你浑身上下全是鬼点子,哈达。你必须要小心,不然早晚把自己玩进去。"他极为郑重地点头强调。

"我会注意的。"哈达一心想着即将见面的拉格兰·帕克,几乎没有听到泰己最后所说的话。

"帮个忙,"泰己大夫说,"等你们安排好了,请务必让我见一下帕克先生,我乐于效劳。好吗? 这是为了你好,哈达,也是出于我的职业兴趣。他的超能力也许是种从未被发现过的新类型。"

"好的。"哈达说,"到时候我给你打电话。"但他心想,我可不会为这种事买单。你想见拉格兰·帕克,就自己想办法好啦。

在跟民谣歌手拉格兰·帕克见面前,哈达抽出时间,前往纽约联邦监狱探视了因战时煽动罪而被监禁的"果酱"吉姆·布里斯金。

在此之前,哈达从未见过这位谐星。他惊讶地发现,吉姆比电视上显得苍老很多。但也许是入狱和他跟费希尔总统的争端暂时击垮了他。那些破事儿足以击垮任何人。狱警打开牢门放他进去时,哈达心里还在盘算着这些。

"你怎么会和费希尔总统发生冲突?"哈达问。

笑星耸耸肩说:"你跟我一样,也经历过那个特殊的历史时期。"他点燃一支烟,木然地望着哈达。

哈达意识到,他指的是华盛顿特区大型事务处理计算机40-D型统脑失势的过程。它曾是美利坚合众国总统、军事部队总司令,直到外星飞船袭击,它才暂时停运。在此期间,备胎总统麦克斯·费希尔掌权,他本是工会任命的一个废物,是一个不学无术的人,偏有一种淳朴的乡野式狡黠。等到40-D型统脑维修完毕后,它曾下令让费希尔离职,吉姆·布里斯金不准再参与政治活动。两人都没有服从。布里斯金继续针对麦克斯·费希尔开展竞选,而费希尔也不知用了什么手段,又一次让统脑出现故障,借故再次成为美国总统。

而他的第一项法令,就是把"果酱"吉姆投入监狱。

"我的律师阿特·希维赛德有没有跟你见过面?"哈达问。

"没。"布里斯金简短地回答。

"听着,我的朋友,"哈达说,"没有我的帮助,你将永远待在监狱里,或者起码被关到麦克斯·费希尔咽气为止。这次他不可能再犯同样的错误——重新修复统脑。"

布里斯金说:"你救我离开此地的目的,是希望我去你的电视网工作。"他大口抽着烟。

"我需要你,'果酱'吉姆,"哈达说,"你揭示费希尔总统贪权、暴虐的丑态，这非常勇敢。麦克斯·费希尔对于我们所有人都是一个可怕的威胁。如果我们不能及时联手，尽快行动，那大家迟早都是死路一条。你知道——事实上你在电视上也讲过——费希尔为了达到个人目的，是绝不惜采用暗杀手段的。"

布里斯金说："我能借助你的电视网畅所欲言吗？"

"我给你绝对的自由。攻击谁都可以，包括我本人在内。"

沉默了一会儿，布里斯金说："我接受你的邀请，哈达……但我怀疑，即便是阿特·希维赛德也很难把我从这里救出去。利昂·莱特——费希尔的司法部长——正亲自筹划针对我的起诉。"

"不要放弃自己。"哈达说，"数以亿计的观众正等着你逃出牢笼呢。就在此时，我旗下的所有传媒都在呼吁释放你。公众压力正在加大，就算是麦克斯也不得不听从民意。"

"我现在担心的，是我可能遭遇'意外'。"布里斯金说，"就像40-D型统脑恢复运行一周后遭遇的那种'意外'一样。如果连它都无力自救，我又——"

"你在害怕？"哈达难以置信地问，"'果酱'吉姆·布里斯金，首屈一指的电视谐星——我真不敢相信。"

沉默。

布里斯金说："我的两大赞助商——莱茵兰啤酒公司和伽伯士电器——之所以没能救我出去，是因为，"他停顿了一下，"费希尔总统直接向他们施压。他们的律师也向我承认了这一点。等费希尔听说你也试图帮助我时，他也会用尽一切手段向你施压的。"他抬头直视哈达，"我想知道，你能承受这一切吗？"

"我当然能！"哈达说，"正如我对泰己大夫所说的——"

"他也会向你的妻子们施压。""果酱"吉姆·布里斯金说。

"我会跟她们八个都离婚。"哈达激动地说。

布里斯金伸出手,他们握了握。"那就这么定了。""果酱"吉姆说,"我只要从这里出去,马上就去为文明电视网工作。"他疲倦但充满希望地微笑着。

哈达兴高采烈地说:"你有没有听说过民谣歌手拉格兰·帕克?今天下午三点我还要跟他签约。"

"这里有台电视机,我时不时会听到帕克的歌曲。"布里斯金说,"他听起来不错。但你确定要让他加入文明电视网?那些歌儿并没有什么教育意义。"

"'文明'也在转型。从现在开始,我们要让节目更加亲民。我们一直在失去观众。我不想坐视'文明'衰败,它的初衷——"

"文明"其实是个简称,全称是"以教育技术复兴城市文明委员会"。哈达掌握的主要不动产就是俄勒冈州的波特兰市,他在十年前完整地收购了波特兰。当时它并不值钱,是典型的半荒废贫民区,不仅丑陋,而且落后。但波特兰对他有特殊的情感,因为他生于此地。

然而,他脑中一直有个念头挥之不去。如果出于某种原因,其他行星和卫星上的殖民地不得不被放弃,如果星际移民不得不成群结队返回地球,这些城市就将再次被安置大量人口。随着外星飞船在太阳系外围出没,这个设想已经变得不再那样遥不可及。事实上,已经有些家庭开始回归地球……

所以,"文明"也并不完全是它装扮成的非盈利性公共报务机构。哈达手下的所有宣传渠道一直在鼓吹城市生活的各种诱人之处,它能提供丰富的福利,相比而言,殖民地生活多么无趣。"文明"夜以继日地不停向大家灌输:快放弃那艰难又简陋的边疆生活,回到你自己的故乡行星,修复那衰败中的城市吧。

它们才是你真正的家。

哈达想知道:布里斯金知道这些吗？这位笑星到底能否理解组织的真正意图？

布里斯金会知道的,如果他能设法让布里斯金逃出牢狱、拿起文明电视网的话筒的话。

下午三点钟,塞巴斯蒂安·哈达在哈瓦那的文明电视网办公室会见了民谣歌手拉格兰·帕克。

"很高兴认识您。"拉格兰·帕克有点儿羞涩地说。他又瘦又高,蓬松的黑胡子遮住了大半个嘴巴,蓝眼睛里透着真诚和友善,有些害羞地忸怩着。哈达感觉到他身上有一份不同寻常的善念,几乎像圣徒一样。哈达顿时很受感动。

"那么,你会弹奏吉他和五弦班卓琴?"哈达问,"两样都能表演?"

拉格兰咕哝道:"不是同时弹,先生,我是轮流演奏。现在想让我给你弹奏点儿什么吗?"

"您的出生地是哪里?"纳特·卡明斯基问——哈达带了他的制作总监一起来。在签约这类问题上,卡明斯基的意见很有参考价值。

"在阿肯色州。"拉格兰回答,"我们家是养猪的。"他紧张地弹奏了几下班卓琴,"我知道一首很哀伤的歌曲,让人心碎的那种,歌名叫《可怜的老胡斯》。要我弹给你们听吗?"

"我们听过你唱歌了。"哈达说,"我们知道你很棒。"他试图勾勒出一幅画面,在文明电视网关于20世纪雕刻家的讲座间隙,这位羞涩的年轻人演唱民谣。完全无法想象啊……

拉格兰说:"我打赌,你们并不完全了解我,哈达先生。其实我自己写过很多歌儿。"

"创作型，"卡明斯基面无表情地对哈达说，"这是好事儿。"

"比如说，"拉格兰继续说，"我曾经写过一段歌谣，关于一个名叫汤姆·麦克费尔的人，他跑了十英里拎来一桶水，试图扑灭小女儿摇篮上的火。"

"他成功了吗？"哈达问。

"当然成功了。他正好及时赶到。汤姆·麦克费尔拎着他那桶水，越跑越快。"拉格兰拨动琴弦，开始自弹自唱起来。

> 这边跑来哦，汤姆·麦克费尔，
> 抓着他宝贵的小水桶。
> 抓紧了哦，伙伴儿，他飞奔而来，
> 心里满是恐惧啊，四肢酸痛。

砰的一声，班卓琴轻响，曲调忧郁又紧张。

卡明斯基尖锐地说："我一直在关注你的演出，但从来没听你唱过这首歌。"

"哦，"拉格兰说，"这首歌的运气不太好，卡明斯基先生。事实上真有一位名叫汤姆·麦克费尔的人，他家住爱达荷州的波卡特洛。我在1月14日的电视节目里演唱了这首歌，他听到后十分生气，随即便给我发了律师函。"

"这难道不就是碰巧重名吗？"哈达问。

"这个嘛，"拉格兰沉吟了一下，不自在地扭动着身体，"据说啊，他在波卡特洛的家里还真发生过一次火灾，而麦克费尔呢，确实也被吓傻了，拎起水桶就向河边跑。而那条河也像我歌里唱的一样，在十英里之外。"

"他及时打水回来了吗？"

"难以置信，他确实赶回来了。"拉格兰说。

卡明斯基对哈达说："最稳妥的做法是让这人在文明电视网专门演唱《绿袖子》之类的英国传统民歌。这似乎更符合我们的需求。"

哈达若有所思地对拉格兰说："真倒霉啊，歌曲里的人名却跟现实里的人撞上了……那之后，你还有过类似的倒霉事儿吗？"

"是的，还有。"拉格兰承认道，"我上周编了一首歌，是关于一位女士的，玛莎·多布斯小姐，请听——"

> 每一夜，每一天，玛莎·多布斯，
> 爱上已婚男。
> 妻子伤心啊，杰克·库克斯好为难，
> 丈夫偷腥啊，婚姻受考验。

"这是第一段。"拉格兰解释道，"总共有十七段。讲了玛莎·多布斯如何到杰克·库克斯的办公室工作，做秘书。两人先是一起吃午餐，然后就会午夜——"

"这歌儿最后讲了什么道理吗？"卡明斯基问。

"哦，当然。"拉格兰说，"不要勾搭别人家的丈夫，要不然复仇之神就会为受辱的妻子申冤，比如眼下这个案例中——"

> 杰克患了流感，玛莎有心脏病，结局更凄惨。
> 库克斯夫人有上帝保佑，独能保全——

哈达制止了弹唱,"这样够了,到此为止。"他苦笑着瞥了一眼卡明斯基,"我打赌,结果一定是——"

卡明斯基说:"真有人名叫玛莎·多布斯,她还真的勾引了老板杰克·库克斯。"

"对啊。"拉格兰点头说,"但这回没有律师找我,是我在自动发行的《纽约时报》上读到的。玛莎的确死于心脏病,而且事情就发生在——"他迟疑了一下,"你们能猜到吧?就在她跟杰克·库克斯一起入住汽车旅馆偷情期间。"

"这首歌你从歌单里面删掉了吗?"卡明斯基问。

"这个嘛,我还拿不定主意。既然没人起诉我……我还挺喜欢这首歌。我觉得还是留着它吧。"

哈达心中暗想,泰己大夫说过什么来着?他说感觉到拉格兰·帕克有某种罕见的超能力……也许就是这种神经病式的、能把真人的不幸经历写成歌曲的古怪技能吧。这并非什么有用的才能。

反过来想,他意识到,这或许也是心灵感应能力的变种,只要稍加调整,就会非常实用。"你写一首歌通常需要多长时间?"他问拉格兰。

"我可以当场创作。"拉格兰·帕克回答,"我现在就可以。你只要给个题目,我可以在你办公室立刻写首歌儿。"

哈达想了想,然后说:"我的妻子塞尔玛一直在喂一只灰狐狸。我知道,或者说我认为,那只狐狸捕食了我们最好的一只卢昂鸭。"

拉格兰·帕克略一沉吟,就开始弹唱:

塞尔玛·哈达夫人对狐狸说:

> 找只松木箱,做成一个家。
> 塞巴斯蒂安·哈达听到喳喳声,
> 灰狐狸吃了他的宝贝鸭。

"但是鸭子并不会喳喳叫,它们是嘎嘎叫的。"纳特·卡明斯基批评说。

"你说得对。"拉格兰承认。他想了想,然后接着唱:

> 哈达的制作总监,他改变了我的运气。
> 鸭子不会喳喳叫,我的工作要没戏。

卡明斯基笑着说:"好吧,拉格兰,你赢了。"他又对哈达说,"我建议您签下他。"

"请允许我问你一个问题。"哈达对拉格兰说,"你觉得是狐狸吃掉了我的卢昂鸭吗?"

"我的天,"拉格兰说,"我对此一无所知。"

"但在歌儿里,你却是这么唱的。"哈达指出。

"那你容我想想。"拉格兰说。过了一会儿,他又弹起琴,唱道:

> 哈达说了有趣的话,
> 也许我是被低估的。
> 或许我不是平常人,
> 超能歌手要成神?

"你怎么知道我在指超能力?"哈达问,"你可以读懂别人的思想,对吧?泰已是对的。"

"先生,我只是在弹唱表演而已。我是个艺人,跟'果酱'吉姆·布里斯金一样,就是被费希尔总统关进大牢的那位笑星。"

"你害怕监狱吗?"哈达直白地问他。

"费希尔总统对我没有任何意见。"拉格兰说,"我又不唱政治民谣。"

"如果你为我工作,"哈达说,"或许就要唱了。我正在努力把'果酱'吉姆从监狱里救出来。今天,我旗下所有的媒体都已经开始造势。"

"是啊,他是该出来了。"拉格兰点头赞同,"那是冤狱,费希尔总统利用了联邦调查局做那种事……那些外星人其实并没有那么大的威胁。"

卡明斯基若有所思地摸着下巴,"请编一首歌儿,关于'果酱'吉姆·布里斯金、麦克斯·费希尔,还有外星人。全部这些政治现状,把它们总结一下。"

"这要求还挺多。"拉格兰苦笑着说。

"试试。"卡明斯基说,"看看你删繁就简的能力。"

"哇哦,'删繁就简',现在我知道是在文明电视网面试了。好吧,卡明斯基先生。这样如何?"他唱道:

> 小胖胖总统名叫麦克斯。
>
> 滥用职权,迫害布里斯金。
>
> 哈达两眼如鹰隼,
>
> 引领文明,谋划救人。

"你被雇用了。"哈达对民谣歌手说。他伸手到衣兜中,掏出一份合约。

卡明斯基说："我们能成功吗，帕克先生？跟我说说结果。"

"呃。"拉格兰说，"我可没法马上就知道结果。您觉得我还能预见未来？除了有心灵感应能力之外，我还是个先知？"他微微一笑，"按您这想法，我还挺多才多艺的。承蒙夸奖啊。"他开玩笑地深鞠一躬。

"我假定你愿意来为我们工作。"哈达说，"而你如果愿意成为文明电视网的员工，就表明你并不认为费希尔总统会把我们干掉？"

"哦，我们其实也可能被关进监狱的，跟'果酱'吉姆做伴。"拉格兰喃喃说道，"那样我也不会觉得意外。"他坐下来，手里拿着班卓琴，准备签合约。

麦克斯·费希尔总统在白宫的卧室里已经足足看了一个多小时的电视，文明电视台一直在重复强调同一个话题，一遍又一遍。一个声音反复念叨着：吉姆·布里斯金必须被释放。这声音听起来流畅又专业，但麦克斯知道，播音员身后其实是另外一个人在发声——塞巴斯蒂安·哈达。

"司法部长，"麦克斯对他的表弟利昂·莱特说，"把哈达所有老婆的相关资料都给我。七个还是八个来着？不管多少。我想，是时候展示点儿雷霆手段了。"

当天晚些时候，八份资料摆到了他面前，他开始细心研读，一边咬紧他的厄尔普托牌雪茄，一边皱紧眉头。他嘴唇翕动，努力消化那些复杂的资料。

我的天，他心想，这些妞儿里面，有些还真是很棘手，有几个甚至应该去接受心理治疗，把她们的脑子好好修理一番。但他并不生气。塞巴斯蒂安·哈达就是那种男人，对一些心态不稳定的女人有无法抗拒的吸引力。

哈达的第四位妻子引起了他的注意。佐伊·马丁·哈达，三十一岁，现在跟十岁的儿子一起住在木卫二。

佐伊·哈达有明显的精神病特征。

"司法部长，"他对表弟说，"哈达没为她支付一分钱的赡养费，这位姑娘目前全靠美国心理健康协会提供的救济金生活。你把她带到白宫来，知道吗？我有份工作交给她。"

第二天一早，佐伊·马丁·哈达被带到了他的办公室。

他看见一个干瘦的女人站在两名联邦特工中间，样子倒是蛮好看，只是一双眼睛狂野又充满敌意。"您好，佐伊·哈达太太。"麦克斯说，"听着，我知道关于你的一切。你是唯一一位真正的哈达夫人——其他人都是冒牌的，对吧？而塞巴斯蒂安，他辜负了你。"他等到了想要的反应——她脸上的表情已经变了。

"是的。"佐伊说，"我已经打了六年的官司，就为了证明你刚才所说的话。我简直不敢相信，您真的要帮助我吗？"

"当然。"麦克斯说，"但你必须遵从我的方式。我是说，如果你在等着哈达这个败类回心转意，你就是在浪费自己的时间。你唯一能做的，"他停顿了一下，"就是报仇雪恨。"

当她明白了他的意思后，敌意慢慢从她脸上浮现了出来。

伊藤泰已大夫皱着眉说："我现在已经做完了检查，哈达。"他收起测试卡，"这位拉格兰·帕克既不是心灵感应者，也不是先知。他读不出我内心的想法，也不能预见即将发生的事。而且，坦白说，尽管我能感觉到他拥有某种超能力，但却说不清它到底是什么。"

哈达默默听着。这时拉格兰·帕克从另一个房间走进来,这次背了一把吉他。泰己大夫拿他毫无办法这件事似乎让他觉得很开心。他冲两人笑笑,自行坐下。"我是个未解之谜,"他对哈达说,"你雇用我,要么是物超所值,要么是花了冤枉钱……但你并不知道事实是怎样,泰己大夫和我本人同样也不知道。"

"我想让你马上在文明电视网上开始表演。"哈达不耐烦地对他说,"编写并演唱民谣,讲述'果酱'吉姆·布里斯金如何被利昂·莱特和联邦调查局不公地正监禁和迫害。把莱特塑造成恶魔,把费希尔唱成一个下流又贪婪的混蛋。明白了吗?"

"当然,"拉格兰·帕克点头说,"我们一定要激起民愤。我签约时就预料到了,我不再是简单的娱乐从业者。"

泰己大夫对拉格兰说:"听着,我想请您帮个忙。请务必编一段说唱曲风的民谣,讲讲'果酱'吉姆是怎么成功离开监狱的。"

哈达和拉格兰·帕克都吃惊地看着他。

"不是讲现状。"泰己解释说,"而是讲我们想要的未来。"

帕克耸耸肩说:"好啊。"

哈达办公室的门突然被撞开,他的首席保镖迪特·萨克斯顿激动地把头伸进来,"哈达先生,我们刚刚击毙了一个女人,她带了一枚土制炸弹想要接近您。您有没有时间来确认一下她的身份?我们觉得她可能是——我的意思是,曾经是——你的妻子之一。"

"上帝啊。"哈达跟着萨克斯顿走出办公室,沿走廊快步赶往现场。

庄园正门不远处的地上趴着一个他曾经熟悉的女人。是佐伊,他想。他跪下来抚摸她。

"对不起，"萨克斯顿支支吾吾地说，"我们不得不这样做，哈达先生。"

"算了，"他说，"我相信你所说的。"他很信任萨克斯顿。说到底，他也别无选择。

萨克斯顿说："我觉得从现在开始，您最好让我们中的一个随时陪着您。我不是说守在您办公室外面，而是紧跟在身旁。"

"不知道是不是麦克斯·费希尔指使她来的。"哈达说。

"很有可能。"萨克斯顿说，"我愿意下注押是他。"

"就因为我想把'果酱'吉姆救出来?"哈达完全被震慑住了，"这真让我吃惊。"他摇摇晃晃地站起来。

"请让我去刺杀费希尔。"萨克斯顿低声请求，"为了您的安全起见。他根本无权做总统。40-D型统脑才是我们的合法总统，我们都知道，是费希尔使其无法运行。"

"不。"哈达喃喃低语，"我不喜欢谋杀。"

"这不是谋杀。"萨克斯顿说，"这是为了保护您和妻儿的安全。"

"也许吧。"哈达说，"但我不能这样做，至少现在还不行。"他离开萨克斯顿，艰难地返回办公室，拉格兰·帕克和泰己大夫还在那里等他。

"我们听说了，"泰己对他说，"坚强点儿，哈达。那女人是一个偏执的精神分裂症患者，有强烈的受迫害妄想。如果不接受心理治疗，她难免会遭遇暴力事件惨死。请不要自责或者怪罪萨克斯顿先生。"

哈达说："毕竟我曾爱过她。"

拉格兰·帕克忧伤地弹着吉他，轻轻哼唱。歌词细不可闻。

也许他在演练讲述吉姆·布里斯金逃脱牢狱的歌谣吧。

"请接受萨克斯顿的建议。"泰己大夫说,"随时注意保护自己。"他拍拍哈达的肩膀。

拉格兰开口说:"哈达先生,我已经完成了那首歌,是关于——"

"我现在不想听,"哈达严厉地说,"现在不行。"他希望这两个人能马上离开,他想安静一下。

也许我的确应该还击,他想。泰己大夫曾这样建议,现在连迪特·萨克斯顿也这样说。"果酱"吉姆会有怎样的建议呢?他的思路一直很清晰,他会说,不要用谋杀手段。我知道他会这样回答,我了解他。

而如果他说不要这样,我就不会。

泰己大夫正在指示拉格兰·帕克,"请写一首歌,关于书架上插了菖蒲的那个花瓶。就说它突然升高到空中,然后悬浮在那里。行吗?"

"这是什么破歌啊?"拉格兰说,"无论如何,我的工作内容已经明确了,你听到刚才哈达先生说的了。"

"但我还需要测试你啊。"泰己大夫抱怨道。

麦克斯·费希尔生气地对他的司法部长表弟说:"好吧,我们这次失败了,没能搞掉他。"

"的确没有,麦克斯。"利昂·莱特赞同地说,"他有些得力的手下。他不像布里斯金那样孤家寡人,他拥有一个完备的团队。"

麦克斯郁闷地说:"我读过一本书,上面说,如果三个人竞争的话,最终会有两人结盟,对付剩下的那个。这是难免的。而这正是现在所发生的。哈达和布里斯金已经是盟友了,而我孤立无援。我们必须离间他们，利昂，使其中一人站到我们这边，共同对付另一个。布里斯金曾经喜欢过我，他只是不赞同我的一些做法而已。"

利昂说："等到他听说你指使佐伊·哈达试图谋杀前夫的事，布里斯金就绝不会再喜欢你了。"

"你觉得现在不可能把他争取过来了？"

"我当然这样想，麦克斯。从他的角度来看，你目前的处境比以往任何时候都更糟。休想再把他争取过来了。"

"但我脑子里还是有个想法。"麦克斯说，"我说不清具体是什么，但跟释放'果酱'吉姆有关，可以以此博取他的好感。"

"你一定是疯掉了。"利昂说，"你怎么会有这样的想法？这太不像你的风格了。"

"我不知道。"麦克斯抱怨说，"但这想法真实存在。"

拉格兰·帕克告诉塞巴斯蒂安·哈达："唔，我觉得我现在已经想好了一首歌，哈达先生，符合刚才泰己先生的要求，讲述'果酱'吉姆出狱的。你想听听它吗？"

哈达麻木地点点头，"唱吧。"毕竟，这位民谣歌手是他花钱雇来的，最好还是有点儿收获。

拉格兰弹起吉他，唱道：

"果酱"吉姆·布里斯金在狱中煎熬，找不到人来保释他。
都怪麦克斯·费希尔，都怪麦克斯·费希尔。

拉格兰解释说："第二乐句'都怪麦克斯·费希尔'是合唱。可以吗？"

"好的。"哈达点点头说。

上帝来了,说,麦克斯,我很生气。把那人关进大牢,那样很糟。都怪麦克斯·费希尔。伟大的上帝在呼喊。可怜的吉姆·布里斯金,别人剥夺了他的人权。都怪麦克斯·费希尔!我在此宣告,上帝开了金口,他要下地狱。改悔吧,麦克斯·费希尔!救赎之路只有一条:重回我的怀抱。让"果酱"吉姆离开监牢。

拉格兰向哈达解释:"下面是即将发生的事。"他清了清嗓子,继续唱:

邪恶的麦克斯·费希尔,他终于看到光明,告诉利昂·莱特,我们要改邪归正。派一名信使去转动钥匙,打开牢门,释放"果酱"吉姆。老吉姆·布里斯金,苦日子终于到了头。牢门大开,他重获自由。

"就这么多。"拉格兰告诉哈达,"这是一种吟诵式的民谣,用脚打着拍子喊出心愿的那种。你喜欢吗?"

哈达勉强点点头,"哦,当然。怎样都好。"

"我要不要去告诉卡明斯基先生,说你让我在文明电视台演唱这首歌?"

"直播吧。"哈达说。他并不在乎。佐伊的死还压在他心头,他觉得自己负有责任,因为毕竟是自己的保镖开枪打死了她。而佐伊已经失去理智,一心想要杀死他这件事似乎并不重要。这是一条人命,还是一次谋杀。"听着,"他一时冲动,对拉格兰说,"我还想请你再写一首歌,马上写。"

拉格兰赞同地说："我知道,哈达先生,是一首关于您前妻惨死事件的哀歌。我刚刚也一直在想这件事,已经写好了一首。请听:"

世上曾有一位女郎,妙音婉转,美貌无双;

奇妙的精灵啊,她在田野和群星游浪;

虽然忧郁,却心怀悲悯。那精灵知道谋害了她的人。

那是个陌生者,不是亲人。那是麦克斯·费希尔,素昧平生的——

哈达打断了他,"不要试图洗清我的罪责,拉格兰。我也有罪。不要把一切都推给麦克斯,就像他是万恶之源。"

一直坐在办公室一角静听的泰己大夫也说:"还有一点,你的歌儿过于强调费希尔总统在其中所扮演的角色,尤其是在'果酱'吉姆重获自由的那一首中,你明显将这件事的功劳归于麦克斯·费希尔的道德升华。这样不行。'果酱'吉姆的获救必须是哈达的功劳。听着,拉格兰,针对这个主题,我自己写了一首作为应和。"

泰己大夫开始念诵:

时事谐星在狱中,幸得救难有良朋,塞巴斯蒂安·哈达,爱其挚友敬其行。知其本心,共事追寻。

"不多不少,英文总共三十二个音节。"泰己大夫貌似谦虚地解释道,"古典风格的日式和歌并不像英文诗一样要求严格押韵,而是更侧重文字的内涵,讲求表达的准确性。"他对拉格兰说，"你就把我的和歌谱上曲来唱，好不好？用你惯常的方式，改成押韵的、不断重现的那种。"

"我数着是三十三个音节。"拉格兰说，"说到底，我是自由创作型艺术家，我不习惯别人告诉我该怎么写歌。"他转向哈达，"我到底在为谁工作，你还是他？据我所知，他并不是老板。"

"按他说的做吧。"哈达告诉拉格兰，"他是个博学聪慧的人。"

拉格兰郁闷地嘟囔道："好吧，但我签约的时候可没预料到要做这样的活儿。"他退到办公室的偏僻角落里，去沉思、构想、创作。

"你为什么要掺和这些事呢，大夫？"哈达问。

"走着瞧吧。"泰己大夫神秘兮兮地说，"为了验证这位民谣歌手的超能力。或许能有所收获，或许没有。"

"你似乎觉得拉格兰歌谣的每一句措辞都非常重要。"哈达说。

"是的，"泰己大夫同意，"就跟法律文献一样。你等着瞧吧，哈达。你最终也会明白的，如果我预测准确的话。如果我想错了，反正也无所谓了。"他向着哈达报以鼓励的微笑。

麦克斯·费希尔总统办公室的电话铃声响起，是司法部长，他的表弟听起来十分激动，"麦克斯，按我们商量过的，我去了关押'果酱'吉姆的联邦监狱，去考虑取消对他控告的可能性——"利昂犹豫了一下，"但他已经不见了，麦克斯。他不在监狱里了。"利昂听起来非常紧张。

"他是怎么出去的？"麦克斯问，他主要是感到困惑，倒也没有特别生气。

"阿特·希维赛德,哈达的律师,找到了一个办法。我还不知道具体是什么——我必须去见巡回法庭法官戴尔·温斯罗普,去问清楚这件事。他是大约一小时前签署释放令的。我已经跟温斯罗普约好见面了。等我和他谈完,就会给你打电话。"

"真是难以置信。"麦克斯缓缓说道,"好吧,我们慢了一步。"他麻木地挂上电话,然后站在那里沉思。哈达到底使了什么手段? 他扪心自问。某种我不懂的东西。他意识到,现在最需要当心的,是吉姆·布里斯金出现在电视里——在文明电视网的节目上。

他看到屏幕后,松了一口气,那不是吉姆·布里斯金,而是一位民谣歌手在弹班卓琴。

然后他意识到那名歌手正在唱关于他的歌。

邪恶的麦克斯·费希尔,他终于看到光明,告诉利昂·莱特,我们要改邪归正。派一名信使去转动钥匙……

听到这个,麦克斯·费希尔叫出了声:"我的天,这就是刚刚发生的事啊! 这确实是我做的事!"邪门,他心想。 这是怎么回事? 文明电视网的歌手却在唱我正在做的事——这种秘密他根本不可能知晓!

或许是心灵感应,麦克斯想。一定是那样。

现在,民谣歌手又轻拂琴弦,讲述起塞巴斯蒂安·哈达的功绩,他如何一手促成了"果酱"吉姆重获自由。而这也是真的,麦克斯对自己说。因为阿特·希维赛德,利昂·莱特到达联邦监狱时,布里斯金已经不在了……我最好仔细听下这位艺人的歌词,他看上去比我知道的还多。

但现在，那位歌手已经唱完了。

文明电视网的播音员说："刚刚诸位听到的，是来自全球知名歌唱家拉格兰·帕克的一组时事民谣，在文明电视网演播室即兴创作的。帕克先生将继续关注当前的新闻时事，并继续编写歌曲，来——"

麦克斯关掉了电视。

就像巫婆的吟唱，麦克斯意识到。我的天，他郁闷地想，假如拉格兰·帕克唱了一曲40-D型统脑回归的歌呢？

我有一种感觉，他想，拉格兰·帕克唱出的内容都会成为现实。这是超自然能力的一种。

而他们——那些反对他的人——正在利用这一点。

另一方面，他想，我或许也具有某种超自然能力。因为我要是一无是处，根本就不可能走到现在这一步。

他坐在电视机前，又一次把它打开，咬着下嘴唇，等待着，思考该如何应对。他暂时还想不出任何办法。但我会的，早晚会的，他对自己说，而且会在他们想出恢复统脑运行的方法之前。

泰己大夫说："我已经知道拉格兰·帕克的超级能力到底是什么了，哈达。你想知道吗？"

"我更感兴趣的，是'果酱'吉姆已经出狱的事实。"哈达回答。他放下电话听筒，几乎不敢相信自己听到的消息。"他马上就会来这里。"他告诉泰己大夫，"他已经坐上单轨车，直接赶来。我们会把他送到木卫四，在那里，麦克斯没有执法权，这样他们就无法再次逮捕他。"他揉搓着双手，脑子里闪出各种计划，"'果酱'吉姆可以利用我们在木卫四的信号发射系统进行演播。他可以住在我的庄园里——那里有啤酒，有保龄球。我知道他一定会同意的。"

"他能出来，"泰己大夫冷淡地说，"全是靠了拉格兰的超能力，所以你最好听听。因为这种超能力连拉格兰自己都不清楚。而且，说老实话，它随时可以反噬到你自己身上。"

哈达不情愿地说："好吧，讲讲你的观点。"

"拉格兰编出的歌谣跟现实之间是前因和后果的关系。他描述的情形会很快实现，歌曲和事件之间只相隔非常短的时间。你明白了吗？这非常危险——如果拉格兰了解自己的这种能力，并用来谋取个人私利的话。"

"如果这是真的，"哈达说，"那我们就让他编一首歌，让40-D型统脑恢复正常运行。"他的第一反应就是实现这个——让麦克斯·费希尔变回微不足道的备胎总统，跟从前一样，没有任何权力。

"正确。"泰己大夫说，"但问题在于，既然他现在已经开始创作政治类歌谣，拉格兰·帕克肯定也会很快意识到自己的超能力。如果他编了一首歌，统脑就恢复了运行——"

"你说得对。"哈达说，"就算是帕克，也不可能看不出其中的关联。"他静静思索着。拉格兰·帕克的潜在威胁甚至超过了麦克斯·费希尔。可拉格兰看上去并不是个坏人，没理由怀疑他会滥用自己的力量，像麦克斯·费希尔所做的那样。

泰己大夫说："我们必须时刻留意拉格兰创作歌曲的具体内容。歌词必须事先经过审查，也许要由你本人过目。"

"我想尽可能少让——"哈达刚说到一半，话就被打断了。前台在呼叫他，他打开内部通话。

"吉姆·布里斯金先生到了。"

"立刻请他进来。"哈达高兴地说，"他已经到了，伊藤。"哈达打开办公室门,"果酱"吉姆就在门前,忧伤的脸上布满皱纹。

"是哈达先生救你出来的。"泰己大夫告诉"果酱"吉姆。

"我知道。感谢您,哈达。"布里斯金一走进办公室,哈达马上关上门,将其反锁。

"听着,'果酱'吉姆,"哈达开门见山地介绍,"我们现在的麻烦大到前所未有。相比之下,麦克斯·费希尔的威胁都已经不值一提,我们必须应对一种绝非等闲的终极力量。真希望我们从来没有卷入其中。是谁想出了雇用拉格兰·帕克的馊主意?"

泰己大夫说:"是你自己,哈达。当时我就警告过你。"

"我最好告诉拉格兰,再也不要编唱任何时事民谣。"哈达决定,"这是眼下的当务之急。我马上给演播室打电话。上帝啊,他编首歌就可以把我们全都沉入大西洋底,或者丢进二十天文单位之外的太空深处。"

"别慌。"泰己大夫镇定地对他说,"你又开始过度紧张了,哈达。你一直都太容易激动。冷静些,仔细想想。"

"我怎么可能冷静?"哈达说,"那个乡巴佬可以像玩玩具一样随便处置我们所有人! 说起来,他能操控全宇宙啊。"

"那可不--定。"泰己大夫反驳道,"他的能力或许还是有限度的。即使是今天,超能力也并不为人所熟悉。它很难在实验室里进行检验,没法设计细致的实验去验证其力量。"

吉姆·布里斯金说:"在我听来,你们像是在说——"

"你之所以被释放,只是因为有人编了一首歌。"哈达告诉他,"是我下令这样做的。这办法成功了,但我们现在却要来应付这位民谣歌手。"他将两手插进衣兜,来回踱步。

我们能把拉格兰·帕克怎么办? 他绝望地自问。

在绕地运行的通信卫星库伦上,文明电视网的主演播室里,拉格兰·帕克和他的吉他、班卓琴坐在一起,阅读新来的电传新闻,为他的下次演出准备歌曲。

"果酱"吉姆·布里斯金如今已经得到联邦法官的赦令,成功出狱。拉格兰·帕克很开心,想写一首相关的歌儿,随即意识到自己已经写过了,甚至还唱过好几遍。他现在需要一个全新的题材。他开始潜心思考一首新歌。坐在导播室的纳特·卡明斯基的声音通过大喇叭响亮地传来:"直播快开始了。你准备好了吗,帕克先生?"

"哦,当然。"拉格兰点头回答。事实上他还没准备好,但写歌而已,张口就来。

写这样一首歌怎样?他想:伊利诺伊州有个叫彼得·罗宾逊的人,在光天化日的大街上,他的西班牙猎犬受到了愤怒的老鹰的袭击。

不,这首歌的政治味儿还不够。他断定。

那么,有关世界末日的歌儿呢?一颗彗星撞地球,或者外星人拥入,占领全世界……真正的恐怖民谣。还是唱人们被激光枪打得血肉横飞?

但对文明电视台来讲,这又过于野蛮。算了。

好吧,那就写一首关于联邦调查局的歌儿。我还从未触及过这个题材。利昂·莱特的手下,身穿灰色正装,肥胖的脖子涨得通红……一帮大学毕业生,手提公文包……

他弹起吉他,唱给自己听:

> 我们部门的头儿说,听着,
> 去抓那个拉格兰·帕克。

> 他危害我们国家安全，
>
> 这个坏蛋无法无天。

拉格兰开心地笑了起来，想着该如何继续编唱这首滑稽的歌谣。关于自己的歌谣，是个有趣的主意……他是怎么想到这个的？

事实上，他一心忙于写歌，甚至没有发现三个身穿灰色正装、粗脖子涨得通红的人已经进入演播室，正向他走来，每人都带着公文包，举手投足间一副大学毕业生的模样。

我这首歌一定不错，拉格兰心说，可能是职业生涯的最佳。他弹起吉他继续唱：

> 是的，他们在暗处偷偷接近，用枪瞄准，射杀了可怜的帕克。
>
> 谋害了这个人，扑灭了自由的最强音。
>
> 但这样的罪孽不会被忘记，即便在腐朽的文明世界里。

拉格兰·帕克的歌儿只唱到这里。那个看起来像是联邦调查局特工领队的人放下尚在冒烟的枪口，向同伴点头示意。然后他们对着腕上的通信器说道："莱特先生，我们已经成功。"

他腕上传出的细小声音回答道："好的。马上返回总部。他亲自下令的。"

"他"当然就是马克西米利安·费希尔。联邦调查局的特工们清楚是谁派他们执行了这项任务。

在白宫办公室里，听说拉格兰·帕克已死，马克西米利安·费希尔长出一口气。好险，他对自己说，那个人本可以把我解决掉

——干掉我，甚至全世界所有人。

真神奇，他想，我们居然能暗杀掉他。毫无疑问，运气站到了我们这边。我想知道为什么。

也许，干掉民谣歌手是跟我自身的超能力有关吧，他肥腻的脸上浮现出得意的笑容。

具体来说，他觉得，这应该是一种心灵控制能力，让民谣歌手写一首关于自己死亡的歌……

他意识到，现在真正的问题，是把吉姆·布里斯金送回监狱里。这十分困难。哈达可是相当聪明，能想到把吉姆马上送到偏远的卫星上——我没有执法权的地方。这将是一场漫长的斗争，我单独对抗他们两个……而他们完全有可能最终战胜我。

他叹了口气。这么多艰苦的工作啊，他对自己说，但我猜，我还是必须要去做。他拿起电话，拨了利昂·莱特的号码。

哦,做个泡泡人!

　　他把一枚二十美元的铂金硬币丢进投币孔,片刻之后,电子心理咨询师启动。它的眼睛里闪烁着亲切的光彩,在椅子上来回转动几下,从桌上拿起一支笔和一叠黄色长条记录纸,"早上好,先生。您可以开始了。"

　　"您好,琼斯大夫。我猜您不是那位为弗洛伊德撰写个人传记的琼斯大夫,那已经是一百年前的事儿了。"他紧张地笑笑。身为一个贫困潦倒的穷人,他并不习惯跟这种新型全自动心理咨询机器人打交道。"唔,"他说,"我应该自由讲述,还是直接给您背景资料,或者其他怎么样呢?"

　　琼斯大夫说:"也许你可以先说说你是谁,und warum mich①——以及为什么选择来找我。"

　　"我名叫乔治·芒斯特,住在1996年建成的旧金山共管公寓区WEF-395号楼4号通道。"

　　"幸会,芒斯特先生。"琼斯大夫伸出了手,乔治·芒斯特与它握了握。他发觉这只手的温度与真人相似,且非常柔软,但当中的力量却具有一种男子气概。

---

　　① 机器人突然冒出半句德语,然后继续用英语交流。

"是这样的。"芒斯特说,"我是一名退伍军人,参加过战争的老兵,所以才得到了我在WEF-395号楼的公寓,老兵福利。"

"哦,这样啊。"琼斯大夫的身体发出轻微的嘀嗒声,那是在计算时间的流逝,"人类跟波劳贝人的战争吧?"

"我在那场战争期间服役了三年。"芒斯特紧张地梳理起他又长又黑但已经渐渐稀疏的头发,"我痛恨波劳贝人,所以是自愿报名参战的。我当时只有十九岁,参军之前有份好工作——但在我心里,将波劳贝人逐出太阳系的战争却是最重要的。"

"嗯。"琼斯大夫一面计时,一面点头。

乔治·芒斯特继续说:"我的战绩不错。事实上,我得过两枚勋章和一次战时嘉奖,升为下士军衔,因为我孤身一人消灭了一颗敌方侦察卫星及上面所有的波劳贝人。我们始终都不知道波劳贝人的确切数量到底是多少,因为他们总是毫无章法地融合、分裂。"他情绪激动到无法继续讲述。甚至只是回忆和谈论战争,都会让他不能自已……他仰靠在沙发上,点燃一支烟,试图让自己冷静下来。

波劳贝人最初生活在另一个恒星系统,很可能是比邻星。数千年前,他们移民至火星和泰坦星(土卫六)定居,农耕生活进展顺利。他们是起源于单细胞的变形虫,体型高大,有高度发达的神经系统,但基本形态还是跟变形虫类似,有伪足,通过分裂繁殖,普遍对地球人持敌对态度。

战争爆发的起因是生态问题。联合国对外援助局曾想改造火星大气,使其更适宜于人类移民。但这样的改造却令火星上的波劳贝人苦不堪言。双方为此发生了激烈争执。

而且,芒斯特清楚,因为布朗运动的特性,你并没有办法只改造半颗行星的大气成分。短短十年间,火星的大气成分已被全部改造,给波劳贝人带去无尽的苦难,至少他们声称如此。为了报复,波劳贝人的舰队逼近地球,向地球同步轨道发射了一系列技术先进的卫星,旨在改变地球大气成分。联合国战略防卫部立即采取了行动,发射自动制导导弹击毁了卫星,避免了地球大气成分被改造……接着,战争就爆发了。

琼斯大夫问:"您结婚了吗,芒斯特先生?"

"没有,先生。而且,"他打了个寒战,"等我讲完,您就知道我为什么至今未婚了。听我说,大夫——"他按灭烟头,"我不想隐瞒,我曾是一名地球人间谍。这是我的任务。他们把这项重任交给我,是因为我在战场上表现得十分勇敢……并非我主动申请的。"

"我理解。"琼斯大夫说。

"你真的理解吗?"芒斯特的声音很沉痛,"你知道在那个年代,让地球人混入波劳贝人中充当间谍必须要怎样做吗?"

琼斯大夫点点头,"是的,芒斯特先生。你必须放弃人类的外形,变成波劳贝人丑陋的模样。"

芒斯特一时沉默了。他的表情痛苦,拳头握紧又松开。只有琼斯大夫的计时器依旧在咔嗒作响。

那天晚上,回到自己位于WEF-395号楼的小公寓后,芒斯特开了一瓶只剩五分之一的提切斯苏格兰威士忌,独自坐下来,用小茶杯喝酒——他甚至没力气去洗碗池上方的柜子里拿个酒杯。

他今天去找琼斯大夫咨询,最后可有什么收获吗? 在他看来,一点儿也没有。而这件事却又让他花了一大笔钱……囊中如此羞涩,是因为——

因为每天都有将近十二个小时,他会不由自主地恢复成波劳贝人的样子,尽管联合国退役军人医院和他本人为此曾做过最大努力的尝试。他会变成轮廓模糊、像个单细胞生物一样的大泡泡,就在WEF-395号楼,他自己的公寓里。

他的所有收入仅来源于战略防卫部发放的一小笔退伍补助金。找工作是不可能的,因为他一旦被雇用,那份压力马上就会让他变成外星人模样,就在雇主和所有同事面前。

这对形成良好的同事关系毫无帮助。

果然,就是现在,晚上八点钟,他感觉自己又要开始变形。这是一种古老又熟悉的感觉,是他一直都痛恨的。他赶紧喝光最后一点儿威士忌,把杯子放回桌上……接着感觉自己融成了一团混沌不清的黏液。

电话响了起来。

"我接不了电话。"他对电话喊道。电话的传导系统收到了他痛苦的喊叫声,把声音传输给打电话的人。现在,芒斯特已经变成了一大摊透明的胶状体,停在地毯中间。他缓缓向电话蠕动。尽管已经喊完刚才那句话,可电话仍响个不停。他感到了强烈的愤恨。难道他的麻烦还不够多吗?就算不用对付那响个不停的电话?

他到了电话面,伸出一只伪足,从基座上钩起话筒。他费了很大气力,用流体状的身躯组成一个发声器官,瓮声瓮气地说:"我现在忙。"他对听筒低吼,"晚些时候再打。"打电话,他挂机时想,也要到明早,等我恢复人形以后。

现在,公寓终于安静了。

芒斯特叹了口气,穿过地毯,回到窗前。他在那里变成一根又细又高的柱子,以便看清窗外的景致。尽管他现在没有真正的瞳孔,但他仍能用身体表层的感光点欣赏到旧金山海湾的景致:金门桥和恶魔岛改建成的儿童乐园。

真可恶,他痛苦地想。我无法结婚,无法过上正常人的生活,总是要恢复成这副丑样子。这都怪战略防卫部的那帮官僚,战时迫使我做了那么可怕的事……

他当时接受任务时,可不知道会是这种结果。他们当时向他保证,变化"只是暂时的,任务结束后就终止",或者其他类似的漂亮话。暂时个鬼啊,芒斯特愤怒地想道,心中充满了怨恨。到现在,已经足足十一年了。

他身体上承受的困扰以及由此产生的心理问题都非常严重,故而他才去找琼斯大夫。

电话又一次响起。

"好吧。"芒斯特大声叫着,吃力地重新蠕动过整个房间,来到电话旁。"你就那么想跟我说话?"他边爬边说。这段距离对波劳贝形态的人而言非常遥远。"那我就跟你好好聊聊。甚至可以打开视频,面对面地聊。"他打开电话上开始视频信号传输的开关。"好好看看吧。"他说着,把自己变形后的样子展示到镜头下。

琼斯大夫的声音传来:"很抱歉打扰您,芒斯特先生。尤其是当您处在这种形态时,呃,相当尴尬的状况……"自动心理分析师停顿了一下,"但我一直在致力于寻求解决您心理困扰的具体方法。我大概有了一个方案,至少能解决您的部分问题。"

"什么?"芒斯特惊讶地说,"你的意思是说,医学现在终于可以——"

"不,不。"琼斯大夫连忙说,"生物技术层面的问题并不属于我的专业范畴。您必须牢记这一点,芒斯特先生。您向我咨询的,其实是心理状态调整的方式方法——"

"我马上就去你的办公室,现在就跟你谈。"芒斯特说,然后他才意识到自己无法前往。在波劳贝人的形态下,他要蠕动好几天才能到达医生的咨询室。"琼斯,"他绝望地说,"你也看到我现在的样子了。我每天晚上都被困在这间公寓里,从晚上八点直到第二天早上将近七点……我甚至都无法立刻去见你,寻求帮助——"

"请安静,芒斯特先生。"琼斯大夫打断了他,"我只是想告诉您一件事。你知道吗,你并不是唯一面临这种状况的人?"

芒斯特沉痛地说:"当然,战争期间,总共曾有八十三名地球人先后变形,打入波劳贝人之中。这八十三个人里面——"他对这些数字早已烂熟于心,"共有六十一人幸存。现在有个组织,叫作不义战争老兵同盟,共有五十人入会。我也是会员之一。我们每月见面两次,每次都会一起变形……"他已经准备挂断电话——所以这就是他花了那么多钱买来的治疗,一条旧闻——"再见吧,大夫。"他嘟囔道。

琼斯大夫焦急地嗡嗡响,"芒斯特先生,我不是指其他地球人。我替你做了大量调查,然后发现,根据国会图书馆收藏的军方文件记载,曾有十五名波劳贝人变化成类似地球人的样子充当间谍。这事儿你知道吗?"

芒斯特想了一会儿,"还真不清楚。"

"你有某种心理障碍。"琼斯大夫说,"你一直在拒绝帮助。但请听一下我的设想,芒斯特。你明天上午十一点到咨询室来,我们到时继续谈解决问题的方法。晚安。"

芒斯特疲惫地说:"我变成波劳贝人的时候,脑子就会不太好用,大夫,请您务必原谅我。"他挂了电话,但还是困惑不解。这么说世上还有十五个波劳贝人以人类的外形在泰坦星活动

——那又怎样？这对他能有什么帮助？也许到明天上午十一点，他就能知晓答案。

再次走进琼斯大夫的等待室时，他发现在房间的角落里，有位特别迷人的年轻女人坐在沙发上，正凑在灯旁读《财富》周刊。

芒斯特下意识地找了个适合偷窥此人的位置坐下。她的长发染成时下流行的颜色，扎起来垂在脑后……他一面偷偷打量这女人的样貌，一面装作也在读《财富》杂志。双腿修长，手臂纤细；五官端正，线条分明；眼神深邃，鼻梁高挺——真是个可爱的女孩，他想。他简直要被她迷倒……直到她突然抬头，冷冷地瞪了他一眼。

"好无聊，又得等着。"芒斯特支支吾吾地说。

女孩问："你经常来见琼斯大夫吗？"

"不，"他老老实实回答，"今天是第二次来。"

"我以前从未来过。"女孩说，"我本来是要去洛杉矶见另外一位全自动心理咨询师。昨天深夜，我的心理医生宾大夫突然来电话，让我今早飞到这边，来看琼斯医生。这人很厉害吗？"

"呃，"芒斯特说，"我猜是吧。"我们很快就会知道了，他想，这正是我们当前无法判定的事。

里间办公室的门打开了，琼斯大夫站在门口。"阿拉史密斯小姐，"它向女孩点头说，"芒斯特先生，"它又向乔治点头，"两位一起进来好吗？"

阿拉史密斯小姐站起来，"那么，谁来支付二十元的费用呢？"

但心理分析师却没回答，它已经自动进入待机状态。

"我付吧。"阿拉史密斯小姐伸手去拿钱包。

"不，不。"芒斯特说，"还是让我来。"他取出一枚二十元的硬币,投进分析师上的投币孔里。

琼斯大夫马上说:"你真是位绅士,芒斯特先生。"它微笑着把两人一起带进办公室,"请坐。阿拉史密斯小姐,我们开门见山,请允许我向芒斯特先生介绍一下您的基本情况。"他对芒斯特说,"阿拉史密斯小姐是波劳贝人。"

芒斯特只能呆呆地盯着那女孩。

"显然,"琼斯大夫继续说,"她目前处于人类形态,这个对她来说也是身不由己的折磨。战争期间,她潜入人类阵线内活动,为波劳贝人效力。后来她被逮捕、关押,直至战争结束。战争结束后,她既没有遭到起诉,也没有被判刑。"

"他们释放了我。"阿拉史密斯小姐小心控制着语调,轻声说道,"我还保持着人类外形,出于羞耻心留在了地球。我不能就这样回到泰坦星,然后……"她的声音发颤。

"对任何波劳贝上等人而言,"琼斯大夫说,"这副样子是非常可耻的。"

阿拉史密斯小姐点点头。她坐在那里摆弄爱尔兰亚麻布手绢,努力保持镇定,"是的,医生。我的确去过泰坦星,跟那里的医疗负责人谈了我目前的状况。在经过长期又昂贵的治疗之后,他们让我恢复原有形态的时长也只有——"她犹豫一下才说,"一天中的四分之一。但在其余四分之三的时间里……我都是你看到的这副样子。"她低下头,用手绢拭了下右眼角。

"上帝啊,"芒斯特反驳说,"其实你运气不错。人类形态要比波劳贝人形态好多了——我觉得自己应该有发言权。作为波劳贝人,你只能爬来爬去……你就像一只大水母,没有骨头支撑你保持直立。还有分裂——太恶心了,我是说跟地球人相比太奇怪了——你知道啦,我是说繁衍方式。"他涨红了脸。

琼斯大夫一边计时,一边说:"两位都是人类形态的时间,每天大约有六个小时的重叠。然后还有一小时,会同为波劳贝人形态。所以在我看来,两位每天有七个小时都是同类。"它摆弄着钢笔和纸,"七个小时不错了,如果你们懂我意思的话。"

过了一会儿,阿拉史密斯小姐说:"但是,芒斯特先生和我本来是天敌的。"

"那都是陈年往事了。"芒斯特说。

"正确。"琼斯大夫同意,"的确,阿拉史密斯小姐实质上是波劳贝人,而您,芒斯特先生,本来是地球人,但——"他做个手势,"你们两个都是自己文明体系的弃儿。你们都丧失了归属感,在渐渐迷失自我,你们会继续恶化,最后成为重度精神病患者——除非你们可以形成一份稳定的互助关系。"然后,分析师就沉默了。

阿拉史密斯小姐轻声说:"我觉得我们很幸运,芒斯特先生。正如琼斯大夫所说,我们每天有七小时身份相容的时间……我们可以共享这段时间,而不是继续凄惨孤独。"她一面满怀希望地含笑抬头看他,一面整理自己的外衣。她体型曼妙,那件超短裙恰如其分地展示了这一点。

芒斯特打量着她,犹豫不决。

"给他点儿时间。"琼斯大夫对阿拉史密斯小姐说,"根据我对他的分析,他会对这件事做出正确的判断,并做出恰当的选择。"

于是阿拉史密斯小姐继续整理上衣,用手绢擦了擦她大大的黑眼睛,等着他的答复。

多年以后,琼斯大夫办公室的电话铃声响起。它接起电话,以惯常的方式说道："先生或女士,如果您想跟我谈话,请先投币二十元。"

一个严厉的男性声音在电话那头响起："琼斯,听着,这里是联合国法务办公室,我们不会为了跟任何人谈话而投币二十元。所以,马上关闭那个计时收费系统。"

"好的,先生。"琼斯大夫用右手把耳后的开关扳过,这让它进入了免费模式。

"2037年,"联合国法律专家问道,"你是否曾建议一对男女结婚? 两人分别叫作乔治·芒斯特和薇薇安·阿拉史密斯——现在的芒斯特夫人?"

"啊,是的。"琼斯大夫查了内置档案记录后回答。

"你有没有调查过他们的后代可能引发的法律纠纷?"

"唔,这个嘛,"琼斯大夫说,"这不是我需要关心的事。"

"如果你怂恿别人做出任何有违联合国法律的事,都可能会被控告。"

"但并没有任何法律禁止波劳贝人和地球人结婚啊。"

联合国法律专家说:"好吧,大夫。只要你让我看他们的病历,这事我就不再追究。"

"绝对不行。"琼斯大夫说,"这有违职业道德。"

"那我们就申请一份法院搜查令,强制执行。"

"请便。"琼斯大夫伸手到耳朵后面,想把自己关闭。

"等等。你可能想要知道,芒斯特夫妇现在有四个孩子。根据孟德尔的遗传定律,后代会严格遵循1:2:1的比例:一名波劳贝女孩、一名混血男孩、一名混血女孩、一名地球女孩。现在的问题就在于,波劳贝人最高委员会声称,波劳贝人女孩为泰坦星公民,还提议将其中一名混血儿交由波劳贝委员会管辖。"联合国法律专家解释说,"要知道,芒斯特夫妇的婚姻破裂了,他们正在协议离婚,而这件事在法律上的界定非常含糊,不管是他们本人还是他们的后代都一样。"

"是啊,"琼斯大夫承认,"我能想象。他们为什么要离婚呢?"

"我不了解,也不关心。也许是因为两名成人加两个孩子都在波劳贝人和地球人之间变来变去,压力太大了吧。如果你想要给他们提供心理咨询,直接问他们本人好了。再见。"联合国法律专家挂断了电话。

我当年建议两人结婚难道是个错误?琼斯大夫问自己,不知是不是应该联系他们一下,我觉得这是我应该做的。

他打开洛杉矶地区的电话号码簿,开始查找他们的名字。

对芒斯特一家来说,过去的六年实属不易。

首先,乔治从旧金山搬到了洛杉矶,他和薇薇安在一套有三个房间的共管公寓里安了家——他原先的公寓只有两个房间。薇薇安有四分之三时间是地球人形态,所以还能找到一份工作,她在洛杉矶第五机场做地勤,为旅客提供航班信息。不过乔治就——

他的退伍补助金只有妻子薪水的四分之一,这让他感到倍有压力。为增加收入,他一直在寻找在家挣钱的门路,最终在一份杂志上找到了一条有价值的广告:

在家轻松赚大钱!快来养殖木星牛蛙,它可以跳到八十英尺高。可以参加牛蛙大赛(合法地区)以及——

所以在2038年,他买了第一对木星进口牛蛙,开始在共管公寓里饲养它们,希望借此暴富。半自动机器房管员里奥波德出于好心许可他使用地下室一角。

但由于地球引力相对木星要小很多,牛蛙们能跳特别高、特别远。事实证明,对它们而言,地下室太过狭小,它们会像绿色乒乓球一样,从一面墙弹到另一面墙,很快就撞死了。乔治意识到,要想养活一群那种东西,显然需要远远超过QEK-604号楼地下室面积的空间。

接着,他们的第一个孩子出生了。它是个纯种波劳贝人,一天二十四小时都是凝胶状的一大团。乔治一直期待他能变成人形,哪怕一秒钟也好。最后他意识到无论自己怎么等,它都不可能变成人形。

因为这件事,他对薇薇安非常不满。有天当两人都是人类形态时,他说:"我怎么可能把它当成自己的孩子?"他问妻子,"它是——对我来说,就是个外星人。"他很沮丧,也很恐惧,"琼斯大夫应该早就预料到这个。也许它是你一个人的孩子——它看起来跟你一样丑。"

薇薇安眼里噙满泪水,"你这么说太伤人了。"

"你压根儿不是人。我们曾跟你们这帮怪物打过仗的——我们觉得,你们跟葡萄牙鳎鱼没什么分别。"他郁闷地穿上外套,"我要去不义战争老兵同盟总部。"他告诉妻子,"跟兄弟们喝两杯。"很快,他就走在去跟战友鬼混的路上,庆幸自己离开了公寓。

不义战争老兵同盟总部在洛杉矶市区一座破败的水泥建筑里,是20世纪遗留下来的老古董,外墙已经一团糟。老兵同盟没多少钱,因为大多数成员都跟芒斯特一样靠联合国救济金生活。不过，他们还是有张台球桌、一台老旧的3D电视机，还有几十盘流行歌曲磁带，外加一副国际象棋。乔治通常就是来和战友们一边下棋，一边喝酒。有时人形，有时是波劳贝人形态，这里是唯一能同时接受两种状态的地方。

这天晚上，他坐在佩特·鲁格尔斯对面。这位老兵也娶了一名波劳贝人女性，她跟薇薇安一样，也是间歇性地变成人形。

"佩特，我坚持不住了。我的孩子是个凝胶团儿，我这一辈子都盼着有自己的小孩。现在看看我得到了什么？它看上去就跟海浪冲上沙滩的垃圾似的。"

佩特这时也处于人类形态，他呷着啤酒回答说："是很惨，乔治，我承认这很糟糕。但你跟她结婚时，不是应该早已经把这些想清楚了吗？而且上帝啊，根据孟德尔的遗传定律，下一个孩子就会——"

"我是说，"乔治打断他，"我并非真心尊重我的妻子，这才是所有问题的关键所在。我觉得她就是个怪物，我自己也一样，我们俩都是怪物。"他一口气喝光了自己那罐啤酒。

佩特沉吟道："要是站在波劳贝人的立场上——"

"听着，你到底是哪边儿的？"乔治质问。

"你少冲我嚷嚷，"佩特说，"小心我扁你哦。"

转眼间，两人就已经厮打在一起。好在佩特在关键时刻变成了波劳贝人，所以两人都没受伤。徒剩乔治维持人形，独自枯坐。佩特缓缓向别处蠕动，很可能是去找其他变形后的战友一起消遣。

也许我们可以去一颗遥远的卫星，换一个新的环境，乔治郁闷地想，既不是人类的，也不是波劳贝人的。

我必须回到薇薇安身边，乔治下定决心。在这世上，我还有什么呢？能找到她，已经是我的幸运了。要不然，我就只是个终日困在老兵联盟总部的酗酒老兵，没有未来，没有希望，没有真正的生活……

现在，他又有了一个新的挣钱计划。这次是在家做邮购，他在《星期六晚邮报》上登了一则广告，出售神奇的天然矿石，这种矿石产自比邻星，传说能给人带来好运，目前在泰坦星也能找到。是薇薇安借助家人帮忙，为他开辟了这条商业渠道。但目前还很少有人下单。

我太失败了，乔治常常这样想。

幸运的是，2039年冬天出生的第二个孩子果然是个混血儿。他有一半时间是人类，乔治终于有了一个属于自己的后代——至少有些时候是的。

他还沉浸在莫里斯出生的喜悦中，QEK-604号楼的邻居们就派来一个代表团，猛敲他们家的大门。

"我们这里有份请愿书。"代表团主席说，"要求您和芒斯特夫人搬离QEK-604。"

"为什么呀？"乔治困惑地问，"你们从前一直没反对过我们住这儿啊？"

"因为你们现在有了个混血小孩，他将来要是跟我们的孩子一起玩，我们觉得这不利于我们孩子的健康成长——"

当着他们的面，乔治重重摔上了门。

周围人的敌意还是令他感觉到了无形的压力。他幽怨地想，我居然还为了拯救这帮人去参加战争，太他妈不值了。

一个小时后，他又来到了老兵联盟总部，喝着啤酒，跟谢尔曼·道恩斯闲聊，这位也娶了波劳贝女人。

"谢尔曼,这太糟糕了。谁都不喜欢我们,我们真该移民。也许我们可以搬去泰坦星,我家薇薇安的老家。"

"上帝啊。"谢尔曼反驳道,"我真不想看到你这副怂样,乔治。你的电磁减肥腰带不是刚刚开始畅销吗?"

最近几个月,乔治一直在制作和销售一款结构复杂的电磁减肥小器具,这是薇薇安帮他设计的。它来源于泰坦星上很流行的一种波劳贝人器械,地球上还没有相似的产品。这东西广受欢迎,乔治接到的订单多到忙不过来,但是——

"我不久前有次特别可怕的经历,谢尔曼。"乔治推心置腹地说,"有天,我在一家药店谈生意,他们给了我一个减肥带的大订单,我太兴奋了——"他停顿了一下,"你也猜到随后发生了什么吧。我变形了,当着上百名顾客的面。买家看到这一幕后,随即取消了腰带的订单。这是我们所有人担心的事……你应该看看他们对我翻脸后的那副嘴脸。"

谢尔曼说:"雇个人帮你做营销吧,找个纯种地球人。"

乔治大着舌头说:"我就是纯种地球人,你不要忘了,永远给我记清楚。"

"我的意思是说——"

"我知道你是什么意思。"乔治说完对谢尔曼挥拳就打。

幸运的是,他一拳抢空,两人在激动之余全都变成了波劳贝人形态。他们愤怒地朝对方流淌、碰撞,最后被其他老兵分开。

"我是不折不扣的地球人。"乔治用波劳贝人的传念方式向谢尔曼宣告,"谁敢质疑,我就把他打趴下。"

他无法以波劳贝人的形态回家,只好打电话叫薇薇安来接他。真是太丢人了。

自杀吧,他决定,这才是唯一的出路。

但要以什么方式自杀呢？波劳贝人形态的时候，他感觉不到疼痛——最好是在这种时候动手。有好几种物质可以融解他，比如氯含量较高的游泳池，QEK-604号楼休闲区的那个池子就可以。

有天深夜，人类形态的薇薇安发现他犹豫不决地瘫在游泳池边。

"乔治，求求你，再去见见琼斯大夫吧。"

"哼。"他用身体的一部分变成发声器官，沉闷地说，"没有用的，薇薇安，我不想活了。"那些腰带也是薇薇安的主意，而并非他本人想出来的。无论哪个方面，他都永远赶不上她，日复一日，越差越远。

薇薇安说："但你也要为孩子们多想想啊。"

这倒是真的。"也许我应该去趟联合国战略防卫部，"他下定决心，"跟他们谈谈，看看有没有最新的医学研究可以稳定我的身体。"

"但如果你稳定成了地球人，"薇薇安说，"我怎么办啊？"

"我们每天还能有十八个小时共处啊，只要你是人形的时候都可以！"

"你到了那时候，肯定会跟我离婚。乔治，那时你就能找一个地球女人了。"

这对她不公平，他也意识到了，所以放弃了这个想法。

2041年春天，第三个孩子出生，是个女孩，跟莫里斯一样是混血。她在夜间是波劳贝人，白天则是地球人。

与此同时，乔治的诸多烦恼也有了一个解决方案——他找了个情妇。

他和尼娜约好在仙境酒店幽会，那是一座破烂的木质建筑，位于洛杉矶市中心。

"尼娜，"乔治小口呷着提切斯威士忌，跟她一起坐在酒店破烂的沙发上，"你让我重新找回了生活的意义。"他边说边解情人衬衣上的纽扣。

"我尊重你。"尼娜·格劳伯曼一面说，一面配合他解开自己衬衣上的纽扣，"尽管从前——是的，尽管你曾经是我们种族的敌人。"

"我的天，"乔治抗议道，"都是陈芝麻烂谷子了，过去的就让它过去吧。"多想想我们的未来吧，他想。

他的磁力减肥腰带生意蒸蒸日上，以至于他已经雇了十五个全职地球人，并在圣费尔南多郊外建了一座现代化的小工厂。若非联合国税负太重，他早就飞黄腾达了……考虑到这点，乔治想知道波劳贝人控制的地区的税率如何，比如在木卫二。也许他应该调查一下。

有天晚上，在老兵联盟总部，他跟莱茵霍尔特——尼娜的丈夫——谈起这个问题。这人还被乔治和尼娜蒙在鼓里，并不知晓两人的私情。

"莱茵霍尔特，"乔治一面喝酒，一面口齿不清地说，"我有个宏伟的计划。联合国搞的这套从摇篮到坟墓的福利体系啊……完全不适合我。它在压榨我。芒斯特神奇磁力减肥腰带现在——"他伸手比画了一下，"已经不是地球文明能够支撑的了。你明白我的意思吗？"

莱茵霍尔特冷冷地说："但是乔治，你是个地球人，如果你带着工厂跑路去了波劳贝人控制的地区，你就是在背叛你的——"

"听着，"乔治告诉他，"我有一个纯种的波劳贝孩子、两个有波劳贝人血统的混血儿,还有第四个孩子即将出世。我跟泰坦星和木卫二上的居民之间是有牢靠的感情纽带的。"

"你就是个叛徒。"莱茵霍尔特说着,一拳砸在乔治的嘴上,"不仅如此,"他的拳头又捶在乔治的肚子上,"你还勾引我老婆。我要杀了你。"

为了逃避,乔治转化为波劳贝人形态。莱茵霍尔特的击打造不成任何伤害,只会陷进他软绵绵的、果冻一样的身躯里。于是莱茵霍尔特也变身了,带着杀气向他蠕动,想要吸收乔治的细胞核。

还好其他老兵赶来拉开了他们,这才没造成太大损伤。

当天晚些时候,仍在全身发抖的乔治跟薇薇安一起坐在新家的客厅里,那是新建的ZGF-900八居室的豪华公寓。刚才好险,而且莱茵霍尔特迟早会把丑事告知薇薇安,无非只是时间问题了。在乔治看来,这场婚姻要走到头了,这可能是他俩共处的最后时光了。

"薇薇安,"他焦急地说,"你一定要相信我。我爱你。你和孩子们,当然还有腰带生意,就是我生活的全部。"他想出一个孤注一掷的主意,"我们移民吧,今晚就走。带上孩子们,我们立刻去泰坦星,一分钟也不能等了。"

"我不去。"薇薇安说,"我清楚我的族人会怎样对待我,以及你和孩子们。你去吧,把工厂搬到木卫二。我留在这里。"她的黑眼睛里满是泪水。

"见鬼。"乔治说,"那算是什么夫妻? 你留在地球,我却跑去木卫二——哪有这么过日子的? 那孩子跟谁啊?"遵照常理,薇薇安应该得到抚养权,但公司雇用了顶尖律师,也许他们也可以帮忙解决家庭争端。

第二天一早，薇薇安知道了尼娜的事。她为自己请了律师。

"听着，"乔治给他的首席律师亨利·拉马罗打电话说，"我要争取到第四个孩子的监护权——他或她会是个纯血的地球人。我们可以在两名混血儿那里通过协商达成共识——莫里斯归我，凯茜归她。至于第一个所谓的孩子——那个泡泡人——当然跟她了。对我而言，它本来也跟我没啥关系。"他把听筒用力丢下，然后转向自己公司的董事们，"我们刚刚说到哪儿了？"他问，"今天分析的，是木卫二的税务政策。"

接下来的几个星期，从市场效益的角度出发，迁往木卫二的计划貌似越来越可行。

"去木卫二买块地。"乔治命令公司的相关负责人汤姆·亨德里克斯，"而且要物美价廉，我们一定要旗开得胜。"他又对秘书诺兰小姐说："从现在起，未经我的允许，不准任何人进入我的办公室。我感觉又要发作了。从地球搬到木卫二，压力太大了。"他补充说，"还有那些个人生活问题。"

"好的，芒斯特先生。"诺兰小姐说着，把汤姆·亨德里克斯领出了乔治的私人办公室，"不会有人来打扰您的。"她倒是值得信赖，会把任何人拒之门外，以防其他人看到乔治变成波劳贝人形态的样子。随着最近的压力越来越大，他变身也越来越频繁了。

当天晚些时候，他又变成人形时，诺兰小姐报告说，有位琼斯大夫来过电话。

"难以置信。"乔治回想起六年前的情景，"我还以为它早进了垃圾回收站呢。"他对诺兰小姐说，"帮我呼叫琼斯大夫，接通之后转给我，我会抽一两分钟跟它谈谈。"这感觉像是昔日重现，又回到了旧金山。

很快,诺兰小姐就联系到了琼斯大夫。

"医生,"乔治斜躺在椅子里,来回转动身体,手指戳弄着桌上的一盆兰花,"很高兴跟你通话。"

电话里传出自动分析师的声音:"芒斯特先生,我发现你现在有秘书了。"

"是啊。"乔治说,"我现在发达了,做减肥腰带的生意。那玩意儿有点儿像猫儿戴的防虱项圈。话说回来,你找我有事吗?"

"我听说,你现在有了四个孩子——"

"实际上只有三个,第四个还未出生。听着,医生,第四个孩子对我来说至关重要。根据孟德尔的遗传定律,那孩子将是个纯种地球人,对天发誓,我会倾其所有争取监护权。"他补充说,"薇薇安——你应该记得她吧? 她已经回到泰坦星了,回到她自己的同类之中,那才是她该待的地方。而我也正在四处求医,找顶尖的大夫稳定我的身体。我已经受够了这样变来变去,我忙得很,没空这样穷折腾。"

琼斯大夫说:"我清楚你现在是大人物,日理万机,芒斯特先生。自从上次分别之后,你真是今非昔比了。"

"有话直说。"乔治不耐烦地说,"你为什么打电话找我呢?"

"我,呃,以为或许可以尝试一下,劝你跟薇薇安复合。"

"哼。"乔治轻蔑地说,"那个女人? 不可能! 医生,我得挂断了。我们正在商讨关键的全新商业计划。"

"芒斯特先生,"琼斯大夫问,"你是不是有其他女人了?"

"的确有另一个波劳贝女人,"乔治说,"如果你是指这个的话。"然后他就挂断了电话。两个波劳贝女人总好过一个也没有,他对自己说。现在还是考虑正经事吧……他按下桌上的按钮,诺兰小姐马上把头伸进办公室。"诺兰小姐,"乔治说,"给我接通汉克·拉马罗，我想要知道——"

"拉马罗先生正在另一条线上等您，"诺兰小姐说，"他说有急事。"

乔治切换到另一条电话线，"嘿，汉克，怎么了？"

"我刚才发现，"他的首席法律顾问说，"要在木卫二开设工厂，你必须是泰坦星公民。"

"我们应该能解决这个问题。"乔治说。

"但是要成为泰坦星公民——"拉马罗犹豫了一下，"我不想刺激到你，乔治，你必须是个波劳贝人。"

"该死的，我就是个波劳贝人。"乔治说，"至少有一部分时间是的。这还不够吗？"

"不够。"拉马罗说，"我知道你的身体困扰，所以特别仔细地研究了这种情况。法律规定，泰坦星公民必须是百分百波劳贝人，每时每刻都是那种形态才可以。"

"唔。"乔治说，"这的确很糟，但我们还是能设法克服。听着，汉克，我跟埃迪·富尔布莱特约好了见面，他是我的主治医生。我回头再跟你详谈，好吧？"他挂断电话，坐下来抓耳挠腮。好吧，他下定决心，如果必须这样，那就放手一搏吧，事到如今，我不能再让这点儿困难拦住前进的道路。

他拿起了电话，拨通了埃迪·富尔布莱特的号码。

价值二十元的铂金硬币丢进了投币孔，电路被激活，琼斯大夫开机了。它抬头看见一位美艳动人、胸部丰满的年轻女子。它通过快速扫描记忆库认出来人是乔治·芒斯特夫人——从前的薇薇安·阿拉史密斯小姐。

"你好，薇薇安，"琼斯大夫热情地招呼说，"但我听说，你去了泰坦星啊。"它站起来,请她落座。

薇薇安擦着她大大的黑眼睛,抽泣起来,"医生,我周围的一切都在崩塌。我的丈夫跟其他女人有染……我只知道她名叫尼娜,老兵联盟的所有人都在议论这件事。她很可能是个地球人。我们正在办理离婚。为了孩子的抚养权还争得不可开交。"她小心地整理着外套,"我快要生了,我们的第四个孩子。"

"我知道。"琼斯大夫说,"这次将是个纯正的地球人,如果遵循孟德尔遗传定律的话……尽管这只是数学推导出的概率事件。"

芒斯特夫人可怜巴巴地说:"我在泰坦星时,跟法律专家、医学专家,还有妇科专家都谈过,尤其还请教了婚姻问题咨询专家。过去几个月来,我听过各种各样的建议。现在我回到地球,却已经找不到乔治——他不见了!"

"我很乐意为你效劳,薇薇安。"琼斯大夫说,"前几天,我曾通过电话跟你的丈夫交谈,但他只是一味说些场面话……显然他现在已经一步通天,很难让人接近了。"

"但是话说回来,"薇薇安抽泣着说,"他所取得的这些成就都来源于我给他的一个创意啊,一个波劳贝人的创意。"

"命运总那么爱开玩笑。"琼斯大夫说,"那么,如果你想要留住你的丈夫,薇薇安——"

"我下定了决心要挽回他,琼斯大夫。说实话,我在泰坦星接受了最新、最昂贵的手术……这都是因为我太爱乔治了,甚至远超爱我的同胞和星球。"

"啊?"

"得益于太阳系最新的医学技术成果,"薇薇安说,"我的身体现在稳定了下来,琼斯大夫。我现在二十四小时都是人类形态，而不是从前那样，只有十八个小时。我已经抛弃了自己的原始形态，只为维持我跟乔治的婚姻。"

"神圣的牺牲啊。"琼斯大夫深受感动。

"现在，只要我能找到他，医生——"

在木卫二的奠基仪式上，乔治·芒斯特缓缓地蠕动到铁锹旁边，伸出一只伪足，抓住铁锹，象征性地挖起一点点土。"今天，是个值得铭记的日子。"他用黏稠的身体变出发声器官，空洞地嘶吼。他的单细胞式身躯完全由这些凝胶组成。

"是的，乔治。"手拿法律文书、站在一旁的汉克·拉马罗应道。

木卫二的官员也跟乔治一样是个透明的大泡泡，他慢慢蠕动到拉马罗面前，接过文件，瓮声瓮气地说："这些将被呈交给我国政府。我相信它们都毫无问题，拉马罗先生。"

"我向你保证，"拉马罗对官员说，"芒斯特先生永远都不会恢复人形了。他通过使用最先进的医学技术让自己稳定在半凝胶状态，不再像以前那样变来变去。芒斯特先生总是以诚信为本。"

"这是个历史性的时刻。"乔治·芒斯特变成的大泡泡对在场的波劳贝人传念说，"意味着被雇用的木卫二人的生活水平将得到提升；工厂也会给该地区带来繁荣。尤其值得一提的是，我们生产的是由本族自行研发的产品：斯科特神奇磁力减肥带。"

大批波劳贝人用意念传来欢呼。

"这是我生命中倍感自豪的一天。"乔治·芒斯特告诉他们。然后开始一点点向着自己的汽车蠕动，他的司机将送他回酒店——那是他在木卫二城永久租用的公寓。

迟早有一天，他会将整间酒店都买下来。他正在用生意上赚来的资金购置本地不动产。这是爱国的，当然也是有利可图的选择，其他木卫二居民，其他波劳贝人，都跟他这样说。

"我终于变成成功人士了。"乔治·芒斯特向所有能收到信号的人传念说。

在疯狂的欢呼声中，他蠕动着涌上斜坡，钻进那辆泰坦星制造的汽车里。

记录与说明[①]

  《记录与说明》中所有楷体字部分均为菲利普·迪克本人撰写，每条后面的括号中列出了写作年份。这些内容大部分是短篇集《菲利普·迪克精选集》(*The Best of Philip K. Dick*，1977年版)和《金人》(*Golden Man*，1980年版)中小说的注释。小部分是迪克的小说在书籍或杂志中出版或再版时应编辑要求而写。

  部分小说标题下注有"收于×年×月×日"，指的是迪克的代理人第一次收到这篇小说手稿的日期，以斯科特·梅雷迪思文学代理机构(the Scott Meredith Literary Agency)的记录为准。若未注明日期，则意味着没有记录(迪克从1952年中期开始与这家代理机构合作)。杂志名称以及后面的年份和月份，指的是这篇小说首次公开发表的情况。如果小说标题后面列出"原名《××××》"，则是代理机构记录上显示的迪克给这篇小说起的原标题。

  这五册中短篇小说集收录了菲利普·迪克所有的中短篇小说，下列作品除外：本小说集出版[②]之后才出版的中短篇小说、包

---

  ① 此部分为Orion出版社英文原版书后的注释，对读者全面理解菲利普·迪克的中短篇小说很有裨益，故中译本予以保留。

  ②该小说集于1999年在英国首次出版。

含在长篇小说中的中短篇、儿时的作品,以及尚未找到手稿的未出版作品。书中的中短篇小说尽可能按照创作时间顺序排列;研究确定时间顺序的工作由格雷格·里克曼和保罗·威廉斯完成。

◎自动工厂 AUTOFAC

收于1954年10月11日,《银河》(*Galaxy*),1955年11月。

汤姆·迪什曾对这个短篇发表评论,说它是科幻领域最早的生态灾难警告之一。我写作时想到的其实是:如果工厂变得完全自动,它们可能会显现出求生本能,就像有机生物体一样……它们也许会发展出类似有机生物的求生策略。(1976)

◎上门维修 SERVICE CALL

收于1954年10月11日,《科幻故事》(*Science Fiction Stories*),1955年7月。

这个短篇发表后,很多粉丝不喜欢我在其中表露出的消极态度。但当时的我已经开始在脑子里设想机器主宰人类,尤其是人类被那些我们自愿采用的机器控制,依照正常逻辑,它们本应该最为无害。我从未假设某个巨大的、铿锵作响的机械怪兽会大踏步走过第五大道,吞噬整个纽约城。我一直害怕的,是我自己的电视机或者熨斗,或者烤面包机,会在我家里,趁着我孤立无援的时候,向我宣布它们将接管一切,然后列出一系列我必须遵守的法则。我从来都不喜欢严格遵循机器意愿行事的感觉。我痛恨不得不向工业产品致敬的生活。(你有没有怀疑过:白宫也有数据磁带从总统后脑勺接出来?然后这些磁带决定了他说什么,做什么?)(1976)

◎囚徒专卖 CAPTIVE MARKET

收于1954年10月18日,《如果》(*If*),1955年4月。

◎塑造扬西 THE MOLD OF YANCY

收于1954年10月18日,《如果》(*If*),1955年8月。

显然,扬西的原型就是艾森豪威尔总统。在他执政期间,我们都在担心"灰法兰绒正装男"问题;我们担心整个国家的男人正在被变成同一副模样,就像一大群克隆人。(尽管在那个年代,还没有"克隆"这个词儿。)我很喜欢这个短篇,把它用作长篇作品《倒数第二个真相》的基础。尤其是政府所说的一切都是谎言这部分。我到现在仍然喜欢那个设定。我是说,我仍然相信事实如此。当然,水门事件也在佐证作品中的观点。(1978)

◎少数派报告 THE MINORITY REPORT

收于1954年12月22日,《奇妙大观》(*Fantastic Universe*),1956年1月。

◎回忆之灯 RECALL MECHANISM

《如果》(*If*),1959年7月。

◎拟态杀机 THE UNRECONSTRUCTED

收于1955年6月2日,《科幻故事》(*Science Fiction Stories*),1957年1月。

如果我的全部作品共同的第一主题是"我们能否确定宇宙真实存在? 如果能,又该怎样去做?"那么我的第二个主题就是:

"我们是否全都是人类?"这篇文章里就有一部机器,它不可以模仿人类,但却能伪造人类的形迹,针对某个特定的人。伪造是个让我非常着迷的主题,我确信任何东西都可以伪造,或者说,至少是可以伪造出证据,诱使人相信特定结论。表面的线索,可能会让我们相信"他们"想让我们相信的任何东西。这方面,实际上并不存在理论障碍。一旦你脑子里开启了大门,开始接收伪造的证据,你就可能被引入一个完全不同的现实世界。这是一段没有归路的旅程。而且我觉得,也是个值得探索的行程……除非你把真实看得太重。(1978)

◎我们这些探索者 EXPLORERS WE

收于1958年5月6日,《奇幻与科幻》(*Fantasy & Science Fiction*),1959年1月。

◎战争游戏 (声东击西)WE GAME(Diversion)

收于1958年10月31日,《银河》(*Galaxy*),1959年12月。

◎假如没有本尼·赛莫利(如果从没有本尼·赛莫利)IF THERE WERE NO BENNY CEMOLI(Had There Never Been A Benny Cemoli)

收于1963年2月27日,《银河》(*Galaxy*),1963年12月。

我一直都坚信,历史上至少有一半名人从来不曾存在。人们会发明他们需要的角色。可能连卡尔·马克思都是捏造出来的,是某个不入流作家的假想产物。如果是这样——(1976)

◎新奇演艺 (第二吹罐手)NOVELTY ACT (At Second

Jug)

收于1963年3月23日,《幻想》(*Fantastic*),1964年2月。[收录于迪克长篇作品《拟像》(THE SIMULACRA)中]

◎水蜘蛛 WATERSPIDER

收于1963年4月10日,《如果》(*If*),1964年1月。

◎亡者之声（携带断火柴的人）WHAT THE DEAD MEN-SAY(Man With a Broken Match)

收于1963年4月15日,《明日世界》(*Worlds of Tomorrow*),1964年6月。

◎奥菲斯现形记 ORPHEUS WITH CLAY FEET

收于1963年4月16日。[大约在1964年,以"杰克·道兰"的笔名发表于《遁世》(*Escapade*)杂志]

◎珀奇·派特时代（在珀奇·派特的时代）THE DAYS OF PERKY PAT(In the Days of Rerky Pat)

收于1963年4月18日,《惊奇》(*Amazing*)。

1963年12月。《珀奇·派特时代》是一闪念间诞生的故事,我是在看自家孩子们玩芭比娃娃时想到的。显然,这些生理特征上极为显著的玩偶本来并不适合给小孩玩耍,或者,更准确地说,压根儿不适合给人玩耍。芭比和肯就是两个微缩版的成年人。商品营销的理念,是要给这两个玩偶购买数不清的新衣服,才能让他们过上习以为常的生活。我曾幻想芭比深夜走进我的卧室,说:"我需要一件貂皮大衣。"或者甚至更糟的,"嘿,大块头……想不想搭我的捷豹XKE跑车，一起去赌城逛逛?"我当时很担心老婆发现我跟芭比在一起，然后吃醋枪杀我。

《珀奇·派特时代》出售给《惊奇》(Amazing)值得欣慰，因为那段时期，塞尔·古德史密斯(Cele Goldsmith)是《惊奇》的编辑，而且是这个领域最棒的编辑。《科幻与奇幻杂志》的埃弗莱姆·戴维德森拒绝了它，但后来他跟我说，要是他当时了解芭比娃娃的话，很可能就会买下这篇作品。我无法想象还有人没听说过芭比。我一直都不得不面对她和她那些昂贵的消耗品。这负担简直跟维持我的电视机运转一样惊人。和芭比一样，电视机也一直需要各种开销。我总是觉得，它们应该为自己出钱购物。

那段日子(60年代早期)我写了很多作品，我最好的短篇和长篇都有部分出自那段时期。那时候我妻子不允许我在家工作，所以我花25美元一个月租了一间小屋，每天上午步行去那里写作。小屋在乡间，我在去那里的路上，只能看见几头牛在草场吃草，还有自己家的那群绵羊，它们整天只知道跟在头羊后面闲逛。我极为孤独，终日一个人关在小屋里。也许那时我想念芭比，她在大房子里跟孩子们在一起。所以，从我的角度来说，《珀奇·派特时代》或许就是一段白日梦;当时我真希望自己的小屋门口来个人，无论是芭比还是珀奇·派特，或者康妮·康帕尼，都会让我很开心。

但实际上门的却是很可怕的东西:帕莫·艾德里奇的脸出现在我的臆想中，这后来成了长篇《帕莫·艾德里奇的三处圣痕》的创作基础，这也是珀奇·派特故事的衍生产物。

有一天，在我沿着乡村路前往小屋的路上，准备开始一天的工作时，周围一个人都没有，我抬头看天空，突然看到一张脸。我也不是真的看到它，但那张脸就在那儿，而且不是一张人类的脸。它是纯粹邪恶的化身。我现在明白了(感觉当时也恍惚有点儿知道)是什么让我看到了那张脸:长达数月的孤独,被剥夺了与其他人接触的机会,事实上,也没有任何感官上的欢愉……无论如何,那时的幻觉不容否认。它极为巨大,填满了四分之一的天空。它有两个空洞作为眼睛——它是金属质地,样子很残忍,而最可怕的一点,是我感到它就是神。

我开车去了教堂——圣哥伦比亚圣公会教堂——跟牧师谈话。他得出的结论,是我瞥见了魔鬼的真容。神父为我行了涂油礼——不是最高级的涂油,只是净化那种。这没什么作用。天空中的金属面庞仍在,我每天还是要在它的注视下行走。

多年以后(那时我早已写完《帕莫·艾德里奇的三处圣痕》,并把它卖给了双日出版公司(Doubleday),这是我卖给他们的第一部作品),我在某一期《生活》(Life)杂志封面照片上又依稀看到那张脸。杂志封面很简单,就是一战时法国人在马恩河边建造的一座瞭望塔。我父亲曾经参加过第二次马恩河战役。他当时在第五海军陆战队,大概是第一批前往欧洲参加那场恐怖战争的美军士兵。我还很小的时候,他就给我看过他的军装和防毒面具,那其实是一整套毒气防御系统。他跟我讲士兵们在面临毒气弹攻击时如何惊慌失措,他们想象着面具中的活性炭渐渐饱和,然后某些士兵会崩溃,扯下面具试图逃走。我小时候,听父亲讲战斗故事会特别紧张、害怕,玩防毒面具和头盔时也一样。但我最害怕的,就是我父亲戴上防毒面具的样子。他的脸会消失。眼前这个人不再是我爸爸,他甚至不再是人类。我当时只有四岁。那之后,我母亲和父亲离婚,我有好几年没见过父亲。但我还是经常回想起他戴面具的样子,混杂着他描述的战场的恐怖景象:士兵的内脏流出体外,人被弹片削开——直到几十年后,1963年,当我一天天独自走过乡村路,周围没有一个行人,没人能来做伴,那张金属质的非人类的面孔再次出现在我面前,但现在有了先验的含义,变得极为巨大,绝对邪恶。

我决定把它写出来,以此来摆脱它。当我写完后,幻象消失了。但我的确曾面对真正的邪恶。我那时说,现在也会说:"至恶之人,有一张金属面孔。"如果你想要自己看看,请去找一张古希腊战盔图片。那时的人戴这种头盔,就是要让人恐惧,趁机杀人。亚历山大·涅夫斯基所抗击的基督教十字军骑士也戴这种头盔作战。如果你看过爱森斯坦的电影,就知道我在说什么了。他们看起来都是一个样。我写《帕莫·艾德里奇的三处圣痕》的时候,还没有看过《涅夫斯基》这部电影,但后来在那部电影中,我又一次见到1963年高悬天际的那张脸,那也是我幼小时,我父亲曾经化作的形象。

所以,《帕莫·艾德里奇的三处圣痕》这部小说就来自我内心强烈的原始恐惧,这份恐惧可以回溯到我童年早期,无疑跟我父亲离开母亲和我时的痛苦与孤独有关。在小说里,我父亲有时化身为帕莫·艾德里奇(邪恶之父,恶魔面具下的父亲),有时是莱奥·布列罗,那位温柔、粗鲁、善良、有同情心和爱心的人类。这部小说来自于极端痛苦的创作历程。1963年,我重新经历了幼年失去父亲时的孤独感,那部小说里表现出的惊悚和恐惧并不是编造出来吸引读者的,它们来自我内心最深处:渴望善良宽厚的父亲,害怕邪恶的、抛弃我的那一个。

《珀奇·派特时代》这个短篇对我来说起到了桥梁的作用,让我找到了主题基础,得以开始创作一部早想去写的长篇。现在,你们知道了,珀奇·派特是一个永远引导人们进步的美好形象,歌德所说的 das ewige Weiblichkeit——"永恒的女性之光"。孤独催生了那部长篇，而渴望催生了这个短篇，所以，长篇里夹杂着被遗弃的恐惧，和"有美女在等你"的幻想——她在某处，但只有上帝知道在哪儿。我自己还不知道。但如果你日复一日独自坐在打字机前，一篇接一篇写小说，但却没有一个人跟你谈话，没人陪伴，你从自己的房子里被放逐出来，关到只有单层墙的小破屋里，冬天冷到会让打字机墨条里的墨水结成冰，好吧，那样的话，你也会开始写金属面孔，还有活色生香的美女。我就是这样做的，现在还在这样做。

《帕莫·艾德里奇的三处圣痕》得到的评价褒贬不一。在英国，有些评论家认为它渎神。特里·卡尔——我在斯科特·梅雷迪思的代理人——后来告诉我："那部长篇太疯了。"尽管他之后又改变了立场。有些评论者则认为那是部很棒的小说。我只是觉得它可怕。我曾经无法校读书稿，因为我太害怕这部作品。那是一次前往神秘之境的可怕旅程，触及我当时理解中的超自然力和绝对的邪恶。这么说吧，我很想珀奇·派特来敲门，但又怕开门时看到的不是她，而是帕莫·艾德里奇等在门外。实际上，我写完那些作品已经十七年了，两人都没有出现过。我猜这就是现实生活：你最害怕的事永远不会发生，你最渴望的事也一样。这就是现实和小说的区别。我觉得这样平衡一下也还不错。但我并不确定。(1979)

◎ 备胎总统（"顶级备胎工作"）STAND-BY（Top Stand-By Job）

收于1963年4月18日，《惊奇》（*Amazing*），1963年8月。

◎ 拉格兰·帕克怎么办?（"天赋奇才"）WHAT'LL WE DO

WITH RAGLAND PARK?（No Oridinary Guy）

收于1963年4月29日,《惊奇》（*Amazing*）,1963年11月。

◎哦,做个泡泡人! (那个,话说有一群波劳贝人……) OH, TO BE A BLOBEL!（Well, See, There Were These Blobels……）

收于1963年5月6日,《银河》（*Galaxy*）,1964年2月。

我创作生涯的早期,50年代初,《银河》（Galaxy）曾是我的主要经济来源。《银河》的霍拉斯·古德（Horace Gold）喜欢我的作品,而《惊奇》的小约翰·W.坎贝尔觉得我的作品不只是毫无价值,而且,用他本人的话说,"有病"。总体来说,我喜欢读《银河》,因为它的作品最为多样,会涉及一些软科学领域,比如社会学和心理学,尤其是在坎贝尔(他甚至给我写信说!)认为英雄人物是科幻作品必备元素的时代。而且,坎贝尔还说过,故事中的英雄人物必须能够主导事态走向。所以,《银河》提供了《惊奇》没有的自由度。不过,后来我还是跟霍拉斯·古德大吵了一架,因为他有不通知作者就改写作品的毛病:加一些场景,加一些人物;删除悲剧结局,改成积极向上的。很多作者都反感这种事。我就不只是反感了。尽管《银河》的确是我的主要收入来源,我还是告诉古德,除非他不再篡改我的任何作品,否则我就不再卖作品给他,后来他果然没有再买我的任何作品。

所以,直到弗雷德里克·波尔成为《银河》的编辑,我的作品才开始重新出现在那份刊物上。《哦,做个泡泡人!》就是弗雷德里克·波尔买下的。这个短篇中,我对战争的反感态度很明确,讽刺的是,这种倾向曾经是古德欣赏的。我并不是特别针对越南战争,而是反对一切战争。尤其是那种让你变成敌人样子的战争。希特勒曾经说,纳粹德国真正的胜利,在于迫使它的敌人们,尤其是美国,变得跟第三帝国相似,也就是说,为取得战争胜利而变成极权社会。同理,希特勒即便在步向失败时,也在期待另一种胜利。当我目睹美国军工产业在二战后逐步壮大,我总是会想起希特勒的分析,常会觉得:那个狗娘养的说得真他妈有道理。我们的确战胜了德国,但美国和苏联都越来越像纳粹——都有了极庞大的警察系统。好吧,我觉得这局面多少有点儿黑色幽默的味道(但也不多)。也许我可以在不过度卷入政治攻讦的前提下写写这种局面。但是,故事中展示的问题也有现实背景。看看我们在越南,仅仅为了顺利战败,就已经堕落成什么样子,更不要说想战胜了。你能想象,要是我们铁了心想打赢越战,就必须变成什么样子吗?希特勒肯定会笑得很开心,而他嘲笑的就将是我们……在很大程度上,他早就笑过很多次。而那绝对是空洞又邪恶的笑声,绝非正常人所能理解的幽默。(1979)

我在这里指出了战争最终极的虚妄之处——人变成了波劳贝人,而波劳贝人,他的死敌,最终却变成了人,一切都有了,那种无谓,那份黑色幽默,那种愚蠢。而且在故事里,讲起来还挺欢快。(1976)